U0923821

明詞話全編

鄧子勉 編

鳳凰出版社

鄭若庸詞話

鄭若庸，字中伯，號虛舟，崑山（今江蘇）人。少為諸生，以任俠不羈見斥，以詩名吴下。嘉靖初，客趙康王厚煜邸中，厚煜給以筆札，令其做《初學記》、《藝文類聚》，越二十年而成《類雋》。康王死，移居山西清源，年八十餘而卒。著有《蛣蜣集》、《北遊漫藁》、《市隱園文紀》、《玉玦記》等。此據《四庫全書存目叢書》影印明隆慶三年汪良迪刻本《北遊漫藁》録詞話三則。

一

《剪雪新葩序》：夫歌曲之始，滸諸往代，含商吐角，流聲激響，有觸斯感，依永而音著焉。陽阿白露，淥水采菱，其來永已。漢、唐以延，靡廢作述，迨於金、元，習尚始專。章宗成安間董解元者，尤號獨步一時。名臣碩夫，抽毫揚藻，往往自爲蹊徑，皆稱名家。若今《太平樂府》所載，尤班班者也。我朝館閣名賢暨丘樊考槃之士，類多究心，涵泳熙平，蕩暢□欝。其命意率有攸屬，能使人傾耳不倦。近若陳大聲、谷子敬二三諸君，尤爲深詣，争鳴南北，搴旗擅場。其詞流播寰宇里巷，童耄罔不同聲，亦異矣哉！青門沈山人以貴介名胄，英資瞻學，少工文辭，益善賦咏，皆能優入彀，率暇，復屬意書畫，片楮尺縑，世所競寶。自其壯齒，已彌稱區夏縉紳間，性高朗，好游，徧歷名勝，所屆輒有紀述，乃時時放歌爲樂府，音調清婉，曲盡物態，幽情浩思，陶寫不遺。鄉使王曇撫節，秦青按歌，即孤雲無色，邊馬回首，宜不足伯仲也。前有《唾窓茸》小帙，余嘗見之山陽友家，嗣而博求不可得，每用爲歉。適梗寄東郡，山人至自都門，過余逆旅主人舍，蓋相違三十餘載，毛髮各種種矣。握手問勞，苦與周旋，浹月間，出所撰《剪雪新葩》屬余，披校三復，其辭條暢逶迤，長短舒促，並合矩度。傳之四方，人性相近習而歌之，將無不宜。如師乙所云當復奚讓，遂略爲次第歸之。并系斯言，以識歲月。

（《北遊漫藁》卷上）

二《兵部孫公司關報政幛詞》：國門出入，言崇察禦之勳；地險高深，式重緘縢之任。蓋藩塞宜厪於嚴隘，而鏁籥允賴乎仁賢。中外騰懽，華夷胥慶。敬惟華山兵曹使君：道存要領，心函會通。曠度汪洋，浩浩滄溟之大；高標嶙嶫，亭亭喬嶽之崇。學既足於爲山，識已弘於觀海。蘊極精夫二酉，藻駿發乎三辰。紺幰珠章，餘澤光於露冕；青緗寶軸，素業衍於傳經。英華稱爲擅場，展也雲流而霞蔚；矩範足以表俗，藹焉玉粹而金貞。紫陌看花，高藉金闈之上；彤墀飛翠，嚴趨玉陛之前。爰進中臺，遂參南省。文昌重六官之列，武部肅五兵之司。祈父王之爪牙，聿需資畫；尚書帝之喉舌，實藉分曹。張嘉貞之益人，即已孚于群議；辛公義之奉國，乃克簡于上心。載承峻命之臨，俾荷靈關之寄。晨昏克慎於恒度，譏詧靡濫於苛條。境接王畿，永奠星辰之極；界連夷落，無虞豺虎之區。異服異言之必懲，販婦販夫之莫遏。識青牛之真氣，明炳幾先；折白馬之詖詞，力排浮誕。轉轂舒顔於賈服，乘障破膽於旃裘。翊政機而有嚴，恢皇仁於無外。連城戈甲，倏躋桑柘之安；絶隘封彊，不恃山川之固。賓客慰而聿來胥宇，商旅悦而碩出其途。輶車甫届於及瓜，畫省將旋於視草。膺九重之懋賞，歷三事之崇階。蔚焉蟄豹之文，弘績載敷于當路；逖矣溟鯤之運，徽猷益播于要津。亟攄康濟之才，遄適亨嘉之會。裁成鈞化，法乾坤闔闢之功；調燮宰廷，協亭毒往來之妙。抑以慰蒼生之望，用將圖黎庶之康。感莫深於賈區，言有徵於士類。聊呈蕪述，嗣綴蕪辭：「帝里東來，四望山川相錯。問盧龍、悦然如昨。嚴關自古雄雲朔，峭壁洪濤，鎖鑰真誰託。羡君侯緩帶，震驚夷落。偏絶壤、絃歌城郭。待鳴琚閶闔向津塗，使提封萬里，處處躋康樂。」右調《錦纏道》。（同前書卷下）

三《柳釜山副憲陝右幃詞》：一星騰耀，言崇時臬之遷；六轡載馳，懋著爲邦之績。來暮方驩於上郡，去思誠劇乎下僚。戀別徒勤，酬知莫展。敬惟：珩璜重器，杞梓珍材。奕世青緗，播芳華於江國；承家丹轂，采譽聞於天朝。攬風雲月露而成文，欲搴旗於屈宋；本道德性命以爲學，希入室之顔曾。亟遵投射之升，遂首執珪之選。備一命之使，崇班已軼乎鵷鸞；借方寸之階，清望自騰乎麟鳳。暨分曹於土會，克展采於雲司。寅恭策九府之動，忠悃繼六箴之獻。試望之於馮翊，用寄股肱；命次公於潁川，將傒台鉉。存視民猶子之愛，務處官如家之勤。介不欺于四知，度能超於五詠。發倉指廩阻饑，無委壑之憂；築堰成城昏墊，免爲魚之嘆。田野治而稼穡雲被，學校興而禮讓風行。花村絶犬吠之驚，薇省有鶴鳴之和。臨事每責人以易，身更其難；論功則推人於先，自居其後。六事屢孚於閲歲，九遷爰始於兹辰。憲臺看金節之光，兵鎮重寶書之寵。朱衣擁駟，載揚嵎虎之威；繡服乘軺，允厲霄鸞之薦。歷覽將期於善俗，糾繩一振其頹綱。舒慘兼施，春滿孟門之野；威愛允濟，澤深洛水之流。聽西人破膽之謡，慰北闕撫髀之嘆。俯軫塵冗，仰荷鈞陶。煦若春風，噓拂之仁宛在；化如時雨，沾濡之德常新。誠結思于輪轅，第攖情于郊候。聊申菲餞，庸綴蕪詞：「牙幢裊裊清風起，春色雙輪底。河朔黎民，秦關赤子，心殊悲喜。　他年鈞軸應堪擬，此地留無計。膏澤一方，袴襦萬井，甘棠千里。」右調寄《賀聖朝》。（同前）

豐坊詞話

豐坊，字存禮，號南禺外史，鄞縣（今浙江）人，嘉靖癸未進士，官南京禮部主事。免官家居，坐法竄吴中，改名道生，號人翁。所著有《南禺先生詩選》、《古易世學》、《古書世學》、《魯詩世學》、《春秋世學》、《淳化帖書評》、《書訣》。此據《四明叢書》本《書訣》録詞話一則。

一　楊無咎，字補之，清江人。避秦檜，不仕。書師率更小楷，題湯示雅墨梅《柳梢青》詞。（《書訣》「宋人書」）

張鹵詞話

張鹵（一五二三—一五九八），字召和，號滸東，儀封（今河南）人。嘉靖己未進士，官至右副都御史，巡撫保定，左遷南京太常寺卿，旋乞休歸，終於家。著有《張滸東集》、《嘉隆疏抄》。此據《四庫全書存目叢書》影印明天啓五年張永忠刻本《滸東先生文集》録詞話四則。

一

《賀文翁榮膺部獎詞》有序：伏以專城敷政，方瞻有斐之成功；水部旌賢，創見無前之曠典。人民共慶，僚屬交歡。恭惟台侍：一代名流，五陵英俊。談經玉屑，紹中原文獻之傳；詞賦金聲，振大雅篇什之盛。抱策久空群於冀北，彈冠始飛舄於山東。茂著芳聲，喧傳偉績。烈日俄光乎三命，仁風新被又于兹。何幸澤民，得蒙大造。朞年報政，百廢咸興。惠澤無邊，清廉徹底。郡邑赤子，喧傳黄霸之名；庠校青衿，共式尚方之用。盡督或糾急以戕民，漫令率因循而廢事。惟公調停有法，撫字獨存。吏畏難欺，率因時而起事；民樂不擾，咸争輸以完征。用是三晉獨先，一時稱首。尚書奏最，飛檄旌賢。借因策乎官常，且欲風乎有位。某幸列末屬，久依龍光。荷知遇之難名，幸師賢之有在。政規廣播，雖同諸屬以躬逢；心愛獨深，尤切三生之奇遇。覩茲盛事，莫罄揄揚。冀佇後容，謬成俚調。蓋《賀聖朝》也：「旌書聲譽誰能比，視龔黄更美。十分清廉，一心忠愛，萬民欣喜。　小吏如予更依倚，受恩深如許。因採相賀，民情吏意，代成俚語。」(《滸東先生文集》卷五)

二　《送陶明府雲峰入覲》有序：伏以宣勞民版，方通列宿之躔；載見天顏，行被康侯之寵。榮溢有位，美渝無前。恭惟執事：北地人豪，清時重望。棘圍拔萃，驪黄空冀北之良；漢殿掄才，經制並洛中之譽。尹何製錦，聊試分符；子賤鳴琴，特臨敝邑。茂釐政務，允濟時艱。嘉前令垂成之績，斷復侵田；審由嶽未白之冤，湔雲滯訟。至公服吏，匪庸假三尺之絛；甘節宜民，詎止受一分之賜。純王心政，克追循吏於西京；九月風聲，鬱號神君於中土。且琴書囊橐，凄凉賣賦之金；謀桃李門墻，飛屑談金之玉。卓然有裴，遜矣難儔。兹當萬邦執玉，届期朝天。爐烟拱閶闔之宸，仙仗依蓬瀛之靄。惟聖皇圖治，恤艱軫念乎窮岩；故善政優民，核吏必先於守令。如公三善之兼，定最群辟之首。蓼蕭嘉惠，譽處宜見於攸同；湛露深恩，顯允共忻乎載考。是君侯仰九重之錫命，理有固然；第吾人瞻雙鳧以含情，心乎愛矣。遄時信宿，知挽旆以無由；闔境簪紳，欲颺言而致悃。某僭叨代草，愧難酬素愛之隆；激切臨岐，實莫罄驪歌之美。勉成鄙調，用抒微悰。其詞曰：「才數月，驟布儀城春色。報

道促征朝帝闕，相隨意北□。　只恐聲光異絶，换取金甌事業。　雖欲借寇無緣得，慇勤重惜别。」右調《謁金門》。（同前）

三　《送兩河吕父母入覲詞》有序：伏以三年賦政，方切父母之瞻依；千里朝天，式重分攜之繾綣。惟兹士庶，共激情悰。　恭惟執事：斗南才傑，冀北儒英。　藻繪掞天庭，夙稱獨步；文章生嶽色，早見絶倫。　方其奪錦登科，猶在垂髫未冠。　幸惟敝邑，得假名流。　蹙授符章，來臨師帥。　屬當累歲，游歷多艱。　既民命之阽危，兼士習之未振。　又均田清賦，朝廷之條格方新；而虚局冒功，郡邑之欺瞞愈甚。　惟公神化，坐底成功。　德性剛中，人歸春育。　機權明哲，事至風生。　勵官常徹底之清廉，惜民貧到骨之脂髓。　痛懲浮靡，盡革奸頑。　委巷雞豚，頓脱追呼之苦；窮鄉桑柘，才沾雨露之恩。　遠近貿成，疲癃盡起。　額外清查，境内欺隱，民田至百千頃畝，曾不屑愛賞而論功；暗中填補，河上灘塌，人户所賠辦錢糧，俾各得重生而再造。　一腔仁愛，誠西京再見之循良；滿耳聲稱，允中土群辟之師表。推兹庠序，更沐生成。　新增泮水之芹，創振橋門之藻。　談經玉屑，衣鉢親有師承；摛賦金聲，文字咸歸矩矱。　分給月俸，人人鼓莧腹而啣恩；校課日程，在在坐螢窓而佩德。　彌深瞻戀，重此分攜。　方慚國士之酬，共擬校人之頌。　爰徵俚詞，用代驪歌。　詞曰：「霄漢春回，又萬方朝會，閶闔弘開。　我侯忙趨征旆，馳向天街。　只恐從今一去，爲君王寵異，特另安排。　顧此黎庶丹誠，青衿血淚，倩誰人、達上蓬萊。　但願再、一年借寇，任他時日轉金堦。」右調《漢宫春》。（同前）

四　《賀邑侯孫見田壽詞有序》：伏以花封試政，世推開濟。　賢良華誕迎禧，共祝台衡上壽。　儀城胥慶，豫士洽歡。恭惟門下：江左人豪，寰中士范。青年擢第三場，冠四海之英；綠鬓升朝南士，冠東吴之表。馳逐秇苑，羽儀明時。方傳殿陛之臚，遽返丘園之賁。膏車江介，分篆河壖。正吾道之當興，喜斯民之有遇。連年饑饉，適值百孔千瘡；比屋流離，那復七亡一得。黄鳥鴻鴈于飛，輿集穀同屯；河内石壕施賑，與追捕並苦。邑本小而政復龐，民既貧而賦且眩。侵奪廢墜，淪胥凋殘。言之傷心，依然在目。先師廟庭之不蔽，風雨殆及十年；學官堂舍之盡屬，傾頽詎寧一日。郵亭公館，賓旅難留。廨宇城池，職司何賴。迨我君侯既至，屬當時運重新。廉介公平剛明，豈第覆盆畢照？鼠牙雀角無冤，部屋重明；窟兔城狐迍迹，藻思時傾。珠玉貞操，素凛冰霜。揮霍播丰猷，斯信吾儒之實學；文章飾吏治，因徵漢史之游言。瑟取更張，事拈條貫。清徭蠲賦，先甦溝壑窮嫠；正學談經，繼起絃歌大教。巍巍孔廟，翼翼學宫。瓊殿輝煌，再見兩楹之正位；明倫閎閬，佇觀諸子之升堂。百凡建置咸興，盡屬經營創始。工誠浩大而費不浮，事已完成而民不擾。實惟已約，抑豈神輸。奏厥虞公，人皆敬服。惟兹仲秋之月，正值初度之辰。百穀呈祥，三花獻瑞。民稱祝頌，詩詠臺萊。欲挹萬斛秋光，共瀉一盃壽酒。某也伏生既老，行能惟止窮經；原憲長貧，草澤何關世務。受公之愛，實擬其倫；罔報之心，殊仍負媿。聿逢嘉會，萬倍恒情。敬擒一闋山歌，用效萬千高祝。其詞蓋《千秋歲引》也：「蓋世英賢，匡時妙略。博取聲光羨揮霍。盡彈辛勞煦拊計，追還弘正風流着。廢墜興，人文振，宛如昨。　此際秋光正灼爍，喜及初度恰如約。人瀝歡愛誰能却。野老先傾心上酒，真便無限目前樂。意難宣，言難盡，酒頻酌。」(同前)

吴國倫詞話

吴國倫（一五二四—一五九三），字明卿，號川樓子，又號南嶽山人，興國（今江西）人。嘉靖庚戌進士，入李攀龍、王世貞詩社，為七子之一。由中書舍人擢兵科給事中。忤嚴嵩，假他事謫江西按察使知事，嵩敗，起建寧同知，累遷河南參政。著有《甔甀洞稿》、《春秋世譜》、《陳張本末略》等。此據《續修四庫全書》影印明萬曆三十一年吴士良、馬攀龍刻本《甔甀洞續稿·文部》録詞話一則。

一

《魏瀓江近體詩序》：蒲圻魏文可氏，故按察順甫公伯子也。起家明經，凡佐三大郡，用行能高等，擢守滇之瀓江。且二年，牧政稱西南最。屬其意已倦遊，每上記請疾，輒爲臺使監司所固留，乃得卧理清晏，坐嘯行歌，益肆情於述作。因裒其生平所賦五七言近體詩若干首，成帙，命之曰《怡雲亭稿》。時予門人姚允升適爲其屬路南守，因得請其副傳之，走使萬里問序於予，且曰：魏使君穎受先生彈射而後殺青，先生其留意焉。嗟乎！文可之於詩，其天性乎？昔在嘉靖中，海内五六子講藝闕下，順甫雖後至，日懷鉛操觚從之，未幾，詩且鴈行五六子，歸而有《雲山堂稿》傳於世，即其邑之先輩若魏蘇州、廖學士，皆有所傳，然視順甫少遜矣。乃文可不藉師友，聞詩於庭，而能專心致志以承之。閲二十餘年，手不停揮，口不輟詠，蓋所謂家學世業與性成也。頃猶削草過半，而僅録其精者存之，庶幾選鋒待敵，割腋備裘矣，予復奚所用彈射耶？雖然，文可之志未已也，其必取質於予，則知己之言也。客有曰：「使君擅諸體，而獨以近體示人，將有待乎？」予曰：昔者齊宣王好射，用不過三石，而左右譽以爲九石，王悦之。夫射用三石，不爲無力人矣，其以三石而蒙九石之譽，即以近體而冒諸體之名，兹齊王之所悦而文可之所耻也，乃其志猶不以近體狃也，奚病焉？客又曰：「近世諸詞家類多馳鶩怪譎，高自矜許，使君獨取唐正始大家所爲《清平調》而諧聲依律赴之，若有所制而不一縱，豈猶不盡用其才乎？」予曰：相馬不論足力而以毛澤爲儀，則廐無千里矣，相玉不論貞粹而以徑廣爲儀，則篋無連城矣。相詩亦然，文可善用《清平調》，庶幾驥稱德、玉比德乎？乃其志猶不以清平狃也，奚病焉？客誠予言，而起曰：「先生知使君，何但知詩？」予曰：士之相知，難矣！子思子不云乎龍穆好餙弄，相人眉睫以爲意，天下之淺人也，而公叔子親之。橋子良修實而不脩名，有若洪鐘不撞不發，天下之深人也，而公叔子與之同邑而弗知。今天下之親龍穆者多矣，若吾文可生平不好弄而脩實，不輕發若洪鐘，又與予同郡，稱通家子，予故以其人知其詩，以其詩益知其人也。客三歎而退，予因具述以告路南君，而自附於文可知已云。（《甂甌洞續稿》卷九）

韓昂詞話

《圖繪寶鑑》六卷，前五卷為元夏文彦編纂，後一卷為明韓昂續纂。韓昂，字孟顒，玉泉人。嘉靖元年任欽天監副。另《千頃堂書目》尚著録有韓昂《明畫譜》，疑即指《圖繪寶鑑續編》。《續編》有韓氏正德己卯跋，云應賓山吴子仁之請，補纂此書，以平日所聞所見及家藏之圖摭拾以應，復謀諸社友錦衣王春泉益其見者統書之。所載起明初，迄正德百五十年間當代人物。此據《津逮祕書》本録詞話一則。

一　王田，字舜耕，山東濟南人。以縣佐請老歸田，材敏。喜為樂府詞，膾炙人口，遠近傳播。山水學高房山，不失矩度與。（《圖繪寶鑑續編》）

宗臣詞話

宗臣（一五二五—一五六〇），字子相，興化（今江蘇）人。嘉靖庚戌進士，除刑部主事。移吏部文選司，進稽勳司員外郎，以賻楊繼盛忤嚴嵩，出爲福建參議。遷提學副使，卒於官。與李攀龍、徐中行、吴國倫、梁有譽有五子之稱。所著有《宗子相文集》、《學約》。此據臺灣偉文圖書出版社有限公司出版《明代論著叢刊》第一輯影印明刻本《宗子相集》録詞話三則。

一

《報袁二丈》：東去海上咫尺耳，况與丈又經年別也，迺不得乘月放舸，一奉顔色。顧辱再遣使來，佳篇枉惠，把讀凄然，離緒交情，轉加懃篤。海内相知愛，孰逾丈哉？更讀諸律詞，調精工妙，非言及。即使拾遺手綴，何加焉？所諭東土菑瘼，備見仁人君子所為心者，月偕州貳移檝湖東，蓬蒿蔽空，舍無遺穗。父老環舟呼泣，舟中者無不人人隕涕罷酒也。州貳移書於府，府亦有報，言及僕，力所能及，豈敢有愛也？使旋附謝。近卜墅頗佳，十月既望，翹佇仙槎，擿蔬治酏，細譚款昵耳。（《宗子相集》卷十四）

二　《報徐中丞》：歸且三朞，竟未得一奉。几舄乃兩承，顓使賜訊。私懷悚結，比於陵阜矣。行時期，馳一介報。别緣閭中父老念游子遠出，時以酒食相召卒，卒無聞，坐此負心。獻春抵燕，即謀托楮寄悰，驟無南羽，郎君至，又得奉遠書於庭，再拜。啓函竦容，環讀古詞霞麗，款意淵深，繆當重奬，若負荆棘，載披重錦，雲章滿握，仰愧高情，徒增太息而已。郎君華除南閩，雅稱世德，别諭枉及，僅有包慙。兹者結綬還里，奉觴上壽，明公其無樂乎？猝裁尺牘，代申謝忱。赫暑畏人，彊飧自愛，皇懼，皇懼。（同前）

三　《報顧國子》：山中雖不得數見，一命駕，再投牘，情深矣。往歲聞島寇，寇通，知足下坐烽燧干戟間，亟欲馳一介往候。因循北轅，遂至自負，怪訝者數也。陳公入賀，則為致足下所賜書於庭，輒啓函讀，知尚苦家難，大都忿鬱不得意之詞，豈天道人情卒懵懵哉？何以故？何以故？再握新梓章，讀之，率多涉目者。新詞一二，更大佳，此便可垂世範。《物省録》云者，謙矣。陳公歸，輒口授數語往報，致其區區。秋氣漸高，行矣，自愛。（同前）

項元汴輯詞話

項元汴（一五二五—一五九〇），字子京，號墨林居士，嘉興（今浙江）人。工繪事，精於鑒賞。年三十五，自以體弱善病，棄舉子業。日惟酬花賞月，尋山問水。所藏法書名畫極一時之盛，品騭古今，評論真贋，以天籟閣、項墨林印記識之。刊有《天籟閣帖》。又有《蕉窗九録》，舊本題明項元汴撰，是書分别録紙、墨、筆、硯、帖、書、畫、琴、香九類。大半採自吴文定《鑒古彙編》，間有删潤。此據《學海類編》本録詞話二則。

一　大江東去詞。（《蕉窗九録》「帖録」）

二　琴為書室中雅樂，不可一日不對清音，居士談古，若無古琴，新者亦須壁懸一牀，無論能操，縱不善操，亦當有琴。淵明云：「但得琴中趣，何勞絃上音。」吾輩業琴不在記博，惟知琴趣，貴得其真。若《亞聖操》、《懷古吟》，志懷賢也；《古交行》、《客窓夜話》，思尚友也；《猗蘭》、《陽春》，鼓之，宣暢布和；《風入松》、《御風行操》，致涼颸解愠；《瀟湘水雲》、《鴈過衡陽》，起我興；《薄秋穹》、《梅花三弄》、《白雪操》，逸我神。《遊元（當作玄）圃》、《樵歌》、《漁歌》，鳴山水之閒心；《谷口引》、《扣角歌》，抱烟霞之雅趣。詞賦若《歸去來》、《赤壁賦》，亦可咏懷寄興，清夜月明，操弄一二，養性修身之道，不外是矣，豈徒以絲桐為悦耳計哉？（同前書「琴録」）

高儒詞話

高儒，字子醇，號百川子，涿州（今屬河北）人。嘉靖時為武弁，好藏書。著《百川書志》二十卷，所載除收經史子集外，還載有戲曲、小説，略有提要。此據《郎園先生全書》本録詞話五十四則。

一　《東坡樂府》一卷，宋文忠公蘇軾撰，止二十四闋。（《百川書志》卷六「歌詞」）

二　《豫章黄山谷詞》一卷，宋太史山谷翁黄庭堅魯直撰。六十八令，一百七十五闋。（同前）

三　《後山詞》一卷，宋彭城陳師道履常撰。（同前）

四　《無住詞》一卷，宋簡齋陳與義去非著。幾十八闋。（同前）

五 《荆公詞》一卷，臨川王安石介甫著。（同前）

六 《放翁詞》一卷，宋山陰陸游務觀著。（同前）

七 《石屏詞》一卷，宋天台戴式之復古著。（同前）

八 《草堂詩餘》四卷，《通考》云：書坊所編，各有注釋引證，皆五代及宋人之作也，分五十九題，幾四百闋。（同前）

九 《中州樂府》一卷，金河東元好問裕之撰，本朝之詞三十六人，百有十闋。（同前）

一〇 《道園樂府》一卷，元雍虞集伯生著，詞止四闋，餘皆《鳴鶴餘音》。（同前）

一一 《鳴鶴餘音》一卷，元虞紹庵著。雖載本集，此卷較多，凡一十二闋。（同前）

一二 《樵庵詞》，元劉静修著。（同前）

一三 《圭塘欸乃》一卷，元光禄大夫許有壬集。（同前）

一四 《梅屋詞》一卷，宋進士朱子門人程貴卿著，凡十八闋。（同前）

一五 《春雨軒詞》一卷，元鄱陽劉彦昺撰，凡十八闋。（同前）

一六 《風雅遺音》二卷，宋隨庵林正大猷之，以六朝唐宋詩文四十一篇括意度腔，以洗淫哇，振古風，更冠本文於前。（同前）

一七 《皇明御制樂府》一卷，宣德年制，凡一百一十二首。（同前）

一八 《白雪遺音》一卷，皇明三山陳德武著，六十七首。（同前）

一九　《寫情集》二卷，大明誠意伯郁離子括蒼劉基著，凡二百一十六首。（同前）

二〇　高太史《扣舷集》一卷，皇明太史高啟季迪撰，凡二十九首。（同前）

二一　《南潤詩餘》一卷，皇明侯官林廷玉撰。（同前）

二二　《餘清詞集》一卷，皇明錢塘瞿佑宗吉著，共二百首。（同前）

二三　《樂府餘音》二卷，皇明瞿佑著，凡一百十二首，與《餘清》相出入。（同前）

二四　《誠齋詞》一卷，國朝周府殿下。（同前）

二五　《紀行詞》一卷，皇明澹庵成始終著，凡十一首。（同前）

二六　《鳴盛詞》一卷，皇明員外三山林鴻子羽著，凡三十一首。（同前）

二七　《藏春詞》一卷，元光禄大夫太保文貞公劉侃著，凡七十六首。（同前）

二八　《省愆詞》一卷，皇明武英殿大學士黄宗豫著，十一首。（同前）

二九　《歸閑詞》一卷，皇明東明居士錢仁夫著，詞七首，有序引。（同前）

三〇　《葵軒詞》一卷，皇明貴溪夏汝霖撰，凡三十九首。（同前）

三一　《草堂餘意》二卷，皇明七一居士陳鐸大聲次韻。（同前）

三二　《賓竹詩餘》一卷，皇明武定侯郭珍著。（同前）

三三　《水雲詞》二卷，宋水雲山人吴人汪元量大有著。（同前）

三四　《眉庵詞》一卷，皇朝西廉使吴郡楊基孟載著。（同前）

三五 《花間集》十卷，蜀銀青光祿大夫行衛尉少卿趙崇祚弘基集晚唐五季之詞，温飛卿而下，凡十八人，共五百首。此近世倚聲填詞之祖，過其詩律遠矣。（同前）

三六 《朝野新聲太平樂府》九卷，青城澹齋楊朝英集小令大曲七十九章，皆元人之作也。（同前「詞曲」）

三七 《雲莊休居自適小樂府》一卷，元文忠公濟南張養浩希孟歸休時作也，小令二十七首。（同前）

三八 《小隱餘音》一卷。（同前）

三九 《雲林清賞》一卷，元汪原亨著二集，原系一書，但次序字句小異而已，兩存參互觀之五（此字疑衍文），小令百闋。（同前）

四〇 《小隱樂農集》一卷，南溪散人著五（疑作小）令百闋。（同前）

四一 《葵軒詞》一卷，貴溪夏暘汝霖撰五（疑作小）令百闋。（同前）

四二 《誠齋樂府》二卷，大明周府錦窠老人著散曲套數，各為一卷。（同前）

四三 《秋碧樂府》一卷，皇明濟南衛指揮七一居士陳鐸大聲著，分南北二調，小令從之。（同前）

四四 《黎（當作梨）雲寄傲詞》一卷，陳鐸大聲作，附時人三子作。（同前）

四五 《松林暢懷詞》二卷，上黨郭豸汝平編。（同前）

四六 《王舜耕詞》一卷，不知何許人，嘲詠戲謔之作也，率多小令。（同前）

四七 《滑稽餘音（當作韻）》二卷，七一居士作，一百四十一闋，各詠一藝業，曲盡人情物態，總十二

令。（同前）

四八 《蚓竅清娱》二卷，皇明應天衛指揮陶輔著，隱樂二令二百二十闋餘，皆雜詠。（同前）

四九 《閒簷□笑》一卷，夕川老人陶輔著，十二首，専詠世俗之事。（同前）

五〇 《盛世新聲九宫曲》九卷。（同前）

五一 《盛世新聲南曲》二卷。（同前）

五二 《盛世新聲萬花集》一卷，大明武宗正德年人編，三集，總大曲四百餘章，小令五百餘闋。（同前）

五三 《虚舟詞》二卷，皇明金吾左衛指揮張閒作，凡二十套。（同前）

五四 《王西樓樂府》一卷，皇明高郵王磐著，詞旨警絶，附其婿《南湖近詞》。（同前）

田汝成詞話

田汝成，字叔和，一字叔禾，錢塘（今浙江杭州）人。嘉靖丙戌進士，授南刑部主事，歷禮部祠祭郎中，出為廣東僉事，遷貴州僉事，轉廣西右參議，終福建提學副使，罷歸。博學，工古文。所著有《田叔禾集》、《炎徼紀聞》、《西湖游覽志》、《遼記》、《龍憑紀略》、《浙天行邊紀聞》、《武夷遊詠》、《九邊志》、《西粵宦遊記》等。《西湖遊覽志》二十四卷、《志餘》二十六卷，自序云五嶽山人黃勉之嘗謂西湖無志，猶西子不寫照，《霓裳》不按譜，希望田氏圖之。於是紬集見聞，輯撰此書，叙列山川，附以勝蹟，揭綱統目，為卷二十有四，題曰《西湖遊覽志》。裁翦之遺，兼收並蓄，分門彙種，為卷二十有六，題曰《西湖遊覽志餘》。其書多紀湖山之勝，於南宋史事尤多，可廣見聞，併可以考文獻。《志餘》則摭拾南宋舊聞。此據早稻田大學藏明刊本録詞話一百七則。

一　蘇公堤自南新路屬之北新路，横截湖中，宋元祐間蘇子瞻守郡，濬湖而築之，人因名蘇公堤。夾植花柳中，為六橋，橋各有亭覆之，其詩云：「六橋横截天漢上，北山始與南屏通。忽驚二十五萬丈，老葑席卷蒼烟空。」……堤南第一橋曰映波，與西岸第六橋對……第六橋曰跨虹，與西岸第一橋斜對，稍北則為西陵橋矣。高竹屋咏蘇堤芙蓉《菩薩蠻》詞：「紅雲半壓秋波急，艷粒（當作妝）泣露啼嬌色。幽夢入便城，風流石曼卿。　宫袍呼醉醒，休捲西風錦。明日粉香殘，六橋烟水寒。」（節録自《西湖遊覽志》卷二「孤山三提勝蹟」）

二　學士橋，當故宋聚景園前，蓋城中鐵冶嶺諸山之水。舊出錢湖門，輸委於西湖者，必經橋下。大小岐派若夾字然，故稱夾字港。港長九十六丈，後人訛為學士港。然則學士橋者，豈即夾字橋之誤歟？而宋時《咸淳志》、《夢粱録》諸書皆無夾字橋之名，獨《武林舊事》有學士、柳浪等橋，而柳浪聞鶯，遂為西湖十景之一，蓋不可謂無據也。豈其時有文人為學士者得寵昵，於從遊應制題詠，遂以名橋？若李太白偕尚書郎張謂遊沔州南湖，遂改南湖為郎官湖。近世孫一元著高士於西湖，遂改西湖為高士湖者，或此類也。橋久崩廢，惟條石丈餘，横跨港口，舟人以小艇入艤清波門者，傴僂乃度，郡人王軜者，好義士也，捐貲重建之，高廣倍昔，題其梁曰學士橋。蓋從郡人稱名之便，且疑以傳疑，存舊蹟也。汝成為倍（一作之）記，（按：以下明刊本原空缺，此據上海書店《叢書集成續編》本影印《武林掌故叢編》本補）立石建亭於橋畔。馬浩瀾《念奴嬌》詞：「東風輕軟，把緑波吹作，縠紋微皺。彩舫亭亭寬比屋，載得玉壺芳酒。勝景天開，佳朋雲集，樂繼蘭亭後。珍禽兩兩，驚飛猶自回首。

學士港口桃花，南屏松色，蘇小門前柳。冷翠柔金紅綺幔，掩映水明山秀。閒試評量，總宜圖畫，無此丹青手。歸時侵夜，香街華月如畫。」（同前書卷三「南山勝蹟」）

三 豐樂樓：宋初為衆樂亭，尋改聳翠樓，政和中改今名。淳祐九年，安撫趙與𥲅重構之，瑰麗崢嶸，掩映圖畫，俯瞰平湖，千峰連環，一碧萬頃。柳汀花塢歷歷，欄檻間亭榭翬飛，遠近映帶，遊橈冶騎，菱歌漁唱，往往會合於樓前。元末乃燬，嘉靖二十年，郡守陳公仕賢毀柳洲寺而重建之，為賓使館所，題曰柳洲別館。館後有樓，題曰豐樂，存舊蹟也。編修金璐為之記，宋趙忠定公詠豐樂樓《柳梢青》詞：「水月光中，煙霞影裏，湧出歌臺。空外笙簫，雲間笑語，人在蓬萊。天香暗逐風回，正十里、荷花盡開。買箇小舟，山南遊遍，山北歸來。」（同前書卷八「北山勝蹟」）

四 大石佛，舊傳為秦始皇纜船石。宋宣和中，僧思净者當兒時見之，作念曰：「異日出家，當鐫此石為佛。」及長，為僧妙行寺，遂鐫石為半身佛像，飾以黃金，構殿覆之，遂名為大石佛院。元至元間，院燬，佛像亦剥落。皇明永樂間，僧志琳重建，勑賜為大佛禪寺。弘治四年，僧永安重修，寺畔有塔，俗稱壺瓶塔，乃元時西河僧所建。……孫花翁墓，翁名惟信，字季蕃。仕宋光宗時，棄官，隱西湖。工為長短句，好藝花卉，自號花翁。家徒壁立，無旦夕之儲，彈琴讀書晏如也。既卒，安撫趙與𥲅葬之，墓近水僊王廟。仇仁近詩：「水僊分地葬詩人，一片荒山野火焚。薦菊有亭今作圃，掃松無子謾留墳。蝸牛負殼粘碑石，老鸖攜雛入隴雲。欲把管絃歌楚些，却憐度曲不如君。」（節録自同前）

五 岳武穆王墓：王名飛，字鵬舉，相州湯陰人。少負氣節，沉毅寡言，有神力。未冠，挽弓三百觔、弩八石。宋高宗時，以戰伐功，歷官都統，屢陳恢復大計，高宗慮欽宗之返而攘己也，陽奬而陰憾之，丞相秦檜揣知帝旨，遂力主和議。會兀术寇拱亳，詔飛往援，金人大敗，追及朱僊鎮，中原響應，謂其部下曰：「直抵黄龍，與諸君痛飲耳。」方指日渡河，而檜欲割淮以北棄之，乃召張俊、楊沂中先歸，言飛孤軍不可久留，以金牌十二召之班師，飛憤，惋泣，東向拜曰：「十年之力壞於一旦矣。」明年，兀术寇淮西，張俊畏敵不敢進，詔飛往援，兀术遁。俊忌之，飛遂力請解兵柄，會兀术遺檜書，言飛不死，和議終不成。檜乃諷臺臣何鑄、羅汝楫等交章論飛，言金人攻淮西，飛至舒、蘄而不進，與張俊按兵淮上，又欲棄山陽而不守。張俊又劫王俊誣飛令張憲、岳雲通書協謀，冀以兵柄還飛，檜遣使捕飛父子下獄，令諫議大夫万俟卨鞫成之。會歲暮，獄無佐證，檜一日獨居書室食柑玩皮，若有思者，其妻王氏窺，咲曰：「老漢一何無決，擒虎易，縱虎難也。」檜犂然當心，致片紙獄中，即日報飛死矣，蓋摺殺之，年三十九。雲、憲皆棄市。獄卒隗順負飛屍踰城，至九曲叢祠瘞之，以玉環殉樹，雙橘識焉。紹興末，金人益猖獗，太學生程宏圖訟飛冤，詔還飛宗屬徙邊者。孝宗詔復飛官，謚武穆，改葬於棲霞嶺，雲祔其傍，廢智果院為祠，賜額曰褒忠衍福寺。墓上之木皆南向，蓋英靈之感也。嘉定四年封鄂王。宋亡，寺廢，王之六世孫在江州者名士廸，與宜興岳氏通譜，合力起之，未幾復廢。至元間，天台僧可觀者訴於官，鄭明德為作疏語云：……疏成，杭州經歷李全慨然重興之，廟塑王像，以其子雲、雷、震、霖、霆祔焉，後作燕寢，像王父母及王夫人與王之女號銀瓶娘子者，尋燬。雲，飛養子也，每立奇功，飛輒隱之，能握鐵椎，重八十斤，死年二十三。霖子珂，嘉定間作《籲天辯誣録》、《天定録》、《桯史》、《金陁粹編》，飛事愈白。廟中有石刻飛詩詞二首，《送紫岩張先生北伐詩》云：「號令風霆迅，天聲動北陬。長驅渡河洛，直擣向燕幽。馬蹀閼氏血，旗梟可汗頭。歸來報明主，恢復舊神州。」其詞云：「怒髮衝冠，憑欄處、瀟瀟雨歇。擡望眼、仰天長嘯，壯懷激烈。三十功名塵與土，八千里路雲和月。莫等閒、白了少年頭，空悲切。　靖康恥，猶未雪。臣子恨，何時滅。駕長車、踏破賀蘭山缺。壯志饑飡胡虜肉，笑談渴飲匈奴血。待從頭，收拾舊山河，朝天闕。」皇明初，勑建其祠，有司春秋致祭。弘治間，參政周木得其裔孫於衢州，召令世守之，太監麥秀重建殿寢，雲所用鐵鎗猶存。正德八年，都指揮李隆鑄銅為秦檜、王氏、万俟卨三像，反接跪露臺。十二年，太監王堂塑王父母妻子女諸像，扁曰一門忠孝。（節録自同前書卷九「北山勝蹟」）

六　夾城巷東通遞運所，四達之衢，市廛殷阜，肩摩踵接。第夾城名義不知何所取也，故老皆言元有總兵楊完者，與張士誠築壘相拒，此其遺基。然當錢氏築城時，云自秦望山由夾城東亘江干，泊錢唐湖，凡七十里，則夾城之名，唐末五代已有之，似非起於楊完者也。豈以其近傍羅城若杜詩所稱「花萼夾城通御氣」之談歟？國初，有為《夾城八景》卷者，名流題詠甚多，今掇其著者，一曰夾城夜月，王洪《卜筭子》詞：「孤月泛江秋，露下高城静。期着佳人夜不來，坐轉梧桐影。　吹徹紫鸞笙，寶篆烟消鼎。桂子飄香下廣寒，銀漢雙星耿。」聶大年《臨江僊》詞：「萬里碧霄雲散盡，長天孤月流輝。城陰寥濶椓聲稀，試登高處望，露濕五銖衣。　不見遼東華表鶴，人民昔是今非。驚烏三匝正南飛，銀河風露冷，騎得綵鸞歸。」二曰陡門春漲，王洪詞：「驚雪噴高崖，雷響青天曉。剛道吴胥駕海來，勢壓滄溟小。兩岸走漁舟，潑亂飛春鳥。誰信神魚去不留，五色祥雲繞。」聶大年詞：「西北關城如鐵甕，夜來春漲崩奔。驚濤拍岸撼崑崙，桃花三汲浪，何處覓僊源。彷彿鴟夷乘白馬，潮頭日落雲昏。瀆祇川后亦銷魂，琴高騎赤鯉，隨水到龍門。」三曰半道春紅，王洪詞：「宿雨漲春流，曉日紅千樹。幾度尋芳載酒來，自與春風遇。弱水與桃源，有路從教去。不見西湖柳萬絲，滿地飛風絮。」聶大年詞：「記得武林門外路，雨餘芳草蒙茸。杏花深巷酒旗風，紫騮嘶過處，隨意數殘紅。有約玉人同載酒，夕陽歸路西東。舞衫歌扇繡簾櫳，昔遊成一夢，試問賣花翁。」四曰西山晚翠，王洪詞：「斜日照疎簾，雨歇青山暮。白鳥鳴邊一半開，杳靄和烟度。樓上見平湖，影隔青林霧。吹斷鸞簫興未闌，月照芙蓉露。」聶大年詞：「一抹斜陽低遠樹，分明翠斂西山。蒼蒼松檜鎖禪關，疎鐘殘磬裏，倦鳥亦知還。谷口樵蘇歸路晚，六橋流水潺潺。行人指點有無間，天風吹散盡，露出豹文斑。」五曰花圃啼鶯，聶大年詞：「芳圃萬花圍繞遍，軟紅晴點香泥。金衣公子柳邊迷，為憐春色好，終日往來啼。記得早朝花底散，金河草色萋萋。數聲只在御河西，東風回首處，香霧滿長堤。」六曰皐亭積雪，聶大年詞：「昨日孤峰如潑翠，今朝玉立巑岏。璚林琪樹間琅玕，蓬萊塵世隔，弱水竟漫漫。玉宇岧嶤千仞表，羣僊飛珮驂鸞。不知何處倚闌干，洞簫吹一曲，鶴氅不勝寒。」七曰江橋暮雨，聶大年詞：「一葉漁舟吞暮景，夜來江漲平橋。蒹葭兩岸響蕭蕭，水村烟郭外，隱隱見歸樵。鴻鴈欲歸愁翅濕，誰憐萬里雲霄。空濛山色望中遥，鐘聲何處寺，白鳥没林腰。」八曰白蕩烟村，聶大年詞：「北郭秋風禾黍熟，牛羊晚下平田。一村桑柘起寒烟，田翁邀社飲，擊鼓更燒錢。處處雞豚泥飲罷，瓦盆濁酒如泉。往來東陌與西阡，誰言淳樸俗，自有一山川。」

（同前書卷二十二「北山分脈城外勝蹟·衢巷河橋」）

七 浙江在郡城之東南，登西湖諸山，則大略可瞰。其源發自徽州，曲折而東，以入於海，故名浙江，亦曰浙河，其潮晝夜再上。諸家立説不同，宋時郡志載姚寬《西溪殘語》及徐叔明《高麗録》二篇，大抵皆云潮隨日而應月，依陰而附陽。元時褧伯宣作《浙江潮候圖説》，又櫽括其詞，更加明爽，其説曰：大江而東，凡水之入於海者，無不通潮，而浙江之潮獨為天下奇觀，地勢然也。浙江之口有兩山焉，其南曰龕山，其北曰赭山，並峙於江海之會，謂之海門。下有沙渾跨江，西東三百餘里，若伏檻然。潮之入於浙江也，發乎浩渺之區，而頓就斂束，逼礙沙渾，回薄激射，折而趨於兩山之間，拗怒不洩，則奮而上隮，如素蜺橫空，奔雷殷地，觀者膽掉，涉者心悸，故為東南之至險，非他江之可同也。原其消長之故者，曰天河激涌，曰地機翕張，揆其晨夕之候者，曰依陰而附陽，曰隨日而應月。地志濤經言殊旨異，胡可得而一哉？蓋圓則之運，大氣舉之，方儀之静，大水承之，氣有升降，地有浮沉，而潮汐生焉。日有盈虛，潮有起伏，故盈於朔望，虛於兩弦，息於朓朒，消於朏魄，而大小準焉。月為陰精水之所在，日為陽宗陰之所從，故晝潮之期日常加子，夜潮之候月必在午，而晷刻定焉。卯酉之月，陰陽之交，故潮大於餘月，大梁析木，河漢之津也。朔望之後，天地之變，故潮大於餘日，寒暑之大，建丑未也。一晦一明，再潮再汐，一朔一望，再虛再盈，天一地二之道也。月經於上，水緯於下，進退消長，相為生成。曆數可推，毫釐不爽，斯天地之至信，幽贊於神明，而古今不易者也。杭之為郡，枕帶江海，遠引甌閩，近控吴越，商賈之所輻輳，舟航之所駢集，則浙江為要津焉。而其行止之淹速，無不畢聽潮汐者，或違其大小之信，爽其緩急之宜，則必至於傾墊底滯，故不可以不之謹也。某承乏兹郡，屬兵革未弭之秋，信使之往來，師旅之進退，雖期會紛紜，邊陲警急，必告之曰：「謹候潮汐，毋躁進以自危。」然而跡累肩摩，晨馳夕騖，有不能人喻而户説之者。考之郡志，得《四時潮候圖》簡明可信，故為之説而刻石於浙江亭之壁間，使凡行李之過此者，皆得而觀之，以毋蹈夫觸險躁進之害，亦庶乎思患而預防之之意云。……蘇子瞻中秋看潮五絶：「定知玉兔十分圓，已作霜風九月寒。寄語重門休上鑰，夜潮留向月中看。」「萬人鼓譟懾吴儂，猶似浮江老阿童。欲識潮頭高幾許，越山渾在浪花中。」「江邊身世兩悠悠，久與滄波共白頭。造物亦知人易老，故教江水向西流。」「吴兒生長狎濤淵，冒利輕生不自憐。東海若知明主意，應教波浪變桑田。」「江神河伯兩醯雞，海若東來氣吐霓。安得夫差水犀手，三千强弩射潮低。」觀潮《南歌子》詞二首：「海上乘槎侶，僊人萼緑華。飛昇元不用丹砂，住在潮頭來處渺天涯。　雷輥夫差國，雲翻海若家。坐中安得弄琴牙，寫取餘聲歸向水僊誇。」「苒苒中秋過，蕭蕭兩鬢華。寓身化世一塵沙，笑看潮來潮去了生涯。　方士三山路，漁人一葉家。早知身世兩聱牙，好伴騎鯨公子賦雄誇。」又《瑞鷓鴣》詞：「碧山影裏小紅旗，儂是江南踏浪兒。拍手欲嘲山簡醉，齊聲争唱浪婆詞。　西興渡口帆初落，漁浦山頭日未攲。儂欲送潮歌底曲，樽前還唱使君詩。」又《江神子》詞：「鳳凰山下雨初晴，水風清，晚霞明。一朵芙蓉，開過尚盈盈。何處飛來雙白鷺，如有意，慕娉婷。　忽聞江上弄哀箏，苦含情，遣誰聽。烟斂雲收，依約是湘靈。欲待曲終尋問取，人不見，數峰青。」（節録自同前書卷二十四「浙江勝蹟」）

八　開寶初，忠懿王俶遣其臣黄夷簡入見，太祖謂曰：「歸與元帥言，朕已於薰風門外建離宫，名禮賢宅，以待李煜及元帥先朝者居之，今煜倔强不朝，吾已遣兵往矣，元帥可暫來一見，慰我延想，即當遣還也。」忠懿王聞之，遂入朝。太祖大喜，召宴後苑，時惟太宗及秦王侍坐，酒酣，詔王與太宗叙兄弟齒，坐太宗上，俶叩頭辭讓，繼之以泣，方得免。俶後入朝，太宗亦宴苑中，安僖王惟濬侍焉，泛舟宫池，太宗手舉御杯賜俶，跪而飲之，明日，奉表謝，其略曰：「御苑深沉，想人臣之不到；天顔咫尺，惟父子以同親。」其優禮如此。〇忠懿王入朝，太祖為置宴，出内妓彈琵琶，王獻詞曰：「金鳳欲飛遭掣搦，情脉脉，看即玉樓雲雨隔。」太祖憐之，起拊其背，曰：「誓不殺錢王。」（《西湖遊覽志餘》卷一「帝王都會」）

九　高宗《漁父詞》云：「薄晚烟林淡翠微，江邊秋月已明輝。縱遠柁，適天機，水底閒雲片段飛。」又云：「青草開時已過船，錦鱗躍處浪痕圓。竹葉酒，柳花氈，有意沙鷗伴我眠。」又云：「水涵微雨湛虚明，小笠輕蓑未易晴。明鏡裏，縠紋生，白鷺飛來空外聲。」詞致清遠，雖客江湖、擅名一時者不能及也。（同前書卷二「帝王都會」）

一〇　乾道、淳熙間，壽皇以天下養，每奉德壽三殿遊幸湖山，御大龍舟，宰執從官以至大璫、應奉諸司及京府彈壓等各乘大舫，無慮數百。時承平日久，樂與民同，凡遊觀買賣皆無所禁，畫楫輕舫，旁午如織。至於果蔬、羹酒、關撲、宜男、戲具、鬧竿、花籃、畫扇、綵旗、糖魚、粉餌、時花、泥嬰等，謂之湖中土宜，又有珠翠、冠梳、銷金、綵段、犀鈿、髹漆、織藤、窑器、玩具等物，無不羅列，如先賢堂、三賢堂、四聖觀等處最盛。或有以輕撓趂逐求售者，歌妓舞鬟嚴妝自衒以待招呼者，謂之水僊子，至於吹彈、舞拍、雜劇、紛紜、撮弄、勝花、泥丸、鼓板、投壺、花彈、蹴踘、分茶、弄水、踏滚、木撥盆、雜藝、散耍、謳唱、息器、教水族、飛禽、水傀儡、鬻道術、烟火、起輪、走線、流星、火爆、風箏，不可指數，總謂之趕趂人，蓋耳目不暇給焉。御舟四垂珠簾錦幕，懸掛七寶珠翠、龍船梭子、鬧竿花籃等物。宮姬韶部儼如神僊，天香濃鬱，花柳避妍，小舟時有宣喚賜予。宋五嫂者，汴酒家婦，善作魚羹，至是僑寓蘇隄，光堯召見之，詢舊悽然，令進魚羹，人競市之，遂成富媪。朱静佳六言詩云：「柳下白頭釣叟，不知生長何年。前度君王遊幸，賣魚收得金錢。」往往修舊京金明池故事，以安太上之心。湖上御園南有聚景、珍珠、南屏，北有集芳、延祥、玉壺，然亦多幸聚景焉。一日，御舟經過斷橋，旁有酒肆，頗潔雅，中飾素屏風，書《風入松》一詞於上，光堯停目，稱賞久之，宣問何人所作，乃太學生于國寶醉筆也，其詞云：「一春常費買花錢，日日醉湖邊。玉驄慣識西湖路，驕嘶過、沽酒樓前。紅杏香中歌舞，緑楊影裏鞦韆。煖風十里麗人天，花壓鬢雲偏。畫船載得春歸去，餘情付、湖水湖烟。明日重携殘酒來，尋陌上花鈿。」上笑曰：「此詞甚好，但末句不免酸寒。」因為改作「明日重扶殘醉」，即日宣命解褐云。（同前書卷三「偏安佚豫」）

一一　乾道三年三月初十日，南内遣閤長至德壽宫，奏知連日天氣甚好，欲一二日間恭邀車駕幸聚景園看花，取自聖意選定一日，太上云：「傳語官家，備見聖孝，但頻頻出去，不惟費用，又且勞人。

本宫後園亦有幾株好花，不若來日請官家過來閒看。」遂遣提舉官同到南内奏過，遵依。次日，進早膳後，車駕與皇后、太子過宫起居二殿訖，先至燦錦亭進茶，宣召吴郡王曾兩府已下六員侍宴，同至後苑看花，兩廊並是小内侍及幕士，效學西湖鋪，放珠翠、花朵、玩具、疋帛及花籃、鬧竿、市食等，許從内人關撲。次至毬場看小内侍抛綵毬、蹴鞦韆。又至射廳看百戲，依例宣賜。回至清妍亭看荼蘼，就登御舟，繞堤閒遊，亦有小舟數十隻供應雜藝、嘌唱、鼓板、蔬果，無異湖中。太上倚欄閒看，適有雙燕掠水飛過，得旨令曾覿進詞賦，遂進《阮郎歸》云：「柳陰庭院占風光，呢喃春晝長。碧波新漲小池塘，雙雙蹴水忙。　萍散漫，絮飛揚，輕盈體態狂。為憐流水落花香，銜將歸畫梁。」既登舟，知閤張掄進《柳梢青》云：「柳色初濃，餘寒似水，纖雨如塵。一陣東風，縠紋微皺，碧沼鱗鱗。　仙娥花月精神，奏鳳管鸞絃鬭新。萬歲聲中，九霞盃内，長醉芳春。」曾覿和進云：「桃靨紅匀，梨腮粉薄，鴛徑無塵。鳳閣凌虚，龍池澄碧，芳意鱗鱗。　清時酒聖花神，看内苑風光又新。一部仙韶，九重鸞仗，天上長春。」各有宣賜。次至静樂堂看牡丹，進酒三盃，太后邀太皇、官家同到劉婉容奉華堂聽擿阮，奏曲罷，婉容進茶訖，遂奏太后云：「近教得二女童瓊華、緑華，並能琴阮、下棊、寫字、畫竹、背誦古文，欲得就納與官家則劇。」遂令各呈伎藝，併進自製阮譜三十曲，太后遂宣賜婉容宣和殿玉軸、沉香槽三峽流泉正阮一面、白玉九芝道冠、北珠緣領道氅、銀絹三百疋兩、會子三百萬貫，是日三殿並醉，酉牌還内。（同前）

一二　（淳熙三年）八月二十八日，壽聖皇太后生辰，先十日，車駕過宫，先至太上處起居，次入本殿進香，以次皇后、太子、太子妃、莊文太子妃、張娘娘已下並進香起居，至太上内書院進泛索，遂奏安止，還内。十二日，婉容到宫，至西便門廊下，先至太上處奏起居，次入本殿進香，諭雨免下堦起居、大内進香。十三日，知省及大官到宫進香，閣長就管押進奉銀絹度牒等并七寶金銀器皿，比天申節减半，官屬進香，并設放壽星及神僊書畫等物，隔簾奏喏，免起居，退。次日，皇太后宅親屬到宫進香，并本官人吏、後苑官屬作院使等臣節次進香。二十一日卯時，皇后先到宫候駕至，到太上前殿起居，次至本宫殿，官家第一班，皇后第二班，太子并妃第三班，各上壽訖，太后宅親屬上壽，並同天申節儀。太上邀官裏至清心堂進泛索，值雨，不呈戲，依例支賜。午初二刻，奏辦就本殿大堂面北坐官家花帽上蓋、皇后三釵頭冠，并賜簪花酒。至第五盞，免大衣官裏便背兒赴坐。第七盞，小劉婉容進自製十色菊《千秋歲》曲破，内人瓊瓊、柔柔對舞，上於閤子庫支賜五兩數珠子一號細色北段十疋，太后又賜七寶花十枝、珠翠芙蓉領緣一幅，又移坐靈芝殿有木犀處進酒，次到至樂堂再坐，至更盡後還内。（同前）

一三　九月十五日，明堂大禮。十三日，雨，未時，奏請宿齋，北内送天花、摩姑、蜜煎、山藥、棗兒、乳糖、巧炊、火燒、角兒等。十四日，駕詣景靈宫，回太廟宿齋，雨不止。午後，太上遣提舉至太廟，傳語官家連日祀事，不易所謂。十六日，詣宫飲福，陰雨泥濘，可免勞煩。天氣陰寒，請官家美進御膳，頻添御服，上遣閣長回奏，上感聖恩。至日，若登樓肆，赦依舊，詣宫行禮，不登門。時當奏聞，晚雨不止，宣諭大禮使趙雄來，早更，不乘輅，止用逍遥輦，詣文德殿齋，一應儀仗排立，並免放，從駕官並常服以從，併遣御藥奏聞北内。來日，為值雨，更不乘輅，謹遵聖旨，不過宫行飲福禮，太上令傳語官家既不乘輅，此間也不來看了。大禮使趙雄雖已得旨，猶不許放仗，上聞之，曰：「來早，若不晴時，有何面目。」雄聞之曰：「縱使不晴，得罪，不過罷相耳。」堅執不肯，放散。至黄昏後雨止，月明，上大喜，遣内侍李思恭宣諭趙雄，仍舊乘輅，再遣御藥奏聞北内，天晴仍舊乘輅，候登門訖，詣宫行禮。十五日，晴，色甚佳。車駕自太廟乘輅還内，日映御袍，天顔甚喜，都民皆讚嘆聖德。至巳時，太上遣直閣官往齋殿傳語官家，且喜晴明可見，誠心感格，賜御用段疋至鞦轡七寶篦刀子事件、素食果子等，仍奏連日勞頓，免行飲福禮，上就遣知閣回奏，上感聖恩天氣轉晴，皆太上皇帝聖心感格，容肆赦訖，詣宫行禮併謝聖恩。十六日，登門肆赦畢，車駕詣宫，小次降輦。提舉傳太上聖旨，特減八拜，仍免至壽聖處，飲福行禮畢，略至絳華堂進泛索，知閣張掄進《臨江（脱僊字）》詞云：「聞道彤廷森寶仗，霜風逐雨驅雲。六龍扶輦下青冥，香隨鑾扇遠，日映赭袍明。簾捲天街人頂戴，滿城喜氣氤氳。等閒散作八荒春，衹知天意好，昨夜月華新。」（同前）

一四 十月二十二日，孝宗皇帝會慶聖節，至日，車駕過宫太上外殿起居，簪花拜舞進壽酒，太上回賜。次至太后殿行禮，乃從太上至後苑梅坡看早梅、浣溪亭看小春海棠。午初，至載忻堂排當，官裏换素帽，太后賜官裏女樂二十人，上再拜謝恩，教坊都管王喜等進新製會慶萬年《薄媚》曲破，對舞，並賜銀絹，太上以白玉桃盃賜上御酒，云：「學取老爺年紀，早早還京。」上飲酒，再拜謝恩，三盃後，官家换背兒，免拜，皇后换團冠背兒，太子免繫裹。再坐，本宫御侍六人並陞郡夫人，就賜誥，謝恩，照例支散目子錢，太上又賜官裏玉酒器十件、壘珠嵌寶器一千兩、尅絲作金龍裝花軟套閣子一副。侍宴官吴郡王以下各賜金盤盞、段疋、薇露、酒、香、茶等。是日，官裏大醉。申牌後，宣逍遥子入便門，升輦還内。（同前）

一五　淳熙六年三月十五日，車駕過宫，請太上、太后遊聚景園，至會芳殿降輦，上及皇后翠華殿降輦，兩殿至瑶津少坐，並乘步輦，遍遊園中，再坐瑶津西軒，酒三行，都管劉景供進新製《泛蘭舟》曲破，吴興佑舞，各賜銀絹，上親捧玉酒船上壽，酒斟，船中人物皆動，太上喜。至錦壁賞花，牡丹千餘叢，各有牙牌金字，别採好色千朵安頓花架，並是水晶玻璃天青汝窑金瓶，中間放沉香卓，安白玉碾花商尊，高三尺，徑一尺三寸，獨插照殿紅十五枝，隨駕官各賜兩面翠葉滴金牡丹、沉香柄、金絲御書扇各一把，知閣張掄進《壺中天》詞云：「洞天深處，賞嬌紅輕玉，高張雲幕。國艷天香相競秀，瓊苑風光如昨。露洗妖妍，風傳馥郁，雲雨巫山約。春光濃如酒，五雲臺榭樓閣。　聖代道治功成，一塵不動，四境無鳴柝。屢有豐年天助順，基業增隆山岳。兩世明君，千秋萬歲，永享昇平樂。東堂呈瑞，更無一片花落。」太上喜，賜金盃盤法錦數事。又至翠華，登御舟，入裏湖，至斷橋，入真珠園，太上命買湖中魚鼈放生，宣喚湖中買賣人等，内侍用小旗招引，各有支賜。時有賣魚羹宋五嫂，東京人，太上念其老，宣上船，賜金錢十文、銀錢百文、絹十疋，仍令後苑供應泛索。至申時，御舟稍泊花光亭，至會芳少歇，太上已醉，上親扶上船乘轎，都人傾城，瞻嘆聖孝。（同前）

一六　淳熙七年十二月二十八日，南内遣御藥并後苑官管押進奉兩宫守歲合食則劇、金銀錢、消夜歲軸果兒、錦曆、鍾馗、爆仗、糕兒、法酒、春牛、花朵等，就奏知太上，元日欲先詣宫朝賀，然後還内，引見大金使人，太上不許，傳語官家至日可先引見使人訖，却行到宫禮。正月元日，上坐紫宸殿引見使人訖，即率皇后、皇太子、太子妃至德壽宫行朝賀禮，進呈畫本人使面貌、姓名及館伴問答。是歲太上聖壽七十有五，舊歲欲行慶壽禮，太上不許，至是方密進黄金酒器二千兩，上侍太上於欏木堂香閣内説話，宣唤棋待詔并小説人孫奇等十四人下棋兩局，各賜銀絹，供泛索訖，官家恭請太上、太后來就南内排當。初二日，早進膳訖，遣太子到宫恭迎兩殿，并只用轎兒，禁衛簇擁入内，官家親王殿門恭迎，親扶太上降輦，至損齋進茶訖，至清燕殿看書畫玩器。約午初刻後，苑供進酥酒十色熬煮。午正三刻，就凌虚閣排當，三盞後，至蕚緑華堂看梅，上進銀三萬兩、會子十萬貫，太上云：「宫中無用錢處，不須得。」再三奏請，止受三分之一。未初刻，雪大下，正是臘前，太上甚喜，謂官家云：「今年正欠些雪，可謂及時，却甚好，但恐長安有貧者。」上奏云：「已令有司比去歲倍數支散。」太上亦命提舉官於本宫支犒官會照朝廷之數，命近侍進酒，官裏上壽，近臣獻詞云：「紫皇高宴僊臺，雙成戲擊瓊苞碎。何人為把，銀河水剪，甲兵都洗。玉様乾坤，八荒同色，了無塵翳。喜冰消太液，煖融鳷鵲。

端門曉，班初退，聖主憂民深意。轉鴻鈞、滿天和氣。太平有象，三宫二聖，萬年千歲。雙玉盃深，五雲樓迥，不妨頻醉。看來不是飛花，片片是豐年瑞。」太上大喜，賜鍍金酒器二百兩、細色段疋、復古殿香、羔法酒，太后命本宫歌板色歌此曲進酒，太上盡醉。至更深，宣轎兒入便門，上親扶升輦還宫。（同前）

一七　淳熙九年八月十五日，孝宗過德壽宮起居，上皇釣魚為樂，遂留賞月。宴香遠堂，堂東有萬歲橋，以白玉石為之，雕欄瑩徹，上作四面亭，皆新羅白木，與橋一色。大池十餘畝，植千葉白蓮。御榻、屏几、酒器俱用水晶，南岸列女樂，北列男樂。月上，簫韶齊作，稍止，上皇召小劉妃獨吹白玉笙《霓裳·中序》。時侍燕官開府曾覿進《壺中天》詞云：「素飇漾碧，看天衢穩送，一輪明月。翠水瀛壺人不到，比似世間秋別。玉手瑶笙，一時同色，小按《霓裳》疊。天津橋上，有人偷記新闋。當日誰幻銀橋，阿瞞兒戲，一笑成痴絶。肯信羣僊高宴處，移下水晶宮闕。雲海塵清，山河影滿，桂冷吹香雪。何勞玉斧，金甌千古無缺。」上皇大喜，曰：「從來月詞不曾用金甌事，可謂新奇。」賜金束帶、紫番羅、水晶碗，上亦賜寶盞。至二更五點還宮，是夜西興亦聞天樂焉。（同前）

一八　淳熙十年八月十八日，駕詣德壽宮，奉迎上皇觀潮。先期浙江亭抓縛蓆屋五十間，至是并用綵纈幕帟。上皇至，賜從官酒食，並免侍班聽從，便觀看。先是澉浦金山都統司水軍五千人抵下江，至是又命殿司新刺防江水軍、臨安府水軍並行閱試，軍船擺開西興龍山，兩岸近千隻，管軍官於江面分布五陣，乘騎弄旗標舞刀如履平地，點放五色烟炮滿江，及烟收炮息，諸般皆不見。自龍山以下，貴邸豪民綵幕綿亘二十餘里，幾無行路，西興一帶亦縛幕次，綵繡照江，有如鋪錦市井。弄水者憎兒、留住等凡百餘人，皆手持十幅綵旗踏浪争雄，直至海門迎潮。又有踏滚木水傀儡、水百戲撮弄，各呈伎藝。上皇喜曰：「錢唐形勝，天下所無。」上起奏曰：「江潮亦天下所獨。」宣諭侍官各賦《酹江月》一曲，至晚呈上，以吴琚為第一，其詞曰：「玉虹遥挂，望青山隱隱，（脱『有』字）如一抹。忽覺天此景風吹海立，好似春霆初發。白馬凌空，瓊鼇駕水，日夜朝天闕。飛龍舞鳳，鬱葱環拱吴越。此景天下應無，東南形勝，偉觀真奇絶。好是吴兒飛彩幟，蹙起一江秋雪。黄屋天臨，水犀雲擁，看擊中流楫。晚來波静，海門飛上明月。」兩宫賞賜無限，至月上始還。（同前）

一九 立春前一日，臨安府進大春牛，設於福寧殿庭，及駕臨幸，内官皆用五色綵杖鞭牛，御藥院例取牛睛以充眼藥，餘屬直閤婆號管人都行首，掌管預造小牛數十，飾以綵旛雪柳分送殿閤巨璫，各以金銀錢綵段相酢。是日，賜百官春旛勝，宰執親王以金，餘以金裹銀及羅帛為之係。文思院造辦各帶於幞頭之左入謝，後苑辦造春盤供進，及分賜貴邸宰臣巨璫，翠鏤紅絲、金鷄玉燕，備極珍巧，每盤直萬錢。學士院撰進春帖，帝后貴妃夫人諸閤各有定式，絳羅金鏤，華彩可觀。臨安府亦鞭春開宴，而邸第餽遺多效内庭焉。胡浩然上郡守《喜遷鶯》云：「譙門殘月，聽畫角曉寒，梅花吹徹。瑞日祥雲，和風解凍，青帝乍臨東闕。暖向土牛，簫鼓天路，珠簾高揭。最好是，戴綵旛春勝，披頭雙結。奇絶，開宴處，珠履玳簪，俎豆争羅列。舞袖翩蹮，歌喉縹緲，壓倒柳腰鶯舌。勸我應時納祐，還把金爐香爇。願歲歲，這一卮春酒，長陪佳節。」（同前）

二〇 都市自舊歲孟冬駕回，已有乘肩輿小女鼓吹歌舞，日數十隊，以供貴邸豪家之翫。而天街茶肆酒館漸以羅列燈毬等求售，謂之燈市，自此以後每夕皆然。三橋等處客邸最盛，燈火簫鼓，每至四鼓，日盛一日。姜白石有詩云：「燈已闌珊月氣寒，舞兒往往夜深還。只應不盡婆娑意，更向街心弄影看。」又云：「南陌東城盡舞兒，畫金刺繡滿羅衣。也知愛惜春遊夜，舞落銀蟾不肯歸。」吴孟（當作夢）膗《玉樓春》云：「茸茸狸帽遮梅額，金蟬羅剪胡衫窄。肩輿争看小腰身，倦態强隨閑鼓笛。問稱家在東城陌，欲買千金應不惜。歸來困頓殢春眠，猶夢婆娑斜趂拍。」深（當脱「得」字）其意態者也。至節後，漸有大隊，如四國朝傀儡之類，多至數百。天府每夕差官點趣，各給錢酒油燭，多寡有差，且使之南至昇陽宫支酒燭，北至春風樓支錢米，終夕街坊鼓吹不絶，士女羅綺如雲。至五夜，則京尹乘小轎，諸舞隊次第簇擁，前後連亘十數里，錦繡填委道路，吏魁以大囊貯楮券，凡遇小經紀人犒千百，謂之買市。至有黠者以小盤貯梨數片，騰身出於稠人之中，支請官錢數次者亦不禁也。李篔房詩云：「斜陽盡處蕩輕烟，輦路東風入管絃。五夜好春隨步煖，一年明月打頭圓。香塵掠粉翻羅帶，寳炬籠綃鬬玉鈿。人影漸稀花露冷，踏歌吹度晚雲邊。」京尹幕次例古（當作占）市西坊緊閙分地，賁燭糀盆，照耀如晝，其前列荷校囚數人，大書犯由，云某人不合搶撲釵環、挨搪婦女，繼而行遣一二，謂之粧燈，其實皆獄内罪囚，姑借以儆奸民耳。又分委府僚以巡風燭，及命都轄房使臣等分任地方以緝姦盗，三獄亦張燈，建净獄道場，多裝獄户故事及陳列獄具，邸第好事者如清河張府、蔣御藥家，開設雅戲烟火，花邊水際，燈燭燦然，遊人士女縱觀，則相迎酌酒而去。又有幽坊深巷，好事之家多設五色炮燈，更自雅潔。姜白石詩云：「沙河雲合無行處，惆悵來遊路已迷。却入静坊燈火空，門門相似列蛾眉。」又云：「遊人歸後天街静，坊陌人家未閉門。簾裏垂燈照尊俎，坐中嬉笑笑春温。」或於小樓以人為大影戲，兒童懽呼終夕，此類不可數也。西湖諸寺惟三竺燈最盛，往往有宫禁所賜、貴璫所施者，都人好奇，亦往觀焉。白石詩云：「珠絡琉璃到地垂，鳳頭御（當作銜）帶玉交枝。

君王不賞無人進，天竺堂深夜雨時。」街市婦女皆帶珠翠、鬧蛾、玉梅、雪柳、菩提葉、燈毬、銷金合、蟬貂袖、項帕，而衣尚白，蓋燈月所宜也。游手浮浪輩或剪白紙為蟬，謂之夜蛾，以棗肉炭屑為丸，繫以鐵絲燃之，名火楊梅，以紙燈内置關捩放地下，以足沿街蹵轉之，謂之滚燈。以木為格，用彩帛製為諸色行貨人物鋪面，謂之六街三市燈。飲食則乳糖、糖粽圓子、䭔飳、科斗粉、豉湯、水晶膾、韭餅、南北珍果、皁兒糕、宜利、少橙圓子、滴酥炮螺酪麵、玉消膏、琥珀餳、破麻酥、灌糖酥、藕龍纏蜜果糖、葱管糖、十般香糖，皆用鏤鍮粧花盤架，車兒簇插飛蛾紅燈綵盝，呌歌喧填，幕次往往呼至前，使之吟呌，□酬其直。白石詩云：「貴客鈎簾看御街，市中珍物一時來。簾前花架無行路，不得金錢不肯回。」競以金盤、鈿合、簇釘遺之，謂之市食合兒。夜闌燈罷，有小燈照路，拾遺者謂之掃街，遺鈿墮珥往往得之，可謂奢之極矣，亦東都遺風也。（同前）

二一 燈品蘇福為冠，新安晚出，精妙絶倫。有無骨燈，用絹囊貯粟為胎燒之，及成去粟，則渾然琉璃毬也，景物奇巧無比。又為大屏灌水轉機，百物皆動，趙忠惠守吴日，嘗命製春雨堂五大間，左為汴京御樓，右為武林燈市，歌舞雜藝，纖悉曲盡，凡用千工，外此有魫燈，則刻鏤犀珀玳瑁以飾之。珠子燈則五色珠為網，下垂流蘇，或為龍船鳳輦樓臺故事。又皮燈，鏇鏤工巧，五色粧鑾，如影戲之法，羅帛燈尤多，或為百花，或細眼間以紅白琥珀，萬眼羅者最奇。外此又有五色藹紙菩提葉者，若沙戲影燈人物，旋轉如飛。又深閨巧娃剪紙為燈，尤為精妙，有以絹燈剪為詩詞，時寓譏誚，及畫人物藏頭隱話，及舊京諢語，戲弄行人。有貴邸競出新意，以細竹絲編織，加以綵飾，可愛，穆陵喜之，令製百盞，期限既迫，勢難卒成，而内苑諸璫耻於不自己出，思所以勝之，遂以黄草布剪縷，加之點染，與箋無異，凡兩日，百盞俱進御矣。（同前）

二二 康伯可，當高宗時，以詞章待詔金馬。及慈寧歸養，兩宫燕集，伯可應制之作居多。嘗於上元應制進《瑞鶴僊》云：「瑞烟浮禁苑，正絳闕春回，新正方半。冰輪桂花滿。溢花衢歌市，芙蓉開遍。龍樓兩觀，見銀燭、星毬有爛。捲珠簾、盡日笙歌，盛集寶釵金釧。　堪羡，綺羅叢裏，蘭麝香中，正宜遊玩。風柔夜煖，花影亂，笑聲喧。鬧蛾兒滿路，成團打隊，簇着冠兒鬭轉。喜皇都，舊日風光，太平再見。」高宗覽之，大喜，賜金甚厚。（同前）

二三 都城自過收燈，貴遊巨室皆争先出郊，謂之探春，至禁烟為最盛。龍舟十餘，綵旗疊鼓，交午曼衍，粲如織錦。内有曾經宣唤者，則錦衣花帽以自别於衆，京尹為立賞格，競渡争標，内璫貴客賞犒無筭，都人士女兩堤駢集，幾無置足地。水面畫楫櫛比如鱗，亦無行舟之路，歌讙簫吹之聲振動遠近，若遊之次第，則先南而後北，至午則盡入西泠橋，裏湖其外幾無一舸矣。弁陽老人有詞云：「看畫船，盡入西泠，閒却半湖春色。」蓋紀實也。既而小泊斷橋，千舫駢聚，歌管喧奏，粉黛羅列，最為繁盛。橋上少年郎競縱紙鳶，以相勾牽，剪截線絶者為負，此雖小技，亦有專門爆仗，起輪走線之戲多設於此。至花影暗而月華生，始漸散去，絳紗籠燭，車馬争門，日以為常。張武詩云：「帖帖平湖印晚天，踏歌遊賞錦相牽。都城半掩人争路，猶有胡琴落後船。」（同前）

二四 西湖競渡自二月八日為始，而端午尤盛。是日，畫舫齊開，遊人如蟻，龍舟六隻，俱裝十太尉、七聖、二郎神雜劇，飾以綵旗、錦傘、花籃、鬧竿、鼓吹之類，帥守往一清堂彈壓，立標竿於湖中，挂錦綵、銀碗、官楮，以賞捷者。有一小節級披黄衫青帽，插孔雀尾，乘小舟，横節杖，聲喏取指揮。次以舟回朝，龍舟以綵旗招之，諸舟鳴鑼鼓，分兩翼，遠近排列成行，再以綵旗引之，諸舟競發，先至標所者取賞，聲喏而退，其餘犒錢而已。吴子和賦《喜遷鶯》云：「梅霖初歇，正絳色海榴，争開佳節。角黍包金，香蒲切玉，是處玳筵羅列。鬬巧盡輸年少，玉腕綵絲雙結。艤畫舫，見龍舟兩兩，波心齊發。　奇絶，難畫處，激起浪花，飜作湖間雪。畫鼓轟雷，紅旗掣電，奪罷錦標方徹。望中水天日暮，猶自珠簾高揭。棹歸晚，載荷香十里，一鈎新月。」（同前）

二五　都下自十月以來，朝天門内外競售錦裝新曆，諸般大小門神、桃符、鍾馗、狻猊、虎頭及金綵、縷花、春帖、旛勝之類，為市甚盛。八日，則寺院及人家用胡桃、松子、乳蕈、柿栗之類作粥，謂之臘八粥。醫家亦多合藥劑，侑以虎頭丹、八神屠蘇，貯以絳囊，餽遺大家，謂之臘藥。至於餽歲，盤盒、酒擔、羊腔充斥道路。二十四日，謂之交年祀竈，用花餳米餌，及燒替代作糖豆粥，謂之口數。市井迎儺以鑼鼓，遍至人家乞求利市。至除夜，則比屋以五色錢紙酒果以迎送六神於門，至夜，蕡燭糝盆，紅映霄漢，爆竹鼓吹之聲喧闐徹夜，謂之聒廳。小兒女終夕博戲不寐，謂之守歲。又明燈床下，謂之照虚耗。及貼天行帖兒財門於楣，祀先之禮，則或昏或曉，各有不同。如飲屠蘇，百事吉膠，牙餳燒木，賣懵董等事，率多東都之遺風焉。守歲之詞雖多，極難其選，獨楊守齋《一枝春》最為近世所稱，詞云：「竹爆驚春，競喧闐、夜起千門簫鼓。流蘇帳暖，翠鼎緩騰香霧。停盃未舉，奈剛要、送年新

迤邐柳忻梅妬。宫壼未曉，早驕馬繡車盈路。還又把、月夕花朝，自命細數。」（同前）

二六（蔡）京既南遷，中路有旨取所寵姬慕容、邢、武者三人，以金人指名來索也。京作詩以别云：「爲愛桃花三樹紅，年年歲歲惹春風。如今去逐他人手，誰復尊前念老翁。」至潭州，作詞云：「八十一年住世，四千里外無家。如今流落向天涯，夢到瑶池闕下。　玉殿五回命相，彤庭幾度宣麻。止因貪此戀榮華，便有如今事也。」京之父準葬臨平山，山爲駝形，術家謂駝負重乃行，遂作塔山頂，以浙江爲帶水，秦望爲案山，何其雄也。富貴既極，一旦顛覆，幾於滅族，俗師風水之説，安足憑哉？（同前書卷四「佞倖盤荒」）

二七　度宗時，襄陽受圍者三年矣，帝一日問曰：「襄陽久困奈何？」似道對曰：「北兵已退，陛下安得此言？」帝曰：「適聞女嬪言之。」似道詢得其人，誣以他事賜死，自是無人敢言及邊事者。日坐葛嶺取舊宫人及娼尼，淫戲無晝夜，惟故博徒得闌入，人無敢窺其第者。嘗與羣妾踞地鬪蟋蟀，所狎客撫其背曰：「此平章軍國重事耶？」嘗作半閒亭，以停雲水道人，每治事畢，則入亭中打坐，有佞人上《糖多令》詞，大稱其意，其詞曰：「天上謫星班，青牛度關。幻出蓬萊新院宇，花外竹，竹邊山。軒冕倘來閒，人生閒最難。算真閒、不到人間，一半神僊。先占取，留一半，與公閒。」（同前書卷五「佞倖盤荒」）

二八　似道欲行富國强兵之策，是時劉良貴爲都曹尹天府，吴勢卿餉淮東，入爲浙漕，遂交贊公田事，欲先行之浙右，候有端緒，則諸路倣行之。於是以官品限田，立回買派買之目，民間騷然。有為詩云：「襄陽累載困孤城，豢養湖山不出征。不識咽喉形勢地，公田枉自害蒼生。」其後又立推排打量之法，白没民產，有人作詩云：「三分天下二分亡，猶把山川寸寸量。縱使一坵添一畝，也應不似舊封疆。」又有作《沁園春》詞云：「道過江南，泥墻粉壁，右具在前。述何縣何鄉里，住何人地，佃何人田。氣象蕭條，生靈憔悴，經界從來未必然。惟何甚，為官為己，不把人憐。思量幾許山川，況土地分張又百年。西蜀巉巗，雲迷鳥道，兩淮清野，日警狼烟。宰相弄權，姦人罔上，誰念干戈未息肩。掌大地，何須經理，萬取千焉。」樞密使文及翁作《百字令》詠雪以譏之，云：「没巴没鼻，煞時間、做出漫天漫地，不問高低。併上下、平白都教一例。鼓弄滕六，招邀巽二，只恁施威勢。識他不破，至今道是祥瑞。最苦是鵝鴨池邊，三更半夜，誤了吳元濟。東郭先生都不管，挨上門兒穩睡。一夜東風，三竿紅日，萬事隨流水。東皇笑道，山河原是我的。」（同前）

二九 御史陳伯大奏立士籍，似道毅然行之，凡應舉及免舉人，州縣給曆一道，親書年貌世系及所肄業於曆首，執以赴舉，過省參對筆跡異同，以防僞濫。時人有詩譏之云：「戎馬掀天動地來，襄陽城下哭聲哀。平章束手全無策，却把科場惱秀才。」又有為《沁園春》詞云：「國步多艱，民心靡定，誠吾隱憂。歎浙民轉徙，怨寒嗟暑。荆襄死守，閱歲經秋。虜未易支，人將相食，識者深為社稷羞。當今亟出陳大諫，筋借留侯，迂濶為謀。天下士，如何可籍收。況君能堯舜，臣皆稷契，世逢湯武，業比伊周。政不必新，貫宜仍舊，莫與秀才做盡休。勸吾元老，廣四門賢路，一柱中流。」又詞云：「士籍令行，條件分明，逐一排連。問子孫何習，父兄何業，明經詞賦，右具如前。最是中間，娶妻某氏，試問於妻何與焉。鄉保舉，那當著押，開口論錢。祖宗立法於前，又何必更張萬萬千。算行關改會，限田放糴，生民凋瘁，膏血俱朘。只有士心，僅存一脉，今又艱難最可憐。誰作俑，陳堅伯大，附勢專權。」（同前）

三〇　似道卧治湖山，母猶在養。每歲八月八日，似道生辰，四方善頌者以數千計，悉俾翹館謄考，以第甲乙，一時傳誦，為之紙貴，然皆諛辭囈語耳。陳惟善《寶鼎》詞云：「神鼇誰斷，幾千年再，乾坤初造。筭當日、枰棋如許。争一著、吾其衽左。談笑頃、又十年生聚，處（脱一『處』字）豳風葵棗。江如鐘（當作鏡），楚氛餘幾，猛聽甘泉捷報。　天衣細意從頭補，爛山龍、華蟲黼藻。宫漏永、千門魚鑰，截斷紅塵飛不到。街九軌，看千貂避路，庭院五侯深鎖。好一部、太平六典，一一周公手做。　赤舄繡裳，消得道班（當作斑）斕衣好。儘龍眉鶴髮，天上千秋難老。甲子平頭纔一過，未説汾陽考。看金盤、露滴瑶池，龍尾放班回早。」廖瑩中《木蘭花慢》云：「請諸君着眼，來看我，福華編。記江上秋風，鯨嫠漲雪，鴈徼迷烟。一時幾多人物，只我公，隻手護山川。争覩階符瑞象，又扶紅日中天。　因懷，下走奉櫜鞬，磨盾夜無眠。知重開宇宙，活人萬萬，合壽千千。梟鷺太平世也，要東還赴上是何年。消得清時鐘鼓，不妨平地神僊。」陸景思《甘州》歌云：「滿清平世界，慶秋成，看看斗米三錢。論從來活國，論功第一，無過豐年。辦得閒民一飽，餘事笑談間。若問平戎策，微妙難傳。　玉帝要留公住，把西湖一曲，分入林園。有茶爐丹竈，更有釣魚船。覺秋風、未曾吹着，但砌蘭、長倚北堂萱。千千歲，上天將相，平地神僊。」趙從槖《陂塘柳》云：「指庭前、翠雲金雨，霏霏香滿僊宇。一清透徹渾無底，秋水也無流處。君試數，此樣襟懷，頓得乾坤住。閒情半許，聽萬物氤氳，從來形色，每向静中覷。　琪花路，相接西池壽母，年年絃月時序。荷衣菊佩尋常事，分付兩山容與。天證取，此老平生，可白首大語（當作『可向青天語』）。瑶巵緩舉，要見我何心，西湖萬頃，來去自鷗鷺。」郭居安《聲聲慢》云：「捷書連晝，甘雨灑通宵，新來喜沁堯眉。許大擔當，人間佛力須彌。年年八月八日，長記他三月三時。平生事，想祇和天語，不道人知。　一片閒心鶴外，被乾坤繫定，虹玉腰圍。閶闔雲邊，西風萬籟吹齊。歸舟更歸何處是，天教家在蘇堤。千千歲，比周公，多箇綵衣。」且侑以儷語云：「綵衣宰輔，古無一品之曾參；衮服湖山，今有半閒之姬旦。」所謂三月三者，蓋頌其庚申蘋草坪之捷，而歸舟，乃舫齋名也。賈大喜，既而語客曰：「此詞固佳，然失之大俳，安得有着綵衣周公乎？」（同前）

三一　德祐乙亥，太學生作《念奴嬌》云：「半堤花雨，對芳辰消却，無奈情緒。春色尚堪描畫在，萬紫千紅塵土。鵑促歸期，鶯收佞舌，燕作留人語。遶闌紅藥，韶華留此孤主。　真箇恨殺東風，幾番過了，不似今番苦。樂事賞心磨滅盡，忽見飛書傳羽。湖水湖烟，峰南峰北，總是堪傷處。新塘楊柳，小橋猶自歌舞。」又《祝英臺近》云：「倚危欄，斜日暮，驀驀甚情緒。稚柳嬌黄，全未禁風雨。春江萬里雲濤，扁舟飛渡，那更塞鴻無數。　嘆離阻，有恨落天涯，誰念孤旅。滿目風塵，冉冉如飛霧。是何人惹愁來，那人何處，怎知道，愁來又去。」（同前書卷六「版蕩凄凉」）

三二　元至元十一年丙子二月，伯顔以宋謝、全兩后以下北去，有王昭儀者名清惠，題《滿江紅》詞於驛壁云：「太液芙蓉，渾不似舊時顔色。曾記得，恩承雨露，玉樓金闕。名播蘭簪妃后裏，暈潮蓮臉君王側。忽一朝鼙鼓揭天來，繁華歇。龍虎散，風雲滅，千古恨，憑誰説。對山河百二，淚沾襟血。驛館夜驚塵土夢，宫車曉碾關山月。願嫦娥相顧肯從容，隨圓缺。」五月二日抵上都朝見。十二日夜，宋宫人陳氏、朱氏與二小姬沐浴整衣，焚香縊死，朱氏遺四言詩於袖中，云：「既不辱國，幸不辱身。世食宋禄，羞為北臣。妾輩之死，守於一貞。忠臣孝子，期以自新。」世祖覽之，命斷其首，懸全后所。清惠懇請為女道士，號冲華。（同前）

三三　王昭儀之詞傳播中原，文天祥讀至末句，嘆曰：「惜也，夫人於此少商量矣。」為之代作一篇云：「試問琵琶，胡沙外怎生風色。最苦是、姚黄一朵，移根仙闕。王母懽闌瑶宴罷，仙人淚滿金盤側。聽行宫半夜雨淋鈴，聲聲歇。彩雲散，香塵滅。銅駝恨，那堪説。想男兒慷慨，嚼穿齦血。回首昭陽離落日，傷心銅雀迎新月。算妾身不願似天家，金甌缺。」又和云：「燕子樓中，又捱過幾番秋色。相思處、青年如夢，乘鸞仙闕。肌玉暗銷衣帶緩，淚珠斜透花鈿側。最無端、蕉影上窗紗，青燈歇。　曲池合，高臺滅。人間事，何堪説。向南陽阡上，滿襟清血。世態便如翻覆雨，妾身元是分明月。笑樂昌一段好風流，菱花缺。」（同前）

三四　岳州徐君寶妻某氏，被虜來杭，居韓蘄王府，自岳至杭，相從數千里，其主者數欲犯之，而終以巧計脱，蓋某氏有令姿，主者弗忍殺之也。一日，主者怒甚，將即强焉，因告曰：「俟妾祭謝先夫，然後乃為君婦不遲也，君奚怒為？」主者喜諾，某氏乃焚香再拜，默祝，南向飲泣，題《滿庭芳》詞一闋於壁上，書已，投大池中以死。詞云：「漢上繁華，江南人物，尚遺宣政風流。緑窓朱户，十里爛銀鈎。一旦刀兵齊舉，旌旗擁、百萬貔貅。長驅入、歌樓舞榭，風捲落花愁。清平三百載，典章文物，掃地都休。幸此身未北，猶客南州。破鑑徐郎何在，空惆悵、相見無由。從今後、斷魂千里，夜夜岳陽樓。」（同前）

三五 元時有傅按察者，嘗作《鴨頭緑》一詞悼宋云：「静中看，記昔日淮山隱隱，宛若虎踞龍盤。下樊襄，指揮湘漢。鞭雲騎，圍繞江干。勢不成三，時當混一，過唐之數不為難。陳橋驛，孤兒寡婦，久假當還。掛征帆、龍舟催發，紫宸初卷朝班。禁庭空、土花暈碧，輦路悄、訶喝聲乾。縱餘得西湖風景，花柳亦凋殘。去國三千，游僊一夢，依然天淡夕陽間。昨宵也，一輪明月，還照臨安。」又有越僧作《錢唐懷古詩》云：「天定終難恃武功，不堪雙淚灑東風。百年南渡斜陽外，十里西湖片雨中。燕子來時龍輦去，楊花飛徹鳳樓空。倚笻曾向高峰望，山掩江城霧氣籠。」瞿宗吉《宋故宫嘆》云：「金輪夜半北方起，炎精未墜光先死。青衣去作行酒人，泥馬來為失鄉鬼。江頭宫殿列巑岏，湖上笙歌樂燕安。魚羹自從五嫂乞，殘酒却笑儒生酸。格天閣上燒銀燭，申王計就蘄王逐。累世内禪諱言兵，中興之功罪難贖。開邊釁動終倒戈，師臣函首去求和。木綿庵下新鬼哭，誤國重逢賈八哥。琉璃作花禁珠翠，上馬裙輕淚粧媚。朔風吹塵笳鼓鳴，天目山崩海潮避。興亡往事與誰論，亭亭白塔鎮愁魂。惟有栖霞嶺頭樹，至今人説岳王墳。」（同前）

三六　韓世忠以元樞就第，絶口不言兵，杜門謝却酬酢，時乘小騾放浪西湖泉石間。一日，至香林園，蘇仲虎尚書方宴客，王徑造之，賓主歡甚，盡醉而歸。明日，王餉以羊羔，且手書二詞以遺之，《臨江僊》云：「冬日青山瀟灑静，春來山暖花濃。少年衰老與花同，世間名利客，富貴與貧窮。榮華不是長生藥，清閒不是死門風。勸君識取主人公，單方只一味，盡在不言中。」《南鄉子》云：「人有幾多般，富貴榮華總是閒。自古英雄都是夢，為官，寶玉妻兒宿業纏。年事已衰殘，鬢鬢蒼蒼骨髓乾。不道山林多好處，貪歡，只恐癡迷悞了賢。」王生長兵間，未嘗知書，晚歲忽若有悟，能作字及小詞，皆有見（當作生）趣，信乎非常之才也。（同前書卷七「賢達高風」）

三七　子瞻之去郡也，有《懷錢唐寄陳述古》詩：「從來直道不辜身，得向西湖兩過春。沂上已成曾點服，泮宫初采魯侯芹。休驚歲歲年年貌，且對朝朝暮暮人。細雨晴時一百六，畫船鼉鼓莫違民。」其二：「草長江南鶯亂飛，年來事事與心違。花開後院還空落，鷰入華堂怪未歸。世上功名何日是，尊前點檢幾人非。去年柳絮飛時節，記得金籠放雪衣。」其三：「浮玉山頭日日風，湧金門外已春融。二年魚鳥渾相識，三月鶯花付與公。剩看新翻眉倒暈，未應泣别臉消紅。何人識得相思字，寄與江邊北向鴻。」蓋宋時杭人四月八日放鴿，為太守祈壽，故有「金籠放雪衣」之句。又西湖懷舊《行香子》調：「携手江村，梅雪飄裙。情何限、處處銷魂。故人不見，舊曲重聞，向望湖樓，孤山寺，湧金門。尋常處，題詩千首，綉羅衫，與拂紅塵。别來相憶，知是何人。有湖中月，江邊柳，隴頭雲。」（同前書卷十「才情雅致」）

三八　前輩任杭州而去者往往思之，雖其山水清佳，亦其民風淳懦易感也。白樂天則云：「自別錢唐山水後，不多飲酒懶吟詩。」又云：「所嗟水路無三百，官繫無由得再遊。」又云：「渺渺錢唐路幾千，想君到後事依然。」又云：「江南憶，最憶是杭州。山寺月中尋桂子，郡亭枕上看潮頭，何日更重遊。」子瞻則云：「寄謝西湖舊風月，故應時許夢中遊。」又云：「居杭積五歲，自憶本杭人。故山歸無家，欲買西湖隣。」又云：「前生我已到杭州，到處長如到舊遊。更欲洞霄為隱吏，一庵閒地且相留。」二公之戀戀於舊遊，蓋必有以取之爾。（同前）

三九　孫何帥錢唐，柳耆卿作《望海潮》詞贈之云：「東南形勝，三吴都會，錢唐自古繁華。烟柳畫橋，風簾翠幙，參差十萬人家。雲樹繞隄沙，怒濤卷霜雪，天塹無涯。市列珠璣，户盈羅綺，競豪奢。　重湖疊巘清佳，有三秋桂子，十里荷花。羌管弄晴，菱歌泛夜，嬉嬉釣叟蓮娃。千騎擁高牙，乘醉聽歌鼓，吟賞烟霞。異日圖將好景，歸去鳳池誇。」此詞流播，金主亮聞之，瞯然起投鞭渡江之想，命畫工潛入臨安圖西湖，揭軟屏間，貌己像策馬吴山之巔，題其上曰：「萬里車書盍會同，江南豈有别疆封。提兵百萬西湖上，立馬吴山第一峰。」其時有謝處厚詠其事云：「誰把杭州曲子謳，荷花十里桂三秋。那知卉木無情物，牽動長江萬里愁。」盧陵羅景綸云：「耆卿此詞，乃金亮送死媒也，未足深悵。至於荷豔桂香粧點湖山清麗，使士大夫留連歌舞，忘顧中原，是則可恨耳。」因和處厚詩云：「殺胡快劍為清謳，牛渚依然一片秋。却恨荷花留玉輦，竟忘烟柳汴宫愁。」（同前）

四〇　盧陵劉改之過，以詩鳴江西，厄於韋布，放浪吴楚，客食諸侯。嘉泰間，來臨安，時辛稼軒棄疾帥越，聞其名，遣介招之，適以事不及行，作書歸輅者，因傚辛體《沁園春》一詞併緘往，下筆便逼真，其詞云：「斗酒彘肩，醉渡浙江，豈不快哉。被香山居士，約林和靖，與蘇公等，駕勒吾回。坡謂西湖，正如西子，濃抹淡粧臨照臺。諸人者，都掉頭不顧，只管傳盃。白云天竺去來，圖畫裏、崢嶸樓觀開。看縱橫一澗，東西水遶，兩山南北，高下雲堆。逋曰不然，暗香疎影，只可孤山先探梅。蓬萊閣，訪稼軒未晚，且此徘徊。」棄疾得之大喜，致餽數百千，竟邀之去，館燕彌月，齎贈亹亹，改之竟蕩於酒不問也。常自以此辭語相臺岳珂，掀然有得色，珂曰：「詞語固佳，恨無刀圭藥療君白日鬼症耳。」一座為之軒渠。（同前）

四一　辛棄疾遊湖《酹江月》詞：「西風吹雨，戰新荷聲亂，明珠蒼壁。誰把香奩收寶鏡，雲錦周遭紅碧。飛鳥翻空，遊魚吹浪，慣聽笙歌席。座中豪氣，看君一飲千石。遥想處士風流，鶴隨人去，已作飛僊客。茅舍竹籬今在否，松竹已非疇昔。欲看當年，望湖樓下，水與雲寬窄。醉中休問，斷腸桃葉消息。」劉改之遊湖《賀新郎》詞：「睡覺啼鶯曉，醉西湖、兩峰日日，買花簪帽。去盡酒徒無人問，惟有玉山自倒。任拍手、兒童争笑，一騎乘風翩然去，避魚龍不見波聲悄。歌韻遠，喚蘇小。神僊路近蓬萊島，紫雲深處，參差禁樹，烟花遶。人世紅塵西嶂日，百計不如歸好。付樂事、與他年少。費盡柳金梨雪句，問沉香亭北何時召。心未愜，鬢先老。」二公詞格相肖，宜其賓主投歡也。（同前）

四二　辛幼安嘗作晚春詞云：「更能消幾番風雨，匆匆春又歸去。惜花長恨花開早，何况亂紅無數。

春且住，見説道、天涯芳草迷歸路。怨春不語，算只有、殷勤畫簷蛛網，盡日惹飛絮。　長門事，準擬佳期又誤。蛾眉曾有人妬，千金縱買相如賦，脉脉此情難訴。君莫舞，君不見、玉環飛燕皆塵土。閒愁最苦，休去倚危闌，斜陽正在，烟柳斷腸處。」此詞「斜陽」、「烟柳」之句怨刺頗深，比之天際輕雲者，殊無蘊藉。壽皇見之，怫然不悦，然亦不罪也。（同前）

四三 宋建炎中，駕駐維揚，康伯可上《中興十策》，名振一時。後秦檜當國，伯可乃附會求進，擢為臺郎。值慈寧歸養，兩宫燕樂，伯可專應制為歌詞，諛豔粉飾，聲名掃地，而世但以比柳耆卿輩矣。檜死，伯可亦貶五羊。檜生日，伯可壽以《喜遷鶯》詞云：「臘殘春早，正簾幙護寒，樓臺清曉。寶運當千，佳辰餘五，嵩嶽誕生元老。帝遣阜安宗社，人仰雍容廊廟。盡總道，是文章孔孟，勳庸周召。　師表，方春遇，魚水君臣，須信從年少。玉帶金魚，朱顔緑鬢，占斷世間榮耀。篆刻鼎彝將遍，整頓乾坤都了。願歲歲，見柳梢青淺，梅英紅小。」又嘗與檜對局格天閣下，檜戲曰：「此卒渡河，是爾將軍之疥癩。」伯可徐應曰：「今皇御極，視公宰相如腹心。」檜大喜，撤棋，酣飲終日而罷。（同前）

四四 康伯可西湖《長相思》詞云：「南高峰，北高峰，一片湖光烟靄中，春來愁殺儂。　郎意濃，妾意濃，油壁車輕郎馬驄，相逢九里松。」林和靖惜别《長相思》詞云：「吴山青，越山青，兩岸青山相送迎，誰知離别情。　君淚盈，妾淚盈，羅帶同心結未成，江頭潮已平。」和靖，隱士也，而亦為華豔之詞，失其體矣。（同前）

四五　張鎡功甫，號約齋，忠烈王諸孫。能詩，一時名士大夫莫不交遊。其園池聲妓服玩之麗甲天下，嘗於南湖園作駕霄亭，於四古松間以巨鐵絙懸之空中，而羈之松身。當風月清夜，與客梯登之，飄摇雲表，真有挾飛僊遡紫清之意。王簡卿侍郎嘗題其牡丹會云：衆賓既集，坐一虚堂，寂無所有。俄問左右云：「香已發未？」答云：「已發。」命捲簾，則異香自内出，郁然滿座。群妓以酒殽絲竹次第而至，别有名妓數十輩皆衣白，首飾衣領皆綉牡丹，首戴照殿紅一妓，執板奏歌侑觴，歌罷，樂作，乃退，復垂簾談論自如。良久香起，捲簾如前，别數十妓易服與花而出，大抵簪白花則衣紫，紫花則衣鵝黄，黄花則衣紅，如是十盃，衣與花凡十易。所謳者皆前輩牡丹名詞，酒竟，歌者樂者無慮百數十人列行送客，燭光香霧，歌吹雜作，客皆恍然如僊遊也。功甫於誅韓侂胄有力，賞不滿意，又欲以故智去彌遠，事泄，謫象臺而殂。（同前）

四六　張郎中子野居錢唐，以樂府馳名，人謂之張三中，謂「心中事」、「眼中淚」、「意中人」也，公曰：「何不目我為張三影？」謂「雲破月來花弄影」、「浮萍斷處見山影」、「隔墻送過鞦韆影」，蘇子瞻倅杭時，子野年八十五矣，尚聞買妾，子瞻贈之詩曰：「錦里先生自笑狂，莫欺九尺鬢眉蒼。詩人老去鶯鶯在，公子歸來燕燕忙。柱下相君猶有齒，江南刺史已無腸。平生謬作安昌客，略遣彭宣到後堂。」（同前）

四七　劉後村潛夫《贈高九萬并寄孫季蕃》詩二首：「諸人凋落盡，高叟亦中年。行世有千首，買山無一錢。紫髯長拂地，白眼冷看天。古道微如綫，吾儕各勉旃。」其二：「菊磵説花翁，飄零向浙中。

無書上皇帝，有句惱天公。世事年年異，詩人個個窮。築臺并下榻，今豈乏英雄。」三人者老於花酒，情懷頗同，時有詩禁，故作詞為多。（同前）

四八　梁貢父曾，燕京人。大德初，為杭州總管，嘗作西湖送春《木蘭花慢》詞云：「問花花不語，為誰落，為誰開。算春色三分，半隨流水，半入塵埃。人生能幾歡笑，但相逢樽酒莫相推。千古幕天席地，一春翠繞珠圍。　彩雲，回首暗高臺，烟樹渺吟懷。拚一醉留春，留春不住，醉裏春歸。西樓半簾斜日，怪銜春燕子却飛來。一枕青樓好夢，又教風雨驚回。」此詞格調俊雅，不讓宋人也。（同前書卷十一「才情雅致」）

四九　（虞）伯生嘗與歐陽原功、陳衆仲歌宋高宗所改于國寶《沁園春》詞，尋腔再度，心曠神怡，遂援筆書之，復作一絶繼其後云：「重扶殘醉西湖上，不見春風見畫船。頭白故人無在者，斷橋楊柳舞青烟。」又與張伯雨善寓開元宮，盤桓累月，題其來鶴亭云：「羣真終夜降華陽，曾聽僊音近玉床。語罷是誰留別鶴，待君寥廓共馳翔。」又云：「亭前春雨長蒼苔，海鶴長鳴一日來。從此琴心三疊裏，月明時見影徘徊。」（同前）

五〇　（楊）廉夫嘗訪瞿士衡，以鞋盃行酒，命其姪孫宗吉詠之，宗吉作《沁園春》以呈，廉夫大喜，即命侍妓歌以侑觴，詞云：「一掬嬌春，弓樣新裁，蓮步未移。笑書生量窄，愛渠儘小，主人情重，酌我休遲。醞釀朝雲，斟量暮雨，能使麯生風味奇。何須去，向花塵留蹟，月地偷期。　風流到處偏宜，便豪吸雄吞不用辭。任凌波南浦，惟誇羅襪，賞花上苑，祇勸金巵。羅帕高擎，銀瓶低注，絶勝翠

裙深掩時。華筵散，奈此心先醉，此恨誰知。」（同前）

五一　聶大年嘗賦《卜算子》二首，蓋自况也，詞云：「楊柳小蠻腰，慣逐東風舞。學得琵琶出教坊，不是商人婦。　忙整玉搔頭，春笋纖纖露。老却江南杜牧之，懶為秋娘賦。」「粉淚濕鮫綃，只怨郎情薄。夢到巫山第幾峰，酒醒燈花落。　數日尚春寒，未把羅衣着。眉黛含顰為阿誰，但悔從前錯。」馬浩瀾和云：「歌得雪兒歌，舞得《霓裳》舞。料想前身跨鳳僊，合作蕭郎婦。　顔色雪中梅，淚點花梢露。雲雨巫山十二峰，未數《高唐賦》。」「花壓鬢雲低，風透羅衫薄。殘夢瞢騰下翠樓，不覺金釵落。　幾許别離愁，猶自思量着。欲寄蕭郎一紙書，又怕歸鴻錯。」（同前）

五二　周美成邦彦，錢唐人。疎雋少檢，不為州里推重，而博涉百家。元豐初，遊京師，獻《汴都賦》，神宗奇之，累官徽猷閣待制提舉。能自度曲，製樂府長短句，詞韻清蔚，名其居曰顧曲堂。其所製《意難忘》云：「衣染鶯黄，愛停歌駐拍，勸酒持觴。低鬟蟬影動，私語口脂香。簷露滴，竹風凉，拚劇飲淋浪。夜漸深，籠燈就月，子細端詳。　知音見説無雙，解移宫换羽，未怕周郎。長顰知有恨，貪耍不成粧。些個事惱人腸，試説與何妨。又恐伊、尋消問息，瘦减容光。」其詞格大率類此。（同前書卷十二「才情雅致」）

五三　美成晚歸錢唐，夢中得《瑞鶴僊》詞一闋，云：「悄郊原帶郭，行路永，客去車塵漠漠。斜陽映山落，斂餘紅，猶戀孤城。欄角凌波步弱，過短亭、何用素約。有流鶯勸我，重解繡鞍，緩引春酌。　不記歸時蚤暮，上馬誰扶，醒眠朱閣。驚飈動幕，猶殘醉，遶紅藥。嘆西園，已是花深無地，東風何事又惡。任流光過却，歸來洞天自樂。」未幾，方臘亂，自桐廬入杭。時美成方宴客，倉皇出奔，趨於西湖墳庵，適際殘冬，落日在山，忽逢故人之妾奔逃而來，乃與小飲於道旁旗亭，聞鶯聲於木杪，少焉分背，抵庵，尚有餘醺，困卧小閣之上，恍如詞中所云。逾月入城，故居皆遭蹂踐矣，後得請提舉洞霄宫而終老焉。（同前）

五四 葉太白李，錢唐人，或曰富陽人。賈似道當國，時行公田、關子兩法，民間苦之。李上書力詆，且獻鈔式以代關子，似道怒，黥流嶺南。及似道敗，赦還，而似道亦有漳州之謫，相值於途，太白贈之詞云：「君來路，吾歸路，來來去去何時住。公田關子竟何如，國事當時誰與誤。雷州户，崖州户，人生會有相逢處。客中頗恨乏蒸羊，聊贈一篇長短句。」宋亡入元，上書獻鈔式，世皇嘉納，遂為至元鈔。仕至中書左丞。（同前）

五五 凌彦翀雲翰，仁和人，博通經史，領至正十九年鄉薦，除平江路學正，不赴，作梅詞《霜天曉角》一百首、柳詞《柳梢青》一百首，號梅柳争春，韻調俱美。洪武初，舉杭州府學訓導，陞成都府學教授，卒。所著有《柘軒集》，其《南山飛流亭》詩：「山溜泠泠來不竭，激成飛瀑散空明。虹霓下飲秋無際，河漢西流夜有聲。横劍誰思僊子過，作亭人羡老僧清。平生慣誦天台賦，不記香爐記赤城。」《重過柳洲寺》詩：「買花載酒憶當年，風景依稀最可憐。彭澤有人歸栗里，海波何處變桑田。聯拳鷺立枯荷雨，寂寞鴉棲古樹烟。幾度湧金門外望，居民猶説總宜船。」《西湖漁者》詩：「家住錢唐西子湖，釣竿幾度拂珊瑚。扁舟載月歸來晚，不覺全身入畫圖。」（同前）

五六　楊復初築室南山，以村居為號，凌彦翀以《漁家傲》詞壽之云：「采芝步入南山道，山深宛似蓬萊島。聞説村居詩思好，還被惱，蒼苔滿地無人掃。　載酒亭前松合抱，客來便許同傾倒。玉兔已將靈藥擣，秋意早，月華長似人難老。」復初和詞云：「當時承望求僊道，那知薄命如郊島。留得殘生猶自好，多懊惱，塵緣俗慮何時掃。　子已成童無用抱，醉眠任使和衣倒。今歲砧聲秋未擣，凉氣早，看來只恐中年老。」瞿宗吉和詞云：「喜來不涉邯鄲道，愁來不竄沙門島。惟有村居閒最好，無事惱，苔階竹徑頻頻掃。　有酒可斟琴可抱，長年擬看三松倒。臼内靈砂親自擣，歸隱早，朝廷未放玄真老。」宗吉既和此詞，而復序云：「舊譜皆以仄聲起，歐公呼范文正為窮塞主，首句所謂『塞上秋來』者，正此格也。他如王荆公之『平岸小橋千嶂抱』、周清真之『幾日春陰寒惻惻』、謝無逸之『秋水無痕清見底』、張仲宗之『釣笠披雲青嶂遶』，亦皆如是。今二公皆以平聲易之，特著此以俟知音爾。」（同前）

五七　彦翀作《無俗念》詞云：「等閒屈指，筭今來古往，誰為英傑。耳目聰明天賦予，怎肯虚生虚滅。去燕來鴻，飛烏走兔，世事何時歇。　風波境界，大川不用頻涉。　空踏遍萬户千門，五湖四海，一樣中秋月。正面相看君記取，全體本來無缺。　空裏非空，夢中真夢，莫向癡人説。　須騎鶴夜深，朝禮金闕。」又《蝶戀花》詞云：「一色杏花三百樹，茆屋無多，更在花深住。　旋壓小槽留客醉，舉杯忽聽黄鸝語。　醉眠看花花亦舞，風妬殘紅，飛過隣牆去。　恰似牧童遥指處，清明時節紛紛雨。」詞格清逸，一洗鉛華，非駢金儷玉者比也。（同前）

五八　瞿宗吉佑，錢唐人，學博才贍，風致俊朗。少不為其父所知，鄉人張彦復自福建檢校回家，瞿翁殺雞具酒待之，宗吉年十四，適自學舍歸，彦復指雞為題命賦之，宗吉應聲云：「宋宗窗下對談高，五德聲名五彩毛。自是范張情義重，割烹何必用牛刀。」彦復大加稱賞，手寫桂花一枝并題其上以贈，云：「瞿君有子早能詩，風采英英蘭玉姿。天上麒麟元有種，定應高折廣寒枝。」瞿翁遂搆傳桂堂，而凌彦冲、丘彦能、吴敬夫，咸鄉丈，與為忘年友。一日，楊廉夫訪之，出所作《香奩八詠》以示宗吉，宗吉悉和之。其《花塵春跡》云：「燕尾點波微有暈，鳳頭踏月悄無聲。」《黛眉顰色》云：「恨從張敞毫邊起，春向梁鴻案上生。」《金錢卜歡》云：「織錦軒牕聞笑語，採蘋洲渚聽愁吁。」《香頰啼痕》云：「班班（當作『斑斑』）湘竹非因雨，點點楊花不是春。」廉夫嘆服，曰：「此瞿家千里駒也。」洪武中以薦舉授臨安學訓導，累陞周府長史，所著有《存齋集》。（同前）

五九　永樂間，宗吉以詩禍下錦衣獄，盱江胡子昂亦以詩禍踵至，子昂以東坡係御史臺獄二詩索瞿和，瞿詩云：「一落危塗又幾春，百憂交集未亡身。不才棄斥逢明主，多難扶持望故人。有字五千能講道，無錢十萬可通神。忘懷且共團欒坐，滿炷爐香説善因。」「酸風苦霧雨凄凄，愁掩圜扉坐榻低。投老漸思依木佛，受恩未許赦金雞。艱難饋食憐無母，辛苦迴文賴有妻。何日湖船載春酒，一篙撑過斷橋西。」已而宗吉謫戍保安者十年，時興和失守，邊境蕭條，永樂己亥，降佛曲於塞下，選子弟唱之，時值元宵，宗吉凄然，作《望江南》五首云：「元宵景，野燒照山明。風陣摩天將夜半，斗杓插地過初更，燈火憶杭城。」「元宵景，巷陌少人行。舍北孤兒偎冷坑，牆東嫠婦哭寒檠，士女憶杭城。」「元宵景，刁斗擊殘更。數點夕烽明遠戍，幾聲寒角響空營，歌舞憶杭城。」「元宵景，默坐自傷情。破竈三盃黃米酒，寒牕一盞濁油燈，宴賞憶杭城。」「元宵景，淡月伴疎星。戍卒抱關敲木柝，歌童穿市唱金經，簫鼓憶杭城。」（同前）

六〇　宗吉西湖秋泛《滿庭芳》詞：「露葦催黃，烟蒲駐緑，水光山色相連。紅衣落盡，辜負採蓮船。點檢六橋楊柳，但幾箇抱葉殘蟬。秋容晚，雲寒鴈背，風冷鷺鷥肩。　華筵容易散，愁添酒量，病減詩顛。況情懷，冲澹漸入中年。掃退舞裙歌扇，盡付與、一枕高眠。清閒好，脱巾露髮，仰面看青天。」又西湖四時《望江南》詞：「西湖景，春日最宜晴。花底管絃公子宴，水邊羅綺麗人行，十里按歌聲。」「西湖景，夏日正堪遊。金勒馬嘶垂柳岸，紅粧人泛採蓮舟，驚起水中鷗。」「西湖景，秋日更宜觀。桂子岡巒金粟富，芙蓉洲渚綵雲閒，爽氣滿山前。」「西湖景，冬日轉清奇。賞雪樓臺評酒價，觀梅園圃訂春期，共醉太平時。」（同前）

六一　宗吉《漫興》詩云：「自古文章厄命窮，聰明未必勝愚蒙。筆端花與胷中錦，賺得相如四壁空。」蓋有激而云然也。又《書生嘆》云：「書生嗜書被書惱，居不求安食忘飽。微吟朗誦無了期，妻怨兒啼隣里誚。東家郎君狐白裘，終宵醉眠寶釵樓。西家壯士金鎖甲，萬里勇斬樓蘭頭。堆金積玉誇豪貴，眼底何曾識丁字。休言富貴有危機，信知文字真愁具。從今投筆復棄書，擬學東皐農把鉏。妻復苦諫兒搖手，近來差科重田畝。」其感時傷事抑又甚焉。馬浩瀾感其詩，作《畫堂春》詞云：「蕭條書劍困埃塵，十年多少悲辛。松生寒澗背陽春，勉强精神。且可逢場作戲，寧須對客言貧。後來

知我豈無人，莫謾沾巾。」乃今瞿、馬之名照耀文苑，當年牢落，安足嘆耶？（同前）

六二 馬浩瀾洪，仁和人，號鶴牕。善詩詠，而詞調尤工。皓首韋布，而含吐珠玉，錦繡胸腸，褎然若貴介王孫也。嘗題許應和松竹雙清扇景詞云：「剪蒿萊，曾將雙翠親裁。旋添成、園林佳勝，依稀嶰谷徂徠。鳳飛過、文章燦爛，蛟騰攫、鱗甲毰毸。剉節題詩，收花釀酒，鬚粘香粉袖粘苔。無人識、棟梁之具，管籥之才。　蔭亭臺，儘多風月，清無半點塵埃。竿期截、六鼇連舉，巢堪托、孤鶴時來。色瑩琅玕，脂凝琥珀。笑他門柳與庭槐。蕭郎去、畢宏已老，誰富寫生才。君看取、歲寒三友，只欠梅開。」蓋《多麗》詞也。許東溟以為可追蹤康伯可，可謂信然。又題梅花《江城引》云：「雪晴閒覽瘦笻扶，過西湖，訪林逋。湖上天寒，草樹盡凋枯。忽見瓊葩光照眼，偎格調，玉肌膚。　夜空雲靜月輪孤，巧相摹，海濤圖。時聽枝頭，啁哳翠禽呼。縱有明珠三百琲，知似得，此花無。」清氣逸發，瑩無塵想。又題許東溟小景《昭君怨》云：「路遠危峰斜照，瘦馬塵衣風帽。此去向蕭關，向長安，便坐紫薇花底，只似黃粱夢裏。三徑易生苔，早歸來。」言有盡而意無窮，方是作者。徐伯齡言鶴牕與陸清溪偕出菊莊之門，而清溪得詩律，鶴牕得詞調，異體齊名，可謂盛矣。（同前書卷十三「才情雅致」）

六三 馬浩瀾西湖十景《南鄉子》詞，蘇堤春曉云：「烟樹帶鶯啼，催得紗牕月漸低。金鎖嚴城門四扇，開齊，縹緲樓臺影尚迷。　已有玉驄嘶，花露香塵踏作泥。可是尋芳人起早，相携，占斷風流向此堤。」平湖秋月云：「月似白蓮浮，水似瑠田綠汞流。閒憶何時曾勝賞，中秋，一瓣芙蓉是彩舟。　風露冷颼颼，水月偎人跨玉虬。笑道西湖元有對，瀛洲，却在蓬萊欲盡頭。」花港觀魚云：

「小港傍湖漘，花影中間戲錦鱗。漁識放生池有禁，收綸，水暖蘋香十里春。　花憶上龍門，猶隔千山與萬津。好向碧波深處去，藏身，無數花前憶鱠人。」柳浪聞鶯云：「翠浪湧層層，千樹垂楊颭曉晴。兩箇黄鸝偏得意，和鳴，疑奏鸞簫與鳳笙。　金彈莫相驚，正是蘭舟送客行。似惜春光如畫裏，閒情，欲别頻啼四五聲。」三潭印月云：「潭水碧涵天，冷浸中宵皓月圓。寫出嫦娥真面目，嬋娟，絶勝瑶臺跨鳳僊。　潭底是龍淵，翠户珠宫玉作田。神物也躭良夜景，蜿蜒，抱得明珠喜不眠。」兩峰插雲云：「萬仞碧崚嶒，華蓋陽明比未能。名作擎天雙玉柱，相應，絶頂三更見日升。　聞説住山僧，上界僊人唤得膺。待我秋清遊興動，須登，試到青雲第一層。」南屏曉鐘云：「金磬罷泠泠，風裊鯨音出翠屏。柳外高樓花底户，牕扃，却似楓橋半夜聽。　僧已了殘經，香斷薰爐月滿庭。百八寶珠閒掐遍，聲停，老鶴松間夢已醒。」雷峰夕照云：「高塔聳層層，斜日明時景倍增。常是遊湖船攏岸，尋登，看遍千峰紫翠凝。　暮色滿觚棱，留照溪邊掃葉僧。鴉背分金猶未了，生憎，幾處人家又上燈。」麯院風荷云：「麯院水風凉，萬柄高荷掩鏡光。露挹翠盤何所似，瑶漿，瀉下波心水亦香。　花底浴鴛鴦，五月西湖錦繡鄉。畫舫採蓮誰氏女，紅粧，唱得歌聲最惱腸。」斷橋殘雪云：「雪覆畫闌橋，銀背鯨鯢不動摇。題柱相如閒袖手，無憀，錯認梅花昨夜飄。　步步踏瑶瑶，猶勝山僧立到腰。紅日漸高風漸暖，旋消，添作春波送畫橈。」湖上《虞美人》詞：「草芽柔輭花嬌婉，日淡香風暖。西湖無處不風流，何况松間蕭寺柳邊樓。　六橋東畔孤山路，小小凌波步。翠裙深掩鳳頭鞋，臨到登舟雙手按金釵。」又《小重山》詞：「新水溶溶拍畫橋，橋邊千樹，柳緑絲飄。　杏花香艷海

棠嬌，知人悶，春意故相撩。　湖裏木蘭橈，湖堤芳草軟，玉驄驕。酒旗撩亂鬧花招。　愁多少，來向此中消。」（同前）

六四　馬浩瀾著《花影集》，自序云：予始學為南詞，漫不知其要領。偶閱《吹劍録》中載：東坡在玉堂日，有幕士善歌，坡問曰：「吾詞何如柳耆卿？」對曰：「柳郎中詞，宜十七八女孩兒按紅牙拍，歌『楊柳岸、曉風殘月』，學士詞，須關西大漢執鐵板唱『大江東去』。」緣是求二公詞而讀之，下筆略知蹊逕。然四十餘年，僅得百篇，亦不可謂不難矣。法雲道人嘗勸山谷勿作小詞，山谷云：「空中語耳。」予欲以空中語名其集，或曰不文，改稱《花影集》。花影者，月下燈前，無中生有，以為假則真，謂為實猶涉虚也。今漫摘數首，以便展玩云。其商調《少年遊》云：「弄粉調脂，梳雲掠月，次第曉粧成。鸚鵡籠邊，鞦韆牆裏，半晌不聞聲。　元來却在瑶堦下，獨自踏花行。笑摘朱櫻，微揎翠袖，枝上打流鶯。」《行香子》云：「紅遍櫻桃，緑暗芭蕉，瑣牕深、春思無聊。雙飛燕懶，百囀鶯嬌。正漏聲遲，簾影静，篆香飄。　惜月前宵，病酒今朝，有誰知臂玉微銷。封題錦字，寄與蘭翹。恨樹重重，雲渺渺，水迢迢。」春夜《生查子》云：「燒罷夜香時，獨立簾兒下。真箇可憐宵，一刻千金價。　啼痕不記行，暗滿鮫綃帕。蝶宿牡丹叢，月轉鞦韆架。」春日《海棠春》云：「越羅衣薄輕寒透，正畫閣風簾飄繡。無語小鶯慵，有恨垂楊瘦。　桃花人面應依舊，憶那日、擎槳時候。添得暮愁牽，只為秋波溜。」《鳳凰臺上憶吹簫》云：「淡淡秋容，澄澄夜景，娟娟月挂梧桐。愛簫聲縹緲，簾影玲瓏。彩鳳銜書未至，玉宇净、香霧空濛。凉如水，翠苔凝露，琪樹吟風。　匆匆，年華暗換，嗟舊歡成夢，芳鬢飛蓬。想清江泛鷁，紫陌遊驄。應念佳期虚負，瞻素彩、感慨相同。凝情久，誰家搗衣，砧杵丁東。」《青玉案》云：「平川渺渺花無數，明鏡裏，孤舟度。花下美人和笑顧，問郎莫似，乞漿崔護，别久來何暮。盈盈羅襪凌波步，眉月連娟鬓如霧。人世光陰花上露。勸郎休去，再來須誤，個是桃源路。」中秋《鵲橋僊》云：「不寒不暑，無風無雨，秋色平分佳節。桂花香散夜凉生，小樓上、簾兒高揭。多愁多病，閒憂閒悶，玉鬓紛紛成雪。平生不作負恩人，惟負了、今宵明月。」九日《金菊對芙蓉》云：「過鴈行低，鳴蛩韻急，紛紛葉下亭皋。向霜庭看菊，颼館題糕。依然賓主東南美，勝龍山，迢遞登高。繡屏孔雀，金橙螃蟹，銀甕葡萄。痛飲鯨卷波濤，笑百年春夢，萬事秋毫。問臺前戲馬，海上連鼇。當時二子今安在，乾坤大、容我麄豪。四絃裂帛，雙鬟舞雪，左手持螯。」梅花《東風第一枝》云：「餌玉餐香，夢雲情月，花中無此清瑩。儼然姑射僊人，華珮明璫新整。五銖衣薄，應怯瑶臺凄冷。自驂鸞、來下人間，幾度雪深烟暝。孤絶處，江波流影。顛頷也、春風銷粉。相思千種閒愁，聲聲翠禽啼醒。西湖東閣，休説當時風景。但留取、一點芳心，他日調羹金鼎。」落花《滿庭芳》云：「春老園林，雨餘庭院，偏惹蝶駭鶯猜。蔫紅皺白，狼藉滿蒼苔。正是愁腸欲斷，朱箔外、點點飄來。分明似身輕飛燕，扶下避風臺。當初珍重意，金錢競買，玉砌新栽。更翠屏遮護，羯鼓催開。誰道天機繡錦，都化作、紫陌塵埃。紗牕裏、有人憐惜，無語托香腮。」(同前)

六五 徐延之伯齡，錢唐人，號擥冠道人。博學强記，洞曉音律，工樂府。嘗雜集瓷甌數十枚，考其音之中度者，奏曲一章，茶頃而協。所著有《蟫精雋》二十卷。嘗薄遊蘭陵，會邵文敬、陸廉伯、周克容、龔忠夫吹笙鼓琴為樂，一座盡傾，遂聯句贈之云：「擁爐清夜炙銀簧邵，偎律和鳴學鳳凰周。應節低昂吾欲舞陸，倚歌談笑客成狂龔。重華一去空思往陸，周雅無傳孰補亡邵。老大忽逢王子晉周，緱山回首月蒼蒼龔。」邵文敬復贈以《聽琴》詩云：「坐圍香柱石堂寒，未覺純香爨後殘。飛燕舞衣翻玉腕，老鮫珠淚滴冰盤。雲生桂嶺兼春瘴，風入涇原撓夕湍。有客思歸正惆悵，關山月白路漫漫。」末句蓋以伸別意也。陸廉伯贈之詩云：「一曲清商思不堪，泠然如對古人談。春明綵鳳初辭穴，夜冷遊魚更出潭。塵壁無絃惟種柳，芳林有客悞攜柑。臨岐欲問將歸意，安得微風日自南。」周克容贈之詩云：「襟度飄然物外情，行蹤到處飲香名。一牀流水伯牙操，滿耳清風子晉笙。文字纂修人盡服，古今成敗論皆傾。可憐當道諸卿相，不把封章為賈生。」頃之，延之言歸，周克容贈之詩云：「塵機鞅掌我何堪，喜對徐卿一笑談。蹤蹟半生三竺寺，品題多付百花潭。脂香出釜椒燔膾，春色盈缸酒釀柑。明日攜書歸舊隱，孤山佳趣勝終南。」廉伯和云：「年少才情萬事堪，倒傾三峽此雄談。寒雲孤鶴依空谷，秋水長虹卧石潭。行色遠迷吳苑樹，華燈歸試武林柑。春風更有西湖約，重聽笙歌鷲嶺南。」朱懋陽和云：「誰謂嵇康康（當作嬾）不堪，喜逢樂廣共高談。玉笙有譜鳳鳴囿，寶劍騰光龍出潭。書罷不須臨晉帖，飲餘常得破霜柑。西湖回首經時別，知有清名在斗南。」皆一時名筆也。

（同前）

六六　祥殊嗜蜜，思聰嗜琴，東坡詩所謂「招得琴聰與蜜殊」者是也。仲殊善詞，而小調尤勝，如《訴衷情》詠西湖云：「湧金門外小瀛洲，寒食更風流。紅船滿湖，歌吹花外有高樓。晴日暖，淡烟浮，恣嬉遊。三千粉黛，十二闌干，一片雲頭。」《念奴嬌》詠荷花云：「水楓葉下，乍湖光清淺，凉生商素。西帝宸遊羅翠蓋，擁出三千宮女。絳綵嬌春，鉛華掩晝，占斷鴛鴦浦。歌聲搖曳，浣紗人在何處。　別岸孤梟一枝，廣寒宮殿，冷寒棲愁苦。雪艷冰肌羞淡泊，偷把臙脂勻注。媚臉籠霞，芳心泣露，不肯為雲雨。金波影裏，為誰長恁凝竚。」又詠夏景云：「故園避暑，愛繁陰蔽日，流霞供酌。竹影篩金泉漱玉，紅映薔薇花簾幙。素質生風，香肌無汗，綉扇長閒却。雙鸞棲處，綠筠時下風籜。吹斷舞影歌聲，陽臺人去，有當年池閣。佩結蘭英凝念久，言語精神依約。燕別雕梁，鴻歸紫塞，音信憑誰把。爭知好景，為君長是蕭索。」此僧風流蘊藉，不減少年，然恐非蓮社本色也。（同前書卷十四「方外玄踪」）

六七　大通禪師者，操律高潔，人非齋沐不敢登堂。東坡一日挾妙妓謁之，大通愠形於色，公乃作《南歌子》一首，令妙妓歌之，大通亦為解頤，公曰：「今日參破老禪矣。」其詞云：「師唱誰家曲，宗風嗣阿誰。借君拍板與門搥，我也逢場作戲莫相疑。　溪女方偷眼，山僧莫眨眉。却愁彌勒下生遲，不見老婆三五少年時。」（同前）

六八　皎如晦者，净慈寺僧也。嘗作《卜算子》詞云：「有意送春歸，無計留春住。畢竟年年用着來，何似休歸去。　目斷楚天遥，不見春歸路。風急桃花也似愁，點點飛紅雨。」（同前）

六九　陸永仲，字維之，餘杭人。少與計偕入汴，羣法從邀，令雜坐，命道人相之，道人指永仲曰：「秀才問以科第。」曰：「且還山。」及別，道人以粒丹授永仲，曰：「緩急用之。」永仲下第，循汴而歸，怒濤大作，以丹投之，風浪恬息。岸上有呼永仲姓名者，則道人也。遂幡然有出家之想，隱大滌山中，逍遥詩酒。嘗作觀潮《酹江月》詞云：「遠山一帶，遡晴空、極目天涯浮白。楓落鴉翻，談笑處、不覺雲濤横席。酒病方蘇，睡魔猶殢，一掃無留蹟。吴帆越棹，恍然飛上空碧。長記草賦梁園，凌雲筆勢，倒三江秋色。對此驚心空悵望，老作紅塵閒客。别浦烟平，小樓人散，回首千波寂。西風歸路，為君重噴霜笛。」高宗見之，嘉賞，召見，辭不赴。他日駕幸洞霄，將以翰林處之，時憲聖太后謂上曰：「山林隱士，無求於人，無苦之强令出山也。」遂止。臨終有詩云：「岳南之館白雲端，鳳笛龍簫徹廣寒。一鶴曉飛冲碧落，羣僊笑倚玉闌干。」（同前書卷十五「方外玄踪」）

七〇　蘇小小者，錢唐名娼也，蓋南齊時人。其墓或云湖曲，或云江干。古詞云：「妾乘油壁車，郎跨青驄馬。何處結同心，西陵松柏下。」今西陵乃在錢唐江之西，則云江干者，近是也。宋時司馬槱才仲初在洛下，晝寢，夢一美姝牽帷而歌曰：「妾本錢唐江上住，花落花開，不管流年度。燕子銜將春色去，紗牕幾陣黄梅雨。」才仲愛其詞，因詢曲名，云是《黄金縷》。後五年，才仲以蘇子瞻薦應制舉中等，遂為錢唐幙官，為秦少章道其事，少章為續其後，詞云：「斜插犀梳雲半吐，檀板輕敲，唱徹《黄金縷》。夢斷彩雲無覓處，夜凉明月生南浦。」頃之，復夢美姝迎笑，曰：「夙願諧矣。」遂與同寢。自是每夕必聚，才仲為同寀談之，咸曰公廨後有蘇小小墓，得無妖乎？不逾年而才仲得疾，所乘遊舫艤泊河塘，柁工遽見才仲攜一麗人登舟，即前喏之，聲斷，火起舟尾，倉忙走報其衙，則才仲死，而家人已慟哭矣。（同前書卷十六「香奩艷語」）

七一　李賀《蘇小小墓歌》：「幽蘭露，如啼眼，無物結同心，烟花不堪剪。草如茵，松如蓋，風為裳，水為珮。油壁車，久相待，冷翠燭，勞光彩。西陵下，風吹雨。」白樂天《楊柳枝》詞：「蘇州楊柳任君誇，更有錢唐勝館娃。若解多情尋小小，緑楊深處是蘇家。」「蘇家小女舊知名，楊柳風前別有情。剥條盤作銀環樣，捲葉吹為玉笛聲。」沈原理《蘇小小歌》：「歌聲引迴波，舞衣散秋影。夢斷別青樓，千秋香骨冷。青銅鏡破雙飛鸞，饑烏弔月啼鈎欄。風吹野火火不滅，山妖哭入狐狸穴。西陵墓下錢唐潮，潮來潮去夕復朝。墓前楊柳不堪折，春風自綰同心結。」辛文房歌：「東流水底西飛魚，收得錢唐雲錦書。幾回錯認青驄馬，着處閒乘油壁車。鸚鵡杯殘春樹暗，葡萄衾冷夜窗虚。蓮子種成南北岸，苦心相望欲何如。」元遺山蘇小小圖詞：「槐陰庭院宜清晝，簾捲香風逗。美人圖子阿誰留，都是宣和名筆内家收。　鶯鶯燕燕分飛後，粉淡梨花瘦。只除蘇小不風流，斜插一枝萱草鳳釵頭。」

（同前）

七二　朝雲者，姓王氏，錢唐名妓也。蘇子瞻宦錢唐，絶愛幸之，納為常侍。朝雲初不識字，既事子瞻，遂學書，曬有楷法。後從泗上比丘尼義冲學佛，亦通大義。有子曰幹兒，未朞而夭。蘇子貶惠州，家妓都散去，獨朝雲依依嶺外，子瞻甚憐之，贈之詩云：「不似楊枝別樂天，恰如通德伴伶玄。阿奴絡秀不同老，天女維摩總解禪。經卷藥爐新活計，舞衫歌扇舊因緣。丹成逐我三山去，不作陽臺雲雨僊。」未幾，朝雲病且死，誦《金剛經》四句偈而絶，葬之惠州栖禪寺松林中東南直大聖塔，子瞻悼之，詩云：「苗而不秀豈其天，不使童烏與我玄。駐景恨無千歲藥，贈行唯有小乘禪。傷心一念償前債，彈指三生斷後緣。歸臥竹根無遠近，近（當作夜）燈勤禮塔中僊。」又作詠梅《西江月》以寓意云：「玉骨那愁瘴霧，冰肌自有僊風。海僊時過探芳叢，倒掛緑毛么鳳。素面翻嫌粉涴，洗粧不褪唇紅。高情已逐曉雲空，不與梨花同夢。」（同前）

七三 蘇子瞻倅杭日，府僚湖中高會，羣妓畢集，惟秀蘭不來，營將督之再三乃來。子瞻問其故，答曰：「沐浴倦臥，忽有叩門聲，急起詢之，乃營將催督也。整粧趨命，不覺稍遲。」時府僚多屬意於蘭者，見其不來，恚恨不已，云：「必有私事。」秀蘭含淚力辯，而子瞻亦從旁冷語陰為之解，府僚終不釋然也。適榴花盛開，秀蘭以一枝藉手獻座中，府僚愈怒，責其不恭，秀蘭進退無據，但低首垂淚而已，子瞻乃作一曲名《賀新涼》，令秀蘭歌以侑觴，聲容絶妙，府僚大悦，劇飲而罷。其詞云：「乳燕飛華屋，悄無人、槐陰轉午，晚凉新浴。手弄生綃白團扇，扇手一時似玉。漸困倚，孤眠清熟，簾外誰來推繡户，枉教人、夢斷瑶臺曲。又却是，風敲竹。石榴半吐紅巾蹙，待浮花浪蕊都盡，伴君幽獨。穠艷一枝細看取，芳心千重似束。又恐被、秋風驚緑。若待得君來，向此花前，對酒不忍觸。共粉淚，兩簌簌。」（同前）

七四 蘇子瞻守杭時，毛澤民者為法曹，公以衆人遇之。而澤民與妓瓊芳者善，及秩滿辭去，作《惜分飛》詞以贈妓云：「淚濕闌干花着露，愁到眉峰碧聚。此恨平分取，更無言語空相覷。細雨殘雲無意緒，寂寞朝朝暮暮。今夜山深處，斷魂分付潮回去。」子瞻一日宴客，聞妓歌此詞，問誰所作，妓以澤民對，子瞻嘆曰：「郡僚有詞人而不及知，某之罪也。」翌日，折簡追回，款洽數月。（同前）

七五　唐宋間郡守新到，營妓皆出境而迎，既出，猶得以鱗鴻往返，靦不為異。白樂天《湖上醉中代諸妓寄嚴郎中》詩云：「笙歌盃酒正歡娛，忽憶僊郎望帝都。借問連宵直南省，何如盡日醉西湖。蛾眉久別心知否，鷄舌含多口厭無。還有些些惆悵事，春來山路見蘼蕪。」又《聞歌妓唱嚴郎中詩因以絶句寄之》詩云：「已留舊政布中和，又付新詞與艷歌。但是人家有遺愛，就中蘇小感恩多。」蘇子瞻送杭妓往蘇州迎新守《菩薩蠻》詞云：「玉童西迓浮丘伯，洞天冷落秋蕭瑟。不用許飛瓊，瑶臺空月明。　清香凝夜燕，借與韋郎看。莫便過姑蘇，扁舟下五湖。」又西湖席上代諸妓送陳述古詞云：「娟娟缺月西南落，相思撥斷琵琶索。枕淚夢魂中，覺來眉暈重。　華堂堆燭淚，長笛吹新水。醉客各西東，應思陳孟公。」（同前）

七六　胡楚嘗有贈所歡詩云：「不見當時丁令威，年來處處是相思。若將幽恨同芳草，却恐青青無盡時。」時張子野老於杭，多為杭妓作詞，而不及靚。靚獻詩云：「天與羣芳十樣葩，獨憐顔色不堪誇。牡丹芍藥人題遍，自分身如鼓子花。」子野甚喜，為之賦詞一闋云。（同前）

七七　陳直方之妾，稽本錢唐妓人也。丐新詞於蘇子瞻，子瞻因直方新喪正室，而錢唐人好唱《陌上花緩緩》曲，乃引其事以戲之，其詞則《江神子》也，詞云：「玉人家在鳳凰山，水雲間，掩門關。門外行人，立馬看弓彎。十里春風誰指似，斜日映，繡簾斑。　多情好事與君還，憫新鰥，拭餘潸。明月空江，香霧着雲鬟。陌上花開看盡也，聞舊曲，破朱顔。」（同前）

七八　宋有陳襲善者遊錢唐，與營妓周子文甚狎，挾之，遍歷湖山。後襲善去為河朔掾，宿奉高驛，夢子文搴幃嚬蹙，挽之不可，冉冉悲啼而没。久之，得故人書云：「子文死矣。」按其月日，則宿奉高驛時也。既歸，遊鷲嶺，作《漁家傲》以寄情焉：「鷲嶺峰前欄獨倚，愁眉促損愁腸碎。紅粉佳人傷別袂，情何已，登山臨水年年是。　常記同來今獨至，孤舟晚颺湖光裏。衰草斜陽無限意，誰與寄，西湖水是相思淚。」（同前）

七九　宋紹興中，王鈇帥番禺，有狼籍聲。朝廷除司諫韓璜提刑廣東，令往廉按。鈇憂甚，廢寢食。有妾，故錢唐娼也，問主公何憂，鈇告之故，妾曰：「不足憂也，璜即韓九，字叔夏，舊遊妾家，最歡，須其來，强邀之飲，妾當有以敗其守也。」已而璜至，鈇郊迎，不見，入城乃見，岸然不交一談。次日，報謁，鈇宿治具於別館，茶罷，邀遊郡圃，不許，固請乃可。至別館，水陸畢陳，伎樂大作，璜踧踖不安，鈇麾去伎樂，陰命諸妓淡粧詐作姬，侍迎入後堂，劇飲，酒半，妾於簾內歌璜昔日所贈之詞，璜聞之心動，狂不自制，曰：「汝乃在此耶？」即欲見之，妾隔簾，故邀其滿引，至再至三，終不肯出，璜心益急，妾曰：「司諫曩在妾家最善舞，今日能為妾舞一曲，即當出也。」璜醉甚，不知所以，即索舞衫，塗抹粉墨，踉蹡而起，忽跌於地，鈇亟命索轎，諸妓扶掖登船，昏然酣寢。五更酒醒，覺衣衫拘絆，索燭覽鏡，羞愧無以自容，即解船還臺，不敢復有所問。此聲流播，旋遭彈劾，而鈇迄善罷。（同前）

八〇　謝希孟者，陸象山門人也。少豪俊，與妓陸氏狎，象山責之，希孟但敬謝而已。他日，復為妓造鴛鴦樓，象山又以為言，希孟謝曰：「非特建樓，且為作記。」象山喜其文，不覺曰：「樓記云何？」即占首句云：「自遜、抗、機、雲之死，而天地英靈之氣，不鍾於男子而鍾於婦人。」象山默然，知其侮也。一日，希孟在妓所恍然有悟，忽起歸輿，不告而行，妓追送江滸，悲戀而啼，希孟毅然取佩巾書一詞與之，云：「雙槳浪花平，夾岸青山鎖。你自歸家我自歸，説着如何過。　我斷不思量，你莫思量我。將你從前與我心，付與他人呵。」（同前）

八一　淳熙初，行都角妓陶師兒與蕩子王生狎，甚相眷戀，為惡姥所間，不盡綢繆。一日，王生拉師兒遊西湖，唯一婢一僕隨之。尋常遊湖者逼暮即歸，是日王生與師兒有密誓，特故盤桓，比夜達岸，則城門鎖，不可入矣。王生謂僕曰：「月色甚佳，清泛不可再。」市酒殽，復遊湖中，迤邐更闌，舉舟倦寢，舟泊净慈寺藕花深處，王生、師兒相抱投入水中，舟人驚救不及而死。都人作「長橋月，短橋月」以歌之，其所乘舟竟為棄物，經年無敢登者。居無何，值禁烟節序，士女闐沓，舟發如蟻，有妙年者，外方人也，登豐樂樓，目擊畫舫紛紜，起夷猶之興，欲買舟一遊。會日已停午，雖蓮舫漁艇亦無泊岸者，止前棄舟在焉。人有以王、陶事告者，士人笑曰：「大佳，大佳，政欲得此。」即具盃饌入舟，遍遊西湖，曲盡歡而歸，自是人皆喜談，争求售之，殆無虚日，其價反倍於他舟。（同前）

八二　宋時秀州鄭文者為太學生，久寓行都，其妻寄以《憶秦娥》詞云：「花深深，一勾羅襪行花陰。（脱『行花陰』三字）閒將柳帶，試結同心。　日邊消息空沉沉，畫眉樓上愁登臨。愁登臨，海棠開後，望到於今。」此詞為同舍見者傳揚，酒樓妓館皆歌之。（同前）

八三　宋時婺州劉鼎臣者，僦省試於行都，瀕行，其妻自製彩花一枝贈之，侑以《鷓鴣天》詞云：「金屋無人夜剪繒，寶釵翻過齒痕輕。臨行執手慇懃送，襯與蕭郎兩鬢青。　聽囑付，好看承，千金不

抵此時情。明年宴罷瓊林晚，酒面微紅相映明。」（同前）

八四 宋時潭州易彦章袚者以優等為前廊，久不歸，其妻作《一剪梅》詞寄之，云：「染淚修書寄彦章，貪却前廊，忘却回廊。功名成遂不還鄉，石做心腸，鐵做心腸。紅日三竿懶畫粧，虚度韶光，瘦損容光。不知何日得成雙，羞對鴛鴦，懶對鴛鴦。」（同前）

八五 宋時閩人修軫者以太學生登第，榜下取（當作娶）再婚之婦，同舍張任國以《柳梢青》詞戲之，曰：「掛起招牌，一聲喝采，舊店新開。熟事孩兒，家懷老子，畢竟招財。當初合下安排，又不是、豪門買獃。自古人言，正身替代，見任添差。」（同前）

八六 錢唐道士洪丹谷與一妓通，因娶為室，病且革，顧謂洪曰：「妾死在旦夕，卿須自執薪，還肯作一轉語否？妾，歌兒也，卿能集曲調於妾未死之前，使預聞之，死無憾矣。」洪固滑稽，遂作文曰：「二十年前我共伊，只因彼此太癡迷。忽然四大相離後，你是何人我是誰。共惟娘子，秀鍾谷水，聲遏楚雲。《玉交枝》堅《一片心》，《錦纏道》餘二十載，遽成《如夢令》，休憶《少年遊》。《哭相思》，兩手託空；《意難忘》，一筆勾斷。且道如何是一筆勾斷，《孝順歌》終無孝順，《逍遥樂》永遂逍遥。」聽畢，一笑而逝。（同前）

八七 朱淑真者，錢唐人。幼警慧，善讀書，工詩，風流蘊藉。早年父母無識，嫁市井民家，其夫村惡，籧除（當作篨）戚施，種種可厭。淑真抑鬱不得志，作詩多憂愁怨恨之思。時牽情於才子，竟無知音，悒悒抱恚而死。父母復以佛法并其平生著作荼毗之，今所傳者，不過百中之一耳。臨安王唐佐為之立傳，宛陵魏端禮為之輯其詩詞，名曰《斷腸集》。其詩云：「静看飛蝇觸曉窗，宿酲未醒倦梳粧。强調朱粉西樓上，愁裏春山畫不長。」又云：「門前春水碧如天，坐上詩人逸似僊。彩鳳一雙雲外落，吹簫歸去又無緣。」又云：「鴻鷺鴛鴦作一池，須知羽翼不相宜。東君不與花為主，何似休生連理枝。」又《題圓子》云：「輕圓絶勝雞頭肉，滑膩偏宜蟹眼湯。縱有風流無處説，已輸湯餅試何郎。」蓋謂其夫之不才、匹配非偶也。張行中題其詩集云：「女子風流節義虧，文章驚世亦何如。蘋蘩時序寧無預，詩酒情懷却有餘。愁對鶯花春苑寂，苦吟風月夜窗虚。丈夫莫羨多才思，宋女不聞曾讀書。」（同前）

八八　淑真詩詞多柔媚，獨《清晝》一絶、送春一詞頗疎俊可喜，詩云：「竹摇清影罩幽窗，兩兩時禽噪夕陽。謝却海棠飛盡絮，困人天氣日初長。」詞云：「樓外垂楊千萬縷，欲係青春，少住春還去。猶自風前飄柳絮，隨春且看歸何處。滿目山川聞杜宇，便做無情，莫也愁人意。把酒送春春不語，黄昏却下瀟瀟雨。」（同前）

八九　錢唐陳岩子肅者，喜遊俠，為奇俊語，存齋瞿宗吉甚奇之。嘗春日遊湖，有句云：「西紅女兒歌《白苧》，墨黑燕子來烏衣。」後商於閩中，盤桓妓館，賦詩云：「青銅三百一斗酒，荔枝十八誰家娘。」逾一歲而卒，年二十三云。宗吉作《念奴嬌》詞悼之，曰：「海山何處，嘆人間、別有芙蓉城闕。霧閣雲窗深幾許，獨駕青騾超越。香藹雲屏，被翻錦浪，波捧龍綃襪。鏡鸞舞罷，半簾燈影明滅。誰信一飲瓊漿，玉山自倒，魂逐驚鴻没。瘴雨蠻烟歸夢斷，愁滿空梁殘月。疇昔相期，殺鷄炊黍，中

道成長別。故山秋晚，何人共採薇蕨。」（同前）

九〇 甲妓朱觀奴者居鹽橋，頗通文義，嘗欲搆室，而募緣於人，求題詞於瞿宗吉，宗吉援筆書云：「傾國傾城美貌，為雲為雨芳年。金沙灘上舊因緣，重到人間示現。欲搆雲窗霧閣，奈慳寶鈔金錢。諸公有意與周旋，請看桃花好面。」人以宗吉，故喜捐貲焉。其裔有朱鳳翔者，以音律得幸於毅皇，為優人，長與臧賢、劉實者同列，寵昵無比。（同前）

九一 陳煥章，錢唐人，譁誕浮薄，而聰明爽闓。嘗痛飲妓館，醉為羣妓所侮，作中吕《滿庭芳》樂府云：「羊羔玉斝，灌翻老漢，嬉笑加加。小丫鬟，欺侮喈年高大。兩三箇扳倒扛咱，白髮上黃花亂插，赤骨立黑墨偷搽。慣得他，無高下，也是俺醉鄉豁達。笑殺我，也由他。」誠俊詞也。煥章，成化時人。（同前）

九二 春日婦女喜為鬭草之戲，黄子常《綺羅香》詞云：「綃帕藏春，羅裙點露，相約鶯花叢裏。翠袖拈芳，香沁筍芽纖指。偷摘遍、綠逕烟霏，悄攀下、畫闌紅紫。掃花堦、褥展芙蓉，瑶臺十二降僊子。芳園清晝乍永，亭上吟吟笑語，妬穠誇麗。奪取籌多，赢得玉瑲瑜珥。凝素靨、香粉添嬌，映黛眉、淡黄生喜。綰胸帶、空繫宜男，情郎歸也未。」（同前書卷二十「熙朝樂事」）

九三 二月十五日為花朝節，蓋花朝月夕，世俗恒言二八兩月為春秋之中，故以二月半為花朝，八月半為月夕也。是日，宋時有撲蝶之戲，今雖不舉，而寺院啓涅槃，會談《孔雀經》，拈香者麕至，猶其遺俗也。十九日，上天竺建觀音會，傾城士女皆往，其時馬塍園丁競以名花荷擔叫鬻，音中律吕，黄子常《賣花聲》詞云：「人過天街，曉色擔頭紅紫。滿筠筐、浮花浪蕊，畫樓睡醒，正眼橫秋水。聽新腔、一回催起。　吟紅叫白，報得蝶兒知未。隔東西，餘音軟美。迎門爭買，早斜簪雲髻，助春嬌、粉香簾底。」喬夢符和詞云：「侵曉園丁，叫道嫩紅嬌紫。巧工夫、攢枝飣蕊。行歌佇立，灑洗粧新水。卷香風、看街簾起。　深深巷陌，有箇重門開未。忽驚他，尋春夢美。穿牕透閣，便憑伊喚取，惜花人、在誰根底。」（同前）

九四　宋朝故事，翰林學士草宰相制，或次補執政，謂之帶入。大觀三年六月八日，何執中登庸，四年六月八日，張商英登庸，皆張臺卿草制，訖無遷寵。頃之，蔡京謫太子少保，臺卿當制，詆之甚切，縉紳傳誦，京御之，會復相出，臺卿知杭州。明年六月八日宴客中和堂，忽思前兩歲宿直，命相正同，是日乃作長短句紀其事，云：「長天霞散，遠浦潮平，危闌注目江皋。長記年年榮遇，同是今朝。金鑾兩回命相，對清光、頻許揮毫。雍容久，正茶盃初賜，香袖時飄。　歸去玉堂深夜，泥封罷，金蓮一寸殘燒。帝語丁寧，曾聞華衮親褒。如今漫勞夢想，嘆塵踪、杳隔僊鼇。無聊意，强當歌對酒怎消。」觀者美其詞，而訝其卒章失意，未幾以故物召，遽卒於官。（同前書卷二十一「委巷叢談」）

九五　李子陽旻，以成化庚子解元，癸卯冬將赴春闈，友人鎖懋堅者送之，賦正宫《謁金門》詞云：「人艤畫船，馬鞁上錦韉，催赴瓊林宴。塞鴻聲裏，暮秋天，緑酒金盃觀。　留意方深，離情漸遠，到京廷中選。今秋是解元，來春是狀元。拜舞在，金鑾殿。」已而，子陽果魁天下。子陽明達史學，嘗云：「莽、操、温、卓者，皆篡弑賊也。《綱目》於《魏書》太祖、於《梁書》太祖，於新獨斥之為莽者，何《實録》也，何以為之？《實録》各因當時之文也。新者，國也；莽者，名也。魏、梁之繼世，皆有天下，廟貌儼然，而莽死於亂兵之手，美惡無一定之謚，將從何書？書其國，係之名爾。此《春秋》據事直書例也。」其言甚有理。（同前書卷二十二「委巷叢談」）

九六 張叔夏過西湖慶樂園賦《高陽臺》詞：「古木迷鴉，虚堂起燕，歡遊轉眼驚心。南圃東窻，酸風掃盡芳塵。鬢貂飛入平原草，最可憐、渾是秋陰。夜沉沉，不信歸魂，不到花深。吹簫踏葉幽尋去，任船依斷石，樹裹寒雲。老桂懸香，珊瑚碎擊無聲。故園已是愁如許，撫殘碑、又却傷今。更關情，秋水人家，斜照西林。」夫花石之盛，莫盛於唐之李贊皇，讀《平泉莊記》則見之矣。而宋之艮岳崇麗邁前，至南渡愈盛，而臨安園圃如此者不可屈指數也。余為童子時，見所謂慶樂園，其峰磴石洞猶有存者，至正德間，盡為有力者移去。（同前書卷二十三「委巷叢談」）

九七 鎖懋堅，西域人，扈宋南渡，遂為杭人，代有詩名。懋堅尤善吟寫，成化間遊苕城朱文理座間，索賦其家假山，懋堅賦《沉醉東風》一闋云：「風過處香生院宇，雨收時翠濕琴書。移來小朵峰，幻出天然趣。倚闌干盡日披圖。謾説蓬萊恐是虚，只此是神僊洞府。」為一時所稱。（同前）

九八 思陵時，有菊夫人善歌舞，妙音律，為僊韶院第一，宫中號菊部頭，然頗以不獲際幸為恨。既而稱疾告歸，宦者陳源以厚禮取之，蓄於西湖適安園。一日，德壽按《梁州》曲，舞不稱旨，提舉官關禮揣知上不樂，從容奏曰：「此曲非菊部頭不可。」遂宣唤。於是再入宫，陳想念成疾，有士人遂製一曲，名《菊花新》以獻之，陳大喜，酬謝甚厚，其譜則教坊都管王公謹所度也。陳每聞歌，輒淚下，未幾物故。其園歸重華宫，改名小隱園。孝宗又撥賜張貴妃，為永寧崇福寺云。（同前）

九九　吴越王妃每歲歸臨安，王以書遺妃云：「陌上花開，可緩緩歸矣。」吴人用其語為歌，含思宛轉，聽之凄然。蘇子瞻為之易其詞，蓋《清平調》也，詞云：「陌上花開蝴蝶飛，江山猶是昔人非。遺民幾度垂垂老，遊女長歌緩緩歸。」「陌上山花無數開，路人争看翠軿來。若為留得堂堂去，且更從教緩緩回。」「生前富貴草頭露，身後風流陌上花。已作遲遲君去魯，猶歌緩緩妾回家。」皇明夏與誠偕全息耘湖上，暮歸賦詩，亦以「緩緩歸」為結，其詩云：「滚滚楊花兩岸飛，杖藜殊勝玉鞭揮。殘山剩水年年在，舞榭歌樓處處非。聲斷鷓鴣懷舊恨，情隨蝴蝶上春衣。前朝公子頭如雪，猶説當年緩緩歸。」息耘，蓋宋時全后之裔也。（同前書卷二十四「委巷叢談」）

一〇〇　西湖雖有山泉，而大旱之歲，亦嘗龜坼。宋嘉熙庚子，西湖水涸，茂草生焉。官司祈雨無應，李霜涯戲作一詞云：「平湖千頃生芳草，芙蓉不照紅顛倒。東坡道、波光瀲灔晴偏好。」邏者廉捕之，遁不知所往。（同前）

一〇一　慶元初，京尹趙師睪請盡以西湖為放生池，作亭池上，求國子司業高炳如文虎為記。高故博洽，疾時文浮誕，痛抑之，以此失士子心。會記中有「鳥獸魚鼈，咸若商曆以興」，既已鋟之，石本流傳，殆不可掩。改「商」為「夏」，痕刻猶存，輕薄子作詞以誚之，云：「高文虎，稱伶俐，萬苦千辛，作箇放生亭記。從頭無一句，説着官家，盡把太師歸美。這老子，忒無廉恥，不知潤筆能幾。夏王却作商王，只怕伏生是你。」噫！臨文誤筆，往往有之，而謔嘲其師如此，自來青衿之難馭也。今寶石山麓止有王隨《放生池記》一碑，而高文不存。（同前）

一〇二 林和靖「疎影」、「暗香」之聯，歐陽文忠公極賞之，而王晉卿顧謂此兩句杏與桃李皆可用也。蘇東坡云：「可則可，但恐杏桃李不敢承當耳。」黄魯直云：「歐陽公極賞林和靖『疎影』、『暗香』之句，而不知和靖更有『雪後園林纔半樹，水邊籬落忽横枝』，似勝前句，不知文忠公何緣棄此賞彼也？」苕溪漁隱又云：王直方愛林和靖《梅》詩：「池水倒窺疎影動，屋簷斜入一枝低。」以為伯仲，前句然實非佳者，殆猶一蟹不如一蟹耳，善乎馬鶴窓浩瀾有言林和靖「疎影横斜水清淺，暗香浮動月黄昏」之句，寫梅之風韻。高侍郎季迪「雪滿山中高士卧，月明林下美人來」之句，狀梅之精神。楊鐵崖廉夫「萬花敢向雪中出，一樹獨先天下春」之句，道梅之氣節。（同前）

一〇三 吴歌惟蘇州為佳，杭人近有作者，往往得詩人之體。如云：「月子灣灣（後文作『彎彎』）照幾州，幾人歡樂幾人愁。幾人高樓行好酒，幾人飄蓬在外頭。」此賦體也。而瞿宗吉往嘉興，聽故妓歌之，遂翻以為詞，云：「簾捲水西樓，一曲新腔唱打油。宿雨眠雲年少夢，休謳，且盡生前酒一甌。明日又登舟，却指今宵是舊遊。同是他鄉淪落客，休愁，月子彎彎照幾州。」如云：「送郎八月到揚州，長夜孤眠在畫樓。女子拆開不成好，秋心合着却成愁。」此亦賦體也。而黄山谷之詞先有之「你共人女邊着子，争知我，門裏挑心」是也。如云：「約郎約到月上時，看看等到月蹉西。不知奴處，山低月出早，還是郎處，山高月出遲。」此詞雖淫奔，然怨而不怒，愈於鄭風《狂童》之訕，如云：

「高山頂上鵓鴣啼，聞説親爺娶晚妻。爺娶晚妻猶自可，前娘兒子好孤凄。」此興體也。如云：「晝裏看人假當真，攀桃接李强為親。郎做了三月楊花隨處滚，奴空想隔年桃核舊時仁。」此比體也，有守一而終之意。（同前書卷二十五「委巷叢談」）

一〇四　靈隱寺僧明了然戀妓李秀奴，往來日久，衣鉢蕩盡，秀奴絶之，僧迷戀不已。一夕，了然乘醉而往，秀奴弗納，了然怒擊之，隨手而斃。事至郡，時蘇子瞻治郡，送獄院推勘，於僧臂上見刺字云：「但願生同極樂國，免教今世苦相思。」子瞻見招，結，舉筆判《踏莎行》詞云：「這個秃奴，修行忒煞。雲山頂上持戒，一從迷戀玉樓人，鶉衣百結。　渾無奈、毒手傷人，花容粉碎。空空色色今何在，臂間刺道苦相思，這回還了相思債。」判訖，押赴市曹處斬。（同前）

一〇五　宋時行都節序皆有休假，惟七夕百司皆入局，不準假。有時相古樸，問堂吏云：「七夕不作假，有何典故？」吏應云：「七夕古今無假。」時相但唯唯，不知其有所侮也，蓋用柳詞七夕《二郎神》云：「須知此景，古今無價。」（同前）

一〇六　寶祐間，馬光祖尹臨安，不畏貴戚豪强，庭無留訟。福王府訟民不入賃房錢，民云房漏，光祖判云：「晴則雞卵鴨卵，雨則盆滿鉢滿。福王若要房錢，直待光祖任滿。」臨安一士子踰牆盗人室女，事覺，光祖試《踰牆摟處子》詩，士人揮筆云：「花柳平生債，風流一段愁。踰牆乘興下，處子有情摟。謝砌方潛度，韓香已暗偷。有情生愛欲，無語强嬌羞。不負秦樓約，安知漢獄囚。玉顔麗如此，何用讀書求。」光祖喜之，判云：「多情多愛，還了平生花柳債。好箇檀郎，室女為妻

也合當。雄才高作，聊贈青蚨三百索。燭影摇紅，記取冰人是馬公。」遂令女子歸生為妻，且厚贈之。（同前）

一〇七　紹興間，斜橋客邸有請紫姑者，命「艕」為題詩云：「寒岩雪壓松枝折，班班剥盡青虬血。運斤巧匠斲削成，劒脊半開魚尾裂。五湖僊子多奇致，欲駕僊舟探僊穴。碧雲不動曉山横，數聲摇落江天月。」又有士人應試請僊問得失者，賦詞云：「凄凉天氣，凄凉院宇，凄凉時候。孤鴻呌斜月，寒燈伴殘漏。落盡梧桐秋影瘦，鑑古畫眉難就。重陽又近也，對黄花依舊。」此人竟失舉。又有降僊於杭泮者，或以鬼議之，大書一詩云：「眼前青白誰知我，口裏雌黄一任君。縱使挾山并跨海，也須覆雨更番（當作翻）雲。」或以功名為問，答曰：「朝經暮史無閒日，北戾南鞭知幾年。踐履未能求實地，榮枯何必問青天。」報其相譏也。又董無益嘗記女僊三絶句云：「柳條金嫩不勝鴉，青粉牆邊道韞家。燕子未來春寂寞，小窗和雨夢梨花。」「松影侵壇琳觀静，桃花流水石橋寒。東風吹過雙蝴蝶，人倚危樓第幾闌。」「屈曲闌干月半規，藕花香澹水漣漪。分明一夜文姬夢，只有青團扇子知。」又宋慶之寓永嘉，適逢七夕，學徒醵飲，有僧法辨者在焉。辨善五星，每以八煞為説，時人號為辨八煞。酒邊一士致僊扣試事，忽箕動，大書「文章伯降」，宋怪之，漫云：「姑置此，但求七夕新詞。」箕復請韻，宋指辨云：「以八煞為韻。」意欲困之也。忽運箕如飛，大書《鵲橋僊》一闋云：「鑾輿初駕，牛車齊發，隱隱鵲橋咿軋。尤雲殢雨正歡濃，但只怕、來朝初八。霞垂彩幔，月明銀燭，馥郁香噴金鴨。年年此際一相逢，未審是、甚時結煞。」又李和父云：向常於貴家觀降僊，叩其姓名，不答，忽作薛稷體大書一詩云：「星冠玉帶落邊塵，幾見東風作好春。因過江南省宗廟，眼前誰是舊京人。」捧箕者皆悚然驚散，知為淵聖在天之靈也。（同前書卷二十六「幽怪傳疑」）

王世貞著輯詞話

王世貞(一五二六—一五九〇),字元美,號鳳洲,又號弇州山人,太倉(今江蘇)人。嘉靖戊戌進士。官刑部主事,遷郎中,出為青州副使。以父忤下獄,解官,叩闕請救,卒不免。尋遷浙江右参政,歷進太僕卿。萬曆初以副都御史巡撫鄖陽,終南京刑部尚書。世貞才最高,望最顯,與李攀龍等號七才子。編著有《弇州四部稿》、《弇州續稿》、《弇州再續稿》、《弇山堂别集》、《弇山堂識小録》、《明野史彙》、《觚不觚録》、《朝野異聞》、《明朝叢記》、《明異典述》、《異事述》、《嘉靖以來首輔傳》、《弇州劄記》、《王氏書苑》、《王氏畫苑》、《艶異編》、《鳳洲筆記》、《王氏類苑詳注》、《增集尺牘清裁》、《藝苑巵言》等。本詞話所據王氏諸書有:早稻田大學藏明萬曆五年王氏世經堂刻本《弇州山人四部稿》,其中「詞評」部分殘破,參照臺灣偉文圖書出版社有限公司出版《明代論著叢刊》影印明刊王氏世經堂刻本補。又内閣文庫藏明刊本《弇州山人續稿》、明海虞文臺黄美中刊《鳳洲筆記》，臺灣學生書局出版《中國史學叢書》影印明萬曆庚寅金陵刻本《弇山堂别集》，尊經閣文庫藏明萬曆癸丑瀚海李柱國刻本《王世貞家藏寶鏡翰墨雙璧》，《四庫全書存目叢書》影印明萬曆三十三年鄒道元刻梅墅石渠閣補修本《彙苑詳註》，上海古籍出版社出版《古本小説集成》影印明刊《新鎸玉茗堂批選王弇州豔異編》，早稻田大學藏日本寬文十三年八尾甚四郎友春刊《新刻重校增補圓機活法詩學全書》，以上共録詞話二百六十七則。

一　《初春偶成自嘲》（之一）：五十俄加一，蕭然兩鬢絲。山城催暮緊，地僻受春遲。罷吏無餘牘，揮毫僅小詞。迂疎竊自喜，除目未相知。（《弇州山人四部稿》卷三十「詩部・五言律」）

二　《次仲蔚韻題扇贈沈生》：石頭城下草迷離，夢裏分明玉樹姿。紈扇已題桃葉句，白門空唱柳枝詞。裁將尺鯉羞人問，鎖就雙蛾祇自知。腰帶休文渾欲減，可無單舫慰相思。（同前書卷三十七「詩部・七言律」）

三　《贈梁伯龍・伯龍善詞，嘗游荆州，為王門上客》：漢闕題罷鬢初華，梁苑文成席更誇。匣裏秋霜諸俠少，曲中春雪舊名家。江陵客寫《金樓子》，建業人歌《玉樹花》。誰道歸來仍壁立，文君窈窕自煎茶。（同前）

四《吴興俞生者雅士，多長者游。晚得疾，甚困而貧，獨與其所幸美人居。沈伯磨爲圖之，予詩紀焉》：消渴文園竟若何，霅川秋色卧游過。門前舊客隨金盡，鏡裏新愁上鬢多。空觀不妨天女侍，小詞猶要雪兒歌。君看阿堵神明在，遮莫雄心未耗磨。（同前書卷三十九「詩部・七言律」）

五《雪後有懷數君子率爾相問》（之三）：爲問萋迷金谷地，可能推倒玉山無。輕絃莫度《思歸引》，自寫新詞付緑珠。右石給事（同前書卷四十八「詩部・七言絶句」）

六《嘲梁伯龍》：吴閶白面冶游兒，争唱梁郎雪艷詞。七尺昂藏心未保，異時翻欲傍要離。（同前書卷四十九「詩部・七言絶句」）

七《有懷莫雲卿時得所寄辭翰》（之一）：香煤欲冷篆如絲，病起拈毫潤小詞。忽憶莫家亭子畔，草生書帶墨爲池。（同前書卷五十一「詩部・七言絶句」）

八《金翁八十矣，爲小祇園，作新詞游戲三昧語，走筆爲謝》：長干里頭春事繁，家家玉樹待君翻。多情却是頻伽鳥，自譜僊音供世尊。其二：詞場海内舊知名，到處烟花月旦評。若使維摩天女在，白蓮將贈古先生。（同前書卷五十二「詩部・七言絶句」）

九《王少泉集序》：楚於春秋爲大國，而其辭見絶於孔子之采，至十二國之風廢，而屈氏始以騷振之。其徒宋玉、唐勒、景差輩相與推明其盛，蓋逾千年而有孟浩然，及杜必簡、子美之爲之祖若孫者復以詩顯，又幾千年而爲明德靖之際，王稚欽氏出，而張、廖諸公繼之，自張公以氣雄而廖公以辭逞，稚欽最號爲高華，然不能毋見才役。而少泉王公稍後出，獨能折其衷，公於意非不能深，不欲使其淫於思之外，於象非不能極，不欲使其游於見之表。才不可盡，則引矩以囿之，辭不勝靡，則為質以禦之。蓋公之詩若文出，而好馳騖者，俱悦然而自失也。余初為郎燕中，與公從子故御史宗茂同年雅相好，試余以公集讀之，以為今，即今人未有儗；以為古，即古所不之見。問而後知為公，公於詩若文不作貞元而後語，然能脱摹擬、洗蹊逕以超然於法之外，不得以一家目之也。公與稚欽皆繇高第讀中秘書，非久皆去為他官，故無所染於習，自致其境於古，而公尤工行誼長節槩，居官所蒞有聲跡，然僅再命至僉臬，而用公事罷。余之見公集後二十年，而宦游楚，謁公里中，公頎而長，白皙飄鬚，非復人間人也。出其集，加於昔者半，而示余曰：「身隱矣，而焉用文之，雖然，不可以當吾世而失子也，其姑以識吾之所至而已。」夫不佞烏足以得公所至，第覽之淵然色，而誦之鏗然聲。婉而章，宏而典，奇而弗棘，庶幾風人古典之遺乎？夫張、廖姑所弗論。公蚤達，類玉勒必簡，然不為麗詞淫聲以祈主悦，淪落不偶，似正則、子美，然無怨咨感慨不平之氣以見時左，而天子亦竟遂能知公，使千載之後，不為公廢卷而歎息也。公，楚之京山人，名格，字某，少泉，其別號。最後天子詔用公，以年至，不之强，進太僕少卿，故予云然。（同前書卷六十八「文部・序」）

一〇《王氏金虎別集序》：余既以疾幾死，乃稍稍删次所為詩若文，語見前序中。諸當得去者，庚戌而前三歲可十之九，壬子而前二歲可十之四，最後至丙辰十乃不得二矣。余小子貿貿焉，唯余心之是師，懼亡所衷於二三君子，雖然，吴生則既命之矣。其言曰：「錯吾子之篇，可以臆差歲也。夫嚮者非不燁乎，色喜也。叩之而亡當於宫商，卒然而讀之，盡矣，再讀之，亡復餘也，即所當去者一二揚子於人人哉！子其以為功也。削之，毋令後世有以窺見子。」夫吳生則既命之矣，魏收之文，得者易焉，而投諸洛，長吉之仇，聚其遺火之，以為甘心也。於乎！此非其愛二子人也？以為不愛二子不可，子相則固辭，曰：「甚矣，子之無稽於敝帷也，姑藏焉，其不以施洛而火之在他日。」凡詩三卷、詞一卷、雜文二卷，題曰《金虎別集》。（同前書卷七十一「文部・序」）

一一《江行紀事》：余以六月十七日抵京口而楚，候舟以前一夕至楚，舟頗宏麗，若浮屋，為之一快。以明日出江，釃酒羊豕饗神畢，為具金山，別送者。登絶頂，悵望久之。還，飲僧寮，熱甚，扣舷呼巨黿不起，問之，僧云：「中兵毒弩，死他洲矣。」蓋僧實不勝煩，斃之耳。予欲脩焦山故事，至五鼓，候月與日出没，而僧寮穢不可宿，客輿已闌，乃携卧具下至舟，别送者。挂帆發，晨抵儀真，丞及郵吏出謁。候夫久之，至午乃發。風漸微，將抵瓜步山，山即魏太武所欲度師處也。忽大雷雨疾風起，江面蓬蓬然，幾若佛貍鐵騎金鼓聲，晚宿於夾。次日，多行夾中，申刻甫出夾，則已東望燕子磯矣……暮抵蘄州，不宿而過。時連夕得北風微凉，銀河珠斗，掩映月色，與波下上。酒酣，歌少陵「北風攜爽氣，南斗避文星」語，覺自神王。明日，晨過道士袱，袱有祠廟鼎煥，草樹沿路蓊茂，而其最險處，峭壁直上數百尺，波濤若沸，幸風駛，僅勝之。道士袱一名西塞山，陸務觀謂即張志和詞「西塞山前白鷺飛」地也，然所謂「桃花流水鱖魚肥」及「斜風細柳（當作雨）不須歸」，景象殊不類。（節録自同前書卷七十八「文部・紀行」）

一二《李于鱗》：僕與于鱗隔，何啻人間世哉！所恃一書耳。子與歸，始得手教讀之，若灌醍醐，不覺蹈舞應節。諸篇種種神境，離賫園羣蜑鬭珠，最後出五寸明月，又不費魯元七百斤金，能無大媮快也？吴城齪筆如巨塚，然不敢有加於僕，至矯首望于鱗，直天上人耳。子與甫得量移，家訃繼之，造物豈亦有耳耶？明卿晚始知宦，拙癖落胸腹者計已消，恐不無留泖人齒，在渠與足下俱有佳兒子與，奈何？奈何？且立壁如長卿滿坐，作文舉猶可念也。汪中丞數藉存我，自謂豈遽出魏濟南下哉？計欲行，世貞詩「憶得舊有存没」十六絶句，其一云：「濟上諸侯才且賢，能將玄草及生傳。野人自愛名山好，不愛區區一世憐。」以此辭汪矣，于鱗為我一抵掌否？所與從游者，梁辰魚，其人長七尺餘，虬鬚虎顴，能為詩若詞，詞可伯仲王敬夫，語僕東欲游海岱，西登太華，中間謁濟南生，畢此，死不恨矣。僕喜其言，敬以報足下外，扇頭係率爾之作，毋論其拙可也。（同前書卷一百十七「文部・書牘」）

一三《答汪伯玉》：昨沈山人嘉則行，為作一書，固其人差有材氣，不負舉，然亦貪入賤姓名。公目中忘其數數耳，乃公前已損傳食，急郵訪我海上，公方南逐虜，拮據兵事，於故人書辭委致乃爾。昔諸葛公羽服素車，治軍渭南，每牘教出所慰撫，人人自得，司馬宣王歎其名士，公毋論類之，至於損下名勢，敦布衣之悃欵，借薄技，開藝文之塞，即古無二矣。公勤勤欲薦不朽於僕，甚大盛心，僕能不色飛？所以逡巡再却者，先德尚泯泯。僕雖生，未脱曹蜍、李志耳，然明卿處得僕詩實少，僕詩文舊稿五十餘卷、近稿可八卷，中間騷賦、樂府自許一班，雜體、小詞亦頗鷄肋。公衮衣内召，過我吴門，僕焉能竟閟之？不求斧削於般倕也。戚將軍用兵，僕私心實向慕，以故承公命，輒遂為序，今猶在沈生所。倘有可已，姑爲隱之，何如？公拔明卿於齒吻間，使有餘肉，明卿楚士，當内感入骨矣。僕詩所謂江東步兵，席上司馬，一狂一醉，非公孰能憐者？古人急知己，誠然哉！《維摩經》檢得一部奉上，亦不能大佳，乃比之藏中，差有註耳，似可付剞劂。僕偶有寱語，附貢左右。壬戌以前士大夫不居間，壬戌以後士大夫不講學，乃真士也。得禪理者不諱禪，名冠儒名者務實儒行，乃真學也。公覽之，不一笑粲否？知有留府之災前往，鄙言賴祝融藏拙，公復以精綾紫緗續之，得無添蛇足乎？又一卷，稗官家物也，其置之酒瓿，乃見愛耳。暑動，計南士稍酷，唯爲天下自重。（同前書卷一百十八「文部・書牘」）

一四《趙文敏書詹舍人告》：右趙文敏所書宋起居舍人詹仲儀告辭、獎諭各一通，豐麗遒逸，肉骨停整，其學李北海，殆如玉環之於飛燕，雖任吹多少，而《霓裳》一曲足掩前調，後當有題名及勝國諸公跋，惜爲俗子益以松雪道人僞款及印章，汙其前後，遂成蛇足，聊爲拈破，留之，勿令覽者有《蘭亭》之訟也。（同前書卷一百三十一「文部・墨蹟跋中」）

一五《天全翁卷》：右前一紙爲聯句詩，僅失詩題耳。後一紙爲《水龍吟慢》句，詞半已不全，皆天全翁手筆，故特存之。人謂翁書由米顛來，非也，其遒放波險全得長沙面目，神彩風骨亦自琅琅，惜結體少疎耳。（同前）

一六《靈巖勝遊卷》：天全先生遊靈巖作此詞，寓《水龍吟慢》，已載郡乘中，此卷爲劉以則書者，以則，靈巖之東道主也。其詞不盡按格，而雄逸伉爽，時一吐洩，居然有王大將軍麈尾擊唾壺態，書筆勝法亦往往稱是。卷首沈啓南畫，足為茲山傳神。劉西臺、祝參省、錢學士皆有書名者，獨桑民懌以文自豪，而語不甚稱，為可恠也。（同前）

一七 《徐天全詞》：天全翁自金齒還吴十餘年，多遊吴中諸山水，醉後輒作小詞，宛然晏元獻、辛稼軒家語，風流自賞，詞成，輒復為故人書之。書法遒勁縱逸，得素師屋漏痕法。此卷蓋以貽吴江史明古者，詞筆俱合作。後有吴文定、沈啓南二跋，亦可寶也。（同前）

一八 《三吴楷法十册》：第五册為文待詔徵仲小楷《甲子雜稿》，凡詩四十七首、詞四首、文八首，中亦有率意改竄者。楷法極精細，比之暮年，氣骨小不足而韻差勝。詩亦多楚楚情語，如《元日》、《梅雨言懷》、《無題》、《夢中》諸篇，皆晚唐南宋之佳境也。聞之吴人，待詔每新歲，輒書舊詩文一册，至老無復遺。而没後分散諸子，有徽人某子甲以四十千得廿册以去，今不知所在。此本乃故人子售余，為直十千，因留置此，比於吉光之片羽耳。（同前）

一九 《枝山豔詩》：希哲詞多青閨中瘦語，令人絶倒，宜從褚河南瑶臺美女，不當作秃師屈彊老筆也。淳父乃以豐麗賞之，得非取駿於驪黄之外乎？（同前書卷一百三十二「文部·墨蹟跋下」）

二〇 《扇卷甲之二》：扇卷甲之一為法書，凡十六人二十一面。内徐髯仙子仁三，李西涯賓之、白洛原貞夫、朱射陂子價、許高陽元復各二，吴匏庵原博、顧東橋華玉、金赤松元玉、唐六如伯虎、王前峰繩武、王涵峰履約、袁胥臺永之、馬孟河負圖、吴霽寰峻伯各一。西涯僅一詞耳，與匏庵皆以書名，而皆沓拖不稱，更不若震澤之遒勁也。華玉翩翩，有晉人意。元玉、伯虎俱足吴興堂廡，差薄弱耳。

子仁堆墨，豐美而肉勝。繩武似舅，鹵率而骨强。履約膚立，不能難其弟。永之疎逸自放。貞夫作輕重筆，斌媚近人。子價結體雖疎，而天趣逸出，良堪壓卷。負圖之縱誕，峻伯之纖弱，若此合作者不易得。元復《牡丹歌》及書皆圓熟，得禄之補圖，尤為離俗耳。此皆吾後先所收，以不堪動摇，故聚而帙之，時一展翫，庶不以炎凉戚疏也。（同前）

二一《蘇書歸去來辭帖》：此帖頗似李北海，流便縱逸，而小乏遒氣，當是三錢鷄毛筆所書耳。卓契順，大奇人，然亦名使之，在彼法中固無取也。瘴海孤臣借暖牢落，不爾，無以送日，為之一歎。（同前書卷一百三十六「文部·墨刻跋」）

二二《東坡詞》：坡書此黄州二詞，行模大小絶似《表忠觀碑》，遂無一筆失度，恐好事者若《聖教》之勒石也。内「百年强半，來日苦無多」語，人或憂之，而公歇歷禁從節帥，又十六年而後殁。四百年後，乃為唐伯虎作讖，無情之能感有情也如此。（同前）

二三《山谷書東坡「大江東去」帖》：銅將軍鐵着板唱「大江東去」固也，然其詞跌宕感槩，有王處仲撾鼓意氣，傍若無人。魯直書莽莽，亦足相發磊塊。時閲之，以當阮公數斗酒。（同前）

二四《山谷書東坡〈卜筭子〉詞帖》：「缺月挂疎桐」一帖，山谷書，蒼老欝怒，大是奇筆。坡此詞亦佳，第為宋儒解傳時事，遂令面目可憎厭耳。詞尾「寂寞沙洲冷」，一本作「楓落吴江冷」，「楓落」是崔信餘詩語，不如此尾與篇指相應。（同前）

二五《周東村韓熙載夜宴圖》：《韓熙載夜宴圖》，乃李主遣國手顧宏中於熙載第偷寫得者，曲盡其縱狎跌宕之態。宏中别寫本行人間，宣和帝收得凡四本，俱宏中筆，而又有顧大中一本，亦佳。帝自著譜，云大中應是宏中昆季也。弘治間，杜堇古狂，稍損益之。尋落江南，好事大姓家以百斛米遺祝希哲，為作一歌八絶句手題其後，稱吴中二絶。此則東村周臣摹堇圖，而白陽陳淳書祝詩，周行筆精工不減杜，而陳書亦在逸品，蓋第四佳本也。熙載事絶不足道，顧其意，欲自污，不肯作亡國相，有出於長卿犢鼻之上者。昔嚴續僕射為其父可求索熙載神道碑，以千金雙鬟為贐，熙載不肯作諛辭重相，苦欲删潤，立却其婢，題一絶泥金帶曰：「風柳摇摇無定枝，陽臺雲雨夢中歸。他年蓬島音塵斷，留取樽前舊舞衣。」宋人傳奇所載陶學士《風光好》事，此老風流中耿介權譎種種，不乏也。（同前書卷一百三十八「文部·畫跋」）

二六　《尤子求畫華清上馬圖》：《楊太真華清上馬圖》舊有粉本，而寂寥不甚稱。尤子求善白描，會余得蜀箋，乃乞子求作圖，而以意增損之，遂妙。其太真上馬時態與三郎停鞭顧盻之狀，儼有生色。太真及諸姨應俱善騎，觀《麗人行》所稱「足下何所着，紅蕖羅襪穿蹬銀」，又「當軒下馬入錦茵」，故自可想也。當其乘照夜白扈從入蜀，尚自謂得策，六師一小停，而馬嵬之騎不復前矣。吴中善書者，俞仲蔚《連昌宫詞》，彭孔嘉《長恨歌》，周公瑕《津陽門行》，黄淳父《清平調》八首，及袁魯望、張伯起、王百穀、王元馭、華幼圜、舍弟輩，各以小楷書宫詞，遂成佳本，其它固所不暇論也。（同前）

二七　余始有所抨（當作評）隲於文章家曰《藝苑卮言》者，成自戊午耳。然自戊午而歲稍益之，以至乙丑而始脱稿。里中子不善祕，梓而行之。後得于鱗所與殿卿書云：「姑蘇梁生出《卮言》以示，大較俊語辨博，未敢大盡，英雄欺人，所評當代諸家語，如鼓吹，堪以捧腹矣。」彼豈遂以董狐之筆過責余，而謂有所阿隱耶？余所名者，《巵言》耳，不必白簡也。而友人之賢者書來見，規曰：「以足下資在孔門，當備顔、閔科，奈何不作盛德事，而方人若端木哉？」余愧不能荅。已而游往中二三君子以余稱許之不至也，恚而私訾之，未已，則請絶訕訊，削名籍，余又愧不能答。嗟夫！即其人幸而及余之不明，而以拙收不幸，而亦及余之不明，而以美遺，余不明時時有之，然烏可以恚訾力迫而奪也夫？以余之不長譽僅爾，而尚無當於于鱗，令余而遂當于鱗，其見恚，寧止二三君子哉？屈到嗜芰，點嗜羊棗，叔夜嗜鍛，玄德嗜結，既性之所好習，固不能強也，毋若余之益甚嗜歟？蓋又八年，而前後所增益又二卷，黜其論詞曲者，附它録為別卷，聊以備諸集中。壬申夏日記。（同前書一百四十四「説部・藝苑巵言一」）

二八 古樂府，王僧虔云：古曰章，今曰解。解有多少，當是先詩而後聲。詩叙事，聲成文，必使志盡於詩，音盡於曲。是以作詩有豐約，制解有多少。又諸曲調解有辭有聲，而大曲又有豔、有趨、有亂。辭者，其歌詩也；聲者，若《羊吾韋》、《伊那何》之類也。豔在曲之（脱「先」字），趨與亂在曲之後，亦猶吴聲前有和、後有送也。其語樂府體甚詳，聊志之。（同前）

二九 詩有常體，工自體中，文無定規，巧運規外。樂選律絶，句字夐殊，聲韻各協。下迨填詞小技，尤為謹嚴。《過秦論》也，叙事若傳；《夷平傳》也，指辨若論。至於序、記、志、述、章、令、書、移，眉目小別，大致固同。然四詩擬之則佳，《書》、《易》放之則醜。故法合者必窮力而自運，法離者必凝神而

並歸,合而離,離而合,有悟存焉。(同前)

三〇　自昔倚馬占檄,横槊賦詩,曹孟德、李少卿、桓靈寶、楊處道之外,能復有幾? 自非本色,故足貽姍。敖曹《行路難》,猶堪放浪,崇文酵兒有愧祖武。至於權龍褒輩,祇供盧胡而已。獨《南史》所載梁曹景宗目不知書,好以意作字,及當上讌,朝賢以曹兆鏊,不煩倡和,曹固請不已。許之,僅餘競病二韻,即賦云:「去時兒女悲,歸來笳鼓競。借問行路人,何如霍去病。」一座賞服。宋沈慶之目不知書,每將署事,輒恨眼不識字,上嘗歡飲羣臣,逼令作詩,慶之請顔師古執筆,口授之曰:「微生遇多幸,得逢時運昌。朽老筋力盡,徒步還南岡。辭榮此聖世,何異張子房。」上悦,衆坐稱美,北齊斛律金不解書,有人教押名,曰:「但五屋四面平正即得。」至作《勑勒歌》曰:「勑勒川,陰山下,天似穹廬蓋四野。天蒼蒼,野茫茫,風吹草低見牛羊。」為一時樂府之冠。宋野史載韓蘄王世忠目不知書,晚年忽若有悟,能作字及小詞,皆有宗趣。一日,蘇仲虎尚書方宴客香林園,韓乘小羸逕造,劇歡而散。次日,餉尚書一羊羔,仍手書《臨江僊》、《南鄉子》二詞遺之,瀟灑超脱,詞多不載。此四事頗相類。又蜀將王平識不過十字,後周將梁臺識不過百字,而口授書令,辭旨俱可觀。噫! 豈釋氏所謂宿習餘因耶?(同前書卷一百四十六「説部・藝苑巵言三」)

三一　宋詩如林和靖《梅花》詩,一時傳誦,「暗香」、「疎影」景態雖佳,已落異境,是許渾至語,非開元、大曆人語。至「霜禽」、「粉蝶」,直五尺童耳。老杜云:「幸不折來傷歲暮,若為看去亂鄉愁。」風骨蒼然。其次則李羣玉云:「玉鱗寂寂飛斜月,素手亭亭對夕陽。」大有神采,足為梅花吐氣。(同前書卷一百四十七「説部·藝苑卮言四」)

三二 懶倦欲睡時，誦子瞻小文及小詞，亦覺神王。(同前)

三三 楊孟載有一起一聯，甚足情致，而不及之者，「判醉望愁醒，愁因醉轉增」是詞中《菩薩蠻》調語，「尚短柳如新折後，已殘花似未開時」是《浣溪沙》調語故也。(同前書卷一百四十八「説部·藝苑卮言五」)

三四 祝希哲生而右手指枝，因自號枝指生。為人好酒色六博，不脩行檢，嘗傅粉黛，從優伶酒間度新聲，俠少年好慕之，多齎金游。允明甚洽，舉鄉薦，從春官試下第。是時海内漸熟允明名，索其文及書者接踵，或輦金幣至門，允明輒以疾辭不見。然允明多醉伎館中掩之，雖累紙可得，而家故給，以不問僮奴作業。又捐業蓄古法書名籍，售者或故昂直欺之，弗算，至或留客，計無所出酒，窘甚，以所蓄易置，得初直什一二耳。當其窘時，黠者持少錢米乞文及手書，輒與，已小饒，更自貴也。嘗遺黑貂裘，甚美，欲市之，或曰：「青女至矣，何故市之？」允明曰：「昨蒼頭言始識，不市而忘敝之篋，何益？」後拜廣中邑令歸，所請受槖中裝可千金，歸日，張酒呼故狎游宴，歌呼為壽，不兩年，都盡矣。允明好負逋責，出則羣萃，而訶誶者至接踵，竟弗顧去。(同前書卷一百四十九「説部·藝苑卮言六」)

三五 明興，稱博學饒著述者，蓋無如用脩，其所撰有《升庵詩集》、《升庵文集》、《升庵玉堂集》、《南中集》、《南中續集》、《七十行戍稿》、《升庵長短句》、《陶情樂府》、《續陶情樂府》、《洞天玄記》、《滇載記》、《轉注古音略》、《古音叢目》、《古音獵要》、《古音複字》、《古音駢字》、《古音附録》、《異魚圖贊》、《丹鉛餘録》、《丹鉛續録》、《丹鉛摘録》、《丹鉛閏録》、《丹鉛別録》、《丹鉛總録》、《墨池瑣録》、《書品》、《詞品》、《升庵詩話》、《詩話補遺》、《箜篌新詠》、《月節詞》、《檀弓叢訓》、《墐户録》、《瀑布泉行》、《須候記》、《夏小正録》、《升庵經説》、《楊子卮言》、《卮言閏集》、《敝帚》、《病榻手》、《昳晞籛釽》、《六書索隱》、《六書練證》、《經書指要》。其所編纂，有《詞林萬選》、《禪藻集》、《風雅逸編》、《藝林伐山》、《五言律祖》、《蜀藝文志》、《唐絶精選》、《唐音百絶》、《皇明詩抄》、《赤牘清裁》、《赤牘拾遺》、《經義模範》、《古文韻語》、《叙管子録》、《引書晶釓》、《選詩外編》、《交游詩録》、《絶句辨體》、《蘇黄詩體》、《宛陵六一詩選》、《五言三韻詩選》、《五言別選》、《李詩選》、《杜詩選》、《宋詩選》、《元詩選》、《羣書麗句》、《名奏菁英》、《羣公四六節文》、《古今風謡》、《古韻詩略》、《説文先訓》、《文海釣鰲》、《禪林鉤玄》、《填詞選格》、《百琲明珠》、《古今詞英》、《填詞玉屑》、《韻藻》、《古諺》、《古雋》、《寰中秀句》、《六書索隱》、《六書練證》、《逸古編》、《經書指要》、《詩林振秀》。（同前）

三六　有娀氏二女居九成之臺，得天燕，覆以玉筐，既而發視之，燕遺二卵飛去不返。二女作歌，始為北音。禹省南土嵞山之女，令其媵候禹於嵞山之陽，女乃作歌，始為南音。夏后孔甲田於東陽萯山，天大風晦，入民室，其主方乳，或曰：「后來，良日也，必吉。」或曰：「不勝之，必有殃。」孔甲曰：「以為余子，誰敢殃之？」後折橑斧斷其足，孔甲曰：「嗚呼！命矣。」乃作破斧之歌，始為東音。周昭王之右辛餘靡有功，封於西翟，徙西河而思故處，始為西音。所謂四方之歌，風之始也。若在朝而奏者，被之鐘鼓管籥，為雅頌。秦青響遏行雲，虞公梁上塵起，韓娥之音繞梁三夜，臨乘老姥傳谷數日，緜駒王豹之流，皆古歌之聖者，然亦單歌，不合樂。以後江南《子夜》、《前溪》、《團扇》、《懊憹》之屬，是其遺響。唐妓女所歌王渙之（當作『之渙』）、高適及伶工歌元、白之詩，皆是絶句。宋之詞，今之南北曲，凡幾變，而失其本質矣。唯吴中人棹歌，雖俚字鄉語，不能離俗，而得古風人遺意。其辭亦有可採者，如陸文量所記：「月子彎彎照九州，幾家歡樂幾家愁。幾人夫婦同羅帳，幾人飄散在它州。」又所聞：「約郎約到月上時，只見月上東方不見渠音其，不知奴處山低月上早，又不知郎處山高月上遲。」即使子建、太白降為俚調，恐亦不能過也。然此田畯紅女作勞之歌，長年樵青山澤相和，入城市間，愧汗塞吻矣。然則聽古樂而恐卧者，寧獨一魏文侯也？（同前書卷一百五十「説部・藝苑巵言七」）

三七 唐時伶官伎女所歌，多採名人五七言絶句，亦有自長篇摘者，如「開篋淚沾臆，見君前日書。夜臺猶寂寞，疑是子雲居」之類是也，王昌齡、王渙之（當作「之渙」）、高適微服酒樓，諸名伎歌者咸是其詩，因而歡飲竟日。大曆中，賣一女子，姿首如常，而索價至數十萬，云此女子誦得白學士《長恨歌》，安可牽他？比李嶠汾水之作歌之，明皇至為泫然，曰：「李嶠，真才子。」又宣宗因見伶官歌白《楊柳枝》詞「永豐坊裏千條柳」，趣令取永豐柳兩株，栽之禁中。元稹《連昌宮》等辭凡百餘章，宮人咸歌之，且呼為元才子。李賀樂府數十首，流傳管絃。又李益與賀齊名，每一篇出，輒以重賂購之入樂府，稱為二李。嗚呼！彼伶工女子者，今安在乎哉？（卷一百五十一「説部・藝苑巵言八」）

三八　詞者，樂府之變也。昔人謂李太白《菩薩蠻》、《憶秦娥》，楊用脩又傳其《清平樂》二首以為調祖，不知隋煬帝已有《望江南》詞。蓋六朝諸君臣頌酒賡色，務裁豔語，默啓詞端，寔為濫觴之始。故詞須宛轉緜麗，淺至儇俏，挾春月煙花於閨幨内奏之，一語之豔，令人魂絶，一字之工，令人色飛，乃為貴耳。至於慷慨磊落，縱横豪爽，抑亦其次，不作可耳。作則寧為大雅罪人，勿儒冠而胡服也。（同前書卷一百五十二「説部・藝苑卮言附録一」）

三九　《花間》以小語致巧，世説靡也。《草堂》以麗字取妍，六朝隃也。即詞號稱詩餘，然而詩人不為也。何者，其婉孌而近情也，足以移情而奪嗜。其柔靡而近俗也，詩嘽緩而就之，而不知其下也。之詩而詞，非詞也；之詞而詩，非詩也。言其業，李氏、晏氏父子、耆卿、子野、美成、少游、易安，至矣，詞之正宗也。温、韋豔而促，黄九精而刻，長公麗而壯，幼安辨而奇，又其次也，詞之變體也。詞興而樂府亡矣，曲興而詞亡矣，非樂府與詞之亡，其調亡也。（同前）

四〇　何元朗云：樂府以皦逕揚厲為工，詩餘以婉麗流暢為美。（同前）

四一　《昔昔鹽》、《阿鵲鹽》、《阿濫堆》、《突厥鹽》、《疏勒鹽》、《阿那朋》之類，詞名之所由起也。其名不類中國者，歌曲變態，起自羌胡故耳。然自《昔昔鹽》排律外，餘多七言絶，有其名而無其調。隋煬、李白調始生矣，然《望江南》、《憶秦娥》則以辭起調者也，《菩薩蠻》，則以辭按調者也。（同前）

四二　温飛卿所作詞曰《金荃集》，唐人詞有集曰《蘭畹》，蓋皆取其香而弱也。然則雄壯者，固次之矣。（同前）

四三 楊用脩所載太白有《清平樂》二闋，識者以為非太白作，謂其卑淺也。按太白《清平樂》本三絶句而已，不應復有詞。第所謂：「女伴莫話高眠，六宮羅綺三千。一咲皆生百媚，宸游教在誰邊。」亦有情語，余每誦之。及樂天絶句云：「雨露由來一點恩，争能遍却及千門。三千宫女如花面，幾箇春來無淚痕。」輒低回歎息，古之怨女棄才，何限也？（同前）

四四 《花間》猶傷促碎，至南唐李王父子而妙矣。「『風乍起，吹皺一池萍（當作春）水』，關卿何事？」與「『未若陛下『小樓吹徹玉笙寒』」，此語不可聞鄰國，然是詞林本色佳話。「雲破月來花弄影」郎中，「紅杏枝頭春意鬧」尚書，意似祖述之，而句小不逮，然亦佳。（同前）

四五 「今宵酒醒何處，楊柳外，曉風殘月」，與秦少游「酒醒處，殘陽亂鴉」同一景事，而柳尤勝。（同前）

四六 「寒雅（當作鴉，下同）千萬點，流水遶孤村」，隋煬詩也，「寒雅數點，流水遶孤村」，少游詞也，語雖蹈襲，然入詞，尤是當家。（同前）

四七 昔人謂銅將軍鐵着（當作綽）板唱蘇學士「大江東去」，十八九歲好女子唱柳屯田「楊柳外、曉風殘月」，為詞家三昧，然學士此詞亦自雄壯，感慨千古，果令銅將軍於大江奏之，必能使江波鼎沸。至詠楊花《水龍吟慢》，又進柳妙處一塵矣。（同前）

四八 子瞻「與誰同坐，明月清風我」，「明月幾時有，把酒問清（當作青）天」，快語也。「大江東去，浪淘盡、千古風流人物」，壯語也。「杏花疎影裏，吹笛到天明」，又「高情已逐曉雲空，不與梨花同夢」，

爽語也。其詞濃與淡之間也。（同前）

四九　「歸來休放燭花紅，待踏馬蹄清夜月」，致語也。「問君能有幾多愁，却似一江春水向東流」，情語也。後主直是詞手。（同前）

五〇　「油壁車輕金犢肥，流蘇帳暖春鷄報」，非歌行麗對乎？「細雨夢迴鷄塞遠，小樓吹徹玉笙寒」，「青鳥不傳雲外信，丁香空結雨中愁」，「無可奈何花落去，似曾相識燕歸來」，非律詩俊語乎？然是天成一段詞也，着詩不得。◎「斜陽只送平波遠」，又「春來依舊生芳草」，淡語之有致者也。「角聲吹落梅花月」，又「滿院落花春寂寂」，又「一鈎淡月天如水」，又「鞦韆外、緑水橋平」，又「地卑山潤，人静費鑪煙」，淡語之有景者也。景在「費」字。「平蕪盡處是青山，行人又在青山外」，又「郴江幸自遶郴山，為誰流下瀟湘去」，此淡語之有情者也。「拚則而今已拚了，忘則怎生便忘得」，又「斷送一生憔悴，能消幾箇黄昏」，此恒語之有情者也。詠雨「點點不離楊柳外，聲聲只在芭蕉裏」，此淺語之有情者也。淡語、恒語、淺語，極不易工，因為拈出。（同前）

五一　美成能作景語，不能作情語，能入麗字，不能入雅字，以故價微劣於柳。然至「枕痕一線紅生玉」，又「唤起兩眸清炯炯，淚花落枕紅綿冷」，其形容睡起之妙，真能動人。（同前）

五二　孫夫人「閒把繡絲撏，認得金針又倒拈」，可謂看朱成碧矣。李易安「此情無計可消除，方下眉頭，又上心頭」，可謂憔悴支離矣。秦少游「安排腸斷到黄昏，甫能炙得燈兒了，雨打梨花深閉門」，則十二時無間矣，此非深於閨恨者不能也。易安又有「寵柳驕（當嬌，下同）花寒食夜，種種惱人天氣」，

「寵柳驕花」，新麗之甚。（同前）

五三 范希文「都來此事，眉間心上，無計相迴避」，類易安而小遜之，其「天淡銀河垂地」語却自佳。（同前）

五四 温庭筠「鴈柱十三絃，一一春鶯語」，陳無己「彈到斷腸時，春山眉黛低」，皆彈箏俊語也。（同前）

五五 張子野《青門引》，万俟雅言《江城梅花引》、《青玉案》，句字皆佳。詞内「人瘦也，比梅花，瘦幾分」，又「天還知道，和天也瘦」，又「莫道不消魂，簾捲西風，人比黄花瘦」，三「瘦」字俱妙。（同前）

五六 「隙月窺人小」，又「天涯一點青山小」，又「一夜青山老」，俱妙在押字。「乍雨乍晴花易老」，却不在押字，而在「乍」字。○史邦卿題燕曰：「差池欲住，試入舊巢相並。還相雕梁藻井，又軟語商量不定。」可謂極形容之妙，「相」字，星「相」之「相」，從俗字。（同前）

五七 永叔極不能作麗語，乃亦有之，曰「隔花啼鳥喚行人」，又「海棠經雨臙脂透」。（同前）

五八 王元澤：「恨被榆錢，買斷兩眉長鬬。」可謂巧而費力矣。史邦卿：「做雨欺花，將煙困柳」，殆尤甚焉。然與李漢老「叫雲吹斷横玉」，謝勉仲「染雲為幌」，美成「暈酥砌玉」，魯直「鶯嘴啄花紅溜（當作溜）」，燕尾點波緑皺」，俱為險麗。（同前）

五九 吾愛司馬才仲「燕子銜將春色去，紗窗幾陣黄梅雨」，有天然之美，令鬬字者退舍。（同前）

六〇 休文：「夢中不識路，何以慰相思。」宋人反其指而用之，「重門不鎖相思夢，隨意遶天涯」，各

自佳。（同前）

六一　永叔、介甫俱文勝詞，詞勝詩，詩勝書。子瞻書勝詞，詞勝畫，畫勝文，文勝詩。然文等耳，餘俱非子瞻敵也。魯直書勝詞，詞勝詩，詩勝文。少游詞勝書，書勝文，文勝詩。（同前）

六二　詞至辛稼軒而變，其源實自蘇長公，至劉改之諸公極矣。南宋如曾覿、張掄輩應制之作，志在鋪張，故多雄麗。稼軒輩撫時之作，意存感慨，故饒明爽。然而穠情致語，幾於盡矣。（同前）

六三　陶穀尚書使江南，通秦弱蘭，作《風光好》詞，見宋人小説。或有以為曹翰者，翰能作老將詩，其才固有之，終非武人本色。沈叡達《雲巢編》謂陶使吴越，惑倡女任社娘，因作此詞。任大得陶貲，後用以剏仁王院，落髮為尼。李唐吴越，未審孰是？要之，近陶所為耳。（同前）

六四　宋仁宗時，老人星見，柳耆卿托内侍以《醉蓬萊》詞進，仁宗閲首句「漸亭皋葉下」，「漸」字意不懌。至「宸游鳳輦何處」，與真宗挽歌暗同，慘然久之。讀至「太液波翻」，忿然曰：「何不言太液波澄耶？」擲之地，罷不用。此詞之不遇者也。高宗在德壽宫，遊聚景園，偶步入一酒肆，見素屏有俞國寶書《風入松》一詞，嗟賞之，誦至「明日重攜殘酒，來尋陌上花鈿」，曰：「未免酸氣。」改「明日重扶殘醉」，仍即日予釋褐。此詞之遇者也。耆卿詞毋論觸諱，中間不能一語形容老人星，自是不佳。「重扶殘醉」，勝初語數倍，乃見二主具眼。（同前）

六五　宣、政間，戚里子邢俊臣性滑稽，喜嘲詠，常出入禁中，喜作《臨江僊》詞，末章必用唐律兩句為謔，以寓調笑。徽皇置花石綱，石之大者曰神運石，大舟排聯數十尾，僅能勝載。即至，上大喜，置艮嶽萬歲山，命俊臣為《臨江僊》詞，以「高」字為韻，末句云：「巍峩萬丈與天高，物輕人意重，千里送鵞毛。」又令賦陳朝檜，以「陳」字為韻，檜亦高五六丈，圍九尺餘，枝覆地幾百步，詞末云：「遠來猶自憶梁陳，江南無好物，聊贈一枝春。」上容之，不怒也。內侍梁師成位兩府，甚尊顯用事，以文學自命，尤自矜為詩，因進詩，上稱善，顧謂俊臣曰：「汝可為好詞，以詠師成詩句之美。」且命押「詩」字韻，俊臣口占，末云：「欲知勤苦為新詩，吟安一箇字，撚斷數莖髭。」上大笑。師成恨之，譖其漏泄禁中語，責為越州鈐轄。太守王嶷聞其名，置酒待之，醉歸，燈火蕭疎。明日，攜詞見帥，叙其寥落之狀，末云：「捫窗摸户入房來，笙歌歸院落，燈火下樓臺。」席間有妓秀美而肌白如玉雪，頗有腋氣，豐甫令乞詞，末云：「酥胸露出白皚皚，遥知不是雪，為有暗香來。」又有善歌舞而躰肥者，末云：「只愁歌舞罷，化作彩雲飛。」俊臣小才，亦是滑稽之雄，子瞻若在，當為絶倒。（同前）

六六 元有曲而無詞，如虞、趙諸公輩，不免以才情屬曲，而以氣槩屬詞，詞所以亡也。（同前）

六七 劉誠意伯温，穠纖有致，去宋尚隔一塵。楊狀元用脩，好入六朝麗事，近似而遠。夏文愍公謹最號雄爽，比之辛稼軒，覺少精思。（同前）

六八 三百篇亡，而後有騷賦；騷賦難入樂，而後有古樂府；古樂府不入俗，而後以唐絶句為樂府；絶句少宛轉，而後有詞；詞不快北耳，而後有北曲；北曲不諧南耳，而後有南曲。（同前）

六九 何元朗云：北人之曲以九宫統之，九宫之外别有道宫、高平、般涉三調。南人之歌亦有南九宫，然南歌或多與絲竹不協，豈所謂土氣偏詖、鍾律不得調平者耶？（同前）

七〇　曲者，詞之變，自金、元入中國，所用胡樂嘈雜，淒緊緩急之間，詞不能按。乃更為新聲以媚之，而諸君如貫酸齋、馬東籬、王實甫、關漢卿、張可久、喬夢符、鄭德輝、宮大用、白仁甫輩，咸富有才情，兼喜聲律，以故遂擅一代之長。所謂宋詞元曲，殆不虛也。但大江以北，漸染胡語，時時採入，而沈約四聲遂闕其一，而東南之士未盡顧曲之周郎，逢掖之間又稀辨撾之王應，稍稍復變新體，號為南曲，高拭則成遂掩前後，大抵北主勁切雄麗，南主清峭柔遠，雖本才情，務諧俚俗，譬之同一師承，而頓漸分教，俱為國臣，而文武異科，今談曲者往往合而舉之，良可咲也。（同前）

七一　南曲之美者，無過於題柳窺青眼，而中亦有牽强寡次序處，題月長空萬里，可謂完麗，而苦多蹈襲。人別後是元人作，不免雜以凡語。祝希哲玉盤金餅，是初學人得一二佳句耳，大抵宋詞無累篇，而南北曲少完璧，則以繁簡之故也。（同前）

七二　劉瑾以擴充政務為名，諸翰林悉出補部屬。鄠杜王敬夫，其鄉人也。獨為吏部郎，不數月，長《文選》。會瑾敗，謫同知壽州。敬夫有雋才，尤長於詞曲，而傲睨多脫疎人，或讒之李文正，謂敬夫嘗譏其詩，御史追論敬夫，褫其官。敬夫編《杜少陵游春》傳奇劇罵李，聞之，益大恚，雖館閣諸公亦謂敬夫輕薄，遂不復用。敬夫與康德涵俱以詞曲名一時，其秀麗雄爽，康大不如也。評者以敬夫聲價不在關漢卿、馬東籬下。（同前）

七三　王渼陂所為《折桂令》云：「望東華人亂，擁紫羅襴，老盡英雄。」此是名語。然上句「番身跳出麒麟洞」，「麒麟洞」杜撰無出。渼陂又有一詞云：「暗想東華，五夜清霜寒。駐馬尋思，別駕一天，霜

雪曉排衙。」句特軒爽，四押亦佳，而「暗想」「尋思」四字亦不稱，乃知完璧之難也。（同前）

七四 康德涵既罷官，居鄠杜，葛巾野服，自隱聲酒。時有楊侍郎庭儀者，少師介夫弟，以使事北上，過康，康故契分不薄，大喜，置酒至醉，自彈琵琶，唱新詞為壽。楊徐謂家兄居，恒相念君，但得一書，吾為道地史局，語未畢，康大怒，罵：「若伶人我耶？」手琵琶擊之，格胡牀迸碎，楊踉蹌走免。康遂入，口咄咄蜀子，更不相見。（同前）

七五 王敬夫將填詞以厚貲，募國工杜門學按琵琶三絃，習諸曲，盡其技而後出之。德涵於歌彈尤妙，每敬夫曲成，德涵為奏之，即老樂師毋不擊節歎賞也。然敬夫作南曲「且盡杯中物，不飲青山暮」，猶以物為護也。南音必南，北音必北，尤宜辨之。（同前）

七六 楊用脩婦亦有才情，楊久戍滇中，婦寄一律云：「鴈飛曾不到衡陽，錦字何由寄永昌。三春花柳妾薄命，六詔風烟君斷腸。曰歸曰歸愁歲暮，其雨其雨怨朝陽。相聞空有刀環約，何日金鷄下夜郎。」又《黄鶯兒》一詞：「積雨釀春寒，見繁花，樹樹殘。泥塗滿眼，登臨倦，江流幾灣，雲山幾盤，天涯極目空腸斷。寄書難，無情征鴈，飛不到滇南。」楊又别和三詞，俱不能勝。（同前）

七七 王舜耕，高郵人，有《西樓樂府詞》，頗警健，工題贈，善調謔，而淺於風人之致。（同前）

七八 謝茂秦舊填樂府，頗以柳三變自居，與予輩談詩，後慚怩不出，可謂不遠之復。（同前）

七九 吾吴中以南曲名者，祝京兆希哲、唐解元伯虎、鄭山人若庸，希哲能為大套，富才情而多駁雜，伯虎小詞翩翩有致，鄭所作《玉玦記》最佳，它未稱是。《明珠記》即《無雙傳》，陸天池采所成者，乃兄浚明給事助之，亦未盡善。張伯起《紅拂記》潔而俊，失在輕弱。梁伯龍《吴越春秋》滿而妥，間流冗長。陸教諭之裘，散詞有一二可觀，吾嘗記其結語：「遮不住，愁人緑草，一夜滿關山。」又：「本是箇英雄漢，差排做窮秀才。」語亦雋爽，其它未稱是。（同前）

八〇　張伯起《紅拂記》一佳句云「愛它風雪耐它寒」，不知為朱希真詞也。其起句云：「檢盡曆頭冬又殘，愛他風雪耐他寒。拖條竹杖家家酒，上箇籃輿處處山。」亦自瀟灑，賀方回《浣溪沙》有云「淡黄楊柳帶栖鴉」，關漢卿演作四句，云：「不近諠譁，嫩緑池塘藏睡鴨。自然幽雅，淡黄楊柳帶栖鴉。」青出於藍，無妨並美。（同前）

八一　王摩詰閲《霓裳按樂圖》，知其為第三疊第一拍。沈存中閲相國寺畫《高益奏樂圖》，琵琶撥下絃非誤。吴正肅因畫貓黑晴如線、丹花披哆色燥而辨其正午，宣和帝攷畫孔雀而摘其右脚先上為誤，雖是畫理，而無關畫趣。（同前書卷一百五十五「説部・藝苑卮言附録四」）

八二　《蜀檮杌》記王衍十四年，俳優有唱《康老子》者，問李昊等其曲所出，昊不能對，徐光溥曰：「康老而無子，落拓不事生業，好與梨園樂工游。一旦家資蕩盡，容悴而卒。」樂工歎之，因為此曲，又名《得至寶》。按《樂府雜録》亦云：康老子者，嘗與國樂狎蕩家，偶一老嫗持舊錦褥貨鬻，乃以半千獲之。尋有波斯，見大驚，謂康曰：「何處得此至寶？是冰蠶絲所織，暑月陳於座，一室清涼。」即酬千金，康得之還，與國樂追歡，不經年，復盡，康卒。樂人歎之，製此曲，亦曰《得至寶》，又曰《得寶子》，然則《得寶子》之名，樂府方備，唐英亦未能詳也。（同前書卷一百五十九「説部・宛委餘編四」）

八三 王僧虔用掘筆以避名，似若以為拙字之誤，非也。字素短而無鋒者曰掘，《幽明録》王明兒鬼云：鄧艾今在尚方磨十指垂掘，豈有神？又《搜神記》載荀序十歲，於青草湖船落水，已行數十里，洪波淼漫，少頃，一掘頭船漁父送還之。張志和《漁父詞》作「撅頭船」，蓋「掘」與「撅」通也。今俗語短盆物，亦曰撅頭。（同前）

八四 《阿濫堆》、《蘇幕遮》俱曲名，阿濫堆，驪山鳥也，明皇采其聲為曲，又作《鶡濫堆》。段成式云：此鳥色黄，一變之鴘，色如鶖鶩，鴘轉之後，及至累變，臆前漸漸白。蘇幕遮，高昌女子所戴油帽。（同前書卷一百六十「説部·宛委餘編五」）

八五 《菩薩蠻》詞，《杜陽編》謂大中初，女蠻國貢雙龍犀明霞錦，其國人危髻金冠，瓔珞被體，故謂之菩薩蠻。當時倡優遂製《菩薩蠻》曲，文士亦往往聲其詞。優者作女王曲，音詞宛暢，傳於樂部。按此詞太白集已有之，何得言大中初貢也？（同前）

八六 沈休文久處端揆，有志臺司，與徐勉最善，乃以書陳情於勉，其略謂：「今歲開元禮年，云至懸車之請，事由恩奪。又外觀傍覽，尚似全人，而形骸力用，不相綜攝，常須過自束持，方可僶俛，解衣一卧，支體不復相關。上熱下冷，月增日篤，取煖則煩，加寒必利，後差不及前差，後劇必甚前劇，百日數旬，革帶常應移孔，以手握臂，率計月小半分。以此推筭，豈能支久？若此不休，日復一日，將貽聖主不追之恨。冒言表聞，乞歸老之秩，若天假其年，還得平健，才力所堪，惟恩是策。」勉為言於高祖，請三司之儀，不許，但加鼓吹而已。是休文一衰病老，公不知，止足者也。大是殺風景事，而後世因瘦腰一語誤入詞調，呼之為沈郎，又以為風流之症，極大可笑。沈語曲盡老態，故略存之。（同前書卷一百六十一「説部・宛委餘編六」）

八七 《尚書》之「尚」本當作「上」音讀，或云秦時人臣避「上」字，故作常音，至今因之不改。若二十八宿音「秀」，則洪景盧以為當如本音，且引《説苑・辨物篇》曰：「天之五星運氣於五行，所謂宿者，日月五星之所宿也。」按宿之音秀，北音誤之，蓋元人詞曲皆入秀字去上韻，至宿州之宿則入徐字，而以近徐州，故別呼為南徐州，北音之謬若此。（同前）

八八 史稱窮奢極欲者五侯，羣弟爭為奢侈，賂遺珍寶。四面而至，羅鐘磬舞，鄭女作倡優狗馬，大治第舍，起土山漸臺，洞門高廊，閣道連屬相望。郭況起高閣，以量金玉，錯雜寶以飾，臺榭懸明珠四垂，晝視之如星，夜望之如月。……張鎡宴客牡丹會，既集，坐一虛堂，寂無所有。俄問左右，云：「香發未？」答云：「已發。」命卷簾，則異香自內出，郁然滿坐，羣伎以酒殽絲竹次第而至，別有名伎數十，首戴牡丹，衣領皆繡如其色，歌昔人所作牡丹詞，進酌而退，前後花與伎凡十易，杯器皆如其色。酒竟，歌者舞者數百人，列行送客，燭光香霧，歌吹雜作，恍然若僊遊。（節録自同前書卷一百六十六「説部・宛委餘編十一」）

八九 《紅倒掛鳥賦》：丁丑之春，余栖弇園，有自郡來者言客攜紅鸚鵡求售，其直為六金，余殺其五鐶得之。至則非鸚鵡也，其體量小十之六，首尾紅色，如猩血，而兩翅各一二莖，如翡翠，腹毛隱隱作鵞黃，觜差類鸚鵡而小，色亦黃。其音婉麗輕細，極馴擾，出入人懷袖間，竟不能辨為何鳥？而時時掛一足於架倒懸，移晷尺不動，則意其為倒掛鳥也。居一歲死，葬之先月亭後土岡叢條下。考蘇子瞻詞有所謂「倒掛緑毛么鳳」，劉績《霏雪録》謂即李賛皇所賦扇中五色桐花鳳也。成都大岷江磯多植紫桐，每至春暮，來集桐花，以飲朝露，花落散去，不知所嚮。又李之儀有詞云：「朱唇玉羽下蓬萊，佳時近早梅。」自注云：「此鳥以十二月來，一名收香倒掛，又名探花使，性極馴，好集美人釵上，宴客終席不去，人愛之，無所害。」唐僧隱詩亦云：「美人買得偏憐惜，移向金釵重幾銖。」楊用脩復緣劉績録以倒掛為桐花鳳，然其至也，李之儀以為十二月，而德裕乃以為暮春，子瞻之詞禄（按：目録作「緑」，當是。）而之儀之詞則白，差小不同。復考范成大《桂海虞衡志》，則謂彼地有五色倒掛鳥，極馴狎可愛，而一種奇者，晝則能聚諸香羽間，夜分倒懸於架，徐出之。費氏《星槎勝覽》直云瓜哇國有五色收香倒掛鳥，則彼地所出，皆善收香者也。今不聞成都有此鳥，疑德裕所謂桐花五色靈禽者別為一物，而賦辭則云「發長袂之清香，掩短歌之孤轉（一作囀，當是）」，又似收香倒掛，將所謂發香掩囀為賦扇也耶？余所得此鳥稍大於燕，或不類，而峭潔婉麗，時時倒掛，又有不可曉者。賦而紀之，以俟博聞者攷焉（節録自《弇州山人續稿》卷一「賦部·賦」）

九〇　《題宮人調鸚圖》：唐人詩云「含情欲説宮中事，鸚鵡前頭不敢言」，誤也，政當托此禽達之：「杏花枝上緑衣娘，與訴宮中事不妨。只恐匆匆記未盡，且教三字憶君王。」詞有《憶君王》。（同前書卷二十二「詩部·七言絶句」）

九一　《梁伯龍古樂府序》：凡有韻之言可以諧管絃者，皆樂府也。風雅熄而鐃歌鼓吹興，其聽者猶恐卧，而燕、魏、齊、梁之調作；絲不盡諧肉，而絶句所由宣；絶句之宛轉不能長，而《花間》、《草堂》之峭倩（當蒨）著；《花間》、《草堂》不入耳，而北聲勁；北聲不駐耳，而南音出。自伯龍之為南音，苟不至於不毛，其偎豎遊女皆能習而咏之，而伯龍意不懌，曰：「是焉足以名我？」今夫古樂府之與今詞本末迥然别矣，其音發於籟，而辭緣於情，古未有二也。於是稍取建安六代之作而擬之，得若干首。伯龍之才恒有餘，故不能盡返其本。始其質不能禦文，故時時出入今古，然或正言以明志，或婉語以引情，一切歸之和平爾雅，庶幾洋洋乎盈耳矣。説者猶謂文園令之賦，班蘭臺尚以其曲終而奏雅，况伯龍哉？愚不敢以為然，不取其終之雅，而罪其始之曲，是法家刻深語也。夫伯龍猶知有返古也，柳屯田、張祕監之才，彼豈遽出伯龍下？安於其偏，至之好而不知節，故狡狡之輩目之以「三中」，譏之以三變，彼蓋欲自解而不能也。黄豫章者，賢於二子矣，乃至託於佛而為讖以解，夫豫章誠悔之，則胡不如伯龍之以古樂府讖也。吾故曰伯龍猶知有返古也。（同前書卷四十二「文部・序」）

九二　《蘇長公外紀序》：今天下以四姓目文章大家，獨蘇公之作最為便爽，而其所譔論策之類，於時為最近，故操觚之士鮮不習蘇公文者，而雌黄之頰，於公不能無少挫。然使天下而有能盡四氏集者，萬不得一也。蘇公才甚高，蓄甚博，而出之甚達，而又甚易。凡三氏之奇盡於集，而蘇公之奇不盡於集，故夫天下而有能盡蘇公奇者，億且不得一也。公之所不盡韻，而詞，則温、韋讓壯；舌而諧謔，則侯白遜雅；筆而簡牘題署，則黄豫章遜雋；遊戲而為法書，則顔平原、李北海之難弟；為古木竹石，則文洋州之畏友；逃而之佛，則裴相國、楊學士之禪那。以是律三君子，有一乎？否也。當蘇公之生存，雖荒州下邑，兒童婦女莫不欲一識其面；而其言之傳，蓋北幽朔而東三韓，西達羌戎，南過雞林馬人之界。而其禁絶之者，乃在於廣厦細旃之上；角而與之左者，談説經術道理之士；亟竄而亟欲殺之者，亦一時材諝貴臣。噫！可恠也。及公殁且久，而廣厦細旃之上其惡漸移，而為好學士大夫，至於今慕説之不衰。雖然，問其所以能盡公者，則自論筴之外無幾也，吾所以云億不得一也。當吾之少壯時，與于鱗習為古文辭，其於四家殊不能相入。晚而稍安之，毋論蘇公文，即其詩，最號為雅變雜揉者，雖不能為吾式，而亦足為吾用。其感赴節義，聰明之所溢，散而為風調才技，於余心時有當焉。以故，取公年譜及傳誌略存之，而復蕞公之小言與諸家之評隲、紀述、瑣屑，亦一一附録，約為十卷，名之曰《蘇長公外紀》，而置之山房之几，暇日抽一卷，佐一觴，其不賢於山胦海錯者幾希。（同前）

九三 《周叔夜先生集序》：叔夜為諸生，即以文義見推部使者。而余不佞，與偕歌鹿鳴。又四歲，所而偕聘公車，曹閈相聯接，甚洽也。當是時，余壯，好從客豪飲，叔夜獨不飲。而性善，病骨立，所乘羸（當作羸）馬亦骨立，三日一趣省，瘦影陵競日中。而與之語，時時及節俠，則毅然有三軍不可奪之色。間從褏出所作小詞若詩，以黄庭結法書之，或弄筆散草，咸嫵媚蕭疎，令人自親。余嘗戲之，以賢者不可測如此哉！而叔夜出守平度州，人謂叔夜病不任守，尋病良已，益自勵冰蘖，東方諸侯翕然以龔渤海、王膠東不啻過也。當入覲，諸令長為同年醵直例三鍰，而叔夜僅一鍰，又嘗偕之座主相臣，所度諸門生出贄帛，已不能當十之二。逡巡，從後匿跡，已而過余言狀，余戲謂守歲奉不小隃令長耶？叔夜謝曰：「吾奉尚寄之民，不忍賦也。」自是叔夜以治行為天下最，遷工部員外郎督清源陶。其署治素號沃饒易染，而叔夜持之益潔。顧其貧與病益甚，會予以使事過之，得稍稍讀其所著書，而自是别去，終叔夜身不相值。夫叔夜與余後先憂居，僅衣帶水地，余嘗投以不腆之札一，而得叔夜報札亦一。當是時，余困飢意不能無望叔夜，自今觀之，叔夜方蟬蛻汙濁，獨立霄表，而余卷蛤蜊而食之，誰能若士我？即叔夜不我棄，我何以得當？且其時縣官急叔夜材，為田間起拜一官，投之以文秉，而叔夜猶豫，不及應以死。乃余之落魄自放，晚而見收再强，為大吏，竟不効，而老於人齒頰間。叔夜不死，其尚以余非夫哉？叔夜死後十餘年，余識其子紹元、紹節，因獲盡讀其所著書，凡詩四卷、文四卷。其文吾不知所衷，大較有三變焉。家食以還，出入眉山父子，氣溢而材横，飈馳電擊，使人不能正視；東秦清源，忽斂，而撫左史，葉玉縷蟲，與造物争巧；楚及歸田，舒而孟堅，又舒而昌黎，固不必盡孟堅、昌黎，然悠乎其味也，森乎其矱也。詩不必盡盛唐，以錯得之，渢渢乎岑、李遺響哉！二子又出其所别撰曰《學道紀言》，讀之，則見其多識蓄德，虚心從人，庶幾乎老氏之所謂貴其師、愛其資者。又時時出獨至之見以參伍之，豈唯一家言而已？或謂人不可以無年籍，令叔夜不果死，其進而先秦、鄴中，何間哉！或又曰：不然，窺叔夜指，其晚節將欲盡汰人間之有而歸於太上，所謂人且以為拙，吾且以為超，而何先秦、鄴中之足辱？予乃謂之曰：所不如子言，而余所搆撰《巵語》，若投石於崇丘而欲益三寸管，以比於劉勰、鍾嶸者，於叔夜尚有當也。如子言，而余跌宕於其高，滴瀝於秋潦之陂而欲益其廣者，子以為奚若？或者退。而紹元兄弟意未已也，掇而弁其集之首。《學道紀言》別有叙。（同前書卷五十「文部・序」）

九四 《沈太史傳》：沈太史者諱杜，字名卿，别號栢溪，其先世崑山人。國初戍大梁，徙歸德，已復為商丘人。王父忠，以子瀚貴贈禮部主事。瀚有文學志行，自禮部出守建寧，不能事中貴人瑾，挂冠歸，天下稱之，卒而有司祀之學宫。有丈夫子四人，公其季也。生而廣額豐下，盎背隆腹，建寧公尤鍾愛之，居恒曰：「吾老矣，不能及，若成立何？」公九歲而失建寧公，宗黨中外姻豪黠者欲有加於公之諸兄，不得，則謂公少而侮之，公不為應。語家督謹，自保而已，已而無他，則相率謂沈氏兒有天幸。而公既長，乃以原慤稱，一切無所粉飾，中亦不為城府。善飲酒，時時誦古詩詞以自娱。適能草書，書得之懷素，又能畫竹，竹得之楊補之，而亦不必盡似也，他繪小山水，往往有天趣……（節録自同前書卷七十四「文部・傳」）

九五 《喻太公傳》：太公者，字廷理。父曰樸齋公栗，生太公九齡而見背，有母劉在。兄弟凡三人，而太公居仲……太公不喜屬文，以其去情性遠而嗜詩，老而吟咏不衰，邦相私評之，以高處鴈行岑嘉州，下亦不減元、白，其為五季樂府，慷慨激昂，則辛幼安、劉改之也，人以為知言。（節録自同前書卷七十六「文部・傳」）

九六 《鄉進士張叔貽墓誌銘》：叔貽諱燕翼，其先世為長洲人，有昶者，嘗著《人物志》，再傳而為雲槎公冲，雖以末起家，顧喜蓄圖籍古器，有雋聲。貳許太君生三子，伯仲皆玉立美秀。叔貽生而貌微寢，然特穎敏甚，七歲聽歌者按節，而句之殊皦，又能為漁陽撾縱辯折客，客無敢抗。十三工屬文，尋受《易》於蔣大夫夢龍，已又遊其伯仲間。十七為郡諸生，二十一遂偕伯氏領鄉薦，一時才名籍傾吴中矣。凡三試於春官，三不利，而其最後司試者得其文而善之，且見録用，小不及格罷，遂以其明年春感末疾，寖劇，至冬十一月卒，得歲僅三十三。叔貽始遊伯仲間，習博士家言。伯仲皆善詩，則亦善詩；伯氏善書，則亦善書。而叔貽時時作猗蘭蘗篠恠石，出其表也。其為人醖藉開敏，善談笑，多藝能，所治裝服器用，人慕而倣之。又能自度曲為新聲，去家十餘武，樊圃疏池，雜藝花竹，築精舍，讀書其中，佳客相過從，竟日夕不厭……（節録自同前書卷一百「文部・墓誌銘」）

九七 《衆强丞贈文林郎元城令東丘萬君墓誌銘》：萬之先世以武顯也，自其始祖傑繇大同歸中山王，顯名太原，下為壯士，然不獲，有官稱。子鍾，從文皇北征，以鹵級功進總旗；子寧，再以鹵級進百户；子瑛，徙籍偏頭，再以鹵級進副千户；子禎，再以鹵級進正千户；子億，用千户為郭都督司中軍，奮擊破虜，遂進指揮僉事守備。應州自總旗至守備公凡五輩，五積功而始世世為指揮。守備公有四子：長曰山仲，即公也。公諱岩，字民瞻。母曰劉恭人。少而沈默，於諸兄弟中獨不為聲酒六博之好……（子）文明，將以明年月日葬公於祖塋。既手輯公之遺詩詞三卷而藏之，復銜哀次事狀凡數千言，走二蒼頭蹴蹴冰雪四千里而以誌銘請。（節録自同前書卷一百四「文部・墓誌銘」）

九八 《明中順大夫辰州府知府石峰程公墓誌銘》：公傍習聲韻之學，又善天文，數好博奕，蹴踘吹簫，調絃度曲為新聲，所過狎邪諸俠少，亡不推挹者，而一旦自悔折節，益讀書，為深沈之思，然其材亡所發舒（即抒，諱），父愛而任之。……郎時所撰《三才萃見》日益之，晚年始成，合百餘卷。又撰

《六都黔考》，用六壬數以占，無弗驗者，蓋終其身著述不休，以至卒，僅年五十有七耳。公字子揚，學者稱之為石峰先生。（節録自同前書卷一百十八「文部・墓誌銘」）

九九 楊南峰先生諱循吉，字君謙，吳縣人。舉進士，授禮部儀制司主事。先生敏洽，工古文辭，居曹事簡，好讀書，然頗鬱鬱不得志，乞改校官便養，不許，遂請致仕，時年僅三十，天下聞而稱之。居十二年，而上書復請建文帝號，禮曹為大驚，不敢舉其案，賴天子寬仁不罪也。先生既負高簡癖，又好以學窮人，往往至頰赤，而久廢中不能亡動意，顧亡能尉薦之者。武廟南狩，至金陵，以名故驛召先生至，則命樂府小令試之，且將授伶官職，先生大愧，私於幸臣，得免歸，而先生名大損。然其為僻益甚，顧尚書華玉時以藩伯道吳，用一幣贄先生，促膝論文事，歡如也。郡伯為會，折簡邀顧公，先生忽色變起，策之出，曰：「野人安敢與郡公争客？」戒其子來曰：「以前幣置舟所，即返呼之，慎無應也。」顧公尋跡先生，往謝罪，竟閉門不出。顧公每舉謂人過吳，不可不造楊先生，亦毋易造楊先生。先生晚節益落莫，嘗自為生誌，卒年八十九。所著有詩文集、《金小史》、《吳中往哲記》、《奚囊雜纂》諸書。今像如其年，尚猶使人畏之。贊曰：才太高，跡太奇，始而服，中而疑，終而非，噫！先生何所歸。（同前書卷一百四十七「文部・像贊」）

一〇〇 《純陽神化妙通紀》：《純陽一百八化》，為道士苗善時編次，要多傅會揑合而成者，其灼然可信，不能十之五也。如第二黄粱夢覺，乃即盧生遇邯鄲吕翁事而小變之，開元中人與文也。第九化謂隱華山，稱麻衣道者以理參同、點化陳希夷先生，按《希夷傳》稱時與吕公往返，而麻衣道者則僧服，而相錢希白，蓋又一真也。第三十四化與邵堯夫相質事，堯夫生平語無所諱，顧絶不及此，又所謂「吾一念動，子便知之，吾寂然，子茫然」，此拾南陽國師殘語也，且堯夫惟能用加一倍法筭耳，亦不能得他心通。第三十六化徐神翁處踞坐侵呂惠卿，仍作詞喻之，攷神翁傳無此事，唯曾對人云：「呂某與某曾一過耳。」其人稍得。第五十三化垂虹橋題「飛梁壓水」詞，是一寄士擬作。第八十四化載推錢車入鑵後，又於東平遇之，乃一幻術人，《江湖紀聞》記之。第九十九化言徽宗幸寶籙宮設醮云云，當時有記之者甚詳云。林靈素開講，上聽之，講畢，而香爐下忽得一紙云「捻土焚香事有因，大都宜假不宜真」云云，然首句不言「世上紛紛練（當作鍊）汞銀」，亦不載道人於上前，以泥和成錠用，用火鍛之，霞光四出，遂□（一作成）真銀錠，錠上一詩，如模鑄也，第其間却有至語，不妨采翫。（同前書卷一百五十八「文部・書道經後」）

一〇一　《宋名公二十帖》：右宋名公簡札，合一卷。翰林學士李宗諤《送從表兄詩》中有云「銅魚四明守」，當是知明州也。宗諤，字昌武，饒陽人，故丞相昉之子，仕至右諫議大夫。王文正公旦嘗薦參大政，以瘻相欽若陰中止，其稱學士，當在景德二年後，呼表兄為腹兄，不知何所據？……世忠者，韓蘄王也，字良臣，慶陽人，以三鎮節致仕卒。史稱其目不知書，晚歲忽有悟，能作字，工小詞。據《與司農總領帖》，當是太保領元樞時耳。而結法頗遒麗，恐其時尚未入悟，或佐史筆也。（節録自同前書卷一百六十一「文部・墨蹟跋」）

一〇二　《損本三君法書》：前一紙為天全先生《送景寅參政聯句三十韻》，行體遒美，雜有褚、米法，跋尾始自放，天真爛然。而至後一紙《水龍吟慢》，則筋骨姿態，種種横逸，或鋒利若錯刀，或虬健如鐵絲，最合作書也。又范庵先生《錢塘三律》，縱筆自喜，神采奕奕射人，此翁極誚人奴書，而亦不免，有豫章、吴興意，然至曩時所謂院體，一掃盡之。又西涯先生《楊子》、《洞庭》二律，為陸水村公書，未及畢，而以酒至解，是時陸尚為御史，未幾，先生大拜，陸遂不敢請，而跋其事，跋今在名賢遺墨中，余後先四得之，合為一卷，以便批覽。蓋天全、西涯二公名位相敵，而范庵以風節翱翔其間，不肯下，一當合也。天全書固自有飛動勢，二公尚法，而此特縱，遂皆為生平極意筆，二當合也。為詩三、為詞一，而首皆缺有二字者，有二韻者，有小半闋者，三當合也。夜光之璧，不以損而减朗，況予所得皆照乘者哉！因題之曰《損本三君法書》。（同前書卷一百六十二「文部・墨蹟跋」）

一〇三《跋國朝名賢遺墨五卷》（第二卷）：國子監祭酒冰玉羅公璟以翹朝賜麵小詞寄陸釴太常，筆法頗欲學宋仲温而未成長，然當其時亦錚錚，不知何故，遠讓長沙。禮部右侍郎領國子祭酒方石謝公鐸為人作一詩，不知何題，而頗清雅，其名位品裁卷，首尾正得平，無軒輊也。卷亦二十人幀如之，而吾郡稍稍有餘者。（同前書卷一百六十三「文部・墨蹟」）

一〇四《有明三吴楷法二十四册》：第十三册楊憲副夢羽《法駕曲》三章，為故相夏文愍代筆耳，老腕遒而少姿制。王考功禄之與其師履吉尺牘，精謹有法。後有《陳履常墓志銘》及《答同年伊侍御書》，皆藁草兼正行，結法彷彿吴興，而傍墮僧趣，名實俱損矣。陳方伯子兼《三槐堂銘》，蠅頭體，妍秀而少遒骨。《蜀中》詩自云倣鍾太傅體，古雅而微乏韻。陸尚寶子傳《金剪行》、《張烈婦》二章，全得《姑壇》法而以色澤傳之，遂為一時書家冠，詩調亦典麗，生平所希。若雜文二章，則中多竄改，而筆法亦自清勁。文博士壽承為余書《五子篇》，五子者：謝榛、李攀龍、徐中行、梁有譽、宗臣，併余六也，為篇凡二十有五，壽承此書最為圓熟豐妍，其後五子，稍有去取，辭亦微改易，第其人併書家四君皆遊道山，僅余一碩果耳，循覽之際，為黯然低回久之。（同前書卷一百六十四「文部・墨蹟跋」）

一〇五　《小西館選帖》：余嘗取家所有古墨刻行草非豐碑所記全文者，以雪堂義墨例例之，彙而為册，得十有七。其一唐文皇《屏風贊》，僅後半屏耳，筆法圓熟流美，真所謂帝王第一也……其九、其十、其十一皆米襄陽尺牘，凡十八章，俱遒逸有氣，讀至書内：芾老矣，先生勿恤，廷議薦之，曰襄陽米芾在蘇軾、黄庭堅之間，自負其才，不入黨，與此大可笑，又可惱也。張顛俗子，變亂古法，驚諸凡夫，自有識者。懷素少加平淡，稍到人成，而時代壓之，不能高古高閑，而下但可懸之酒肆，此雖太肆，然不無意也。收得逸少《初月》、《尚書》二帖，智永所臨五帖，皆希世之珍。高壓顔、張數等，足與公西風争長於思用處，購得鍾隱三間無瑕紫玉硯，以董源《林石》易凝式二帖，《層雲峰》、承晏墨易懷素二帖，又獲端鳳研一、那研一、鳳研一，洞庭石高一尺許，聲如玉，形如鳳，如飛仙，如雲葉，凡再言之，此令人忌且饞發也。又曰詞及手劄、雜詩、小叙，俱有神采。《王略帖》尤英偉，第縱書。右軍墨蹟後膽幾大於斗矣。又《吉老墓表》，極有勢，然非七尺碑上物也。《祝壽》詩一、《慶雲現》詩一、《鷓鴣天》詞一、《賀聖朝》詞一。後皆有子友仁跋，縱筆顛放，了然不讓乃父，似非卑梓之道。（節録自同前書卷一百六十六「文部・墨刻跋」）

一〇六 《坡公雜詩刻》：右坡老書黄州諸作，五言古一首、七言近體六首、詞七首，中故有致語，而壓韻使事殊令人不快，書筆翩翩自肆，間出姿態於矩度中，尤可愛也。公壓嫌字韻，云「雪似故人人似雪」，雖可愛有人，其詞翰却不遠此語。（同前書卷一百六十七「文部·墨刻跋」）

一〇七 《南宫父子詞筆》：前爲舊搨江西帥司帖，元章壽詞樂章都不成語，而筆氣超邁雄逸，若有神助。元暉諸跋亦自勁雋，非若居平之僅成欹傾而已。後三帖稱是内收得逸少《初月》一帖，癡事癡語俱奇絶，而書尤妙，覽之，令人痴思亦陡發。（同前）

一〇八 《宋徽宗雪江歸棹圖》：據蔡楚公題，有四圖，此當是最後景耳。題之十又六年，而帝以雪時避狄幸江南，雖黄麾紫仗斐亹於璚浪瑶島中，而白羽旁午，更有羨於一披簑之漁翁而不可得。又二年而北竄五國，大雪没髁足，縮身穹廬，與殞氊子卿伍。吾嘗記其渡黄河一小詞有云：「孟婆，孟婆，你做箇方便，吹箇船兒倒轉。」於戲！風景殺且盡矣，視雪江歸棹中王子猷，何啻天壤？題畢，不覺三歎。（同前書卷一百六十八「文部·畫跋」）

一〇九 《唐伯虎赤壁圖》：吾嘗以七月望登赤壁，酒酣耳熱，歌坡老所作二賦，飄然欲仙者久之。然坡後賦所紀及伯虎此圖，俱與景不甚似，當相賞，有象外意耳。伯虎才氣彷彿此老，而窮達絶不埒。却有一事相關，坡於黄岡作《中吕·滿庭芳》詞，結句有「百年强半，來日苦無多」，見者縮舌，以爲詩讖。無幾而入鑾坡，領巖部，出入貴要者十餘年。而後謫又八年而後逝。伯虎祈夢九仙，得「中吕滿庭芳」五字，至年五十三，驟見坡石刻詞而惡之，趣令徹去，尋病卒。夫詞語不讖於作者而讖於見者，何也？以其為二君子且黄岡故事，因漫及之。（同前書卷一百六十九「文部·畫跋」）

一一〇《題周官飲中八仙圖》：周官所圖飲中八仙歌，不唯人物衣冠器飾皆古雅，而醉鄉意態種種可念，當由伯時、子昂藁本化出。若其時，固開元、天寶全盛之際，宜其如此也。自是而後，宫掖旃席之間皆以酒為政，為妖色主之，《霓裳羽衣》之曲未終而漁陽鼙鼓動矣。豹孫舉以貽我，方右目於眚，麴糵是讐，為展覽再過，亟還之，不然，恐復墮糟丘中，為此曹子淹殺也。（同前）

一一一《畫南北二詞後》：題柳「窺青眼」，相傳國初人作，可謂曲盡張緒風流。至馬致遠「百歲光陰」，有感激超曠之致，而音響節奏又自工絶，元人推以為詞為第一，殆非虚也。其詞既别南北，而復分其早春、暮秋景地，乃謁錢叔寶作圖，而周公瑕復以正行二體書之，風日清美，於文漪堂呼三雅，佐展卷，亦不辱矣。惜未有雪兒以紅牙句拍唱耳。（同前，按此又見載於卷一百七十。）

一一二《答華西湖》：公集成，而需不腆之言以弁也，則孟達兄弟嘗露之矣。今公復以誠懇，而二子先容焉。僕雖陋，敢忘其諾？且幸而未及獻歲，墨卿猶在御也。公年今七十有七耶？而好吟不已，思托於豪賢如百谷輩以傳，甚壯之，念之。使者將集，至時已迫暝，啜術粥畢，即燒燈略讀一過，大都多和平爾雅之旨，第集名《騁遊》，未甚合。至樂府、詩餘而後，知靖節之賦《閒情》不虚也。僕久不受潤筆，而公所貺皆機杼中物，不忍孤來，美謹拜嘉，獨誦書辭未類，意以為仲達筆，不則，郁人文也。昔陳琳為曹驃騎作書，子桓疑之，而復托琳以書辨，公得無類是乎？然書以叙悃，信情而已，不必作此吃吃也，一咲。（同前書卷一百八十一「文部·書牘」）

一一三 《顔廷愉》：僕自閉關來，一切謝絶，無所延納。而足下儼然，自天東南踰三千里而來，以公瑕先容我，則贄文授幣，叙生平傾挹之素禮，恭而辭敦，皆非謭薄所敢當者。僕老矣，行且削五官而爲混沌，足下復將鑿之乎？則僕有驚而走耳。雖然，足下非欲速成者也？以求益者也？則僕安敢守區區塞兑之戒而虚足下三千里之誠，不小效其一得？夫文有格有調，有骨有肉，有篇法，有句法，有字法，今覩足下集并集中諸君子語，非北地濟南，新都弗述，其格古矣，骨樹矣，句字脩矣，所少不備，幸相與勉之而已。文之所以爲文者三，生氣也，生機也，生趣也，此三者，諸君子不必十全也，無但諸君子，即所稱獻吉諸公，亦不必十全也。願足下多讀《戰國策》、《史》、《漢》、韓、歐諸大家文，意不必過抨王道思、唐應德、歸熙甫，旗鼓在手，即敗軍之將、僨轅之馬，皆我役也。至於詩，古體用古韻，近體必用沈韻，下字欲妥，使事欲穩，四聲欲調，情實欲稱，彀率規矩，定而後取機於性靈，取則於盛唐，取材於獻吉、于鱗輩，自不憂落夾矣。足下稿稱曲弄新聲，夫曲弄者，擬即委巷也，得無犯虬户銑谿之咲乎？新聲者，今辭曲也，求奇而拙，希雅而俗，易之爲便。盧先生集有信來，希致一部。

（同前書卷一百八十二「文部·書牘」）

一一四 《張幼于》：新凉，方有高陽客，日跌宕杯斝間，而使者持古阿羅漢像至，幾欲下拜，以米汁供之，即日逃禪室成，可移奉矣。新集見委商定，不佞何能爲役，爲竊窺足下此番識解比舊殊異，百尺竿頭上一步人也。五七言近體皆佳，而七言尤自錚錚，態度都雅，音徽清皦，時造真境。七言古絶似高、岑，而間有費力處，押仄韻，少操吴音。諸銘思古調，得周家三昧。雜文齊、梁而上，能以東京之質禦之。不作近代歌頭曲尾。祭文甚藻奇，而押韻亦不免操吴音，此或白璧之小瑕也。更似宜撰五言古一二章壓卷端，何如？見傳戴仲德《雉經》，且駭且惜，得無為厠為所引耶？不然，非有魏、齊之迫，豈以一公子難見而遽授首也？然此子自謂相法星命不能過三年，有一瞽者云：戴君内恕耳，恐不能過一年，其術何神也。蔡孝廉既許西館，便當來，贄迎之。半月後可發，汎彭蠡，登匡廬，亦何異洞庭家山水也？弇園泉石彿人，縱除目下得一小鎮，當不以此地易之。姜司成、汪司馬，故是廟廊之器，豈闗僕菰蘆人耶？足下自厘我輩胸次耳。（同前書卷二百六「文部·書牘」）

一一五　周定王橚：太祖第五子，母高皇后。辛丑年九月初九日生，洪武三年四月初七日封吴王，十一年正月初二日改封周王。十四年十月之國河南開封府，二十二年棄國來鳳陽，遷之雲南，未行，還國。建文元年竄雲南，尋錮京師。五年，復之國。永樂十九年，以嫌上還三護衛。洪熙元年閏七月二十日薨，在位五十六年，壽六十三，葬均州之明山。妃馮氏，征虜大將軍宋國公勝女，洪武十一年正月初一日册封，永樂二十一年七月十四日薨，合葬明山。子憲王有燉，以宣德元年嗣，少有孝行，善為詩詞，工書法，在位十四年，以正統四年薨，壽五十一，無子。（節録自《弇山堂别集》卷三十二「同姓諸王表」）

一一六　謝山人榛：山人名榛，字茂秦，臨清人也。貌醜，一目弱。冠為俠齊、魯間，多度豔曲。稍長，折節讀書，詩奕奕稱於人，趙王問而禮之致府，已不自得，游京師，著《遊燕集》六卷。（《鳳洲筆記》卷九「明詩評」）

一一七　瞿佑，字宗吉，錢塘人，累官周王左長史。　李布政禎：李禎，字昌祺，以字行，廬陵人。舉進士，為翰林庶吉士，授刑部主事，累遷河南左布政使。　評曰：二君俱長填詞，小解詩，亦清新，要非作手。（同前書卷十二「明詩評」）

一一八　廣寒府：明皇秋夜遊月宮，見天府，榜曰廣寒清虛之府。十餘素娥皓衣乘白鸞，舞桂樹下，奏樂清麗。明皇歸，因製《霓裳羽衣曲》焉。（《彙苑詳註》卷一「天文類·月」）

一一九　霓裳舞：羅公遠中秋夜侍玄宗翫月，公遠乃取杖自空擲之，化為長橋，其色如銀，請帝登之，至大城闕，公遠曰：「此月宮也。」見仙女數百，素練寛衣，舞於廣庭，帝問曰：「此何曲名？」曰：「此《霓裳羽衣曲》也。」《逸史》（同前）

一二〇　催花：明皇遇二月旦，殿前柳杏將吐，歎曰：「對春景物，可不與判斷之乎？」高力士請羯鼓，臨漸（當作軒）縱擊，奏一曲，名《春光好》，回顧花柳皆發，笑曰：「不喚我作天公乎？」《羯鼓録》（同前書卷二「歲時部·仲春」）

一二一　唱廻風：唐宮人麗娟善歌，嘗唱《廻風曲》，庭葉翻落如秋。《洞冥記》（同前書卷二「歲時部·秋」）

一二二　明皇製《秋風高》曲，每奏之，則清風徐來，夜葉交墜。《羯鼓録》（同前）

一二三　愛君詞：東坡居士以丙辰中秋作一詞《水調歌頭》，都下傳唱，神宗聞之，讀至「瓊樓玉宇，高處不勝寒」句，上曰：「蘇軾終是愛君。」命移汝州。《雅歌詞》（同前書卷二「歲時部·中秋」）

一二四　玉樹新聲：陳後主起三座閣，各高數十丈，連延數十間，其牕牖欄檻皆以沉檀為之，飾以金玉，間以珠翠。其服玩瑰麗，近古所未有。上每飲宴，使諸妃嬪及女學士與狎客共賦詩，互相贈答，采其尤豔麗者，被以新聲，選宫女千餘人歌之。其曲有《玉樹後庭花》、《臨春樂》等，大略皆美諸妃嬪之容色，君臣酣歌，自夕達旦，以為常事。（同前書卷八「人物類・君臣・臣」）

一二五　章臺柳：韓翃少負才名，往來皆賢士，有鄰居有姓李者，每將娼妓柳氏至其家，必邀韓飲，妓見韓才，因乘暇語李曰：「韓秀才甚貧，然所與遊皆當時賢人，必不久困。」李乃具酒邀韓，謂曰：「公當今名士，柳當今名色，名色配名士，不亦可乎？」因就之，後翃為淄青節度使，寄詩曰：「章臺柳，往日青青今在否？縱使長條似舊垂，也應攀折他人手。」柳答曰：「楊柳枝，芳菲節，可恨年年贈離別。一葉隨風忽報秋，縱使君來豈堪折。」《異聞録》（同前書卷九「人倫部・娼妓」）

一二六　詞：詞者，樂府之變也。昔人謂李太白《菩薩蠻》、《憶秦娥》，楊用脩又傳其《清平樂》二首，以謂調祖。不知隋煬帝已有《望江南》詞，蓋六朝諸君臣頌酒賡色，務裁豔語，默啓詞端，寔為濫觴之始。故詞須婉轉緜麗，淺至儇俏，挾春月烟花，於閨幨内奏之。一語之豔，令人魂絶；一字之工，令人色飛，乃為貴耳。至於慷慨磊落，縱横豪爽，抑亦其次，不作可耳。作則寧為大雅罪人，勿儒冠而胡服也。（筆者按，其後有「詞評」一項，所録即王氏「詞評」全文，已見前，此略。）（同前書卷二十二「文史部」）

一二七　曲：曲者，詞之變，自金、元入中國，所用胡樂嘈雜、凄緊緩急之間，詞不能按，乃更為新聲以媚之，而諸君如貫酸齋、馬東籬、王實甫、關漢卿、張可久、喬夢符、鄭德輝、宮大用、白仁甫輩，咸富有才情，兼喜聲律，以故遂擅一代之長，所謂宋詞元曲，殆不忝也。但大江以北，漸染胡語，時時採入，而沈約四聲遂闕其一，東南之士未盡顧曲之周郎，逢掖之間，又稀辨撾之王應，稍稍復變新體，號爲南曲，高拭則成遂掩前後。大抵北主勁切雄麗，南主清峭柔遠，雖本才情，務諧俚俗，譬之同一師所，而頓漸分教，俱爲國臣，而文武異科，今談曲者往往合而舉之，良可咲也矣。（同前）

一二八　曲藻：三百篇亡，而後有騷賦，騷賦難入樂，而後有古樂府，古樂府不入俗，而後以唐絶句爲樂府，絶句少宛轉，而後有詞，詞不快北耳，而後有北曲，北曲不快南耳，而後有南曲。（同前）

一二九　明皇擊鼓：明皇命取羯鼓臨軒縱擊，曲名《春光好》，回顧杏柳皆發，上笑曰：「不喚我作天公，可乎？」《唐羯鼓録》（同前書卷三十「花部・花」）

一三〇　紅羅亭：李後主作紅羅亭，四面栽紅梅，作艷曲以歌之。《唐宋詩話》（同前書卷三十「花部・梅花・紅梅」）

一三一　十八娘：纖手擘：「纖手擘，骨細肌香，恰似當年十八娘。」古詞（同前書卷三十二「果蔬部・荔枝」）

一三二　新曲名：貴妃生日，長生殿新曲未有名，會南海進荔枝，因名《荔枝香》。《楊貴妃外傳》（同前）

一三三　邀友經商：蠅利驅人，未得息肩，蠅利蠅頭，小利也。息肩，車走道路，不遑止舍。指日又將從事某處，聞足下驪駒將駕。古人臨行，駕驪駒，而唱《三疊陽關》。欲聯鑣馬啣外鈇附驥，張尚文云：蒼蠅附驥尾，一日能千里。如允刻，期示教。答：僕久懷去志，顧踽踽行踪。詩云：獨行踽踽。臨期復沮，承約聯鑣。李膺、郭林宗二人聯鑣而行。二毛父母也喜曰：戎有良伴矣。周宣王□舅申伯出，封於謝，國人喜曰：「戎有良翰矣。」某日約行，萬勿趦趄。韓文：「足將進而止。」（《王世貞居家寶鏡翰墨雙璧》卷四）

一三四　請中秋：冰輪皎潔光月也，仙桂婆娑月中樹影，鄙人念此，翩翩然若泛浮槎，而太虛遊也，一觥敬扳清斟，觥，音公，酒酌也。足下能摳衣兩手潔衣也，看《霓裳》舞不？唐明皇制《霓裳羽衣曲》，今宮女歌之。答：遥瞻秋魄，逸興遄飛，遄，疾速也。嗟無杯酒，幾負一度佳景矣。夜飲歸來，酒龍作苦為醉所苦。即渥下五皷五更也，猶然未化胡蝶夢也。莊子胡蝶夢言：醉至五更，猶未寢也。九頓以謝。（同前）

一三五　送荔枝：十八妖娘荔枝別名，紅顏玉肌，香透十里，誠海隅奇品也。敬奉百顆，為先洗盞之需，東坡詩云：「海上仙人絳紫羅，紅紗中單白玉膚。」「先生洗盞酌桂醑，冰盤薦此赬龍珠。」以助新玉之名，可乎？楊貴妃生日，編新曲，未有名，適南海進荔枝，因名《荔枝香》。答：承惠傾城，東坡詩：「風骨自是傾城女」。味過碧桃。王母所進於漢武帝。品齊黄中李也，切勿令偷兒知之，韓偓詩：「漢武碧桃争此得，枉令方朔號偷生。」舉家脣吻生香，無怪當時妃子欲生置也。梅貴妃酷愛荔枝，必欲生置之。時南海馹送至京，葉黑色不變。何可為謝？（同前書卷五）

一三六　後主張貴妃：張貴妃名麗華，兵家女也，父兄以織席為業。後主為太子，以選入宫，侍龔貴嬪為良娣。貴妃年十歲，為之給使，後主見而悅之，因得幸，遂有娠，生太子深。後主即位，拜為貴妃。性聰慧，甚被寵遇。後主始以始興王叔陵之亂被傷，卧於承香殿，時諸姬並不得進，惟貴紀（當作妃）侍焉，而柳太后猶居柏梁殿，即皇后之正殿也。而沈皇后素無寵於後主，不得侍疾，别居求賢殿。至德二年，乃於光昭殿前起臨春、結綺、望仙三閣，高數十丈，並數十間，其窗牖壁帶、懸楣欄檻之類，悉以沉檀香為之，又飾以金玉，間以珠翠，外施珠簾，内有寶牀瑶帳，其服玩之屬，瑰奇珍麗，皆近古未有。每微風暫至，香聞數里。朝日初照，光映後庭。其下積石為山，引水為池，植以奇樹，雜以花藥。後主自居臨春閣，張貴妃居結綺閣，龔、孔二貴嬪居望仙閣，並複道交相往來。又有王、李二美人，張、薛二淑媛，袁昭儀，何婕妤、江修容等七人，並有寵，遞代以游其上。以宫人有文學者袁大捨等為女學士，後主每引賓客對貴妃等游宴，則使諸貴人及女學士與狎客共賦新詩，互相贈答，采其尤豔麗者以為曲調，被以新聲。選宫女有容色者以千百數，令習而歌之，分部迭進，持以相樂。其曲有《玉樹後庭花》、《臨春樂》等，其略云：「璧月夜夜滿，瓊樹朝朝新。」大指所歸，皆美張貴妃、孔貴嬪之容色。張貴妃發長七尺，鬒黑如漆，其光可鑑，特聰慧，有神彩，進止閑暇，容色端麗，每瞻眎盼睞，光彩溢目，照映左右。常於閣上靚粧，臨於軒檻，宫中遥望，飄若神仙。才辨強記，善候人主顔色。薦諸宫女，後宫咸德之，競言其善。又工厭魅之術，假鬼道以惑後主，置淫祀於宫中，聚諸女巫，使之鼓舞，使後主怠於政事。百司啟奏，並因宦者蔡臨兒、李善度進請後主，倚隱囊，置張貴妃於膝上共決之，李、蔡所不能記者，貴妃並為條疏，亡所遺脱。因參訪外事，人間有「一言一事，貴妃必先知白之」，由是益加寵異，冠絶後庭。而後宫之家不尊法度，有絓於理者，但求哀於貴妃，貴妃則令李、蔡先啟其事，而後從容為言之，大臣有不從者，因而譖之，言無不聽，於是張、孔之勢熏灼四方，内外宗族多被引用，大臣執政亦從風而靡，閹宦便佞之徒内外交結，轉相引進，賄賂公行，賞罰無常，紀綱瞀亂矣。及隋軍剋臺城，貴妃與後主俱入於井，隋軍出之，晉王廣命斬貴妃，牓於青溪中橋。（《新鐫玉茗堂批選王弇洲豔異編》卷八「宫掖部四」）

一三七　《海山記》：隋煬帝生旹，有紅光燭天，里中牛馬皆鳴。先是，獨孤后夢龍出身中，飛高十餘里，龍墮地，尾輒斷，以告文帝，帝沉吟默塞不答。帝三歲，戲於文帝前，文帝抱之，玩視甚久，曰：「是兒極貴，恐破吾家。」自兹雖愛帝，而亦不快於帝。帝十歲，好觀古今書傳，至於方藥、天文、地理、技藝、術數，亡不通曉。然而性褊急，陰賊刻忌，好鈎索人情深淺。時楊素有戰功，方貴用事，帝傾意結之。文帝得疾，内外莫有知者。帝坐便室，召素謀曰：「君，國之元老，能了吾家事者，君也。」乃私執素手曰：「使我得志，我亦終身報公。」素曰：「待之，當自有計。」素入問疾，文帝見素，起坐，謂素曰：「吾嘗親鋒刃，冒矢石，出入死生，與子同之，方享今日之貴。吾自惟不免此疾，不能臨天下。汝本吾族中人，吾不諱，汝立吾兒勇為帝，汝倍吾言，吾去世亦殺汝，此事吾不語人。」素曰：「國本不可屢易，臣不敢奉詔。」文帝忿懣，乃大呼左右曰：「召吾兒勇來。」乃氣哽塞，回面向之不言，素乃出，語帝曰：「事未可，更待之。」有頃，左右出報素曰：「帝呼不應，喉中呦呦有聲，帝拜素曰以終身累公。」素急入，帝已崩矣，乃不發喪。明日，素袖遺詔立帝，時百官猶未知，素執圭謂百官曰：「大行遺詔立帝，有不從者戮於此。」左右扶帝上殿，帝足弱，欲倒者數四，不能上。素下，去左右，以手扶接帝，帝援之乃上，百官莫不嗟歎。素歸，謂家人輩曰：「小兒子吾已提起，教作大家，即不知了當得否？」素恃已有功，帝多呼為郎君。時宴内殿，宫人偶覆酒污素衣，叱左右引下加撻焉，帝頗惡之，隱忍不發。一日，帝與素釣魚於池，並坐，左右張傘以遮日。帝起如廁，回見素坐赭傘下，風骨秀異，堂堂然，帝大忌之。帝多欲有所為，素輙請而抑之，由是愈有害素意。會素死，帝曰：「使素不死，夷其九族。」先，素欲入朝，出見文帝執金鉞逐之曰：「此賊，吾欲立勇，汝竟不從吾言，今必殺汝。」素驚噓入室，召子弟二人而語曰：「吾必死矣，出見文帝。」語不移時，素死。帝自素死，益無憚，乃闢地周二百里為西苑，役民力常百萬，内為十六院，聚巧石為山，鑿池為五湖四海，詔天下境内所有鳥獸草木驛至京師，天下共進花木鳥獸魚蟲，莫知其數，此不俱載。詔定西苑十六院名：景明一，迎暉二，棲鸞三，晨光四，明霞五，翠華六，文安七，積珍八，影紋九，儀鳳十，仁智十一，清修十二，寶林十三，和明十四，綺陰十五，絳陽十六，皆帝自製名。院有二十八（當作人），皆擇宫中佳麗謹厚、有容色美人實之。每一院選帝常幸御者為之首，每院有宦者主出入易市。又鑿五湖，每湖四方十里：東曰翠光湖，南曰迎陽湖，西曰寒光湖，北曰潔水湖，中曰廣明湖。湖中積土石為山，構亭殿，屈曲環遶澄碧，皆窮極人間華麗。又鑿北海，周環四十里，中有三山，效蓬萊、方丈、瀛洲，上皆臺榭廻廊，水深數丈，開溝通五湖四海，溝盡通行龍鳳舸。帝多汎東湖，因製湖上曲《望江南》八闋，云：「湖上月，偏照列仙家。水浸寒光鋪枕簟，浪摇晴影走金蛇，偏稱泛靈槎。」「光景好，輕彩望中斜。清露冷侵銀兔影，西風吹落桂枝花，開宴思亡涯。」「湖上柳，煙裏不勝催。宿露洗開明媚眼，東風摇弄好腰枝，煙雨更相宜。」「環曲岸，陰覆畫橋低。線拂行人春晚後，絮飛晴雪煖風時，幽意更依依。」「湖上雪，風急墮還多。輕片有時敲竹户，素華無韻入澄波，望外玉相磨。」「湖水遠，天地色相和。仰面莫思梁苑賦，朝來且聽玉人歌，不醉擬如何。」「湖上草，碧翠浪通津。修帶不為歌舞緩，濃鋪堪作醉人茵，無意襯香衾。」「晴霽後，顏色一般新。遊子不歸生滿地，佳人遠意寄青春，留詠卒難伸。」「湖上花，天水浸靈葩。淺蕊水邊匀玉粉，濃苞天外剪明霞，只在列仙家。」「開爛熳，插鬢若相遮。水殿春寒幽冷豔，玉軒晴照暖添華，清賞思何賒。」「湖上女，精選正輕盈。猶恨乍離金殿侶，相將盡是采蓮人，清唱謾頻頻。」「軒内好，嬉戲下龍津。玉管朱絃聞晝夜，踏青鬭艸事青春，玉輦從羣真。」「湖上酒，終日助清歡。檀板輕聲銀甲緩，醅浮香米玉蛆寒，醉眼暗相看。」「春殿晚，仙豔奉盃盤。湖上風光真可愛，醉鄉天地就中寬，帝主正清安。」「湖上水，流遶禁園中。斜日煖摇青翠動，落花香煖衆紋紅，蘋末起清風。」「閒縱目，魚躍小蓮東。汎汎輕摇蘭棹穩，沉沉寒影上仙宫，遠意更重重。」帝常遊湖上，多令宫中美人歌此曲。（節録自同前書卷九「宫掖部五」）

一三八　羯鼓：唐玄宗洞曉音律，由之天縱，凡是管絃，必造其妙，若製調曲，隨意即成，不至章度，取適短長，應指散聲，皆中點節。至於清濁變轉，律吕召呼，君臣事物，迭相制度。雖古之夔、曠不能過也。尤愛羯鼓笛，云八音之領袖，諸樂不可無此。嘗遇二月初詰旦，巾櫛方畢，時宿雨始晴，景色明麗，小殿亭内，柳杏將吐，覩之，歎曰：「對此景物，豈可不與他判斷之乎？」左右相目，將命備酒，獨高力士遣取羯鼓，上旋命之臨軒縱一曲，曲名《春光好》，神思自得。及顧柳杏，皆已發拆，指而笑之，謂嬪嬙内官曰：「此一事，不唤我作天公，可乎？」皆呼萬歲。又製《秋風高》，每至秋空廻徹，纖蘿不起，即奏之，必遠風徐來，庭葉徐下，其妙絶入神如此。（同前書卷十一「宫掖部七·《開元天寶遺事》」）

一三九 楊貴妃，小字玉環，弘農華陰人也，後徙居蒲州永樂之獨頭村。高祖令本，金州刺史；父玄琰，蜀州司户。貴妃生於蜀，嘗誤墜池中，後人呼為落妃池。池在導江縣前。亦如王昭君生於陝州，今有昭君村；緑珠生於白州，今有緑珠江。妃早孤，養於叔父河南府士曹玄璬家。開元二十三年十一月，歸於壽邸。二十八年十月，玄宗幸温泉宫，自天寶六載十月，復改為華清宫。使高力士取楊氏女於壽邸，度為女道士，號太真，住内太真宫。天寶四載七月，册左衛中郎將韋昭訓女配壽邸。是月，於鳳凰園册太真宫女道士楊氏為貴妃，半后服用。進見之日，奏《霓裳羽衣曲》。《霓裳羽衣曲》者，是玄宗登三鄉驛，望女兒山所作也。故劉禹錫有詩云：伏覩玄宗皇帝望《女兒山詩》，一小臣斐然有感：「開元天子萬事足，惟惜當時光景促。三鄉驛上望仙山，歸作《霓裳羽衣曲》。仙心從此在瑶池，三清八景相追隨。天上忽乘白雲去，世間空有《秋風詞》。」又《逸史》云：羅公遠天寶初侍玄宗，八月十五日夜，宫中翫月，曰：「陛下能從臣月中游乎？」乃取一枝桂，向空擲之，化為一橋，其色如銀，請上同登，約行數十里，遂至大城闕。公遠曰：「此月宫也。」有仙女數百，素練寬衣，舞於廣庭。上前問曰：「此何曲也？」曰：「《霓裳羽衣》也。」上密記其聲調，遂回橋，却顧，隨步而滅。旦諭伶官象其聲調，作《霓裳羽衣曲》。以二説不同，乃備録於此。（節録自同前書卷十二「宮掖部八・《楊太真外傳》」）

一四〇　是夕，授金釵鈿合，上又自執麗水鎮庫紫磨金琢成步摇，至妝閣，親與插鬢。上甚喜，謂後宮人曰：「朕得楊貴妃，如得至寶也。」乃製曲子曰《得寶子》，又曰《得鞛子》。（節録自同前）

一四一　上又宴諸王於木蘭殿，時木蘭花發，皇情不悦，妃醉中舞《霓裳羽衣》一曲，天顔大悦，方知迴雪流風，可以迴天轉地。上嘗夢十仙子，乃製《紫雲迴》。玄宗嘗夢仙子十餘輩，御卿（脱「雲」字）而下，各執樂器，懸奏之，曲度清越，真仙府之音。有一仙人曰：「此神仙《紫雲迴》，今傳授陛下，為正始之音。」上喜而傳受。寤後，餘響猶在。旦，命玉笛習之，盡得其節奏也。（節録自同前）

一四二　並夢龍女，又製《凌波曲》。玄宗在東都，晝夢一女，容貌豔異，梳交心髻，大袖寬衣，拜於牀前，上問：「汝何人？」曰：「妾是陛下凌波池中龍女，衛宮護駕，妾實有功，今陛下洞曉鈞天之音，乞賜一曲以光族類。」上於夢中為鼓胡琴，拾新舊之曲聲為《凌波曲》，龍女再拜而去。及覺，盡記之。會禁樂，自御琵琶，習而翻之。與文武臣寮於凌波宮臨池奏新曲，池中波濤湧起，復有神女出池心，乃所夢之女也。上大悦，語於宰相，因於池上置廟，每歲命祀之。二曲既成，遂賜宜春院及梨園弟子並諸王。時新豐初進女伶謝阿蠻，善舞，上與妃子鍾念，因而受焉。就按於清元小殿，寧王吹玉笛，上羯鼓，妃琵琶，馬仙期方響，李龜年觱角，張野狐箜篌，賀懷智拍，自旦至午，歡洽異常。（節録自同前）

一四三　十四載六月一日，上幸華清宫，乃貴妃生日。上命小部音聲小部者，梨園法部所置，凡三十人，皆十五已下。於長生殿奏新曲，未有名，會南海進荔枝，因以曲名《荔枝香》，左右歡呼，聲動山谷。（節録自同前）

一四四　上發馬嵬，行至扶風道，道旁有花市畔，見石楠樹團圓，愛玩之，因呼為端正樹，蓋有所思也。又至斜谷口，屬霖雨涉旬，於棧道雨中聞鈴聲隔山相應，上既悼念貴妃，因採其聲為《雨霖鈴》曲，以寄恨焉。至德二年，既收復西京。十一月，上自成都還，使祭之。後欲改葬，李輔國等皆不從。時禮部侍郎李揆奏曰：「龍武將士以楊國忠反，故誅之，今改葬故妃，恐龍武將士疑懼。」肅宗遂止之。上皇密令中官潛移葬之於它所。妃之初瘞，以紫褥裹之，及移葬，肌膚已消釋矣，胸前猶有錦香囊在焉，中官葬畢以獻，上皇置之懷袖。又令畫工寫妃形於别殿，朝夕視之而歔欷焉。上皇既居南内，夜闌，登勤政樓，憑欄南望，煙月滿目，上因自歌曰：「庭前琪樹已堪攀，塞外征人殊未還。」歌歇，聞里中隱隱如有歌聲者，顧力士曰：「得非梨園舊人乎？遲明，為我訪來。」翌日，力士潛求於里中，因召與同去，果梨園弟子也。其後，上復與妃侍者紅桃在焉，歌《凉州》之詞，貴妃所製也，上親御玉笛，為之倚曲，曲罷相視，無不掩泣，上因廣其曲，今《凉州》留傳者益加焉。至德中，復幸華清宫，從官嬪御多非舊人，上於望京樓下命張野狐奏《雨霖鈴》曲，曲半，上四顧凄凉，不覺流涕，左右亦為感傷。新豐有女伶謝阿蠻，善舞《凌波曲》，舊出入宫禁，貴妃厚焉，是日，詔令舞。（節録自同前）

一四五　唐玄宗梅妃傳：梅妃，姓江氏，莆田人。父仲遜，世為醫。妃年九歲，能誦《二南》，語父曰：「我雖女子，期以此為志。」父奇之，名曰采蘋。開元中，高力士使閩、越，妃笄矣，見其少麗，選歸。侍明皇，大見寵幸。長安大內、大明、興慶三宫，東都大內、上陽兩宫，幾四萬人，自得妃，視如塵土，宫中亦自以為不及。妃善屬文，自比謝女。淡妝雅服，而姿態明秀，筆不可描畫。性喜梅，所居闌檻悉植數株，上榜曰梅亭。梅開，賦賞，至夜分，尚顧戀花下不能去，上以其所好，戲名曰「梅妃」……上在花萼樓，會夷使至，命封珍珠一斛密賜妃，妃不受，以詩付使者曰：「為我進御前也。」曰：「柳葉雙眉久不描，殘妝和淚污紅綃。長門自是無梳洗，何必珍珠慰寂寞。」上覽詩，悵然不樂，令樂府以新聲度之，號《一斛珠》，曲名是此始。（節録自同前書卷十三「宫掖部九」）

一四六　文宗：大和九年，誅王涯、鄭注後，仇士良專權恣意，上頗惡之。或登臨遊幸，雖百戲駢羅，未嘗以為樂。往往瞠目獨語，左右莫敢進問。因題曰：「輦路生春艸，上林花滿枝。憑高何限意，無復侍臣知。」偶於內殿前看牡丹，翹足憑欄，忽唫舒元輿《牡丹賦》云：「俯者如愁，仰者如語，合者如咽。」唫罷，方省元輿詞，不覺歎息良久，泣下沾臆。時有宫人沈阿翹為上舞《河滿子》，調聲風態，卒皆宛暢。曲罷，上賜金臂環，即問其從來，阿翹曰：「妾本吴元濟之妓女，濟敗，因以聲得為宫人。」俄又進白玉方響，云：「吴元濟所與也。」光明皎潔，可照十數步，言犀搥即響犀也。凡物有聲，乃響應其中焉。架則云檀香也，而文彩若雲霞之狀，芬馥着人，則彌月不散，制度精妙，固非中國所有。上因令阿翹奏《凉州曲》，音韻清越，聽者無不凄然，咸謂之天上樂，乃選內人與翹為弟子焉。（同前）

一四七　南唐後主昭惠后周氏：後主昭惠后周氏，小字娥皇，大司徒宗之女。甫十九歲，歸於王宫。

通書史，善音律，尤工琵琶。元宗賞其藝，取所御琵琶時謂之燒槽者賜焉，燒槽之説，即蔡邕焦桐之義，或謂焰材而斲之，或謂因爇而存之。元宗南幸豫章，詔旨存問，以令婦稱。後主即位，册為國后。后雖在妙齡，婦順母儀，宛如老成。唐之盛時，《霓裳羽衣》最為大曲，罹亂，瞽師曠職，其音遂絶，後主獨得其譜。樂工曹生亦善琵琶，按譜，粗得其聲，而未盡善也，后輒變易訛謬，頗去洼淫，繁手新音，清越可聽。後主嘗演《念家山》舊曲，后復作《邀醉舞》、《恨來遲》新破，皆行於時。中書舍人徐鉉聞《霓裳羽衣》曰：「法曲終慢，而此聲太急，何耶？」曹生曰：「其本寔慢，而宫中有人易之，然非吉徵也。」歲餘，周后子母繼死，後主國步浸微。音之所起，實由人心，而蟬緩噍殺，治亂應之，豈虚言乎？（節録自同前）

一四八　後主繼室周后：後主繼室周后，昭惠之母弟也。警敏有才思，神采端静。昭惠感疾，后常出入卧内，而昭惠未之知也。一日，因立帳前，昭惠驚曰：「妹在此邪？」后幼，未識嫌疑，即以寔告，曰：「既數日矣。」昭惠惡之，返卧不復顧。昭惠殂，后未勝禮服，待年宫中。明年，鍾太后殂，後主服喪，故中宫位號久而未正，至開寶元年，始議立后為國后。南唐享國日淺，而三世皆娶於藩邸，故國主婚禮，議者不一。詔中書舍人徐鉉、知制誥潘佑與禮官參議，鉉曰：「婚禮吉不用樂。」佑以為今古不相沿襲，固請用樂，鉉曰：「案古房樂無鐘鼓。」佑曲引詩「窈窕淑女，鐘鼓樂之」，則房樂宜有鐘鼓矣。后初見君，《後魏書》有「后先拜後起，帝后拜先起」之文，因此以為夫婦之禮、人倫之本，承祖宗，主祭祀，請答拜。佑以為王者婚禮不可與庶人同，請不答拜。又車服之制互有矛盾，議久不決。後主令文安郡公徐游評其是非，時佑方寵用，游希旨奏佑為是。既而，游病疽，鉉戲謂人曰：「周、孔亦有祟乎？」將納采，後主先令校鵝代白雁，被以文繡，使御書，侈靡不經類如此。及親迎，民庶觀者或登屋，極至有墜瓦而斃者。后自昭惠殂，常在禁中，後主樂府詞有「衩襪步香堦，手提金縷鞋」之類，多傳於外，至納后，乃成禮而已。翌日，大宴羣臣，韓熙載以下皆為詩以諷焉，而後主不之譴。歸於京師，去號位，從夫之爵。太平興國三年，隴西公薨，周氏亦薨。（同前）

一四九 後主：李煜歸朝後，鬱鬱不樂，見於詞語。在賜第，七夕，命故伎作樂，聞於外，太宗怒，又傳「小樓昨夜又東風」，併坐之，遂被禍。龍袞《江南録》云：「李國主小周后隨後主歸朝，封鄭國夫人，例隨命婦入宫，每一入，輒數日，出必大泣，罵後主，聲聞於外，後主多宛轉避之。」又韓玉汝家有李國主歸朝後與金陵舊宫人書，云：「此中日夕以淚眼洗面。」（同前）

一五〇 李煜在國，微（疑微字）行娼家，遇一僧張席，煜遂為不速之客。僧酒令謳吟吹彈，莫不高了。見煜明俊藴藉，契合相愛重，煜乘醉大書石壁曰：「淺斟低唱，偎紅倚翠，大師鴛鴦寺主，傳持風流教法。」久之，僧擁妓之屏帷，煜徐步而出，僧、妓竟不知。煜嘗密諭徐鉉，鉉因言於所親焉。（同前）

一五一 王衍：王衍，字化源，建幼子，即位年十八，時梁貞明五年也。立妃周氏為皇后。十月，詔選良家女二十人備後宫。二年八月，衍北巡，以宰相王鍇判六軍諸衛事，旌旗戈甲，百里不絶。衍戎裝被金甲，珠帽錦袖，執弓挾矢。百姓望之，謂如灌口神。至漢州，駐西湖，與宫人泛舟奏樂，飲常彌日。九月，駐軍西縣，自西縣泛至益昌，泛舟巡閬中。舟子皆衣錦繡，衍自製《水調》、《銀漢曲》、《禽樂》二歌之。郡民何康女有美色，將嫁，衍取之，賜其夫家百縑，其夫一痛而卒。三年三月，衍還成都。五月，宣華苑成，延袤十里，有重光、太清、延昌、會真之殿，清和、迎仙之宮，降真、蓬萊、丹霞之亭，土木之功，窮極奢巧。……五年三月上巳，宴昭神亭，婦女雜坐，夜分而罷，衍自執板唱《霓裳羽衣》及《後庭花》、《思越人》曲。四月，遊浣花，龍舟彩舫，十里綿亘。自百花潭至萬里橋，遊人士女珠翠夾岸。日正午，暴風起，須臾，靁電晦冥，有白魚自江心躍出，變為蛟形，騰空而起。是日，溺者數千人，衍懼，即夕還宮。重陽，宴群臣於宣華苑，夜分未罷，衍自唱韓琮《柳枝詞》，曰：「梁苑隋堤事已空，萬條猶舞舊春風。何須更想千年事，誰見楊花入漢宮。」侍郎宋光傳詠賈曾詩曰：「吴王霸業恃雄才，貪向姑蘇醉緑醅。不見錢塘江上月，一宵西送越兵來。」衍聞之不樂，於是罷宴。咸康元年九月，衍與母同禱青城山，宫人畢從，皆衣雲霞之衣，衍自製《甘州》詞，令宮人歌之。其詞哀怨，聞者悽愴。（節録自同前）

一五二　德壽宮看花：乾道三年三月初十日，南内遣閤長至德壽宮奏知：連日天氣甚好，欲一二日間，恭邀車駕幸聚景園看花，取自聖意，選定一日。太上云：「傳語官家，備見聖孝，但頻頻出去，不惟費用，又且勞人。本宮後園亦有幾株好花，不若來日請官家過來閒看。」遂遣提舉官同到南内奏過，遵依。次日進早膳後，車駕與皇后、太子過宮，起居二殿訖，先至燦錦亭進茶，宣召吴郡王曾（當作會）兩府以下六員侍宴，同至後苑看花。兩廊並是小内侍及幕士，效學西湖鋪設，珠翠、花朵、玩具，疋帛，及花籃、鬧竿、市食等，許從内人關撲。次至毬場，看小内侍抛綵毬，蹴鞦韆。又至射廳看自戲，依例宣賜。回至清妍亭，看荼蘼。就登御舟，繞堤閒遊，亦有小舟數十隻，供應雜藝、嘌唱、鼓板、蔬果，無異湖中。太上倚闌閒看，適有雙燕掠水飛過，得旨，令曾覿進詞賦，遂進《阮郎歸》云：「柳雲庭院占風光，呢喃春晝長。碧波新漲小池塘，雙雙蹴水忙。　萍散漫，絮飛揚，輕盈體態狂。為憐流水落花香，銜將歸畫梁。」既登舟，知閤張掄進《柳梢青》云：「柳色初濃，餘寒似水，纖雨如塵。一陣東風，縠文細皺，碧水粼粼。　仙娥花月精神，奏鳳管鸞絃鬭新。萬歲聲中，九霞杯内，長醉芳春。」曾覿和進云：「桃靨紅勻，梨腮粉薄，鴛徑亡塵。鳳閣凌虚，龍池澄碧，芳意粼粼。　清時酒聖花神，看内苑風光又新。一部仙韶，九重鸞杖，天上長春。」各有宣賜。次至静樂堂看牡丹，進酒三杯。太后邀太皇、官家同到劉婉容奉華堂，聽摘阮奏曲罷，婉容進茶訖，遂奏太后云：「近教得二女童瓊華、緑華，並能琹阮、下棋、寫字、畫竹、背誦古文，欲得就納與官家雜劇。」遂令各呈伎藝，並進自製阮譜三十曲，太后遂宣賜婉容宣和殿玉軸沉香槽三峽流泉正阮一面，白玉九芝道冠，北珠緑領道氅，銀絹三百疋兩，會子三百萬貫。是日，三殿並醉，酉牌還内。（同前「宫掖部十」）

一五三　德壽宫生辰：八月二十八日，壽聖皇太后生辰。先十日，車駕過宫，先至太上處起居，次入本殿進香。以次皇后、太子、太子妃，莊文太子妃、張娘娘已下，並進香起居。至太上内書院，進泛索，遂奏安止，還内。十二日，婉容到宫至西便門廊下，先至太上處奏起居，次入本殿進香，諭兩免下堦，起居太内進香。十三日，知省及大官至宫進香，閤長就管押，進奉銀絹、度牒等，並七寶金銀器皿，比天申節減半。官屬進香，並設有壽星及神仙書畫等物。隔簾奏喏，免起居，退。次日，皇太后宅親屬到宫進香，並本宫人吏、後苑官屬作院使等臣，節次進香。二十一日卯時，皇后先到宫，候駕至，到太上前殿起居，次至本宫殿。官家第一班，皇后第二班，太子並妃第三班，各上壽訖。太后宅親屬上壽，並同天申節儀。太上邀官裏至清心堂，進泛索，值雨，不呈戲，依例支賜。午初二刻，奏辦就本殿大堂西北坐官家，花帽上蓋，皇后三釵頭冠，並賜簪花。酒至第五盞，免大衣，官裏便背兒赴坐。第七盞，小劉婉容進自製《十色菊》《千秋菊》曲破，内人瓊瓊、柔柔對舞。上於閤子庫支賜五兩數珠子，一號細色北段十疋，太后又賜七寶花十枝，珠翠芙蓉領緣一幅。又移坐靈芝殿有木犀處進酒。次到至樂堂再坐，至更盡後還内。（同前）

一五四　張功甫：張氏功甫，號約齋，忠烈王諸孫。能詩，一時名士大夫莫不交遊。其園池聲妓、服玩之麗甲天下，嘗於南湖園作駕霄亭於四古松間，以巨鐵絙懸之空中，而羈之松身。當風月清夜，與客梯登之，飄摇雲表，真有挾飛仙、遡紫清之意。王簡卿侍郎嘗赴其牡丹會，云衆賓既集，坐一虚堂，寂無所有。俄問左右，云：「香已發未？」答云：「已發。」命捲簾，則異香自内出，郁然滿座，羣奴以酒肴、絲竹次第而至。别有名妓數十輩皆衣白，首飾衣領皆繡牡丹，首戴照殿紅，一妓執板奏歌侑觴，歌罷樂作，乃退。復垂簾談論自如。良久，香起，捲簾如前，别數十妓易服與花而出，大抵簪白花則衣紫，紫花則衣鵝黄，黄花則衣紅，如是十盃，衣與花凡十易。所謳者，皆前輩牡丹名詞。酒竟，歌者樂者百數十人列行送客，燭光香霧，歌吹雜作，客皆恍然如仙遊也。（同前書卷十六「戚里部二」）

一五五　潘用中奇遇：嘉熙丁酉，福建潘用中隨父候差於京邸，潘喜笛，每父出，必於邸樓憑欄吹之。隔牆一樓，相距二丈許，畫闌綺窗，朱簾翠幕，一女子聞笛聲垂簾窺望，久之，或揭簾露半面。潘問主人，知為黄府女孫也。若是月餘，潘與大學彭上舍聯轡出郊，值黄府十數轎乘春遊歸，路窄，過時相挨，其第五輪(當作轎)，乃其女孫也。轎窗皆半推，四目相視，不遠尺餘，潘神思飛揚，若有所失，作詩云：「誰教窄路恰相逢，脈脈靈犀一點通。最恨無情芳草路，匿蘭含蕙各西東。」暮歸，吹笛時月明，見女捲簾憑欄，潘大誦前詩數過，適父歸，遂寢。黄府館賓晏仲舉，建寧人也，潘明往訪，邀歸邸樓，縱飲横笛。見女復垂簾，潘因曰：「對望誰家樓也？」晏曰：「即吾館寓，所窺，主人女孫，幼從吾父學，聰明俊爽，且工詩詞。」潘愈動念。晏去，女復揭簾半露，潘醉狂，取胡桃擲去。女用帕子裹桃復擲來，帕子上有詩云：「欄干閑倚日偏長，短笛無情苦斷腸。安得身輕如燕子，隨風容易到君傍。」潘亦用帕子題詩裹胡桃復擲去，云：「一曲臨風直萬金，奈何難買玉人心。君如解得相如意，比似金徽更恨深。」女子復以帕子題詩裹胡桃擲來，擲不及樓，墜於簷下，潘亟下樓取之，為店婦所拾矣。潘以情告，懇求得之。帕上詩云：「自從聞笛苦匆匆，魂散魄飛似夢中。最恨粉牆高幾許，蓬萊弱水隔千重。」遂令店婦往道慇懃，女厚遺婦，至囑勿泄，且曰：「若諧，當厚謝婦。」未幾，潘父遷去。與鄉人同邸，潘惚惚不樂，厭厭成疾。父為問藥，凡更十數醫，輾轉兩月不愈。一日，語彭上舍曰：「吾其殆哉，吾病非藥石能愈。」乃告以故，曰：「即某日郊遊所遇者也。」彭告之父，父憂之。既而店婦訪至潘寓，曰：「自官人遷後，女病垂死，母於枕中得帕子，究明，知其故，今願以女適君，如何？」

潘不敢諾。未幾，晏仲舉至，具道女父母真意。適彭亦至，遂語潘父，竟偕伉儷，奩具巨萬焉。前詩宣傳都下，達於禁中，理宗以為奇遇。時潘與黄皆年十六也。（同前書卷十八「幽期部二」）

一五六 《鄭吴情詩》：城之西有吴氏女，生長儒家，才色俱麗，琴棋詩書，靡不究通，大夫士類稱之。其父早世，治命宜以為儒家室，女自負不凡。余今年客於洪府，一日，媒嫗來言，女家久擇壻，難其人。洪仲明公子戲欲與余求之，余辭云「已娶」，不期媒嫗欲求余詩詞，達於女氏，余戲賦《木蘭花慢》一闋。翌日，女和前詞，附媒嫗至，乃曰：「吴氏之族見此詞，喜稱文士之美，但母氏謂官人已娶，而不可。」然女獨憐余之才，賡唱迭和，復令乳母來觀，且述女意，又欲雖居二室，亦不辭也，囑余託相知之深者，求啟母意歸余。然余在城之日淺，相知者少，謾囑意山長吴槐坡者往説其母，終亦不從。有周氏，懼余之成事，挾財以媚母氏，母乃決於從周，遂納其定禮，女號泣曰：「父臨終，命歸儒士，周子不學無術，但能琵琶耳，我誓不從周氏。」因佯狂，擲冠於地，母怒毆之，發憤成疾，病且篤，母乃大悔，懼逆其意，即以定禮付媒嫗以歸周。然女病意無起色，因以書遺余，曰：「妾之病實為郎也，若此生不救，抱恨於地下，料郎之情，豈能忘乎？」臨終又泣，謂青衣名梅蕊者曰：「我愛鄭郎，生也為鄭，死也為鄭。我死之後，汝可以鄭郎詩詞書翰密藏棺中，以成我意。」未幾果卒。嗚呼！文君之於相如，自昔所難，而況夫婦之間，多才相配，世之尤難者乎？夫以女之才如是，而憐余之才又如是，齊眉之相好，唱和百年，豈非天下之至樂者乎？而況其家本豐殖，有貲財者哉？乃厄母命之不從，發憤成疾，抱恨而死。嗟夫！紅顔勝人多薄命，亘古如斯，而況才色之兼全者乎？聱綵雲之易失，痛黄壤之相遺，亦徒重余之臨風相悒怏耳，恨何言也。抑余非悦於色也，愛其才，非徒愛其才也，感其心也。今具録往來詞翰於後，覽者亦必助余之悽愴也。延祐戊午，永嘉鄭僖天趣序。丁巳歲二月二十六日，予寄《木蘭花慢》云：「倚平生豪氣，切星斗，渺雲煙。記楚水湘山，吴雲越月，頻入詩篇。菱花劒光零落，幾番沉醉樂鳳前。閒種仙人瑶草，故家五色雲邊。　夫容金闕正需賢，詔下九重天。念滿腹琅玕，盈襟書傳，人正韶年。蟾宫近傳芳信，姮娥嬌豔待詩仙。領取天香第一，縱横禮樂三千。」翌日，女氏和云：「愛風流儒雅，看筆下，掃雲煙。正困倚書窓，慵拈針線，嬾詠詩篇。紅葉未知誰繫，漫躊躇無語小闌前。燕子知人有意，雙雙飛向花邊。　殷勤一笑問英賢，夫乃婦之天。恐薛媛圖形，楚材興念，唤醒當年。疊疊滿枝梅子，料今生無分共坡仙。贏得鮫綃帕上，啼痕萬萬千千。」二月二十九日，女密令乳母來觀。三月一日，再賦前腔云：「望垂楊裊翠，簾試捲小紅樓。想鸞珮敲瓊，鸞妝沁粉，越樣風流。吟懷自憐豪健，灑雲箋醉裏度春愁。有唱還應有和，纖纖玉映銀鈎。　犀心一點暗相投，好事莫悠悠。便有約尋芳，蜂媒纔到，蝶使重遊。梅花故園憔悴，揖東風讓與古梢頭。況是梅花無語，杏花好好相留。」女氏再和云：「看紅箋寫恨，人醉倚夕陽樓。故里梅花，纔傳春信，先認儒流。此生料應緣淺，綺窓下雨怨雲愁。如今杏花嬌豔，珠簾懶上銀鈎。　絲蘿喬樹欲依投，此景兩悠悠。恐鶯老花殘，翠嫣紅減，辜負春遊。蜂媒問人情思，總無言應只低頭。夢斷東風路遠，柔情猶為遲留。」余觀所和兩詞，其才情標致，世間豈易得哉？此余所不能忘也。……吴氏既終，余以文寄祭云：「嗚呼！崑山玉樹，閬苑瓊葩，豈人間之凡植？夐獨冠於仙花。儲芳而豔，吐日春華。祥雲為蓋，皓月為家。俄驚驂於怪雨，瘞遺綵於塵沙。啼玉鸞而自惜，愁翠鳳而空嗟。嗚呼哀哉！玉容如在，瑤珮何之？生也何待，死也何為？染夫容以為色，組錦繡以為詩。琴彈綠綺兮冰雪為絲，畫鉛粉澤兮煙霞為姿。牙籤縹帙兮融融奥旨，楸枰玉子兮了了玄機。閨房之秀，誰其似之？謝庭柳絮，詎足方斯？余也惜年冉冉，負志奇奇。投鯨牙兮學海之驚濤，透翠衣兮詞苑之蕤。鷁風孤退，鵬雲自垂。楚山古木，湘水蕪祠。泣娥英兮愁牽翠衣，弔靈均兮空把瓊芝。昭昭徒返緲遐魚，抱懷英之未擢，忽窈窕之相知。始之以女媒而通好，申之以乳母而傳書。是耶？非耶？物理茫茫，色可得而有兮，才孰儷而孤芳？不可得而見兮，心殷殷而愈彰。迫夫母夢之初覺，余亦攬涕而成章。興言路阻，莫奠壺觴。千古萬古，遺恨空傷。」又悼亡吟二首，云：「詩寫青箋幾往來，佳人何自苦憐才。傷心春與花俱盡，啼殺流鶯喚不回。」「相見愁無奈，相思自有緣。死生俱夢幻，來往只詩篇。玉珮驚沉水，瑤琴愴斷絃。傷心數行淚，盡日落花前。」余召箕仙衆，留得一詞云：「綠慘雙鸞，香魂猶自多迷戀。芳心密語在身邊，如見詩人面。又是柔腸未斷，奈天不從人願。瓊銷玉減，夢魂空有，幾多愁怨。」四月朔，余再調《木蘭花慢》云：「任東風老去，吹不斷，淚盈盈。記春淺春深，春寒春煖，春雨春晴。都來殺詩人興，更落花無定挽春情。芳草猶迷舞蝶，綠楊空晤流鶯。玄霜着意初成，回首失雲英。但如醉如痴，如狂如舞，如夢如驚。香魂至今迷戀，問真仙消息最分明。後夜相逢何處，清風明月蓬瀛。」是日，再召箕仙一童，童降筆詞云：「今日瑤池，大會羣仙，不肯來臨。真草傳語鄭郎君，記得相嘲姤行。 好箇《木蘭花慢》，休提相契分明。君還要問那香那

玉，在仙宫聽命。」吴氏之母痛憶之甚，亦死。一子，年長不慧，移居鄉村，此真可惜哉！（節録自同前）

一五七　《聯芳樓記》：吴郡富室有姓薛者，至正初，居於閶闔門外，以糶米為業。有二女，長蘭英，次蕙英，皆聰明秀麗，能賦詩。父遂於宅後建一樓以處，名曰蘭蕙聯芳樓。適承天寺僧善水墨寫蘭蕙，乃以粉灰四壁，邀請繪畫於上，登之者，藹然如入春風之室。二女日夕其間，吟詠不輟，有詩數百首，號曰《聯芳集》，好事者往往傳誦。時會稽楊鐵崖製《西湖竹枝曲》，和者百餘家，鏤版書肆。二女見之，笑曰：「西湖有《竹枝曲》，東吴獨無《竹枝曲》乎？」乃效其體，作《蘇臺竹枝詩》十章，曰：「姑蘇臺上月團團，姑蘇臺下水潺潺。月落西邊有時出，水流東去幾時還？」「館娃宫中麋鹿遊，西施去泛五湖舟。香魂玉骨歸何處，不及真娘葬虎丘。」「虎丘山上塔層層，静夜分明見佛燈。約伴燒香寺中去，自將釵釧施山僧。」「門泊東吴萬里船，烏啼月落水如煙。寒山寺裡鐘聲早，漁火江風惱客眠。」「洞庭餘柑三寸黄，笠澤銀魚一尺長。東南佳味人知少，玉食無由進上方。」「荻芽抽笋楝花開，不見河豚石首來。早起腥風滿城市，郎從海口販鮮回。」「楊柳青青楊柳黄，青黄變色過年光。妾似柳絲易憔悴，郎如柳絮大顛狂。」「翡翠雙飛不待呼，鴛鴦並宿幾曾孤。生憎寶帶橋頭水，半入吴江半太湖。」「一緺鳳髻緑如雲，八字牙梳白似銀。斜倚朱門翹首立，往來多少斷腸人？」「百尺高樓倚碧天，闌干曲曲畫屏連。儂家自有蘇臺曲，不去西湖唱採蓮。」鐵崖見其稟，手題二詩於後，曰：「錦江只見薛濤牋，吴郡今傳蘭蕙篇。文采風流知有日，連珠合璧照華筵。」「難弟難兄並有名，英英端不讓瓊

瓊。好將筆底春風句，譜作瑤箏絃上聲。」自是名播遐邇，咸以為班姬、蔡女復出，易安、淑真而下不足論也。（節録自同前）

一五八 《嬌紅記》：申純，字厚卿，祖汴人也。隨父寓成都，八歲通六經，十歲能屬文。天姿卓越，傑出世表，風情接物，不減於斯，故賢士大夫多推譽焉。宣和間，薦而不第，歸，鬱鬱不自勝。家居月餘，因適鄰郡母舅王通判，信宿而至，則門枕碧流，目斷千里，波濤洶湧，風景粲然，明滅遠出（當作山），特起望外。因賦《摸魚兒》詞一闋以寫其勝，詞曰：「錦城西，一區華屋，天開多少佳趣。當門緑水朝千里，何況碧山無數。堪愛處，有瀟湘新篢（當作篁），松檜森前路。深深院，見簾幕低垂，絲簧迭奏，鎮日慣歌舞。金閨彥，卑歲歸占住，小生平昔依慕。今朝走馬行來近，試綺繡鞅凝駕，君真真，且從守分，幽意誰為主。詩朋酒侶。向此地嬉遊。尋花問柳，須是有奇遇。」生既至，因入謁舅，舅見之，遂引生至中堂，妗出見，生進拜畢，就位。舅有一子，名善父，年七歲，一名含，舅因呼善父出拜。再命侍女飛紅呼嬌娘出見，良久，飛紅附耳語妗，以嬌娘未經粧為言，妗因怒曰：「三哥，家人也生第三，出見何害？」生聞之，因曰：「百一姐嬌第百一無他故，姑俟何如？」妗因笑曰：「適方出浴，未理粧，故欲少俟。三哥，家人也，何事鉛粉耶？」又令他侍女促之，頃刻，嬌自左掖出拜。雙鬟綰緑，色奪圖畫中人，朱粉未施，而天然殊瑩。生起見之，不覺自失。敘禮竟，嬌因立妗右。生熟視，愈覺絕色，目摇心蕩，不自禁制。妗笑曰：「三哥遠來勞苦，宜就舍少息。」因室之於堂之東，去堂二十餘步。生歸館後，功名之心頓釋，日夕惟慕嬌娘而已，恨不能吐盡心素與款語，故常意屬焉。舅、妗皆以生久不相見，款留備至，生亦自幸其相留，冀得乘間致款曲於嬌娘也。平嘗（當作常）出入舅家，周旋堂廡，雖終日得與嬌遊從，未嘗敢妄一邪言相及。生因察其動静，見嬌言笑舉止常有疑猜不足之狀，生知其賦情特甚也，求所以導情達意之便而未能得。一夕，嬌晚繡紅窓下，倚牀視荼蘼花，久不移目，生輕步踵其後，嬌不知也，因浩然長歎。生知其有所思，因低聲問曰：「爾何於此佇視長歎也，將有思乎？將有約乎？」嬌不答，良久乃曰：「兄何自來此？日晚矣，春寒逼人，兄覺之乎？」生知嬌以他辭相拒，因應曰：「春寒固也。」嬌正視，逡巡引去。生獨歸室無聊，乃書《點絳脣》一詞於寓室之東以寓意焉，詞曰：「庭院深沉，遲遲日上荼蘼架。芳叢相亞，裝點春無價。玉體香肌，好手應難畫。還驚訝，春心蕩也，誰共遊蜂話？」自後，日聚飲宴，或同歌笑，申生言稍涉邪，嬌則凝袂正色，若將不可犯。生雖慕其美麗，然見其不相領略，以謂嬌年幼情簡，不諳世事，因不介意。一日，舅有他甥至，舅、妗亦留之。至晚，舅開宴，申生預坐，酒至半，妗起酌酒勸它甥，舅將酣，嬌時陪立妗後覓之，令溢觴，酒至生，力辭，妗曰：「子素能飲，獨不能為我開懷乎？」生辭以失志功名，且病久，已醉甚，不能復加，妗未答，嬌因參言其後曰：「三兄動容，似不任酒力矣，姑止此。」妗因輟瓶授觴，生再拜而飲，因喜不自勝。既畢，妗退步酌酒勸舅。申生之前，燭燼長而暗，嬌因促步至燭前，以手彈燭，因流視語生曰：「非妄，則兄醉甚矣。」生謝曰：「此恩當銘肺腑。」嬌微笑曰：「此乃恩乎？」生曰：「意重於此矣。」語未畢，妗因索水滌觴，嬌乃引去。自此生復留意。一夕，嬌獨坐於堂側惜花軒內，生偶至座側，見嬌憑闌無語，徙倚沉吟。時花檻中有牡丹數本，欲開未開，生因為二絶以戲之曰：「亂惹祥煙倚粉牆，絳羅輕捲映朝陽。芳心一點千重束，肯念憑闌人斷腸。」「嬌姿質豔不勝春，何意無言恨轉深。惆悵東君不相顧，空餘一片惜花心。」生援筆寫此二詩以示嬌，嬌巡簷展誦，傾環低面，欲言不言。正凝思間，忽聽流鶯睍睆，如道人意中事，生又揮毫作《喜遷鶯》詞一章曰：「園林過雨，問滿目媚景，是誰為主？翠柳舒眉，黄鸝（當作鸝）調舌，鎮日姿狂歌舞。金衣公子何事，牽惹萬千愁緒。芳草地，有香車寶馬，駢闐來許。無據，行樂處，好景良辰，休把輕辜負。一種春風，幾多圖書，聽取綿蠻簧語。又向暗巢偷眼，欲啄花心無路。知牆外，待放伊飛過，旁人低訴。」嬌覽之未畢，忽聞妗語聲，嬌乃携此詞并前二詩，藏之袖間，徐步趨歸堂中坐，悵恨久之。歸室，殆無以為懷，因作一絶題於堂西之緑窗上，詩曰：「日影紫堦睡正醒，篆煙如縷午風平。玉簫吹盡《霓裳》調，誰識鸞聲與鳳聲。」後二日，舅它出，嬌因至生卧室，見東窗有《點絳唇》詞一首，西窗有詩一絶，躊躇玩味，不忍舍去，知生之屬意有在，乃濡筆和其西窗之韻以寄意焉，詩曰：「春愁壓夢苦難醒，日迥風高漏正平。魂斷不堪初起處，落花枝上曉鶯聲。」生歸，見嬌所和詩，願得之心踰於平常。朝夕惟求間便以感動嬌，然嬌或對或否，或相親昵，或相違背，生不測其意，莫得而圖之。一日，舅、妗開宴，自午至暮，酒散，舅、妗起歸舍。生獨危坐堂中，欲即外舍，俄而嬌至筵所，抽左髻鈿釵，匀博山，理餘香，生因曰：「夜分人寢矣，安用此？」嬌曰：「香貴長存，安可以夜深棄之？」生又繼之曰：「篆灰有心足矣。」嬌不答，乃行，近堂階，開簾仰視，月色如晝，因呼侍女小慧晝月以記夜漏之深淺，乃顧生曰：「月以至此，夜幾許？」生亦起下階，瞻望星漢，曰：「織女將斜，夜深矣。」因曰：「月白風清，如此良夜何？」嬌曰：「東坡鍾情何厚也？」生曰：「奇美特異者，情有甚於此焉，可以此誚東坡也。」嬌曰：「兄出此言，應彼此苦衆矣，於我何獨無之。」生曰：「然則實有也，不然，則佳句所謂『壓夢』者，果何物而『苦難醒』乎？」言情頗狎，嬌因促步下階逼生曰：「凡謂織女銀河，何在也？」生見嬌之驟近，怳然自失，未及即對，俄聞户内妗問嬌寢未，嬌乃遁去。次日，生追憶昨夕之事，自疑有獲，然每思遇事多參商，愈不自足，乃作《減字木蘭花》詞以記之，曰：「春宵陪宴，歌罷酒闌人正倦。危坐中堂，倏見仙娥出洞房。　博山香燼，素手重添銀漏永。織女斜河，月白風清良夜何。」次日晨起，生入揖妗。既出，遇嬌於堂西小閣中，嬌時對鏡畫眉未終，生近前謂之曰：「蘭煤，燈燼邪？燭花也。」嬌曰：「燈花耳，妾用意積之，近方得之。」生曰：「若是，則願以一半丐我書家信。」嬌遂首肯，令生分其半。生舉手分煤，油污其指，因請嬌曰：「子宜分以遺我，何重勞客耶？」嬌曰：「既許君矣，寧惜此？」遂以指決煤之半以贈生，因牽生衣拭指污處，曰：「緣兄得此，可作無事人那？」生笑曰：「敢不留以為贄？」嬌因變色曰：「妾無它意，君何戲我？」生見嬌色變，恐妗知之，因趨出，珍藏所分之煤於枕中，因作《西江月》詞以記之，曰：「試問蘭煤燈燼，佳人積久方成。殷勤一半付多情，油污不堪自整。　妾手分來的的，郎衣拭處輕輕。為言留取表深誠，此約又還未定。」自後生心摇動特甚，不能頃刻少置，伏枕對燭，夜腸九回，思欲履危道以實嬌心而未獲。一日，暮春小寒，嬌方擁爐獨坐，生自外折梨花一枝入來，嬌不起，顧生，生乃擲花於地。嬌驚視，徐起以手拾花，詢生曰：「兄何棄擲此花也？」生曰：「花淚盈暈，知其意何在？故棄之。」嬌曰：「東皇故自有主，夜屏一枝以供玩好足矣，兄何索之深也？」生曰：「已荷重諾，無悔。」嬌笑曰：「將何諾？」生曰：「試思之。」嬌不答，因謂生曰：「風差勁，可坐此共火。」生欣然即席，與嬌偶坐，相去僅尺餘，嬌因撫生背曰：「兄衣厚否？恐寒威相凌逼也。」生恍然曰：「能念我寒，而不念我斷腸耶？」嬌笑曰：「何事斷腸？妾當為兄謀之。」生曰：「無戲言，我自遇子之後，魂飛魄揚，不能着體，夜更苦長，竟夕不寐。汝方以為戲，足見子之心也。予每見子言語態度，非無情者，及予言深情味，則子變色以拒我，豈可不解世事而為是沽嬌哉？諒孱繆之跡不足以當雅意，深藏自閉，將有售也。今日一言之後，余將西騎矣，子無苦戲我。」嬌因慨然良久，曰：「君疑妾矣，妾敢無言？妾知兄心舊（疑作久）矣，豈敢固自鄭重以要君也，第恐不能終始，其如後患何？妾亦數月來諸事不復措意，寢夢不安，飲食俱廢，君所不得知也。」因長吁曰：「君疑甚矣，異日之事，君任之，果不濟，當以死謝君。」生曰：「子果有志，則以策我。」嬌未及答，俄然舅自外至，生因起出迎舅，嬌乃反室，不可再語。生乃賦《石州引》詞以記其事，云：「懊恨東君，催攢去程，春意牢落。梨花粉淚溶溶，知是為誰輕別。衝寒向晚，特地折取歸來，佳人無語從地擲，瞥見却驚猜，忍使芳塵歇。　收拾道明窗净几，瓶裏一枝，便添風月。因念多才，值此苦寒時節。近新消減，料有萬斛春愁，芭蕉未展丁香結。甚日把山盟，向枕邊說。」又越兩日，生凌晨起，攬衣向堂西緑窗内而立，背面視井簷，不知此時嬌亦起，在隔窗内理粧矣。生誦東坡詩曰：「為報鄰鷄莫驚覺，更容殘夢到江南。」嬌聞之，自窗内呼生曰：「君有鄉閭之念乎？」生因窺窗語嬌曰：「衷腸斷盡，無可導意，只得歸矣。」嬌曰：「君果誕妾邪？既無意於妾，何前委辜之深也？」生因笑曰：「予豈無意，第被子苦久矣，然則若何謀之？」嬌曰：「今日間人衆，無可容計。東軒抵妾寢室，軒西便門達熙春堂，堂透荼蘼架，君寢室外有小窗，今日若晴霽，君自寢所踰外窗，度荼蘼架，至熙春堂下。此地人罕花密，當與君會也。」生聞之，欣然自得，惟俟日暮，得諧所願。至晚，不覺暴雨大作，花陰浸潤，不復可期，生悵恨不已。因作《玉樓春》詞，援筆書之，以寫怏怏之懷，詞曰：「曉窗寂寂驚相遇，欲把芳心深意訴。低眉斂翠不勝春，嬌轉櫻唇紅半吐。　匆匆已約歡娛處，可恨無情連夜雨。枕孤衾冷不成眠，挑盡殘燈天未曙。」生晨起，會嬌於姈所，因共至中堂，以夜所綴詞示之，嬌低聲笑曰：「好事多磨，理故然也。然妾既許君矣，當別圖之。」是日，生侍舅從鄰家飲，至暮醉歸，且思嬌早間別圖之言，疑嬌之不復至也，又沉醉睡熟。嬌潛步至窗外，低聲呼生者數次，生不之覺，嬌悵恨而回，又疑生之誕已也，直欲要以盟誓。生剪縷髮，書盟言於片紙付嬌，嬌亦剪髮設盟以復於生，雖是極意慕戀，然終於無便可乘。一日，生收家書，以從父晉納粟補閬州武職，以生便弓馬，取生歸侍。行，嬌顧戀之極，作詩送行，詩曰：「綠葉陰濃花正稀，聲聲杜宇勸春歸。相如千里悠悠去，不道文君淚濕衣。」生得詩，和韻以復嬌，詩曰：「密幄重幃舞蝶稀，相如只恐燕先歸。文君為我堅心守，且莫輕拚金縷衣。」生終以嬌「綠葉陰濃」之語為疑，又成一詞，寓《小梁州》以示嬌，詞云：「惜花長是替花愁，每日到西樓。如今何況拋離去也，關山千里，目斷三秋，謾回頭。　殷勤分付東園柳，好為管長條。只恐重來綠成陰也，青梅如荳，辜負《梁州》，恨悠悠。」嬌知生之疑已，亦以《卜算子》詞復之，詞云：「君去有歸期，千里須回首。休道三年綠葉陰，五載花依舊。　莫怨好音遲，兩下堅心守。三隻骰兒十九窩，没個須教有。」嬌情不自已，復繼以詩云：「臨别殷勤詩語長，云云去後早還鄉。小樓記取梅花約，目斷江山幾夕陽。」自後生從父以它故不果行，生居家，行住坐卧，飲食起居，無非為嬌興念，以至沉思成病，因託求醫至舅家。數日，無便可乘與嬌一語。至於飲食俱廢，舅、妗為之皇皇，醫卜踵至，但云生功名失意，勞思所致，終不能知生之心。數日，病小愈。一日，舅出報謁，生因強步至外廡，方佇立，俄而嬌至生後，生駭然，嬌曰：「偶左右皆它往，妾得便，故來問兄之病。」生回顧無人，因前牽嬌衣，欲與語，嬌曰：「此廣庭也，十目所視，宜即兄室。」生與之俱，及門，忽雙燕争泥墜前，嬌因舍生趨視，俄舅之侍女湘娥突至嬌前，嬌大駭，生乃引去。至暮，復會中堂，嬌謂生曰：「非燕墜，則湘娥見妾在君室矣，豈非天乎？」生然其言，而悒快之心見於顔色，乃作《擷芳詞》一闋以自釋，詞云：「日如年，風輕扇，文園多病尋芳倦。春衫窄，庭院閴，獨步廻廊，體嬌無羡。如花面，覩曾見，千方百計尋方便。藍橋隔，暮雲碧，燕兒墮也，又無消遣。」一日晚，嬌尋便至生室，謂生曰：「向日熙春堂之約，妾嘗思之，夜深院静，非安寢之地。自前日之路觀之，足以達妾寢所。每夕侍妾寢者二人，今夕當以計遣去，小慧不足畏也。君至夜分時來，妾開窗以待。」生曰：「固善也，不亦危乎？」嬌變色曰：「事至若此，君何畏？人生如白駒過隙，復有鍾情如吾二人者乎？事敗，當以死繼之。」生曰：「若然，余何恨乎？」是夜將半，生乃踰外窗，遶堂後數百步，至荼蘼架側，久求門不得，生頗恐。久之，尋路得至熙春堂，堂廣夜深，寂無人聲，生大恐，因疾趨入，見嬌方開窗倚几而坐，衣紅綃衣，下白絲裳，舉首明月，若重有憂者，不知生之已至也。生因抉窗而入，嬌忽見生，且驚且喜，曰：「君何不告，駭我甚矣。」生乃與嬌並坐窗下，時正夜分，月色如晝，生視嬌體態豔媚，肌瑩無瑕，飄飄然不啻姮娥之下臨人間也。嬌謂生曰：「夜漏過半，幸會難逢，可就枕矣。」欣然與生相攜素手，共入羅帳之中，解衣並枕間，嬌曰：「妾年幼，殊不諳世事，枕席之上，望兄見憐。」生曰：「不待多言。」兩情既合，嬌乃嬌啼嫩語，體若不勝，雨態雲蹤，交頸之鴛鴦，和鳴之鸞鳳，無以踰者。一晌歡娛，而嬌娘千金之身自茲失矣。歡會之際，不覺血漬生衣袖。嬌乃剪其袖而收之，曰：「留此為它日之驗。」生笑而從之。有頃，雞聲催曉，虬漏將闌，嬌令生歸室，因視生曰：「此後日間相遇，幸無以前言為戲，懼他人之耳目長也。」因口占《菩薩蠻》詞以贈生：「夜深偷展窗紗緑，小桃枝上留鶯宿。花嫩不禁抽，春風卒未休。千金身已破，脉脉愁無那。特地祝檀郎，人前口謹防。」生亦口占答之：「緑窗深竚傾城色，燈花送喜秋波溢。一笑入羅幃，春心不自持。雨雲（當為『雲雨』）情散亂，弱體羞還顫。從此問雲英，何須上玉京。」嬌得生所和之詞，謝曰：「妾，女子也，情牽事惑，殊乖禮法，幸垂明鑒，稍為秘之，妾之託君，亦無憾矣。」生辭，愧喜交集。自後，生夜必潛至嬌室，凡月餘，無有知者。豈期欲火所迷，俱無避忌。舅之侍女曰飛紅、曰湘娥，皆有所覺，所不知者，嬌之父母而已。嬌亦厚禮紅等，欲使緘口，第飛、紅輩雖覺之，而未之敢發。俄而生以父書促歸，既歸，則寢食俱廢，思欲娶嬌為婦，乃作書達嬌曰：「前日佳遇，倏爾旬餘，魂飛杳杳，每形清夜，松竹深盟，常存記憶。蒹葭之迹，得自託於蘭蕙之旁，為幸大矣。幽會未終，白雲在念，自抵侍下，無一息不夢想洛浦之風煙也。家事經史，非惟不復措念，縱一勉強，不知所以為懷。有親朋見憐，於大人前致一語，天啟其衷，俾續秦、晉再世之盟，未審舅、妗雅意若何？倘不棄庸陋，則張生之於鶯鶯，烏足道哉？茲因媒氏有行，喜不自制，臨此以布腹心，幸相與謀之，訴風以俟佳音。家居無聊，偶思佳麗夜別之言，綴《永遇樂》一詞，並用録呈，亦以見此情之拳拳耳。新霜在候，善加保衛。」生寫書畢，並録前所作《永遇樂》詞，緘封，私付女媒氏，父母不知也。媒得書，既往見舅、妗，且以生父命告之，舅為之開宴。次日，媒申前請，舅曰：「三哥才俊灑落，加以歷練老成，老夫得此佳壻，深所願也。但朝廷立法，内兄弟不許成婚，似不可違。前辱三哥惠訪，留住數月，甚能為老夫分憂，老夫亦有願婚之意，而於條有礙，以此不敢形言。」媒氏再三宛轉，終不能得。至晚，再置酒款媒，舅命妗主席，嬌時侍立妗側，知親議之不諧也，心生悒怏，但不敢形之言語耳。酒散，媒左右顧視無人，欲致生書於嬌，適嬌至媒前剔燈，媒因私語嬌曰：「子非厚卿之情人邪？厚卿有手書，令我私致於子。」嬌竦然，微言應曰：「然。」淚墜言下，媒為之改顏，遂以身畔取書授嬌，嬌收置袖間，未敢展視。妗起，嬌亦隨妗入室。次早，媒再請於舅，且以言迫之，舅怒曰：「此無不可，第以法禁甚嚴，欲置老夫罪戾也，爾勿復言，此決不可。」媒知其不就，因告歸，舅又命妗酌酒與媒為別。嬌因侍立，私語媒曰：「離合緣契，乃天之為也，三兄無事宜來，妾年且長，歲月有限，無以姻事不諧為念也。」因出手書，令媒持歸，以復於生。媒既歸，道舅不允之由，遂以嬌書與生，生展視之，乃新詞《滿庭芳》一闋，嬌所製也：「簾影飾金，簟紋浮水，緑陰庭院清幽。夜長人靜，消得許多愁。長記當時月色，小窗外，情話綢繆。因緣淺，行雲去後，杳不見蹤由。殷勤，紅一葉，傳來密意，佳好新求。奈百端間阻，恩愛成休。應是奴家薄命，難陪伴，俊雅風流。須相念，重尋舊約，休忘杜家秋。」詞後又有詩一絶，詩云：「雲重月難見，風狂雨不成。尺書從寄意，傾淚若為情。」「目斷芳千里，情分役寸心。藉君憐舊日，莫絶羽鱗音。」生覽誦數遍，殊不勝情，每對花玩月，不覺淚下。初，生與成都府角妓丁憐憐者極相厚善，憐敏惠殊俊，常得帥府顧盼，生方妙年秀麗，憐憐尤見傾慕。生自秋還鄉里，憐憐屢遣人招生，生託故不往。至是，生之友人陳仲游，亦豪家子也，見生每置恨於臨風對月之間，因拉生至成都舒懷，遂同至憐憐之家。生既入，憐不勝欣喜，盃酒話款曲，生但面壁，略不致意，憐怪之，委曲詢生，終不言。憐意其礙於仲游也，乃留之竟夕，令其女弟伴姐侍仲游寢，而自薦於生。生不得已，因與同席，枕邊切切，詰生所以不見答之故，生乃具道與嬌娘相遇之情，憐問曰：「嬌娘誰家女也？」生曰：「新任眉州王通判之女也。」憐又問：「其質若何？」生曰：「美麗清絶，西施、妃子殆相千百，而風韻過之。」憐因沉思良久，曰：「既名嬌娘，又且美麗若此，豈非小字瑩卿者乎？」生愕然曰：「爾何由知之？」憐曰：「向者帥府幼子將求婚，酷好美麗，不以門第高下為念，但欲姝色，常捐數千緡，命畫工於近地十郡求問，伺隙，繪人家美女以獻，凡得九人，此其一也。色瑩肌白，眼長而媚，愛作合蟬鬢，時有憂怨不足之狀。常至帥府内室見之，因記其姓字，果然是否？」生曰：「子如親見其人，即是此女。」憐曰：「宜子之視我若土壤，子之所遇真天上人也。妾常入視，佇目不能去，第恨不見其身。今後至彼，願求舊鞋丐我。」生諾之。明日，遂與陳仲游同歸。抵家後，生因追念憐憐「天上人」之語，慨然賦詩一絶，詩曰：「自入仙源路已深，桃花與我是知心。紛紛浪蕊迷蜂蝶，得似高山遇賞音。」生因悵恨，再期杳杳，傷感成疾，困卧累日。父母驚異，因令人詢問生得病之由，生乃託以夢寐絶怪，將不能免，必須求善能驅役鬼神者，作法禳之，父乃命良巫祈祝。生密使人厚賂巫者，令向父母言此為鬼物所憑，必當遠避，方可向安，如其不然，生死未判。父母聞巫言，大驚愳，以為誠然。於是，議令生往舅家以避此難，擇日起行。先期之二日，令人取覆舅家，舅、妗許之。嬌時在父母旁，聞生有來期，喜慰特甚。人回報，生亦欣快，隨覺病差愈，父母以為得計。及期，生戒行，病亦向安。於□鶯轉簧聲，百花競發，園林錦繡，奪目争妍。生至舅居，及門，遇嬌於秀溪亭，兩情四目，不能自止。暫扣寒暄畢，生欲入謁舅，嬌止之曰：「今日隣家王寺丞宅邀往天寧玩賞牡丹，至暮方歸。姑至此少息，徐徐而入可也。」乃與嬌並坐亭上，嬌因謂生曰：「君養攝不如平時，何故？今復來此何幹也？」生疑其言，乃曰：「日月未久，何故忘予？自相離之後，坐不安席，味不適口，寢不着枕，行不重足，何止夜月屋梁之思？中間請命嚴君，冀諧媒妁，而天不從人，竟辜宿望。春花秋月，風臺雪榭，無一而非牽情惹恨之處，百計重來，以踐舊約。今子乃有『復來何幹』之辭，予失計甚矣。」嬌愧謝曰：「君心果金石不踰，妾何以謝君？」因相與歡。移時，同步入室。生至其舊舘，窗几依然，向時所書詩曲，左顧右盼，濡染如新，生悵然自失，復作《鷓鴣天》詞以記之，云：「甥館暌違已隔年，重來窗几尚依然。仙房長擁雲煙瑞，浮世空驚日月遷。　濃淡筆，短長篇，舊吟新誦萬愁牽。春風與我渾相識，時遣流鶯奏管絃。」至晚，舅、妗歸，生拜謁甚恭，舅問生曰：「聞三哥有微恙，想二豎子遁矣。」生謝曰：「惟舅舅憐其微恙，庶得逃免，再造之賜，没齒不忘。」舅、妗勞勉之。生就室，自後與嬌情意周洽，逾於平昔。住數月，情意益厚。生因憶丁憐憐之言，求舊鞋於嬌，嬌力詢生曰：「安用敝履為哉？」生不以實告，嬌不許。舅之侍女飛紅者，顏色雖美，而遠出嬌下，惟雙彎與嬌無大小之別，常互鞋而行，其寫染詩詞與嬌相埒，嬌不在側，亦佳麗也，以妗性妬，未常獲寵於舅。常時出入左右，生間與之語。嬌則清麗瘦怯，持重少言，佇視動輒移日。每相遇，生不問，嬌則不答，戲狎一笑，則使人魂魄俱飛揚。紅尤喜謔浪，善應對，快談論，生雖不與語，亦必求事以與生言。嬌每見之，則有不足之意。及生再至，紅亦與之親狎，嬌疑焉。生久求嬌鞋不獲，一日，嬌晝寢，生偶至其側，因竊鞋趨出。方及寓室，以他事去，未曾收拾。飛紅適尾生後，見生遺鞋，紅乃疑嬌所與者，因收之，生罔知所以，及歸室，索鞋，無有也，因怏怏於懷，遂作《青玉案》詞以自記，詞云：「尖尖曲曲，緊把紅綃蹙。朵朵金蓮奪目，襯出雙鈎紅玉。　華堂春睡深沉，拈來縮動春心。早被六丁收拾，蘆花明月難尋。」及暮，嬌問生索鞋，生曰：「此誠我盜去，然隨已失之，諒子得之矣，何苦索我邪？」嬌乃止。蓋飛紅拾歸，以付嬌也，然嬌以此愈疑生私通於紅矣。一日，見飛紅與生戲於窓外捉蝴蝶，因大怒，詬紅，紅頗憾之，欲以拾鞋事聞妗，未有間也。後遇望日，衆出賀舅、妗，嬌在焉，飛紅因語嬌所履之鞋，揚言謂生曰：「此即子前日所遺之鞋也。」嬌變色，亟以它事語舅、妗，會舅、妗應接它語不聞。嬌因大疑生使紅發其私，乃大怨望，自後非中堂相遇，不復求便以見生，女工諸事，略不措意，怨隙之心，行住坐卧皆是也，生亦無以自明。一日，生不意中謾於後園縱步，適於花下見鸞牋一幅，生取而視之，乃《青玉案》詞也：「花低鶯踏紅英亂，春心重，頓成愁懶。楊花夢散楚雲平，空惹起，情無限。　傷心漸覺成牽絆，奈愁緒寸心難管。深誠無計寄天涯，幾欲問，梁間燕。」生披味良久，意謂嬌詞，而疑其字畫頗不類嬌所書，因携歸，置於室中書案之上，欲詢嬌而未果。抵暮，西窗前有金籠養能言鸚鵡一隻，甚馴，嬌過其側，戲以紅豆擲之，鸚鵡忽言曰：「嬌娘子何打我也？」生聞之，亟出室招嬌，嬌不至，生再挽之，方來。嬌入生室，正疑思不言，忽見案上花箋，因取視之。良久，目申生，不語移時，生曰：「子何時所作也？」嬌不答，生又曰：「何故不言？」嬌亦不應，生力究之，嬌曰：「此飛紅詞也，君自彼得之，何必詐妾？」生力辨，嬌並無一言，徘徊良久，長吁，竟拂衣起去，生留之，不可，自爾相會愈疎。嬌終日熟寢，間一二日，纔與生一見，見亦不交一言，凡月餘，生不能直其事。生一夕徑造嬌室，左右寂然，惟見窗上有絶句一章，云：「灰篆香難炷，風花影易移。徘徊亡限意，空作斷腸詩。」生察詩，知嬌之為己，且疑心之深也。乘間語嬌曰：「再會以來，荷子厚愛，視前時有加焉，邇日形似之間，不能不為子所棄，何今昔異志乎？」嬌初不言，生再詰之，嬌潸然涕曰：「妾自遇君之後，常恐力日不足，今者君棄妾耳，妾何敢棄君？抑君意既自有主，何必妾望矣？」生曰：「苟有二心，有如此日。」因指天自誓，以明無他事，且曰：「子何疑之甚也？」嬌曰：「君偶遺鞋，飛紅得之，飛紅偶遺詞，君且得之，天下偶然之事，何多之甚耶？妾不敢怨君，幸愛新人，無以妾為念也。」生仰天太息曰：「有是哉，吾怪邇日見子若有憂者，人之情態，豈難識哉？子若不信前誓，當剪髮大誓於神明之前。」嬌乃回笑曰：「君果然否？」生曰：「何害？」嬌曰：「若然，後園中池，正望明靈大王之祠，此神聰明正直，叩之，無不響應，君能同妾企祠大誓，則幸甚也。」生曰：「如命，想明靈大王亦知予心之無他也。」

嬌乃約以次早與生俱遊後園，臨東池畔，遥望大王之祠，兩人異口同聲，拜盟設誓，其辭累千百，不能備載。誓畢，携手而歸，恩情有加焉，嬌乃作一詞與生，寓《再團圓》云：「芳心一點，柔腸萬轉，有意偷憐。孜孜守着，甚日來、結得惡因緣。　語言是心聲，明神在上，説破從前。天還知道，不違人願，再與團圓。」生得詞，亦口占一詞，寓《白牡丹》，備述心事以謝之，詞云：「一片芳心，被春拘管，重尋雲翼盟約。説與從前，不是我情薄。　都緣燕逐晴絲，蜂拈花蕊，便成執着。　密愛堪憐處，幾多寂莫。此心只有天知，終不成輕狂做作。縱滿眼閒花媚柳，也則無情摸索。後園同步，遥告神明，地久天長更誰託。從今再與團圓，莫把是非斷却。」自後嬌與生情好深篤，飲食起居無不留意，生自此亦不復與飛紅一語，紅察之，因大憾。一日，生因縱步至後園牡丹叢畔，忽遇嬌先已在彼，遽擁抱之，必欲求合，嬌却之，言曰：「醜陋之質，固不敢辭於君，但慮雲雨初交，歡會方密，妾於情狀俱昏迷矣，能保人之不至？　若有所覺，妾無容身之地矣。」生聞其言，興已稍闌，遂與嬌携手而過別圃。不覺飛紅亦自後潛至，見嬌與生並行，因促步返舍，語妗曰：「天氣晴暄，可入後園，牡丹盛開，能一觀否？」其實欲妗一行，襲敗嬌之踪跡也。妗可其請，遽命紅侍，行至園中，瞥見生與嬌並行於此畔亭（疑作「亭畔」），左右俱無人，妗因大疑，因呵嬌。生乃狼狽反室，惆悵不已，知為飛紅所賣，故致為妗所覺，無以自釋，強作一詞《漁家傲》寫其悒怏，云：「情若連環終不解，無端招引傍人怪。　好事多磨成又敗，應難睚，相看冷眼誰偢採。　鎮日愁眉斂黛，闌干倚遍無聊賴。　但願五湖明月在，且寧耐，終須還了鴛鴦債。」越二日，生自知其跡不寧，乃告歸，舅、妗亦不留之，嬌夜出，潛與生別曰：「天乎，得非命歟？相會未期，而有是事，妾獨奈何哉？兄歸，善自消遣，求便再來，無以疑間，遂成永棄，使它人得計也。」因泣下沾襟，生亦掩泣而别，嬌又作《一剪梅》詞授之，且曰：「兄歸時展視之，即如妾之側矣。」言終而去。詞云：「豆蔻梢頭春意闌，風滿山前，雨滿山前。杜鵑啼血五更殘，花不禁寒，人不禁寒。離合悲歡事幾般，離有悲歡，合有悲歡。别時容易見時難，怕唱《陽關》，莫唱《陽關》。」申生與嬌别歸，父母以生久在外，妨廢書史，間歲功名之會又復在眼，遂令生於書齋温習舊業。生與其兄綸雖朝夕共學，而思嬌之念無時不然。夜則與兄異榻而寢，悵恨之辭或形於夢寐，恨不能御風縮地，一與嬌會。至七月中旬，舅以眉州倅滿，道經申生之門，因留宿於生家者累日。此時舅挈家以行，妗、嬌寓生家，相隨不離跬步，兼飛紅、湘娥諸侍女雜然左右，生與嬌欲一言，不可得。居三日，舅命戒行，車馬喧闐，送者絡繹於道。妗與嬌各登車，諸侍女相隨先後，申生亦乘馬相送，闖其便，曳簾挽車，與嬌語舊，嬌淚下如雨，不能答，徐曰：「遇君之後，一日為别，不能堪處，况今動是三年，遠及千里，一旦思君之切，安保其再能見君乎？但恐妾垂首瞑目，骨化形銷，君將眠花卧柳，棄舊憐新，妾枕邊恩愛，他人有之矣。」生曰：「明靈大王在彼，吾誓不為也。」嬌曰：「若然，妾荷君之恩，死且不朽。」乃占詩一首贈生：「欲語征夫促去忙，臨歧分袂轉情傷。不堪千里三年别，恨説仙家日月長。」嬌於袖中又出香珮一枚，上有金鎖團鳳，以真珠百粒約為同心結贈生，曰：「覩物思人，可也。得暇，可求便一來，毋以地遠為辭。」言未竟，軒車催動，霧隱前山，曉月半沉，目送不及。生别舅、妗，辭回，悵然歸於書室，間消永日，無不淚零。晨窓夕燈，學業幾廢，間為詞章，無不寄與嬌紅之語，他不暇及，一日賦一曲以示兄綸，皆寄其意於言辭之外，未嘗斥言也。詞云：「春風情性，奈少年棄負，竊香名譽。記得當初，繡窓私語，便傾心素。雨濕花陰，月篩簾影，幾許良宵遇。亂紅飛盡，桃源從此迷路。　因念好景難留，光陰易失，算行雲何處。三峽詞源，誰為我寫出，斷腸詩句。目極歸鴻，秋娘聲價，應念司空否。甚時覓箇彩鸞，同跨歸去。」兄見之，撫生背肩曰：「厚卿，以第（即弟字）之才，當取青紫如拾芥，以顯二親，夫何流連光景？此詞固佳，察弟之心，必有所主。秋期在近，且移此筆鏖戰文場可也。」生但無言，蓋生詞微寓與嬌相會之始末，至「亂紅飛盡」之句，則直指飛紅媒孽之事，思恨之極，作為此詞，其兄不知也。及至八月，與兄俱就秋試畢，即欲言歸，兄綸謂曰：「三年燈火辛勤，决以此舉，揭榜在近，何不少俟？」生曰：「兄學業高遠，危中必矣。劣弟荒唐僝陋，孫山之外，不言可知。不欲久此，榜揭後，無面目回鄉也。」兄再四挽留，生不得已，從之。踰數日，秋闈拆號，生與綸俱在高選，兄弟聯捧捷而歸。次年，又與兄綸同及第，兄綸授綿州綿山縣主簿，生以弓箭升，且授洋州司户。兄弟歸家侍次。時有賣《登科記》於眉州者，舅因閱之，見生兄弟皆及第，因大喜，歸謂妗曰：「二哥、三哥兄弟皆及第，吾家宅相得人矣，但恨相去千里，不能親賀。」遂遣人致書，且詢問：「二甥榮授何官？如瓜期未及，能一來款我，以慰老夫忻喜之心否？」生得書，與兄謀曰：「舅有命召，兄宜一行。」綸曰：「父母在，焉可遠遊，委以家事？然舅、妗所命，亦不可遺（當作違），長孫克家，弟固當往。」於是生欣然領命，即日治行，詣舅任所。既至，舅見之，且賀且謝。須臾，妗、嬌畢見，且曰：「別後喜審吾甥兄弟俱擢危科，與有榮華。」生謙謝再三，又問：「二哥何以不來？」生答兄弟不可俱出之意，舅、妗等問勞盡禮，妗終以生前疑似之故，館生於廳事之東邊，去堂甚遠。生亦遠嫌，尋常非呼召而不入，縱或一至堂廡，未嘗與嬌款狎，或與嬌偶然相遇，左右森立，但彼此佇視，不能出一言。生殊無聊，住十餘日，欲告歸，然終念遠來，未曾與嬌一語，悶悶不樂。徘徊久之，乃作詞寓《相思會》以述懷：「脈脈惜春心，無言耿思憶。夜永如年，誰道藍橋咫尺。緣分淺，何似舊日莫相識。試問取，柳千絲，愁怎織？菱花頻照，兩鬢為誰雪積。幾番會面，見了又無信息。空追前事，把兩淚偷滴。且看下，稍如何是得。」一日，生晨起入謁妗，妗未起，生因忽遇嬌於堂側，時且早，左右俱未起，嬌亟出步前，語生曰：「妾別兄久矣，思念之心未嘗少息。喜審近取高第，但恨命薄所棄，不能執箕箒以觀富貴為大恨耳。兄能不棄，不以地遠來臨，妾何以得此？妾與飛紅有隙，君所知也，今妗以年尊多病，不暇他顧，而飛紅方用事，跬步動容，無所求其便。兄至此已十日矣，妾不能與兄一敘疇昔者，坐此故也。妾每見兄必晨昏入謁，凡七日，晨起以俟兄至，而兄每入必晚，今非兄早至，妾安能與兄一語也。」生曰：「我見事變如此，終日死坐，孤苦之態，不能備言，方欲於一二日間圖為歸計，緣未及與子一語，故未忍去，今既若此，我雖在此，竟何益也？予將歸矣。」嬌曰：「妾以今日之故，屈事飛紅，尚未得其歡心，自今以往，當愈屈意事之，萬一得回其意，則可與兄復如前日，兄果能少留月餘否？」因出袖中黄金二十兩與生，曰：「恐兄到此，或有用度，衣服有不堪者，宜令左右以工直持來，當與兄修治也。」生乃曰：「若果有可謀，雖僻處鬼室千日，亦何害？」頃之，人漸衆，生遂出，愈無聊賴。時遶户吟詠，以寫懷抱。有二詩云：「庭院深深寂不譁，午風吹夢到天涯。出牆新竹呈霜節，匝地垂楊衮雪花。覓句閑來消永日，遣愁聊復酌流霞。狂風全不知人意，早向窗前報晚衙。」「簟展湘紋浪欲生，幽人自感夢難成。依牀剩覺添風味，開户何妨待月明。擬倩蛙聲傳密意，難將螢火照離情。遥憐織女佳期近，時看銀河幾曲横。」生在舅家，自秋及冬，歲將暮矣，慕戀之心，終無以自遣。每以明燭倚牀獨坐，夜半方就枕。所居室東邊有修竹數竿，竹外有亭，前任州官有子婦美而少，因得暴疾，遂至不起，殯於亭中，經歲後移歸鄉里，然精誠常在亭中，每為妖祟以迷少年，生不知其詳。一夕，方掩關而坐，將及二更許，忽聞窗外步履聲，生意其兵吏夜起，不以為恠。頃之，叩窗甚急，生出視，則見嬌娘獨立窗下，曰：「君何不懼，候君久矣。」生不知妖，欣然與之入室，曰：「子何以得此來？」答曰：「舅、妗熟寢，無有知者，故來相就。」將旦，告去，囑生曰：「此後妾必夜至，兄無幹，不必至中堂。或入，偶相遇，不必以言相問，恐人有所覺也。妾或與君語，幸無見答以狎斜之言，妾必有為，君宜引去不對，則人將謂君無心於妾，庶可釋疑也。」生曰：「子若夜必一至吾室，吾入何幹？」言訖，遂去。自後妖夜必至，凡月餘，人莫知之。生常經數日方一入中堂，左右問之，以它事對，或遇嬌，則遠望引避。常獨吟一詞，寓《于飛樂》以自喜，曰：「天賦多嬌，惠蘭心性風標，憐才不減文蕭。怕芸窗花舘，虚度良宵。密相揩就，長待燭暗香消。向人前載跡，休把言語輕挑。問誰知證，惟有明月相邀。從今管取為雲雨，暮暮朝朝。」嬌自生再至，益屈己以事飛紅，平日玩好珍奇之物，紅一開口，則舉而贈之，錦繡綾羅，金銀珠翠，惟紅所欲，人皆呼之為紅娘子。紅見嬌之待已厚也，漸釋舊憾，與嬌稔密，嬌結之愈至。時小慧年已長，見嬌屈意事於紅，語嬌曰：「娘子，通判之女，貴人也；飛紅，通判之妾，賤者也。奈何以貴事賤？此小慧日久所不能平者。」嬌因嘆曰：「我之遇申生，爾所知也，紅與我有隙，屢窘撓我。今生遠來已久，我不能與之一敘間闊者，蓋阻於此耳。苟不屈己以結紅之心，或者與生胥會，能保其無語乎？我不自愛而屈事之者，為生設也。」因吟詩一絕云：「雨勤春寒花信遲，癡雲礙月夜光微。披雲闍雨憑誰力，花月開圓且待時。」吟畢，因泣下。慧曰：「娘子芳年秀麗，稟性聰明，立身鄭重。向時遊玩花園，與湘娥並行，娥不相讓，先登樓梯，娘子怒以告夫人，夫人不治，凡不食者兩日，其負氣有如此者。前年罷官，西歸馹舍，牀帳不備，重以繡茵，周以羅幃，猶思其不潔，焚沉爇麝，夜半方寢，其愛身有如此者，娘子善歌，衆所共知，親族聚會，申請不明再四，終不肯出一聲，其重言有如此者。今既委千金之身於申生，若棄敝，而又下事飛紅，喪盡名節，此妾之所大不曉者。況娘子詩詞倩麗，文章華贍，名聞於時久矣，當今少年才子咸願一見而不可得，苟求婚姻，豈不能得一申生也？又兼申生一第之後，視娘子頗似無情，今雖在此，呼之而不來，問之而不對，諒必有他意也，娘子何自苦執如此？」嬌曰：「爾勿言，天下豈復有鍾情如申生者乎？以生之才美，必不負我，必得生而後已。」慧知嬌眷戀申生之心如鐵石，乃亦諂事飛紅，紅後感嬌之結已備至，盡釋前憾，喟然謂嬌曰：「娘子近日以來，憔悴特甚，若重有所思者，何不與紅一言？紅受娘子之恩厚矣，苟有效力，當以死報。」嬌但流涕不言，紅乃叩之，曰：「我之遇申生，爾所知也，它何言？」紅曰：「此易事，姈年尊，終日於小樓看經，堂室之事，娘子主之，果有所圖，敢不唯命？」嬌鄭重謝之。自此，紅常與嬌為他求以見生，然生每夜遇妖之後，以為真嬌之來，累十餘日不入中堂，精神昏倦，終日思睡。嬌眷戀之極，情不能已，時作詩以記之，凡九首：「情緣心曲兩難忘，夢隔巫山蝶思荒，春事懶隨花片薄，愁懷偏勝柳絲長。金鬆瘦削腸堪斷，珠淚瓓珊意倍傷。人自蕭條春自好，少年空爾惜流芳。」其二曰：「曉窗睡起翠蛾顰，天際晴霞曙色新。錦字謾題機上恨，黃鸝為喚樹頭春。每憐芳艸愁花悴，偏覺幽魂入夢頻。翠袖未殘空染淚，閨闈寂寂暗傷神。」其三曰：「一點芳心冷似灰，蘭閨寂靜鎖塵埃。幾時閨思多慳澀，昨夜燈花又浪開。夢裡佳期成慘淡，想中顔色若疑猜。芙蓉帳小雲屏暗，一段春愁帶雨來。」其四曰：「春山凝恨攢秋思，不慰閒情只自知。寥落肯容成獨夢，凄涼偏是蹙雙眉。那知淺笑輕顰態，不記癡心似醉時。對面相看只如此，知它欲負此生期。」其五曰：「斗帳春寒歎寂寥，羅衣那得血痕消。無因得贖陽臺路，有信無情恰是空。佳況每從愁裡減，芳魂疑是夢中招。畹成獨與堪惆悵，珠淚汪汪暗處飄。」其六曰：「曉起西窗一半開，輕移蓮步下芳階。流鶯有恨空啼樹，塵榻無情自鎖埃。薄倖動成經歲別，光陰枉負少年懷。每期對榻人長負，輸了愁眉淚滿腮。」其七曰：「咫尺天涯一望間，重簾十二擁朱闌。斷腸芳草連天碧，作惡東風特地寒。籠裏飛禽堪再復，盆中覆水恐難收（當作『收難』）。落花舞絮春如水，下却珠簾不忍看。」其八曰：「屈指光陰又隔春，朱顔枉負一生身。情牽相喚鶯聲細，腸斷無端草色新。露帳銀牀初破睡，舞衫歌扇總生塵。幾回惆悵空悲歎，衹為無情薄倖人。」其九曰：「瘦盡紅芳綠正肥，枕中春夢不多時。好將此日思前日，莫遣佳期負後期。鎮日閒愁魂去遠，殘春孤恨夢生遲。憑誰寄與多情道，憔悴闌干怨落暉。」嬌娘吟畢，付與紅觀，曰：「我別申生，動經一載之餘，今咫尺天涯，對面如此，我何以堪？」言已，忽僕於地，紅扶之而起，良久方甦。紅見嬌失意，懼妗有疑，乃誑妗曰：「嬌娘子多苦寒疾。」妗信之，故嬌雖憔悴，不疑也。紅一夕至嬌所，嬌方掩淚獨坐，殊不勝情，紅因曰：「娘子如此，而申生如彼，此豈有人心者？妾近見申生，屢以實情告之，往往不顧，且其神思昏迷，況彼所居之地名娼豔女甚多，想少年不能自持，它有所暱，宜乎寡情於娘子，何自苦乃爾？試一索之，便可知生之所為矣。」嬌見生之相棄甚也，因紅語亦疑之，至晚，遂令小慧及紅房下小侍女蘭蘭夜出，伺生起處，慧與蘭蘭同至生室前，見窓内燈明，慧因穴窓細視，見生與一女子對坐，顔色態度與嬌娘無異，因私相歎駭。歸室，則見嬌與紅並坐於室，慧曰：「娘子適至生室乎？」嬌曰：「我與飛紅同遣爾去，我二人坐此，未嘗動，爾安得妄言？」慧、蘭同聲曰：「適來申生與一女子相對而坐，絶似娘子，若此，則彼為何人也？」嬌、紅大駭。良久，紅曰：「舊聞此地多有鬼魅，諒必此類惑之，宜其待娘子恝然也。」因欲與慧、蘭等再出視之。時夜深，門守甚嚴，不復可出，遂止。明晨，嬌詐以妗命召生入室，不過再四召之，方來。小慧前導至後室，見嬌獨坐，生傍徨欲去，嬌即前挽生袖曰：「君且勿去，將有事語君。」生不得已乃坐，嬌曰：「君近日何相棄？妾之待兄亦至矣，一旦若是，豈平昔所望於兄者？」生不答，嬌又曰：「兄每夕所遇者何人？」生曰：「無之。」嬌曰：「不必隱諱。」生謂詐己，乃左右顧盼，切切曰：「子令我勿言，何窘我也？」嬌曰：「妾有何事，令君勿言？」生大駭，因曰：「左右有人乎？」嬌曰：「無之。」嬌又曰：「妾自别君之後，迄今將兩歲矣，兄此來，妾亦何便得與君款密？何嘗囑君勿言？」生曰：「子何反覆也？子自前月以來，每夜必至我室，囑我勿言，懼飛紅之輩生釁也，子今乃有是説，何故？」嬌曰：「妾室未嘗一出，君之室所居窮僻，久聞其中多怪，諒必鬼物化妾之形以惑君。妾自屈事飛紅之後，已得其歡心，日夕使人召兄，兄不至，縱一來，與兄談話，兄又不答。日夕不知所謂，將謂兄有異心，夜來使小慧、蘭蘭伺兄起處，乃見一女子，形狀如妾，與兄對坐。此非鬼祟而何？故今日召兄實之耳。君不信，則召紅證之。」乃潛使人呼紅，紅至，謂生曰：「郎君何棄娘子也？」因具道昨夕之事，生駭然，汗下浹背，罔知所出，乃謝曰：「非子眷眷不忘，則我將死於鬼祟手矣。第恨兩月以來，負子恩愛之情，其何以為報？」因大恐，不敢出息其室，至暮，猶在中堂。紅乃與嬌謀，止以生為鬼所惑告妗，妗疑之，曰：「安有是理？」紅欲實其言，至一更許，令生且出室，生懼，不敢往，紅曰：「第往彼，妾將有為也。」因戒生曰：「今夜二鼓，妾與妗來觀。如彼來，妾與妗遠望，恐見其類嬌，則生疑矣。如索君，君亦勿言似娘子也。」生勉強許之。至二更初，鬼果來，生雖與之對坐，心驚股栗。未定間，紅、妗已至窓前，果見一婦人，妗欲細視，紅恩其事發露，因大撫窓趨入，鬼果不見。生初聞嬌之言，且信且疑，及紅撫窓，鬼遁滅跡，生方大悟。妗因詢生曰：「適為何人？」生愧謝曰：「不知其鬼也，願妗救我。」於是妗與紅謀，移生入中堂。舅知之，廣求明師符水，以與生飲。生後卧病累日，亦尋向安。自爾生起居皆在宅内，嬌亦不以向日相棄介意，歡愛如平日，或至生室連夕，妗亦不知也。生追思鬼惑之事，深得嬌、紅之救已，乃作《望江南》詞以謝之，詞云：

「從前事，今日始知。空冷落巫山十二峰，朝雲暮雨竟無蹤，一覺大槐宮。花月地，天意巧為容。不比尋常三五夜，清輝香影隔簾櫳，春在畫堂中。」又兩月餘，妗以病死，嬌哀毀殊甚，幾不堪處。生見舅家事紛紜，乘間告歸，嬌因謂生曰：「昔日之别，不謂復有今日，幸欣再會，奈何罹此禍變，哀毁之中，不暇與兄款曲，暫歸，宜再來也。」因長吁曰：「數年之間，送兄者屢矣，知相别後，能念妾勤心否乎？」生無言，但掩淚為别。明日辭舅，歸至家中，父母聞妗之亡，皆驚動嗟泣。明年六月，舅滿任回，再過生門，迎宿，留住數日。自妗之死，飛紅專寵於舅，因宛轉為嬌媒，因與舅曰：「夫人不幸先逝，善父年少，家事無人主持，何不拉三哥同歸經理？且其瓜期未及也。」舅欣然之，欲拉生去，生父不欲。生聞之，心切意喜，因乘間囑紅俾舅再三拉之，舅如言，力與生父言之，父不得已，乃令生行，遂同到舅家。住兩月，舅即回再調任計，謂生曰：「家中事緒繁多，小兒幼失所恃，三哥不妨在此相與維持，俟有美赴之期，當竭力助行。」生諾之，舅遂行。生厚賂舅之左右，莫不歡悦。生因與嬌絶無間隔，院宇深沉，簾幙掩映，玉枕相挨，鸞鳳並翼，或時朱闌共倚，舉盞飛觴，嬉笑嘔吟，曲盡人間之樂。踰半載，舅以舉員未足，再調利州倅以歸。左右得生之賂，加以事大體重，無敢言及之者，惟於舅前為生延譽。舅歸之後，見生經理其家事事有倫，知生之才能幹有餘，又妙年高第，前程未可量，遂悔向日背親之謀，間使紅委曲問生。一夕，生方與嬌閑坐，紅趨至拜賀曰：「郎君、娘子平昔之願諧矣，敢不賀？」嬌詢之，紅曰：「舅又有結好之意，使妾審訂郎君，懼郎君之不從也。」嬌曰：「天果不違人耶？」因大喜，明燈達旦忘寐，生賦《内家嬌》詞以相慶，云：「燈花何太喜，多情事，天意想從人。念子秀蘭房，才高柳絮，我登仕版，世忝簪紳。堪誇處，一雙兩好，彼此正青春。夙世因緣，今生契合，昔時秦晉，重締姻親。　殷勤謝紅葉，傳來佳耗，意密情真。記東池畔，要誓神明。料得從今，臨風對月，消除舊恨，慘雨愁雲。管取團圓到底，不負深盟。」是夕，紅反命於舅曰：「生意無不可也。」遂立媒遺（當作「遣媒」）之生家，生父母亦允許，且曰：「此固所願也。」擇日遣聘。丁憐憐者，自生別後，久之，入帥府，至西書院，所畫美人猶在壁上，帥子坐其旁，憐憐仰視久之，帥子問曰：「天下果有如此婦人乎？」憐曰：「有之。」因指嬌像曰：「聞此於已入畫者，未能模寫其一二。足極小，眉極修，詞草翰墨，無能出其右，以此女實之，想其他皆然。」帥子喜曰：「我將求婚此女。」憐曰：「無用也，聞此女久有外遇，恐非全身。」帥子曰：「得婦如此，幸已甚矣，此不足問。」憐悔失言，力解不獲。帥子遂令親信懇告其父，求婚於王。王時倅眉州未回，故無言及此者。逮王再調歸家，待次之日，帥遂遣來求婚，王初拒之，再四，帥逼以威勢，賂以貨財，不得已，遂許之。嬌夜持帥書至生室，告曰：「前日姻約復敗矣，帥子求婚，家君迫於權要，許之矣，兄何以為計？」生曰：「事在他日，當徐圖之。」嬌自是見生愈密，然一相遇，則慘慘不樂，平生善歌，每作哀怨之音，則聞者動容，或至流涕。雖與生至相得，未嘗對生一歌。生或潛聽，嬌覺之，則又中輟，生每以為嫌。至是，生不請，自歌詞《一叢花》云：「世間萬事轉頭空，何物似情濃。新歡共把愁眉展，怎知道，新恨重逢。媒妁無憑，佳期又悮，何處問流紅。　欲歌先咽意冲冲，從此各西東。愁怕到黃昏，窗兒外，疎雨泣梧桐。仔細思量，不如桃李，猶解嫁東風。」歌未終，黯黯然淚下如雨。生平生嗜好有不能致者，嬌廣用金玉售以遺生。一夕，家宴罷，至就寢，生被酒未能臥，嬌秉燭侍側，生從容問曰：「爾來眷我，何益厚也？」嬌曰：「始者妾謂可託終身於君，今既不如所願，事兄蓋有日矣。雖盡此身，何足以謝？」生大感慟。

居數日，嬌忽卧病，不得與生會者僅二月。一日，舅出謁，生厚賂左右，欲一見嬌，左右扶嬌至生室之側，生迎與相見，嗚咽不已，良久，嬌乃曰：「樂極生悲，俗語不誣。妾病不能扶持，生願不諧，死亦從兄，在所不恤也。」語竟，倚生之懷，似無所主。左右驚扶而入，久之方醒。生亦自此悶悶，作事顛倒，語言無實，目前所為，旋踵而忘，舅甚恠之。秋八月，帥子納幣促親期，舅許之，嬌病少瘳，因他事，怒小鬟緑英，緑英懷恨，乘間以嬌平日所為之事從實告舅，舅怒，審實於紅，將治之，紅詒曰：「小娘子讀書知禮義，豈不知失身之為大辱？且重厚少言，愛身若珠玉，擇地而行，待時而動，相公所知也。況申生功名到手，舉動不妄，堂廡之間，不命之入不敢入，未嘗與嬌一語戲狎。倘有是事，妾豈不知也？或者小人之言，未宜深信，且親期在近，不宜自為此不美也。」舅方寵任飛紅，信其言，不復再問，止加防閑。申生度勢不可留，乃告嬌曰：「今日之事，舅知之矣，行計不可緩也。子親期去此止兩月，勉事新君，吾與子從此决矣。」因以詞一首，寓《好事近》與嬌為别，詞云：「一自識伊來，便許綰，同心結。天意竟辜人願，成幾番虚設。　佳期近也想新歡，遣我空懸絶。莫忘花陰深處，與西窓明月。」嬌覽詞，怒曰：「兄，丈夫也，堂堂六尺之軀，乃不能謀一婦人，事已至此，更委之他人，君其忍乎？妾身不可再辱，既以與君，則君之身也。」因掩面大慟，生方悟，去留未决。俄得家書，報父有疾，遣僕馬促回。生使人候嬌，不得已。入謁舅告别，舅時坐中堂，嬌聞之，出立舅後，回目佇視，不能出半語。舅曰：「子歸後，府君無恙，宜再來，嬌娘親禮在即，家事紛紜，無執幹者。」生辭曰：「令愛親期以（當作已）近，純歸侍亦須累月，又瓜期將及，動是數年，重會未可知也，舅宜善自愛。」生因再拜，舅曰：「嬌娘在近出室，子來朝未定，未必相會。」因呼出別生，嬌聞語，灑淚不能止，懼舅見之，不敢前，背面遁去，再四呼之，不至。生遂別舅而歸。嬌自生去，日夜悲泣，未嘗覽鏡，芳容頓改，幽豔暗消，楊柳迷煙，梨花帶雨。或見梁燕雙飛，征鴻獨叫，則悽慘不自勝也。近半月，病愈甚，將不能起。紅乃潛書促生來，使與為決（當作訣）。生得書，以無故，不敢告父母，乃夜遁，潛至嬌之門，住兩日，舅亦不知也。生時艤舟岸下，冀一見嬌後即歸，蓋慮父母之知，必獲重責。明日，舅送舊守出於郊外，時紅乃與嬌私出，即上生舟，嬌執生手大慟，曰：「郎不來矣，恨無以報兄，不幸迫於父母之命，不能終身以相從。兄今青雲萬里，厚擇佳配，共享榮貴，妾不敢望也。妾向時與兄擁爐，謂：『事不濟，當以死謝。』妾敢背此言邪？兄氣質孱薄，常多病，善攝養，毋以妾為念。」因出斷袖還生，曰：「謝兄厚恩，復思此景，其可再得乎？」哭愈慟，紅亦淚下，久之，紅懼有它變，詐語嬌曰：「舅將至矣，宜速登岸。」嬌含淚口占一詞以贈生，云：「郎今去也，拋奴去，恨共離舟留不住。扶病別江頭，沾襟淚如雨。 路遠終須別，一寸腸千結。此會再難逢，相逢只夢中。」又吟一絶為別，云：「合歡帶上真珠結，箇箇團圓又無缺。當時把向掌中看，豈意今為千古別。」生得嬌詩詞，揖別，歸舟而去。紅扶嬌登岸，但見舟人撥棹，蘋浪番風，彩鷁急飛，征鴻易斷，目力有盡，江山無窮。生歸，枕席上無不流涕。嬌之佳期已逼，乃託感疾佯狂，蓬頭垢面，以求退親。父迫之，嬌引刀自裁，左右救之，得不殞。因絶食數日，不能起。紅委曲開諭之，曰：「娘子平生俊快，豈不諳曉世事？帥家富貴極矣，子弟端方俊拔，殆過申生，娘子不自開懷，保身自重，何苦如是耶？且聞媒者之言，彼之欲得娘子，甚如饑渴，其它皆所不問，娘子何自棄也？況申生歸後，亦已議親貴族，彼蓋亦絶念於此矣。」因圖帥子之貌以獻，曰：「得壻如是，亦無負矣。」嬌曰：「美則美耳，非我所及，事止此矣，吾志不易也。」紅又詐為嬌舊遺生香珮下結，以破環隻釵，謂生遣遺嬌，因言已結它姻之意以相絶，嬌見之泣下，曰：「相從數年，申生之心事，我豈不知者？彼聞我有它，故特為此以開釋我耳。」因取香珮細認，覺其虛，固（當作因）曰：「我固知申生不如是也，我始以不正遇申生，終又背而之他，則我之淫蕩甚矣。既不克其始，又不有其終，人謂我何？紅娘子愛我厚矣，幸勿多言，我固不愛一身以謝申生也。」遂不復言，舅聞而亦憐之，但曰：「業已成矣，無可奈何。」遣紅輩百端為之開釋，終莫能悟。嬌遂吟詩二首寄與申生別，云：「如此鍾情古所稀，吁嗟好事到頭非。汪汪兩眼西風淚，猶向陽臺作雨飛。」「月有陰晴與圓缺，人有悲歡與會別。擁爐細語鬼神知，拚把紅顏為君絶。」間隔數日，嬌竟以憂卒。生接寄來詩章方曉，而嬌之訃音隨至。生茫然自失，對景傷懷，獨坐則以手書空咄咄，若與人語，因賦《憶瑶姬》詞以弔嬌娘，詞曰：「蜀下相逢，千金麗質，憐才便肯分付。自念潘安容貌，無此奇遇。梨花擲處，還驚起，因共我，擁爐低語。今生拚兩兩同心，不怕旁人間阻。此事憑誰處，對明神為誓，死也相許。徒思行雲信斷，聽簫歸去，月明誰伴孤鸞舞。細思知，淚流如雨。便因喪命，甘從地下，和伊一處。」生兄綸見此詞尾句，知其語不祥，因再三慰解。追慕無已，殆不能堪，又於壁上題詩一絶以别父母，詩曰：「竇翁德卲如椿古，蔡母年高與鶴齊。生育恩深俱未報，此身先死奈虞兮。」又為詩一絶以别兄，詩曰：「當年風雅藹雙鸞，擬共翱翔萬里天。今日雁行分散去，誰憐隻影吊蒼煙。」生題詩畢，索嬌所自贈香羅帕，自縊於書窓間，為家人所覺，救免。兄綸與生之素識皆來勸解之，且曰：「大丈夫志在四方，弟年少科高，青雲足下，而甘死兒女子手中耶？況天下多美婦人，何必如是？」生色變氣逆，不能即對，徐曰：「佳人難再得。」因回顧二親，叮嚀曰：「二哥才學俱優，妙年取功名，且及瓜期，前程萬里，顯親揚名，大吾門户，承繼宗祧，一夔足矣，惟大人割不忍之恩。」又顧兄綸曰：「雙親年高侍養，純不孝，不能酹罔極之恩，惟兄念之。」自是神思昏迷，不思飲食，日漸尫羸，竟奄奄不起。父母大慟，即日馳書告舅，舅得書，飛紅輩知之，舉家號泣。舅因呼紅，痛責之曰：「往時問汝，汝何不實告我？稔成事變，以至於此，皆汝之咎。」紅不能對，因伏地請罪。久之，舅意稍解，乃曰：「事已如此，不可及矣。兩違親議，亦老夫之罪也。」因痛自悔。又謂紅曰：「申生丰儀如許，才學又如許，正昔人所謂：『我見汝猶憐，況老奴乎？』生前之願既已違之矣，與死後之姻緣可也。」紅曰：「然則如之何？」舅沉吟半晌曰：「我今復書，舉嬌柩以歸於申家，得合葬焉。没者而有知，其不快快於泉下也，必矣。」紅曰：「然。」於是復書，以此言告於生之父母，許焉。越月，得吉日，戒嚴，遂舁嬌柩以歸生家。舅書自悔責，且謝兩背姻盟之非，仍遣紅來弔慰，營辦喪事。又月餘，詢謀僉同，乃合葬於濯錦江邊，葬畢，紅告歸。抵舍之明日，因與小慧過嬌寢所，恍惚見嬌與生在室相對笑語，嬌謂紅曰：「喪事謝汝遠來營辦，吾二人死無憾矣。我自去世，即歸仙道，見住碧瑤之宮，相距蓬萊，不遠咫尺。朝歡暮宴，天上之樂，不減人間，所願足矣。惟是親恩未報，弟年尚幼，一家之事賴汝支吾，善事家君，無以為我念。明年寒食，祭掃新墳，汝能為我一來，彼時又得相會也。」語未終，紅且驚且喜，倉皇告舅。舅復與往寢所物色之，則無所有矣。惟見壁間之詞一闋云：「蓮閨愛絶，長向碧瑶深處歇。華表來歸，風物依然人事非。月光如水，偏照鴛鴦新塚裡。黄鶴催班，此去何時得再還。」舅見此詞，不覺哀悼。所留字跡半濃半淡，尋亦滅去。舅與紅輩皆驚異，嗟歎而已。越明年，清明日，追思紅見嬌之事，呼僕命騎往詣墳所，灑酒奠泣之際，唯見雙鴛鴦飛翔上下，捕之不得，逐之不去，祭奠之畢，倏然不見。後人故名為鴛鴦冢云。（同前書卷十九「幽期部三」）

一五九 《賈雲華還魂記》：魏鵬，字寓言，其先矩鹿人。九世祖飛卿，宋高宗朝仕至御史中丞。以論秦檜誤國，貶襄陽令，死葬白馬山，子孫遂留居焉。宗族蕃衍，富擬封君，迨元尤盛。鵬父巫臣，延祐初參政江浙行省，生鵬於公廨，而父卒，母邸國蕭夫人攜鵬暨二兄鸞、鷟扶櫬歸襄陽。生五歲，通《五經》，七歲，能屬文。眉目如畫，肌膚瑩然，鄉里以神童稱之。至正間，累舉不偶，深置恨焉，嘗曰：「大丈夫當唾手以取功名，而一第乃不可得邪？」因撫几長歎。蕭夫人聞之，恐其悒鬱成疾，遂命之曰：「錢塘，汝父同鄉也，凡此時名師夙儒，多前日門生故吏。汝在講業，庶或有成，況東南大蕃，山水奇勝，可以開豁心胸，吟詠情性，汝其行哉，毋事一室。」乃於懷中出書一緘，付之曰：「到彼讀書之暇，當往訪故賈平章婦邢國莫夫人，以此呈之，議汝姻事，吾自有説，慎勿妄開也。」生退，私啓其封，始知母氏與彼有指腹之約，喜不自勝，促駕而行。生奉命，翌日戒行，逾月抵杭，僦居於北關門邊嫗家，嫗善延納，生頗安之。越數日，舍館既定，乃漸出遊。問故人，無一在者。惟見湖山佳麗，清景滿前，車馬喧門，笙歌盈耳，生乃賦《滿庭芳》詞一闋以紀其勝，因題房舍紙窗之上，詞云：「天下雄蕃，浙江名郡，自來惟説錢塘。水清山秀，人物異尋常。多少朱門甲第，鬧叢裡争沸絲簧。少年客，謾攜緑綺，到處鼓鳳求凰。徘徊應自笑，功名未就，紅葉誰將。且不須惆悵，柳嫩花芳。又道藍橋路近，願今生，一飲瓊漿。那時節，雲英覷了，歡喜殺裴航。」偶邊嫗見之，問曰：「斯作，郎君所綴乎？」生未答，嫗曰：「郎君豈以老婦為不知音也邪？大凡樂府藴藉為先，此詞雖佳，尚欠嫵媚，歐、晏、秦、黄，迨不如是。」生聞之，乃大驚，因致謝曰：「淺陋之言，獻醜多矣。」因諏嫗出處，方知為達睦丞相寵姬。丞相薨，出嫁民間，今老矣。通詩書，曉音律，喜笑談，善刺繡，多往來達官家，為女子師，皆呼為邊孺人。生曰：「然則丞相政與先公使參及賈平章為同輩人矣。」嫗駭曰：「郎君豈魏參政子乎？」生曰：「然，真韓子所謂稱其家兒者也。」因出盃款生，生乃得備詢參政舊日僚寀，嫗曰：「俱無矣，惟賈氏一門在此耳。」生曰：「老母有書達彼，敢託為之先啓。」嫗許諾，生又問：「平章棄禄數年，今有誰在？生事若何？」嫗曰：「平章一子名麟，字靈昭。一女名娉聘，字雲華，母夢孔雀銜牡丹蕊寘懷中而生。語顔色，則若桃花之映春水；論態度，則似流雲之迎曉日。十指削纖纖之玉，雙鬟綰㛹娟之絲。填詞度曲，李易安難繼後塵；織錦繡圖，蘇若蘭詎容獨步？邢國鍾愛之，俾從余講學，予自以為弗如也。且夫人勤勵，治產有方。珠履玳簪，不減昔時之豐盛；鐘鳴鼎食，宛如向日之繁華。」生聞之，知其必指腹之人也，急欲一往。會嫗病目，弗能前，遂止。夫人訝嫗久不來，乃遣婢春鴻往嫗家問焉。時嫗目愈，欲偕行，值生偶出，嫗乃先隨鴻往詣夫人謝，且道魏生母寄書事，邢國駭愕曰：「政爾念之，今焉致此？亟為我召來，勿緩也。」春鴻承命，復至請生，生便同行，既及門，鴻先入。俄而二青衣導生至重堂，即東階少立，邢國服命服出，坐堂中，生再拜，夫人曰：「魏郎幾時來邪？」生曰：「數日耳。」命坐，茶罷，夫人曰：「記得別時，尚在襁褓，今長成若是矣。」慰勞甚至，且問蕭夫人暨鸞、鶯安否，生答以幸俱無恙。夫人為生道舊如在目前，但不及指腹誓姻之説，生疑之，乃顧隨來老僕青山解囊，取母書投上，夫人拆封觀畢，納諸袖中，亦不發言。頃間，一童子出，娟娟如瓊瑶，夫人命拜生，生答拜，夫人曰：「小兒子也，當教之，乃達禮。」邢復命侍妾秋蟾曰：「召娉娉來。」須臾，邊嫗領二丫鬟擁一女子，從繡幕後冉冉而至，面生前展拜，生逡巡欲避，夫人曰：「無妨，小女子也。」拜畢，退立於夫人座右，邊嫗亦侍坐於隅。竊窺娉娉，真國色也，雖西施、洛神未可優劣，生見後，魂神飛越，色動心馳，恐夫人覺之，即起辭出，夫人曰：「先平章視先參政猶骨肉，尊堂亦視老身如姊妹。自二父云亡，兩家闊別，魚沉雁杳，音耗不聞，本謂此生無復再見，豈意餘年得睹英妙，老懷喜慰，何可勝言，郎君乃爾寡情耶？」生揖返席，不復敢辭。邢國目娉娉入，意若使治具。然於時開宴，水陸畢陳，夫人親酌飲生，生跪受而飲。既而命麟與娉娉更勸迭進，娉酒至，生辭以乍出遠方，久疎麴櫱，今不勝杯酌矣，娉娉捧杯再拜，生欲熟視之，固辭不敢先飲，夫人曰：「郎君年長於汝，自今以後既是通家，當為兄妹，汝宜跪勸。」娉遂跪，生倉皇遽接，一吸而盡。娉娉收杯，至夫人前，瀝餘酒於案，曰：「兄飲未嚼，更告一杯，可乎？」夫人笑曰：「纔為兄妹，便鍾友愛之情，郎君豈得戛然乎？」邊嫗亦從旁相勸，生乃杯飲，夫人復讓邊嫗曰：「郎君既舍汝家，乃不早以見告，當滿罰一觥。」嫗笑而飲。宴罷告歸，夫人曰：「郎君毋還邸中，只在寒舍安下。」生略辭，夫人曰：「貧家寂寞，願勿嫌也。」即呼家僕脱歡、小蒼頭宜童引生於前堂外東廂房止宿，生入門，但見屏幃牀褥、書几浴盆、筆硯綦琴，靡一不備，嫗家行李亦已在焉。生既得定居，復遇絶色，且驚且喜，睡不能成，因賦《風入松》一詞，乘醉書於粉壁之上，詞曰：「碧城十二瞰湖邊，山水更清妍。此邦自古繁華地，風光好，終日歌絃。蘇小宅邊桃李，坡公堤上人煙。　綺窗羅幕鎖嬋娟，咫尺遠如天。紅娘不寄張生信，西廂事，只恐虚傳。怎及青銅明鏡，鑄來便得團圓。」是夕，娉娉反室，亦厚憶生。因呼侍女朱櫻曰：「魏兄卧否？」櫻曰：「弗知也。」娉語之曰：「汝往廂房窺之。」去良久，反命云：「郎君微吟燭下，若有深思，既而取筆題數行於壁間，諦視之，乃《風入松》詞也。」娉曰：「汝記憶乎？」櫻曰：「已記之矣。」遂口占一過，娉濡毫，展雙鸞霞箋，次其韻，頃刻而就，封緘付櫻曰：「明早汝奉湯與郎君盥面時，以此授之。」櫻收於囊。次日黎明，如教而往。生盥沃畢，櫻出緘謂生曰：「娉小娘致意郎君，有書奉達。」生取視之，乃和生所賦壁間《風入松》詞，云：「玉人家在漢江邊，才貌及春妍。天教分付風流態，好才調，會管能絃。文采胸中星斗，詞華筆底雲煙。　藍田新鋸璧娟娟，日煖絢晴天。廣寒宮闕應須到，《霓裳》曲，一笑親傳。好向嫦娥借問，冰輪怎不教圓。」生讀之數過，不忍釋手。知娉之賦情特甚也，遂珍藏於書笈中，方欲細詢娉情性，而夫人已遣宜童召生矣。生偕童入，夫人見生來迎，謂生曰：「郎君奉命萱堂，遠來遊學，不可玩時廢日。此中有大儒何先生者，及門之士常數百人，郎君如從之遊，必有進益，贄見之禮吾已辦矣，食罷請行。」生覩聘後，萬念俱灰，不求聞達，惟雲華是念。不虞夫人之逼令就學也，黽勉應承，然亦不數數往也。因念夫人雖甚見愛，而掛口不及姻事，且令與娉認為兄妹，蓋有可疑，而無從質問，乃潛詣伍相祠祈夢，得神報云：「灑雪堂中人再世，月中方得見姮娥。」既覺，莫曉所謂，但私識之。一日，偶與朋友遊西湖，娉伺生不在，攜侍姬蘭苕潛至其室，遍閱簡牘，見有《嬌紅記》一册，笑謂苕曰：「郎見讀此書，得無壞心術否乎？」因戲題絕句二首於生卧屏上：「净几明窓絶點塵，聖賢長日與相親。文房消灑無餘物，惟有牙籤伴玉人。」「花柳芳菲二月時，名園剩有牡丹枝。風流杜牧還知否，莫恨尋春去較遲。」抵暮，生歸見詩，知為娉作，深悔一出，不得相見。乃賡其韻，用趙松雪體行楷書於花箋，以答娉詩，曰：「冰肌玉骨出風塵，隔水盈盈不可親。留下數聯珠與玉，憑將分付有情人。」「小桃才到試花時，不放深紅便滿枝。只為易開還易謝，東君有意故教遲。」寫畢，無便寄去。躊躕間，忽春鴻來，謂生曰：「夫人聞郎君西湖歸，懼為酒困，遣妾持武夷小龍團茶奉飲。」生喜甚，即啜一甌，因移身逼鴻坐，笑語鴻曰：「娉小姐既視我為兄，汝何惜暫為我婦。」鴻變色曰：「夫人理家嚴肅，婢妾只任使令，豈敢薦枕於君以污清德？」生曰：「東園桃李，片時春也，何害？」遂與鴻狎，且謂鴻曰：「吾有一柬奉娉娉，能為我持去否？」鴻曰：「敢不承命。」當亟遞去。鴻入，遇娉茶堂中，即以與之，娉急置於懷，囑鴻勿洩。返室觀之，乃和其絶句二首，讀罷，歎曰：「清楚流麗，類其為人。」言未已，聞夫人呼曰：「有客。」娉趨出，乃外兄莫有壬也，自稾城來省，邢國因設宴待之，生亦與坐。夫人以久別有壬，且悲且喜，姑姪勸酧，不覺至醉。兼之有壬遠來，驅馳鞍馬，困憊不任酒，急欲休息，苦告夫人，夫人乃令脱歡扶掖至禮賓堂之南小齋内卧。生亦隨出，獨立於重堂，亡何，夫人亦眩暈思卧，乃先就榻。惟娉娉率諸婢收拾器皿，鎖閉門户，朱櫻持燭伴娉出重堂巡邏，見生孤立，驚曰：「兄未寢乎，何此延竚？」生告以渴甚，求漿弗能得，娉即令櫻入廚中取茶，因代櫻執燭，寘案上，燭為風爍蠟液淚流，娉以金剪剪之，曰：「汝亦風流乎？」生曰：「子不聞李義山詩云：『春蠶到死絲方盡，蠟燭成灰淚始乾。』」娉曰：「義山，浪子耳，何眷戀之深耶？」生曰：「人同此心，心同此意，焉可以此病義山乎？」娉曰：「然則，兄亦義山之流亞矣。」生曰：「風情幽思，自謂過之。」娉曰：「若是之言，真風流蘊藉之士也。但佳句云勞心者，果勞何事？不知商隱亦有是乎？」生曰：「室邇人遐故也。」娉不答，指壁上琴曰：「兄善是耶？」生曰：「幼躭此技，小姐聞亦能之。」娉曰：「謾寄指耳，敢言能乎？」俄朱櫻捧茶至，娉起遞與生，生謝曰：「何煩鄭重？」娉曰：「愛親敬兄，禮宜如是。」生將促席與言，娉遽歛身曰：「今夕夜深，兄宜返室。來宵有便，當詣聽琹，幸勿它往也。」各道萬福而退。次日，夫人中酒，不能起。薄暮，娉偷至廂房，生正懸望竚階前，陡見娉來，喜心翻倒，即擁娉入。坐定，生拂几焚香，解錦囊，出天凰環珮琴請娉彈，娉羞澀，固辭。生於是轉軫調絃，鼓《關雎》一曲以感動之，娉曰：「吟猱綽注，一一皆精，但惜取聲太巧，下指略輕耳。」生甚服其言，必欲觀娉之指法，請之不已，娉乃命朱櫻取琴放前琅玕石桌上，操《雉朝飛》一調以答生，生曰：「佳哉！指法。但此曲未免淫豔之聲多。」娉曰：「無妻之人，其詞哀苦，其聲凄怨，何淫豔之有？」生曰：「自非牧犢子妻，安能造此妙乎？」娉無言，惟微哂而已。是夕，談話稍款，言情頗深。值夫人睡覺，呼娉索人參湯，娉惶恐走去。生茫然自失，魂魄俱喪，面若死灰，大失所望，因枕上賦《如夢令》一詞自悼，詞云：「明月好風良夜，夢楚王臺下。雲散雨收，難成佳會，又為虛話。誤也，誤也，青着眼兒幹罷。」平旦，生起整衣冠，趍夫人閣問安否。出至重堂，轉從堂後循曲巷，欲造娉室，迷路而回，至清凝閣前少憩。時娉正坐閣，低鬟束雙彎，着繡鞋。生即屏身户外，窺於隙間，為娉小婢福福見之，報與娉，娉大憤，將起白夫人，生惶恐告娉曰：「向於夫人處問安，路迷至此，兄妹之情，寧忍見窘？」娉曰：「男子無故，不入中堂，况可直造人家閨閣乎？今且恕兄，後勿再至。」生連揖不已，娉曰：「聊恐兄耳，毋勞深謝。」因指閣前靈清小瓦盆，養瑞香一株，命福福云：「送去兄卧房中，為幽人之伴。」生曰：「得此一枝，當貯諸金屋。」娉笑而頷之。福遂捧花送生出，生知福乃娉之親隨，即探囊中金數星與之，冀其傳遞簡帖，潛通殷勤，福拜而受之，自此得其用矣。然生自離家之後兩月有餘，寒食初過，清明又到，夫人備酒肴，召鄰曲及邊嫗，並拉生出郭掃墳，惟娉娉以小疾新愈，不得偕行。生覘知娉不往，乃佯出，夫人留之，生曰：「適何先生遣人見呼，不敢不去，弗及拜平章神道，意甚缺然。」夫人曰：「先生召無諾，宜速往也。」生去。夫人亦登輿，舉家畢從，惟留福福及小女使蘭苕伴娉。生度夫人行遠，徐徐而歸，至重堂門，閉不得入，徘徊廡下。福福聞人履聲，謂是客至。啟門問之，乃生也。生急持福裾問娉所在，欲見之，福曰：「小姐敏慧聰明，知書識禮，持身謹慎，不離閨房，貞静幽閑，凜不可犯，妾安敢闇昧導君，唐突西子。」生曰：「吾之遇汝，自謂有緣，雖張珙之紅娘，不啻過也。今汝乃有是言，予觖望甚矣。」福沉吟半晌，曰：「彼雖以禮自持，然幽情頗切，吾嘗見其覽鏡自照，回顧妾曰：『我何如月中之姮娥也。』妾復之曰：『不已誇乎。』彼乃曰：『姮娥雖貌美，奈耐只孤眠。』由是觀之，可知情寄也。」生曰：「為今之計，將若之何？」福曰：「妾有吳綾手帕，郎君試為情詩書其上，我當持與之觀，郎君輕步踵妾後窺之，彼若動心，事諧必矣。」生欣然握管，題以付之，詩曰：「絞綃元自出龍宫，長在佳人玉手中。留待洞房花燭夜，海棠枝上試新紅。」福袖帕入，生尾福後至柏泥堂，娉方倚檻玩庭前新柳，曰：「緑陰如許矣。」因誦稼軒詞云：「莫去倚危闌，斜陽正在，煙柳斷腸處。」生遽前撫其背曰：「斷腸何所為乎？」娉驚曰：「狂生又至此邪？」生曰：「韓壽竊香，相如滌器，狂者固如是乎？」娉乃命福取茶，福佯墮手帕於地，娉拾而觀之，見詩，怒曰：「此必兄所為，小妮子何敢無忌憚如是，吾將持以白夫人。」生謝再三，繼之以跪，娉因回顏一莞，收寘懷中，曰：「毋多言，姑此共坐，少叙半晌之歡。倘老母來歸，則無及矣。」生大喜，就坐。娉呼福出江瑶薦酒，親持金荷葉杯，酌以勸生，生辭不飲，娉因勸，生謝曰：「此意良已勤，政昔人謂雖吃錐子亦醉，不煩酒。」略飲數盃，因命撤去，娉從之。生乃促席與娉聯坐，語娉曰：「我奉命慈親，為此姻事，艱難水陸，千里遠來，今夫人了無一語道及前盟，必有它謀。事恐中變，命為兄妹，其意可知。子復漠然路人相視，殊無聊賴。久擬賦歸，但以未與子言，故遲遲不決耳。今幸相逢，難期再會，予之心事，子既知之，諧與不諧，明以見告，毋徒使我為東南留滯之客也。」娉聞之，撫髀歎曰：「余豈木石人哉？兄之此言，豈知我者？妾自遇兄來，忘食廢事，心動神疲，夜寐夙興，惟君子是念。願以葑菲，得侍閨房，偕老百年，乃深幸也。第恐天不與人行方便，不能善始令終，張珙、申純可為明鑑。兄如不棄菅蒯，妾可永執箕帚，毋輕一舉，當計萬全。」生曰：「若待六禮告成，則予墓艸宿矣。子其憐之，毋吝今夕。」娉未及對，而蘭苕告夫人回矣，生倉皇趨出。是月三日丙午也，丁未清晨，生入謁，夫人曰：「昨因祭掃，就西湖上諸寺一行，佳景滿前，令人應接不暇，所惜者，寓言不在耳。」生唯唯而退，至中堂側門，與娉相遇，侍妾森然，前遮後擁，彼此注視，莫交一言。生歸室悶悶，因誦崔顥《黄鶴樓》詩云：「日暮鄉關何處是，煙波江上使人愁。」娉過窗外聞之，因穴窗呼生，曰：「男兒向懷上之切乎？」生曰：「事屢參差，終不能就，處此無益，莫若歸爾。」娉曰：「少頃當令福福請君。」言訖而去。早飯罷，福福果來，謂生曰：「娉娘有簡奉君。」生取視之，乃詩一首，云：「春光九十恐無多，如此良宵莫浪過。寄與風流攀桂客，直教今夕見嫦娥。」讀畢，生喜不自制，顒顒然視日之斜，汲汲然望夜之至。豈期向午，生之故人金在鎔來拉生過平康，生以它事拒之，金固請，不得已，乃與同行。彼伎有秀梅，頗曉詩詞，素慕才俊，見生灑落，勸以巨觥。金又與轟飲，生意不在酒，為所困，痛醉而歸，展紫絲褥，臥於房前石闌干地上。迨暮月明，夫人睡熟，娉乘便赴約，不意生酣寢，酒氣逼人，呼之不應，乃悵然踟躕於階下，徐入生室，取纖毫寫絶句一首於生練裙上，投筆而去，詩曰：「暮雨朝雲少定踪，空勞神女下巫峰。襄王自是無情者，醉臥月明花影中。」五更天明，生酒亦醒，起步花陰，但見落紅沾袖，墜露濕衣，追省娉期，滂然流淚。正欝欝間，忽風吹生衣裾，裾翻字見，生舉視之，乃七言絶句，娉所染也。因大悵恨失此良會，為人所誤，深負娉期。剪下裙幅，裝潢成軸，懸於壁間，仍賡原韻，緘以寄娉，詩曰：「飃飃浪跡與萍蹤，誤入蓬萊第幾峰。凡骨未仙塵俗在，罡風吹落醉鄉中。」詩後復有一詞，名《憶秦娥》，云：「春蕭索，可憐更負佳人約。佳人約，今番準定，莫教違却。世間雖有相思藥，應知難療身如削。身如削，盈盈珠淚，夜深偷落。」一日，忽聞夫人喚春鴻，云：「平章忌辰在邇，合照常規，汝可往西鄰姚恭恕長者家，問幾時建金山佛會，亦欲附薦平章，以邀冥福。」鴻少選返命，云：「只在此月二十五日為始，適屆忌辰，凡三晝夜。若欲與建善功，必須嚴齋戒，至日請詣法筵，炷香禮佛，竣事方歸。」至期，夫人吩咐娉家事畢，乃往姚宅，娉與生俱送及門，因得同行入內。經過生卧房前，生苦邀入，欲賦高唐，娉懇辭曰：「蒲柳賤軀，敢自吝惜。但今白晝，僕妾衆多，若交接之頃，雲雨方濃，妾於此時如醉如夢，能保無它慮乎？莫若少待今宵。兄宜見即妾所，妾當明燭啟門，焚香迎候。」生深然之。至暮，娉戒諸奴僕曰：「夫人偶不在家，汝等各宜早歇，男僕不許擅入中門，女僕亦須不離内寢，毋得輒便私相往來，衆皆拱聽，莫敢不遵。人既定，生得尋向路，由柏堂後轉過横樓，而適有兩巷相連，莫知何者可達，狐疑未決，忽風送好香一炷，迎鼻而來，生心喜曰：「娉不遠矣。」徑趨右巷，巷窮，果得娉寢。但見緑窗半啟，絳燭高燒，娉上服紫羅衫，下著翠文裙，自拈生龍腦於金雀尾爐中焚之，香煙縹緲，燭影晶熒。驟望見娉，疑與仙遇，娉笑曰：「鉅卿，信人也。」出户迎生，延入室内，室中安黑漆羅鈿屏風牀，紅羅圈金雜綵繡帳，牀左有一剔紅矮几，几上盛繡鞋二雙，彎彎如蓮瓣，仍以錦帕覆之，右有銅絲梅花籠，懸收香鳥一隻，餘外無長物。房前寬闊僅丈許，東壁上掛二喬並肩圖，西壁掛美人梳頭歌，壁下犀皮韋相對，一放筆硯文房具，一放粧奩梳掠具，小花瓶插海棠一枝，花箋數番，玉鎮紙一枚。對房則藕絲弔窗下作船軒，軒外繚以彩牆，牆内疊石為臺，上種牡丹數本，四傍佳花異草，叢錯相間。距臺二尺許，磚甃一方池，池中金魚數十尾，護階草籠罩其上。生未暇遍觀，即推娉就寢，娉乃取白綾軟帕付生，曰：「兄詩驗矣，可謂海棠枝上試新紅也。」生笑為娉解衣，共入帳中，娉低聲告生曰：「妾幼處深閨，未諳情事，諧歡之際，第恐弗勝，兄若見憐，不為已甚。」生曰：「姑且試之，庶幾他日見慣。」豈期娉之身體纖柔，腰肢顫撣，花心纔折，桃浪已翻，羞赧呻吟，如不堪處。而生蜂鎖蝶戀，未肯即休，直至興闌。將過半夜，生起持帕，剪燭觀之，仍與娉使藏焉，留為後日之記。娉曰：「賤妾陋軀為兄所破，静言思之，有靦面目，伉儷之約，兄善圖之，毋使妾為章臺之柳，則幸矣。不然，當墜樓赴水，以死謝兄，斷不能從世俗之人背盟它適，以負天下。」生曰：「我為男子，豈不能謀一婦人？脱有夙緣，不必過慮。」乃於枕上口占《糖多令》一闋以贈娉，詞云：「深院鎖幽芳，三星照洞房，驀然間得效鸞皇。燭下訴情猶未了，開繡帳，解衣裳。　新柳未舒黃，枝柔那耐霜。耳畔低聲頻咐囑，偕老事，好商量。」娉亦依韻和以酬生：「少小惜紅芳，文君在繡房，幸相如賦就求凰。此夕偶諧雲雨事，桃浪起，濕衣裳。　從此退蜂黃，芙蓉愁見霜。海誓山盟休忘却，兩下裡，細思量。」自此往來頻數，無夕不歡，雖連理之柯，比翼之鳥，奚以過也？何期光陰易過，樂極悲來，夏暑將殘，秋風又動，忽收蕭夫人及二兄書，取生回應鄉試。生得書悒怏，不遣娉知，然言動之間，屢有嗟歎之意。娉問之，生不獲隱，出母書示之，彼此流涕。未數日，生二兄又遣一僕海仙馳書奉邢國夫人，使促生早還，夫人啟緘讀畢，令人召生至，以母書示之，且謂生曰：「尊夫人相念之深，二令兄促歸亦急，且欲同應秋期，實人間快事，老身雖不忍遽舍郎君，然母命兄書安可違越？所願桂枝高折，早占鼇頭，側耳捷音，與有榮耀，瓜期未及，拱候再來。」遂備酒肴餞生，娉時侍夫人坐側，聞知此言，淚落如雨，即起入內。其夜伺夫人睡，乃潛出別生，相視飲泣，遂謂生曰：「正爾喜歡，乃有遠别，天邪，人邪，何至此極也！」生曰：「我為母兄所逼，且只暫歸，三兩月間再圖相見。子第寬心，保圖眠食，勿為亡益之悲，徒損傾城之貌。」娉掩泣曰：「兄途中謹慎，早早到家，有便即來，勿為長往。妾醜陋之身，乃兄所有，倘念舊盟，不我遐棄，雖死之日，猶生之年。」乃向生再拜曰：「只此别兄，明日不能出矣。」生亦咽哽，目送娉還。次早，娉又遣福福叩門，持手簡送青紵絲履一雙，綾襪一緉贈生。簡云：「薄命妾娉再拜寓言兄前：娉薄命，不得奉侍左右為久計，今馬首欲東，無可相贈，手製粗鞋一雙，綾襪一緉，聊表微意。庶步履所至，猶妾之在足下也。悠悠心事，書不盡言，伏楮緘辭，涕淚交下，不具。」生覽畢，惟墮淚而已，遂收拾鎖於書笈。既登途，凡道中風晨月夕，水色山光，覩景懷人，祇增悲惋。及抵家，已迫槐黄矣。遂偕二兄往就試，鸑鷟失利，惟鵬領高薦而歸，賀客填門，雜遝數月。迨冬末，同年促上禮闈，生方欲託病不赴，圖為杭遊，以踐夙約，而母與二兄之弗容，府尹縣侯之敦遣，不獲已，黽勉而行，期在下第，庶得即歸。詎意青錢萬選萬中，會闈揭曉，名次羣英，廷試又在甲榜，擢應舉翰林，文字才名日起籍甚，當時虞、揭諸公皆加愛重。生雖在清要，而心念雲華，未嘗暫舍，因求外補。明年正月，得江浙儒學副提舉，正愜所願，遂不歸襄漢，逕赴錢塘。需次待闕，首具袍笏，請賈氏，拜夫人，夫人見生來，喜色溢面，勞之曰：「且審金榜題名，文臺列職，平生之願，一日盡酧。第恨靈昭年幼，未歷江湖，老病孱軀，不能遠涉，無由造賀作慶尊堂為媿耳。」生謝曰：「末學荒疏，謬登科目，續貂之誚，有媿於中。然自别門下兩載光陰，令女賢郎安否？何似？輒敢請見，少慰下懷。」夫人曰：「小兒讀書郡學，半月一回。醜女在家，尋當上謁。」遂命秋蟾召娉，須臾出見，流盼晛生，悲喜交集。夫人置酒，邊嫗亦來，邢國舉盃致賀生畢，復命娉曰：「魏兄高第顯官，人間盛事，汝既在妹列，豈可無一盃致賀乎？」娉領命，乃酌酒勸生，生復酧娉，極歡而罷。既暮，辭出，夫人曰：「幸未上官，免尋别舍，吾家舊寓，謹以相延。」生且謝且辭，退就寢室，風物依然，一榻如故，因賦律詩一首題於壁，以紀重來，詩曰：「不到仙家兩載餘，竹窓幽户尚如初。梁懸徐孺前時榻，壁寫崔生昔日書。」「花柳謾為新態度，江山不改舊規模。未内當日桓温幕，還有風流此客無？」次日，生出謁，夫人慮生寓所器物不備，或乏使令，乃呼娉侍行，過彼點檢，及至凡百所需，悉已完具。宜重復專供役，蓋娉已宿戒之矣，而夫人弗知也，周視間，忽見生壁上新題，讀之數過，稱賞弗已，且顧娉曰：「才子，才子。」又云：「此人器宇宏深，學問該博，聰明敏捷，少有比倫，非出十年，須當遠到，提舉未足以淹也，女子識之。」夫人素有藻鑑，慎許可，娉見母譽生如此，愈加愛重。由是夜往晨回，傾情倒意，雖接翼之鸞鳳、交頸之鴛鴦，未足以喻其和協也。夫何情愛所迷，殊無顧忌，朝歡暮樂，婢妾皆知，所未覺者，惟邢國一人而已。或日，春鴻與蘭苕於清凝閣前閑坐，分食泉州鳳餅香茶，娉偶過見之，默然不樂，私念此茶，夫人物也，惟已嘗竊數餅與生，計必生私二人，因往召鴻、苕詰問，二人不能隱，以生與為對。娉大恨恚，妬念頓生，乃招摭他事，白於夫人，俱遭痛撻。鴻輩銜恨，謀發娉私，乃鬫娉與生於後園池上重陰亭前弈棋，急趨白夫人曰：「圃中池蓮有一花，並蒂紅白二色，開已一日，請往視之，久則卸矣。」夫人喜曰：「此禎祥兆也。」如其請。生與娉不虞其至，生方笑謂娉曰：「雲華姐又輸一局矣，敢請子之金釧為賭資，可乎？」言未已，而夫人至。適風吹敗桃墜局中，娉驚訝，舉首視之，遥見夫人來，知其故意相襲也，急令生入東洞避去，而博戲之具，收拾弗及，乃佯趨走迎，語夫人曰：「兒多時不到園中，適因繡倦，與福福攜楸枰此來，以消長日，忽見並頭蓮花紅白二色相向，真嘉瑞也，政擬報知膝下，而娘娘來矣。」鴻、苕雖善其支吾，然未敢便斥，惟相目冷笑而已。幸夫人眼昏，莫辨其為生也。夫人曰：「蓮花雙蒂者常有之，但一紅一白為難得。適聞春鴻言如此，欲呼汝同觀，不意汝先在此矣。然人家處子不離閨房，偶或出遊，擁蔽其面，今汝不使我知，輒行至此，雖無人見，亦且不宜，况汝讀書識禮，豈不知博奕之為非？當痛以自懲，後無復爾。」夫人只知其與福福手彈（當作談），不料其與生對壘也。遂同至亭間，徘徊瞻顧，夫人命春鴻曰：「佳哉！花也。可召魏郎君來此同玩。」鴻將啟齒，娉恐其有言，潛躡其足，鴻會意，乃紿夫人曰：「有此佳花，而酒殽未備，不若明日於此開宴，召之賞玩，亦未為晚。」夫人點頭曰：「春鴻言是也。」遂回。詰旦，果於亭上設席，且於郡學呼麟回，同生賞花。酒半，夫人目麟曰：「吾聞人家興替，見於花草，草木得氣之先，且瑞應之來，必不虛也。汝今秋文戰或者得捷，雙蓮之瑞，其在是乎？宜賦一詩，以觀汝志氣。魏提舉如不相棄，亦請唾珠玉，以重斯芳。」麟與生奉命，一揮而就，以呈夫人，夫人覽而笑曰：「提舉絶妙好詞，吾兒結意亦自可取。」因付娉曰：「汝觀而藏之，留為汝弟秋科張本。」二詩云：「若耶溪裏萬紅芳，那似君家並蒂祥。韓壽醉醒殊態度，英皇濃淡各梳粧。徒勞畫史丹青手，謾費詞人錦繡腸。向夜酒闌明月下，只疑神女伴仙郎。」右鵬詩。「亭亭翠蓋蔭嫋嬈，一種風流兩樣嬌。飛燕洗妝迎合德，彩鸞微醉倚文蕭。若教解語應相妬，縱是無情也是妖。寄語品題高着眼，直須留作百花標。」右麟詩。娉讀之，微莞，將入袖，生乃請於夫人曰：「小姐也不可無佳製。」夫人乃命娉曰：「汝試為之，請教提舉。」娉對曰：「好語皆為兄所道，尚何言哉！ 然亦不敢不勉強。」遂口占《聲聲慢》一闋，詞云：「大華峰頭，若耶溪上，秋波蕩漾蟬娟。翠蓋陰中，佳人並着雙肩。深杯怎禁頻歡，便玉容霞臉爭妍。真個似善才龍女，不染塵緣。 共説風流態度，似鳳臺蕭史，夫婦同仙。描畫丹青，生綃難寫清聯。鸞鴦也知相傍，每愛來比翼花邊。心更苦，委遊絲，人暗牽。」生傾聽之餘，自愧弗及，因出席揖之曰：「風流俊媚，的是當家，真可謂才調女相如也。」娉斂繡巾拜謝曰：「不敢當，不敢當。」酒散月明，夫人酣醉。娉出就生，具告以昨日圍棋之故，且吐舌曰：「非桃墜，夫人見矣，奈何？ 奈何？」生曰：「此天也，然非子之臨機應變，則罅隙呈露，吾二人安得復合也？ 危哉！危哉！」娉曰：「夫人以妾昨過園中，微賜訶譴，今不敢再至矣。所恨前時遠別，今幸相遇，復被匪人無端間阻，然當為兄屈己下之，冀回其意，兄且忍耐，勿自憂煎，然此亦由兄私之之過也。《論語》曰：『惟女子與小人為難養也，近之則不遜，遠之則怨。』不可不加之意也。」蓋微諷生寵春鴻、蘭苕事以箴之。生慚悚交並，莫知為對。娉自此深居簡出，杳不相聞。 生亦踧踖不安，若有芒刺在背，凡遇内集，多却不來。 娉雖謬為斂跡，而益重幽思，故於鴻、苕特加禮待，但其所欲，舉以贈焉。爾後二人俱囿娉術中，夙怨冰釋，翻為之用，第生未知耳。 踽踽月餘，無聊特甚，政憂悶中，忽福福送新蓮數房來，且報鴻、苕釋憾，早晚可以相見。 生聞之，手舞足蹈，不任歡情。因以蜀箋寫所賦夏景閨情十首，為小引於前，以答娉，其詞曰：「孤館無聊，睡起危坐，不見賢淑，豈止鄙吝復生而已哉？ 成閨思十首奉寄，一則以見此情之拳拳，一則時自省覽，猶佳麗之在側也。」詩曰：「香閨曉起淚痕多，倦理青絲發一窩。十八雲鬟梳掠遍，更將鸞鏡照秋波。」其一。「侍女新傾盥面湯，輕裝雪腕立牙牀。都將隔宿殘脂粉，洗在金盆徹底香。」其二。「紅錦拭鏡照窓紗，畫就雙娥八字斜。蓮步輕移何處去，階前笑折石榴花。」其三。「深院無人刺繡慵，閑階自理鳳仙叢。銀盆細搗青青葉，染就春葱指甲紅。」其四。「薰風無路入珠簾，三尺冰綃怕汗粘。低喚小鬟推繡户，雙彎自濯玉纖纖。」其五。「愛唱紅蓮白藕詞，玲瓏七竅逗冰姿。只緣味好令人羡，花未開時已有絲。」其六。「雪為容貌玉為神，不遣風塵浣此身。顧影自憐還自歎，新粧好好為何人？」其七。「月滿鴻溝信有期，暫拋殘錦下鳴機。後園紅藕花深處，密地偷來自浣衣。」其八。「明月嬋娟照畫堂，深深再拜訴衷腸。怕人不敢高聲語，盡是殷勤一炷香。」其九。「濶幅羅裙六葉裁，好懷知為阿誰開。温生不帶風流性，辜負當年玉竟臺。」其十。詩後復寫一詞，名《青玉案》：「合歡花下曾相見，猶記把毫題綵扇。自別佳人冰雪面，朝思暮盼，倚門挨户，無也千來遍。　靈犀一點懸春綫，殘夢驚回梁上燕。惆悵佳期成又變。雲箋都是蠅頭字，難寫張生怨。」書畢，付福賫去。娉得之，啟誦。而鴻、苕偶來，問曰：「小姐所詠詩，誰人之作，乃爾俊麗耶？」娉汪然曰：「久有心事，與渠輩談之，屢欲吐辭，復囁嚅而止。」鴻、苕同聲應曰：「某輩賤流，重受小姐厚愛多矣，但可為地，當盡力以報。」娉曰：「此魏生詩也，吾之遇彼，渠輩備詳，憶自爾爾，重陰之遊，幾於狼狽。若為夫人見之，我無措身之地，賴汝調護，遂得無他。今不見者一月矣，非惟我念之深，生亦念吾尤切，彼此隔越，誰與為媒？」二人起謝曰：「今夫人受戒，日坐佛閣誦内典，家政悉小姐所權，苟有欲為，何敢喘息？萬有異議，某等任之，脱不踐言，鬼神臨覽。」娉曰：「若然，吾何恨。」是夕，始復就生，相與如故矣。或偎紅倚翠，盡雲雨之歡；或舉白弄琴，極從容之樂。不覺流光奄冉，七夕又臨，娉請於夫人，於内堂結綵樓乞巧，瓜果羅列，殽饍備陳。夫人謂娉曰：「久不見汝作詩詞，今夕天上佳期，人間良夜，或詩或調，隨汝所為。吾當召魏生來與汝講論，庶有新益。」娉唯命。於時生至，夫人曰：「世謂今宵天孫賜巧，小女輩未能免俗，謾設瓜果之筵，亦嘗命之賦小詩以紀佳節，竟未知曾就否？」娉即前應曰：「適奉命綴得七言絶句二首。」遂出諸袖間，墨痕猶濕，夫人接看畢，遞與生曰：「小女拙詩，提舉無吝見教。」生讀竟，曰：「宋若蘭姊妹之儔，誠不易得也。鵬雖不敏，當亦效颦，第恐白雪陽春，難為屬和爾。」娉詩曰：「梧桐枝上月明多，瓜果樓前豔綺羅。不向人間賜人巧，却從天上渡天河。」又詩曰：「斜軃香雲倚翠屏，紗衣先覺露華零。誰云天上無離合，看取牽牛織女星。」鵬和詩曰：「流雲不動鵲飛多，微步香塵浼襪羅。若道神仙無配偶，怎教織女渡銀河。」又詩曰：「娟娟新月照圍屏，井上梧桐一葉零。今夕不知何夕也，雙星錯道是三星。」何期好事多乖，會難離易。次早，生收家報母訃音，竟不及榮上提舉之任，而丁憂之行逼矣。夫人乃召邊嫗告之曰：「吾有一切己事相託，未審能為我周全乎？」嫗避席：「願聞何事，苟可用情，當為極力。」夫人曰：「娉娉年長，欲覓一快壻，斧柯之任，相屬如何？」嫗笑曰：「老拙久懷此意，但未敢形言，今夫人門下自有其人，而欲他謀，徒費齒頰，真所謂道在邇而求諸遠也。」夫人曰：「得非謂魏生乎？佳則佳矣，然有説焉。生少年高科，敭歷仕途，若歸之，勢必攜去。吾止有此一息，時刻不面，尚且念之。

若嫁他鄉，寧死不忍，故爲向者生來時，乃母惠書及此，且舉昔指腹之言，我欲答書，沉思而止。是以對生亦絕口不曾道及者，非背盟也。今蕭夫人棄養，生又得官，它日當自有佳人求爲匹配，醜女不足以奉箕箒也。吾不欲面談，煩嫗委曲達及，使之它圖。我若不明言，彼又膠於前語，如之何？豈不兩誤邪？」嫗如教喻生，生曰：「予久知之，彼則遲疑未判，今言若此，明説不諧，況寒門重罹荼毒，行色匆匆，殞越之餘，寧暇爲計？雖然，此先堂意也，煩嫗善爲我辭。夫人豈不聞聖人有言，自古皆有死，民無信不立，既奉初言，盟誓在彼，天地鬼神，昭布森列，豈可以吾母既亡，背盟棄好。且閭閻下賤尚不食言，曾謂夫人而可失信，嫗若以義責之，庶或可允。萬一秦、晉能諧，當奉千金爲壽。」嫗曰：「吾哀王孫而緩頰，豈望報哉？」遂去，備以生言，反覆勸於夫人，夫人曰：「嫗雖巧爲説客如蘇、張，其如吾不聽何。」嫗見如此，不復敢言，退而告生，生忍淚曰：「死生契闊，從此始矣。」乃促裝亟爲歸計。娉聞之，與春鴻、秋蟾輩伺夫人困睡，潛於柏汎堂設宴，召生入爲別。生至相持，魂飛魄散，嗚咽不自勝，鴻等亦哽塞不能仰視。娉乃舉杯於生前，拜曰：「兄行不來矣，平昔與兄一日不握手，此恨何堪？矧今守制三年，遠離千里，不諧伉儷，從此路人。惟兄節哀順變，保圖金玉之軀，服闋上官，別議佳偶，宗祧爲重，勿久鰥居。妾命薄春冰，身輕秋葉，雲泥異路，濁水清塵，然既委身於君子，豈再託體於它人？以死爲期，言猶在耳，行當畢命窮泉，寄骸空木。曷其有極？長恨悠悠。平時兄屢命我歌，每每因忸怩而止，今死生永訣，豈可復辭？我試謳之，兄其側耳。政唐人所謂『一聲何滿子，雙淚落君前』也。」乃歌《踏莎行》一闋云：「隨水落花，離絃飛箭，今生無處能相見。長江縱使向西流，也應不盡千年怨。　盟誓亡憑，情緣亡便，願魂化作銜泥燕。一年一度一歸來，孤雌獨入郎庭院。」歌訖，哭慟數聲，驀然僕地，左右扶掖，良久乃甦，竟夕不成歡而罷。來早，娉乃破所照匣中鸞鏡，斷所彈琴上冰絃，並前時手帕，遣福福持去付生，為相思紀念。福福色怫然，曰：「小姐賦稟溫柔，幽閑貞静，其性不可及，一也；天姿美豔，絶世無雙，其貌不可及，二也；歌詞流麗，翰墨清新，其才調不可及，三也；諳曉音律，善措言辭，其聰明不可及，四也。至於考究經史，評論古今，滔滔然如貫珠，灑灑然如霏雪。下至女事，更不在言。矧又為薊公之孫、平章之女？母有邢國之賢，弟有令尹之貴，四德全備，一族同推，行配高門，豈無佳壻？顧乃踰牆鑽穴，輕棄此身，戀戀魏生，甘心委質，流而為崔鶯鶯、王嬌娘淫奔之女，以辱祖宗。且生纍然衰絰，五内崩摧，以此與之，毋乃不可。誠所謂既不能以禮自處，又不能以禮處人，妾實恥之，無面目將去也。」娉吁氣長歎曰：「爾自事吾，小心謹慎，我亦憐汝，不啻己生，往來十年，未嘗暫舍，然尚不知我心，猶有此論，則紛紛外議，無怪其然，與其負謗而生，莫若捐軀而死。」乃取白練將自縊，福遽止之，急促遞去。生收寘行李中，入辭夫人，夫人贈白金五十兩，生固却不受，夫人曰：「知不成禮，聊見微情。想讀禮之餘，剩有閒暇，毋惜惠音，以慰老朽。」生跪曰：「數年門下，深荷恩慈，豈特待我如賓？真乃視余猶子，死生骨肉，鏤膽銘肝，方獲微官，冀圖少報。不幸禍延先妣，遽棄諸孤，守制東還，遠違懿範，素心曷已？黄髮是期，俯首階庭，不勝沾灑。」夫人亦感愴。使鴻呼娉出別，促之至再，堅不肯來。生亦苦請，蓋不忍與之見也，遂行。其年秋，麟果中浙江鄉試，夫人喜動顏色，曰：「雙蓮之祥驗矣。」遂改重陰亭為瑞蓮亭。

明年，選春官，亦報捷，授陝西之咸寧尹，挈家偕行。娉自離生後，柳悴花憔，香消玉減，終日不食，達旦不眠，咄咄書空，盈盈淚滴，兼之道途頓撼，陸路艱難，抵縣浹旬，息將垂絶。夫人憂損特甚，莫曉其致病之由。研問家人，鴻等始略言其槩，夫人懊恨違盟，勢已無極，但百端慰喻，使之勉進湯藥而已。又月許，將屬纊之先一日，沐浴梳飾，具如常時。於母前拜曰：「兒不幸，疾疢彌留，死在朝夕，母恩未報，飲恨黄泉，賴有靈昭可為終養，願夫人割不可忍之恩，毋以女子自苦也。」又語麟曰：「吾弟聰明才智，早掇危科，步武青雲，前程遠大，家門有幸，父母無憂，但願早尋佳偶，以養夫人。姊命薄年促，不及見賢弟聳壑昂霄，徒以死相累耳。我歿後，幸勿見焚，謀一抔土，以權殯。俟賢弟解官，北歸幽州，攜骨還葬，則志願永畢。」返室，撫福福曰：「我將溘先朝露，只在朝夕，汝善事夫人，勿以我為念。」又有手書囑春鴻曰：「為我以是寄謝魏生，俾知我為泉下客矣。」鴻謹藏而慰之曰：「小姐平生穎悟，通達過人，雖在女流，深知道理，亦嘗賤焦仲卿伉儷之傷生，鄙荀奉倩夫妻之戕性，豈今日忘之而自蹈其覆轍耶？况生一去，遽絶音耗，雖在制中，諒亦謀配。今紅葉頻來，紛紛旁午。天下多奇男子、美丈夫，以小姐才貌配之，孰所不願？何必魏生然後快意？况夫人垂暮，愛女只小姐一人，萬一果致淪亡，尊懷何以堪處？竊為小姐不取也。惟小姐不以人廢言，曲聽鄙語，翻然省悟，以理自遣，則非惟春鴻之幸，亦為小姐之幸，實夫人之大幸也。」娉曰：「唏，爾過矣。吾豈世間癡淫女子，不知命者之流乎？吾之與生蓋不偶也，彼此在母腹先已締盟，厥後二家果生男女，斯言斯誓，不爽毫釐，則天意人事斷可知矣。豈料萱親鍾愛，不果命以歸生，雖出恩慈，不免負約。且女子事人，惟一而已，苟圖它顧，則人盡夫也，鬼神其謂我何？詩云『穀則異室，死則同穴』，吾之心事實此，春鴻雖厚我念我，然君子愛人以德，不可但姑息也。」言訖，淚落如雨。鴻亦慘慘而出。至晚竟逝。麟以漆棺斂之，殯於開元寺僧舍，期任滿載歸瘞焉。亡何，縣有劇盜遁於襄陽，官遣胥吏康鏵者往彼捕之，春鴻乃出娉緘白麟，俾因鏵寄去與魏生，麟拆覽之，乃集唐人詩成七言絕句十首，與生為決（當作訣）之辭也，麟以白母，夫人曰：「人已逝矣，勿違其意也。」遂命寄去。其詩曰：「兩行清涕語前流，千里佳期一夕休。倚柱尋思倍懊恨，寂寥燈下不勝愁。」右一。「相見時難別亦難，寒潮惟帶夕陽還。鈿蟬金鴈皆零落，離別煙波傷玉顏。」右二。「倚欄無語倍傷情，鄉思撩人撥不平。寂寞閑庭春又晚，杏花零落過清明。」右三。「自從消瘦減容光，雲雨巫山枉斷腸。獨宿孤房淚如雨，秋宵只為一人長。」右四。「紗窓日落漸黃昏，春夢無心只似雲。萬里關山音信斷，將身何處更逢君。」右五。「一身憔悴對花眠，零落殘魂倍黯然。人面不知何處去，悠悠生死別經年。」右六。「真成薄命久尋思，宛轉蛾眉能幾時。漢水楚雲千萬里，留君不住益凄其。」右七。「魂歸冥漠魄歸泉，却恨青蛾誤少年。三尺孤墳何處是，每逢寒食一潸然。」右八。「物換星移幾度秋，鳥啼花落水空流。人間何事堪惆悵，貴賤同歸土一丘。」右九。「一封書寄數行啼，莫動哀吟易慘凄。古往今來只如此，幾多紅粉委黃泥。」右十。生家居苦塊，度日如年，追念舊歡，遽成陳跡，然猶不知娉之死也，因賦《摸魚兒》一闋憶之，詞曰：「記當年，浪遊江海湖山，佳處頻到。緋桃紅杏春光媚，駿馬嬌嘶馳道。親曾造，拜第一仙人，聽鼓朝飛操。風流音耗，縱水隔蓬壺，浪翻銀漢，青鳥解相報。徒自悼，憶殺那人情好，萬千心事難告。天涯回首成陳跡，還想綠依紅靠。空灑淚，歎暑往寒來，疎鬢愁成皓。何時偎抱，把月下鸞簫，花間鳳管，細寫斷腸套。」詞成，蓋略述與娉相遇顛末。方擬謀人寄去，忽康鏵者自陝來，得娉凶聞並所集古句絶詩，讀之哀怨，悶而復甦，乃於峴山墮淚碑傍，為位以哭，酹酒以祭，且出娉前時所贈破鏡斷弦，仰天誓曰：「子既為我捐生，我又何忍相負，惟當終身不娶，少慰芳魂。」其文云：「嗚呼！天地既判，即分陰陽。夫婦假合，人道之常。從一而終，是謂賢良。二三其德，是曰淫荒。昔我參政，曁先平章。僚友之好，金蘭其芳。施及壽母，與余先堂。義若姊妹，閨門頡頏。適同有妊，天啟厥祥。指腹為誓，好音琅琅。乃生君我，二父繼亡。君留淛水，我返荆襄。彼此闊別，各居一方。日月流邁，踰十五霜。千里跋涉，訪君錢唐。佩服慈訓，初言是將。冀遂曩約，得諧姬姜。姻緣淺薄，遂墮荒唐。一斥不復，竟爾參商。嗚呼！君為我死，我為君傷。天高地厚，莫訴衷腸。玉容月貌，死在誰傍。斷絃破鏡，零落亡光。人非物是，徒有涕滂。悄悄寒夜，隆隆朝陽。佳人何在，令悳難忘。曷以招子，誰為巫陽。曷以慰予，鰥居空房。庶幾斯語，聞於泉鄉。峴山欝欝，漢水湯湯。山傾水竭，此恨未央。嗚呼小姐，來舉予觴。尚饗。」未久，生服滿赴都，陞陝西儒學正提舉，階奉議大夫。而麟尹咸寧，瓜期尚未及，始復得相見。升堂拜母，而夫人益老矣，見生祇加悲悔。舊僕若脱歡輩，亦有物故者，惟春鴻諸女一一無恙。生詢知娉殯宮所在，即往痛哭，以手叩墓門曰：「雲華，魏寓言在此，想子平生，精靈未散，豈不能為華山畿乎？」生是夕，宿公署，似夢非夢，彷彿見娉來，曰：「天果從人願乎？」生忘其死也，遽擁抱之，娉曰：「兄勿見持，當有奉告。」生方悟其鬼也，因問之曰：

陰君感子不娶之言，以為義高劉庭式，且曰不可使先參政盛德無後，將命我還魂。而屋舍已壞，今議假它屍，尚未有便，數在冬末，方可遂懷，彼時復得相聚也。」語畢，倐然飛去。生驚覺，但見淡月侵簾，冷風拂面，四顧凄然，泣兩行下，遂成《疎簾淡月》詞一闋以弔娉，詞云：「溶溶皓月，從前歲別來，幾回圓缺。何處凄凉，怕近暮秋時節。花顔一去成終訣，灑西風，淚流如血。美人何在，忍看殘鏡，忍看殘玦。　忽今夕夢裏，陡然相見，手携肩接。微啟朱唇，耳畔低聲兒説，冥君許我還魂也。教我同心，羅帶重結。醒來驚怪，還疑又信，枕寒燈滅。」生到任，不覺雪花飄粉，梅蕊舒瓊，兔走烏飛，又當臘月。有長安丞宋子璧者，一室女年及笄，姿豔絶世，忽暴死，已三日，復甦，不認其父母，曰：「我賈平章女雲華，今咸寧縣宣差賈麟姊也。死已二年，數當還魂，今借汝女之屍，其實非汝女也。」父母訝其聲音不類，言語不倫，正疑怪間，女即逕入賈尹宅，如素曾到者，見夫人及尹，道還魂甚詳。夫人與麟察之，聲音語笑，娉也，舉止態度，娉也，然尚未信。須臾，入其寢室，呼春鴻諸婢妾名字，索其存日遺物，絲髮皆不謬，始深信之。蓋咸寧與長安，俱西安在城屬縣，廨宇相鄰。丞亦聞賈尹到任時，其姊氏亡故，然還魂之事，世所罕有。乃與其妻陳氏同詣賈宅取回，女子堅不肯出，且詬且駡，曰：「何為妄認它人家女為女耶？」宋夫婦無計，遂歎息而還。夫人曰：「此天作之合也。」乃報魏生，生亦以夢中見娉事告賈母子，夫人忻忻唯言。於是命媒妁通殷勤，再締前盟，重行吉禮。生執鴈帛，往親迎焉。夫人暨春鴻、蘭苕等往送。鳳鸞花燭之夕，真處子也，枕上與生話舊，一事不遺。是日，設宴於提舉公廨後堂，宋氏一門亦與禮席，因詢丞女何名，乃知呼為月娥。又得之老門子云：「廨宇後堂，舊有匾名灑雪，蓋取李太白詩『清風灑蘭雪』之義，為前任提舉取去，今無矣。」遂悟伍相廟夢中神云者，上句言成婚之地，下句言其妻之名。生遍以告座人，知神言之驗，宣傳闔中，莫不歎異。有賦《永（脫「遇」字）樂》詞者，録於此：「傾國名姝，出塵才子，真箇佳麗。魚水姻緣，鸞鳳契合，事如人意。貝闕煙花，龍宮風月，謾詫傳書柳毅。想傳奇，又添一段勾欄裡，做《還魂記》。稀稀罕罕，奇奇怪怪，輳得完完備備。夢叶神言，婚諧復耦，兩姓非容易。牙牀兒上，繡衾兒裡，混似牡丹雙蔕。問這番，怎如前度，一般滋味。」生後與娥產三子，皆列顯官。生仕為太禧宗禋院使、兵部尚書，年八十三卒。娥封郡國夫人，壽七十九而歿，與生合葬焉。生與娥平昔吟詠賡和之作至千餘篇，題曰《唱隨集》，酸齋貫雲石為序於其前，生夫婦自序於其後，載於別録，此不著云。（同前書卷二十一「冥感部二」）

一六〇　司馬才仲：司馬才仲初在洛下，晝寢，夢一美姝牽帷而歌曰：「妾本錢塘江上住，花開花落，不管流年度。燕子銜將春色去，紗窗幾陣黃梅雨。」才仲愛其詞，因詢曲名，云是《黃金縷》，且曰：「後日相見於錢塘江上。」及才仲以東坡先生薦應制，舉中等，遂為錢塘幕官。其廨舍後堂，蘇小墓在焉。時秦少章為錢塘尉，為續其詞後云：「斜插犀梳雲半吐，檀板輕敲，唱徹《黃金縷》。夢斷彩雲無覓處，夜涼明月生春浦。」不逾年而才仲得疾。所乘畫水輿艤泊河塘，柁工遽見才仲攜一麗人登舟，即前聲喏，而火起舟尾，蒼忙走報，家已慟哭矣。（同前書卷二十二「夢遊部三」）

一六一 顏令賓：顏令賓居南曲中，舉止風流，好尚甚雅，亦頗為時賢所厚。事筆硯，有詞句，見舉人盡禮祇奉，多乞歌詩以為留贈，五彩箋常滿箱篋。後疾病且甚，值春暮，景色晴和，命侍女扶坐於砌前，顧落花而長歎數四，因索筆題詩云：「氣餘三五喘，花剩兩三枝。話別一樽酒，相邀無後期。」因教小童曰：「為我持此出宣陽親仁已來，逢見新第郎君及舉人，即呈之云：『曲中顏家娘子將來，扶病奉候郎君。』」因令其家設酒果以待。逡巡至者數人，遂張樂歡飲。至暮，涕泗交下，曰：「我不久矣，幸各製哀挽以送我。」初，其家必謂求賻，送於諸客，甚喜。及聞其言，頗慊之。及卒，將瘞之日，得書數篇，其母拆視之，皆哀挽詞也。母怒，擲之於街中，曰：「此豈救我朝夕也？」其鄰有喜羌竹劉駞駞，聰爽能為曲子詞，或云嘗私於令賓，因取哀詞數篇，教挽柩前同唱之，聲甚悲愴。是日瘞於青門外，或有措大逢之，它日召駞駞使唱，駞駞尚記其四章。一曰：「昨日尋仙子，輀車忽在門。人生須到此，天道竟難論。客至皆連袂，誰來為鼓盆。不堪襟袖上，猶印舊眉痕。」二曰：「殘春扶病飲，此夕最堪傷。夢幻一朝畢，風花幾日狂。孤鸞徒照鏡，獨燕懶歸梁。厚意那能展，含酸奠一觴。」三曰：「浪意何堪念，多情亦可悲。駿奔皆露膽，麐至盡齊眉。花墜有開日，月沉無出期。寧言掩丘後，宿艸便離離。」四曰：「奄忽那如此，夭桃色正春。捧心還勸我，掩面復何人。岱嶽誰為道，逝川寧問津。臨喪應有主，宋玉在西鄰。」自是盛傳於長安，挽者多唱之。或詢駞駞曰：「宋玉在西，莫是你否？」駞駞哂曰：「大有宋玉在。」諸子皆知私於樂工，及鄰里之人，極以為恥，遽相掩覆。絳真因與諸子爭令，相謔失言云：「莫倚居突肆。」既而甚有恨色。後有與絳真及諸子昵熟者勤問之，終不言也。(同前書卷二十六「妓女部一」)

一六二 武昌妓：韋蟾廉問鄂州，及罷任，賓僚盛陳祖席。蟾遂書《文選》句云：「悲莫悲兮生別離，登山臨水送將歸。」以箋毫授賓從，請續其句。座中悵望，皆思不屬。逡巡，女妓泫然起曰：「某不才，不敢染翰，欲口占兩句。」韋大驚異，令隨口寫之：「武昌無限新栽柳，不見楊花撲面飛。」座客無不嘉歎，韋令唱作《楊柳枝》詞，極歡而散，贈數十箋納之。翌日，共載而發。(同前書卷二十七「妓女部二」)

一六三 秀蘭：蘇子瞻守錢唐，有官妓秀蘭，天性黠慧，善於應對。湖中有宴會，群妓畢至，惟秀蘭不來，遣人督之，須臾方至。子瞻問其故，具以髮結沐浴，不覺困睡，忽有叩門聲，急起而問之，乃樂營將催督也，非敢怠忽，謹以實告，子瞻亦恕之。坐中一少年倅，屬意於蘭，見其晚來，恚恨未已，責之曰：「必有他事，以此晚至。」秀蘭力辨，不能止倅之怒。是時，榴花盛開，秀蘭以一枝籍手告倅，其怒愈甚，秀蘭收淚無言。子瞻作詞以解之，倅怒始息，其詞曰：「乳燕飛華屋，悄無人，桐陰轉午，晚涼新浴。手弄生綃白團扇，扇手一時似玉。漸困倚，孤眠清熟。門外誰來推繡户，枉教人夢斷瑤臺曲。又却是，風敲竹。　石榴半吐紅巾蹙，待浮花浪蕊都盡，伴君幽獨。濃豔一枝細看取，芳心千重似束。又被西風驚緑，若待得君來，向花前對酒不忍觴(當作觸)。共粉淚，兩簌簌。」(同前)

一六四 《西閣寄梅記》：朱端朝，字廷之，宋南渡後肄業上庠。與妓馬瓊瓊者往來，久之，情愛稠密，馬屢以終身之託為言。朱雖曰從，而心不許之，蓋以妻性嚴謹，不敢主盟，非薄倖也。端朝文華富贍，瓊瓊知其非白屋久居之人，遂傾心，凡百費用，皆瓊瓊給之。時秋試高中，捷報之來，瓊瓊喜而勞之，端朝乃淬勵省業，以决春闈之勝，既而到省愜意。翌日揭榜，果中優等。及廷對之策，失之太訐，遂寘下甲，初注授南昌尉，瓊瓊力致□（當作懇）曰：「妾，風塵卑之人，荷君未遽棄去。今幸榮登仕版，行將雲泥隔絶，無復奉承枕席。妾之一身，終淪棄矣，誠可憐憫，欲望君與謀脱籍之計，永執箕箒。然固君内政嚴謹，妾當小心伏事，無敢唐突。萬一脱此業緣，受賜於君，誠不淺淺耳。且妾之箱篋稍充，若與力圖去籍，誠為不難。」端朝曰：「去籍之計，固可主張，但恐不能與家人相處，使其無妬忌之態。端朝為什，亦不至今日，盛意既濃，沮之則近無情，從之則虞有辱。然既出汝中心，即容與調護。先人數語，使其和同柔順，庶彼此得以相安，否則端朝之計無所施矣。」一夕，端朝因間謂其妻曰：「我久居學舍，雖近得一小官，外人誠有助焉。且我家貧，急於干禄，豈得待數年之闕？我所得一官，實出妓子馬瓊瓊之賜，今彼欲傾箱篋，求託於我，仍謀去籍，彼亦能小心迎合人意，脱彼於風塵之間，此亦仁人之恩也。」其妻曰：「君意已决，亦復何辭？」端朝喜，謂瓊瓊曰：「初畏家人不從，吾言試一叩之，乃忻然相許。」端朝於是宛轉求託，而瓊瓊花籍亦得脱去，瓊遂搬囊橐，與端朝俱歸其家。既至門，其正室一見如故。端朝自是得瓊瓊所攜，而家遂稍豐。因整理一區，中闢二閣，以東西扁名，東閣正室居之，乃令瓊瓊處於西閣，後止有東西閣相通，同處倏經三載，闕期已滿，迓吏前至。端朝以路遠俸薄，不肯攜累，乃單騎赴任。將行，置酒與東西閣相宴，因祝曰：「凡此去或有家信來往，東閣西閣不能别書，止混同一緘，復書亦如之。」言畢，端朝獨之南昌，在路登涉稍艱。既到南昌，參州交印，謁廟受賀，復禮人事方畢，而巡警繼至，倏經半載，乃得家信。止東閣有書，而西閣無之，端朝亦不介意。復書中但諭及東閣寬容之意，仍指西閣奉承之勤，書至，竟不及見，且曰縣尉之行也，嘗曰作書回字，當與二閣共之。今乃不獲覩，此何意也？東閣開言頗嫉之，欲去而未可，西閣乃密遣一僕，厚給裹足，授以書，祝之曰：「勿令東閣孺人知之。」及書至南昌，端朝開緘，絕無一字，止見雪梅扇面而已。因反復觀玩，及於後寫一詞，名《減字木蘭花》，云：「雪梅妬色，雪把梅花相抑勒。梅性溫柔，雪壓梅花怎起頭。芳心欲訴，全仗東君來作主。傳語東君，早與梅花作主人。」端朝詳味詞中之意，則知西閣為東閣摧挫，可知矣。自是坐卧不安，日夜思欲休官，賦歸去來之計。蓋以僥倖一官，皆西閣之力，不忘本也。後竟以尋醫為名，而棄官歸來。既至家，而東西二閣相與出迎，深怪其未及書考，忽作歸計，叩之不答。既而端朝置酒，會二閣而言曰：「我僥倖一官，羈迷千里，所望二閣在家和順相容，使我居官少安。昨日見西閣所寄梅扇後書《減字木蘭花》一首，讀之使人不遑寢食，吾安得而不歸哉？」東閣乃曰：「君今仕矣，且與妾判斷此事，據西閣詞中所說，梅花孰是？」端朝曰：「此非口舌所能剖判，當取紙筆來，書其是非曲直。」遂作《浣溪沙》一闋以示二閣，云：「梅正開時雪正狂，兩般幽韻孰優長？且宜持酒細端詳。梅比雪花多一出，雪如梅蕊少些香。花公非是不思量。」自後二閣歡會如初，而端朝亦不復出仕矣。（同前）

一六五　張怡雲：張怡雲能詩詞，善談笑，藝絶流輩，名重京師。趙松雪、商正叔、高房山皆為寫怡雲圖以贈，諸名公題詩殆遍，姚牧庵、閻靜軒每於其家小酌。一日，過鐘樓街，遇史中丞，中丞下道，笑而問曰：「二先生所往，可容侍行否？」姚云：「中丞上馬。」史於是屏騶從，速其歸攜酒饌，因與造海子上之居。姚與閻呼曰：「怡雲，今日有佳客，此乃中丞史公子也，我輩當為爾作主人。」張便取酒先壽史，且歌「雲間貴公子，玉骨秀横秋」《水調歌》一闋，史甚喜。有頃，酒饌至，史取銀二錠酬歌。席終，左右欲撤酒器皆金玉者，史云：「休將去，留待二先生來此受用。」其賞音有如此者。又嘗佐貴人樽俎，姚、閻二公在焉，姚偶言「暮秋時」三字，閻曰：「怡雲續而歌之。」張應聲作《小婦孩兒》，且歌且續曰：「暮秋時，菊殘猶有傲霜枝，西風了却黄花事。」貴人曰：「且止。」遂不成章，張之才亦敏矣。（同前書卷二十八「妓女部三」）

一六六　解語花：解語花，姓劉氏，尤長於慢詞。廉野雲招盧疎齋、趙松雪飲於京城外之萬柳堂，劉左手持荷花，右手持杯，歌《驟雨打新荷》曲，諸公喜甚。趙即席賦詩云：「萬柳堂前數畝池，平鋪雲錦蓋漣漪。主人自有滄州趣，遊女仍歌白雪詞。手把荷花來勸酒，步隨芳艸去尋詩。誰知咫尺京城外，便有亡窮萬里思。」（同前）

一六七　珠廉秀：姓朱氏，行第四，雜劇為當今獨步，駕頭、花旦、軟末泥等悉造其妙。胡紫山宣慰嘗以《沉醉東風》曲贈云：「錦織江邊翠竹，絨穿海上明珠。月淡時，風清處，都隔斷落紅塵土。一片閒情任卷舒，掛盡朝雲暮雨。」馮海粟待制亦贈以《鷓鴣天》云：「憑倚東風遠映樓，流鶯窺面燕低頭。蝦鬚瘦影纖纖織，龜背香紋細細浮。　紅霧斂，彩雲收，海霞為帶月為鈎。夜來捲盡西山雨，不着人間半點愁。」蓋朱背微僂，馮故以簾鈎寓意。至今後輩以朱娘娘稱之者。（同前）

一六八　趙真真：趙真真、楊玉娥善唱諸宮調，楊立齋見其謳張五牛、商正叔所編《雙漸小卿恕》，因作《鷓鴣天》、《哨遍》、《耍孩兒煞》以詠之，後曲多不録。今録前曲云：「煙柳風花錦作園，霜芽露葉玉裝船。誰知皓齒纖腰會，只在輕衫短帽邊。　啼玉靨，咽冰絃，五牛身去更無傳。詞人老筆佳人口，再喚春風在眼前。」（同前）

一六九　劉燕歌：劉燕哥（前作歌）善歌舞，齊参議還山東，劉賦《太常引》以餞，云：「故人别我出陽關，無計鎖琱鞍。今古别離難，兀誰畫、娥眉遠山。　一尊别酒，一聲杜宇，寂寞又春殘。明月小樓閒第，一夜相思淚彈。」至今膾炙人口。（同前）

一七〇　杜妙隆：杜妙隆，金陵佳麗人也。盧疎齋欲見之，行李匆匆，不果所願，因題《踏莎行》於壁云：「雪暗山明，溪深花早，行人馬上詩成了。歸來聞説妙隆歌，金陵却比蓬萊渺。　寶鏡慵窺，玉容空好，粱塵不動歌聲悄。無人知我此時情，春風一枕松窓曉。」（同前）

一七一　宋六嫂：小字同壽。元遺山有贈觱栗工張觜兒詞，即其父也。宋與其夫合樂，妙入神品。蓋宋善謳，其夫能傳其父之藝。滕玉霄待制嘗賦《念奴嬌》以贈，云：「柳鞶花困，把人間恩愛，尊前傾盡。何處飛來雙比翼，直是同聲相應。　寒玉嘶風，香雲捲雪，一串驪珠引。元郎去後，有誰著意題品？　誰料濁羽清商，繁絃急管，猶自餘風韻。莫是紫鸞天上曲，兩兩玉童相並。白髮梨園，青衫老傅，試與留連聽。可人何處？滿庭霜月清冷。」（同前）

一七二　張玉蓮：張玉蓮，人多呼為張四媽，舊曲其音不傳者，皆能尋腔依詞唱之。絲竹咸精，蒲博盡解，笑談亹亹，文雅彬彬。南北令詞，即席成賦，審音知律，時無比焉。往來其門率富貴公子，積家豐厚。喜延款士夫，復揮金如土，無少暫惜愛。林經歷嘗以側室置之，後再占樂籍。班彥功與之甚狎，班司儒秩滿北上，張作小詞《折桂令》贈之，末句云：「朝夕思君，泪點成班。」亦自可喜。又有一聯云：「側耳聽、門前過馬，和泪看、簾外飛花。」尤為膾炙人口。有女倩嬌、粉兒數人，皆藝殊絶，後以從良散去。予近年見之崑山，年六十餘矣，兩鬢如黧，容色尚潤，風流談謔，不減少年時也。（同前）

一七三　金鶯兒：金鶯兒，山東名姝也。美姿色，善談笑，搊箏合唱，鮮有其比。賈伯堅任山東僉憲，一見屬意焉，與之甚昵。其後除西臺御史，不能忘情，作《醉高歌》、《紅繡鞋》曲以寄之，曰：「樂心兒比目連枝，肯意兒新婚燕爾。畫船開，抛閃得人，獨自遥望，關西店兒。黄河水流不盡心事，中條山隔不斷相思。常記得，夜深沉，人静悄自來時。來時節三兩句話，去時節一篇詩，記在人心窩兒裏，直到死。」由是臺端知之，被劾而去，至今山東以為美談。（同前）

一七四　一分兒：姓王氏，京師角妓也。歌舞絶倫，聰慧無比。一日，丁指揮會才人劉士昌、程繼善等於江鄉園小飲，王氏佐樽，時有小姬歌《菊花會》南吕曲云：「紅葉落，火龍褪甲。青松枯，怪蟒張牙。」丁曰：「此《沈醉東風》首句也，王氏可足成之。」王應聲曰：「紅葉落，火龍褪甲。青松枯，怪蟒張牙。可詠題，堪描畫，喜觥籌，席上交雜。荅剌蘇，頻斟入，禮厮麻。不醉呵，休扶上馬。」一座歎賞，由是聲價愈重焉。（同前）

一七五　般般醜：般般醜，姓馬，字素卿，善詞翰，達音律，馳名江湘間。時有劉廷信者，南臺御史劉廷翰之族弟，俗呼曰黑劉五，落魄不羈，工於笑譚，天性聰慧，至於詞章，信口成句，而街市俚近之語，變用新奇，能道人所不能道者，與馬氏各相聞而未識。一日，相遇於道，偕行者曰：「二人請相見。」曰：「此劉五舍也，此即馬般般醜也。」見畢，劉熟視之，曰：「名不虛得。」馬氏亦含笑而去。自是往來甚密，所賦樂章極多，至今為人傳誦。（同前）

一七六　劉婆惜：劉婆惜，樂人李四之妻也。江右與楊春秀同時，頗通文墨，滑稽歌舞，迥出其流，時貴多重之。先與撫州常推官之子三舍者交好，苦其夫間阻。一日，偕宵遁，事覺，決杖。劉負愧，將之廣海居焉。道經贛州，時有全普庵撥里，字子仁，由禮部尚書，值天下多故，選用，除贛州監郡。平昔守官清廉，文章政事，敭歷臺省。但未免躭於花酒，每日公餘，即與士夫酣歌賦詩，帽上常喜簪花，否則或果或葉，亦簪一枝。一日，劉之廣海，過贛，謁全公，全曰：「刑餘之婦，無足與也。」劉謂閽者曰：「妾欲之廣海，誓不復還。久聞尚書清譽，獲一見而逝死無憾也。」全哀其志，而與進焉。時賓朋滿座，全帽上簪青梅一枝，行酒，全口占《清江引》曲云「青青子兒枝上結」，令賓朋續之，衆未有對者，劉歛衽進前曰：「能容妾入辭乎？」全曰：「可。」劉應聲曰：「青青子兒枝上結，引惹人攀折。其中全子仁就裏，滋味別，只為你酸，留意兒，難棄舍。」全大稱賞，由是顧寵無間，納為側室。後兵興，全死節，劉克守婦道，善終於家。（同前）

一七七　《義娼傳》：義娼者，長沙人也，不知其姓氏，家世倡籍。善謳，尤喜秦少游樂府。得一篇，輒手筆口詠不置。久之，少游坐鈎黨南遷，道長沙，訪潭土風俗、伎籍中可與言者，或言倡，遂往焉。少游初以潭去京數千里，其俗山獠夷陋，雖聞倡名，意甚易之。及見，觀其姿容既美，而所居復瀟灑可人，意以為非唯自湖外來所未有，雖京路間亦不易得。坐語間，顧見几上文一編，就視之，目曰《秦學士詞》，因取竟閱，皆己平日所作者，環視無它文，少游竊怪之，故問曰：「秦學士，何人也？若何自得其詞之多？」倡不知其少游也，即具道所以，少游曰：「能歌乎？」曰：「素所習也。」少游愈益怪曰：「樂府名家無慮數百，若何獨愛此乎？不惟愛之，而又習之歌之，若素愛秦學士者，彼秦學士亦嘗遇若乎？」曰：「妾，僻陋在此，彼秦學士，京師貴人也，焉得至此？藉令至此，豈顧妾哉？」少游乃戲曰：「若愛秦學士，徒悅其詞爾，若使親見容貌，未必然也。」倡歎曰：「嗟呼！使得見秦學士，雖為之妾御，死復何恨！」少游察其語誠，因謂曰：「若欲見秦學士，即我是也，以朝命貶黜，因道而來此爾。」倡大驚，色若不懌者。稍稍引退，入謂母媪。有頃，媪出設位，坐少游於堂。倡冠帔立階下，北面拜，少游起且避，媪掖之坐，以受拜已。且張筵飲，虛左席，示不敢抗，母子左右侍觴。酒一行，率歌少游一闋以侑之，卒飲甚歡，比夜乃罷。止少游宿，衾枕席褥必躬設，夜分寢定，倡乃寢。先平明起，飾冠帔，奉沃匜，立帳外以待。少游感其意，為留數日，倡不敢以燕惰見，愈加敬禮。將別，囑曰：「妾不肖之身，幸侍左右。今學士以王命，不可久留，妾又不敢從行，恐重以為累。惟誓潔身以報，它日北歸，幸一過妾，妾願畢矣。」少游許之。一別數年，少游竟死於藤。倡雖處風塵中，為人婉娩有氣節。既與少游約，因閉門謝客，獨與媪處。官府有召，辭不獲，然後往，誓不以此身負少游也。一日，晝寢寤，驚泣曰：「吾自與秦學士別，未嘗見夢，今夢來別，非吉兆也，秦其死乎？」亟遣僕順途覘之。數日得報，秦果死矣。乃謂媪曰：「吾昔以此身許秦學士，今不可以死故背之。」遂衰服以赴，行數百里，遇於旅館。將入，門者禦焉，告之故而後入，臨其喪，拊棺繞之三週，舉聲一慟而絶，左右驚救，已死矣。湖南人至今傳之，以為奇事。京口人鍾鳴將之，常州校官，以聞於郡守李次山結，既為作傳，又系贊曰：「倡慕少游之才，而卒踐其言，以身事之，而歸死焉。不以存亡間，可謂義倡矣。世之言倡者，徒曰下流不足道，嗚呼！今夫士之潔其身以許人，能不負其死，而不愧於倡者幾人哉？倡雖處賤，而節義若此。然其處朝廷、處鄉里、處親識僚友之際而士君子其稱者，乃有愧焉，則倡之義豈可薄邪？」詩曰：「采葑采菲，無以下體。」予聞李使君結言，其先大父往持節湖湘間，至長沙，聞倡之事，而歎異之，惜其姓氏之不傳云。復書長句於後曰：「洞庭之南瀟湘浦，佳人娟娟隔秋渚。門前冠蓋但如雲，玉貌當年誰為主。風流學士淮海英，解作多情斷腸句。流傳往往過湖嶺，未見誰知心已赴。舉首却在天一方，直北中原數千里。自憐容華能幾時，相見河清不可俟。北來遷客古藤州，渡湘獨弔長沙傅。天涯流落行路難，暫解征鞍聊一顧。橫波不作常人看，邂逅乃慰平生慕。蘭堂置酒羅饈珍，明燭燒膏為延佇。清歌宛轉遶梁塵，博山空濛散煙霧。雕牀斗帳芙蓉褥，上有鴛鴦合歡被。紅顔深夜承燕娱，玉笋清晨奉巾履。匆匆不盡新知樂，惟有此身為君許。但説恩情有重來，何期不別歲將暮。午枕孤眠魂夢驚，夢君來別如平生。與君已別復何別，此別元乃非吉徵。萬里海風掀雪浪，魂招不歸竟長往。効死君前若不知，向來宿約期無爽。君不見，二妃追

□（當作舜）號蒼梧，恨染湘竹終不枯。無情湘水自東注，至今斑笋盈江隅。屈原九歌豈不好，煎膠續絃千古無。我今試作義倡傳，尚使風期後來見。（同前書卷三十「妓女部五」）

一七八　吴女盈盈：魏人王山能為詩，標韻清卓，因省試下第，薄遊東海。值吴女盈盈者來，年方十六，善歌舞，尤工彈箏，容艷甚冶，詞翰情思，翹翹出羣，少年子争登其門，不惜金帛。盈遴選佳偶，乃許一笑。府守田龍召使侍宴，山預其列，相得於樽俎之間，從之忻處累月。山告歸，盈垂泣悲啼，不能自止。明年，寄《傷春曲》示山，其詞云：「芳菲時節，花壓枝折。蜂蝶掩，闌干無法。（一作『蜂蝶撩亂，欄檻光發』）一旦碎花魂，葬花骨，蜂兮蝶兮何不來。空使雕欄對寒月。」山作長歌答之，云：「東風豔豔桃李松，花木春入屠酥濃。龍腦透縷鮫綃紅，鴛鴦十二羅芙容。盈盈初見十五六，眉試青膏鬢垂緑。道字不正嬌滿懷，學得襄陽大隄曲。阿母偏憐掌上看，自此風流難管束。鶯啄含桃未咽時，便念郎詩風動竹。日高一丈緑窓曉，啼鳥壓花新睡短。膩雲纖指掩還偏，半被可憐留翠晚。淡黄衫袖仙衣輕，紅玉闌干粉妝淺。酒痕落腮梅忍寒，春羞入目横波瀲。一縷未消山枕紅，斜睇整衣移步嬾。才如韓壽潘安亞，擲果偷香心暗嫁。小花静院酒闌珊，别有私言銀燭下。簾旌浪皺金泥額，六尺牙牀羅帳窄。釵横啼笑兩不分，歷盡風期肢一搦。若教飛上九天歌，一聲自可傾人國。嬌多必是春工與，才能動人情幾許。前年按舞使君筵，卧起忍羞頭不舉。鳳凰簫冷曲成遲，凝醉桃花遇風雨。阿盈阿盈聽我言，勸君休向陽臺住。一生已有楚王憐，宋玉多才誰解賦。洛陽亡限青樓女，袖掩紅牙金鳳縷。春衫粉面誰家郎，只把黄金買歌舞。就中薄倖五陵兒，一日憐新棄如土。雲零雨落正堪悲，空入它人夢來去。浣花溪上海棠灣，薛濤朱户皆金環。韋皐筆逸玳瑁落，張祐盞滑琉璃乾。壓倒念奴價百倍，興來奇怪生毫端。醉目見紙聊一掃，落花飛雪已漫漫。夢得見之為改觀，樂天更敢尋常看。花間不肯下翠幕，竟日烜赫羅雕鞍。掃眉塗粉至七十，老大始頂菖蒲冠。（壽七十，始頂菖蒲冠，學謝自然上升之術。）至今愁人錦江口，秋蛩露草孤墳寒。盈盈大雅真可惜，爾生此後不可得。滿天風月獨倚闌，醉岸濃雲呼佚墨。久之不見予心憶，高城去天無幾尺。斜陽銜山雲半紅，遠水無風天一碧。望目空遥沉翠翼，銀河易闊天南北。瘦盡休文帶眼移，忍向小樓清淚滴。」又明年，山適淄川，遇王通判於邸舍，出盈盈札，欲偕遊東山，紙尾一詞云：「枝上差差緑，林中蔌蔌紅。已歎芳菲盡，安能罇俎空。君不見，銅駝茂草長安東，金鑣玉勒雪花驄。二十年前乃俠小，纍纍昨日成衰翁。幾時滿飲流霞鍾，共君倒在夕陽中。」時方初夏，山已病，不克赴其約。秋中又如山東，盈已死，王通判謂山曰：「子去後，盈若平居醉卧，夢紅裳美人手執一紙書，告曰：『玉女命汝掌奏牘。』及覺，泣以白母云：『予不復久居人間矣，它日可訪我於東山。』遂嗚咽流涕，其夕即卒。」王命山作句弔之，山立賦三章，其一云：「炬花紅死卧初醒，一枕孤清病客情。海上有山同大夢，人中無路可長生。乾坤意入憑闌大，風月人歸似古情。漢殿香銷春寂寂，夕陽無語下西城。」其二云：「絃絶秦箏鏡掩塵，細腰休舞鳳皇茵。一枝濃豔埋香玉，萬顆珍珠滴繡巾。行雨不歸魂夢斷，落花難伴綺羅春。漢皇甲帳當年意，縱有芳魂不是真。」其三云：「小巷朱橋花又春，洞房何事不歸雲。二年中過曾攜手，今日重來忽見墳。香魄已飛天上去，鳳簫猶似月中聞。縱然却入襄王夢，會向陽臺憶使君。」後五年，山遊奉符，與同志登岱嶽，至絶頂玉女池。追思故昔盈盈之夢，徘徊池側，心思神會，因題於石曰：「浮世繁華一夢休，登臨因憶昔年遊。人歸依舊野花笑，玉冷幾經墳樹秋。風月過情須感慨，江山多恨即遲留。如今縱擬誇才思，事往情多特地愁。」又曰：「柳枝黃盡杏花新，山翠無非昔日春。花色笑春渾似醉，寂寥唯少賞花人。憶昔閑粧淡苧衣，一枝紅拂牡丹微。無端不入襄王夢，為雨為雲各處飛。」山歸，就次遂夢遊日觀峰，比見石上大字，筆跡同盈，書一詩曰：「絳闕珠宫鎖亂霞，長生未曉棄繁華。斷無方朔人間信，遠阻麻姑洞裏家。累劫遥翻滄海水，深春難謝碧桃花。紫臺未隱瑶池大，鳳小龍嬌日又斜。」念了，已寤，此夕昏醉惘惘，間有女奴來召，至一溪洞門，碧衣短鬟出邀。入宫中，一女子玉冠黄帔，衣絳綃裳，晬容。山趨拜，女已起止之，揖升階，少選，盈與一女偕至，微笑曰：「『為雨為雲各處飛』，何乃尤人如此也！」命進酒，各有賦詠，夕已深，二女曰：「盈盈雅故，可以即卧。」聞雞唱起，復置酒，珍重語别。山辭决（當作訣），恍然出洞，但蒼崖古木，非向所歷，感之而返。（同前）

一七九 吴淑姬、嚴蕊：湖州吴秀才女，慧而能詩詞，貌美家貧，為富氏子所據。或投郡，訴其姦淫，王龜齡為太守，逮係司理獄，既伏罪，且受徒刑。郡僚相與詣理院觀之，仍具酒，引使至席，風格傾一坐，遂命脱伽（當作枷）侍飲，諭之曰：「知汝能長短句，宜以一章自詠，當宛轉白待制，為汝解脱，不然，危矣。」女即請題，時冬末雪消，春日且至，令道此景作長短句，令捉筆，立成曰：「煙霏霏，雨霏霏，雪向梅花枝上堆。春從何處回？　醉眼開，睡眼開，疎影横斜安在哉？從教塞管催。」諸客賞歎，為之盡歡。明日以告王公，言其冤，王淳直，不疑人欺，亟使釋放。其後無人肯禮娶，周介卿石之子買以為妾，名曰淑姬。王三恕時為司户攝理，正治此獄，小詞藏其處。又，台州官妓嚴蕊，兀有才思，而通書博古。唐與正為守，頗屬目。朱元晦提舉浙東，按部發其事，捕蕊下獄，杖其背，猶以為伯伍行杖輕，復押至會稽再論決，蕊墮酷刑，而係樂籍如故。岳商卿霖提點刑獄，因疎决至台，蕊陳狀乞自便，岳令作詞，應聲口占云：「不是愛風塵，似被前身悞。花落花開自有時，總是東君主。去也終須去，住也如何住。若得山花插滿頭，莫問奴歸處。」岳即判令從良。（同前）

一八〇　謝希孟：謝希孟者，陸象山門人也。少豪儁，與妓陸氏狎，象山責之，希孟但敬謝而已。它日復為妓造鴛鴦樓，象山又以為言，希孟謝曰：「非特建樓，且為作記。」象山喜其文，不覺曰：「樓記云何？」即占首句云：「自遜、抗、機、雲之死，而天地英靈之氣，不鍾於男子而鍾於婦人。」象山默然，知其悔也。一日，希孟在妓所，恍然有悟，忽發歸興，不告而行，妓追送江滸，悲戀而啼，希孟毅然取領巾書一詞與之，云：「雙槳浪花平，夾岸青山鎖。你自歸家我自歸，説着如何過。我斷不思量，你莫思量我。將你從前與我心，再傍它人呵。」（同前）

一八一　陶師兒：淳熙初，行都角妓陶師兒與蕩子王生狎，甚相眷戀，為惡姥所間，不盡綢繆。一日，王生拉師兒遊西湖，唯一婢一僕隨之。尋常遊湖者，逼暮歸。是日，王生與師兒有密誓，特故盤桓，比夜遶岸，則城門鎖，不可入矣。王生謂僕曰：「月色甚佳，清泛可不再乎？」市酒殽，復遊湖中，迤邐更闌，舉舟倦寢，舟泊净慈寺藕花深處。王生、師兒相抱投入水中，舟人驚救不及，死。都人作

「長橋月、短橋月」以歌之，其所乘舟竟爲棄物，經年無敢登者。居亡何，值禁煙節序，士女闐沓，舟發如蟻。有妙年者，外方人也，登豐樂樓，目擊畫舫紛紜，起夷猶之興，欲買舟遊一（當作「一遊」），會日已停（當作亭）午，雖蓮舫漁艇亦無泊岸者，止則棄舟在焉，人有以王、陶事告者，士人笑曰：「大佳，大佳，正欲得此。」即具盃饌入舟，遍遊西湖，曲盡歡而歸。自是人皆喜談，争求售之，殆無虚日，其價反倍於它舟。（同前）

一八二 陳詵：湘人陳詵，登第，授岳陽教官。夜踰牆與妓江柳狎，頗爲人所知。時孟之經守岳，聞其故，一日，公宴，江柳不侍，呼至，杖之，文其眉鬢間以「陳詵」二字，仍押隸辰州。妓之父母詣學宫咎詵，云：「自岳去辰八百里，且求資糧。」陳且泣且悔，罄其所有，及資衣物，得千緡，以六百贈柳，餘付監押吏卒，令善視。且以詞餞别，云：「鬢邊一點似飛鴉，休把翠鈿遮。二年三載，千闌百就，今日天涯。　楊花又逐東風去，隨分入人家。要不思量，除非酒醒，休照菱花。」柳將行，會陸雲西以荆湖制司幹官，霈檄至岳，與陳有故。將至，陳先出迎，以情告陸，陸即取空名制幹劄，填陳姓名，檄入制幕。既而並迎，陸入，即開宴，陸曰：「聞籍中有江柳者善謳，誰是也？」孟即呼至，柳花鈿隱眉間所文，欲問，陸越語孟曰：「能以柳見予否？」孟曰：「唯命。」陸笑曰：「君尚不能容一陳教，豈能與我？」孟因叙詵之過，陸歎慨。既而終席，陸呼柳問其事，柳出詵送别詞，陸大嗟賞。而再登席，陸舉詞示孟，且誚之曰：「君試目此作，可謂不知人矣，今制司檄詵入幕，將若之何？」孟求解於陸，並召詵同宴。明日，列薦詵，且除柳名，陸遂將詵如江陵，見之閫公秋壑，俾充幕寮。詵不特洗一時之辱，

且有倖進之喜。至今巴陵傳為佳話焉。（同前）

一八三 符郎：京師孝感坊有邢知縣、單推官，並門居，邢之妻，即單之姊。單有子名符郎，邢有女名春娘，年齒相上下，在襁褓中已議婚。宣和丙午夏，邢挈家赴鄧州順陽縣官守，單亦舉家往揚州待推官闕，約官滿日歸成婚。是冬，戎寇大擾，邢夫妻皆遇害，春娘為賊所虜，轉賣在全州娼家，名楊玉。春娘十歲時，已能誦《語》、《孟》、《詩》、《書》，作小詞。至是娼媪教之樂色事藝，無不精絶，每公庭侍宴，能將舊詞更改，皆對境有者。模處玉為人體態，容貌清秀，舉措閒雅，不事持口吻以相嘲謔，有良人風度，前後守倅皆重之。（節録自同前）

一八四 詹天游：詹天游，名玉可，字大。風流才思，不減昔人。故宋駙馬楊震有十姬，皆絶色，名粉兒者尤勝。一日，召天游宴，盡出諸姬佐觴，天游屬意於粉兒，口占一詞云：「淡淡青山兩點春，嬌羞一點口兒櫻，一梭兒玉一窩雲。白藕香中見西子，玉梅花下遇昭君，不曾真箇也銷魂。」楊遂以粉兒贈之，曰：「請天游真箇銷魂也。」後為翰林學士，熊納齋嘗以軟香遺之，因作《慶清朝慢》以謝，極形容之至，詞曰：「紅雨争妍，芳塵生潤，將春都揉成泥。分明蕙風薇露，持搦花枝。款款汗酥薰透，嬌羞無奈温雲癡。偏廝稱，霓裳霞珮，玉骨冰肌。梅不似，蘭不似，風流處那更，着意聞時。驀地生綃扇底，嫩凉浮動好風，微醉得渾無氣力，海棠一色睡胭脂。閒滋味，殢人花氣，韓壽争知。」（同前）

一八五 舒信道：舒信道中丞宅在明州，負城瀕湖，繞屋皆古木茂竹，蕭森如山麓間。其中便坐，曰懶堂，背有大池。子弟羣處講習，外客不得至。方盛秋佳月一，舒呼燈讀書，忽見女子揭簾而入，素衣淡粧，舉動嫵媚，而微有悲涕容，緩步而前曰：「竊慕君子少年高志，欲冥行相奔，願容駐片時，使奉款曲。」舒迷蒙恍惚，不疑為異物，即與語，叩其姓氏所居，曰：「妾本丘氏，父作商賈，死於湖南。但與繼母居茅茨小屋，相去只一二里。母殘忍猛暴，不能見存，又不使媒妁議婚姻，無故捶擊，以刀相嚇，急走逃命，勢難復歸。倘得畜為婢子，固所大願。」舒甚喜曰：「留汝固所樂，或事洩奈何？」女曰：「姑置此慮，續為之圖。」俄一小青衣攜酒肴來，即促膝共飲，三行，女歛袂起致辭曰：「奴雖小家女，頗能綴詞，輒作一闋，叙兹夕邂逅相遇之意。」顧青衣舉手代拍而歌曰：「緑净湖光，淺寒先到芙蓉島。謝池幽夢屬才郎，幾度生春艸。塵世多情易老，更那堪，秋風嫋嫋。晚來羞對，香芷汀洲，枯荷池沼。恨鎖横波，遠山淺黛無心掃。湘江人去歎無依，此意從誰表。喜趂良宵月皎，況難逢，人世兩好。莫辭辭（當作醉）入屏山，只愁天曉。」蓋寓聲《燭影摇紅》也，舒愈愛惑。女令青衣歸，遂留共寢，宛然處子爾。將曉别去，間一夕復來，珍果異撰，亦時時致前。及懷縑素之屬，親為舒造衣，工製敏妙。相從月餘，守宿童隸聞其與人言，謂必俠（當作挾）倡優淫昵，它時且累己，密以告老姨媪，展轉漏泄，家人悉知之，掩其不備，遣弟妹乘夜伴為問訊，排户直前，女忙奔斜竄，投室旁空轎中，秉燭索之，轉入他轎，垂手於外，潔白如玉。度事急，穿竹躍赴，欻然而没。舒悵然掩泣，謂無復有再會期。衆散門扃，女蓬首喘顫，舉體淋灕，足無履襪，奄至室中，言：「墮處得孤嶼，且水不甚深，踐濘而出，免葬魚腹，亦云天幸。」舒憐而持之，自為燃湯洗濯，夜分始就枕。自是情好愈密，而意緒常恍忽如癡，或對食不舉箸，家人驗其妖怪，潛具狀，請符於小溪朱彦誠法師，朱讀狀大駭，曰：「必鱗介之精邪？毒入肝脾裏，病深矣，非符水可療，當躬往治之。」朱未及門，女慘戚嗟喟，為惘惘可憐之色，舒問之，不對，久乃云：「朱法師明日來，壞我好事矣，因緣竟止於是乎？」嗚咽告去，力挽，不肯留。旦而朱至，舒父母且拜炷香，祈救子命。朱曰：「請假僧寺巨鑊，煎油二十斤，吾當施法攝其祟，令君闔族見之。」乃即池邊焚符檄數通，召將吏彈訣噀水，叱曰：「速驅來。」俄頃水面噴湧一物，露背突兀如蓑衣，浮游中央，闖首四顧，乃大白鼈也，若為物所鈎致，踐曳至庭下，頓足呀口，猶若向人作乞命態，鑊油正沸，自匍匐投其中，糜潰而死。觀者駭懼流汗，舒子獨號呼追惜，曰：「烹我麗人。」朱戒其家：「俟油冷，以斧破鼈，剖骨並肉，暴日中，須極乾，入人參、茯苓、龍骨末成丸，託為補藥，命病者晨夕餌之，勿使知之，將不肯服。」如其言，丸盡病癒。後遇陰雨，於沮洳間，聞哭聲云：「殺了我大姐，苦事，苦事。」蓋尚遺種類云。（同前書卷三十四「妖怪部三」）

一八六　劉改之：劉過，字改之，襄陽人。雖為書生，而貲產贍足。得一妾，愛甚。淳熙甲午，預秋薦，將赴省試。臨岐，眷戀不忍行，在道賦《天仙子》一詞，每夜飲旅舍，輒使隨直小童歌之，其詞曰：「宿酒醺醺猶自醉，回顧頭來三十里。馬兒只管去如飛，騎一會，行一會，斷送殺人山共水。是則青衫深可喜，不道恩情拆得未。雪迷前路小橋横，住底是，去底是，思量我了思量你。」其詞鄙淺不工，姑以寫意而已。到建昌，游麻姑山，薄暮獨酌，屢歌此詞，思想之極，至於墮淚。二更後，一美女忽來前，執拍板曰：「願唱一曲勸酒。」即歌曰：「別酒未斟心先醉，忍聽《陽關》辭故里。揚鞭勒馬到皇都，三題盡，當際會，穩跳龍門三級水。　天意令吾先送喜，不審君侯知得未？蔡邕博識爨桐聲，君背負，只如是，酒滿金杯來勸你。」蓋賡和原韻，劉以「龍門」之句喜甚，即令再誦，書之於紙，與之歡接，但不曉蔡邕背負之意。因留伴宿，始問為何人，曰：「我本麻姑上仙之妹，緣度王方平、蔡京不効，謫居此山，久不得回玉京，恰聞君新製雅麗，勉趁韻自媒，從此願陪後乘。」劉猶以辭却之，然深於情，而長途遠客，不能自制，遂與之偕東。而令乘小轎，相望於百步間，迨入都城，僦委巷密室同處。果擢第，調荊門教授以歸。過臨江，因遊皂閣山，道士熊若水修謁，謂之曰：「欲有所言，得乎？」劉曰：「何不可者？」熊曰：「吾善符籙，竊疑隨車娘子，恐非人也，不審於何地得之？」劉具以告。曰：「是矣，是矣，俟茲夕與並枕時，吾於門外作法行持，教授緊抱同衾人，切勿令竄逸。」劉如所戒，喚僕秉燭排闥入，正擁一琹，頓悟昔日蔡邕之語，堅縛寘於傍，且親自挈持，眠食不捨。及經麻姑，訪諸道流，乃云：「頃有趙知軍攜古琹過此，寶惜甚至，因摶拊之際，誤觸墮砌下石上，損破不可治，乃埋之官廳西偏，斯其物也？」遽發瘞視之，匣空矣。劉舉琹置匣，命道衆焚香誦經咒，泣而焚之，且作小詩述懷。（同前書卷三十五「妖怪部四」）

一八七　《滕穆醉遊聚景園記》：延祐初，永嘉滕生名穆，年二十六，美風調，善吟詠，為衆所推重。素聞臨安山水之勝，思一遊焉。甲寅歲，科舉之詔興，遂以鄉書赴薦。至則僑居湧金門外，無日不往來於南北兩山及湖上諸刹，靈隱、天竺、净慈、寶石之類，以至玉泉、虎跑、天龍、靈鷲、石屋之洞，冷泉之亭，幽澗深林，懸崖絶壁，足跡殆將徧焉。七月之望，於麯院賞蓮，因而宿湖，泊舟雷峰塔下。是夜，月色如晝，荷香滿身，時聞大魚跳擲於波間，宿鳥飛鳴於崖際。生已大醉，寢不能寐，披衣而起，延堤觀望，行至聚景園，信步而入。時宋亡已四十年，園中臺舘，如會芳殿、清輝閣、翠光亭，皆已頹毁，惟瑶津西軒巋然獨存。生至軒下，憑闌少憩，俄見一美人先行，一侍女隨之，自外而入。風鬟雲髩，綽約多姿，望之殆若神仙。生於軒下屏息，以觀其所為，美人言曰：「湖山如故，風景不殊，但時移世換，令人有黍離之悲爾。」行至園北太湖石畔，遂詠詩曰：「湖上園亭好，重來憶舊遊。徵歌調《玉樹》，閲舞按《梁州》。徑狹花迎輦，池深柳拂舟。昔人皆已没，誰與話風流。」生放逸者，初見其貌，已不能定情，及聞此作，技癢不可復禁，即於軒下續吟曰：「湖上園亭好，相逢絶代人。姮娥辭月殿，織女下天津。未會心中意，渾疑夢裏身。願吹鄒子律，幽谷發揚（當作陽）春。」吟已，趨出赴之，美人亦不驚訝，但徐言曰：「固知郎君在此，特來尋訪耳。」生問其姓名，美人曰：「妾棄人間已久，欲自陳叙，誠恐驚動郎君。」生聞此言，審其為鬼，亦無所懼，因問之，乃曰：「芳華姓衛，故宋理宗朝宫人，年二十四而殁，殯此園之側，今晚因往演福堂訪賈貴妃，蒙延坐久，不覺歸遲，致令郎君於此久待。」即命侍女曰：「翹翹可於舍中取裀席酒果來，今夜月色如此，郎君又至，不可虚度，可便於此賞月也。」翹翹應命而去。須臾，携紫氍毹於中庭，設白玉碾花樽，碧琉璃盞，醪醴馨香，非世所有，與生談謔笑詠，詞旨清婉，復命翹翹歌以侑酒。翹翹請歌柳耆卿《望海潮》辭，美人曰：「對新人，不宜歌舊曲。」即於座上自製《木蘭花慢》一闋，命翹翹歌之，曰：「記前朝舊事，曾此地，會神仙。向月地雲階，重携翠袖，來拾花鈿。繁華總隨流水，歎一場春夢杳難圓。廢港芙蕖滴露，斷堤楊柳摇煙。兩峰南北只依然，輦路艸芊芊。悵别舘離宫，煙銷鳳蓋，波没龍船。平生銀屏金屋，對漆燈無焰夜如年。落日牛羊隴上，西風燕雀林邊。」歌畢，美人潸然垂淚。生以言慰解，仍微詞挑之，以觀其意，即起謝曰：「殂謝之人，久為塵土，幸得奉事巾櫛，雖死不朽。且郎君適間詩句，固已許之矣，願吹鄒子之律，而一發幽谷之春也。」生曰：「向者之詩，率口而出，實本無意，豈料便成讖語？」良久，月翳西垣，河傾東鎮，即命翹翹撤席，美人曰：「弊居僻陋，非郎君之所處，只此西軒可也。」遂攜手而入，假寢軒下，交會之際，無異於人。將旦，揮涕而别。至晝，往訪於園側，果有宋宫人衛芳華之墓，墓左一小丘，即翹翹所瘞也。生感歎逾時，迨暮，又赴西軒，則美人已先至矣，迎謂生曰：「日間感君相訪，然而妾止卜其夜，未卜其晝，故不敢奉見。數日之後，當得無間爾。」自是則無夕不會，經旬之後，白晝亦見，生遂攜歸所寓安焉。已而生下第東歸，美人願隨之去，生問翹翹何以不從，曰：「妾既奉侍君子，舊宅無人，留其看守爾。」生與之同歸鄉里，見視，紿之曰：「娶於杭郡之良家。」衆見其舉止温柔，言詞慧利，信且悦之。美人處生之室，奉長上以禮，待婢僕以恩，左右鄰里俱得其歡心，且又勤於治家，潔於守己，雖中門之外未嘗輕出，衆咸賀生得内助。荏苒三歲，當丁巳年之初秋，生又治裝赴浙省鄉試，行有日矣。美人請於生曰：「臨安，妾鄉也，從君至此，已閲三秋。今願侍偕行，以顧視翹翹。」生許諾，遂賃舟同載，直抵錢塘，僦屋以居。至之明日，適值七月之望，美人謂生曰：「三年前，曾於此夕與君相會，斯適當今日之期，欲與君同赴聚景，再續舊遊，可乎？」生如其言，載酒而往，至晚，月上東垣，蓮開南浦，露柳煙篁，動摇堤岸，宛然昔時之景。行至園前，則翹翹迎拜於路首，曰：「娘子陪侍郎君遨遊城郭，首尾數年，已極人間之歡，獨不記念舊居乎？」三人入園，又至西軒而坐，美人忽垂淚告生曰：「感君不棄，得侍房帷，未遂深歡，又當永别。」生曰：「何故？」對曰：「妾本幽陰之質，久踐陽明之世，甚非所宜，特以與君有宿世之緣，故冒犯律條，以相從爾，今而緣盡，自當奉辭。」生驚問曰：「然則何時？」對曰：「止在今夕爾。」生悽惋不已，美人曰：「妾非不欲終事君子，永奉歡娱，然而程命有限，不可逾越，若顧遲留，須當獲戾。非止有損於妾，亦將不利於君，豈不見越娘之事乎？」生意稍悟，然亦悲傷感愴，徹曉不寐。及山寺鐘鳴，水村鷄唱，急起與生為别，解所御玉指環，繫於生之衣帶，曰：「異日見此，無忘舊情。」遂分袂而去，然猶頻頻回顧，良久始滅，生大慟而返。翌日，具肴醴，焚褚鏹於墓下，生作文以弔之，曰：「惟靈生而淑美，出類超羣。稟奇姿於仙聖，鍾秀氣於乾坤。粲然如花之麗，粹然如玉之温。達則天上之金屋，窮則路左之荒墳。託松楸而共處，對狐兔之羣奔。落花流水，斷雨殘雲。中原多事，故國無君。撫光陰之過隙，視日月之奔輪。然而精靈不泯，性識長存。不必仗少翁之奇術，自然返倩女之芳魂。玉匣駿鸞之扇，金泥簇蝶之履，聲泠泠兮環珮，香藹藹兮蘭孫。方欲同歡以偕老，奈何既合而復分。步洛妃凌波之襪，赴王母瑶池之尊。即之而無所覩，扣之而不復聞。悵後會之莫續，傷前事之誰論。鎖楊柳春風之院，閉梨花夜雨之門。恩情斷兮天漠漠，哀怨結兮雲昏昏。音容杳而靡接，心緒亂而紛紜。謹含哀而奉弔，庶有感於斯文。嗚呼哀哉！伏惟尚饗。」生弔之訖，從此遂絶矣。生獨居旅邸，如喪配偶。試期既迫，亦無心入院。惆悵而歸，親黨問其故，始具述之，衆咸歎異。生自是終身不娶，入雁蕩山採藥，遂不復還，不知所終。（同前書卷三十九「鬼部四」）

一八八　蓬萊宫娥：嘉興府治東石獅巷，有朱姓者，年二十餘，訓蒙為業，狀貌雖陋，而風神自雅。隆慶春，一日，道經南城下，花雨濛濛，柳風嫋嫋。展轉之間，神情恍惚，漸至海月樓西，竟迷去路，心正驚疑，忽有二女童施禮於前，曰：「奉主母命，邀先生過山。」朱曰：「素昧識荆，得非邀之錯耶？」女童曰：「至當自知，幸弗多却。」朱與偕行，但見崇山峻嶺，路極崎嶇，夾道桃株，鳥音嘈雜，自念生長郡内，不意有此佳境。更進里許，入一洞門，遥望樓殿玲瓏，金玉照耀，兩度石橋，方抵其處。屏後出一仙娥，霞帔霓裳，降階而迎，登殿叙禮，引入内室坐定。女童進茶訖，朱纔問娥姓字，娥哂曰：「妾乃蓬萊宫中人也，邀君欲了夙世之緣，不煩駭問。」頃間開宴，酒殽羅致，娥與朱促席暢飲，因製《賀新郎》一詞，命女童歌以侑觴，其詞曰：「花柳繞春城，運神工，重樓疊宇，頃刻間成。緑水青山多宛轉，免教鶴怨猿驚。看來無異舊神京。慮只慮、佳期不定。天從人願，邂逅多情。相引處，珮聲聲。　等閑回首遠蓬瀛。呼小玉，旋開錦宴，謾薦蘭羹。須信是，瓊漿一飲，頃令百感俱生。且休道，塵緣易盡。縱然雲收雨散，琵琶峽，依舊風月交明。念此會，果非輕。」酒闌夜静，娥薦枕席，曲盡魚水之樂。逮晨，朱謂娥曰：「僕承款愛，甚欲留連，但家君頗嚴，不歸，恐致深罪，願朝去暮來可也。」娥愀然曰：「霧境難逢，佳期易失，妾因與君夙緣未了，故移洞府於人間，委仙姿於凡客耳，正議久交，何即請去？」朱唯而止。三日後，朱復懇歸，娥乃設宴正殿，鋪陳飲饌，比昨愈奇且豐，勸朱酩酊，將徹時，出一錦軸，展於净几，寫詩十絶以贈，各揮涕而别。仍命女童送朱出洞，忽風雨暴至，雲霧晦冥，咫尺莫辨，不覺失足，墮於山下。須臾，天開雲朗，乃顛仆北城岑寂之處，宛若夢覺。歸述其事，父以少年放逸，迷宿花柳中，假此自掩耳，欲責之，朱不得已，出錦軸呈父，父見雲章燦爛，信非凡筆，怒始少釋。時求玩者甚衆，因録詩於後焉。其一：「三山窈窕許飛瓊，伴我來經幾萬程。好與清華公子會，不妨玄露謾相傾。」其二：「壺天移傍郡城壕，雲自飛揚鶴自巢。千載偶偕塵世願，碧桃花下共吹簫。」其三：「海外三山十二樓，弱流環繞不通舟。此身也解為雲雨，迢遞驂鸞儁李遊。」其四：「澗水流杯出鳳臺，引將劉阮入山來。春懷何事難拘束，謾被東風吹得開。」其五：「海天漠漠彩鸞飄，争奈文簫有意邀。自分不殊花夜合，含香和露樂深宵。」其六：「莫道僊凡各一方，須知張碩遇蘭香。春風嘗戀人間樂，底事無心問海棠。」其七：「百雉斜蓮一道開，為君翻作雨雲臺。高情彷彿襄王事，宋玉如何不賦來。」其八：「湖柳青青花滿枝，可憐分手豔陽時。離宫謾自添離思，瞞得封姨不我知。」其九：「陽臺後會已無期，眉上春雲不自知。那更靈官傳曉令，含情騎鵠强題詩。」其十：「驅山縮地迴塵寰，從此交情事不關。他日離愁何處慰，暫將三塔作三山。」後事竟息，軸亦尋失去，不知其為何仙也。（同前書續卷二「仙部」）

一八九　《紫竹小傳》：大觀中，有紫竹者，工詞，善於調謔，恒謂天下無其偶。一日，手李後主集，其父玄伯問曰：「後主詞中何處最佳？」答曰：「『問君能有幾多愁，恰似一江春水向東流』耳。」玄伯默然。嘗遊於野，有秀才方喬，樂至人也，一與紫竹遇，欲覩其狀，更不可見。晝夜思之，面貌恍惚，中心拂欝。每入闤闠，見賣美人圖者，輙取視，冀其有相似者。或狹邪妓館，無不留意，用計萬端，竟無其人，終日悲慕，幾成痼疾。有寄情詩曰：「眉如遠岫首如螓，但得相思不相親。若使畫工圖軟障，何妨百日喚真真。」一日，遇一道士持一錦囊，内有古鏡，謂喬曰：「子之用心，誠通神明，吾有此純陽古鏡，藏之久矣，今以奉贈。此鏡一觸陰之氣，留影不散，子之所遇少女，至陰獨鍾，試使人照之，即得其貌矣，然後令畫工圖之，所流之影同此女。一得陽精，影即散去，他物盡然。」又戒喬：「不可照日，一照即飛入日宫，散為陽氣矣。」鏡背有篆書云「火府百煉純陽寶鏡」，喬試之，果然，遂以白玉盤螭匣盛斯鏡而達意焉。紫竹欣然而受，遂得以詩詞往來。長夏，喬讀書於種梅館，懷思紫竹，至於忘食。忽紫竹遺以書，其大略云：「欲結赤繩，應須素節，泣珠成淚，久比鮫人，流火為期，聊同織女。春風鴛帳裏，不妨雁語驚寒，暮雨雀屏中，一任雞聲唱曉。」喬答之詞亦多瑋麗，末尾附以《玉樓春》詞，曰：「緑陰撲地鶯聲近，柳絮如綿煙艸襯。雙鬟玉面碧窗人，一紙銀鈎春鳥信。 佳期遠卜清秋夜，梧樹梢頭明月掛。天公若解此情深，今歲何須三月夏。」自此音問兩絶，而想像難真。紫竹因覓銀光紙，序其悲愁眷戀之意，復綴以《卜算子》詞曰：「繡閣鎖重門，攜手終非易。牆外憑他花影摇，那得疑郎至。 合眼想郎君，别久難相似。昨夜如何繡枕邊，夢見分明是。」遂約於望雲門暫會。因於牆陰之下，閑履蒼苔，鞋底盡濕，而方不至，俄聞人語，遂歸繡闈。獨倚畫屏，不勝悵恨，作《踏莎行》一闋云：「醉柳迷鶯，懶風熨艸，約郎暫會閑門道。粉牆陰下待郎來，蘚痕印得鞋痕小。 花日移陰，簾香失裊，望郎不到心如擣。避人愁入倚屏山，斷魂還向牆陰繞。」紫竹既歸，方喬始至，四顧徬徨，憾惋而去。遂以尺牘故相識調，紫竹為《菩薩蠻》詞，雜以戲語以解之，曰：「約郎共會西廂下，嬌羞竟負從前話。不道一睽違，佳期難再期。郎君知我愧，故把書相詆。寄語不須慌，見時須打郎。」喬復為詞戲答云：「秋風只擬同衾枕，春歸依舊成孤寢。爽約不思量，翻言要打郎。鴛鴦如共耍，玉手何辭打。若再負佳期，還應我打伊。」紫竹遂投誓於書，喬因寄《踏莎行》一闋云：「筆鋭金針，墨濃螺黛，盟言寫就囊兒袋。玉屏一縷獸爐煙，蘭房深處深深拜。芳意無窮，花箋難載，簾前細祝風吹帶。兩情願得似堤邊，一江緑水年年在。」後因復尋舊約，遂得諧繾綣之私，自此兩情相得益甚。紫竹常目喬為重寶，尺牘之間，往往呼之。時紫竹有南蕃桃花片重數錢，色如桃花，而明瑩如榴肉，市之得百金，因戲以詞寄喬曰：「與郎眷戀何時了，愛郎不異珍和寶。一寶百金償，筭來何用郎。戲郎郎莫恨，珍寶何須論。若要買郎心，憑他萬萬金。」喬為之撫掌。但蹉跎時景，忽復青陽，其父稍有所聞，遂召喬，以紫竹妻之焉。然往來詩詞甚多，不能畢録，猶有一詞云：「晨鶯不住啼，故喚愁人起。無力曉粧慵，閑弄荷錢水。欲呼女伴來，鬪艸花蔭裏。嬌極不成狂，更向屏山倚。」又云：「思郎無見期，獨坐離情慘。門户約□□，花花輕風颭。生怕是黄昏，庭竹和煙黯。斂翠恨無涯，強把蘭缸點。」觀此，其風調可想矣。（同前書續卷四「幽期部」）

一九〇 《姚月華小傳》：姚氏女月華，少失母，忽夢月輪墜於粧臺，覺而大悟。自幼聰慧，組織餅饎，不習而能，獨未嘗讀書，自此搦管，便有所得，其所為古文詞妙絶。當時隨父寓於揚子江，時端午，江上有龍舟之戲，月華出看，近舟有書生楊達，見其素腕褰簾，結五色絲，跳脱鬒髮如漆，玉鳳斜簪，巧笑美盼，容色豔冶，達神魂飛蕩，然非敢望也。每日懷思，因製曲序其邂逅，名曰《泛龍舟》。一日，月華見達《昭君怨》詩，愛君「匣中縱有菱花鏡，羞向單于照舊顏」句，情不能已，遂私命侍兒乞其舊稿，且寄詩一紙，題曰《古怨》，云：「江水悠悠春艸緑，對此思君淚相續。羞將離恨向東風，理盡瑶琴不成曲。」楊出於非望，樂不可言，立綴豔體詩以致其情，自後遂各以尺牘往來。月華每得達書，有密語，皆伏讀數過，燒灰入醇酎飲之，謂之「款中散」。一日，達飲於姚氏，酒酣假寐，月華私命侍兒送合歡竹鈿枕、温凉草文蓆，皆其香閣中物也。達雖心蕩，亦無可奈何，遂悵然而歸。次日，月華以石華遺達，云：「出丹洞玉池，異於他處，色如水晶，清明而瑩，久服延年。」達以詩謝之曰：「青樓僊女隔蓬萊，珠樹金窓向曉開。燕子羽毛非廣袖，殷勤也帶石花來。」然月華雖工於組織，亦巧於丹青，凡花卉羽毛，世所鮮及。筆札之暇，聊復自娱，人不可得而見也。一日，正揮毫畫《芙蓉匹鳥圖》，忽侍兒持達箋至，上云：「奉送不律隃糜。」二女侍在側問曰：「不律隃糜，何也？」曰：「楚謂之『聿』，吴謂之『不律』，燕謂之『弗』，皆筆名也。漢人有墨，名曰隃糜。」遂受之，答以所畫《芙蓉圖》。達見其約略濃淡，生態逼真，喜不自持，覓銀光紙裁書謝之，其大略云：「連枝欲長，忽阻山蹊，比翼將翔，遽乖雲路。思結章臺垂柳，心馳普救啼鶯。幸傳尺素之丹青，豈任寸心之銘刻。江湖恍在案，波浪倏翻窓。植寫斷腸，飛揮交頸。繭紙發其枝榦，兔管借之羽毛。雌戲蘋川，雄依苔石。色與露花同照爛，翼將風葉共低昂。明鏡曉開，苦憶文君之面；疏螢夜度，遥思織女之機。所冀吾人，獲同斯畫。越溪吴水之上，常得雙開；漢樹秦艸之間，永教對舞。」月華讀之，稱賞不已，以灑海刺二尺贈達曰：「為郎作履，凡履霜雪，則應履而解，乃西蕃物也。」又貼詩曰：「金刀剪紫絨，與郎作輕履。願化雙仙鳧，飛來入閨裏。」蓋達與月華雖文翰相通，而終未一覿，至是，見詩心醉若狂，乃賂女侍，而得一會焉。臨別，謂月華曰：「少日即來。」不覺爽約。及至，姚不即見，楊戲書一句調之曰：「女姚雖美，只如半朵桃花。」姚正怒，索筆對曰：「人信為高，莫費一翻言說。」楊愈奇之，遂至往來無間。凡久會，謂之大會，暫會，謂之小會。又大會謂之鶼鶼會，小會謂之白鷴會。而歡洽正濃，忽其父有江右之遷，已買舟於水畔矣，彼此倉皇，無計可緩，遂怏怏而別。月華至舟，雙眉雲鎖，兩頰花愁，而飲食懨懨減矣。乃效徐淑體綴成一詞，而猶多悲怨，以寄達，曰：「妾生兮不辰，盛年兮逢屯。寒暑兮心結，夙夜兮眉顰。循環兮不息，如彼兮車輪。車輪兮可歇，妾心兮焉伸。雜沓兮無緒，如被兮絲棼。緣棼兮可理，妾心兮焉分。空閨兮岑寂，妝閣兮生塵。萱草兮徒樹，茲憂兮豈泯。幸逢兮君子，許結兮殷勤。分香兮剪髮，贈玉兮共珍。指天兮結誓，願為兮一身。所遭兮多舛，玉體兮難親。損餐兮減寢，帶緩兮羅裙。菱鑑兮慵啟，博爐兮焉薰。整襪兮欲舉，塞路兮荊榛。逢人兮欲語，恰匝兮頑嚚。煩冤兮憑胸，何時兮可論。願君兮見察，妾死兮何瞋。」達讀之嗚咽不勝，幾絕者數四。後達復至其舊院，惟見雙燕斜飛，落英滿地而已。遂亦整裝於江右蹤跡之，而竟無可查焉。嘗為友道及之，猶嗚嗚泣下云。

（同前）

一九一《寶環記》：淳熙中，有阮生名華，美姿容。賦性温茂，猶善絲竹，時以三郎稱之。上元夜，因會其同遊，擊築飛觴，呼盧博勝，約為長夜之歡。既而相攜，踏於燈市，時漏盡銅龍，遊人散矣，仰觀皓月滿輪，浮光耀采，華欣然曰：「負此景而歸枕蓆，奈明月笑人。孰若各事所能，共樂清光之下？」衆曰：「善。」一夜能歌，華吹紫玉簫和之，聲入雲表。近居有女玉蘭，陳太常子也。燈筵方散，步月於庭，忽聞玉管嗚嗚，因命侍兒窺之。還曰：「阮三郎會交於彼。」蘭頷之數四，凝睇者久之，因低諷一絶曰：「夜色沉沉月滿庭，是誰吹徹遶雲聲。嗚嗚只管翻新調，那顧愁人淚染襟。」遂怏怏而入。華等曲終各散去，明夜復會於此，如是數夕皆然。一夕，衆友不至，華獨徘徊星月之下，自覺無聊，乃吹玉簫一曲自娱，未終，忽一雙鬟冉冉而至，華戲謂曰：「何氏子冒露而行？」鬟笑曰：「某陳宅侍兒也，因小姐玩月於庭，聞簫心醉，特遣妾逆郎，以圖清夜之話。」華思曰：「彼朱門若海，閽寺守之，倘有不虞，何以自解？」因謝之曰：「予萎焉燕侶，敢望鳳儔，既辱鸞音，倍加雀躍。但雲期隔若天漢，露艸畏乎夜行，願酌斯心，達之幸也。」侍兒去，俄頃復至，出一物，曰：「如郎見疑，請以斯物為質。」華視之，乃一金箱指環也，遂約之於指，無暇疑思，心喜若狂，隨之俱往。至三門，月色如晝，見蘭獨倚小軒，衣絳綃衣，幽姿雅態，風韻翩然，雖驚鴻游龍不足喻也。方欲把臂訴衷，忽聞傳呼聲，蘭即遁去。華狼狽而歸，寢不成寐，因吟一詞曰：「玉簫一曲無心度，誰知引入桃源路。邂逅曲闌邊，匆忙欲並肩。　一時風雨急，忽爾分雙翼。回首洛川人，翻疑化作雲。」遂日徬徨於陳氏之居，而香閣深沉，無媒可達，日為羸瘦，寢食皆忘。（節録自同前）

一九二　《並蔕蓮花記》：揚州有張姓者，富冠郡邑，家有一女，小字麗春，年十有七，美姿容，善詩賦，遠近締姻者，其門如市，張翁不之許，嘗曰：「相女配夫，古之道也。吾惟得佳壻，貧富有不較焉。」同里曹姓者，家雖貧寠，一子聰俊，名璧，尤工文詞。年十六，未有室，張固垂意於彼，彼以貧富自量，不敢啟齒。張一日開塾於家，令人招生過塾讀書，生果負笈而至，麗春於花下窺之，見生儀容清雅，舉止端詳，竊念曰：「必得此郎，平生願足矣。」張亦暗喜，尋命生宿於西軒静室，以便肄業。時值菊節，張拉師出外，登高暢飲，生兀坐書齋，不勝岑寂，乃長吟一絶以遣悶云：「時值重陽令節邊，滿城風雨寂寥天。可憐不帶登高興，孤負黄花又一年。」麗春潛聽，情不能已，乃於窓外踵韻，繼吟之曰：「月光空照兩人邊，安得團圓共一天。可惜風流人未會，錯教烏兔送青年。」生聽其詩，趨出相見，麗春亦不廻避，彼此交會，其禮甚恭，麗春笑曰：「子知家君館穀之意乎？東牀之選，其在兹矣，子宜鄭重，妾亦忍死以待。」正叙話間，侍婢報曰：「家主回矣。」遂各散去。翌日，麗春命侍兒蘭香持彩箋作詞一闋以寄生，詞名《〈脱慶子〉清朝慢》云：「翠幙香凝，羅幃夢杳，深閨翡翠衾寒。可是一春憔悴，倦倚闌干。最怪好花無主，狂蜂浪蝶幾翩翻。傷情處，枝頭杜宇，血淚成丹。蕩蕩遊絲舞飛絮，奈芳心牽引，更有多般。歎香銷玉減，愁鎖朱顏。顒望赤繩繫足，定應合浦珠還。洞房内，紅摇花燭，魚水同歡。」生得詞，喜不自勝，審知女有相從之意，乃吟詩一律，書以復之，云：「曲闌深處遇嬌姿，一日相思十二時。自是琴中逢卓女，何須畫裏見崔徽。繩牽絲幕應留意，腹坦東牀定有期。昨夜嫦娥降消息，廣寒已許折高枝。」麗春得詩，衷情悒怏。一夕，生明燭獨坐，忽聞叩門聲，生啟視之，乃麗春也。延入寢室，揖遜而坐，麗春從袖中出花箋一幅，上書詩四絶，笑曰：「妾效唐人作廻文四時詞，請君改教。」其一：「花枝幾朵紅垂檻，柳樹千絲緑遶堤。鴉鬢兩蟠烏裊裊，徑苔行步印香泥。」其二：「高梁畫棟棲雙燕，葉展荷錢小疊青。腰細褪裙羅帶緩，銷魂暗淚滴圍屏。」其三：「明月晚天清皎皎，凜霜晴露冷悠悠。情傷暗想閑長夜，淚血垂胸鎖恨愁。」其四：「天冷雪花香墮指，日寒霜粉凍凝腮。懸懸意想空吁氣，夜月閑庭一樹梅。」生誦畢，深贊其妙，將欲賡詠，麗遽曰：「不必和也，家君新搆别墅已狀四景，士夫題詠甚富，但無作廻文者，敢請不吝珠玉，光輝蓬蓽，是所願也。」生按題揮筆，亦作廻文體四絶云，其一：「東西岸艸迷煙淡，近遠汀花逐水流。虹跨短橋横曲徑，石鄰鄰砌路悠悠。」其二：「牆矮築軒當緑野，樹高連屋近青山。香清散處殘紅落，酒興詩懷遣日閑。」其三：「溪曲繞村流水碧，小橋斜傍竹居清。啼鳥月落霜天曉，岸泊閑舟兩葉輕。」其四：「岐路曲盤蛇裊裊，亂山羣舞鳳層層。枝封雪蕊梅依屋，獨坐閑窗夜伴燈。」麗春誦之，歎曰：「下筆立成，才高七步也。」時漏下二鼓，生懇欲求合，麗春正色曰：「所謂歸妹愆期，遲歸有待，君姑俟之，終有結褵之會耳。」遂各歸寢。張公倩媒，擇日下聘，贅生入門。花燭洞房，鸞交鳳友，其樂可知矣。已而與生交會，極盡綢繆，麗春謂生曰：「曩夕之會，非逆君情，第以妾非桑間婦，君非棄金夫，終為鶉奔誚耳。今日名正言順，其樂豈不宏長乎哉？」生曰：「高見也。」自此兩情愈密，歡愛殊深。咸淳末，海寇犯揚州，官軍敗績，城遂陷，賊衆大掠，市肆一空，殆至張宅，家人奔竄，生女卧榻，適臨大池，倉卒無避，恐致辱身，乃相摟，共溺池中而死。踰年，其中忽生並蔕蓮花，紅香可愛，人争以為異，觀者如市。士大夫題詠甚多，録其尤者於左：「佳人才子是前縁，不作天僊作水僊。白骨不埋黄壤土，清魂長浸碧波天。生前曾結同心帶，死後仍開並蔕蓮。千古風流千古恨，恩情不斷藕絲牽。」詩詞成帙，名之曰《並蔕蓮集》，至今傳誦不絶。（同前書續卷五「情感部」）

一九三《鞦韆會記》：元大德三年戊戌，孛羅以故相齊國公子拜宣徽院使，奄都刺為僉判，東平王榮甫為經歷，三家聯住海子橋西。宣徽生自相門窮極富貴，第宅宏麗，莫與為比，然讀書能文，敬禮賢士，故時譽翕然稱之。私居後有杏園一所，取「春色滿園關不住，一枝紅杏出牆來」之意，花卉之奇，庭榭之好，冠於諸貴家。每年春，宣徽諸妹諸女邀院判、經歷宅眷於園中，設鞦韆之戲，盛陳飲宴，歡笑竟日。各家亦隔一日設饌，自二月末至清明後方罷，謂之鞦韆會。適樞密同僉帖木耳不花子拜住過園外，聞笑聲，於馬上欠身望之，正見鞦韆競就，歡閧方濃，潛於柳陰中窺之，覩諸女，皆絶色，遂久不去。為閽者所覺，走報宣徽，索之，亡矣。拜住歸，具白於母，母解意，乃遣媒於宣徽家求親，宣徽曰：「得非窺牆兒乎？吾正擇壻，可遣來一觀，若果佳，則當許也。」媒歸報同僉，飾拜住以往。宣徽見其美少年，心稍喜，但未知其才學，試之曰：「爾喜觀鞦韆，以此為題，《菩薩蠻》為調，賦南詞一闋，能乎？」拜住揮筆，以國字寫之，曰：「紅繩畫板柔荑指，東風燕子雙雙起。誇俊要争高，更將裙繫牢。　牙牀和困睡，一任金釵墜。推枕起來遲，紗窗月上時。」宣徽雖愛其敏捷，恐是預搆，或假手於人，因盛席待之，席間再命作《滿江紅》詠鶯。拜住拂拭剡藤，用漢字書，呈宣徽，宣徽喜曰：「得婚矣。」遂面許第三夫人女速哥失里為姻，且召夫人並呼女出，與拜住相見，它女亦於窗隙中窺之，私賀速哥失里曰：「可謂門闌多喜氣，女壻近乘龍也。」擇日遣聘，禮物之多，詞翰之雅，宣傳都下，以為盛事。并住鶯詞附録於此：「嫩日舒晴，韶光豔，碧天新霽。正桃腮半吐，鶯聲初試。孤枕乍聞絃索俏，曲屏時聽笙簧細。愛綿蠻柔舌韻，東風愈嬌媚。　幽夢醒，閑愁泥。殘香褪，重門閉。巧音芳韻，十分流麗。入柳穿花來又去，欲求好友真無計。望上林，何日得雙棲，心迢遞。」既而同僉豪宕，簠簋不飾，竟以墨敗，繫御史臺獄。得疾囹圄間，以大臣例，蒙疏放回家醫治，未逾旬，竟爾弗起，闔室染疾，盡為一空，獨拜住在，然冰消瓦解，財散人亡。宣徽將呼拜住回家教而養之，三夫人堅然不肯，蓋宣徽内嬖雖多，而三夫人獨秉權專寵，見它姬女皆歸富貴之門，獨己壻家反凋弊如此，決意悔親。速哥失里諫曰：「結親即結義，一與訂盟，終不可改，兒非不見諸姊妹家榮盛，心亦慕之。但寸絲為定，鬼神難欺，豈可以其貧賤而棄之乎？」父母不聽，另議平章闊闊出之子僧家奴，儀文之盛，視昔有加，暨成婚，速哥失里行至中道，潛解脚紗縊於轎中，比至，而死矣。夫人以其愛女輿回，悉傾家奩及夫家聘物殮之，蹔寄清安僧寺。拜住聞變，是夜私往哭之，且扣棺曰：「拜住在此。」忽棺中應曰：「可開柩，我活矣。」周視四隅，漆釘牢固，無由可啟，乃謀於僧曰：「勞用力，開棺之罪，我一力承之，不以相累，當共分所有也。」僧素知其厚殮，亦萌利物之意，遂斧其蓋，女果活，彼此喜極，乃脱金釧及首飾之半謝僧，計其餘，尚值數萬緡，因託僧買漆整棺，不令事露。拜住遂挈速哥失里走上都，住一年，人無知者，所携豐厚，兼拜住又教蒙古生數人，復有月俸，家道從容。不期宣徽出尹開平，下車之始，即求館客，而上都儒者絶少，或曰：「近有士自大都挈家寓此，亦色目人，設帳民間，誠有學□（當作問），府君欲覓西賓，惟此人為稱。」亟召之，則拜住也。宣徽意其必流落死矣，而人物整然，怪之，問：「何以至此，且娶誰氏？」拜住實告，宣徽不信，命舁至，則真速哥失里，一家驚動，且喜且悲，然猶恐其鬼假人形，幻惑年少。陰使人詣清安詢僧，其言一同，及發殯，空櫬而已。歸以告，宣徽夫婦愧歎，待之愈厚，收爲贅壻，終老其家。拜住三子，長教化，仕至遼陽等處行中書省左丞，早卒。次子忙古歹、幼子黑廝，俱爲内怯薛帶御器械，忙古歹先死，黑廝官至樞密院使。天兵至燕，順帝御清寧殿，集三宫後妃、皇太子同議避兵，黑廝與丞相失列門哭諫曰：「天下者，世祖之天下也，當以死守。」不聽，夜半開建德門而遁，黑廝隨入沙漠，不知所終。（同前）

一九四《張紅橋傳》：張紅橋，閩縣良家女也，居於紅橋之西，因自號曰紅橋。聰敏博學，雅善屬文。豪宗右族争欲聘之，張悉不從，父母問其故，張曰：「欲得才如李青蓮者事之耳。」於是操觚之士聞之，咸託五字爲媒，張但第其優劣，終無所答。邑人王恭寄以詩曰：「重簾空見月昏黄，絡緯啼來也斷腸。幾度繫書君不答，雁飛應不到衡陽。」永泰王偁尤所鍾念，乃税其鄰舍以居。一日，張方睡起，竊見之，遂寄以詩曰：「象牙筠簟碧紗籠，綽約佳人睡正濃。半抹曉煙籠芍藥，一泓秋水浸芙蓉。神遊蓬島三千界，夢遶巫山十二峰。誰把棊聲驚覺後，起來香汗濕酥胸。」張得之，怒其輕薄，遂深居不出。久之，偁悒悒而歸。最後偁之友福清林鴻道過其居，留宿東鄰，適見張焚香庭前，因託鄰嫗投之詩曰：「桂殿焚香酒半醒，露華如水點銀屏。含情欲訴心中事，羞見牽牛織女星。」張捧詩，爲之啟齒，援筆而答曰：「梨花寂寂鬭嬋娟，銀漢斜臨繡户前。自愛焚香消永夜，從來無事訴青天。」嫗持詩賀鴻曰：「張娘子自束髮以來，持詩求通者無慮數十，曾未揮毫，今得君詩而爲此以答，誠所稀有。」鴻亦大喜過望，因使嫗通殷勤。越月餘，始獲命，鴻遂舍於其家，以外室處之，定情之夕，鴻作詩曰：「雲娥酷似董妖嬈，每到春來恨未消。誰道蓬山天樣遠，畫闌咫尺是紅橋。」張詩曰：「芙蓉作帳錦重重，比翼和鳴玉漏中。共道瑶池春似海，月明飛下一雙鴻。」自是唱和推敲，情好日篤。王偁聞其事，即盛飾訪鴻，求張一見，張愈自匿。鴻謂張曰：「卿獨不聞龐公之妻拜司馬德操乎？」張曰：「以吾之不可，學柳下惠之可，不亦可乎？」於是，鴻不能強。偁乃密賂侍者，潛窺室内，見鴻適與張狎，因作《酥乳》、《雲鬟》二詩以戲之，《酥乳》詩曰：「一雙明月貼胸前，紫禁葡萄碧玉圓。夫壻調疎綺窗下，金莖幾點露珠懸。」《雲鬟》詩曰：「香鬟三尺綰芙蓉，翠聳巫山雨後峰。斜倚玉牀春色去，鴉翎蟬翼半蓬鬆。」張愈恚怒。偁知其意，乃挽鴻遊三山，越數日，鴻絶裾逃歸，夜至所居，張方倚橋而望，鴻作詩曰：「溶溶春水漾瑤瑶，兩岸菰蒲長緑苗。幾度踏青歸去晚，却從燈火認紅橋。」其二曰：「素馨花發暗香飄，一朵斜簪近翠翹。寶馬未歸新月上，緑楊影裏倚紅橋。」其三曰：「玉階凉露滴芭蕉，獨倚屏山望斗杓。為惜碧波明月色，鳳頭鞋子步紅橋。」張屬而和曰：「桂輪斜落粉樓空，漏水丁丁燭影紅。露濕暗香珠翠冷，赤闌橋上待歸鴻。」其二曰：「艸香花煖醉春風，郎去西湖水向東。斜倚石闌頻悵望，月明馬嘶明月，驚起沙汀幾點鴻。」其三曰：「橋紅千花照碧空，美人遥隔水雲東。一聲寶孤影笑飛鴻。」後一年，鴻有金陵之遊，乃作《大江東》一闋留别：曰：「鍾情太甚，人笑我，到老也無休歇。月露煙雲多是恨，况與玉人離别。軟語叮嚀，柔情婉戀，鎔盡肝腸鐵。歧亭把酒，水流花謝時節。　應念翠袖籠香，玉壺温酒，夜夜銀屏月。蓄喜含嗔多少態，海嶽誓盟都設。此去何之，碧雲春樹合，晚翠千疊。圖將羈思，歸來細與伊説。」張亦依韻賦别曰：「鳳皇山下，玉漏聲，恨今宵容易歇。一曲《陽關》歌未畢，棲烏啞啞催人别。含怨吞聲，兩行珠淚，漬透千重鐵。柔腸幾寸，斷盡臨歧時節。還憶浴罷畫眉，夢回攜手，踏碎花間月。謾道胸前懷荳，今日總成虛設。桃葉渡頭，河冰千里合，凍雲疊疊。寒燈旅邸，熒熒與誰閒説。」又明年，鴻寄《摸魚兒》一闋、絶句七首，其詞曰：「記得紅橋，少年游冶，多少雨情雲緒。金鞍幾度歸來晚，香靨笑迎朱户。斷腸處，半醉微醒，燈暗夜深語。問情幾許，情應似吴蠶吐繭，撩亂千萬縷。別離處，淡月乳鴉啼曙。淚痕深，紅袖污。深懷遐想何年了，空寄錦囊佳句。春欲去，恨不得、長纓繫日留春住。相思最苦，莫道不消魂，衷腸鐵石，涕淚也如雨。」其詩曰：「女螺江上送蘭橈，長憶春纖折柳條。歸夢不知江路遠，夜深和月到紅橋。」其二曰：「驪歌聲斷玉人遥，孤館寒燈伴寂寥。我有相思千點淚，夜深和雨滴紅橋。」其三曰：「殘燈暗影別魂消，淚濕鮫人玉線綃。記得雲娥相送處，淡煙斜月過紅橋。」其四曰：「春衫初試淡紅綃，寶鳳搔頭玉步摇。長記看燈三五夜，七香車子度紅橋。」其五曰：「一襟擁恨怨魂消，閒却鳴鸞白玉簫。燕子不來春事晚，數株楊柳暗紅橋。」其六曰：「傷春雨淚濕鮫綃，別雁離鴻去影遥。流水落花多少恨，日斜無語立紅橋。」其七曰：「綺窗別後玉人遥，濃睡纔醒酒未消。日午捲簾風力軟，落花飛絮滿紅橋。」先是，張自鴻去後，獨坐小樓，居常欝欝無聊，及鴻詩詞至，遂感念成疾，不數月而卒。無何，鴻歸，遽往訪之，道中作詩曰：「三千客路動行鑣，遠別歸來興欲飄。祇恐鳳樓人待久，玉鞭催馬上紅橋。」及至紅橋，聞張已卒，失聲號絶。徬徨之際，忽見牀頭玉佩玦懸一緘，拆之，有《蝶戀花》一闋及七絶句，其詞曰：「記得紅橋西畔路，郎馬來時，繫在垂楊樹。漠漠梨雲和夢度，錦屏翠幙留春住。」其詩曰：「牀頭絡緯泣秋風，一點殘燈照藥叢。夢吉夢凶都不定，朝朝望斷北來鴻。」其二曰：

「井落金瓶信不通，雲山渺渺暗丹楓。輕羅露濕鴛鴦冷，閒聽長宵嘹唳鴻。」其三曰：「寂寂香閨枕簟空，滿階秋雨落梧桐。內家不遣園陵去，音信何緣寄塞鴻。」其四曰：「玉筯雙垂滿頰紅，關山何處寄書筒。緑窗寂寞無人到，海闊天高怨落鴻。」其五曰：「衾寒翡翠怯秋風，郎在天南妾在東。相見千回都是夢，樓頭長日妬雙鴻。」其六曰：「半簾明月影曈曈，照見鴛鴦錦帳中。夢裏玉人方下馬，恨它天外一聲鴻。」其七曰：「一南一北似飄蓬，妾意君心恨不同。它日歸來也無益，夜臺應少繫書鴻。」鴻得詩詞悲感哀怨，殆不勝情，因賦物詞曰：「柔腸百結淚懸河，瘞玉埋香可奈何。明月也知留佩玦，曉來長想畫青娥。仙魂已逐梨雲夢，人世空傳薤露歌。自是忘情惟上智，此生長抱怨情多。」王偁亦以詩哭之，曰：「濕雲如醉護輕塵，黃蝶東風滿四鄰。新緑只疑銷曉黛，落紅猶記掩歌唇。舞樓春去空殘日，月榭香飄不見人。欲覓梨雲仙夢遠，坐臨芳沼獨傷神。」自後，鴻每再過紅橋，輒為之於邑累日。（同前）

一九五《翠翠傳》：翠翠，姓劉氏，淮安民家女也。生而穎悟，能通詩書。父母不奪其志，就令入學。同學有金氏子者，名定，與之同歲，亦聰明俊雅，諸生戲之曰：「同歲者當為夫婦。」二人亦私自許。金生贈翠翠詩曰：「十二闌杆七寶臺，春風隨處豔陽開。東園桃樹西園柳，何不移來一處栽。」翠翠和之曰：「平生每恨祝英臺，懷抱何為不早開。我願東君勤用意，早移花樹向陽栽。」已而，翠翠年長，不復至學，父母為其議親，輒悲泣不食。以情問之，初不肯言，久乃曰：「西家金定，妾已許之矣，若不相從，有死而已，誓不登它門也。」父母不得已而聽焉，遂卜日結婚。凡幣帛之類，羔雁之屬，皆女家自備。迎壻入門，二人相見，喜可知矣。是夕，翠翠於枕畔作《臨江仙》一闋贈生曰：「曾向書窗同筆硯，故人今作新人。洞房花燭十分春。汗霑蝴蝶粉，身惹麝香塵。殢雨尤雲渾未慣，枕邊眉黛羞顰。輕憐痛惜莫辭頻。願郎從此始，日近日相親。」邀生繼和，生遂次韻曰：「記得書齋同筆硯，新人不是它人。扁舟來訪武陵春。仙居鄰紫府，人世隔紅塵。海誓山盟心已許，幾番淺笑深顰。向人猶自語頻頻。意中無別意，親外有誰親？」二人相得之樂，雖翡翠之在赤霄，鴛鴦之游緑水，未足喻也。未及一載，張士誠兄弟起兵高郵，盡陷淮東諸郡，翠為其部下將李將軍者所掠。至正末，士誠納款元朝，願奉正朔，道途始通，行李無阻。生於是辭別内外父母，願求其妻。星霜屢移，囊橐又竭，然而此心終不少阻。艸行露宿，丐乞於人，僅而得達湖州。則李將軍方貴重用事，威焰隆赫。生佇立門牆，躊躕窺伺，將進而未能，欲言而不敢，閽者怪而問焉，生曰：「僕，淮安人也。喪亂以來，聞有一妹在於貴府，今不遠千里至此，欲求一見，非有它也。」閽者曰：「然則汝何名姓？妹年貌若干？吾得一聞，以審虛實。」生曰：「僕姓劉，名金定。妹名翠翠，識字能文。當失去時，年始十七，以歲月計之，今則二十有四矣。」閽者聞之曰：「府中果有劉氏者，淮安人也。年二十餘，識字，善為詩，性又慧巧，本使寵之專房，汝言信不虛，吾將告之於内，汝且止此以待。」遂奔走入告，須臾，令生入見。將軍坐於廳上，生再拜而起，具述其由。將軍，武人也，信而不疑，即命内豎告於翠翠曰：「汝兄自鄉中來此，當出見之。」翠翠承命而出，以兄妹之禮見於廳前，不能措一詞，但悲傷哽咽而已。將軍曰：「汝既遠來，道途疲倦，且於吾門下休息，吾當徐為之所。」即出新衣一襲，令其服之，並以幃帳衾席之屬，設於門西小館，令生處焉。翌日，謂生曰：「汝妹既能識字，汝亦通書否？」生曰：「僕在鄉中，以儒為業，以書為本，凡六經群史，諸子百家，涉獵盡矣，又何疑哉？」將軍喜曰：「否（疑作某）自少失學，乘亂倔（當作崛）起，今方見用於時，趨附者衆，賓客盈門，無人延款，書啓盈案，無人裁答。汝便處吾門下，足充一記室矣。」生，明敏者也，性既温和，才又秀發，處於其門，益自檢束，應上接下，咸得其歡。代書回簡，曲盡其意，將軍大以為得人，待之甚厚。然而生之來此，本為求訪其妻，自廳前一見之後，不可再得。閨閣深遠，内外頗嚴，欲達一意，終無間可乘。荏苒數月，時及授衣，西風夕起，白露為霜。生獨處空齋，終夜不寐，乃成一詩曰：「好花移入玉闌干，春色無緣得再看。樂處豈知愁處苦，别時雖易見時難。何年塞上重歸馬，此夜庭中獨舞鸞。霧閣雲煙深幾許，可憐辜負月團圓。」詩成，題於片紙，拆布衣之領而縫之，以百錢納於小豎，而告之曰：「天道已寒，吾衣甚薄，望持入付於吾妹，令其拆而縫紉之，將以禦寒耳。」小豎如言，持入，翠翠解其意，拆衣而詩見，大加傷感，吞聲而泣，别為一詩，亦縫於衣領之内，付出還生，詩曰：「一自鄉關動戰鋒，舊愁新恨幾重重。腸雖已斷情難斷，生不相從死亦從。長使德言藏破鏡，終教子建賦游龍。緑珠碧玉心中事，今日誰知也到儂。」生得詩，知其以死許之，無復致望，但愈加抑鬱，遂感沉疾。翠翠聞之，請於將軍，始得一至牀前問候，而生病已亟矣。翠翠以臂扶生而起，生引首側視，凝淚滿眶，長吁一聲，奄然死於其手。將軍憐之，葬於道場山麓。翠翠送殯而歸，是夜得疾，不復飲藥，展轉衾席，將及一月。一旦，告將軍曰：「妾棄家相從，已得八載，流離外郡，舉眼無親。止有一兄，今又死矣。病必不能起，乞埋骨兄側，使黄泉之下庶有依託，不至作他鄉孤鬼也。」言盡而卒。將軍不違其志，竟附葬於生墳左，宛然東西二丘焉。洪武初，張氏既滅，翠翠家有一舊僕，以商販為業，道由湖州，過道場山下，見華屋數間，槐柳扶疎，翠翠與金生並肩而立於門，遽呼之入，問父母存亡及鄉井舊事，因留之宿。明早，以一啓與之。父母得書，甚喜。其父即貨舟訪焉，至道場山下向日相遇留宿之處，則荒煙野艸，狐兔之跡交道，前所見華屋，乃東西兩墳耳。時日已暮，因宿於墳下，三更後，忽見翠翠與金生拜於前，悲啼宛轉，父驚而撫問之，翠翠乃具述其始末，曰：「往者亂起，蕭牆禍生，衽席不能效竇氏女之死，乃致為沙吒利之驅，忍恥偷生，離鄉去國。恨以蕙蘭之弱質，配兹狙獪之下材。惟知奪石家買笑之姬，豈暇憐息國不言之婦？叫九閽而無路，度一日如三秋。良人不棄舊恩，特蒙遠訪。託兄妹之名，而僅獲一見；隔夫婦之義，而終遂不通。彼感疾而先殂，妾含冤而繼殞。欲求附葬，遂得同歸。大略如斯，微言莫盡。」言畢，因抱其父而大哭，父遂驚覺，乃一夢也。明以牲酒奠於墓下，與僕返棹而歸。至今往來者，指為金翠墓云。（同前）

一九六《太曼生傳》：太曼生者，東海人。風流爾雅，從父宦游四方。年十九，自吉州還閩，僦寓城東，惡其囂雜妨功，因稅居於委巷。屋雖數椽，而主人之園圃近焉。艸樹扶疏，花柳間植，有濠濮間想。生常散步園中，吟詠自適。一日，偶值雙鬟導一女郎，年可十六七，後園採花，不知生之先在也。生逡巡避之，女見生風神俊爽，且聞其善詞章，情亦不能自禁。廻眸轉盼，百倍撩人。生自是神爽飛越，讀書之念頓灰。越旬餘，復於園内遇向者雙鬟，因殷勤詢之曰：「君家女郎識字乎？」鬟曰：「女郎時手一編，日夕不輟，豈不識字乎？」生曰：「吾有一詩，欲致之，能為一達否？」鬟曰：「郎君善詩，女郎稔知之，某當為作寄詩郵耳。」生遂賦一絶云：「春園花事鬬芳菲，萬緑叢中見茜衣。自媿含毫非子建，水邊能賦洛川妃。」女得詩，見其詞翰雙絶，吟不置口，遂次其韻以答之，云：「小園芳草緑菲菲，粉蝶聯翩展畫衣。自媿一雙蓮步闊，隔花人莫笑潘妃。」自此槐黄期迫，生以省試促歸，不敢通問。及秋不第，復携書於別業。女時時遣雙鬟慰勞之，由此荏苒，遂結同心。定情之後，倍相狎昵，因贈生玉玦半規，紫羅囊一枚，生賦詩云：「數聲殘漏滿簾霜，青鳥銜箋事渺茫。剖贈半規蒼玉玦，分將百合紫羅囊。空傳垂手尊前舞，新結愁眉鏡裡妝。一枕遊仙終是夢，桃花春色誤劉郎。」時生已約婚，而女亦受采。女常居花樓之下，所著有《花樓吟》一卷，其寄生詩甚多，有云：「重門深鎖斷人行，花影參差月影清。獨坐小樓長倚恨，隔牆空聽讀書聲。」踰年，生當就婚，女亦適人，蹤跡遂永絶焉。然詩札往來，歲猶一二。至越數載，生舉賓薦，戒行有日，女寄書以通殷勤，生賦《柳梢青》一闋別之：「鶯語聲吞，蛾眉黛蹙，總是銷魂。銀燭光沉，蘭閨夜永，月滿離樽。羅衣空濕啼痕，腸斷處、秋風暮猿。潞水寒冰，燕山殘雪，誰與温存。」後隔數歲，女因念生得瘵疾，卧牀日久，思一見生，實出無名。生乃託為醫以診脈進，女見生，揮涕如永訣狀，遂不交一言而出。是夕，女一慟而卒。生哭之以詩，曰：「玉殞珠沉思悄然，明中流淚暗相憐。常圖峽蝶花樓下，記刺鴛鴦繡幕前。祇有夢魂能結雨，更無心膽似非煙。朱顔皓齒歸黄土，脈脈空尋再世緣。」不數日，而生亦卒。載（當作再）世緣，若為之讖焉。（同前）

一九七　楊玉香：林景清，閩縣人，成化己亥冬，以鄉貢北上，歸過金陵。金陵楊玉香者，娼家女也，年十五，色藝絶群，性善讀書，不與俗人偶，獨居一室。貴游慕之，即千金不肯破顔。姊曰邵三，雖乏風貌，然亦一時之秀。景清與之狎，飲於瑶華之館，因題詩曰：「門巷深沉隔市喧，湘簾影裏篆浮煙。人間自有瑶華館，何必還尋弱水船？」又曰：「珠翠行行間碧簪，羅裙淺澹映春衫。空傳大令歌桃葉，争似花前倚邵三。」明日，玉香偶過其館，見之，擊節歎賞，援筆而續曰：「一曲《霓裳》奏不成，强來别院聽瑶笙。開簾覺道春風煖，滿壁淋漓白雪聲。」題甫畢，適景清外至，投筆而去。景清一見魂銷，堅持邵三而問，三曰：「吾妹也，彼且簡對不偶，詩書自娱，未易動也。」景清强之，乃與同至其居，穴壁潛窺，玉香方倚牀佇立，若有所思。頃之，命侍兒取琵琶作數曲，景清情不自禁，歸館，以詩寄之曰：「倚牀何事斂雙蛾，一曲琵琶帶恨歌。我是江州舊司馬，青衫染得淚痕多。」玉香答之曰：「銷盡爐香獨掩門，琵琶聲斷月黄昏。愁心政恐花相笑，不敢花前拭淚痕。」明日，景清以邵三為介，盛飾訪之，途中詩曰：「洞房終日醉流霞，閑却東風一樹花。問得細君心内允，雙雙携手過鄰家。」既至，一見交驩，恨相知之晚也。景清詩曰：「高髻盤雲壓翠翹，春風並立海棠嬌。銀箏象板花前醉，疑是東吴大小喬。」玉香詩曰：「前身儂是許飛瓊，女伴相携下玉京。解佩江干贈交甫，畫屏凉夜共吹笙。」夜既闌，邵三避酒先歸。景清留宿軒中，則玉香真處女也，景清詩曰：「十五盈盈窈窕娘，背人燈下卸紅妝。春風吹入芙蓉帳，一朵花枝壓衆芳。」玉香詩曰：「行雨行雲侍楚王，從前錯怪野鴛鴦。守宫落盡鮮紅色，明日低頭出洞房。」居數月，景清將歸，玉香流涕曰：「妾雖娼家，身常不染，顧以陋質，幸侍清光。今君當歸，勢不得從。但誓潔身以待，令此軒無他人之跡，君異日幸一過妾也。」景清感其意，與之引臂盟約，期不相負。遂以「一清」名其軒，乃調《鷓鴣天》一闋留别，曰：「八字嬌蛾恨不開，陽臺今作望夫臺。月方好處人相别，潮未平時僕已催。　聽囑咐，莫疑猜，蓬壺有路去還來。穆穆一樹垂絲柳，休傍它人門户栽。」玉香亦以《鷓鴣天》答之，曰：「郎是閩南第一流，胸蟠星斗氣横秋。新詞宛轉歌纔畢，又逐征鴻下翠樓。　開錦纜，上蘭舟，見郎歡喜别郎憂。妾心政似長江水，晝夜隨郎到福州。」景清遂訣别歸閩，音信不通者六年。至乙巳冬，景清復攜書北上，舟泊白沙，忽於月中見一女子甚美，獨行沙上，迫視之，乃玉香也。且驚且喜，問所從來，玉香曰：「自君别後，風枝南北，天各一方。魚水懸情，相思日切，是以買舟南下，期續舊好，不意於此邂逅耳。」景清喜出望外，遂與聯臂登舟，細叙疇昔，景清詩曰：「無意尋春恰遇春，一回見面一回新。枕邊細説分移後，夜夜相思入夢頻。」玉香詩曰：「鴈杳魚沉各一天，為君終日淚潸然。孤篷今夜煙波外，重訴琵琶了宿緣。」吟畢，垂泣悲啼，不能自止。天將曙，遂不復見。景清疑懼累日。及至金陵，首訪一清軒，門館寂然，惟邵三縞素出迎，泣謂景清曰：「自君去後，妹閉門謝客，持齋誦經，或有强之，萬死自誓，竟以思君之故，遂成沉疾，一月之前死矣。」景清聞之大駭，入臨其喪，拊棺號慟。是夜，獨宿軒中，吟詩曰：「往事凄凉似夢中，香奩人去玉臺空。傷心最是秦淮月，還對深閨燭影紅。」因徘徊不寐，惘惘間，見玉香從帳中出，唏嘘良久，亦吟曰：「天上人間路不通，花鈿無主畫樓空。從前為雨為雲處，揔是襄王曉夢中。」景清不覺失聲，呼之，遂隱隱而没云。（同前書續卷六「妓女部」）

一九八 《王幼玉記》：王氏名真姬，字仙才，小字幼玉。本京師人，隨父流落於衡州。女弟女兄三人，皆為名倡。而其顔色歌舞角於倫輩之上，羣妓亦不敢與之争高下。幼玉又出於弟兄之上，所與往還皆衣冠士大夫，捨此，雖巨商富賈，不能動其意。夏公酉遊衡陽，郡侯開宴召之，公酉曰：「聞衡陽有歌妓名王幼玉，妙歌舞，美顔色，孰是也？」郡侯張郎中紀，乃命幼玉出拜。公酉見之，嗟吁曰：「使汝居東西二京，未必在名妓之下，反居於此，其名不得聞於天下。」因命左右取牋為詩贈幼玉，曰：「真宰無私心，萬物逞殊形。嗟爾蘭蕙質，遠離幽谷清。風雲暗助秀，雨露濡其泠。一朝居上苑，桃李讓芳馨。」由是益有光，但幼玉暇日常幽豔愁寂，含□未吐。人或詢之，則曰：「此道非吾志也。」會東都人柳富，字潤卿，果豪俊之士，幼玉一見曰：「兹我夫也。」富亦有意室之，然富方倦遊，凡於風前月下，執手戀戀，兩不相捨。既久，其妹竊知之，一日，詬富以語曰：「子若復為嚮時事，吾不捨子，即訟子於官府。」富從是不復往。一日，遇幼玉江上，幼玉泣曰：「過非我造也，君宜以理推之，異時幸有終身之約，無為今日之恨。」相飲於江上，幼玉云：「吾之骨，異日當附子之先壠。」復謂富曰：「我平生所知離而復合者甚衆，雖言愛勤勤，不過取其財帛，未嘗以身許之也。我髮委地，寶之若玉，它人無敢窺覘，於子無所惜。」乃自解鬟剪一縷以遺富。富感悦深至，去，又羈思不得會，併為恨，因而伏枕，幼玉日夜懷思，遣人侍病。既愈，富為長歌贈之云……富因久遊，親促其歸。幼玉潛往别，共飲野店中，玉曰：「子有清才，我有麗豔，才色相得，誓不相捨。我之心，子之意，卜諸神明，結之松筠，久矣，子必異日有瀟湘之遊，我亦待君之來。」於是，二人共盟焚香，致其灰於酒中，共飲之。是夕，同宿江上。翌日，富作詞别幼玉，名《醉高樓》，詞曰：「人間最苦，最苦是分離。伊愛我，我憐伊。青艸岸頭人獨立，畫船歸去櫓聲遲。楚天低，回望處，兩依依。後會也知俱有願，未知何日是佳期。心下事，亂如絲。好天良夜還虛過，辜負我，兩心知。願伊家，衷腸在，一雙飛。」富唱其曲以沽酒，音調辭意悲惋，不能終曲。乃飲酒，相與大慟，富乃登舟。富至都下，以親年老，家又多故，不得如約，但對鏡灑涕。會有客自衡陽來，出幼玉書，但言幼玉多卧病。富遽開其書疾讀，書尾有二句云：「春蠶到死絲方盡，蠟燭成灰淚始乾。」富大傷感。一日，殘陽沉西，疎簾不捲，富獨立庭幃，見有半面出於屏間。富視之，乃幼玉也。玉曰：「吾以思君得疾，今已化去，欲得一見，故有是行。我以平生無惡，不犯幽獄，後日當生兖州西門張遂家，復為女子。彼家賣餅，君子不忘昔日之舊，因有事相過，幸見我焉。我雖不省前世事，然君之情當如是。我有遺物在侍兒處，君求之以為驗，千萬珍重。」忽不見。富驚愕，但終歎惋。異日，有過客自衡陽來，言幼玉已死。聞未死前，囑其侍兒曰：「我不得見郎，死亦不安，郎平日愛我手、髮、眉、眼，它皆不可寄附，我今剪頭髮一縷，手指甲數箇，郎來訪我時，子可與之。」後數日，幼玉果死也。(節録自同前)

一九九 蜀客妓：翁客自蜀挾一妓歸，蓄之别室，率數日一往，偶以病少疎，妓疑之，翁作詞自解，妓即韻答以《踏莎行》云：「説盟説誓，説情説意，動便春愁滿紙。多應念得脱空經，是那個先生教底。不茶不飯，不言不語，一味供它憔悴。相思已是不曾閑，又那得工夫呪你。」(同前)

二〇〇 《玄妙洞天記》：夫人生若夢耳，至楚襄薦枕於高唐，淳于獲配於南柯，余始不信，以為寓言。近余之夢有類於是，乃始信其真有耳。然高唐一夜，南柯片時，未足為異，乃余之所夢有足紀者。伊昔夏夜，爰坐蕭館，厭世俗之陳言，攬神仙之往牒，既感於劉晨、阮肇，遂暨乎蘭香、智瓊。當吾之世，庶幾一遇，悠然興慨，頹爾思卧。甫就枕閒房，輒遊神異境。覩金殿之嵳峩，仰珠宫之璀璨。樓臺瀕水，則蓬萊彷彿；户牖繞山，則赤水依稀。有璇甍玉柱，榜曰「玄妙洞天」，見一少女獨立於中，舞袖飄於輕颸，廻裾散乎芳芷，温兮美璧，艷兮奇葩。或鴻珮而微步，或倚扉而遥睇。余去匪遠，佯為不覺。舉袂障面，若啼若怨，轉身頓足，欲舞欲歌，徘徊久之，朗然高詠，其詞曰：「歡非有欠，親自不來。彼何人也，兩心是懷。惟君與妾，雙雙不散。姺女既嫁，得國之半。」其聲嫋嫋，如絲如竹，歌已，命侍兒傳語曰：「與君有緣，把臂密邇。今時未至，請速退矣。」余心異之，翻然而醒。於是曙色横於窗櫺，棲鳥鳴於林木矣。自是之後，不數夕一夢，其事至奇，不敢輕泄。至所歌之詞，聊籍於此，以示好事。失其邂逅之詳，自有私志。其《謁金門》詞曰：「真堪惜，錦帳夜長虚擲。挑盡銀燈情脈脈，繡花無氣力。　女伴聲停刀尺，蟋蟀争吟四壁。自起捲簾窺夜色，天青星欲滴。」其《臨江仙》詞曰：「飛盡流螢無興撲，扇兒閒却秋風。遠山夜半又聞鐘。解衣斜對影，欲寢恨牀空。　淒斷銀釭渾欲滅，數聲窗外孤鴻。夜凉如水出簾櫳。微雲淡河漢，疎雨滴梧桐。」其《山花子》詞曰：「剖得新橙擲繡筐，釀成美酒覆閑房，寒閨無計會蕭郎。　夜色暗隨鴻雁後，秋光争繞菊花傍，滿城風雨近重陽。」其《玉樓春》詞曰：「韶陽欲暮鶯聲碎，望遠憑闌傷妾意，雜花滿地繡成裀，人在繡茵深處醉。　妾非飛鳥無雙翅，空想郎邊芳艸媚。願為柳絮倩東風，吹向郎身撩亂墜。」其《踏莎行》詞曰：「香罷宵薰，花孤晝賞。粉牆一丈愁千丈。多情春夢苦抛人，尋郎夜夜離羅幌。　好句刊心，佳期束想。甫愁春到還愁往。消魂細柳一時垂，斷腸芬艸連天長。」其《臨江仙》詞曰：「花影半簾初睡起，繡鞋着罷慵移。窺妝強把綠窗推。隔花雙蝶散，猶似夢初回。　纖指彈甌呼女伴，出簾聊共徘徊。閑將羅袖倚朱扉。樓臺臨水處，日午燕争飛。」其《菩薩蠻》詞曰：「蘭閨日永花慵繡，紗窗獨倚垂羅袖。燕子做巢忙，詩成難寄郎。　新篁窺綠水，荷葉青無比。風煖不知吹，遊絲自在飛。」其《踏莎行》詞曰：「佳約易乖，韶光難駐，柳絲飛盡江頭樹。朝來為甚不鈎簾，殘花正滿簾前路。　春賞未闌，春歸何遽，同春歸向何方去。有情燕子不同歸，呢喃獨伴春愁住。」其《孤鸞》詞曰：「暇鬟初揭，正寺日停鐘，窓風鳴鐵。懶自梳妝，亂挽鬟兒非滑。追想昨宵瞥見，有多少動情誰説。枉在屏風背後，立歪羅襪。　聽玉人言去苦難泄，任樹上黄鶯歌道離别。強欲排餘恨，反寸腸悲裂。試使侍兒挽住，想未離畫橋東折。傳道行蹤已遠，但垂楊煙結。」其《蝶戀花》詞曰：「梳罷曉妝屏上倚，欲把金針，玉腕嬌亡比。不捲珠簾窺竹裏，翠禽飛下闌干嘴。　步向荷缸閑弄水，荷葉田田，似有清香起。照面水中私自喜，芙容四月先開矣。」其《踏莎行》詞曰：「玉臂寬鐶，紗衫緩紐，繡牀針線無心久。豹頭枕冷射蘭輕，蝦鬚簾静塵埃厚。　紫燕風頭，黄梅雨後，柳條亂拂長江口。但言羃歷柳如煙，誰知摇曳愁如柳。」其《玉蝴蝶》詞曰：「為甚夜來添病，強臨寶鑑，憔悴嬌慵。一任釵斜鬢亂，永日薰風。惱脂消榴紅徑裏，羞玉减粉蝶叢中。思悠悠，垂簾獨坐，倚遍薰籠。朦朧，玉人不見，裁羅囊寄，錦寫箋封。約在春歸，夏來依舊各西東。粉牆花影來疑是，羅帳雨夢斷成空。最難忘，屏邊瞥見，野外相逢。」其《眼兒媚》詞曰：「石榴花發尚傷春，艸色帶斜曛。芙蓉面瘦，蕙蘭心，病柳葉眉顰。　如年長晝雖難過，入夜更消魂。半窗淡月，三聲鳴鼓，一個愁人。」其《踏莎行》詞曰：「紅葉空傳，朱繩未綰，天涯可見人難見。綠窗病起落梅繁，玉簫夢斷行雲短。　波眼將穿，柳腰似剗，寂寥偏與東風管。水仙愁絶翠闈寒，春雲空谷蘭香遠。」其《玉樓春》詞曰：「空閨日夜和塵閉，郎馬何時門外繫。愁中眉讓遠山長，病裏腰添垂柳細。　如煙一種津頭樹，可喜誰知還可怒。榆錢難買少年回，柳絮能牽幽夢去。」其《念奴嬌》詞曰：「鴛幃睡起，正飛花，蘭徑啼鶯瓊門。對鏡梳妝，愁見那、怯怯容顔瘦弱。一自仙郎，題詩寄簡，屢訂西廂約。牆花拂影，獨眠何事如昨。　誰憐潘果空投，賈香難與，愁腸安託。帶眼輕拴，須看取、楊柳腰肢如削。珠履玲瓏，羅衫雅淡，件件無心着。何時廝見，得償今日蕭索。」其《踏莎行》詞曰：「花徑争穿，珠簾屢認，正逢梅雨芹泥潤。畫梁無處可安巢，玉纖為把花枝襯。　社日纔來，端陽已近，尋巢為甚偏遲鈍。算來一似鳳鸞期，蹉跎漸覺無真信。」其《臨江仙》詞曰：「昨夜驚眠梅雨大，枕前窗上頻敲，天明番覺夢魂遥。起來看女伴，薰袖已香消。　雲鎖房櫳煙鎖竹，捲簾水濕鮫綃。菱花低照拂眉梢，玉梳雲髮潤，不上蘭膏。」丘道人曰：玄之夢遊，必有所為，難於顯言，託之華胥耳，何詞之多而佳也，一至此哉！不然則闒闒乍覺，屏合在傍，觀寶夢回，玉簪匪妄，人間固有此真夢，則吾不可得而知矣。（同前書續卷七「夢遊部」）

二〇一《碧線傳》：至正間，有道士真本無，文固虛，不知何許人，客威順王家下，通劍術，曉兵機。

王雖畜之，未始奇也，惟樊口衛君美重之。一日，王遊别苑，召二人侍，因從容諷曰：「方今天下太平日久，極盛而豐，朝政廢弛，禍在旦夕。大王朝廷懿親，宜陰為之備，萬一風塵有警，即使指麾義旗，紓君父之急，使神州光復，為大元宗英，豈不偉哉？」王曰：「爾病風狂耶？何出言若是？」二人默然而退曰：「豎子不足謀，不去，禍且至。」於是題詩黃鶴樓而遁，詩曰：「芙蓉出匣照寒鋩，上帶仇家血影光。前席早知非聖主，悔將三策説君王。」王知而求之，隱矣。未幾亂作，悉如所言，於是陳友諒、明玉珍皆遣人物色之，不可得。高皇帝既平群寇，四海一家，君美兄君彦為西兖丞，因往省之，回途覆舟，幸而不死，因躑躅路側，覓火燎衣，縱步間，忽二道士前揖曰：「衛君一寒如此哉！」視之，真、文二故人也，告以困苦之狀，曰：「無憂也。」邀往其家，則青城山也。高牆華屋，深院曲房，蒼頭數人列侍左右。與君美話舊，歡若平生。因詢其亂中出處，二人曰：「自辭黃鶴，即入黃牛，久隱青城，忽逢青眼。所惜壯心凋落，一事無成，頫仰乾坤，飄摇萍梗，素居閑處，有愧故人。」乃與痛飲，酒酣氣豪，議論蠭起，君美曰：「二公鍊質名山，猶未能忘情塵世，將不為修真之累乎？」二人大笑曰：「循行數墨，儒之土苴；熊經鳥伸，仙之糟粕。吾所謂修真，豈在是哉？」因引君美周視其家，錦綺充盈，金玉山積，各有美人掌之。最後，至一山巖中，有髑髏百枚，二人指曰：「此世間不義人也，余得而誅之。」君美為之吐舌。明日大設宴，君美首席，兩美人捧牙盤，盛明珠十、黃金百兩為壽，君美不敢却，但唯唯謝，於是劇飲大醉，本無賦詩曰：「幾年兵火接天涯，白骨叢中度歲華。杜宇有冤能泣血，鄧攸無子可傳家。當時自詫遼東豖，今日翻成井底蛙。一片春光誰是主，野花開滿蒺黎沙。」固虛續吟曰：「豪傑消磨歎五陵，髮衝烏帽氣填膺。眼前不是無豪傑，身後何須論廢興。當道有蛇魂已斷，渡江無馬識難憑。可憐一片中原地，虎嘯龍騰幾戰爭。」其詩大抵類此，則其人可想矣。君美知所吟不能出其右，乃製《喜遷鶯》一闋，執杯酹謝於二公，自歌以侑焉，詞曰：「乾坤如昨，歎往事凄涼，長才蕭索。景物非非，人民俱換，非是舊時城郭。世事恰如棋子，當局方知難着。勝與敗，似一場春夢，何須驚愕。　寥落，相見處、萍水異鄉，爛熳清宵酌。説到英雄，自同夢，澀盡劍鋒蓮鍔。看破浮雲變態，休問誰强誰弱。堪嘆惜，這一番歸去，似遼東鶴。」明日求歸，二人曰：「唐有紅線，今有碧線，當令送君也。」至則一好女子，年可十七八，負竹箱，隨真、文同送君美青城道上，顧謂曰：「後會難期，請為起舞。」碧線開箱，取白丸四，大如鷄卵，乃雌雄劍也。二人引而伸之，飛躍上下，須臾，天地晦冥，風雲慘澹，惟於塵埃中見電光翕欻，交繞互纏。君美股戰，行不成步，回望其居，皆陵谷若星，殊無有路。君美乃氣不得出，目不得合，常若刃在其頸，心膽俱落。舞罷，失二人所在，獨碧線傍立。君美倒皮囊中酒共飲，伺夜握君美手東南而逝，將三更許抵家，但見金珠在榻，碧線亡去久矣，竟不知其何術也。（同前）

二〇二《大士誅邪記》：洪武間，鹽官會骸山中有一老道，緇服蒼顏，幅中繩履，居常恂恂，詼諧則秀發如瀉。雖不事生業，而日常醉歌於市間，歌畢，長舞，或跳木，或緣枝，宛轉盤旋，驚魚飛燕，莫能過也。又且知書善詠，嘗與登遊文士相賡歌焉，山居熟識者雖以道人呼之，而心甚疑議，然卒莫能根究其實也。一日，大醉，索酒肆中筆硯，題風、花、雪、月四詞於石壁，閱者稱賞。後見墨跡漸深，磨涅不能去，人又怪之。詞併録於左，其一：「風嫋嫋，風嫋嫋，冬嶺泣孤松，春郊摇弱草。收雲月色明，捲霧天光早。清秋暗送桂香來，極夏頻將炎氣掃。風嫋嫋，野花亂落令人老。」其二：「花豔豔，花豔豔，妖嬈巧似妝，鎖碎渾如剪。露凝色更鮮，風送香嘗遠。一枝獨茂逞冰肌，萬朵争妍含醉臉。花豔豔，上林富貴真堪羡。」其三：「雪飄飄，雪飄飄，翠玉封梅萼，青鹽壓竹梢。灑空翻絮浪，積檻聳銀橋。千山渾駭鋪鉛粉，萬木依稀擁素袍。雪飄飄，長途遊子恨迢遥。」其四：「月娟娟，月娟娟，乍缺鈎横野，方圓鏡掛天。斜移花影亂，低映水紋連。詩人舉盞搜佳句，美女推窓遲月眠。月娟娟，清光千古照無邊。」離山里許，有大姓仇氏者，夫妻四十無嗣。乃刻慈悲大士像供禮於家，朝夕香花，欲求如願。每年於二月十九則齋戒虔誠，躬往天竺而禱，如是者三。越歲果娠，得育一女孩，及週，名為夜珠，取掌上珠意也。時年十九，父母已六十餘矣，端慧多能，工容兼妙，夫妻望之甚重，必得佳壻，倚託殘年，故荏苒以待也，詎料為老魅所知，不求媒妁，自薦於其門，父母大怒，逐之使出，老魅從容不動，曰：「吾丈誤矣。蓋聞選擇東牀，不過為老計耳，僕能孝養吾丈於百歲前，禮祭吾丈於百歲後，是亦足以任所重矣，酧所託矣，此不為佳，何為佳乎？」大姓復叱曰：「不思人鳳薰蕕，甚非偶類，而乃冒漸妄語，狎侮傷人，非病狂則爽心者，奚足與較？」復呼壯力持杖逐之，老魅行且言曰：「今則去矣，後雖追悔，何門求見我哉？」大姓復指詈曰：「視汝罪骨已枯，棺塚待之方急，人形鬼質，求汝奚為行？將見汝為犬鴉所飽，則有之矣。」老魅掀髯長笑而退。越兩日，夜珠方倚窓繡鞋，忽見巨蝶一雙飛至，紅翅黄身，黑鬚紫足，如流霞飛火，旋繞夜珠左右而不舍，似若眷戀其香者。夜珠喜異，輕以袖羅撲之，撲不能得，笑呼女奴徐相追逐，直至後園牡丹花側，二蝶漸大如鷹，扶掖夜珠，從空踰垣飛去，女奴駭，報大姓，大姓驚走號呼，莫可挽救，時夜珠雖心知墮術，而此身則無主也。……是夜，珠遭攝之後，大姓思望雖殷，無所用力，但日夕於慈悲大士前，哭祝而已。一日，會骸嶺上忽幡竿直豎，竿末掛一物，莫識，好事者舡梯而至其所，但見巑岏中一洞甚大，婦女十餘人，倚卧不一，如醉迷之狀。其老猴數十，皆身首異處，膏血交流，竿上之物，則一骷髏高綴耳。好事者驚異，急報其令長官，令長官即差兵捕收勘，方知皆良家婦女，為妖所誤。出示召領間，而大姓喜躍奔探，女果在內。及視旛竿，方識天竺大士殿前物也，年月猶存，一旦徙至於此，非神力，詎可能乎？因悟大姓感神之誠，同還者皆來拜謝。於是協資建廟山頂，奉像其中，香火不絕，其右壁書詞又且拂滅如洗，人遂得知道人即老魅云。（同前書續卷十二「獸部」）

二〇三《王秋英傳》：韓夢雲，福清諸生也。嘉靖甲子，授經於邑之藍田，道過石湖山，見遺骸焉，哀而掩之。其夜宿於藍田書舍，忽聞異香滿室，頃之，一童子入門投刺曰：「娘子奉謁。」夢雲愕然，則麗人已立燈下，斂袵而拜曰：「妾蕘之纍也，委身艸莽，二百年於兹矣，君子厚德，惠及骼胔。靜言感念，銜結焉忘？偶作小圖，用伸寸報。」遂出袖中彩障一軸以遺之，題其標曰「萬鳥啼春」。夢雲馨折拜受，因詢其家世，麗人曰：「妾，楚人也，姓王氏，名秋英，澹容，其別號也。父曰德育，元至正間，以兵曹郎參軍入閩。妾從父之任，見執強寇，至石湖山，不忍受汚，投崖而死，曩者車騎臨况，躡踵相從。此亦夙世姻緣，非偶爾也。」因與夢雲共談，言如懸河，夢雲曰：「卿能詩乎？」曰：「惟先生命。」

於是啟齒微吟曰：「咄咄復咄咄，二百年來滯閩越。回頭往事付空華，淚逐西風寒刺骨。當時恨不早見幾，扁舟一葉隴裏歸。海上風煙驀地起，一家骨肉隨流水。渺渺殘魂寄碧岑，花開花落古猶今。相逢此日無它物，贈爾平生一片心。」夢雲擊賞久之，遂申伉儷之私，枕上作《滿江紅》一闋曰：「偶度銀河，霎時間雲收雨歇。枉做了叢莽溪頭，一場轟烈。江山風雨百年心，家國存亡千里月。媿今宵勾引蔓藤，又添凄切。　煙花恥，應難雪。雲雨債，何時滅。只為塵緣，把白瑜玷缺。高唐夢裡情如海，望帝山中淚成血。羞覩着嫦娥長自在，瓊瑶闕。」曉起，謂夢雲曰：「妾以感遇之故，失身於君，惟君始之終之，君之惠也，不者曲且在君，妾何敢言？」遂飄然而去。自是數日一至，則究校經籍，揚榷古今，意灑如也。是歲之冬，夢雲歸自藍田，獨坐於其家之小樓，秋英遣向者之童子，遺以詩曰：「朔風振撼似瀟湘，滿樹歸鴉噪夕陽。不見王孫停駟馬，惟聞牧豎喚牛羊。荒山野水悲長夜，懶鬢疎容怯凍霜。漠漠陰雲愁黯黯，幾時相對一爐香。」夢雲乃以除夕設主於樓，薦以酒饌。其夜，秋英盛妝飾而至，與夢雲燕飲，酒酣，憑雲肩作《臨江仙》一闋曰：「燈火滿城鳴竹爆，家家收拾殘年。春陽初轉動朱絃。金爐香幾縷，裊裊散輕煙。」又：「人事天時又一歲，迎春送臘開筵。多情杯酒更烹鮮。殷勤斟玉斝，相對淚潸然。」明年寒食，夢雲復攜雞黍，過秋英墳上。少頃，秋英至，設席籍草，謳唱相和，夢雲以巨觥酌秋英曰：「今日之樂，千古一時，可無片詞以紀盛事？」於是秋英乃作《瀟湘逢故人慢》一闋曰：「春光將暮，見嫩柳拖煙，嬌花帶霧。頃刻間風雨，把堂上深恩，閨中遺事，鑽火留餳，都付却、落花飛絮。又何心、挈罍提壺，鬬艸踏青載路。　子規啼，蝴蝶舞。遍南北山頭，紙灰緑酹。

奠一丘黄土，嗟海角飄零，湘陰凄楚。無主泉扃，也能得有情雞黍。畫角聲，吹落梅花，又帶離愁歸去。」因謂夢雲曰：「妾懷君之子，今將免身矣，當產君家，食以生人乳少許，乃可育於人間也。」遂與夢雲並轡同歸，夢雲妻子皆安之。客有問及澹容前身者，以詩答之曰：「地老天荒一化人，寒煙衰艸度芳晨。冥冥渺渺無生死，豈有前身與後身。」其二曰：「煢煢瘦魄濯寒流，偶為塵緣世外遊。莫道此生原不滅，生生滅滅一浮漚。」後月餘，產一丈夫子，時乙丑年四月十八日也，夢雲妻聞之大喜，徧覓人乳以食之，於是里人求觀者如堵矣。秋英乃謂夢雲曰：「神奇之事，愚者駭焉，兒育於君，恐招物議，妾當歸楚，寄兒於楚人，後十八年，圖與相見，未晚也。」乃作留別詩曰：「兩年歡會夢魂中，聚散人間似轉蓬。歲月無情催去燕，關河有信寄來鴻。劍沉延浦光終合，瑟鼓湘靈調自工。它日扁舟尋舊約，夕陽疎影楚雲東。」遂將兒擘瓦升屋而去。忽一日，遺夢雲以詩曰：「處處青山叫子規，家家乳燕鑄芹泥。獨憐知己千山外，遥望白雲雙眼迷。」是後每歲巧夕，一過小樓，嘗作《滿江紅》一闋曰：「蓐暑誰收，秋聲報，梧桐一葉。又聽得蛩泣階除，雁啼沙磧。清光玉宇本無塵，無奈姤雲遮素魄。意難忘，倏忽馭飈輪，尋舊約。　柳風疎，歡情折。芙露冷，離愁結。這滴滴丁丁，不堪苦咽。夢魂河漢隔年期，骨肉關山千里别。兩關情，極目楚山雲，龍江月。」迨至萬曆壬午，遺書夢雲，招之入楚，曰：「兒寄湘陰黄朱橋，今弱冠矣，君得無意乎？妾請為鄉道，暇間賦得《長相思》二篇請教。」其詞曰：「長相思，相思長。獨鶴高飛九廻翔。楚天嘹唳驚胡霜，側身東望淚沾裳。思君間阻天一方，欲往從之河無梁，臨流欲遡川無航。江東渭北恨參商，安得共此明月光。長相思，相思長。」其二曰：「長相思，相思長。寒蛩唧唧九廻腸。中夜為君起彷徨，期君不至倚胡牀。衰艸澹煙漫隴襄，願言載道歷盤塘，扁舟一葉過武昌。身隨鴻雁度衡陽，無令戚戚滯湖湘。長相思，相思長。」是年夢雲不果行，明年乃行。自洪塘買舟，秋英已先至矣。與之同寢處，它人莫見也，及至湘陰，果有黃朱橋者，湘陰豪宗也。有三子，曰鶴筭、鶴齡、鶴鳴。鶴筭得之神女，叩門授兒，忽不見，以白布裹兒也，而題以血書曰：「血書尺帛裹呱兒，抱送君家好護持。乙丑之年辛巳月，甲申日主丑初時。閩生楚長人非幻，陽氣陰胎事亦奇。莫道螟蛉難似我，恩深還有報恩期。」末書：「十八年後，閩有韓夢雲來，此其子也。」及夢雲至，相視愕然。夢雲具道其詳，朱橋大駭，鶴筭持父哭，幾不自勝，是時鶴筭已婚易氏女，不能從父之閩，夢雲遂留之二十日而別。秋英乃從夢雲入閩，閩士大夫及當道諸公，往來玉融，卜事求詩者踵相接也。萬曆癸巳年，秋英謂夢雲曰：「妾以冥數，得侍巾櫛，不自韜斂，籍籍人間。今者賓客如雲，答之，則事涉漏洩，不答，咎且歸君。然亦塵緣已盡，吾將從此逝矣。」夢雲及妻子聞之，驚愕挽留，秋英亦揮涕而別，於是合家皆號慟，為之舉喪。今遂寂然。（同前書續卷十三「鬼部」）

二〇四《遊會稽山記》：天順年間，有鄒生者，名師孟，字宗魯，慶元縣人，年二十一。豐姿貌美，善會吟詠，博學才高。素聞杭州有山水之勝，西湖之景，遂乃令僕攜琹囊書劍，以往觀之。凡遇勝跡名山，琳宮梵宇，無不登臨遊之，又聞會稽山，以為天下第一奇觀，遂策馬往遊。愛其秀麗，下馬步行，進不知止。頃間，斜陽歸嶺，飛鳥争巢，天色將晡，退不及還。正踟躕間，忽然叢林之內，燈燭熒煌，漏光盈户生，意為莊農所居，乃隨其光，疾趍投宿，至彼，則門户嵬峩，街衢整潔，蒼松翠竹，交雜左右，乃一巨室也。俄有一青衣童子自内而出，鄒生近前而揖曰：「失路至此，欲假一宿，未知尊意如何？」青衣入報，出復命曰：「主母已允，請先生入内相見。」生隨之而進，只見疊樹重樓，麝蘭馥鬱。引至中堂，但見一少年美人盛妝危坐，其顔色如花。見生降榻祗迎。生女相見禮畢，分賓主而坐，青衣遂捧茶至，茶畢，美人啟唇致問，鄒生實告鄉貫姓名，美人即呼侍妾設酒以待。但見殽醴馨香，迥異塵俗。旁立二美姬，身衣錦繡，手執檀香拍板，歌《天仙子》詞一闋以侑酒，詞曰：「金屋銀屏疇昔景，唱徹雞人眠未醒。故宫花落夜如年，塵掩鏡，笙歌静。往日繁華都是夢。天上曉星先破暝，明滅孤燈隨隻影。翠眉雲鬢麝蘭塵，空歎省，成悲哽。無數落紅堆滿徑。」歌訖，美人遽止之曰：「勿歌此曲，徒增傷感。」生起坐致問曰：「僊娃高姓，閥閲何郡？郎君何人？」美人顰蹙曰：「妾本姓花，名喚麗春，臨安府人也，僑居於此二百餘年。先夫趙禥，表字咸淳，與妾為夫婦，十年而卒。妾今寡居，誓若有人能詠四季宫詞者，以稱妾意，不論其門户高下，即與成婚，杳無其人，不知先生能之乎？」生曰：「但恐鄙陋，有污清聽。」遂濡筆而吟四絶云……（節録自同前）

二〇五　《鄭婉娥傳》：洪武初，吴江沈韶，年弱冠，美姿容。嘗遨遊襄、漢間，坎於九江，偶秋雨新霽，水天一色。韶偕陳、粱二生同訪琵琶亭，吟白司馬蘆花楓葉之篇，想京城女銀瓶鐵騎之韻，引睇四望，徘徊久之。於時月明風細，人静夜深，方取酒共酌，聞月下彷彿有歌聲，乍遠乍近，或高或低，三人相顧錯愕，粱生戲曰：「得非商婦解事乎？」韶曰：「爾時樂天尚須千呼萬唤，今日豈得容易呈身哉？」陳生曰：「老大蛾眉，琵琶哀怨，縱使尊前輕攏慢撚，適足以增天涯淪落之感，豈能醉而成歡耶？」韶曰：「且静聽之。」良久而寂。酒罷回船，竟莫知其何故。獨韶迭宕，好事多情，翌日往究其實。躊躕之間，了無所見，興闌體倦，方欲言還，忽奇香馥郁，縹緲而來。韶異之，延竚以俟，茶頃，一麗人宫妝豔飾，貌類天仙。二小姬前導，一持黄金吊爐，一抱紫羅繡褥，冉冉登階。意必貴家宅眷，臨賞於此，隱壁後避之。小姬鋪褥庭心，麗人席地而坐，顧姬曰：「何得有生人氣，元乃昨夕狂客在是乎？」韶懼其使人搜索，趍出拜見，且謝唐突，麗人曰：「朝代不同，又無名分，何唐突之有？但諸郎夜來談笑，以長安娼女、浮梁商婦見目，無亦太過乎？」韶倉卒莫知所對，麗人呼使同茵，辭讓再四，固命之，乃就席，因問姓氏，麗人曰：「欲陳本末，懼駭君聽，然吾非禍於人者，幸勿見訝。妾僞漢陳主捷好鄭婉娥也，年二十而死，殯於近亭，二侍女，一名鈿蟬，一名金雁，亦當時之殉葬者。」韶素有膽氣，兼重風情，不以為怪也。麗人曰：「妾沉欝獨居，無以適意，每於此吟弄，聊遣幽懷，詎意昨宵為諸郎所據，敗興浩歌而返。今幸對此良宵，復遇佳客，足以償矣。」使鈿蟬歸取酒殽，飲於亭上，自歌其詞曰：「郎憶之乎，即昨日所謳之《念奴嬌》也。」詞曰：「離離禾黍。歎江山似舊，英雄塵土。石馬銅駝荆棘裏，閲遍幾番寒暑。劍戟灰飛，旌旗烏散，底處尋樓艫。暗嗚叱咤，只今猶説西楚。憔悴玉帳虞兮，燈前掩面，淚交飛紅雨。鳳輦羊車行不返，九曲愁腸慢苦。梅瓣凝妝，楊花翻曲，回首成終古。翠螺青黛，絳仙慵畫眉嫵。」歌竟，勸韶盡飲數盃。後韶豪態逸發，議論風生，與麗人談元末群雄起滅事，歷歷如目覩，且詢陳王行事之詳。……（節録自同前書續卷十四「鬼部」）

二〇六　銅鉦：坡：「樹頭初日掛銅鉦。」（《新刻重校增補圓機活法詩學全書》卷一「天文門・日・事實」）

二〇七　一點宫黄：辛稼軒詞：「大都一點，宫黄人間，直愁芬芳。怕是秋天風露，旂教世界都香。」（同前「天文門・月桂・事實」）

二〇八　把酒問：坡：「明月幾時有，把酒問青天。」（同前「天文門・賞月・事實」）

二〇九　踏碎：古詞：「踏碎階前明月，來尋夢裏閑雲。」（同前「天文門・步月・事實」）

二一〇　遊月宫：《逸史》：羅公遠開元（一作「天寶」）中秋夜，侍玄宗宫中翫月，公遠曰：「要至月中否？」乃取一杖向空擲之，化為大橋，其色如銀，請同登行，行數里，清光奪目，寒氣侵人。遂至大城闕，公遠曰：「此月宫也。」見仙女數百，素練寛衣，舞於廣庭，帝曰：「此何曲？」曰：「《霓裳羽衣曲》也。」（同前「天文門・中秋月・事實」）

二一一　玉宇不勝寒：東坡丙辰中秋作《水調歌頭》，都下傳唱，内侍録呈，神宗讀至「又恐瓊樓玉宇，高處不勝寒。」上曰：「蘇軾終是愛君。」量移汝州。（同前「天文門・中秋月・事實」）

二一二　鳴池沼：古詞：「驟雨鳴池沼。」（同前「天文門・驟雨・事實」）

二一三　賞花時節：古詞：「乍雨乍晴，已近賞花時節。」（同前書卷二「天文門・驟雨・事實」）

二一四　風雨：晁詞：「幾多春色，乍禁許多風雨。」（同前「天文門・春色・事實」）

二一五　飛紅雨：詩餘：「有意送春歸，無計留春住。畢竟明年又著來，何事休歸去。（脱二句：目斷楚天遥，不見春歸路。」）風急桃花也似愁，點點飛紅雨。」（同前「天文門・春歸・事實」）

二一六　攬衣：古詞：「晝日移陰攬衣起，春閨睡足。」（同前「天文門・春晝・事實」）

二一七　歌吹：古詞：「湧金門外小瀛洲，寒食更風流。紅舡滿湖歌吹，花外有高樓。」（同前書卷三「時令門・寒食・事實」）

二一八　試衣：古詞云：「單衣初試，清明時候。」（同前「時令門・清明・事實」）

二一九　泥拍肚：宋朝，重九日，雨，康伯可在翰苑，奉勑撰詞，口占《望江南》一闋云：「重陽日，風雨苦凄凄。戲馬臺前泥拍肚，龍山會上水平臍，直浸到東籬。茱萸膀，菊蘂濕滋滋。落帽孟嘉尋箬笠，休官陶令覔蓑衣，兩個一身泥」云云。（同前「時令門・九日遇雨・事實」）

二二〇　驚濤：東坡詞：「驚濤拍岸。」（同前書卷四「地理門・水聲・事實」）

二二一　雨暗：古詞：「煙雨暗南浦。」（同前「地理門・浦・事實」）

二二二　荷香：古詞：「雨歇池塘，圓荷嫩，緑衿抽。」（同前「地理門・蓮塘・事實」）

二二三　竹西亭：揚州有蜀岡，岡有竹西亭。坡詞：「遊人都上十三樓，不羡竹西歌吹古揚州。」（同前書卷五「宫室門・竹亭・事實」）

二二四　簑笠：張志和：「青篛笠，緑簑衣，斜風細雨不須歸。」（同前書卷十「人品門・漁父・事實」）

二二五　賣花聲：古詞：「詠蝶畫橋邊，隨人賣花人（當作聲）。」（同前書卷十「人品門・賣花人・

事實」）

二三二六　聲聲頻叫：古詞：「病酒情懷猶困懶，時聽賣花聲。聲聲頻頻叫道，紅英聽葶，枝枝争巧。」（同前）

二三二七　引蝶翩翩：古詞：「賣花人，過河橋，去引戲蝶翩翩。奐藥尋香多情，料應是、惱亂芳菲，鎮為花忙。」（同前）

二三二八　淚洗紅鉛：周美成閨怨詞「愁横淺黛，淚洗紅鉛」云云。（同前書卷十一「麗人門・閨感・事實」）

二三二九　蛾眉有人：辛稼軒詞：「長門事，準擬佳期又誤。蛾眉曾有人妬，千金縱買相如賦，脉脉此情誰訴。」（同前「麗人門・宮怨・事實」）

二三三〇　竹夢長：古詞：「竹方牀，鍼線慵拈午夢長。」（同前「麗人門・倦繡・事實」）

二三三一　孫夫人詞：「閑把繡絲裙，認得金鍼又倒拈。」（同前書「麗人門・金鍼倒拈・事實」）

二三三二　鬢慵梳：古詞：「為郎煩惱鬢慵梳，宮樣草草。」（同前書「麗人門・慵裝・事實」）

二三三三　天氣困人：孫夫人詞：「斗帳春寒起來掀（一作『未忺』），天氣困人梳洗懶。眉尖淡畫春山，不喜添。」（同前）

二三三四　紅錦地衣隨步趨（當作皺，下同）：《摭遺》：江南李氏鉅富，有詩曰：「簾日已高三丈透，金爐次第添香獸。紅錦地衣隨步趨。佳人舞徹金釵溜，酒惡時將花蘂嗅，人聞别殿笙歌奏。」（同前書卷十二「氣門·豪侈·事實」)

二三五　六朝舊事：王介甫詞：「六朝舊事隨流水，但寒煙、衰草凝緑。」(同前書卷十二「人事門·懷古·事實」)

二三六　燕子説興亡：周詞：「想依稀，王謝鄰里。燕子不知何世，入尋常巷陌人家，相對如説興亡，斜陽裏。」(同前)

二三七　離歌：古詞：「斟酌唱離歌。」(同前書卷十四「祖餞門·送别·事實」)

二三八　風波險：山谷漁父詞：「西塞山頭白鷺飛，桃花流水鱖魚肥。朝廷問覓玄真子，何處如今更有詩。　青篛笠，緑簑衣，斜風細雨不須歸。　人間若避風波險，一日風波十二時。」(同前書卷十五「器用門·漁舟·事實」)

二三九　斷續：古詞：「深院日静小庭空，斷續寒砧斷續風。好是夜長人不寐，數聲和月到簾櫳。」(同前書卷十六「器用門·砧杵·事實」)

二四〇　搗衣秋：張文潛詞：「重陽近，又是搗衣秋。」(同前)

二四一　夜闌幾處：古詞：「聽聞夜闌，幾處疎砧。」(同前)

二四二　緑衣：張志和《漁父詞》曰：「西塞山邊白露(當作鷺)鳥飛，桃花流水鱖魚肥。　青箬笠，緑蓑衣，斜風細雨不須歸。」(同前「器用門·簑笠·事實」)

二四三　少却：東坡詞：「暫留紅袖，少却紗籠。」(同前書卷十七「器用門·燈籠·事實」)

二四四　《瑤池燕》：坡集：琴曲有《瑤池燕》詞曰：「飛花成陣春心困，寸寸別腸，多少愁悶無人問，偷啼自揾殘粧粉。抱瑤琴，尋出新韻玉纖趂。南風未解幽愠，低雲鬟，眉峰眉（當作斂）暈驕（當作嬌）和恨。」（同前書卷十七「音樂門・琴・事實」）

二四五　《雨霖零（當作鈴，下同）》：明皇幸蜀，初入斜谷，霖雨彌旬，棧道中聞鈴聲，帝方悼念貴妃，因採其聲，為《雨霖零》曲以寄恨情。時梨園弟子唯張野狐善篳篥，因使吹之，遂傳於世。（同前「音樂門・篳篥・事實」）

二四六　《凌波曲》：《白帖》：帝在東都，夢一女子高髻廣裳，拜而言曰：「妾，凌波池中女護寶花，陛下知音，乞賜一曲。」帝覺，為作《凌波曲》，奏施池上，神出現波間。（同前書「音樂門・樂府・事實」）

二四七　聽風水：《西域記》：龜茲國王與臣庶知樂者於大山間聽風水之聲，均節成音，後翻入中國，如《伊州》、《凉州》、《甘州》等曲，皆自龜茲至也。（同前）

二四八　《清平調》詞：《松子録》（當為《松窗録》）云：開元中重木芍藥，上命移植於興慶池東沉香亭前，會花方盛開，時選梨園子弟中尤者，李龜年手捧檀板，衆樂將歌，上曰：「賞名花，焉用舊詞？」宣李白立進《清平調詞》三章，上命龜年歌之，太真持玻瓈盃，酌梁州蒲萄酒，上調玉笛以倚曲，每曲遍，遲其聲以媚之。（同前）

二四九　邊地名曲：《松子録》（當為《松窗録》）：天寶中，樂章多以邊地名為曲，若《梁州》、《甘州》、

《伊州》之類，其曲遍繁聲，名入破，後其地盡其西蕃所没，破，其兆也。（同前）

二五〇　《玉樹後庭花》：陳後主耽荒於酒，尤重聲樂，造《黄鸝留曲》及《玉樹後庭花》、《金釵兩臂垂》等曲，與幸臣等製其歌詞，綺艶相高，其音甚哀。（同前）

二五一　《霓裳羽衣曲》：唐玄宗八月望夜，師與上遊月宫，聆月中天樂，名《紫雲曲》，上素曉音律，默寄（當作記）其聲，歸傳其曲，名《霓裳羽衣曲》。（同前）

二五二　大意：《陽春》、《白雪》、《陽關曲》、《易水歌》、《滄浪曲》、《欸乃歌》、《七德歌》、《八風舞》、《黄鵠歌》、《白頭吟》、《鵾鶴舞》、《鷓鴣詞》、《梁父吟》、《廣陵散》、《金縷曲》、《緑腰催》、《清平調》、《□兩平》、《行路難》、《思歸引》、《霓裳曲》、《團扇歌》、《别鶴操》、《伯勞歌》、《明妃引》、《緑珠怨》、《柘枝詞》、《羯鼓曲》、《青玉案》、《白雲謡》、《解劍行》、《望雲謡》、《湘中詠》、《塞上曲》。（同前）

二五三　金盃側：晏元獻詞：「晚來清露滴，一一金盃側。插向緑雲鬢，便隨王母仙。」（同前書卷十七「百花門·黄葵·事實」）

二五四　翠雲衣：張于湖樂府：「臈後春前，别一般，梅花枯淡。水仙寒，翠雲裘著紫雲花。」（同前書卷十七「百花門·瑞香花·事實」）

二五五　是花魁：古詞：「不是花魁，誰是花魁。」（同前書卷二十「百花門·梅花·事實」）

二五六　笑桃李：古詞：「笑等閑，桃李芳菲。」（同前）

二五七　伴松篁：古詞：「自有松篁為伴侶。」（同前）

二五八　十八娘：坡詞：「輕紅釀白，雅稱佳人纖手擘，骨細肌香，恰似當年十八娘。」（同前書卷二十一「百果門·荔枝·事實」）

二五九　新曲名：《楊妃外傳》：貴妃生日，長生殿新曲未有名，會海南進荔枝，名《荔枝香》。（同前）

二六〇　香浮乳酪：晏詞：「香浮乳酪玻瓈椀，年年醉裡嘗新慣。何物比春風，歌唇一點紅。」（同前「百果門·櫻桃·事實」）

二六一　摇曳：款（當作歐）公詞：「柳絲摇曳燕飛忙。」（同前書卷二十二「樹木門·柳絲·事實」）

二六二　烟鏁：唐人詞：「烟鏁柳絲長。」（同前）

二六三　南來：古詞：「南來鴈伺沙頭落。」（同前書卷二十三「飛禽門·鴈·事實」）

二六四　北去：古詞：「鴈聲北去復南來。」（同前）

二六五　陣勢：古詞：「暖回雁翌（當作翼），陣勢起平沙。」（同前）

二六六　勸人歸：古詞：「謝他剛意勸人歸。」（同前「飛禽門·子規·事實」）

二六七　漁父伴：御制：和漁父詞云：「有意沙鷗伴我眠。」（同前「飛禽門·鷗·事實」）

趙完璧詞話

趙完璧，字全卿，號雲壑，晚號海壑，膠州（今山東）人。由歲貢生官至鞏昌府通判。著《海壑吟稿》，此據影印文淵閣《四庫全書》本録詞話五則。

一《為儒學師生送童貞庵太守入覲帳詞并引》：伏以圖靈啓秘，冥陶瑞世之賢；方夏崇勳，昭仰御天之睿。故荒陬無久否，會際貞良；而善治有奇馨，協欽隆渥。恭惟某官：炎鄉鴻筆，羅渚仙才，逸韻松飈，冲懷桐月。抱千古江山之秀，擅一時文藻之宗。錦捷秋風，回首龍超萬蟻；桂探寒窟，揚眉虹貫九霄。青錢遴慎於玉堂，鶚翻易水；赤邑寄專於墨綬，驥展湘雲。三禩政成，江城花暖；一遷福賚，海國星高。楚去而見思夢澤，草長迷望；齊來而嗟暮蓬瀛，雨足騰歡。德化洽於渤匯，豚魚畢信；恩光流於原野，草木均輝。王風返而恬熙，醉慊村烟桑柘；文澤深而汪濊，光生璧水桃花。吾道孤旌，金章企慕。斯文正印，玉笋聯翩。幸傾圮之經營，遠鑒麥葵摇蕩；荷清寒之矜恤，曾聞苜蓿闌干。秋鳳獨翔，已慰吹嘘天上；春龍旅應，還期輔翼江濆。五馬騁而恪詣宸楓，三鱣違而嬋媛岐柳。簾霏雞舌，御屏題漢循良；珮轉螭頭，帝室延周篤棐。沐無涯之天寵，喜溢滄溟；睽不世之邦侯，情含翠岱。晚山殘雪，寒侵緑蟻芳樽；古道酸風，吹斷驪駒清詠。冠裳郁郁，絃管嘈嘈。長憶天東，短歌水右。詞曰：「山館翠雲寒，曉色新霽，古木含風捲濤細。川長烟渺，情思啼鴻聲裏。文翁金闕去，留無計。孤鶴霜明，七絃錦秘，五袴清歌溢流徵。玻璃紅凸，相送紫霄凌厲。鳳池調舜鼎，匡明世。」右調《感皇恩》。（《海壑吟稿》卷七）

二　《為膠庠師生贈高時齋節推署州代還帳詞》：伏以奇器奮乎風雲，留思徵淑；庶情昭於日月，協美揚焆。道直天機，淳元未泯；聲芳人紀，悠邈奚涯。恭惟某官：高風周甸，雅望秦川。華峙英靈，渭波精秀。瑞岐陽之鳳鳥，産自名家；窮太后之龍圖，紹由先世。橋昂碧落，未當世而擬後達人；桂占青雲，訝鳴時而輝前繼美。蚤圖九萬，簸擊南溟；晚慰黔黎，銓榮上國。明弼宸極，緬尋烏喙之芳；使伴寒星，遥徙爽鳩之域。慶烏巢於春樹，沉鬼哭於夜臺。刑訖於措刑清，息庭前鼓吹；訟服於無訟赤，違水面波濤。忽更涣膠西，黄章生緑；幸旌移掖北，腐草回春。寒谷恩光良慊，自天之隕；窮簷膏澤式占，時雨之私。栩春夢於華胥，鶯花暢化；悲晚來於青壤，溝壑騰歡。消鼠狗之妖蹤，朗月清澄墟落；屏豺狼之奸跡，震霆烈赫山川。赤子如傷，豈云青眼？丹心似水，莫探玄淵。洞寸照於水晶，青焰炯玉荷之影；涵萬機於藻鑒，明湖流桂魄之光。貞操垂晚節，霜筠義概凜。平生冰蘗，宦海波而砥柱；恥繫商帆，世道溷而日新。諱言阿堵，風流儒雅。攸欽璧水，詞宗夷易。温恭悚企，窮陬道範。青衿挹采，宛在春風；白面承休，坐醺醇醴。雨露忘情於桃李，雲霄垂意於蓬茅。有代及瓜，旌旆遥遥。天上含情，折柳稱觴。悚悚溪邊，復歲月之幾何？五雲高翥，慨烟花之縹緲。萬井疇依，草凝望以連青不盡；矗雲離恨，桃無言而含紫聊將。落日歌喉，回首巖霏縈捧；别緒斷魂，鶯語屬和遺音。詞曰：「郵亭沉月，正杜宇送春，時節淡靄。連山柔風捲陌，滿目楊花飛雪。人渡溪橋，晴渌旆裊，碧山遼絶。無可奈，借野花啼鳥，留觴英烈。傷别，難忘處，三月彌旌，惠政人人悦。絃誦春長，桑麻雨足，方信海波恬滅。何意孤城甫慰，尋遠三秦豪傑。便指日，向烏臺青瑣，傳霖望切。」右調《喜遷鶯》。（同前）

三《為鄉耆賀戈雨溪榮膺嘉獎帳詞并引》：伏以靈鳳徵祥，羲馭光華。海岱應龍神化，豐隆靉靆山川。故英雄奮明聖之期，幸世道際亨嘉之運。恭惟某官：燕冀休靈，古今俊彦。深沉令德，慷慨高風。逸韻稟自天陶，冲氣含於特秀。襟懷璞玉，唾嗽明珠。蚤捷蜚聲，載燿龍光於雲漢；重輝接武，旁昭瑞彩於虹霓。鐘鼎之業，合羨夫家傳；儒雅之風，争誇乎世繼。忽宣綸於北極，式贈馬於東州。旌旆揚休枯槁，樂陽和之候；閭閻動色顛連，仰怙恃之秋。邇清光而巖電奪晴，探幽格而松風遺響。抗鴻鵠之志，擬迹循良；潔冰雪之操，乃心民社。清才實學，君子攸欽；純化義風，匹夫胥慶。禁奸不遺於毫髮，馭黠果震夫豺狸。仁恩與造化争流，靈威共雷霆齊軌。邇遐春盎，政教雲行；海國日長，乍識華胥。懿景村扃夕静，頓回太古醇風。温温乎豐歲瑛，清時可愛；粲粲然荒年穀，赤子所天。廉班胡氏，父子以天語流光；勳繼董生，南北之鄉評有在。偉績茂昭於海域，芳聲丕著於霜臺。春日生輝，驟蒙嘉獎；秋風播譽，竟復重褒。甫期年而治効垂成，未半載而恩榮薦至。某等揖英賢之令範，已踰白頭；接錫命之寵光，倏經青眼。不勝歡躍，競笳鼓以相迎；奚啻聲音，聊謳歌以敬壽。心慚芹曝，調謝宫商。詞曰：「霜樹蜚紅，烟峰凝翠，雲齊秋晚。摇落羣芳，操持暮節，方見籬英艷。西風遥逐，陽鴻征曉，報到天恩重衍。慶仁聲、薄海窮山，共欣夙懷今展。　琰譽播青，珣名馳兖，空自芳傳殘簡。垂老躬逢，清朝良吏，無負虞湯選。綵鸞枳棘，飛黄庭際，應是不堪狹淺。行看取、秉鈞異寵，沛霖溥演。」右調《永遇樂》。（同前）

四　《為千户所賀楊子承千兵完戎朝獎帳詞并引》：竊以明聖神機，旌淑恒先於厲世；豪雄効節，臨戎豈憚於捐身。恭惟某官：將軍胄子，閥室俊人。魁梧殊標，端凝令範。耿青年之義概，正氣自天；矢赤日之貞操，壯心畫地。八陣窮勞夢寐，六韜紹邃宫庭。申渙號之嚴兒戲，豈沿陋迹？本知權之善父書，不滯陳言。表海嶽之瑞靈，慶風雲之猛士。掄精夏府，開基之華典重輝；鎮肅遐陬，褫魄之威聲四達。建牙吹角，寂不聞諠；拔劍登壇，强無與敵。茂瀛壖之春草，曾教戎馬長嘶；澄淮海之滄波，坐致鯨鯢。永滅錦袍氄細，柳康堵編；氓繆帶緩生花，傾心儒雅。佐政播霜臺之譽，攝屯貽寒士之恩。兩箇提兵，躍然千里；十年就煉，惕爾萬全。際國家悠久之隆，飾部伍凋殘之弊。推心置腹，勞思自過吮含；協苦分甘，布惠頻空儲蓄。貔貅争奮，思兼報帥以報君；葵藿紓忱，誠非愛身以愛國。指龍沙而禦侮，迴熄狼烽；旋鳳闕以趨勞，靈成雀賀。旌麾攸向，績用倏登。歲月雖淹，人咸恐後。閱師而稱耗，方殷當國憂虞；離次者無聞，獨美元戎紀律。累黄金之賟賚，莫稱丹衷；慰紫極之温綸，式驚青眼。玄朔遥而飛檄，青海渺以騰歡。瓊醖充罍，銀漢潤分。恩渥天機，遺錦綵雲。蔚映仙葩，沸金鼓之喧闐；暢融梅雪，萃人文之炳朗。喜合春陽，末忝葭莩。曠見乘龍，異寵秖承。豪彦慚無，躍虎英詞。一闋清歌，千鐘醽飲。聊傾肝膈，不解宫商。詞曰：「翠巖碧海春初麗，忽下綵鸞烟際。玉闕布天恩，鳳閣褒忠義。生色煥山城，芳譽飛迢遞。總只為、赤心丹陛，况早遇、英主明世。家散萬金，身餘一劍，喜有戮力三軍鋭。寵擬玉關封，看取金章繫。」右調《憶帝京》。（同前）

五 《勞山仙跡序》：勞為墨陽靈峙，枕滄溟而峻迴東南，秀於青，聲於天下。逸物外者咸兹樂，慕逢冠挂，而斯東安期老焉，胥有取也。世傳丘、劉、王、馬輩舉此仙焉，信耶？渺茫之故，適非青眼妄耶？史籍攸徵殆難，極詆嵇生之論，存乎養久，而仙或由兹也。長春諸翁見超寰宇，越嶔崟，履奇峭，奚啻千億？秖惟勞焉依依無謂耶？海嶽之吐吞，雲物之舒卷，冥化之往來，必有奇趣入乎其心而契焉，而陶焉者，虚牝抱元，精鍊致極，而還虚破造，要所必至，蓋亦自不知其喬、松之趨也。混古今於天地，弄風月於川岑。神遊意適，罔非豫所寸靈之秘，洩於英詞悟塵之幾。託於幽石，霞栖雪殆，紫封碧蔭，烏窺而樵遊焉耳，詠我思者，誰歟？嘉靖甲子，載值君陽湯公尹墨宓絃之暇，慰適宦况，勞無餘區，尋幽興懷，撫跡增慨，虚玄茫昧者，空復夢思，而垂悠寄遠者，宛在貞堅，猶可彷誦。剗翳掃烟，靡隱弗底，獲詩詞古體五十餘篇，玄珠之慶，良慊夙私。竊惟海内之嶙峋層見，奇跡恒尠。

乃有高林石之興，而欲一騁歷覽之懷，率皆滯於時，牽於勢塵、拘艱、解悼，種種予毛，卒未之酬者，指可勝屈耶？雖予亦密邇海涯，纔百里耳。覩崎峭於目前，聆勝絶於夙昔。寸心如飛，猶越萬里，攀躋之志恒切，而仍歲無諧，况其遠者乎？君陽公以其跡諸勞者移諸梓，邈歷迨兹，曠逢懿舉，俾無踁珠玉儵，徧中原勝徵，而情慰無勞，而可勞間，有微辭奥旨，妙悟神會者，得無樂際矣乎？君陽之於道，玄關幽鍵，仰不可窺，即仙跡攸崇，無乃慕之篤、眷之深？臭味之相入，賞音於善歌者歟？于野之利，何其博哉？矧菘墨以來，軒黄之化，而旌陽之政跡之寓乎？墨者，皆以銘諸心，不但寓乎勞者、存諸石焉耳。噫！演勞跡者，君陽也；昭墨跡者，玉堂在今，銀筆在後，不知其當為誰也？塵埃鄙人，雕龍匪技，詎敢為諸仙序？聊復對君陽之命，述其略，兼章君陽之美意云。（同前書卷八）

王可大輯詞話

王可大，字元簡，上元（今江蘇南京）人。嘉靖癸丑進士，初授刑曹，出補瓊州，轉台州知府。所著有《懸筒集》，又編《國憲家猷》五十六卷，分十四部，雜採故事，依類排纂。此據《四庫全書存目叢書》影印明萬曆十年自刻本録詞話七十三則。

一　宣和初，收復燕山川，歸朝金民來居。京師其俗有《臻蓬蓬》歌，每扣鼓，和臻蓬蓬之音為節，而舞人無不喜聞其聲而效之者，其歌曰：「臻蓬蓬，外頭花花裏頭空。但看明年正二月，滿城不見主人翁。」本虜讖，故京師不禁。然次年正月徽宗南幸，次年二聖北狩。又有妓（後文作「伎」）者以數丈長竿繫椅於杪，伎者坐椅上，少頃，下投於小棘坑中，無偏頗之先患，未投時念詩曰：「百尺竿頭望九州，前人田土後人收。後人收得休歡喜，更有收人在後頭。」此亦虜讖，而兆禍可怪。（《國憲家猷》卷十三「機祥」）

二　建炎己酉秋，杭州清波門裏竹園山平地涌血，須臾成池，腥聞數里。明年，金人殺戮萬人，即暗竹園也。熙寧八年冬，杭州地涌血者三，最後入午河，腥不可聞。林子中《野史》有稱中興野人，和東坡《念奴嬌》詞，題吴江橋上，車駕巡師江表，過而都（當作覩）之，詔物色其人，不復見矣。詞云：「炎精中否，歎人材委靡，都無英物。胡虜長驅三犯闕，誰作長城堅壁。萬國奔騰，兩宫幽陷，此恨何時雪。草廬三顧，豈無高卧賢傑。天心眷我中興，吾皇神武，踵曾孫周發。河嶽封疆俱効順，狂虜會須灰滅。翠羽南巡，扣閽無語，徒有衝冠髪。孤忠耿耿，劍峰（當作鋒）冷浸秋月。」（《野史》）（同前）

三　寇萊公初為密學，方年少得意，偶撰《江南曲》，其句有「江南春盡離腸斷，蘋滿汀洲人未歸」、「日暮江頭一望時，愁情不斷如春水」之類，音皆悽愴，末年果南遷。（同前）

四　宣、政間，周美成、柳耆卿輩出，自製樂章，有曰《側犯》、《尾犯》、《花犯》、《玲瓏四犯》，八音雜律，宫吕奪倫，是不克諧矣。天寶後曲遍繁聲，皆曰入破，破碎之義。明皇幸（脱「蜀」字）、宣和之曲皆曰犯，犯者，侵犯之義。二帝北狩，曲中之讖，深可畏哉！（同前）

五　明皇尤愛羯鼓玉笛，云八音之領袖。時春雨始晴，景色明麗，帝曰：「對此，豈可不判斷？」命取羯鼓，臨軒縱擊，曲名《春光好》，回頭柳杏皆以（當作已）微折（當作坼），上曰：「此一事，不喚我作天工乎？」（同前書卷十五「機祥」）

六 西涼州俗好音樂，製《涼州》新曲。開元中，列上獻之，顧而問之，寧王進曰：「此曲雖嘉，臣有聞焉。夫音者，始之於宫，散之於商，成之於角、徵、羽，莫不根抵橐籥於宫、商也。宫雜而少商，徵亂而加暴。臣聞宫，君也；商，臣也。宫不勝則君勢卑，商有餘則臣下僭。君卑則畏下，臣僭則犯上。蓋形之於音律，播之於歌詠，見之於人事。臣恐一日播越之禍，悖亂之患，莫不由斯曲也。」上聞之默然。及安禄山之亂，華夏鼎沸，以知寧王知音之妙也。（同前書卷二十三「事理七」）

七 廬陵楊文貞公年幾七十，即作歸田趣四時《滿江紅》詞四首，豈亦吕居仁之作有以感發其興趣歟？當時卷首沈民則學士隸古先生自序并詞，皆錢塘蔣廷暉書，畫四段，則華亭朱孔易筆也。民則、廷暉書詞固已名世，而孔易畫，許者謂其作家士氣皆具，亦今之罕有者矣。石後壞於牆壁壓，叔簡因以詩來曰：「歸田詞畫富流傳，猶是難兄舊日鐫，愛護無人悲寸毁，近來模本不如前。」公詞今録於此，春牧：「霜鬢蕭蕭，皇恩重，賜歸田里。郊郭草亭四面，青山緑水。好鳥好花春似昔，同時同輩人無幾。一布袍棕帽，任消遥，東風裏。芳草岸，平如砥。垂楊徑，清如洗。散牧處，冉冉晴霞飛綺。江色比於懷抱净，都無一點間塵滓。更小兒輩有書聲，清人耳。」夏耘：「詔歸田里，長散誕，天恩深厚。尋早歲釣遊之處，風烟依舊。萬物方當嘉會同，一年最是清和候。暢幽懷，緩緩步東臯，觀耘耨。竹色净，槐陰茂。荷鋪翠，葵舒繡。農忙際、兒子大家趨走。頻有鶯聲迎杖屨，渾無塵影沾襟袖。望水南，雲似玉光浮，籠巖岫。」秋漁：「七十歸來，（脱『西』字）江上，堪遊堪釣。秋水共字)茶竈。　蘋花渚，雪争耀。楓葉岸，霞相照。山無數、清比方壺員嶠。放蕩不知天地外，瀟閒底用玄真號。聽數聲、長笛白鷗前，江南調。」冬樵：「白首閒居，冬風冷偏欺衰老。晨光動、瀰漫院落，六花飛澆。坐煖茅柴煨芋栗，老妻孫子圍爐好。更兒曹、腰斧析枯薪，歸來早。　階前璐，池邊縞。都総出，天工巧。石山峰亭下，盡成瓊島。況是太平豐稔瑞，教兒愛護休輕掃。看園林，一鶴長天一色，也堪吟嘯。穩坐木蘭漁艇子，大兒能網中兒棹。小兒自裡(當作理)會，爇香爐(脱「烹」

八　蘇明允不能詩，歐陽永叔不能賦，曾子固、秦少游詩如詞。(同前書卷二十六「文史二」)

意蕭蕭，尋瑶草。」(同前書卷二十四「德履一」)

九　王荆公初為参政，因讀晏元獻小詞，曰：「為宰相而作小詞，可乎？」平甫曰：「彼亦偶然自喜而為耳，其事業豈止如是？」吕吉甫為館職，亦在坐，曰：「為政必先放鄭聲，況自為之耶？」平甫正色曰：「放鄭聲，不若遠佞人也。」吕自是與平甫相失。(同前書卷三十一「文史七」)

一〇　江南李氏宫中詩曰：「簾日已高三丈透，佳人次第添香獸，紅錦地衣隨步皺。　佳人舞照金釵溜，酒惡時拈花蘂嗅，别殿時聞簫鼓奏。」(同前)

一一　舜作五絃琴，歌南風，思長養之恩也。後增之文武二絃，師曠一曲未終，則大風雨隨之，三年國大旱。甚哉！正聲之作，薄德者不能聽也。其曲不過《廣陵散》、《風入松》、《别鶴怨》十餘弄耳，今好琴者雜以新聲。(同前)

一二　古之善歌者云：當使聲中有字，字中有聲，凡曲止是一聲，清濁高下如縈縷耳。字則有喉、脣、齒、舌等音不同，當使字字學舉，末（當作本）皆輕圓，悉融入聲中，令轉換處無磊塊，此謂聲中無字，古人謂之貫珠，今謂之善過度是也。如宮聲字，而曲合用商聲，則能轉宮為商歌之，此字中有聲也。善歌者謂之内裏聲，不善歌者謂之念曲，聲無含韞，謂之叫曲。（同前）

一三　張志和，號玄真子，嘗為《漁父詞》，云：「西塞山邊白鳥飛，桃花流水鱖魚肥。青箬笠，緑蓑衣，斜風細雨不須歸。」（同前）

一四　東坡在汝陽（當作陰），初春，庭梅盛開，月色鮮霽。夫人曰：「春月勝如秋月，秋月令人慘悽，春月令人和悦。」坡笑曰：「子誠知言。」即召客飲，作《減字木蘭花》云：「春庭月午，摇落春醪光欲舞。步轉迴廊，半落梅花婉婉香。　輕風薄霧，都是少年行樂處。不似秋光，只與離人照斷腸。」（同前）

一五　晏公（當作元）獻集句，若「無可奈何花落去，似曾相識燕歸來」、「静尋啄木藏身處，閑見遊絲到地時」、「樓臺冷落收燈夜，門巷蕭條掃雪天」、「已定復摇春水色，似紅如白海棠花」之類。（同前）

一六　歐永叔閒居汝陰時，一妓能盡（當脱「記」）公所為歌詞，公戲云：「他日當來作守。」後自維揚移汝州，其人已不復見，題擷芳亭云：「柳絮已將春去遠，海棠應恨我來遲。」後三十年東坡來作守，見之，曰：「此杜牧之『緑葉成陰』之句耶？」（同前）

一七　張仙（當作先），字子野，吴興人。《高齋詩話》以其詩有「浮萍斷處見山影」、「雲破月來花弄影」、「隔牆送過鞦韆影」，以句工而人目為張三影也。（同前書卷三十二「文史八」）

一八　宋之南詞，元之北樂府。（同前）

一九　宋樞密文及翁嘗詠一雪詞，乃《百字令》，其詞云：「没巴没鼻，霎時間、做出漫天漫地，不問高低。并上下、平白都教一例。鼓弄滕六，招邀巽二，空恁施威勢。識他不破，至今道是祥瑞。最是鵝鴨池邊，三更半夜，誤了吴元濟。東郭先生，都不管、挨上門兒穩睡。一夜東風，三竿紅日，萬事隨流水。東皇笑道，山河元是我底。」此蓋譏賈相之打量也。（同前）

二〇　宋人送朝士使虜中詞云：「堯之都，舜之壤，禹之封，於中應有一個半個耻臣戎。萬里腥膻如許，千古英靈安在，磅礴幾時通。」夫桑維翰、劉豫、秦檜之徒，固無足言矣。而入元以來，若許衡、姚樞、竇默、劉秉忠輩高談皇王帝伯之道，自謂列聖相傳道統在伊輩，而考圖推運謂胡元為中國正統，推心臣服，援經據史，從而為之辭。（同前）

二一　慶曆中，歐陽文忠公謫守滁州，有琅琊幽谷，鳴泉飛瀑，聲若環珮。公臨登（當作聽）忘歸。僧智仙作亭其上，公刻石為記以遺州人。既去十年，太常博士沈遵，好奇之士，愛山水秀絶，以琴寫其聲，為《醉翁吟》以叙其事，然調不主聲，為知琴者所惜。後三十餘年，公薨，遵亦没。其後廬山道人崔行閑，遵客也，妙於琴理，常恨此曲無詞，乃譜其聲，請於東坡居士子瞻以補其缺，然後聲詞皆備，遂為詞中絶妙，好事者争傳。其詞曰：「琅然，清圓，誰彈？向空山，無言，惟有醉翁知其天。月明風露娟娟，人未眠。荷蕢過山前，曰有心也哉此賢。第二疊泛古（當作聲）同此。醉翁，笑（當作嘯）詠，聲和流泉。醉翁去後，空有朝吟夜怨。山有時而同（當作童）巔，水有時而回淵，思翁無歲年。翁今飛仙，此意在人間，試聽徼外三兩絃。」方其補詞，閑為絃其聲，居士以為詞，頃刻而就，無非點竄。遵之子為比丘，號本覺真禪祠(當作師)，居士書以與之云：「二未(當作水)同器，有不相入。二器(當作琴)同手，有不相應。沈君信手彈琴，而與泉合；居士縱筆作詞，而與琴會，此必有真同者矣。」(同前書卷三十三「文史九」)

二二　上皇復幸華清宫，從官嬪御多非舊人，至望京樓下，命張野狐奏《雨淋鈴》曲，上四顧悽凉，自是聖懷耿耿，但吟：「刻木牽絲作老翁，鷄皮鶴髮與真同。須臾弄罷寂無事，還似人生一夢中。」(同前)

二三　丙子之變，宫娥多北遷，有昭儀張瓊英題《滿江紅》於南京夷山驛，云：「太液夫容(當作『芙蓉』)，渾不似、丹青顔色。曾記得、春風滿路，玉樓金闕。名播蘭馨妃后裏，暈生蓮臉君王側。忽一聲、鼙鼓拍天來，繁華歇。龍虎(脱散字)，風雲滅。千古恨，憑誰説。對山河百二，淚沾巾血。旅客夜驚塵土夢，車宫(當作『宫車』)曉轉關山月。姮娥垂顧肯從容，同圓缺。」(同前)

二四　蘇明允不能詩，歐陽永叔不能賦，曾子固、秦少游詩如詞。(筆者按：此條已見前文引録)(同前)

二五　易祓，字彦章，譚州人，以優校為前廊。久不歸，其妻作《一剪梅》詞寄云：「染淚修書寄彦章，(脱『貪』字)做前廊，忘却回廊。功名成遂不還鄉，石做心腸，鐵做心腸。紅日三竿懶畫妝，虚度韶華，瘦損容光。不知何日得成雙？羞對鴛鴦，懶對鴛鴦。」(同前)

二六 一日，子野至，公與之飲，子野作碧牡丹詞，令營妓歌之，有云「望極藍橋，旦（當作但）暮雲千里，幾重山，幾重水」之句，公聞之，撫然曰：「人生行樂耳，何自苦如此？」亟命於宅庫支錢若干，復取前所出侍兒，既來，夫人亦不復誰何也。（同前）

二七 漢時樂雅鄭參用，而鄭為多。魏於荆州獲漢雅樂，古曲音調存者四曰：《鹿鳴》、《騶虞》、《伐檀》、《文王》，而班、佐、延年之徒，以歌聲被寵，復改易音辭，止《鹿鳴》一曲，晉初亦除之。又漢代短簫《鐃歌》樂曲，三國時存者，有《朱鷺》、《艾如張》、《上之回》、《戰城南》、《巫山高》、《將進酒》之類，凡二十二曲。魏、吴稱號始各改其十二曲，晉興，人又盡改之，獨《玄雲》、《釣竿》二曲名存而矣。漢代鞞舞，三國能存者有□殿前生桂樹立曲，其辭則亡。漢代《胡角》、《摩訶》、《兜勒》一曲，張騫得自西域，李延年因之，更造新聲二十八辭，晉時亦亡。晉以來新曲頗衆，隋初，盡歸清樂。至唐武后時，舊曲存者，如《白雲》、《分（當作公）莫》、《巳（當作巴）渝》、《白苧》、《子夜》、《團扇》、《懊𢤱（當作儂）》、《石城》、《莫愁》、《楊版（當作叛）》、《烏夜啼》、《玉樹後庭花》等，止六十三曲，唐中葉聲詞存者，又止三十七，有聲無詞者，今不復見矣。唐歌曲比前世蓋多聲，行於今、辭見於今者皆十三四世，代差近爾。（同前書卷三十四「文史十」）

二八 驪山多飛禽，名阿濫堆，明皇御玉笛採其聲，翻為曲子名，左右皆傳唱之，播於遠近，人競以笛效吹，故張祐詩云：「紅樹蕭蕭閣半開，玉皇曾幸此宫來。至今風俗驪山下，村笛又吹阿濫堆。」（同前）

二九 《水調歌》，傳煬帝將幸江都時所製，聲韻悲切，帝喜之，樂工王令言謂其弟子曰：「不返矣。」《水調歌》但有去聲，調與《安公子》相類，蓋《水調》中歌傳也。（同前）

三〇 帝幸驪山，楊貴妃生日，命小部張樂長生殿，奏新曲，未有名，會南方進荔枝，名《荔枝香》。（同前）

三一 教坊人家市鹽，於紙角中得一曲譜，翻之，遂以名，今雙調《鹽角兒令》是也。（同前）

三二 明皇改《婆羅門》為《霓裳羽衣》，屬黄鍾商音，時號越調，即今之越調是也。（同前）

三三 《凉州》曲，《唐史》及《傳載》稱天寶樂曲皆以邊地為名，若《凉州》、《甘州》之類，曲遍聲繁，名入破。又詔道調《法曲》與胡深部合作。明年，安禄山反，凉、伊、甘皆陷。《吐蕃史》及《開元傳信記》亦云西凉州獻此曲，寧王憲曰：「音始於宫，散於商，成於角、徵、羽，斯曲也，宫離而不屬，商亂而加暴，君卑逼下，臣僭犯上，臣恐一日有播遷之禍。」及安史亂，世頗思憲審音。（同前）

三四 帝幸蜀，初入斜谷，霖雨彌旬。棧道中聞鈴聲，帝方悼念貴妃，采其聲為《雨霖》曲以寄興。而梨園弟子惟張野狐一人善觱篥，因吹之。（同前）

三五 古人初不定聲律，因所感發為歌，而聲律從之，唐、虞三代以來是也，餘波至西漢末始絶。西漢時，今之所謂古樂府者漸興，晉、魏為盛，隋氏取漢以來樂器、歌章、古調，併入隋（當作清）樂，餘波至李唐始絶。唐中葉雖有古樂府，而播在聲律則尠矣，士大夫作者不過以詩一體自名耳。蓋隋以來，今之所謂曲子者漸興，至唐稍盛，今則繁聲淫奏，殆不可數。古歌變為古樂府，古樂府變今曲子，

其體一也。後世風俗蓋不及古，故相懸耳。（同前）

三六　文章各有體，六一公為一代冠冕，亦以其事事合體。如作詩，便幾及李、杜；碑銘記序，即不減韓退之；作《五代史》，即與司馬子長並駕；作四六，一洗崑體；作奏議，庶幾陸宣公；游戲小詞，亦無愧唐人《花間集》，蓋得文章之全者。如東坡之文，固不可及，詩如武庫矛戟，已不無利鈍，且未嘗作史。曾子固之古雅，蘇老（脱「泉」字）之雄健，固文章之傑，然皆短於詩。山谷詩騷妙於天下，而散文頗覺繁碎。（同前）

三七　元符三年十二月十九日東坡生日，置酒赤壁磯下，踞高峰，俯鶻巢，酒酣，笛聲起於江上，客有郭、尤二生頗知音，謂坡曰：「笛聲有新意，非俗工也。」使人問之，則進士李委聞生日，作南曲曰《鶴南飛》以獻，呼之使前，則青巾紫裘，腰笛而已。既奏新曲，又快作數聲，嘹然有穿雲裂石之聲，坐客皆引滿傾倒。委袖出嘉紙一幅，曰：「吾無求於公，得一絶句足矣。」坡笑而從之，詩云：「山頭孤鶴向南飛，載我南遊到九嶷。下里（當作界）何人也吹笛，可憐時復犯龜茲。」（同前）

三八　錢思公謫漢東，作一曲曰：「城上風光鶯語亂，城下煙波春拍岸。緑楊芳草幾時休，淚眼愁腸先已斷。　年年漸變成衰晚，鸞鑑朱顔驚暗換。昔年多病厭芳尊，今日芳尊唯恐淺。」（同前）

三九　《後庭花》，亡陳之曲也。（同前）

四〇　《思越人》，亡吴之曲也。（同前）

四一　《柳枝歌》，亡隋之曲也。（同前）

四二　張文懿家有《春江釣叟圖》，上有李煜《漁父詞》二首，其一曰：「浪花有意千里雪，桃花無言一隊春。一壺酒，一竿鱗，世上如儂有幾人？」其二曰：「一棹春風一葉舟，一輪蠒縷一輕鈎。花滿渚，酒滿甌，萬頃波中得自由。」（同前）

四三　《玄怪録》載籧篨三娘唱《阿鵲鹽》曲，又有《突厥鹽》、《黄帝鹽》、《白鴿鹽》、《神雀鹽》、《疎勒鹽》、《滿座鹽》、《歸國鹽》，唐詩「媚賴吴娘唱是鹽」、「更奏新聲刮骨鹽」，謂之鹽者，吟、行、曲、引之類，《樂府解題》謂之杖鼓曲。（同前）

四四　世傳琴曲宫聲十小調，皆隋唐賀若弼製，最妙：一《不博金》，二《不换玉》，三《泛浹吟》，四《越溪吟》，五《越江吟》，六《孤憤吟》，七《清夜吟》，八《葉下聞蟬》，九《三清》，十亡其名，琴家名《賀若弼》而已。太宗改《不博金》曰《楚澤涵秋》，《不换玉》曰《塞門積雪》。（同前）

四五　《瑞鷓鴣》尤依字易歌，若《小秦王》必須雜以虚聲乃可歌耳，其詞云：「碧山影裏小紅旗，儂是江南踏浪兒。拍手欲嘲山簡醉，齊聲争唱浪婆詞。西興度（當作渡）口帆初落，漁浦山頭日未欹。儂送潮回歌底曲，樽前還唱使君詩。」此《瑞鷓鴣》也。「濟南春好雪初晴，行到龍山馬足輕。使君莫忘霅溪女，時作《陽關》腸斷聲。」此《小秦王》也，皆東坡所作。（同前書卷三十五「文史十一」）

四六　朝雲者，東坡侍妾也。嘗令就秦少游乞詞，少游作《南柯子》贈之云：「靄靄迷春態，（脱『溶溶』二字）媚曉光。不應容易下巫陽，祇恐翰林前世是襄王。暫爲清歌駐，還因暮雨忙。瞥然歸去斷人腸，空使蘭臺公子賦《高唐》。」（同前）

四七　《烏夜啼》，宋臨川王義慶所造，時爲江州刺史，聞命而哭，文帝怪之，召還家。大懼，妓妾夜聞烏啼，叩齋閣云：「明日應有赦。」及改爲南州，因此歌，詞曰：「籠窗窗不開，夜夜憶郎來。」今所傳非義慶本旨，詞曰：「歌舞諸少年，娉婷無種則。菖蒲花可憐，聞名不相識。」（同前）

四八　歐陽文忠任河南推官，親一妓，時先文僖罷政，爲西京留守，梅聖俞、謝希深、尹師魯同在幕下，惜歐有才無行，共白於公，屢微諷而不之恤。一日，宴於後圃，客集，而歐與妓俱不至，移時方來，在坐相視以目，公責妓云：「末至何也？」妓云：「中暑，往凉堂睡着，覺而失金釵，猶未見。」公曰：「若得歐陽推官一詞，當爲償汝。」歐即席云：「柳外輕雷池上雨，雨聲滴碎荷聲。小樓西角斷虹明。闌干倚遍，得待月華生。　燕子飛來棲畫棟，玉鈎垂下簾旌。凉波不動簟紋平。水精雙枕，倚（一作旁）有墮釵横。」坐皆稱善，遂命妓滿酌賞歐，而令公庫賞（當作償）其失釵。咸謂歐當少戢，不惟不恤，翻以爲怨。後修《五代史·十國世家》痛毁吴越。又於《歸田録》中説先文僖數事，皆非美談。從祖希白嘗戒子孫毋得勸人陰事，賢者爲恩，不肖者爲怨。歐後爲人言其盗甥，表云：「喪厥夫而無託，携孤女以來歸。」張氏此時年方七歲，内翰伯見而笑云：「年方七歲，正是學簸錢時也。」歐詞云：「江南柳，葉小未成陰。人爲絲輕那忍折，鶯憐枝嫩不忍拆，留取待春深。　十四五，閒抱琵琶尋。堂上簸錢堂下走，恁時已見忌留心，何况到如今。」歐知貢舉，題目出《通其變使民不倦》，乃云：「通其變而使民不倦矣。」良伯唱曰：「試官偏愛外生『而』。」於是科場大鬨，皆報東門之役也。（同前）

四九　「一江春水向東流」，荆公云：「未若『細雨夢回雞塞遠，小樓吹徹玉笙寒』，又『細雨濕流光』。」

（同前書卷三十六「文史十二」）

五〇 景物因人成勝槩，滿目更無塵可礙。等閑簾幕小欄干，衣未解，心先快，明月清風如有待。誰信門前車馬隘，別是人間閑世界。坐中無物不清涼，山一帶，水一泒，流水白雲長自在。（同前）

五一 東坡在黄州，中秋夜對月獨酌，作《西江月》詞曰：「世事一場大夢，人生幾度秋涼。夜來風葉已鳴廊，看取眉頭鬢上。酒賤常愁客少，月明多被雲妨。中秋誰與共孤光，把盞淒涼北望。」（同前）

五二 以道云：初見東坡詞云：「『素面常嫌粉涴，洗粧不退唇紅。』便知此老須過海。」余問何邪，以道曰：「只為古今人不曾道到此，須罰教遠去。」（同前）

五三 「重頭歌詠響璁琤，入破舞腰紅亂旋。」重頭、入破，皆絃管家語也。（同前）

五四 「波聲拍枕長淮曉，隙月窺人小。無情汴水自東流，只載一船離恨向西州。 竹陰花圃曾同醉，酒未（當作味）多於淚。誰教風鑒在塵埃，醖造一場煩惱送人來。」世傳賀方回作。（同前）

五五 有謂張子野曰：人皆謂公為張三中，即「心中事」、「眼中淚」、「意中人」也。（同前）

五六 《菩薩蠻》：「平林漠漠煙如織，寒山一帶傷心碧。暝色入高樓，有人樓上愁。 玉梯空佇立，宿鳥歸飛急。何處是歸程，長亭更短亭。」曾子宣家有《古風集》，此詞乃太白作也。（同前）

五七 東坡擕妓謁大通禪師，大通慍色，坡作長短句曰：「師唱誰家曲，宗風有阿誰。借君拍板與門槌，我也逢場作戲莫相疑。 溪女方偷眼，山僧已皺眉。莫嫌彌勒下生遲，不見老婆三五少年時。」僧仲殊和曰：「解舞清平曲，而今説向誰。紅爐片雪上鉗槌，打就金毛獅子也堪疑。已信身如夢，何須眼似眉。蟠桃已是結花遲，不向風前一笑待何時？」（同前）

五八　蘇伯固之子名庠，字養直，作《清江曲》云：「屬玉雙飛水滿塘，菰蒲深處浴鴛鴦。白蘋滿棹歸來晚，愁看蘆花一片霜。扁舟繫岸依林樾，蕭蕭兩鬢吹華髮。萬事不理醉復醒，長占烟波弄明月。」（同前）

五九　「二社良辰，千家庭院，翩翩又見新歸燕。鳳凰巢穩許為隣，瀟湘煙暝來何晚。亂入紅樓，低飛緑岸，畫梁時拂歌塵散。為誰歸去為誰來，主人恩重珠簾捲。」（同前）

六〇　夏文莊公初授館職，時方早秋，上在拱宸殿按舞，命中使索新詞，公立進《喜遷鶯》曰：「霞散綺，月沉鉤，簾捲未央樓。夜凉河漢截天流，宮闕鎖新秋。瑶堦犯英宗諱。（筆者按，即「曙」字。）金莖露，鳳髓香和雲霧。三千珠翠擁宸遊，水殿按《梁州》。」（同前）

六一　王定國嶺外歸，出歌者勸東坡酒，坡作《定風波》，序云：「王定國歌兒曰柔奴，姓宇文氏，眉目娟麗，善應對，家世住京師。定國南遷歸，余問柔：『廣南風土，應是不好？』柔對曰：『此心安處，便是吾鄉。』因為綴此詞。」云：「常羨人間琢玉郎，天教分付點酥娘。自作清歌傳皓齒，風起，雪飛炎海變清凉。萬里歸來年愈少，微笑，笑時猶領（當作「帶嶺」）梅香。試問嶺南應不好，却道，此心安處是吾鄉。」（同前書卷三十七「文史十三」）

六二　姑蘇官妓姓蘇名瓊，行第九。蔡元長道過蘇州，太守召飲，元長聞瓊之能詞，因命即席為之，乞韻，以「九」字，詞云：「韓愈文章蓋世，謝安情性風流。良辰美景在西樓，敢勸一卮芳酒。記得南官高過，兄弟争占鰲頭。金爐玉殿瑞煙浮，高占甲科第九。」蓋元長奏名第九。（同前）

六三　廣漢營妓小名僧兒，善填詞。（此脱「有戴者，忘其名，兩作漢守，寵之」十餘字）既而得請玉局之祠以歸，僧尼（當作兒）作《滿庭芳》云：「團菊包金，叢蘭减翠，面成秋暮風煙。使君歸去，千里暗潸然。兩度朱幡鴈水，全勝得陶侃當年。如何見，一時盛事，都在送行篇。　愁煩，梳洗懶，尋思陪宴，花月湖邊。有（脱『多』字）少風流往事縈牽。聞道霓旌羽駕，看看是、玉局神仙。應相許，衝雲破霧，一到洞中天。」（同前）

六四　「白藕作花風已秋，不堪殘睡更回頭。晚雲帶雨歸飛急，去作西窓一夜愁。」此趙德麟細君王氏所作也。德麟既鰥居，因見此篇，送與之為親，余以為乃二十八字媒也。德麟名令時（當作畤），東坡作《秋陽賦》云：「越王之孫，有賢公子，宅於不土之里，而詠無言之詩。」蓋「時」字也。坡云：「且教人別處使不得。」苕溪漁隱曰：德麟小詞有「臉薄難藏淚，眉長易覺愁」之句，人多稱之，乃全用《香奩集》「桃花臉薄難藏淚，柳葉眉長易覺愁」。（同前）

六五　張丞相召自荆湖，時跛子與客飲市橋，客聞車馬甚盛，起觀之，跛子棿（當作挽）其衣，使（當作使）且飲，作詩曰：「遷客湖湘召赴京，輪蹄迎送一何榮。争如與子市橋飲，且免人間寵辱驚。」陳瑩中作長短句贈之，曰：「槁木形骸，浮雲身世，一年兩到京華。還乘興，閑看洛陽花。聞道鞓紅最好，春歸後、終委泥沙。忘言處，花開花謝，不似我生涯。　年華，留不住，飢飡困寢，觸處為家。這一輪明月，本自無瑕。隨分冬裘夏葛，都不會、赤水黃芽。誰知我，春風一拐，鼓笑有丹砂。」（筆者按：原書自「最好」以下與前文分作兩條，且脱「聞道輕紅」四字，此據《苕溪漁隱叢話》所載合補）（同前）

六六　高文虎作《西湖放生池記》，以「鳥獸魚鼈咸若」為商王事，太學諸生為譃詞哂其誤。陳晦行《史集賢制》用「昆命元龜」字，閩帥倪侍郎駁論之，陳累疏，援引唐人及本朝命相制皆用此語，史擢陳臺端劾倪，削秩罷去，或為一聯云：「舍人舊錯夏商鼈，御史新争舜禹龜。」聞者絶倒。（同前書卷四十五「滑稽一」）

六七　曹東畆赴省，陸行良苦，以詞自慰其足云：「春闈期近也，望帝鄉迢迢，猶在天際。懊恨這一雙脚底，一日廝趕上五六十里。　争氣，扶持我去，轉得官歸來時。賞你穿對朝靴，安排你在轎兒裏。更選箇，弓樣鞋，夜間伴你。」（同前）

六八　侯元功蒙，密州人，自少游場屋，年三十有一始得鄉貢。人以其年長，有輕薄子畫其形於紙鳶上，引線放之，蒙見而大笑，作《臨江仙》詞題其上曰：「未遇行藏誰肯信，如今方表名蹤。無端良匠畫形容。當風輕借力，一舉入高空。　才得吹噓身漸穩，只疑遠赴蟾宫。雨餘時候夕陽紅。幾人平地上，看我碧霄中。」蒙一舉即登第，年五十餘，遂為執政。（同前）

六九　某邑宰因預借違旨遭按，而歸某郡，郡將乃宰公之故舊，因留連燕飲，有妓慧點（當作黠），得宰罷官之由，時方仲秋，謳《漁家傲》「十月小春梅蕊綻」，宰云：「何大早邪？」答云：「乃預借也。」宰公大慙。（同前書卷四十六「滑稽二」）

七〇　三山蕭軫登第，榜下娶再婚之婦，同舍張國作《柳梢青》詞戲之曰：「掛起招牌，一聲喝采，舊店新開。熟事孩兒，家懷老子，畢竟招財。　當初人口（二字當作『合』字）下安排，又不是豪門買獃。自古人言、正身替代，見人（一作任）添差。」（同前）

七一　子瞻嘗自言平生有三不如人，謂着棋、喫酒、唱曲也。（同前）

七二　東坡在玉堂，有幕士善謳，因問：「我詞比柳詞何如？」對曰：「柳郎中詞，只好十七八女孩兒執紅牙拍版（當作板）唱『楊柳外，曉風殘月』；學士詞，須關西大漢執鐵板唱『大江東去』。」公為之絶倒。（同前）

七三　《益州草木記》：雅州名山縣出虞美人草，如雞冠花，葉兩相對，唱《虞美人曲》，皆應拍而舞，他曲則否。《賈氏談録》：褒斜山谷中有虞美人草，狀如雞，大葉相對，或唱《虞美人》，則兩葉如人拊掌之狀，頗中節拍。《酉陽雜俎》云：舞草出三雅，獨莖三葉，葉如决明，一葉在莖端，兩葉居莖之半相對，人或近之，歒，近抵掌謳曲，葉動如舞。（同前書卷五十「詭異」）

李贄著輯詞話

李贄（一五二七—一六〇二），本名載贄，號卓吾，别號温陵居士，晉江（今福建泉州）人，回族。嘉靖壬子舉人，官至姚安府知府。坐妖言逮問自殺。編著有《李温陵集》、《初潭集》、《九正易因》、《藏書》、《續藏書》、《焚書》、《續焚書》，又有《枕中十書》、《開卷一笑》（又名《山中一夕話》）、《李氏逸書》等，或為僞託。《初潭集》三十卷，所集説部，分類凡五：夫婦、父子、兄弟、君臣、朋友，皆雜采古人事蹟加以評語。其名曰初潭者，言落髮龍潭時即纂此書，故名，大抵主儒釋合一之説。《枕中十書》題李贄輯著，袁宏道序云昔令吴時，與李氏遊黄鵠磯，語及著述書，李云所著别有十種，約有六百餘紙，或集諸書，或附己意，尚未終册。己酉袁氏主陝西試事畢，夜宿三教寺，偶於古寺高閣敝篋中獲其稿，遂梓而壽之。十種為《精騎録》、《筤窓筆記》、《賢奕選》、《文字禪》、《異史》、《博識》、《尊重山》、《養生醍醐》、

《理譚》、《騷壇千金訣》。此據《續修四庫全書》影印明萬曆刻本《初潭集》和影印明刻本《李温陵集》，内閣文庫藏明刊本《李氏焚餘》、明蘇州閶門刊行《李氏逸書》和明刊《枕中十書》，臺灣天一出版社出版《明清善本小説叢刊》影印明刊本《開卷一笑》録詞話六十四則。

一 煬帝將幸江都，王令言子於户外彈胡琵琶，作番調《安公子》曲，令言時卧室中，聞之，驚起，急呼其子，曰：「此曲興自早晚。」曰：「頃來有之。」令言歔欷流涕，曰：「汝慎無從行，帝必不返。此曲宫聲，往而不返。」帝果死於江都。（《初潭集》卷十四「師友四·音樂」）

二 段善本琵琶：唐貞元中長安大旱，詔於兩地祈雨，街東有康崑崙，琵琶號為第一手，自謂街西無己敵也，登樓彈新翻調《緑腰》，及度曲，街西亦出一女郎，抱樂器登樓彈之，移在楓香調中，妙技入神。崑崙大驚，請與相見，欲拜之為師，女郎更衣出，乃莊嚴寺段師善本也。德宗聞之，召加獎賞，即令崑崙彈一曲，段師曰：「本領何雜邪，兼帶邪聲。」崑崙拜曰：「段師神人也。」德宗詔授康崑崙。段師奏曰：「請崑崙不近樂器十數年，忘其本領，然後可授。」卓吾子曰：至哉！言乎。學道亦若此矣，凡百皆若此也。讀書不若此，則不如不讀；作文不若此，則不如不作；功業不若此，則未可言功業；人品不若此，亦安得謂之人品乎？摠之，鼠竊狗偷云耳。無佛處稱尊，康崑崙之流也。何足道！何足道！（《李氏焚餘》卷五「讀史」）

三　張子野負詩名，有客謂曰：「人謂公為張三中，即心中事、眼中淚、意中人乎？」公曰：「何不目我張三影：『雲破月來花弄影』，『浮萍破處見天影』，『隔牆送過鞦韆影』。」（《李氏逸書》卷一「共賢」）

四　伯顏丞相與張九元帥席上各作一《喜春來》詞，伯顏云：「金魚玉帶羅欄扣，皂蓋朱幡列五侯。山河判斷在俺筆尖頭，得意秋，分破帝王憂。」張九詞云：「金裝寶劍藏龍口，玉帶紅絨掛虎頭。綠楊影裡驟驊騮，得意時，名滿鳳凰樓。」（同前）

五　祝允明素負才名，右手駢拇指，號枝指生。在金陵，春晚，與客步秦淮，客摘古詩求對偶，曰：「紅杏枝頭春意鬧。」祝眺落暉，曰：「烏衣巷口夕陽斜。」少間，祝自書所為文，客戲曰：「君之富學善書，應以多指耳。」祝應曰：「誠不以富，亦秖以異公。」公又學佛語，作入袋謎云：「無佛物不開口，開口便成佛盛佛，盤多羅詰結多羅破，多剎撤多佛物多難陀駝。」座客思之不得，祝明示之，皆撫掌而咲。（同前）

六　岳武穆志圖恢復，作《滿江紅》詞云：「怒髮冲冠，憑欄處，瀟瀟雨歇。（脱「擡望眼，仰天長嘯，壯懷激烈」三句）三十功名塵與土，八千里外雲和月。莫等閑，白了少年頭，空悲切。靖康恥，猶未雪，臣子恨，何時滅？（脱「駕長車，踏破賀蘭山缺」二句）壯志飢飡狼虎肉，咲談渴飲匈奴血。待從頭，收拾舊江山，朝天闕。」後與金兵戰，屢捷之，秦檜矯詔班師，陷以「莫須有」三字之獄，殺之于清風亭。鄧百拙生有詩吊之云：「朱仙鎮上揭强胡，汗馬功勞絶世無。姦相若還無假詔，金人必定有降書。魂歸白刃乾坤慘，血染黄沙草樹枯。天上至今英氣在，年年烈日貫虹霓。」（同前書卷二「忠烈」）

七　王遵（當作邁），第四人及第，劉後村賀啓云：「聲名早著，不數王（一作黄）香之無雙；科目小低，猶壓杜牧之第五。」及立朝耿直，又賀云：「朱雲折檻，諸公慙請劍之言；陽子哭庭。千載壯裂麻之語。」又贈詞云：「天壤王郎，數人物，方今第一。談咲裡，風霆驚座，雲烟生筆。落落元龍湖海氣，琅琅董相天人策。」（同前書卷二「直節」）

八　蘇子瞻守杭日，靈隱寺僧了然，戀妓李秀奴，衣鉢蕩盡，秀奴絶之，僧迷戀不已。一夕，了然乘醉而往，秀奴不納，了然怒擊之，隨手而斃。事聞於郡，時子瞻推勘，於僧臂上見刺字：「但願生同極樂國，免教今世苦相思。」乃援筆作《踏莎行》判云：「這秃奴，修行忒煞。雲山頂上持戒，一從迷戀玉樓人，鶉衣百結渾無奈。　毒手傷人，花容粉碎，空空色色今何在。臂間刺道苦相思，這回還了相思債。」判訖，押赴市曹處決。（同前書卷三「政事」）

九　明皇遇二月旦，殿前柳杏未吐，帝曰：「對此景物，可不與判斷乎？」呼高力士取羯鼓，臨軒縱擊，奏一曲名《春光好》，回顧，花柳皆發，笑曰：「不唤我作天工乎？」（同前書卷三「遊樂」）

一〇　楊蟠之宅在錢塘湖上，晚罷永嘉郡，南歸，從親朋乘月泛舟，使二婢吹笛侑觴，悠然忘返。沈佳贈詞一闋云：「竹閣雲深，巢虚人閴，幾年湖上音塵寂。風流今有使君知，明月夜夜聞雙笛。」（同前）

一一　辛幼安遣興賦《西江月》調曰：「醉裡且貪歡笑，要愁那得工夫。近來始覺古人書，信著全無是處。　昨夜松邊醉倒，問松我醉何如。只疑松動要來扶，以手推松曰去。」（同前）

一二　貫酸齋嘗赴所親知遊宴，時正立春，坐客以《清江引》請賦，且限韻，金木水火土五字冠于每句之首，各用「春」字，酸齋題云：「金釵影摇春燕斜，木杪生春叶。水塘春始波，火候春初熱，土牛兒載將春到也。」滿座稱賞。（同前）

一三　卓稼翁赴上庠賦詞云：「千里功名岐路，幾緉英雄草履。八座與三台，箇中來。胸内寸心如鐵，有淚不沾離别。劒未斬樓蘭，勿空還。」（同前書卷四「豪邁」）

一四　辛幼安，寧、理朝擁節鉞，奉身勇退，悉以家事付兒曹，作《西江月》詞云：「萬事雲烟忽過，一身蒲柳先衰。而今何事最相宜，宜醉宜遊宜睡。早起催科了辦，更量出入收支。乃翁依舊管些兒，管竹管山管水。」（同前書卷四「恬澹」）

一五　李後主附宋後，每懷故國，且念嬪妾散落，鬱鬱不自聊。賦《虞美人》詞曰：「春花秋月何時了，往事知多少。小樓昨夜又東風，故國不堪回首月明中。雕欄玉砌應猶在，只是朱顔改。問君都有幾多愁，恰似一江春水向東流。」（同前書卷四「困抑」）

一六　虞質夫聰頴異常，九歲時作《醉中天》詞賦佳人臉上痣云：「疑是楊妃在，逃脱馬嵬災。曾與明皇捧硯來，美臉風流殺。叵奈揮毫李白，覷著嬌態，灑松煙，點綴桃腮。」楊廉夫見之，稱以為奇絶。（同前書卷六「幼敏」）

一七　趙子昂欲置妾，以小詞調管夫人云：「我為學士，你做夫人。豈不聞陶學士有桃葉桃根，蘇學士有朝雲暮雲。我便多娶幾箇吴姬越女，何過分。你年紀已過四旬，只管占住玉堂春。」夫人答云：

「你儂我儂，忒殺情多，情多處，熱似火。將一塊泥，捻一個你，塑一個我。將咱兩人，一齊打破，用水調和。再捻一個你，再塑一個我。我泥中有你，你泥中有我。與你生同一個衾，死同一個槨。」趙得詞，大笑而止。（同前書卷七「浪謔」）

一八 陸伯麟妻甚妬，後側室育一子，陸象翁以啓語戲賀之云：「移夜半鷺鷥之步，幾度驚心，得天上麒麟之兒，這回稱意。既可續詩書禮樂之派，深嗅得油鹽醬醋之香。」按東坡咏婢謔詞有「揭起裙兒，一陣油鹽醬醋香」之句。（同前）

一九 宣宗愛唱《菩薩蠻》詞，云：「牡丹帶露真珠顆，佳人折向庭前過。含笑問檀郎，花强妾貌强。 檀郎故相惱，只道花枝好。一向發嬌嗔，碎挼花打人。」時有婦人毆其夫者，聞於朝，上戲語宰臣曰：「無乃『碎挼花打人』耶？」（同前書卷七「譏刺」）

二〇 方孝孺過子陵釣臺長短句一章云：「正人須正己，治國先齊家。如何廢郭后，寵此陰麗華。糟糠之妻尚如此，貧賤之交安足擬。羊裘老人早見機，獨向桐江釣烟水。」蓋譏光武之少君道也。（同前）

二一 劉光祖隱居，作《醉落魄》云：「春風開者，一時還共春風謝。柳條送我今槐夏，不飲香醪，孤負主人也。 曲塘泉細幽琴寫，胡床滑簟應無價。日遲睡起簾鈎掛，何不歸與，花竹秀而野。」（同前書卷八「隱逸」）

二二 陸游，字務光（當作觀），恃酒頹放，因自號放翁。嘗作《鵲橋仙》詞曰：「華燈縱博，雕鞍馳射，誰記當年豪舉。酒徒一半取封侯，獨去作江邊漁父。　輕舟八尺，低蓬三扇，占斷蘋洲煙雨。鏡湖元自屬閑人，更何必，官家賜與。」又有詩云：「小樓一夜聽春雨，深巷明朝賣杏花。」都人傳頌焉。（同前）

二三　周德清隱廬山，賦《朝天子》詞曰：「早霞晚霞，粧點廬山畫。仙翁何處煉丹砂，一縷黃雲下。　客去齋餘，人來茶罷。嘆浮生花開謝，楚家漢家，做了漁樵話。」（同前）

二四　天台營妓嚴幼芳，善琴奕詩詞。唐仲友守台日，召之侑酒，命幼芳賦紅白桃花，即調《如夢令》云：「道是梨花不是，道是杏花不是。白白與紅紅，別是東風情味。曾記，曾記。人在武陵微醉。」仲友悅之，賞以數縑。（同前書卷八「花木」）

二五　蘇子瞻嘗云：雅州有虞美人草，聞唱《虞美人》曲，按拍而舞。余曰：「物之聲氣，偶爾相應，豈應魂附使然？」或曰：「虞美人草猶湘妃竹也，豈非游魂所托？」余曰：「但竹聞湘妃怨，未必無風自舞耳。」及讀《吊虞姬》詩有曰：「精魂夜逐劍光飛，英氣化為原上草。」則草為虞妃所化，亦有據云。（同前）

二六　張伯遠，字小山，劉時中有五月菊題詞云：「玉臺金盞對炎光，全似去年香。有意莊嚴端午，不應忘却重陽。　菖蒲九節，金英滿把，同泛瑶觴。舊日東籬陶令，北牕正卧羲皇。」（同前）

二七　嘉靖間，王盤家有千葉白桃花，公甚愛之，作《沉醉東風》詞咏之曰：「玄都觀風霜易老，武陵溪冰雪難消。香飄茉莉魂，清守荼蘼俏。　喜重重疊疊瓊瑶，生怕臙脂點污傍，流水橋邊卧倒。」

（同前）

二八　秦少游在處州，夢中作《好事近》詞云：「山路雨添花，花動一山春色。行到小溪深處，有黄鸝千百。　飛雲當面化龍蛇，夭矯掛空碧。醉卧古藤陰下，杳不知南北。」厥後南遷北歸，逗留于藤州陰（當作光）華亭，方醉起，以玉盂汲泉，笑視之而卒，蓋詩讖也。（同前書卷九「哀死」）

二九　唐莊宗嘗製小詞云：「曾宴桃源深洞，一曲舞鸞歌鳳。長記别伊時，和淚出門相送。如夢，如夢，殘月落花煙重。」此莊宗自製曲也。樂府因取詞中如夢二字名曲，曰《如夢令》。（同前）

三〇　辛稼軒園池中蓄魚，有鷺鷥群集其上，賦《鵲橋仙》詞諭之曰：「溪邊白鷺，來吾告汝，溪内魚兒堪數。主憐汝，汝憐魚，要物我忻然一處。　白沙遠浦，青泥别渚，剩有鰕跳鰍舞。聽君飛去飽時來，看頭上，風吹一縷。」（同前書卷十一「鱗蟲」）

三一　陳辛（當作莘）叟遠遊憶内，辛稼軒為作《尋芳草》詞嘲之曰：「有得許多淚，更濕却許多鴛被。枕頭兒放處，都不是舊家時，怎生睡。　更也没書來，那堪被雁兒調戲。道無書却有書中意，排幾個人人字。」（同前書卷十三「情私」）

三二　謝希孟一日在妓家，恍然有悟，忽起歸興，不告而行，妓追至江滸，悲戀不勝，希孟毅然取佩巾書一詞與之，云：「雙槳浪花平，夾岸青山鎖。你自歸家我自歸，説著如何過。　我斷不思量，你莫思量我。將你從前於我心，付與别人呵。」（同前）

三三　歌兒珠簾秀，姿容姝麗，雜劇冠於時。胡紫山鍾愛之，馮海粟亦有《鷓鴣天》詞云：「十二闌干遠映眸，醉香空斷楚天秋。鰕鬚影落微微見，龜背紋輕細細浮。香霧斂，翠雲收，海霞為帶月為鉤。夜來捲盡西山雨，不着人間半點愁。」皆咏珠簾以寓志美其人也。（同前）

三四　劉廷信賦閨怨有《水仙子》二闋：「秋風颯颯撼蒼梧，秋雨蕭蕭響翠竹，秋雲黯黯迷煙樹。三般兒一樣苦，苦的人魂魄全無。雲結就心間愁悶，雨滴成眼中淚珠，風做了口内長吁。」又云：「鰕鬚簾捲紫銅銅（後一『銅』當作『鈎』），鳳髓茶閑碧玉甌，龍涎香冷泥金獸。遶雕欄，倚畫樓，怕春歸綠慘紅愁。霧濛濛丁香枝上，雲淡淡桃花洞口，雨絲絲梅子稍頭。」（同前）

三五　弘治間，王騏以進士授吴橋知縣，僅八月免官家居，以詞曲自娱。有一妓為人傷目，睫下有青痕，因作《沉醉東風》詞笑之云：「莫不是捧硯時太白墨灑，莫不是畫眉時張敞描差。莫不是檀香染，莫不是翠鈿瑕。莫不是蜻蜓飛上海棠花，莫不是明妃墜下馬。」（同前）

三六　楊慎，字用脩，蜀人。賦閨情詞云：「費長房縮不就相思地，女媧氏補不完離恨天。别淚銅壺，共滴愁腸，蘭焰同煎。和愁和悶，經歲經年。」（同前）

三七　樂府有《菩薩蠻》，不知何物，在廣中見呼蕃婦為菩薩蠻，方識之。（《枕中十書》卷一「大雅堂訂正精騎録」）

三八　王軒少為詩，寓物詠，頗聞《淇澳》之篇，遊西小江，泊舟苧羅山際，題西施石曰：「嶺上千峰秀，江邊細草春。今逢浣紗石，不見浣紗人。」題畢，俄見一女郎振瓊璫扶石筍，珠唇半笑，素手輕招，低回而語曰：「妾自吴宫還越國，素衣千載無人識。當時心比金石堅，今日為君堅不得。」既為鴛對，仍作别詞以餞之。後蕭山郭凝素亦步其故轍，日適溪邊，長吟短嘯，累書於石，但寂閴而已，不勝鬱鬱而返，進士朱澤寄詩以嘲之云：「三春桃李本無言，苦被殘陽鳥雀喧。借問東隣效西子，何如郭素擬王軒。」聞者絶倒，素深耻焉。（同前書卷二「大雅堂訂正賓窓筆記」）

三九 陸務觀初娶唐氏，閎之女也，於其母夫人為姑姪。伉儷相得而弗獲於其姑，既出而未忍絶之，則為之别館，時時往焉。其姑知而掩之，雖先知挈去，然事不得隱，竟絶之，亦人倫之大變也。唐後改適同郡宗子士程，嘗以春日去遊，相遇於禹跡寺南之沈氏園，唐以語趙，遣致酒餚，翁悵然久之，為賦《釵頭鳳》一詞題園璧（當作壁，下同）云：「紅酥手，黄藤酒，滿城春色宫牆柳。東風惡，歡情薄，一懷愁緒，幾年離索，錯錯錯。春如舊，人空瘦，淚痕紅浥絞絹（當作鮫綃）透。桃花落，閑池閣，山盟雖在，錦書難託，莫莫莫。」實紹興乙亥歲也。翁居鑒湖之三山，晚歲每入城，必登眺望，不能勝情，嘗賦二絶云：「夢斷香銷四十年，沈園花老不飛綿。此身行作稽山土，猶吊遺蹤一悵然。」又云：「城上斜陽畫角哀，沈園無復舊池臺。傷心臺（當作橋）下春波緑，曾是驚鴻照影來。」蓋慶元己未歲也，未久，唐氏死。至紹熙壬子歲，復有詩，序云：「禹跡寺南有沈氏小園，四十年前嘗題小詞璧間，偶復一到，而園已三易主，讀之悵然。」詩云：「楓葉初丹槲葉黄，河陽愁鬢怯新霜。林亭舊感空回首，泉路憑誰説斷腸。」「壞璧題詞塵漠漠，斷雲幽夢事茫茫。年來妄念消除盡，回向蒲龕一炷香。」又至開禧乙丑歲暮夜夢遊沈氏園，又作兩絶云：「路近城南已怕行，沈家園裏更傷情。香穿客袖梅花在，緑蘸寺橋春水生。」「城南小陌又逢春，只見梅花不見人。玉質久成泉下土，墨痕猶鎖璧間塵。」

（同前）

四〇 東坡在黄州作雪詩云：「凍合玉樓寒起粟，光摇銀海眩生花。」人不知其使事也，後移汝海，過金陵，見王荆公論詩及此，公曰：「道家以兩臂為玉樓，以目為銀海，是使此事否？」坡為之微笑，退謂葉致遠曰：「學荆公者，豈有此博學哉？」秦少游，東坡之妹夫也。工於詞句，嘗作遊仙詞，坡稱之云：「陰風一夜攪青冥，風定霏霏雪散零。想見玉清真境上，白虚光裏誦《黄庭》。」又云：「夜深樓上撥書眠，天在闌干四角邊。風掃亂雲毫髪盡，獨留壁（當作璧）月照人圓。」又云：「天風吹月入闌干，烏鵲無聲子夜閑。織女明星來枕上，了知身不在人間。」又云：「本是廬山種杏人，出來又事碧虚君。上清欲問由何到，請看山家十賚文。」十賚，猶人間九錫也。（同前）

四一 襄樊之圍，食子爨骸，權奸方怙權妬賢，沉溺酒色，論功周、召，粉飾太平，楊僉判有《一剪梅》詞云：「襄樊四載弄干戈，不見漁歌，不見樵歌。試問如今事若何，金也消磨，谷也消磨。柘枝不用舞婆娑，醜也能多，惡也能多。朱門日日買朱娥，軍事如何，民事如何。」（同前）

四二 陸放翁宿驛中，見題壁云：「玉階蟋蟀鬧清夜，金井梧桐辭故枝。一枕凄凉眠不得，呼燈起作感秋詩。」放翁詢之，乃驛卒女也，遂納為妾。方餘半載，夫人逐之，妾賦《卜筭子》云：「只知眉上愁，不識愁來路。窗外有芭蕉，陣陣黄昏雨。　曉起理殘粧，整頓教愁去。不合畫春山，依舊留愁住。」（同前）

四三 潼川府天寧則禪師戒凛冰霜，忘疲廢寢，專精斯道，遂得法於儼首座，而為黄檗勝之孫，有牧牛詞寄以《滿庭芳》調曰：「咄這牛兒，身强力健，幾人能解牽騎。為貪原上緑草，嫩離離，只管尋芳逐翠。奔馳後，不顧傾危，争知道，山遥水遠，回首到家遲。牧童今有智，長繩牢把，短杖高提。入泥入水，終不是不生疲。直待心調步穩，青松下，孤笛横吹。當歸去，人牛不見，正是月明時。」吁！世以禪語為詞，意句圓美，無有出此右者。（同前書卷四「大雅堂訂正文字禪」）

四四　二十四名：詩訖（當作起，下同）於周，離騷訖於楚，是後詩人流為二十四名：賦、頌、銘、贊、文、誄、箴、詩、行、吟、題、怨、歎、章、篇、操、引、謡、謳、歌、曲、詞、調，自操而下八名，皆是起於郊祭、軍賓、吉凶、苦樂，由詩而下九名，皆屬事而作，雖題號不同，而悉謂之詩。《元稹集》（同前書卷十「大雅堂訂正騷壇千金訣」）

四五　《幇閒賦》（司風使者）：咄嗟世道寖衰，時事變易，舉世好奉，斯人獻諛，豈料遊手食閒徒，竟是坑人溺人厭物，腔空為業，奸詐萬端。……回視曩昔，殊覺差池。舊情付與東逝波，新詞聽唱《西江月》：「笑我一生土苴囉鲊，博來半世紛華。舌耕强似種桑麻，風月趂人瀟灑。嘆自豪門失脚，難禁陋巷啼□。妻兒哼嗯趙枝花，只磨清寥鼇寡。」（節録自《開卷一笑》卷一）

四六　《丫鬟嘆》（滑稽生）：前世裡不修，罰在大人家做個丫頭。青（當清）早起來，娘子的鑑裝兒，鏡架兒，洗臉的湯兒，嗽口的水兒，都是奴家一人收管。到晚來，鋪着牀兒，疊着被兒，排着枕兒，燻着香兒，都是奴家一身支持。一日起來，那得片時閑遊。小娘兒又要搽粉，小官人又要梳頭。燒火的問我討柴，煎炒的又問我討油。多與他些，娘子又嗎我是不知家火的臭肉；少與他些，那夥人睁着眼變着臉，老鼠罵倉官，又不曾吃了你的。到春來艷陽天氣，山茶花兒，牡丹花兒，何曾有一朵上頭。到夏來暑熱天氣，凉冰水兒，香薷飲兒，西瓜穰兒，何曾有一塊到口。到秋來清凉天氣，天邊雁兒，高樓月兒，東籬菊兒，何曾有一時賞玩。到冬來，嚴寒天氣，湯婆子兒，知心的姊妹兒，恩愛的郎君兒，何曾有一個陪伴。有一日梳着頭兒，搽着粉兒，紮着脚兒，娘子又罵我是妖精的養漢。有一日故意髼着頭兒，垢着臉兒，污着手兒，娘子又罵我齷齪的東西。又一日，整整裡身上穿一套衣服，嬌滴滴頭上帶一朵兒，我的官人，又不顧人前人後捏上一把，房裡有一起長脚奴兒，矮子香兒，胖屎肚兒，瘦骨臉兒，在我娘子面前，般了舌頭，我那娘子又不是好心性的，聽了他的言語，就把銅火筋兒，趕麪杖兒，吹火通兒，齊眉棍兒，打得我一個七死八活，整整裡哭了一日。房裡有一起知事老來的媽媽們，勸我説道：「姐姐罷罷。大人家是這般模樣，守着小官人大了，看你愛你，就有在裡頭。」聽了他的言語，揩乾了眼淚，偷出娘子鑰匙來，開了廚門，取出火炙青荳兒，蜜浸橙丁兒，寧波的吐鐵兒，鎮江的魚鮓兒，盪一注金盤露兒，唱一隻《鎖南枝》兒，與衆姐姐散悶一廻，唱：「前世事，没奈何。今生在此做妳婆。終日受奔波，無人可憐我。」唱罷曲兒，與衆姐姐説道：方才媽媽勸我道，守着小官人大了，看我愛我，就有在裡頭。倘若不能勾時節，不如出着家兒，落着髮兒，對着佛兒，拈着香兒，熬得過夾了這張毴兒，熬不過私地裡與道人偷一偷兒，落得清閑自在，省得鎮日擔憂。（同前書卷二）

四七　《風月機關》（柳浪館主人）：男女雖異，愛慾則同，男貪女美，女慕男賢。鴇子創家，威逼佳人生巧計，撅丁愛鈔，勢催女子弄奸心。……為財者，十常八九；為情者，百無二三。精神有限，難以久勞。聚散不常，且宜混俗。遭溺丈夫，不解隨於陷内。着迷君子，豈知落於彀中。搜引變態，不能有窮。既味是編，未必無補。右附傳誦：「勸君休戀烟花榻，他家害人别有法。能取龜龍項下珠，善卸天王身上甲。猛虎禁持若善羊，鳳凰退作無毛鴨。饒君生鐵鑄心腸，往或被他鎔作蠟。」《西江月》：「莫戀歌樓妓館，休貪美色嬌聲。分明是箇陷人坑，可嘆愚人不省。樂處易生愁怨，笑中真有刀兵。等閒失脚入他門，便是蝦蟆落井。」（節録自同前）

四八《梅嘉慶傳》（張王賓）：嘉慶子者，臨江梅氏，父為東甌令，早卒。母虞美人，孀居紡績以教子。年十二時，從四門子學，好與少年游，素集賢賓，南鄉子、生查子、江城子，皆相友焉。及長而自負甚高，號曰臨江仙。嘗作快活三詩云：「漢宫春煖滿庭芳，沉醉東風戲舞狂。月上海棠疎影動，梅花引入夢魂香。」又：「一剪梅開半作詩，亭前柳色盡蛾眉。玉交枝上鶯啼序，紫苑玲瓏粉蝶兒。」又：「月中丹桂誰先折，且醉花陰卧片時。一唱太平天下樂，謾隨玉女步雲梯。」世人迂之，目以為山花子之流，而子固釋然。時沽美酒痛飲，飲輒醉扶歸。其母怒責之曰：「醜奴兒，不思步蟾宫，而學醉翁子也。」子悟，擲金錢為誓曰：「吾不能折桂，令世人稱好孩兒者，有如此錢。」遂讀書高陽臺，暇植萬卉以助書興，然而素憶秦娥，娥者，鄰女也，年甫十五而有麗色，子聞而慕之，無由面也。適後庭花發，娥上小樓望之，若萃地錦也，而獨愛山桃紅，方欲隔垣折之，窺見慶子據青玉案，被皂羅袍，狀貌魁傑，音中黄鍾，暗村（當作忖）曰：「真出隊子也。」不覺有留連意，而子見花枝頻動，偶一舉目，則驚疑以為鵲橋仙也，熟玩之，方識其為娥，乃嘆曰：「美哉！美哉！當令鴈兒落也，當令月兒高也。」遂潛出，折一枝花以贈，曰：「是玉連環也。」娥嬌羞無語，而秋波轉盼，百媚俱生。適婢金菊香至，戲曰：「姐見蝶戀花也。」娥掩面疾走，而子見其步步嬌，因賦一辭，名曰《浣溪沙》：「粉面嬌娥點絳唇，木蘭花底笑顔生，小桃紅處暗香聞。羅帶飄飄金絡索，繡鞋隱隱踏莎行，一團風趣玉樓春。」抵晚，思之不置。又賦詩云：「夜深懶去剪銀燈，為憶多嬌醉落魂。何日魚游春水底，歡歡一夕解三醒。」時春日正妍，黃鶯兒囀喉矣。娥早起，傍粧臺，不能自遣，作《畫眉序》曰：「舉目園林好，憑欄懶畫眉。懷愁如夢令，魂逐駐雲飛。」一日，娥告父母，以踏青遊，乃令婢秋香引道。慶子知其出也，遂步芳塵。見其入一寺，問婢曰：「此間何神？」婢曰：「菩薩蠻，大和佛也。」娥即向前暗禱曰：「妾若得與阮郎歸，當以金錢花燒贈。」及出，而遇子於門，子徐曰：「卿卿不思張生鶯鶯事耶？」娥佯問其婢，而意實答生曰：「此不是路也。」子細繹之，嘆曰：「真好姐姐也。」乃悵然去。娥亦歸，而其婢曰：「今日若非秋香，娥為雙鸂鶒也。」娥笑曰：「誰願成雙也。」然而心思暗想，鬱鬱成疾。父母揣其花心動，乃囑鄰婦香柳娘為擇配，娥知之，令幼婢賽紅娘者以一封書寄子，且贈一詩曰：「此身恰似孤飛鴈，獨對凄涼一盞燈。懶看畫樓秋夜月，厭聽街市賣花聲。祗因上苑迎仙客，却使幽閨憶故人。惟願勾君雙勸酒，相逢一一訴衷情。」子得書，甚喜，遂以賂遺柳娘而求通婚，柳娘以婚事達其父母，父母怒曰：「汝欲以吾金蕉葉棄與啄木兒也。」子聞之，愀然不樂，乃作江頭送別詩，令蒼頭滴溜子傳與娥，曰：「一江風雨苦匆匆，害煞鴛鴦西復東。恨入幾川撥棹子，愁埋兩岸玉芙蓉。許多心事江兒水，萬斛相思刮地風。為我暗傳言玉女，詩成血泪滿江紅。」娥覽詩，嗟呀不已。時將秋闈，梁州序舉子以試，子欲別母而行，母曰：「兒此去如浪淘沙，且恐無益也。」子曰：「倘一旦得賞宮花，以顯親揚名，使天下作孝順歌，奚不可者？」遂邀其友倘秀才、滚秀才，并倉頭青歌兒渡夜行船以往。出門見鵲踏枝，而噪聲如碧玉簫，令十筭子號山麻客者卜之，吉，乃就試。試畢，主師三學士、鮑老催、金字經、東原樂，俱賞子之文，評曰：「氣雄如下山虎，聲弘如水龍吟，蓋字字錦也。」遂首擢子，子因馬上作詩曰：「深鎖寒牕幾度秋，而今始得錦纏頭，桂枝香惹輕羅透，錦上花開兩鬓悠。白屋時來寶鼎現，清江引出緑波流。當時惆悵西江月，今夜姮娥遶地遊。」捷報鄉閭，鄰翁甚悔之，娥亦有怨心，曰：「我父母自悮佳期，令人害長相思耳。」因吟一絶云：「鴈過南樓遠，驚聞瑞鷓鴣。瑶臺月移去，懊恨撲燈蛾。」生謝主師後，衣錦還鄉，鄰翁以姻事謀于豹子令，令曰：「試往言之。」翁乃以錦鐺引進，欲以女奉箕帚，子佯言曰：「始棄我，而今復我，翁其耍孩兒乎？」翁曰：「焉知今日錦衣香也。」子曰：「然，姑待北朝天子而歸議之。」翁諾。娥聞子北上春官，惻然曰：「恨悄郎舍我望遠行，必將另娶水仙子也。」於是病甚，而服紫蘇丸，不知慶子實意難忘也。子詣京，謁金門，朝天子，天子命為新水令。為政稱人心，邑人編排歌以頌其德，自是而爵位節節高矣。一日，西番齊天樂者自稱聖藥王，激變，遣其將禿厮兒、麻郎兒、番鼓兒、竹馬兒、雪獅兒、皂角兒、忒忒令七兄弟者，侵擾漿水令，油葫蘆谷，過牧羊關，邊將混江龍、金瓏璁，戰，俱不利。響應天長，中都悄然。時宰相賢奏曰：「梅嘉慶有韜略，足定西番。」天子命徵至，問曰：「寇至，奈何？」對曰：「水底魚兒，臣當一網盡耳。」

天子喜，賜皂皮靴、駿甲馬及劒器，令簇御林軍萬人往。生下令曰：「凡我諸軍，聞天迓鼓則進，聞重疊金則退，望采旗兒為號。」乃押蠻牌令，統七賢過關，與賊鬪寶蟾，又鬭黑麻，連勝，軍威所振，如白鶴冲天。復率衆暗渡霸陵橋，使福馬郎、旋風子伏兵金娥曲，而令破陣子挽弓弩，前破齊陣，賊披靡驚愕，相顧曰：「梅二郎，神也。」悉遁，餘兵被我軍彈打死者幾半。其遁者中途伏發，降其將黄龍鎖聰郎，擒十五郎，懸蠻首於槊，作鴈兒舞，長驅逐北，若鬭鵪鶉然。蠻王遁跡，番兵皆光光乍矣。子乃下得勝令，整兵還，與諸軍會河陽，軍中齊唱《甘州》歌焉，子亦作《曉行序》，有「霜天曉角響，一馬歸朝歡。鴈過沙滿地，臘梅花影寒」之句，時道經臨江，子歸拜母，乃穿大紅袍，繫繡帶兒，駐馬廳前。娥聞之，曰：「玉郎歸。好事近也。」翁復求聯姻，子以告其母，母命娶之，生甚喜。遂備鴈魚錦三段子、四塊玉、及山坡羊、梅花酒聘焉。娥因歸子，同會銷金帳，子欲其脱布衫，娥曰：「君毋綿搭絮也。」子曰：「卿卿今尚可鎖南枝，不放花乎？」强逼之而戲曰：「金井水紅花放矣。」娥曰：「檀郎不惜奴嬌也。」相與温存萬狀。早起，備上京馬，載娥同行。至京，暮夜遊朝，玉漏遲遲。及曉，進見天子，拜舞殿前歡甚。百官共賀太平，天子樂令設宴，珍羞錯集，如大河蟹、白鶴子者，咸備焉，復奏大聖樂以僩勞之。仍賜一斛珠、縷縷金、五樣錦、天净紗，賞賚甚厚。聞其已娶，乃復賜紅衲襖、女冠子，使之從御街行以出。一夕，娥謂子曰：「人生若雨中花、寄生草耳，君雖富貴，不如漁家傲也。且堂上有老姑，不免缺供養，君不聞烏夜啼有反哺意耶？」子乃屢疏乞歸，天子不得已許之。賜宫女吴織機、醉娘兒、似娘兒、梨花兒為婢，命翰林風流子、唐多令草誥辭以封之，曰：「始守新水，行太平令，繼收江南，卒定西番。四邊静，然皆卿之力。」冊封太師引，妻封國夫人，又贈封其父母如子官，子受封歸。時夏初臨，子途中作《蝦蟇序》，又作《獅子序》，大抵言其碌碌，無異一撮棹也。及歸，為母上壽，開宴後庭花，娥曰：「不圖今日有此相見歡也。」遂傾抔序舊情，因賡相作歌。子云：「當年一盆花際立，凄涼只有候山月。憶君顏色勝如花，教人當對榴花泣。愁雲偏送風入松，怨雨灑向梧桐葉。今朝何幸朱履回，泣顏回轉歡聲集。紫燕歸梁相對語，雙雙蝴蝶常徘徊。章臺柳賽西地錦，幽庭疑似小蓬萊。但願千秋歲無限，歡驩時把玉山頹。」娥云：「落梅風裡罵玉郎，繡毬怕滾東家墻。相思琵琶撥不盡，畫堂春色空悲傷。燒夜香時心欲裂，五更轉轉煩愁腸。」「今宵相與慶宣和，菊花新處秋風過。石竹花開並頭蕊，錦堂月下同婆娑。洞仙歌出雙聲子，香羅帶結牽情多。與君占盡普天樂，何須重唱朝元歌。」母初不知其情，及聽其辭，笑謂娥曰：「吾子以汝貌賽觀音，常欲作探春令。以吾思之，若非江頭金桂發，安能沉醉海棠紅也？」復笑謂子曰：「吾兒今縱醉歸遲，吾不爾責矣。而今而後，子與我兩休休焉，不為爵禄名位所絆也。」三臺令胡搗練聞之，亦作歌以贈曰：「君家想是江神子，逍遥樂在閒庭裡。辭印歸來醉太平，為惜黄花怕無主。立朝列位鬼三台，還家歡飲絡索盃。芳名已標鳳皇閣，清風應振古輪臺。」後慶子作本序，即以前腔為尾聲。君子曰：嘉慶子豈不毅然一丈夫哉！感皇恩則思報君，賀聖朝則願歸養，不以貴忘娥，非薄倖也；必以禮娶娥，非苟合也。其立身，其行已，可謂端正好矣，豈與昔日憶鶯兒者一樣腔耶？余故筆之，以成餘文。（同前書卷四）

四九 破鯮帽歌（吳門散人）：有介一隻山歌，唱你儂聽，新翻騰打，扮弄聰明。也弗唱蒲鞋氈襪，也弗唱直掇海青，也弗唱絹裙綾袴，也弗唱香袋汗巾，單題唱個頭上帽子……小張道：駷兒大哥，帽子大人，你儂弗要出言吐氣，我儂唱介一隻曲子，你聽聽：「跪告尊前，勝比烏紗恨不全。一向承壯觀，何故翻成怨。嗏，戴你不多年，帽子道，儘勾你哉，如何稱爛。想是當初，修舊將咱騙。為你冤家費我錢。我與你相逢非偶然。」……（節録自同前書卷五）

五〇　三友傳鳥（卓吾居士）：維暮之春，百花鬭妍。千枝添緑，滿庭芳草。忽報東風第一，而尤點綴園林好景者。嚶嚶鳥鳴也，時則黄鶯兒間關上下，顧盼左右，見簇御林中，花柳分春。金蕉葉展，乃鼓翅拂翎而作聲，曰：「時哉！時哉！收江南春色而歸之肺腑者，非吾徒哉？」于是取亭前柳搆室，玉交枝繚垣，睍睆黄鳥，載好其音，而俯仰之間晏如也。維時香柳娘、虞美人、紅娘子，縱步觀後庭花，聞囀林鶯聲，皆摘枝頭青杏，笑擲之，黄鶯兒知其戲也，亦嘲之曰：「好姐姐毋打我。」然性最好友，每唤于黄薔薇架上。一日見祝英臺、雙蝴蝶三三五五，紛飛畫錦堂前，或戀金錢花，或翻紅芍藥，無何，低度粉墻而去。黄鶯兒曰：「此輩止可妝成一種絳都春耳，非吾友也。」止尋思間，忽遇雙雙燕兒舞於桃李下，黄鶯兒佯叱曰：「汝何物也，而敢與桃李争春耶？」燕兒呢喃答曰：「我燕也，秋去春來，有年於兹矣，子未識我乎？」黄鶯兒曰：「姑戲子耳，毋相訝。倘子不棄，願為子友。」燕兒許諾，因造鶯居，則見落梅風起，楊柳摇金，前有梨花兒、紫花兒，後有小桃紅、纏枝花，三月海棠，蓁蓁天天，四望極目，燕兒嘆曰：「真錦上花也。」黄鶯兒曰：「聞有胡燕，有越燕，子何所産？」燕兒曰：「胡越一家耳，俱産烏衣國也。」黄鶯兒曰：「今爾居安在？」燕兒曰：「昔拓拔氏塗腦中原，曾一巢於林木。後徙范質家，范妬我，屢害我雛，復巢王謝堂前，蓋謝也妻，即烏衣國王女也，我舊姻族也，故往依之。今又移居上小樓，與三學士為鄰矣。」黃鶯兒又戲問曰：「子居塵土中，寧如我有此風光好乎？」燕兒戲答曰：「子知海棠春，豈知玉樓春也？我則兼有之矣，子何誇焉已？」而烟鎖南枝，西江月上，燕兒啣花掠水而歸。黃鶯兒綿蠻簧語，弄巧金梭，只見月挂玉鉤，四邊靜悄，來往佳人，飄長裾，曳輕袖，或整紅衫兒舞《霓裳》，或列青玉案燒夜香，不知霜天曉角，已三更轉、五更轉，而銅龍將報天曙矣。黃鶯兒南柯夢覺，則斗指銀垣，河傾東嶺，而滿天紅日又早射鳳凰門矣。已而有鵲踏南枝，翩躚舞蹈，喧鬧不息。黃鶯兒詢其故，答曰：「我鵲也，能報吉兆祥，人皆謂之喜鵲。今晨見古輪臺畔，露逼牡丹盛開，我欲為少年遊，子寄一佳信耳。」黃鶯兒誚之曰：「吾聞公輸子削竹木成鵲，飛三日不下，汝鵲也，非竹木為者乎？」鵲曰：「今天下無公輸子，謾勞爾流鶯調舌也。」黃鶯兒延入叢中，相結為友，鵲謂曰：「我喜遷喬久矣，何幸今日共賞花宮也。」黃鶯兒曰：「當與子成刎頸耳。」因又問曰：「昔王荆公見啄木兒，即自解木上樹，以探汝巢，意必欲取汝于巢也，汝亦危哉！」鵲曰：「彼所謂緣木求魚，守株待兔者也，安能害我？」已而黃鶯兒垂首低尾，若有所思，鵲問之，黃鶯兒曰：「唐明皇時，我集禁苑中沉香亭上，明皇乘珍珠馬，穿皁羅袍，過而見之，呼為金衣公子，後人誤稱錦衣公子者始此。今東園樂事，不減明皇。而世改時移，可以長想思也。」鵲亦言曰：「牛郎織女為銀河阻隔，若非鵲橋夜渡，終身不得效于飛樂也。人故以鵲橋仙目之。今石榴花放，七夕又將至矣，彼寧無再團圞之望乎？」黃鶯兒曰：「吾友來矣。」鵲視之，乃燕兒舞也。鵲曰：「『燕燕于飛，差池其羽。』非子耶？」燕兒曰：「『月明星稀，烏鵲南飛』非子耶？」於是相接甚懽。黃鶯兒亦大喜，嗣後三友無日相離，卯而聚，終酉而散，十二時每過半焉。不覺春去夏徂，而杏花天氣將為亂紅飛老也。一日，同上小梁州，立于橋頂，遂名為三仙橋。黃鶯兒曰：「我在高陽臺見粉蝶兒，眷戀一枝花，彼自以為無求於世而與人無爭矣，不知耍孩兒方將嗤其不見而撲之為螻蟻食也。」燕兒曰：「夫粉蝶兒，其小者也，吾嘶泥浣沙溪頭，見水底魚兒，乘長風破萬里浪，彼自以為與人無爭矣，不知水仙子、魚家傲方將持竿攝綸，而川撥棹以釣取之，晝遊乎江湖，夕調乎鼎鼐，雖吞舟之鱣鮪不能活此于江兒水中也。」鵲曰：「夫水底魚，其小者也，我過小重山，見一行斜飛，插天而下，佇視之，乃雁兒落也。蘆花為伴，明月為友，飄飄乎而翔，彼亦自以為與人無爭矣，不知叜鮑老、山麻客方將鬭烏號之雕弓，挾夏服之勁箭，引微繳，凌清風，加己于千仞之上，而身為俎醢也。」黃鶯兒聞之，愴然曰：「悲哉！雁也，曷為蒙此禍也？昔蘇子卿牧山坡羊，倘孤飛雁不寄一封書，則子卿為胡地鬼而不得朝天子矣。彼且弗免，豈非命乎？我與爾夷游乎天地之間，繒繳不及，弧矢不加，正所謂飛鳥依人，人自憐之，豈不為天下樂耶？」頃之，鵲忽報曰：「刮地風寒，又早飄金井梧桐矣。」黃鶯兒亦曰：「江頭金桂又早開遍也。」燕兒曰：「然則楚江秋到矣。」遂欲辭去，黃鶯兒曰：「子將焉往？」燕兒曰：「向與子言之矣，吾今返烏衣國也。」于是黃鶯兒與鵲至江頭送別，燕兒曰：「可惜黃花滿目，竟遭遠離，奈何？」黃鶯兒與鵲同應曰：「願子毋忘賞花時，來春再得慶東園也。」燕兒遂翻波戲浪，瞬息而渡，黃鶯與鵲目送之，將返，則見桂枝香滿，菊花新放，柳葉兒、梧葉兒俱已黃落，而兩岸玉芙蓉又老矣。乃戚然曰：「一江風景，好傷感也。」居數日，黃鶯兒亦深藏不出，唯鵲不避歲寒，挺然與風入松、臘梅花競節也。暨風和景明，則羣聚如故，而相期為千歲云。　野史氏曰：黃鶯兒，春鳥也，一名鶬鶊，一名黃鸝，一名栗留，性喜春生，惡秋殺，且善喚友，而復不苟與。吾觀燕也，去來有信，鵲也，吉凶前知。則知鶯之能擇友矣。間亦雜以詼諧，而聲應氣求，終始不逾，未嘗至于相忤。詩云：「善戲謔兮，不為虐兮。」黃鶯有焉，況夫知幾知命，囂然自得？玩其言又可想見，蓋不啻出幽遷喬，知其所止而已也。噫嘻！争地之蝸，為利而鬬；刳腸之龜，因智而死。孰若鶯之羣聚嬉嬉，付身世于兩忘而人莫敢侮也耶？　鶯乎，鶯乎，其稟性天之靈乎？　友乎，友乎，可以人而不如鳥乎？（同前書卷六）

五一　《美人月夜遊園記鳥妖》：黃纏道，勾吴人也。素雄於貲，少年游俠，天下湖山，足跡將徧。年既衰，飄然有高卧林丘之志，因自號瑞鶴仙，又號風流子。墾地百畝，築圃其上，門外苔徑粉壁，竹橋清澗，幽雅絶塵，雙門隱隱，雕簷翠幙，朱欄曲檻，縹緲如畫，里中高士白練序，題其扁曰園林好景。臺館之麗無筭，其最勝者，則高陽臺，古輪臺也。二臺相對，各方二丈，高三丈，以瑪瑙為之。設金人捧露盤於臺頂，其下則金明池屈曲於中，小重山環遶於外，池有金鯽千尾，而山峰競秀，天巧琢成，又名曰夏雲峰。四時花鳥，色色可人，而三春尤甚。然終日扃鎖，遊人莫入。吴中有美人，能詩文，喜遊玩。暮春既望之夕，因率侍婢數人，欲往黃氏之圃觀焉。賂守者朱奴兒，然後得入。是夕西江月上，煙鎖南枝，緑陰婆娑，紅英撩亂，美人金蓮窄窄，玉體盈盈，於是轉翠栢屏，歷荼蘼架，登臺涉舘，遊石假山，臨流四顧，渺渺乎有江山千里之想。已而立於桃李花下，吟成五言一律，詩曰：「夜闌更漏永，春富小桃紅。遶地遊初遍，齊天樂未終。柳如金絡索，人似玉芙蓉。手撚香羅帶，花陰立晚風。」吟畢，忽見梧桐樹底人影突出，美人惶不及避，至則皆女冠子也。一女黃衣桃腮，一女紫衣纖腰，一女玄衣縞裙，各向美人施禮，笑問曰：「月夜逍遥，樂乎？」美人未及答，三女即邀至庭中少憩。但見四邊静悄，玉漏遲遲，疎簾淡月，幽香遍滿。三女謂美人曰：「錦堂月色如晝，奴輩幸集賢賓，何異步蟾宫而親炙姮娥之面耶？」因設錦褥，共坐于庭，言詞清婉，答應如響。美人亦笑談忘倦，從容請問姓名居止，黃衣女先言曰：「奴輩皆王公侍妾，聞好姐姐在此吟玩，私出奉陪，幸勿相訝。奴名多嬌，乃喬木世家，唐時有諱栗留者，奴九世祖也，嘗衣黃衣朝天子，自製法曲《獻仙音》，明皇愛之，賜號金衣公子，遂世襲其號。奴亦頗曉音律，性復好織，主公見奴弄機抛梭，喜謂曰：「爾又織成一機錦耶！」每花晨月夕，主公命小婢排青玉案，自酌梅花酒，聽奴歌聲，嘗見許，為俗耳砭針。詩腸鼓吹，其憶多嬌如此。」紫衣女曰：「奴名迎春，先世外國烏衣人也。愛南方地煖，遂入中原，迄今幾千秋歲矣。五代拓拔氏煋我屋宇，暫徙于簇玉林中，今賀昇平已久。宗族蕃衍，有與貴宅為鄰者，姐姐不識耳。女以口舌便捷，有寵于主公。性喜拈花弄柳，嘗欲收江南春色而歸之肝肺也。」玄衣女曰：「奴名喜卿，文家三槐舊宅也。上世有入山採藥者，遇臨江仙子，謂其夙稟靈性，授以奇術，遂出金字經一卷，符籙一道，付之云：『得此，則天仙可見，銀河可至，吉凶可知。』世守其術，奴亦能預報人間喜事也。」美人曰：「今宵幸會，誠哉有緣！然風清月朗，一刻千金，可無佳句乎？」多嬌曰：

「適聞姐姐所咏，真字字錦也，奴輩敢不效顰？」乃先吟曰：「念奴嬌滴滴，畫錦畫眉分。巧韻聲聲慢，新衣縷縷金。啼殘紅芍藥，睡損海棠春。更喜遷喬處，亭前柳色青。」迎春繼吟曰：「畫堂春色好，樂處即為家。山壘花心動，穿簾蘇幕遮。身經西地錦，泥掠浣溪沙。巧訴衷情語，烏衣月已斜。」喜卿亦吟曰：「曾度天仙子，橋成乞巧時。倦飛秋夜月，旋繞玉交枝。好事近不近，阮郎歸未歸。燈花何用卜，惟有喜卿知。」三女吟畢，於是美人命一婢名海棠花者取金絡索掛梧桐為鞦韆戲，既罷，又命一婢石榴花者捧碧玉簫吹之，清和嘹喨，響遏行雲。一婢名絡絲娘，一婢名香柳娘，皆善歌舞，於是瑶明璫，曳輕裾，歌《採蓮》之曲，舞《採蓮》之隊，亭亭嫋嫋，雜亂花影，美人樂甚，復吟七言一絶，詩曰：「賞花時節迎仙客，瑪瑙臺前十二紅。嘗憶王孫雙勸酒，鷓鴣天氣落梅風。」海棠花亦吟曰：「細柳摇金梭月影，錦衣香惹武陵春。獨憐玉女摇仙佩，悵望桃源憶故人。」石榴花亦吟曰：「一枝花宿雙蝴蝶，侍女吹殘碧玉簫。沉醉東風天下樂，坐看月上海棠稍。」吟畢，美人復謂絡索娘、香柳娘曰：「《採蓮曲》乃舊人所作，汝可新製一曲歌之。」於是二婢載歌載舞，絡索娘歌曰：「滿庭芳草兮凄凄，怨王孫遊兮不歸。瑣寒牕兮人静，點絳唇兮何為？傍粧臺兮懶畫眉，惜奴嬌兮長相思。」香柳娘歌曰：「鳳凰閣上兮吹簫，絳都春去兮魂摇。駡玉郎兮薄倖，解連環兮輕敲。紅繡鞋兮步步嬌，望想人兮月兒高。」歌舞既畢，但見明月西斜，花陰東轉，宿鳥驚飛於樹杪，遊魚跳擲於池中。美人將言旋，遽失三女所在。美人肅然而恐，率侍婢亟行。明日訪於黄氏，並無三妾，使小婢往視圃中所坐之處，惟梨花成雪，桃花為雨，三女所設錦褥，只落紅滿徑而已。細味其問答之言，吟咏之句，乃知其為鶯、

燕與鵲之妖也。嗚呼，異哉！（同前）

五二　漁樵角勝（袁石公删改）：漁、樵二人，一日會言於緑楊樹底，各誇其樂。漁曰：「我臨栽皓月。」樵曰：「我細切清風。」漁曰：「我貪水秀。」樵曰：「我愛山青。」漁曰：「你且休言，待我吟詩問你。」漁云：「釣罷歸來不繫船，江村日落正堪眠。縱然一夜風吹去，只在蘆花淺水邊。」樵云：「深山静坐遣情懷，獨步閑行石上崖。悶時爐中看煉藥，閑從山下掃松柴。黄毛猛虎堪為伴，白面猿猴獻果來。獨坐夜深觀皓月，逍遥勝似步金堦。」漁曰：「我有一首《楊柳詞》，聽我道來：『小小船兒又無舵，一領蘆蓆搭撒破。鈎得魚兒兩三箇，閑來拿去街頭貨。飲罷香醪醉且卧，寬懷過，乾坤有分神仙做。』」樵曰：「你莫道高，我有一首《西江月》，聽我道來：『夜宿崖溪古廟，朝行山野荒村。閑來無事掩柴門，淡飯黄虀一頓。　不管興衰成敗，隨緣且度朝昏。是非任我絶談論，且做生前混沌。』」漁曰：「我有新詞一首，且道春天景物：『東風解凍清光透，三陽開泰春光厚。桃花映水紅光溜，真可嗅，見了些白鷺青鶄閑打鬬。簑衣斗笠無新舊，不戀金章和紫綬。若把青山比水秀，担柴壓得容顔瘦。多也勾，少也勾，舉棹輕摇觀水秀。』」樵曰：「我亦有新詞一首，單道春天景物：『窩居茅屋第山深，一到春來色色新。高林禽鳥驚樵子，最善的，是吹面不寒楊柳風。雖然斧担永相從，强似朝班聽曉鐘，若將水面比山中，船小舟輕最怕風。把眼睁睁色色新，紫陌紅塵一片青。』」漁曰：「你不知我夏天受用好處：『夏天六月薰風滿，惟有漁翁好消遣。榴花映水紅光顯，頻蕩槳，蕤賔幾處笙歌響。或是下釣或下網，强如姓字題金榜。笑樵子不如俺，肩上担柴血如汗。多不攢，少不攢，五湖四海時時玩。』」樵答曰：「我夏來有甚不如你。聽我道：『夏至一臨纔數伏，桑榆柘柳青樸樸。野杏山桃顆顆熟，真可欲，伴了些桂栢青松君子竹。打得柴來喚酒肉，不去朝中貪俸祿。我笑漁翁忙促促，船小舟輕怕風撲。多不足，少不足，萬丈深山一片綠。』」漁曰：「你不知我秋天受用更好：『水白風清秋令節，舉棹去把紅蓮折。紛紛船上飄綠葉。真可悅，幾度搖船熬歲月。紅蝦紫蟹錦鱗魚，不向紫袍金帶闕。大担擔柴何時歇，多不悅，大江東去浪千疊。』」樵答曰：「我到秋來有甚不如你：『颯颯金風諸葉墜，閑花野草多狼狽。惟有竹梅顏不退，寒不畏，只聽賓鴈空浪唳。三朋四友終朝聚，不去朝中呼萬歲。俺笑漁翁真可累，連陰久雨遭顛沛。喫一會，醺醺醉，月明千里映山翠。』」漁曰：「到冬來更有好處哩：『冬至一陽纔數九，撑着船兒沿河走。紅日灘頭不動手，呼朋友，尋幾個無拘無束烟波叟。打得魚來喫新酒，不去朝街呼頓首。我笑樵夫真箇醜，急急好似喪家狗。多也守，少也守，見了些魚精水恠番觔斗。』」樵曰：「我冬來你不知我的妙處：『春夏秋冬四季短，閑時打柴忙時趲。燒得火來渾身煖，茅艸鋪床勝綿軟。埋名隱姓無凶險，淡飯黃虀喫幾碗。不戀白頭與象簡，這箇漁翁不如俺。永凍水寒難下網，貧無驕，富無諂，萬丈青山靛來染。』」問荅之間，只見林中一道人走出，便問二位姓甚名誰，為何雄辨爭强，兩人不相應對。漁曰：「我貪水秀，棄却金花象簡。」樵曰：「我愛山青，不戀紫袍金帶。」漁曰：「我有撥人關手段，不去金殿埋絲綸。」樵曰：「我有搖地府機關，目共山童閑荅話。」漁曰：「我脫下朝靴穿艸履。」樵曰：「我解開金帶繫麻絛。」漁曰：「我手執洪綱。」樵曰：「我腰橫潤斧。」漁曰：「我長竿夜釣宮墻月。」樵曰：「我短笛橫吹楊柳風。」樵又曰：「我大斧劈開生死路。」漁曰：「我長年撥散是非門。」二人問荅不已，道人曰：「一個歸河，不愛天子節，一個入山，去躲身邊厄。水秀山青自古道，二人休把詩篇説。一個採樵，只為衣食缺；一個釣魚，不過挨歲月。那個能强那個拙？都是九霄雲外客。」二人復吟詩一首，各辭而退。詩曰：「非是漁樵閑論揚，只嘆浮生不久長。要知漁樵名與姓，二人范蠡與張良。」（同前書卷七）

五三　蘇守判和尚犯姦：靈景時（當作寺）有僧，名了然，不遵戒行，常宿娼妓李秀奴家，往來日久，衣鉢為之一空。秀奴屢絶之，僧迷戀不已。一夕，僧乘醉往，秀奴不納，因擊秀奴，隨手而斃。縣官得實，具申府司。時内翰蘇子瞻治郡，一見，大駡曰：「秀（當秃）奴有此横為。」送獄院推勘，見僧臂上刺字云「但願同生極樂國，免教今世苦相思」之句。及見款狀招伏，即行決斷，舉筆判成一詞，名《踏莎行》云：「這個秃奴，修行忒煞。靈山頂上持齋戒。一從迷戀玉樓人，鶉衣百結渾無奈。毒手傷人，花容粉碎，空空色色今何在？臂間刺道苦相思，這回還了相思債。」（同前書卷八）

五四　遊金山：蘇子瞻與客遊金山，適中秋，天宇四碧無際，加江流澒湧，月色如晝，遂共登金山妙高臺，命歌者袁綯歌其《水調歌頭》曰：「明月幾時有，把酒問青天。」歌罷，蘇自起舞，一坐大笑。（同前）

五五　挾妓參禪：大通禪師者，操律高潔，人非齋沐，不敢登堂。東坡一日挾妙妓謁之，大通愠形於色，公乃作《南歌子》一首，令妙（脱「妓」字）歌之，大通亦為解頤。公曰：「今日參破老禪矣。」其詞云：「師唱誰家曲？宗風嗣阿誰？借君拍板與門槌，我也逢場作戲莫相疑。溪女方偷眼，山

僧莫貶（當作眨）眉。却愁彌勒下生遲，不見老婆三五少年時。」（同前）

五六 遊藏春塢：東坡居西山，探徐都尉於所居之處，面山闢一花園，廣植奇花異果，名曰藏春塢。時值芳春，名花競秀，盛稱一時。東坡同佛印相訪之，值徐都尉出外，兩人不遇，洞門鎖鑰，無得啟扃，俱各悵然。見樓頭有一女子，美貌，憑欄凝望。東坡遂索筆題一首於門上，詩曰：「我來亭舘寂寥寥，鎮鎖朱扉不敢敲。一點好春藏不得，樓頭半露杏花梢。」佛印借東坡韻，又題一首云：「門掩青春春自饒，未容取次老僧敲。輸他蜂蝶無情物，相逐偷香過柳梢。」各人題訖回去，忽日徐都尉回，見所題詩在門。明日，乃約二人再來，久而不至，因用前韻，自作一首云：「藏春日日春如許，門掩應防俗客敲。準擬款為花下飲，莫教明月上花梢。」須臾間，佛印、東坡又至，徐都尉又出去，家姬女侍宴，遍賞紅紫，真勝集也。酒各半酣，坡即席間贈一詞與姬女，詞名《帶（當作殢）人嬌》：「滿院桃花，盡是劉郎未見。於中更、一枝纖軟。仙家日日，笑人間春晚。濃醉起，驚落亂紅千片。密意難窺，羞容易見。平白地、為伊腸斷。問君終日，怎安排心眼？須信道，司空自來見慣。」徐都尉既歸，見，即和坡詞，付姬歌此以勸，坡大醉而去。徐詞云：「小苑藏春，信道遊人未見。花臉嫩、柳腰嬌軟。停觴緩引，正夕陽將晚。鶯誤入，蹴損海棠花片。只悵春心，當時露見，小樓外、曾勞目斷。燈前料想，也饑心飽眼。從此去，縈心有人可慣。」（同前）

五七 花仲胤寄妻情詞：花仲胤為伊川令，久不歸，妻寄詞云：「西風昨夜穿簾幙，閨院添消索。最是梧桐零落，（脱『迤邐秋光過却，人情音信難託。』）淚珠與燈花共落。」胤拆簡，見「伊」字作「尹」字，遂回寄云：「頓首啓情人，即日恭惟問好音。接得綵箋詞一首，堪驚，(脱『題起詞名恨轉生，展轉意多情。』)寄與音書不志誠。不寫伊川題尹字，無心料想，伊家不要人。」妻答曰：「奴啓情人勿見罪，閑將小書作尹字。情人不解其中意，共伊間別幾多時，身邊少個人兒。」(同前書卷九)

五八 劉婆惜巧合監郡：劉婆惜頗通文墨，滑稽歌舞迥出其流，時貴多重之。時有全普庵撥里，字子仁，為贛州監郡，文章政事，敭歷臺省，但未免躭於花酒。公餘，即與士夫酣歌賦詩，帽上嘗喜簪花，一日，劉之廣海，過贛，謁全公，時賓朋滿座，全帽上簪青梅一枝，行酒，全口占《清江引》曲云：「青青子兒枝上結。」令賓朋續之，衆未有對者，劉斂衽進前曰：「能容妾措辭乎？」全曰：「可。」劉應聲曰：「青青子兒枝上結，引惹人攀折。其中全子仁，就裹滋味別。只為你酸留意兒，難棄捨。」全大稱賞，納為側室。後兵興，全死節，劉克守婦道，善終於家。(同前)

五九 全遊善詞調恢(當作詼)諧：陳全遊，乃金陵妓也。高於詞章，多有題詠。俱是俏語。題睡紅鞋云：「新紅睡鞋三寸，正不着地，偏不乾净。燈前換晚粧，被底勾春興。醉人兒，幾回輕薄醒。」一日，與隣妓何瓊仙者同飲，適見雄雌雞相交者，仙請咏之。其詞曰：「女靈禽，非走獸，風流事誰不有？只好背地偷情，那許當場美醜。若是依律問罪，應該笞杖徒流。更加一等强論，殺來與我下酒。」咏妓新浴曰：「華清宴罷新浴起，帶濕裙拖地。單嫌月色明，偷向花陰立。悄東風，悄東風，有心兒輕揭起。」見一妓就地小遺，咏曰：「緑楊深鎖誰家院，佳人急走行方便。揭起綺羅裙，露出花心現。衝破緑苔痕，滿地真珠濺。那小娘兒不見墻兒外馬兒上有人見。」後為士夫所娶，生三子，俱顯。

（同前）

六〇 鬻餅不聞歌：劉伯芻侍郎所居巷，日有鬻餅者，早過户，必聞謳歌當爐。召與萬錢，令多其本。曰：「取胡餅償之。」後過其户，寂不聞聲。呼問曰：「何輟歌之速乎？」曰：「本領既大，心計轉粗，不暇唱《渭城》矣。」（同前書卷十二）

六一 宋人戲破：宋末人戲作破題，古曲題云：「看看月上蒲萄架，那人應是不來也。最苦是、一雙鳳枕，閒在繡緯下。」破云：「時至人未至，君子不能無疑心。物偶人未偶，君子不能無感心。」吴歌題云：「月子彎彎照幾州，幾家歡樂幾家愁。幾家夫婦同羅帳，幾家漂散在他州。」破云：「運於上者，無遠近之殊形。於下者，有悲歡之異。」小曲題云：「媽媽只要光光鏝，我苦何曾管。雪下去，官賣酒輪番，幾曾得免？怎容懶，有客教奴伴。」破云：「吾親狗利而忘義，既不能憂人之憂；吾身狗公而忘私，又强欲以樂人之樂。」（同前）

六二 曹東畝慰足詞：曹東畝赴省，陸行良苦，作詞自慰其足云：「春闈期近也，望帝京迢迢，猶在天際。懊恨這一雙脚底，一日厮趕上五六十里。争氣，扶持我去，轉得一官歸。恁時賞你，穿對朝靴，安排你在轎兒裏。更選弓鞋，夜間伴你。」（同前）

六三 關漢卿得還王譃：大名王和卿，滑稽挑達，傳播四方。中統初，燕市有一蝴蝶，其大異常，王賦《醉中天》小令云：「掙破莊周夢，兩翅駕東風。三百處名園，一采一箇空。難道風流種，諕殺尋芳蜜蜂。輕輕的飛動，賣花人搧過墻（當作橋）東。」由是其名益著。時有關漢卿者，亦高才風流人也，王常以譏謔加之，闔雖極意還答，終不能勝。王忽坐逝，而鼻垂雙涕尺餘，人皆歎駭。闔來吊唁，詢其由，或對云：「此釋家所謂坐化也。」復問鼻懸何物，又對云：「此玉筯也。」闔云：「我道你不識，不是玉筯是嗓。」咸發一笑。或戲闔云：「你被和卿輕侮半世，死後方纔還得一籌（當作仇）。」凡六畜勞傷，則鼻中常流膿水，謂之嗓（一作嗓病），又慣愛訐人之短者，亦謂之嗓，故云爾。（同前）

六四 《闇然堂類纂引》：《闇然堂類纂》者何？潘氏所纂，以自為鑒戒之書也。余讀而善之，而性健忘，且老矣，目力漸竭，不可以多取，故復録其最者以自鑒戒焉。夫余之別潘氏多年矣，其初直謂是木訥人耳，不意其能剛也。大抵二十餘年以來，海内之友，寥落如晨星，其存者，或年往志盡，則日暮自倒，非有道而塞變，則蓋棺猶未定也。其行不掩言，往往與卓吾子相類，乃去華之于今日，其志益堅，其氣益實，其學愈造，而其行益修，斷斷乎可以托國托家而托身也。非其暗室屋漏、闇然自修、不忘鑒戒，安能然乎？設余不見去華，幾失去華也。余是以見而喜，去而思，思而不見，則讀其書以見之，且以示余之不忘鑒戒，亦願如去華也。夫鑒戒之書，自古有之，何獨去華？蓋去華此纂，皆耳目近事，時日尚新，聞見罕接，非今世之士人所常談。譬之時文，當時則趨，過時則頑。又譬之於曲則新腔，於詞則別調，於律則切響，夫誰不側耳而傾聽乎？是故喜也，喜則必讀，讀則必鑒必戒。（《李温陵集》卷十七）

佚名《四書笑》詞話

《李卓吾先生批點四書笑》，題作「開口世人輯，聞道下士評」，胡盧生題云：「聽然齋主人既屢遭擯落，不見償於《四書》，乃從四書中索味外之味，因彙集以四書語為詼諧，可以□酒者成帙，恐不得鄭重莊嚴之權，聊以破疾首蹙額之局，哭不得笑笑，則是帙之謂矣，評語多嘲譏，亦無非牢騷之意，更名之《四書罵》，亦可也，抑所云嘻笑怒罵皆成文章乎。」輯者姓名不詳。此據臺灣天一出版社出版《明清善本小説叢刊初編》影印日本林羅山手校江户寫本録詞話一則。

一　汪伯玉司馬致政家居，嘗度詞曲，謙言，對客曰：「世有三不朽：太上立德，不佞德薄，非所敢望也。其次立功，不佞老矣，無能為矣。其次立言，理學之途，載籍之府，俱未易窺，但度一二曲調以自娛耳。」客曰：「此亦一不朽。」汪曰：「何也？」客曰：「其次致曲。」汪為之撫掌。唐詩、宋詞、元曲，皆是立言，皆可不朽。司馬自作兩觀，亦來客之侮耳。下士曰：司馬也只怕講學的要争班次。（《李卓吾先生批點四書笑》）

石遷高詞話

石遷高，字謙夫，恩縣（今山東）人。嘉靖己丑進士，知内黄縣，選工科給事中，出知大名府，終巡撫山西都御史。此據上海古籍出版社影印《明詞彙刊》本《桂洲集》録序文一則。

一　桂洲詞製於元相桂洲翁密勿之暇，玄思雅致，經世華國，作者鮮儷焉。先是，侍御陳公蕙曾刻之吴，吴之人珍傳之。嗣扈蹕渡河，諸詞未布也，時侍御樊公得仁按歷畿南風紀之餘，雅重文教，迺承命遷高曰：「子知夫桂翁扈蹕諸作乎？其言指而遠，其事肆而隱，其理興而則，渢渢乎大雅之稀音也，有裨世教多矣。盍併刻之以溥厥傳？」遷高弗觳，祇若命焉。竊惟驪珠和璧，為世通珍寶之至也。姚典姒謨，與世永傳言之，善也。元相翁製作一出，傾動詞林，樂相侈美，謂非言之善而寶之至者乎？雖然，此特其緒餘耳，豈足以盡翁哉？若夫啟沃之良，賡歌之美，開布之誠，調燮之忠，吁俞之謨，峻偉之業，則固足以垂竹帛而勒鼎彝，自有天下之信史，書之，豈惟文詞已哉？庚子歲冬十月望日，大名府知府後學石遷高謹識。（《桂洲集》）

章潢詞話

章潢（一五二七—一六〇八），字本清，南昌（今江西）人。萬曆乙巳以薦授順天府學訓導，時年已七十九，不能赴官，詔用陳獻章例，官給月米，後至八十二歲終於家。編著有《周易象義》、《書原始》、《詩原始》、《禮記劄言》、《春秋竊義》、《論語衍言》、《洗堂語略》、《圖書編》等書，弟子從遊者甚衆，主白鹿書院，私謚文德先生。《圖書編》一百二十七卷，肇於嘉靖壬戌，成於萬曆丁丑。取左圖右書之意，凡諸書有圖可考者，皆彙輯而為之説，引據古今，詳賅本末。此據影印文淵閣《四庫全書》本《圖書編》録詞話五則。

一　鰲山：鰲山一曰勞山，有大勞小勞。《齊記》謂：泰山高，不如東海勞。始皇登勞盛山，即此。

以勞於陟也。在今即墨之東南四十里，東西南直距海上，山形延亘，若城雉峰起，如堞縱横，高卑直突，旁擁相系，凡五百餘里。其奇峰怪石不能以狀，崩崖幽谷，深巖絶壑，峻嶺曲巘，不盡以名。棲禪鍊真靈異之蹟不可以徧，土人以峰名嶇，山多因名。嘉靖癸巳秋，余按縣至自膠，聞藍侍御玉夫悉山之勝，云土人不易到，不能自遏。與玉夫出東郭三十里，由三標山出海上，蒿莽中十里，纍纍數丘，一高起曰鶴山。……上有石洞，洞額大書明霞洞，大安辛未題余勒詩一章，其中空同，上如厦，環石如堵，前設户牖。洞左有佛宇僧廬，右石門，從磴數百級上，絶壁數仞，下視滄海，與天浮動，島嶼皆空。壁下一草庵，老僧定處，是夜宿洞中。明日晨，飯畢，下山，經石瓢、清凉甸、聚寶峰三里，山峰下有道院，亦宋所建上清宫。宫傍石間跨朝真、迎仙二橋，橋側巨石鑱詩十絶，亦丘長春書，字畫端整，余書《如夢令》詞於右，由寶珠山、八水河十五里登天門山，極峻險，峰多奇狀。……（節録自《圖書編》卷六十一）

二　沈括《筆談》曰：古之善歌者有語，謂當使聲中無字，字中有聲，凡曲止是一聲高下，清濁如縈縷爾。字則有喉、唇、齒、舌等音，使字字舉皆輕圓，融入聲中，令字轉换處無磊磈，此謂聲中無字，古人謂之如貫珠，人謂之善過度是也。如宫聲字，而曲之腔合用商聲，則能轉宫為商歌之，此字中有聲也，善歌者謂之内裹聲，即俗所謂呑吐恬静是也。不善歌者，聲無抑揚，謂之唸曲，聲無合韞，謂之叫曲，學者所當深儆也。（同前書卷一百十五「歌法述」）

三　朱子曰：古樂有唱有和，有唱歎者，發歌句也，和者繼其聲也。詩詞之外更有纍字散聲，以發歎其趣，是之謂和聲。所謂曲也，古樂府皆有聲有詞，連屬書之，如曰賀賀賀、何何何之類，皆和聲也。今管絃中纏聲，亦其遺法也。（同前）

四　夾漈鄭氏曰：古之達禮三：一曰燕，二曰享，三曰祀，所謂吉、凶、軍、賓、嘉，皆主此，三者以成禮。古之達樂三：一曰風，二曰雅，三曰頌，所謂金、石、絲、竹、匏、土、革、木，皆主此，三者以成樂。禮樂相須以為用，禮非樂不行，樂非禮不舉。自后夔以來，樂以詩為本，詩以聲為用，八音六律為之羽翼耳。仲尼誦詩，為燕享祭祀之時，用以歌而非用以説義也。古之詩，今之詞曲也，若不能歌之，但能誦其文而説其義，可乎？不幸腐儒之説起，齊、魯、韓、毛四家各為序訓而以説相高。漢朝又立之學官，以義理相受，遂使聲歌之音湮没無聞。……（節録自同前書卷一百十五「樂歌考」）

五　洪武四年六月，吏部尚書詹同、禮部尚書陶凱製《宴享九奏樂章》成，其曲一曰《本太初》，二曰《仰大明》，三曰《民初生》，四曰《品物亨》，五曰《御六龍》，六曰《泰階平》，七曰《君德成》，八曰《聖道成》，九曰《樂泰寧》。先是太祖皇帝厭前代樂章率用諛詞，以為容悦甚者，鄙陋不稱，乃命凱等更制前詞。至是上又命協音律者歌之，謂侍臣曰：禮以道敬，樂以宣和。不敬不和，何以為治？元時古樂俱廢，惟淫詞豔曲更唱迭和，又使粗厲之聲與正音相雜，甚甚以古先帝王祀典神祇飾為舞隊，諧戲殿庭，殊非所以道中和、崇治體也。今所製樂章，頗協音律，有和平廣大之意，自今一切流俗諠譊淫褻之樂，悉屏去之。（同前書卷一百十五「國朝樂歌」）

張鳳翼詞話

張鳳翼(一五二七—一六一三),字伯起,號靈虚,長洲(今江蘇蘇州)人。嘉靖甲子舉人,與弟獻翼、燕翼並有才名。著有《處實堂集》、《談輅》、《海内名家工畫能事》、《夢占類考》、《文選纂註》、《陽春六集》等。此據《續修四庫全書》影印明萬曆刻本《處實堂集》録詞話五則,又據臺灣學生書局出版《雜著秘笈叢刊》影印明萬曆刊本《麗事館余氏辯林》録序文一則。

一

《為黄吉甫跋唐太史暮春詩卷》:嘗觀王右軍與謝安石、殷深源諸論,知非無經濟遠略,而為書名所掩。載觀岳少保《借米帖》、《滿江紅》詞,暨《送張紫巖北伐》詩,辭翰非不翩翩,而為功烈所掩。

其兩不相掩者，唐太史哉！吉甫遊太史門，在狂者之列。太史為書《暮春》諸詩，有吾與點也之意。吉甫將勒之石，亦欲令後世因太史以知吉甫語云。顔淵雖賢，得孔子而名益彰，其在斯夫！其在斯夫！（《處實堂集》卷七）

二 魏武帝顧命，至分香賣履，實欲掩覆禪代已，瞞過一世人，雖陸士衡亦用此作文弔之，至司馬君實方看破。宋高宗南渡以後，岳、韓、劉、吴諸名將數破金虜，中原唾手可復，而反害其垂成之功，讀《宋史》者但知扼腕宋高，切齒奸檜，至文待詔始發其隱，其《滿江紅》詞云：「徽欽既返，此身何屬？千古空談南渡錯，當時自怕中原復。笑區區一檜亦何能，逢其欲。」使起宋高於九京，而以此言作公案質之，亦知無辭以對。（同前書卷八「談輅」）

三 北詞有黄鍾、大石等調，然不可以律南詞也。南詞果有之，則東嘉諸君當先為之矣，何近時妄以八音分别？若「東風一夜冽」一闋亦自豔逸，即以《醉扶歸》繼《香羅帶》啟《香柳娘》，原無不諧，而乃妄加删削，似小兒强作解語，癡人翕然宗之，又何異矮人看場？（同前書續集卷四「談輅續」）

四 《祝京兆蘇臺八景詞跋》：祝京兆為徐武功宅相，李太僕玉潤，徐、李二公為吴中書學正始，而京兆得其衣鉢，其以善書名，宜也。第京兆為人作書，好以狂怪怒張曲狗俗目，此書八詠任意率真，别自有態，不減逸品。近時有位高金多者，未知握管，而大言評書，烏足與語此？（同前書卷十）

五 《復蕭都督季馨書》：嘗讀岳武穆《滿江紅》詞及《送張紫巖北伐》詩，固知千載上下，皆有文武。吉甫獨惜其身，遭季世，不能盡展恢復之略，故操觚之時，不無悲歌慷慨之意。若大將軍生際熙世，歷建奇功，守在四夷，而獨以一身長城半天，輕裘緩帶，雅歌投壺，所謂「朝驅猛將破堅陣，夜集詞人賦華屋」者，不為虛語。且也獨與騷人詞客更唱迭和，其視美人歌舞、鶯燕後車者又有間也。獨自愧硜硜鄙夫，既不能勒班固之銘，又不能草陳琳之檄，夢遊蟠溪，坐老歲月，不無伏櫪之感耳。所諭會晤之期，殊不可必。蓋北門鎖鑰，方於大將軍是寄，恐留都坐府，尚未有期，而濛汜之人，易填溝壑也。承委書匾，一如彥升指示，課上，第愧無子雲飛白可額皇皇之堂，如何？如何？（同前書後集卷四）

六　《辯林序》：詞壇繡梓，至我國朝稱極盛云，稗官小説，聚蝟盈坊，樂府詩詞，汗牛充棟，第非近於淫而不文，即習于文而浮實，且而亥豕莫辯，魚魯訛傳，無惑乎災木多而覆瓿衆也。孰如鹽官士雅下帷之暇，手緝是書，博雅多聞，辯微析理，九經五緫，不是之過，初以一集行，業貴洛陽，側理繼而有諸集焉。（節録自《麗事館余氏辯林》序文）

凌廸知詞話

凌廸知，字穉哲，號繹泉，烏程（今浙江）人。嘉靖丙辰進士，官至兵部員外郎。編著有《左國腴詞》、《太史華句》、《兩漢雋言》、《萬姓統譜》、《名世類苑》。《萬姓統譜》一百四十卷附《氏族博攷》十四卷，自序云：「夫天下，家積也，譜可聯家，則聯天下為一家者。」故觀其姓譜者「孝弟之心或亦可以油然而生」，即其輯譜之意旨。其書以古今姓氏分韻編次，略仿《元和姓纂》，以歷代名人履貫事蹟按次時代分隸名下，又仿章定《名賢氏族言行類稾》，名為姓譜，實則合譜牒、傳記而共成一類事之書。此據影印文淵閣《四庫全書》本録詞話三十七則。

一　馮忠，字原孝，慈谿人。少孤力學，工詩詞古文。第進士，為刑科給事中轉員外郎，奉使陝西使回，陞忠為揚州守，忠蒞官不事炫飾，政簡而肅。轉彰德知府，郡有韓魏公祠，舊為僧尼所據，忠逐而復之，勒文以記，旹謂其文可並《羅池廟碑》。所著有《松樵集》。（《萬姓統譜》卷一）

二　熊大經，嘉定間為建陽簿。視篆之始，迎親未至，遣使馳香炬慶親庭八袠之壽，自製《酹江月》一曲以獻。（同前）

三　危昂霄，字次房，光澤人。性嗜經史，雅意林泉，不樂仕進。詩詞多豪俊超曠，為人所慕。（同前書卷四）

四　朱敦儒，字希直（當作真），河南人。志行高潔，屢辭薦辟。避亂客南雄州。紹興初，臺諫言其深達治體，有經世才。召為廸功郎，固辭，其故人勸之，始起，奏對稱旨，賜進士，累遷兵部郎中。敦儒素工詩及樂府，婉麗清暢，時人推重之。（同前書卷九）

五　吴雲，字友雲，宜興人。性明敏，善詩詞。洪武初以求賢舉授弘文閣校書郎，累官至刑部尚書，出為湖廣左參政，使雲南死節，謚忠節。（同前書卷十）

六　盧祖皐，字申之，永嘉人。登慶元第，歷館閣。嘉定中，以軍器少監與建人徐鳳並直北門屬。時慶澤孔殷綸言沓布，祖皐抒思泉湧，號為稱職。當擯方將處以不次，俄卒於官。工樂府，意度清遠，江浙間多歌之，有《蒲江集》。（同前書卷十一）

七　俞澹，字清老，紫芝弟也。亦不娶，滑稽諧謔，曉音律，能歌。荆公亦喜之，晚年作《漁家傲》等詞，山行歌之。一日云：「吾欲為浮屠。」公欣然為置祠部，約日祝髮，後乃曰：「吾思僧亦不易為，公所贈祠部，已送酒家矣。」荆公大笑。（同前書卷十二）

八 陳駿，字敏仲，寧德人。舉進士，登朱文公之門，著《論語》、《孟子筆義》，又著《毛詩筆義》，號仁齋。子成父，字汝玉，克承家學。辛棄疾持憲節來閩，聞其才名，羅致賓席，而妻以女。其學以立誠為本，《近思録》一本口誦心悟，不少輟，故行已皆有法度。安貧守道，澹如也。嘗升上庠，兩預解選，有《律曆志解》、《和稼軒詞》、《默齋集》，藏於家。（同前書卷十八）

九 袁華，字子英，崑山人。少穎悟，不羣讀書，三過輒記誦不忘。工詩，尤長於樂府。與顧阿瑛友善，楊維禎尤重其人，以才子目之。洪武初，為郡學訓導，坐累，卒於京師。（同前書卷二十二）

一〇 晁次膺，工於詞，宣和間充協律郎。（同前書卷三十）

一一 高明，字則誠，居崇儒里。性聰敏，自少以博學稱。一日嘆曰：「人不專一經取第，雖博，奚為？」乃自奮，讀《春秋》，識聖人大義。屬文操筆立就，一時名公卿皆慕與交。登至正乙酉第，授處州録事。數忤權貴，謝病去，除福建行省都事。道經慶元，方氏竊據，强留幕下，力辭不從，卧病卒。所著有《柔克齋集》二十卷，今所傳《琵琶記》關係風化，實為詞曲之祖，盛行於世。弟誠，字則明，亦有文名，時號高氏兩難。（同前書卷三十二）

一二 羅尚友，字明善，萍鄉人。少負俊才，文章倚馬可待。嘗謁閣門使蕭闕，令其賦詩，有「人間酒客兼詩客，天上文星與將星」句。後登進士第，授武昌軍節度推官。時李常以中丞為帥，每燕集，必

召尚友，凡樂語詩詞，皆即席而成，因目為席上才子。（同前書卷三十五）

一三　張先，字子野，烏程人。康定初進士，詩格清麗，尤長於樂府，有「雲破月來花弄影」、「浮萍破處見山影」、「無數楊花過無影」之句，時號為「張三影」。官至都官郎中。（同前書卷三十九）

一四　張天雨，杭州人，宋崇國文忠公九成之裔。蚤從方外學，風裁凝峻，工書，善詩詞。與吳興趙孟頫、浦城楊載、蜀郡虞集諸公為文字交。嘗居茅山，著《茅山志》。自號句曲外史。（同前書卷四十）

一五　張九韶，臨江人。性穎悟，十三能詩詞。元時累舉不第，隱居教授。洪武初辟為清江教諭，陞國子助教、翰林編修。所著有《理學類編》、《羣書備數》、《元史續編》。（同前）

一六　王寵，字履吉，吳人。有俊才，弱冠遊鄉校，咸器重之。及壯，藴藉經史百家，詩詞筆翰，名播海内。督學御史多屬意，欲拔出之，竟不一遇，僅貢入太學，不壽而卒。（同前書卷四十五）

一七　黄宗載，字原夫，豐城人。洪武末進士，拜監察御史。巡歷四方，所至有冰蘗聲。累官吏部侍郎，進陞尚書。為人中正和厚，寬裕有容。長於詩詞，以引年致仕，士林重之。（同前書卷四十七）

一八　康與之，字伯可。宋南渡後有聲樂府，呂申公薦於上，以文詞待詔金馬門。嘗題徽宗畫像云：「玉輦宸遊事已空，尚餘奎藻繪春風。年年花鳥無窮恨，盡在蒼梧夕照中。」高宗見之，一慟而已。（同前書卷五十二）

一九　曾覿，字純甫，號海野。東都故老，有詞可稱。（同前書卷五十七）

二〇　劉學箕，字習文，玶之子。恬於仕進，年未五十，即南山之下居焉，扁曰方是閑堂，若將終身。為文高爽閒雅，得其家傳。劉淮稱其「詩摩香山之壘，詞拍稼軒之肩，至若松江《哨遍》，直欲與坡仙爭衡」，人以為知言。（同前書卷五十九）

二一　劉子華，字昭甫。明《春秋》，工為詩詞。洪武初，以明經薦太祖，御奉天門召見，命賦開平王常遇春挽詩，子華即承詔賦詩，少選而成。其詩：「揮戈十載定河山，忽報星沈易水灣。馬首西風旌旆捲，天涯落日凱歌還。功成楚漢興亡際，名在韓彭伯仲間。聖主思功心獨苦，黄金直欲鑄真顔。」大稱旨，授大興同知，改青州推官。政績懋著。子仕諤，郡學生，未弱冠，領鄉薦。及廷對，太祖覽其策，曰：「有用之才也。」乃賜進士及第，授翰林院編修。（同前書卷六十）

二二　周邦彦，字美成，錢塘人。涉獵經史，性落魄不羈。元豐中獻《汴都賦》萬餘言，多用古文奇字，神宗異之，自諸生召為太學正。有文集二十四卷，世傳其詞調最工。仕至徽猷閣侍制、知順昌府。（同前書卷六十一）

二三　鎦績，字孟熙，南昌人。父涣，有雅行，以詩名。績方數歲，涣試以詩，有奇句，既長，遂擅名一時。然素貧，轉徙無常地，所至書鬻文榜於門，得所酬物輒市酒。樂賓客，不事生産計，嘗有客至呼茗，不即出，恠之，因入室，其妻方拾破紙以代所爇薪。家不能具擔，石簞瓢度，昕夕晏如也。所著有《嵩陽集》、《霏雪録》、《穿雲集》傳於世。子師邵，性超邁，亦工詩詞。鎦氏祖父孫皆以文學高於世，世稱為三鎦云。（同前書卷六十三）

二四　孔註，曹縣人，宣聖之後。性孝友，經史無不通貫，能詩詞。永樂辛卯舉人，任工部主事，以清慎聞，後陞陝西布政司右參政。（同前書卷六十八）

二五　李景伯，懷遠子，仕為諫議大夫。中宗宴侍臣，酒酣，命為《回波詞》，衆以諂言進，景伯獨為箴規語以諷。有建言置都督非是者，詔羣臣詳議，景伯議願罷都督留御史，以時按察秩卑任重，以制奸宄，從之。（同前書卷七十一）

二六　李元白，名齊，以字行，寧化人。博覽强記，不能俛就舉子業，乃大肆力於詩，出入少陵集中，幾逼真。記纂杜詩為押韻，又集其句為一編，皆行於世。嘗集大觀昇平詞若干首以進，得初品官，即歸故廬，笑傲泉石而終老焉。集句始於王安石，而孔毅甫、葛亞卿相繼而作，俱聲聞於時。（同前書卷七十二）

二七　吕本中，字居仁，好問子。宣和中為樞密院編修官，紹興初特賜進士，累官中書舍人，兼侍中。本中性清約，工詩詞，卒謚文清。所著有《師友淵源録》、《春秋解》、《童蒙訓》等書。子大猷、大同，從子大器，孫祖仁、祖平、祖謙、祖儉，南渡後寓居婺州，世有中原文獻之傳。（同前書卷七十五）

二八　許稷，字君苗，莆田人。少因入關遇陳舍人詡等，會酒，有輕稷語，稷投盃憤悱，入終南山，隱學三年，出，就府薦，遂擢貞元中進士。工歌詩，嘗為《江南春》三首，詞甚綺麗。役歷南省員外郎，終衡州刺史。（同前書卷七十六）

二九　趙若，字順之，崇安人。初下江南，蒙古岱丞相入閩，一見器重之，薦於朝，授同安縣尹，不仕，隱於家。高丞相開閫省，三使人來聘，强為往，見辟之仕，不就而歸。賦詩略云：「人事不易諧，虛名竟何益。少年倦束帶，投老當自佚。」閉户讀書，時貴有諂事造廬而請焉。長於詩，尤工音律長短句，有清真風韻，或自度曲教子弟，按之絲竹，會燕飲則出以相娛樂，時人多之。（同前書卷八十三）

三〇　夏昶，字仲昭，崑山人。洪武進士，改庶吉士。文廟嘗試其書為第一，特命書諸宫殿榜，遂賜第宅。初昶字作昶，上曰：「日豈可從傍？宜加永上。」遂為更定。歷太常少卿。居家孝友，而風流文雅，有高人之致。詩詞清麗，尤工畫竹，擅名天下。兄昺，字孟暘，亦善書，授中書舍人。（同前書卷八十五）

三一　柳永，字耆卿，山西樂安人。仁宗朝累舉不中。工長短句。時有薦之於朝，召入，賦《醉蓬萊》，辭語典麗，中犯時諱，以不稱旨，後卒。官至屯田郎中，故號曰柳屯田。（同前書卷八十八）

三二　范周，字無外，文正從孫。負才不羈，工詩詞，安貧自樂，未嘗屈節於人。方臘之亂，州民團結，士流亦不免。周率學舍諸生冠帶夜行，以大燈籠題詩其上云：「自古輕儒莫若秦，山河社稷付他人。而今重士如周室，忍使儒生作夜巡。」守將亟為罷去。（同前書卷九十）

三三　宋自遜，字謙父，南昌人，號壺山。詞筆絶高，嘗作《驀山溪》自述云：「壺山居士，未老心先懶。愛學道人家，辦竹几蒲團茗椀。青山可買，小結屋三間。開一徑，俯清溪，修竹栽教滿。客來便請，隨分家常飯。若肯再留連，更薄酒、三杯一盞。吟詩度曲，風月任招呼，外事不相關，自有天公管。」著詞集名《漁樵笛譜》。（同前書卷九十二）

三四　晏叔原，號小山。有樂府行於世，山谷為序，如「舞低楊柳樓心月，歌罷桃花扇底風」等句，流麗為世所稱。（同前書卷一百二）

三五　賀鑄，字方回，衛州人。性倜儻，有大志，喜談當世事。元祐中累官泗州通判，又倅太平州。工詩詞，為時輩所稱服。晚號慶湖遺老，有《慶湖集》。（同前書卷一百四）

三六　卓田，字稼翁，號西山。紹興間文士也，工小詞，三衢買舟詞云：「奏賦《謁金門》，行盡雲山無數。尚有江天一半，買扁舟東去。　波神眼底識英雄，閣住半空雨。喚起半帆風力，去青天五尺。」（同前書卷一百十四）

三七　莫蒙，字養正，青鎮人。宣、政間游太學，以文鳴京師，指為東南之秀。蹭蹬不偶，就特科出仕，卒官糾曹。晚年遊戲翰墨，詩律清奇，詞尤婉麗，有《卧駝集》十卷行於時。（同前書卷一百二十）

佘有丁詞話

佘有丁（一五二七—一五八四），字丙仲，號同麓，鄞縣（今浙江）人。嘉靖壬戌科探花，萬曆七年由太常寺卿管國子監祭酒事，陞右侍郎兼翰林院侍讀學士，歷太子太保、禮部尚書兼文淵閣大學士，太子太傅、建極殿大學士，贈太保，謚文敏。著有《佘文敏公文集》，又輯有《子彙》。此據《續修四庫全書》影印明萬曆刻本《佘文敏公文集》録詞話一則。

一

《郝寅樓封君壽日帳詞》有引：伏以僊齡初度，迎一陽初復之熙辰；愛景長添，屆百歲長生之令節。昴宿輝聯於南極，星杓光映乎北堂。遐算熾昌，微情闓怪。恭惟：扶輿間氣，寰寓殊才。山斗奇標，挺層霄而特出；滄溟洪宇，併大塊以兼容。獨鶴翥於雲間，昂藏罕世；祥麟遊於世上，瓌偉莫京。迥若列仙之儔，嵬然萬夫之傑。天星孕秀，叶夢於熊羆；江漢炳靈，降神於崧嶽。邁古稀而逾七歲，逢當肆樂之時；殷冬仲而過一旬，喜值懸弧之旦。集耆英於洛下，與彦博而齊庚；會真率於花前，並安之而同甲。日晷將增乎繡線，羨喬年如日斯升；陽琯欲動乎葭灰，慶純嘏隨陽而長。黄鍾開銃，柔風淡蕩拂珠簾；青女司權，和氣鬱葱浮綺户。梅枝英泄，點鶴髮以滋瓊；芸艸香飄，襲鵰袍而加馥。漱華池，餐瑶藥，拖緑玉杖以委蛇；服石髓，茹紫芝，誦《黄庭經》而容與。籌方添乎瀛海，籍已注於丹臺；數久列於香山，紀將超乎絳縣。一千年花，一千年實，看幾度之蟠桃；五百歲春，五百歲秋，等億年之椿木。某將陳圯履，正逢獻履之朝；擬薦霞觴，恰際舉觴之月。奏南飛之曲，路阻未能；賡難老之章，詞蕪不逮。敬歌越調，用布燕私。詞曰：「新陽肇序，正屆懸弧際。圭景舒珠，星聚卿雲，籠瑞彩愛，日溶清氣。人道是、神仙此日生塵世。時當七七齡，壽定千千歲。祝堂前，多蘭桂孫，枝奕葉長，玉樹芬芳麗。看他年、龍章鸞誥應相繼。」右調《千秋歲》。（《余文敏公文集》卷六）

王圻著輯詞話

王圻(一五三〇—一六一五),字元瀚,一作元翰,青浦人。嘉靖乙丑進士,授清江令,擢御史。忤時相,謫外,官至陜西布政司參議,致仕。歸築室松江之濱,種梅萬樹,曰梅花源,惟以著書事,編著有《王侍御類稿》、《洪洲類藁》、《重修兩浙鹺志》、《稗史彙編》、《續文獻通考》、《三才圖繪》諸書行世,人皆服其博洽。《續文獻通考》二百五十四卷,續馬端臨之書而稍更其門目,大旨欲於《通考》之外兼擅《通志》之長。《稗史彙編》一百七十五卷,萬曆丁未自序云有感仇遠《稗史》、陶九成《説郛》二書,病其繁蕪穢雜,未能梓行,嘗讀而好之,至惓惓不能釋手。懼其終於湮没,遂重加讎校,凡繁蕪之厭人耳目,詭異之蕩人心志者,悉皆芟去勿録。分門析類,令人易於檢閲。此據《四庫全書存目叢書》影印明萬曆刻本《稗史彙編》和影印明萬曆三十一年曹時聘等刻本《續文獻通考》,以及影印明萬曆四十八年王思

義刻本《王侍御類稿》録詞話二百五十四則。

一 孟婆：俗調（當作謂）風曰孟婆，蔣捷詞云：「春雨如絲，繡出花枝紅裊。怎禁他，孟婆合早。」宋徽宗詞云：「孟婆好做些方便，吹箇船兒倒轉。」江南七月間有大風，甚於舶䑢，野人相傳以孟婆發怒。按北齊李騊駼聘陳，問陸士秀：「江南有孟婆，是何神也？」士秀曰：「《山海經》：帝之女遊於江中，出入必以風雨自隨，以帝女，故曰孟婆，猶郊祀志以地神泰媼。」此言雖鄙俚，亦有自來矣。

（《稗史彙編》卷三「天文門·風類」）

二 元宵詞：都夜元宵，游觀之盛，前人或於歌詞中道之，而故族大家、宗藩戚里宴賞往來，車馬駢填，五晝夜不止。每出，必窮日力盡，夜漏始還家。往往不及小憇，又皆相呼理殘粧，而速客者已在門矣。婦女首餙至此一新，髻邊參插蟬、蛾、蜂、蜓、雪柳、玉梅、燈球，裊裊滿頭，其名件甚多，不知起何時，而詞客未有及之者。晁叔用作《上林春賞（當作慢）》云：「帽落宮花，衣惹御香，鳳輦晚來初過。鶴詔飛龍檠燭戲，端門萬枝燈火。滿城車馬，對明月、有誰閑坐。任狂遊，更許傍御街，不禁遍金吾鎮。　玉樓人、暗中擲果，珠簾下、笑看春衫裊娜。素娥遶遶釵輕嚲，雲鬟垂，柳絲梅朵。夜闌飲散，但贏得、翠翹雙眸。醉歸來，又重向、曉窻梳裹。」此詞雖非絶唱，然句皆實事，亦前人所未嘗道者。少頃，至臺城，過報恩寺門前，鰲山晛亮，百戲喧鳴，男女行樂填路，不能過步，真是金吾不禁夜，銀燭滿成都，直躋至五更，方漸人希步爽。盛哉！盛哉！（同前書卷七「時令門·春類」）

三　唐玄宗：唐玄宗在東洛，大酺於五鳳樓下，命三百里内縣令、刺史率其聲樂來赴闕者，或謂令較其勝負而賞罰焉。每賜宴設酺會，則上御勤政樓，金吾及四軍兵士未明陳仗，盛列旗幟，皆被黄金甲衣，短後繡袍。太常陳樂，衛尉張幕後，諸蕃酋長就食府縣，教坊大陳山車、旱船、尋橦、走索、丸劍、角抵、戲馬、鬭雞，又令宫女數百餙以珠翠，衣以錦繡，自帷中擊雷鼓為《破陣樂》、《太平樂》、《上元樂》。又引大象犀牛入場，或拜舞，動中音律。每正月望夜，又御勤政樓觀作樂，貴臣戚里官設看樓，夜闌即遣宫女於樓前歌舞以娱之。出《明皇雜録》（同前書卷十七「人物門·帝王類上」）

四　後主李煜：後主諱煜，字仲（當作重）光，元宗第五子也。幼而好古，為文有漢、魏風。母兄冀太子，性嚴忌。後主獨以經籍自娱，未嘗干預時政。卒立太子，監國建鄴。臨事明允，甚得時譽。元宗崩，哀毁過禮，即位……後主妙於音律，樂曲有《念家山》，後主親演其聲《念家山破》，識者知其不祥。至甲戌歲，有衛兵秦福自毁其鞋，跣足陞正殿御坐，論者以鞋者，履也，與李同，言李氏將敗此殿，秦人所得也，秦、趙古同姓焉。後主酷好著述，《雜説》百篇行於世，時人以可繼《典論》。江南大臣至中朝名最顯著者，徐鉉字鼎臣，與弟鍇同有大名於江左，方之士衡、士龍焉。鍇字楚金，先城陷而卒，著書甚多，謚文。後主文集，鍇之序，《新説》，又鉉序。鉉《質論》十餘篇，後主宸筆冠篇，儒者榮之。（節録自同前書卷十九「人物門·偏霸類」）

五　上又宴諸王於木蘭殿，時木蘭花正發，皇情不豫，妃醉中舞《霓裳羽衣》一曲，天顔大悦，方知流雪廻風可以旋天轉地。上常夢十仙子，乃製《紫雲曲》，并夢龍女，又製《凌波曲》。二曲既成，遂賜宜春院及梨園弟子并諸王。（節録自同前書卷二十一「人物門·嬪妃類·楊太真外傳」）

六 上至斜谷口，屬霖雨涉旬，於棧道雨中聞鈴聲，隔山相應，上既悼念貴妃，因採其聲為《雨霖鈴》曲以寄恨焉。至德二年，既收復西京，十一月上自成都還，使祭之。後欲改葬，李輔國等皆不從，時禮部侍郎李揆奏曰：「龍武將士以楊國忠反，故誅之，今改葬故妃，恐龍武將士疑懼。」肅宗遂止之。上皇密令中官潛移葬之於它所。妃之初瘗，以紫褥裹之，及移葬，肌膚已消釋矣，胸前尤有錦香囊在焉。中官葬畢，以獻，上皇置之懷袖，又令畫工寫妃形於别殿，朝夕視之而歔欷焉。上皇既居内殿，夜闌登勤政樓，憑闌南望，煙月滿目，上因自歌曰：「庭前琪樹已堪攀，塞外征人殊未還。」歌歇，聞里中隱隱有歌聲者，顧力士曰：「得非梨園舊人乎？」翌日，力士潛求於里中，因召與同去，果梨園弟子也。其後上復與妃侍者紅桃歌《凉州》之調，貴妃所製也，上御玉笛為之倚曲，曲罷，相視，無不掩泣，上因廣其曲，今凉州留傳者益佳焉。至德中，復幸華清宫，從官嬪御多非舊人，上於望京樓下命張野狐奏《雨霖鈴》曲，上四顧凄凉，不覺流涕。新豐女伶謝阿蠻善舞《凌波曲》，是日詔令舞，舞罷，阿蠻因進金粟裝臂環，曰：「此貴妃所賜。」上持之，凄然垂涕。（同前）

七 《梅妃傳》：上在花萼樓，會夷使至，命封珍珠一斛密賜妃，妃不受，以詩付使者曰：「為我進御也。」曰：「柳葉雙眉久不描，殘妝脂粉污紅綃。長門自是無梳洗，何必珍珠慰寂寥。」上覽詩，悵然不樂，令樂府度新聲，名為《一斛珠》，曲始此也。（同前）

八　孟才人：孟才人有寵於武宗皇帝，嬪御之中莫與為比。一旦龍體不豫，忽而問曰：「我若不諱，汝將何之？」對曰：「以微眇之身受君王之寵，若陛下萬歲之後，無復生焉。」是日俾於御榻前歌《何滿子》一曲，聲調悽切，聞者莫不涕零。及宫車晏駕，哀慟數日而殞。禁掖近臣以小棺殯於殿側山陵之際，梓宫重莫能舉，識者曰：「得非孟才人乎？」於是輿櫬以殉，遂窆於端陵之側。是歲攻文之士或為賦題，或為詩目，以為馮媛、班姬無以過也。所知者張祜有詩云：「偶因清唱詠歌頻，奏入宫中二十春。却為一聲何滿子，下泉須弔孟才人。」（同前）

九　花蕊夫人：僞蜀主孟昶，徐匡璋納女於昶，拜貴妃，别號花蕊夫人，意花不足擬其色，似花蕊之輕也。又升號慧妃，以號如其性也。王師下蜀，太祖聞其名，命别護送，途中作辭曰：「初離蜀道心將碎，離恨綿綿。春日如年，馬上時時聞杜鵑。三千宫女皆花貌，妾最嬋娟。此去朝天，只恐君王寵愛偏。」陳無已以夫人姓費，誤也。（同前）

一〇　宗姬流落：《竊憤録》載：金人徙欽宗回燕京，一日，行至平順州，止泊驛舍。時以七夕，宫中於驛作酒肆，縱人會飲，帝於室中窺見一胡婦携數女子，皆俊目艷麗，或歌，或舞，或吹笛，待（當作持）酒勸客，所得錢物酒食，率歸胡婦，稍不及者，婦以杖擊之。少頃，官遣皂衣吏賫酒飲帝，胡婦不知帝也，亦遣一横笛女子入室中，對帝嗚咽，吹不成曲。帝問女子曰：「吾與汝為鄉人，汝東京誰氏女？」女顧胡婦稍遠，乃曰：「我魏王女孫也，先嫁欽慈太后侄孫，京城既陷，賊擄至此，賣與豪門作婢，既又遭主母詬撻，轉鬻與胡婦，俾在此日夕求酒錢食物，若不及，即箠楚隨之。」言訖，問帝曰：

「官人亦是東京人，想亦擄來此也。」帝但泣下，遣之去。又《朝野遺記》：張孝純在雲中府粘罕席上，有所覩，賦《念奴嬌》一闋云：「疏眉秀盼，向春風、還是宣和裝束。貴氣盈盈姿態巧，舉止況非凡俗。宋室宗姬，秦王幼女，曾嫁欽慈族。干戈橫蕩，事隨天地翻覆。　一笑邂逅相逢，勸人欲飲，旋吹橫竹。流落天涯俱是客，何必平生相熟。舊日榮華，如今憔悴，付與杯中醁。興亡休問，為伊且盡衷曲。」詳味詞旨，則孝純所覩，即帝之所遇者也。然孝純之詞賦粘罕席上，則是女初屬粘罕，審矣。後乃復流落於邊州，豈非罕之婦妬而逐之耶？吁哉！其可憐也已。秦王廷美之後，至徽宗時改封魏王。（同前書卷二十二「人物門·公主類」）

一一　王平甫：王荆公初為參政，因讀晏元獻小詞，曰：「為宰相而作小詞，可乎？」平甫曰：「彼亦偶然自喜而為耳，其事業豈止如是？」吕吉甫館職，亦在坐，曰：「為政必先放鄭聲，況自為之耶？」平甫正色曰：「放鄭聲，不若遠佞人。」吕自是與平甫相失。（同前書卷二十九「人物門·方正類」）

一二　俞紫芝：俞紫芝，字秀老，揚州人。少有高行，不娶，得浮屠心法，所至翛然，而工於作詩。王荆公居鍾山，秀老數相往來，尤愛重之，每見於詩，所謂「公詩何以解人愁？初日芙渠映碧流。未怕元劉方獨步，不妨陶謝與同遊」者是也。秀老嘗有「夜深童子喚不起，猛虎一聲山月高」之句，尤為荆公所賞，亟和云：「新詩比舊仍增峭，若許追攀莫太高。」秀老卒於元祐初，惜時無發明之者，不得與林和靖一流槩見於隱逸。其弟澹，字清老，亦不娶，滑稽善諧謔，洞曉音律，能歌，荆公亦喜之，晚年作《漁家傲》等樂府數闋，每山行，即使澹歌之。然澹使酒好駡，不若秀老之介静。一日，見公云：

「吾欲去浮屠，但貧，無錢買祠部爾。」公欣然為置祠部，澹約日祝髮，既過期，寂無耗，公問其然，澹徐曰：「吾思僧亦不易為，公所贈祠部已送酒家償舊債矣。」公為之大笑。《石林詩話》（同前書卷三十四「人物門·隱逸類」）

一三　許俊出柳氏：天寶中，昌黎韓翃有詩名，性頗落托不滯，貧甚。有李生者，與翃友善，家累千金，負氣愛才。其幸姬曰柳氏，豔絕一時，李生居之別第，而館翃於其側。翃素知名，其所候問，皆當世之彥。柳氏自門窺之，謂其侍者曰：「韓夫子豈長貧賤者乎？」遂屬意焉。李生知其意，乃具膳請翃，飲酒酣，李生曰：「柳夫人容色非常，韓秀才文章特異，欲以柳薦枕於韓君，可乎？」翃驚慄避席曰：「蒙君之恩，解衣輟食，豈宜奪所愛乎？」李堅請之，乃再拜，引衣接席，飲滿極歡。又以資三十萬佐翃之費。明年，禮部侍郎楊度擢翃上第，屏居間歲，翃省家於清池。天寶末，盜覆二京，士女奔駭，柳氏姿艷獨異，且懼不免，乃前髮毀形，寄跡法靈寺。是時侯希逸自平盧節度淄青，素藉翃名，請為書記。翃乃遣使間行求柳氏，以練囊盛麩金，題之曰《章臺柳》：「章臺柳，昔日青青今在否？縱使長條似舊垂，也應攀折他人手。」柳氏捧金嗚咽，答之曰：「楊柳枝，芳菲節，所恨年年贈離別。一葉隨風忽報秋，縱使君來豈堪折？」無何，有蕃將沙吒利者，初立功，竊知柳氏之色，劫以歸第，寵之專房。及希逸除僕射入覲，翃得從行，至京師，已失柳氏所止，嘆想不已。偶於龍首岡見蒼頭，以駮牛駕輜軿，從兩女奴，翃偶隨之，自車中問曰：「得非韓員外乎？某乃柳氏也。」使女奴竊言失身沙吒利，請詰旦幸相待於道政里門。及期而往，以輕素結玉盒，實以香膏，自車中授之，曰：「當遂永訣，願寘誠念。」乃回車，翊大不勝情。會淄青諸將合樂酒樓，使人請翊，翊意色皆喪，音韻悽咽。有虞候許俊者，以材力自負，撫劍言曰：「必有故，願一效用。」翊不得已，具以告之，俊曰：「請足下數字，當力致之。」乃衣縵胡，佩雙鞬，從一騎，徑造沙吒利之第，排闥急呼曰：「將軍中惡，使召夫人。」遂升堂，出翊扎示柳氏，挾之跨馬，逸塵斷鞅，倏忽乃至，引裾而前曰：「幸不辱命。」四座驚歎，柳氏與翊執手涕泣，相與罷酒。是時沙吒利恩寵殊等，翊、俊懼禍，乃詣希逸，希逸大驚，曰：「吾平生所事，俊乃能爾乎？」尋有詔柳氏宜還韓翊，沙吒利賜錢一百萬，柳氏歸翊。翊後累遷至中書舍人。（同前書卷三十五「人物門・俠烈類」）

一四　史癡：金陵史癡翁名忠，字廷直。能詩，又能為樂府新聲。家有樓，近冶城，扁曰卧癡。有姬何玉仙，號白雲道人，聰慧，解篆書。居常以文字相娛，有時出遊，輒附舟而行，不告家人所往。女笄當嫁，婿貧不能具禮。翁詭携觀燈，同妻送至婿家，嬋結而別。年踰八十，預命發引，己隨而行，謂之生殯。按癡翁嫁女事，頗類孔淳之。其生殯一節，近吾友張幼于五十餘即作生壙，以待海內交遊詩文紀之，頗有史翁之致。（同前書卷三十六「人物門・任誕類」）

一五　蔡元長南遷：蔡元長南遷，中路有旨取所寵姬慕容、邢、武者三人，以金人指名來索也，元長作詩以別云：「為愛桃花三樹紅，年年歲歲惹春風。如今起逐他人手，誰復尊前念老翁。」初元長之竄也，道中市食飲之類，問知蔡，皆不肯售，至於詬罵無所不道，州縣吏驅逐去之。稍息，元長轎中獨歎曰：「京失人心，一至於此。」至潭州，作見（當作詞）曰：「八十一年住世，六千里外無家。如今流落向天涯，夢到瑶池闕下。玉殿五回命相，彤庭幾度宣麻。止因貪此戀榮華，便有如今事也。」後數日卒，門人吕川卞老醵錢葬之。（同前書卷三十八「人物門·憸邪類」）

一六　歌詞犯諱：楊誠齋名萬里，字廷秀，為監司。時巡歷至一郡，郡守盛禮以宴之，時適初夏，有官妓葉少歌《賀新郎》詞以送酒，其中有「萬里雲帆何時到」，誠齋遽曰：「萬里昨日到。」太守大慚，即監係官妓。（同前書卷四十一「人物門·名姓類」）

一七　樂天侍兒：白尚書姬人樊素善歌，妓人小蠻善舞，嘗為詩曰：「櫻桃樊素口，楊柳小蠻腰。」年既高邁，而小蠻方豐艷，因為《楊柳枝》詞以託意曰：「一樹春風萬萬枝，嫩於金色軟於絲。永豐坊裏東南角，盡日無人屬阿誰。」及宣宗朝，國樂唱是詞，上問誰詞，永豐在何處，左右具以對之，遂因東使命取永豐柳兩枝植於禁中，白感上知其名，且好尚風雅，又詩一章，其末句云：「定知此後天文裏，柳宿光中添兩枝（當作星）。」（同前書卷四十五「倫叙門·婢妾類」）

一八　朝雲傷春：子瞻在惠州，與朝雲閒坐，時青女初至，落木蕭蕭，悽然有悲秋之意。命朝雲把大白，唱「花褪殘紅」，朝雲歌喉將囀，淚滿衣襟。子瞻詰其故，答曰：「奴所不能歌，是『枝上柳綿吹又少，天涯何處無芳草』也。」子瞻翻然大笑，曰：「是吾政悲秋，而汝又傷春矣。」遂罷。朝雲不久抱疾而亡，子瞻終身不復聽此詞。《林下詞》（同前）

一九　翹翹：唐文宗御宴，宫妓舞《河滿子》，是沈翹翹，其詞云：「浮雲蔽白日。」文宗曰：「汝知書耶？此是《文選》第一首。」乃賜金玉環，遂問其由，翹翹泣曰：「妾本吴元濟女，自因國亡，没入掖庭，易姓沈，因配樂籍，本藝方響。」乃白玉也，以響玉為槌，紫檀為架，制度精妙。乃奏《梁州》曲，音韻清絕。上喜，謂曰：「卿欲歸宮？欲適人？」翹翹不對，上知其意，乃選金判官秦誠聘之，出宮之夕，宮人伴送，花燭之盛，皆自天恩。數年之後，誠使日本，久而不歸，翹翹執玉方響登樓，自為一曲，名《憶秦郎》，聲音悽愴。方響應二十八調。（同前書卷四十六「倫叙門・賢媛類」）

二〇　泥溪驛詞：蜀路泥溪驛，天聖中，有女郎盧氏者，隨父往漢州作縣令，歸，題於驛舍之壁，其序略云：「登山臨水，不廢於謳吟；易羽移商，聊舒於羈思。因成《鳳棲梧》曲子一闋，聊書於壁，後之君子覽之，無以婦人竊弄翰墨為罪。」詞曰：「蜀道青天煙靄翳，帝里繁華，迢遞何時至。回望錦川揮粉淚，鳳釵斜軃烏雲膩。　鈿帶雙垂金縷（脱細字），玉珮珠璫，露滴寒如水。從此鸞粧添遠意，畫眉學得遥山翠。」（同前）

二一　徐節婦：宋末岳州徐君寶妻某氏，被虜來杭，居韓蘄王府，自岳至杭數千里，虜巧計欲得之，終不可犯。一日，虜必欲强污之，度不可脱，乃謂曰：「俟我祭亡夫，謝絶之，可事汝。」虜喜而許之。遂嚴粧，焚香祝畢，赴池水死。將死之前，題《滿庭芳》一闋於府壁云：「漢上繁華，江南人物，尚遺宣政風流。綠窓朱户，十里爛銀鈎。一旦刀兵齊舉，旌旗擁、百萬貔貅。長驅入，歌臺舞榭，風捲落花愁。　清平三百載，典章文物，掃地俱休。幸此身未北，猶客南州。破鑑徐郎何在？空惆悵，相見無由。從今後，夢魂千里，夜夜岳陽樓。」後宣伯聚先生言此事，政與清楓嶺同，予因論喪亂以來，婦人女子盡節死者不可勝紀，其中縱有文筆者，皆出於倉卒，措詞未能盡善。雖清楓嶺一時一事，其

詞指亦萬萬不及。《東園客談》（同前）

二二　易安居士：趙明誠，清獻公子，妻李氏，號易安居士。有樂府詞三卷行於世，名《漱玉》。明誠卒，易安再適非類，既而反目，有啓與綦處厚學士云：「猥以桑榆之晚景，配兹駔儈之下才。」見者笑之。嘗作《金石録》，記其文曰：……（節録自同前書卷四十八「倫叙門・劣婦類」）

二三　吴淑姬能詩：湖州吴秀才女，慧而能詩詞，貌美家貧，富氏子所據。或投郡訴其姦淫，王龜齡為太守，逮繫司理獄，既伏罪，且受徒刑。郡僚相與詣理院觀之，仍具酒，引使至席，風格傾一坐，遂命脱枷侍飲，諭之曰：「知汝能長短句，宜以一章自咏，當宛轉白待制，為汝解脱，不然，危矣。」女即請題，時冬末雪消，春日且至，令道此景作《長相思令》，捉筆立成，曰：「煙霏霏，雪霏霏，雪向梅花枝上堆。春從何處回。　醉眼開，睡眼開，疎影横斜安在哉。從教塞管催。」諸客賞歎，為之盡歡。明日，以告王公，言其寃，王淳直，不疑人欺，亟使釋放。其後無人肯禮娶，周介卿石之子買以妾，名曰淑姬。王三恕時司户攝理，正治此獄，小詞其所傳也。（同前）

二四　寃家六説：作詞者流多用寃家事，初未知何等語，亦不知所出。後因閲《煙花記》，有云寃家之説有六：情深意濃，彼此縈繫，寧有死，而不懷異心，此所謂寃家者一；兩情相有，阻隔萬端，心想魂飛，寢食俱廢，此所謂寃家者二；長亭短亭，臨岐分袂，黯然銷魂，悲泣良苦，此所謂寃家者三；山遥水遠，魚鴈無憑，夢寢相思，愁腸寸斷，此所謂寃家者四；迎新棄舊，辜恩負義，恨切惆悵，怨深刻骨，此所謂寃家者五；一生一死，觸景悲傷，抱恨成疾，迨與俱逝，此所謂寃家者六。此語雖鄙俚，亦余所未聞。(同前書卷四十九「倫叙門·妓女類」)

二五　戎昱：韓晉公滉鎮浙西，戎昱部内刺史。郡有酒妓善歌，色亦閑妙，昱情屬甚厚。浙西樂將聞其能，白滉，召置籍中，昱不敢留。俄於湖上歌詞以贈之，且曰：「至彼，令歌，必首唱是詞。」既至，韓開筵，自持盃令歌送之，遂唱戎詞，曲既終，韓問曰：「戎使君於汝寄情耶？」妓悚然起立，灑然淚下。韓令更衣待命，席上為之憂危。韓召樂將責曰：「戎使君，名士，留情郡妓，何故不知而召置之？成余之過。」乃笞之十，命妓與百縑，即時歸之。其詞曰：「好去春風湖上亭，柳條藤蔓繫人情。黄鶯久住渾相戀，欲别頻啼四五聲。」(同前)

二六　武昌妓：韋蟾廉問鄂州，及罷任，賓僚盛陳祖席，蟾遂書《文選》句云：「悲莫悲兮生别離，登山臨水送將歸。」以牋毫授賓從，請續其句，座中悵望，皆思不屬。逡巡，女妓泫然起曰：「某不才，不敢染，欲口占兩句。」韋大驚異，令隨口寫云：「武昌無限新栽柳，不見楊花撲面飛。」座客無不嘉歎，韋令唱作《楊柳枝詞》，極歡而散，贈數十箋，納之。翌日，共載而發。出《抒情詩》(同前)

二七　定國歌兒：王定國嶺外歸，出歌者勸東坡酒，坡作《定風波》，序云：「王定國歌兒曰柔奴，姓宇文氏，眉目娟麗，善應對，家世住京師。定國南遷歸，余問柔：『廣南風土，應是不好？』柔對曰：『此心安處，便是吾鄉。』因綴此詞。」云：「常羨人間琢玉郎，天教分付點酥釀(當作孃)。自作清歌傳皓齒，風起，雪飛炎海變清凉。萬里歸來年愈少，笑時猶領(當作帶嶺)梅香。試問嶺南應不好，却道，此心安處是吾鄉。」(同前)

二八 嚴蕊：天台營妓嚴蕊，字幼芳，善琴弈歌舞，間作詩詞，有新語。唐仲友字與正，守台日，酒邊嘗命賦紅白桃花，即成《如夢令》云：「道是梨花不是，道是杏花不是。白白與紅紅，别是東風情味。曾記，曾記，人在武陵微醉。」與正賞之雙縑。又七夕，郡齋開宴，坐有謝生者，命之賦詞，以己姓韻，遂成《鵲橋仙》云：「碧梧初出，桂香纔吐，池上水花微謝。穿針人在合歡樓，正月露、玉盤高瀉。蛛忙鵲嬾，耕慵織倦，空做古今佳話。人間剛道隔年期，天上方纔隔夜。」謝之心醉。其後朱晦庵以使節行部至台，欲摭與正之罪，遂指其嘗與蕊濫，係獄月餘，雖被箠楚，而一語不及唐。未幾，朱公改除，而岳霖商卿為憲，憐其無辜，命之作詞自陳，即口占《卜算子》云：「不是愛風塵，似被前緣誤。花落花開自有時，總賴東君主。　去也終須去，住也如何住。若得山花插滿頭，莫問奴歸處。」岳笑而釋之。（同前）

二九 崔念四詞：政和間，一貴人未達時，嘗遊妓崔念四之館，因其行第作《踏青遊》詞云：「識箇人人，恰正年年歡會。似賭賽、六隻渾四。向巫山、重重去，如魚水，兩情美。同倚畫樓十二，倚畫樓、又還重倚。　兩日不來，時時在人心裡。擬問卜、常占歸計。拚二八清霄，望永同鴛被。驀然被人驚覺，夢也有頭無尾。」都下盛傳。（同前）

三〇 合生詩詞：江浙間路岐伶女，有慧黠，知文墨，能於席上指物題詠，應命輒成者，謂之合生；其滑稽含情者，為（當作謂）之喬合生。蓋京都遺風也。張安國守臨川，王宣子解廬陵郡印歸次撫，安國置酒郡齋，招郡士陳漢卿參會。適散樂一妓言學作詩，漢卿語之曰：「太守呼五馬，今日兩州使君對席，遂成十馬，汝體此意做八句。」妓凝立良久，即高吟曰：「同是天邊侍從臣，江頭相遇轉情親。瑩如臨汝無瑕玉，暖作廬陵有脚春。五馬今朝成十馬，兩人前日壓千人。便看飛詔催歸去，共坐中書秉化鈞。」安國之嗟賞竟日，賞以萬錢。予守會稽，有歌日宮調女子洪惠英，正唱詞次，忽停鼓白曰：「惠英有述懷小曲，願容舉似。」乃歌曰：「梅花似雪，剛被雪來相挫折。雪裏梅花，無限精神摠屬他。　梅花無語，只有東君來作主。傳與東君，宜與梅花做主人。」歌畢，再拜云：「梅者，惠英自喻，非敢僭擬名花，姑以借意。雪者，亡賴惡少也。」官奴因言其人到府一月，而遭惡子困擾者至四五，故情見乎詞，在流輩中誠不易得。（同前）

三一　謝希孟善戲：謝希孟在臨安狎倡，陸氏象山責之曰：「士君子乃朝夕與賤娼女居，獨不愧於名教乎？」希孟敬謝，請後不敢。他日，復娼造鴛鴦樓。象山聞之，又以言責：「向日謝過，今違信，何也？」又謝曰：「非特建樓，且有記。」象山喜其文，不覺曰：「樓記云何？」即口占首句云：「自遜、杭、機、雲之死，而天地英靈之氣不鍾於世之男子（後脱『而鍾於婦人』五字）。」象山默然。希孟一日在娼所，忽起歸意，遂不告而行。娼追送江滸，泣涕戀戀，希孟毅然取領巾書一詞與之，云：「雙槳浪花平，夾岸青山鎖。你自歸家我自回，説著如何過。　我斷不思量你，你莫思量我。將你從前愛我心，付與傍人呵。」希孟與鄉友陳伯益好相調戲，伯益黑面身狹多髯，希孟入其書室，見寫真掛壁上，題云：「伯益之面，大無兩指，髭髯不仁，侵擾乎其旁而不已，於是乎，伯益之面所餘無幾。」此語喧傳，伯益病之，而莫能報。希孟後避寧宗諱，改名直，字古民。伯益於是以兩句詠其名：「炊餅擔頭挑取去，典衣鋪上喝將來。」聞者笑倒。伯益又嘗寫真，衣皂道服，躡僧鞋，希孟贊之曰：「禪鞋俗人髩髮，道衣行藏梗直。烏肌狹小面皮，秋水長天一色。」(同前)

三二 蘇瓊：姑蘇官妓姓蘇名瓊，行第九。蔡元長道過蘇州，大守召飲，元長聞瓊之能詞，因命即席之，乞韻，以「九」字，詞云：「韓愈文章蓋世，謝安情性風流。良辰美景在西樓，敢勸一巵芳酒。記得南宫高選，弟兄争占鼇頭。金爐玉殿瑞煙浮，高占甲科第九。」蓋元長奏名第九。(同前)

三三 僧兒：廣漢營妓小名僧兒，善填詞。(以下當脱「有姓戴者，忘其名，兩作漢守，寵之」數句)既而得請玉局之祠以歸，僧兒作《滿庭芳》云：「團菊包金，叢蘭減翠，畫成秋暮風煙。使君歸去，千里暗潸然。兩度朱幡鴈水，全勝得陶侃當年。如何見，一時盛事，都在送行篇。愁煩，梳洗懶，尋思陪宴，花月湖邊。年少風流，往事縈牽，聞道霓旌羽駕，看看是、玉局神仙。應相許，衝雲破霧，一到洞中天。」(同前)

三四 下火文：崑山一娼，周其姓，係郡中藉。張子韶為守，時娼忽暴亡。適道川訪張守，因命作下火文云：「大家且道可惜，這個甚麽可惜。《巫山一片雲》，眼前新水《點絳唇》。昔年繡閤《迎仙客》，今日《桃源憶故人》。休記《醜奴兒》臉恨，便須抖擻好精神。南柯夢斷何如也，一曲離愁别是春。大衆還知某人向甚麽處去，這裏分明會是《驀山溪》畔。頭頭盡是《喜相逢》，《芳草渡》頭，處處都逢《川撥棹》，倘或未然，更聽下句。咦，與君一把無明火，燒盡千愁萬恨心。」(同前)

三五 獨狐生：李謩，開元中吹笛為第一部，近代無比。有故自教坊請假至越州，公私更讌，以觀其妙。時州客舉進士者十人，皆有資業，乃醵二千文同會鏡湖，欲邀李至湖上吹之，遂相約各召一客，會中有一人，以日晚，不遑他請。其鄰居有獨孤生者，年老，久處田野，人事不知，茅屋數間，嘗呼獨孤丈。至是，遂以應命到會所。李生拂笛，漸移舟於湖心。時輕雲蒙籠，微風拂浪，波瀾陡起。李生捧笛，其聲始發，昏曀齊開。坐客皆贊詠，以為鈞天之樂不如也。獨孤生乃無一言，李生以為輕己，意甚忿之。良久，又作一曲，更加妙絶，獨孤生又無言。鄰居召至者甚慚悔，白於衆曰：「獨孤村落幽處，城郭稀至，音樂之類卒所不通。」會客同誚責之，獨孤生不答，但微笑而已。李生曰：「公如是輕薄，自是好手。」獨孤生乃徐曰：「公安知僕不會也？」坐客皆為李生改容，謝之。獨孤曰：「公試吹《涼州》。」至曲終，獨孤生曰：「公亦甚能，然聲調雜夷樂，得無有龜兹之侶乎？」李生大駭，起拜曰：「丈人神絶，某亦不自知，本師實龜兹人也。」又曰：「第十三疊誤入《水調》，足下知之乎？」李生曰：「某頑蒙，實不覺。」獨孤生乃取吹之，李生更有一笛，拂拭以進，獨孤視之曰：「此都不堪，取執者粗通耳。」乃換之，曰：「吹至《入破》必裂，得無悋惜否？」李生曰：「不敢。」遂吹，聲發入雲，四座震慄。李生蹙踖不敢動，至第十三疊，揭示謬誤之處，敬伏將拜。及《入破》，笛遂敗裂，不終曲。李生再拜，衆皆帖息，乃散。明旦，李生并會客皆往候之，至則第舍尚存，獨孤生不見矣。越人知者皆訪之，竟不知其所去。出《逸史》（同前書卷五十八「伎藝門·巧藝類」）

三六　伊用昌：熊補闕皦言頃年有伊用昌者，不知何許人。其妻甚少，有殊色，音律女工之事皆曲盡其妙。其夫能飲，多狂逸，時人皆呼伊風子。多遊江左廬陵、宜春等諸郡，出語輕忽，多為衆所毆擊。愛作《望江南》詞，夫妻唱和甚多，詠鼓詞云：「江南鼓，梭肚兩頭欒。釘着不知侵骨髓，打來只是没心肝，空腹被人漫。」餘多不記。天祐癸酉年，夫妻至撫州南城縣所，有村民斃一犢，夫妻丐得牛肉一二十觔，於鄉校内烹煮，一夕俱食盡，至明，夫妻為肉所脹，俱死，縣鎮吏民以蘆蓆裹尸，於縣南路左百餘步瘞之。其鎮將姓丁者，忽一旦於北市棚下見伊風子夫妻唱《望江南》詞乞錢，既相見，甚喜，便叙舊事，執其手上酒樓，三人共飲數斗，丁大醉而睡，既醒，懷内得紫金十兩。後人開其墓，惟蘆蓆兩領，裹爛牛肉，臭不可近，餘更無别物。出《玉堂閒話》（同前書卷六十一「方外門·仙類」）

三七 西安紫姑：吴興周權選伯，乾道五年知衢州西安縣，招郡士沈延年為館生，沈能邀紫姑神談未來事，未嘗不驗。尤善屬文，清新敏捷，出人意表。周每餘暇，必過而觀之。嘗聞窓外鵲噪甚急，周試扣曰：「鵲聲頗喜，未知為何事？」即書一絶句，末聯云：「窓前噪喹緣何事，萬里看君上豹關。」俄又就案書數十字，云：「三七日内必有召命之喜。」時十月下旬也，至十一月十三日，大程官自臨安來報召命，越二日省帖下，以周捕獲偽造楮券遷一官，仍赴都堂審察，距前所説十有八日云。後三年，周從監左藏西庫擢守婺州，欲延鄉僧智湧住持小院，白仙曰：「此僧絶可人，工琴善奕，仙能作請疏否？」援筆立書，其警句云：「指下七絃，彈徹古來之曲；局終一着，深明向上之機。」詞既藻麗，且深測禪理。通判方粢宴客，就郡借妓，周適邀仙，因求賦一詞往侑席，指缾内一捻紅牡丹令詠之，名《瑞鶴仙》，用「捻」字為韻，意欲因險困之，亦不思而就。其語云：「睹嬌紅細捻，似西子、當日留心千葉。西都競栽接，賞園林臺榭，何妨日涉。輕羅慢褶，費多少、陽和調燮。向曉來露浥，芳苞一點，醉紅潮頰。雙靨姚黄國艷，魏紫天香，倚風羞怯。雲鬟試插，便引動，狂蜂蝶。況東君開宴，賞心樂事，莫惜獻酬頻疊。看相將紅藥，翻階尚餘侍妾。」既成，略不加點。詩文非一，皆可諷翫。（同前書卷六十四「方外門·女仙類」）

三八　法秀：法秀師常語黄魯直曰：「公作艷歌小詞可罷之。」魯直曰：「空中語耳，非殺非偷，終不至坐此墮惡道。」師曰：「君以邪言蕩人淫心，使逾理（當作禮）越禁，其罪豈止墮惡道而已。」魯直由此不作詞曲。《捫虱新語》（同前書卷六十八「方外門·釋類」）

三九　弓足：《墨莊漫録》載婦人弓足始於五代李後主，非也。予觀六朝樂府有《雙行纏》，其辭云：「新羅綉行纏，足趺如春妍。他人不言好，獨我知可憐。」唐杜牧詩云：「鈿尺裁量減四分，碧琉璃滑裹春雲。五陵年少欺他醉，笑把花前出畫裙。」段成式詩云：「醉袂幾侵魚子纈，彯纓長戛鳳凰釵。知君欲作閑情賦，應願將身作錦鞋。」《花間集》詞云：「慢移弓底綉羅鞋。」則此飾不始於五代也，或謂起於妲己，乃瞽史以欺閭巷者，士夫或信以真，亦可笑哉！（同前書卷七十「身體門·身體類」）

四〇　明皇見臂環：新豐市有女伶謝阿蠻善舞《凌波曲》，常出入宫中，貴妃遇之甚寵。明皇迴鑾，復令召入，舞罷，阿蠻因出金粟粧臂環，曰：「此向貴妃所與。」上持之，凄然出淚，從官左右莫不嗚咽。（同前書卷八十四「人事門·感慨類」）

四一　《曲燕記》：宣和元年九月十二日，皇帝詔蔡京、王黼、童貫、越王俣、燕王似、嘉王楷、嗣濮王仲忽、馮熙載、蔡攸讌保和殿，先賜茶全真殿，上手御擊注，漫出乳花盈面，臣等惶恐前曰：「陛下略君臣夷等，臣下烹調，臣等悸怖，豈敢啜？」上曰：「可少休。」乃出琮林殿中使馮夷傳旨留題殿壁，喻臣筆墨已具，乃題曰：「瓊瑶錯落密成林，檜竹交加午有陰。恩許凡塵時縱步，不知身在五雲深。」頃之就坐，女樂並坐間，賜荔子、黄橙、金柑，相間布列前後，命師文浩剖橙分賜。酒五行，再休，許至玉真軒，軒在保安西南廡，即安妃粧閣，命使傳旨曰：「雅燕酒酣添逸興，玉真軒内看安妃。」詔臣賡補成篇，題曰：「保和新殿麗秋輝，詔許塵凡到綺闈。」方是時，人自謂得見妃矣，而但畫像掛於西壁，臣即以謝奏曰：「玉真軒檻煖如春，只見丹青未見人。月裡姮娥終有恨，鑑中姑射未應真。」須臾，中使召臣至玉華閣，上手持，謝曰：「因卿有詩，况姻家，自當見。」臣曰：「頃緣葭莩已得拜望，故敢以詩請。」上大笑，妃素粧，無珠玉餙，綽約若仙子。臣前進再拜，序謝，妃答拜，臣又拜，妃命左右掖起，上手持大觥酌酒，命妃曰：「可勸太師。」臣奏曰：「禮無不報，不審酧酢可否？」於是持瓶注酒，授使以進。再坐，徹女童，去羯鼓，御侍奏細樂，作《蘭陵王》、《揚州散》，勸酬交錯。臣奏曰：「陛下樂與人同，不間高卑，日且夕矣，久勤聖躬，不敢安。」上曰：「不醉無歸。」須臾迭進酒數行無算。臣又奏曰：「樂奏紛紜，酒觴交錯，方事燕飲，上及繼述，下及故老，若朋友相與銜盃，接慇懃之歡，道舊論新，顧臣何足以當？臣請序其事，以示後世知之今日燕樂非酒食而已。」夜漏已三更五籌，申前奏丐罷，始退，十三日，臣京序延福宫曲宴記。……（節録自同前）

四二　使虜詞：宋人送朝士使虜中詞云：「堯之都，舜之壤，禹之封，於中應有，一個半個耻臣戎。萬里腥羶如許，千古英靈安在，磅礴幾時通。」夫桑維翰、劉豫、秦檜之徒，固無足言矣。而入元以來，若許衡、姚樞、竇默、劉秉忠輩高談皇王帝伯之道，自謂列聖相傳，道統在伊輩，而考圖推運，謂胡元為中國正統，推心臣服，援經據史，從而為之辭。嗚呼！使其覿於此言，宜愧死無地矣。或曰：元奄有中國，士君子生斯世，為斯民，非元則無所效用，必若子言，宜若之何而可？則應曰：天下有道則見，無道則隱。夷狄主中國，斯亂世，無道之極也。許衡輩知涵法，孔子雖不出，可也。（同前書卷八十五「人事門・品隲類」）

四三 陶穀：世嘗以陶穀文雅清致之士，多資講談而稱賞之。予見諸書所載穢德頗衆，略舉一二，已見大節。穀乃唐彥謙後也，石晉時避諱改曰陶穀，後納唐氏為壻，已可怪矣。又初因李崧得位，後乃排之，此負恩也。袖中出空頭勑，不忠孰甚。奉使兩浙，獻詩錢俶云：「此生頭已白，無路掃王門。」辱命無恥，可知。又出使，淫婦而有「好姻緣」之聞。卧病思金鍾，而有「乞與金鍾病眼明」之詩。至欺待詔，使書密旨，以取良馬，此何等人也。史稱遇名望者，巧言以詆之，嗚呼！一身之間，衆醜備焉，亦何貴於文雅哉！（同前書卷八十九「人事門・評詆類」）

四四 洪景盧：洪景盧奉使，其父忠宣嘗薦之，景盧為虜困辱而歸，太學諸生作詞云：「洪邁被拘留，垂哀告彼酋。七日忍饑猶不耐，堪羞，蘇武曾禁十九秋。厥父既無謀，厥子安能解國憂。萬里歸來誇舌辯，村牛，好擺頭時不擺頭。」蓋洪好搖頭也。（同前）

四五 文潞公：文潞公以樞密直學士知成都，公年未四十。成都風俗喜行樂，公多讌集，有飛語至京師，御史何聖從因謁告歸，上遣伺察之。何將至，潞公亦之動。有幕客張少愚謂公曰：「聖從之來，無足念。」少愚與聖從同郡，因迎見於漢州，命酒設樂，有營妓善舞，聖從狎，問其姓，妓曰：「姓楊。」聖從曰：「所謂楊臺柳者。」少愚即取妓項帕題詩曰：「蜀國佳人號細腰，東臺御史惜妖嬈。從今喚作楊臺柳，舞盡東風萬萬條。」命其妓作《柳枝詞》歌之，聖從之霑醉。後數月，聖從至成都，頗嚴重。一日，潞公大作樂以譏聖從，迎其妓雜府妓中，歌少愚之詩以侑觴，聖從每為之醉。聖從還朝，潞公之謗乃息。（同前）

四六《醉蓬萊》詞：歐公甥女適張氏，夫死，携孤女歸父家，嫁公族子晟，晟之官，至宿州，赴郡宴歸，而失其舟，捕，至京師得之。開封府勘，乃梢人與晟妾通，妻知而欲笞之，反為妾所誘，併與梢人通。府尹承當路風旨，令張氏引公以自解，獄奏，仁宗大駭，遣中使王昭明監勘，而張氏反異，公遂得明白，尤（當作猶）坐以張氏奩具買田作歐陽户名，出知滁州。時劉煇挾省闈見黜之恨，賦《醉蓬萊》詞以醜之。（同前書卷九十「人事門·仇怨類」）

四七 歐陽妓詞：歐陽文忠任河南推官，染一妓，時先文僖罷政，為西京留守，梅聖俞、謝希深、尹師魯同在幕下，惜歐有才無行，共白於公，屢微諷而不之恤。一日，宴於後圃，客集，而歐與妓俱不至，移時方來，在坐相視以目，公責妓云：「來遲，何也？」妓云：「中暑，往凉堂睡着，覺而失金釵，尤（當作猶）未見。」公曰：「若得歐陽推官一詞，當為償汝。」歐即度云：「柳外輕雷池上雨，雨聲滴碎荷聲。小樓西角斷虹明。闌干倚遍，待得月華生。燕子飛來栖畫棟，玉鈎垂下簾旌。凉波（脱『不』字）動簟紋平。水晶雙枕，旁有墮釵横。」坐客皆善，遂命妓滿酌賞歐，而令公庫償其失釵。咸謂歐當少戢，不惟不恤，翻以為怨。後修《五代史·十國世家》，痛毁吴越。又於《歸田録》中説文僖數事，皆非美談。從祖希白嘗戒子孫毋得勘（當作勸）人陰事，賢者恩，不賢者怨。後為人言其盗甥，表云：「喪厥夫而無托，攜孤女以來歸。」張氏此時年方七歲，内翰伯見而笑云：「年方七歲，正是學簸（當作簸，下同）錢時也。」歐詞云：「江南柳，葉小未成陰。人為絲輕那忍折，鶯憐枝嫩不勝吟，留取待春深。十四五，閒抱琵琶尋。堂上簸錢堂下走，恁時相見已留心，何况到如今。」歐知貢舉，題目出《通其變使民不倦》，乃云：「通其變而使民不倦。」賢良伯富唱云：「試官偏愛外生『而』。」於是科場大哄，皆報東門之役也。（同前）

四八　張曙製詞：唐張禕侍郎朝望甚高，有愛姬早逝，悼念不已。因入朝未回，其猶子右補闕曙才俊風流，思增大阮之悲。乃製《浣溪沙》詞曰：「枕障熏爐隔繡幃，二年終日兩相思，好風明月始應知。　天上人間何處去，舊歡新夢覺來時，黄昏微雨畫簾垂。」置於几上，大阮朝退，憑几無聊，忽睹此詞，不覺哀慟，乃曰：「此必阿灰所作。」阿灰，即中諫小字也。諺曰：「小舅小叔，相搥相撏。」謔戲固不免也。（同前書卷九十一「人事門·醫療類」）

四九　發引曲：神宗將葬永昭陵，大行梓宫發引，王禹玉時翰林學士，作《平調發引》二曲，一曰：「玉宸朝晚，忽掩赭黄衣。愁霧瑱金扉，蓬萊待得仙丹至，人世已成非。　龍輴天仗轉西畿，旌旆入雲飛。望陵宫女垂紅泪，不見翠輿歸。」其二曰：「上林春晚，曾侍奉晨（當作宸）遊。水殿戲龍舟，玉簫聲斷催仙馭，一去隔千秋。　遊人重到曲江頭，事往涕難收。空餘御幄傳觴處，依舊水東流。」聞

者無不淚下。（同前）

五〇　遊沙湖《東坡志林》：黄州東南三十里爲沙湖，亦曰螺師店。予買田其間，因往相田，得疾，聞麻橋人龐安常（當作時，下同）善醫而聾，遂往求療。安常雖聾，而穎悟絶人，以指畫字，書不數字，輒深了人意。余戲之云：「余以手爲口，君以眼爲耳，皆一時異人也。」疾愈，與之同遊清泉寺，寺在蘄水郭門外二里許。有王逸少洗筆泉，極甘，下臨蘭溪，溪水西流。余作歌云：「山下蘭芽短浸溪，松間沙路净無泥，蕭蕭暮雨子規啼。　誰道人生無再少，君看流水尚能西，休將白髮唱黄雞。」是日，劇飲而歸。（同前書卷九十三「人事門・遊覽類」）

五一　鄒志完：鄒志完徙昭，陳瑩中貶廉，間以長短句相諧樂：「有箇胡兒模樣别，滿頷髭鬚，生得渾如漆。見説近來頭也白，髭鬚那得長長黑。志完句　籥子摘來，須有千堆雪。莫向細君容易説，恐他嫌你將伊摘。」此瑩中語，謂志完之長髭也。（同前書卷九十三「人事門・俳調類上」）

五二　司空見慣：蔡京爲左僕射日，官守司空，坐彗星經天去位。大學諸生用坡公《滿庭芳》詞嘲之，今記其數語云：「光芒長萬丈，司空見慣，應謂尋常。」末句云：「仍傳儋崖父老，衹候蔡元長。」蔡命字正取元者，善之長也。長音丁丈反，而其解《易》以爲長短之長，故因以爲戲。及再當國，密諭學官訪首唱者，斥逐之。（同前書卷九十四「人事門・俳調類下」）

五三　詩誚陳晦行：高文虎作《西湖放生池記》，以「鳥獸魚鼈咸若」爲商王事，太學諸生爲謔詞哂其誤。陳晦行《史集賢制》用「昆命元龜」字，閩帥倪侍郎駁之，陳累疏援引唐人及本朝命相制，皆用此

語，史擢陳臺端，劾倪，削秩罷去。或一聯云：「舍人舊錯夏商鼈，御史新爭舜禹龜。」聞者絶倒。（同前）

五四 趙葫蘆：宗室李公衡，秀州人，性和易，善與人款曲。但天資滑稽，遇可啟顔一笑，衡輒嘲之，里閭親戚以至優伶，無所不狎侮。素寡髮，俗目為趙葫蘆，好事者作小詞詠之，曰：「家門希差，養得一枚依樣畫。百事無能，只去籬邊纏倒藤。　幾回水上，乾捺不翻真箇彊。無處容他，只好炎天嗞作巴。」讀者無不絶倒。（同前）

五五 詩文諧謔：徐淵子舍人好以詩文諧謔，丁少詹與妻有違言，棄家居茶寮山，茹素誦經，日買海物放生，久而不歸。妻患之，祈徐譬解，徐許諾，出門見賣老婆牙者，買一巨籃餉丁，且作詞曰：「茶寮山上一頭陀，新來學得麽。蝤蛑螃蟹與烏螺，知它放幾多。　有一物，似蜂窠，姓牙名老婆。雖然無奈得他何，如何放得他。」丁見詞，大笑而歸。（同前）

五六 彦齡趂韻：王彦齡，懷州人，高才不羈。為太原掾官，常作《青玉案》、《望江南》小詞以嘲帥與監司，監司聞之大怒，責之，彦齡斂衽向前應聲答曰：「某居下位，常恐被人讒。只是曾填《青玉案》，何曾敢作《望江南》，請問馬都監。」都監適與彦齡並坐，馬惶恐，亟自辨訴。既退，詰彦齡，曰：「其實不知子，乃以某為證，何也？」彦齡笑曰：「且借公趂韻，幸勿怪。」（同前）

五七 風之始：吴給事女敏惠，工詩詞，後歸華陽陳子朝，名儒也。晚年惑一妾，緣此遂染風疾。一日，親戚來問，吴同妾在側，因指侍妾曰：「此風之始也。」後西南士夫凡有所惑者，皆以「風之始」為

口實。《蕙畝拾英》（同前）

五八　宋宮人北遷詞：丙子之變，宮娥多北遷，有王昭儀者名清蕙，題《滿江紅》于南京夷山驛云：「太液芙蓉，渾不似、舊時顏色。常記得、春風雨露，玉樓金闕。名播蘭簪妃后裡，暈潮蓮臉君王側。忽一朝、鼙鼓揭天來，繁花歇。　龍虎散，風雲滅。千古恨，憑誰説。對山河百二，淚沾襟血。驛館夜驚塵土夢，宮車曉碾關山月。問嫦娥、垂顧肯相容，同圓缺？」（同前書卷一百二「文史門・歌謡類」）

五九　嘌：凡今世歌曲，比古鄭、衛又為淫靡，近即舊聲而加泛灩者，名曰嘌。嘌之讀如飄，《玉篇》：「嘌字讀如飄。」引詩曰：「匪車嘌兮。」言嘌嘌，無節度也，元不音瓢。《廣韻》：「嘌讀如杓，疾吹也。」亦不音瓢。（同前書卷一百二「文史門・詞曲類」）

六〇　南北二音：古四方各有音，乃其後但統以南北二音，即《伊》、《涼》、《甘》、《渭》，原是西音，亦謂北調。《南史》蔡仲熊云：「五音本在中土，故氣韻調平。東南土氣偏詖，故不能感動木石。」旨哉！其言也。嘗考《擊壤》、《康衢》、《卿雲》、《南風》、《白雲》、《黃澤》、詩《二南》三百、漢七十曲、後魏北歌、隋《北庭》《伊州》、煬帝《望江南》、唐長孫元忠之祖援北歌於侯將軍貴昌、李太白、温庭筠《菩薩蠻》、蘇子瞻《念奴嬌》《行香子》《南鄉子》、秦少游《憶王孫》、俞國寶《風入松》，以至金董解元《西廂記》、元關、鄭、白、馬諸曲，皆北音也，固可按而歌者。彼孺子、接輿、越人，紫玉、吳歈、楚艷及今戲文，皆南音也，直吾長康所謂老婢聲耳。（同前）

六一　詞曲雅俗：詞者，樂府之變也。而曲者，又詞體之餘也。詞俗於詩，曲尤俗於詞，然愈俗則愈雅。詞雅於調，曲尤雅於韻，然愈雅則愈遠。余考詞鼻祖，梁武有《江南弄》，陳後主有《秋霽》、《玉樹後庭花》，徐陵、蕭淳有《長相思》，伏知道有《五更轉》，隋煬有《夜飲朝眠曲》、《湖上曲》。唐始名於太白，小濫於五代，極盛於兩宋。中間大曆、咸通之後，如王起、李紳、令狐楚、元稹、魏扶、韋式、范堯佐《一七令》，張泌《江城子》，徐昌圖《木蘭花》，皇甫松《摘得新》、《采蓮子》，王建《古調笑》，白居易《花非花》、《望江南》，張曙《浣溪沙》，温庭筠《更漏子》、《玉樓春》，莊宗《如夢令》，韋莊《相憶空》，馮延巳《謁金門》、《鶴冲天》、《歸國謡》，和凝《小重山》，李後主《采桑》、《相見歡》、《醜奴兒令》、《阮郎歸》、《浪淘沙》、《虞美人》，牛嶠《酒泉子》，李珣《巫山一段雲》，外殊無聞者，豈以詞能損詩格耶？　今觀工詩者，詩便似詞；工曲者，詩便似曲。此兩家語，信不宜多作，求其超然三昧，卓爾大雅，繼李供奉者，獨一坡仙而已。（同前）

六二　鹽曲：薛道衡「空梁落燕泥」之句，詩名《昔昔鹽》，十韻，樂府以羽調曲。《玄怪録》載籧篨三娘唱《阿鵲鹽》曲，又有《突厥鹽》、《黄帝鹽》、《白鴿鹽》、《神雀鹽》、《疎勒鹽》、《滿座鹽》、《歸國鹽》。唐詩「媚（當作媚）賴吴娘唱是鹽」、「更奏新聲刮骨鹽」，謂之鹽者，吟、行、曲、引之類，《樂府解題》謂之杖鼓曲也。（同前）

六三　《凉州》等名：天寶中，樂多以邊地為名，如《凉州》、《甘州》、《伊州》之類，是為曲變繁聲入破，後其地為吐蕃所破，其兆如此。《傳載》（同前）

六四 阿䩺廻：太白詩「羌笛横吹阿䩺廻」，番曲名，張祐集有《阿濫堆》，即此也，番人無字，止以聲傳，故隨中國所書，人名不同耳，難以意求也。（同前）

六五 掘柘詞：《樂苑》云：羽調有《柘枝曲》，商調有《掘柘枝》，此舞因曲為名。用二女童，帽施金鈴，旋轉有聲，其來也，於二蓮花中藏之，花折而後見，對舞相呈，實舞中雅妙者也。段成式《寄温庭筠雲藍紙》詩曰：「三十六鱗充使時，數番猶得寄相思。待將袍襖重抄了，寫盡襄陽《掘柘詞》。」今温集中有《掘柘詞》，掘音担。（同前）

六六 《醉翁吟》：慶曆中，歐陽文忠謫守滁州，有瑯琊幽谷，山川奇麗，鳴泉飛瀑，聲若環佩。公臨聽忘歸。僧智仙作亭其上，公刻石為記以遺州人。既去十年，太常博士沈遵，好奇之士，聞而往遊，愛其山水秀色，以琴寫其聲，《醉翁吟》，蓋泛聲三疊。後會公河朔，遵援琴作之，公歌以遺遵，并《醉翁引》以叙其事。然調不主聲，為知琴者所惜。後三十餘年，公薨，遵亦殁。其後廬山道人崖閑，遵客也，妙於琴理，恨此曲無詞，乃譜其聲，請於東坡居士子瞻以補其缺，然後聲詞皆備，遂為曲中絶妙，好事者争傳其詞。曰：「瑯然，清員（當作圓），誰彈？向空山，無言，惟有醉翁知其天。月明風清露娟娟，人未眠。荷（脱簣字）過山前，曰有心哉此賢。第二疊汎聲同此。醉翁，笑詠，聲（脱和字）流泉。醉翁去後，空有朝吟夜怨。山有時而同巔，水有時而回淵，思翁無歲年。翁今飛仙，此意在人間，試聽徽外三兩絃。」方其補詞，閑為絃其聲，居士倚聽為詞，頃刻而就，無一可竄。遵之子比丘，號本覺真禪師，居士書以與之云：「二水同器，有（脱不字）相入。二琴同手，有不相應。沈君信

手彈琴，而與泉合；居士縱筆作詞，而與琴會，此必有真同者矣。」（同前）

六七 譜曲：王觀國《學林新編》曰：秦再思《紀異録》云：琴譜《胡笳曲》者，本昭君見胡人卷蘆葉而吹之，昭君感之，為製曲，凡十八拍。觀國以為董祀妻蔡琰文姬為胡騎所獲，歸作詩二章，今世所傳《胡笳十八拍》，亦用文姬詩中語，蓋非文姬所撰，乃後人所作，以詠文姬也。《記（前作紀）異》謂昭君製曲，則誤矣。王荊公作集句《胡笳十（脱「八」字）拍》，首言「中郎有女能傳業」者，亦詠蔡文姬也，王昭君未嘗有《胡笳曲》傳於世。以上皆王説。予按《琴集》曰《大胡笳十八拍》、《小胡笳十九（當作八）拍》，並蔡琰作。及按蔡翼《琴曲》有《大》、《小胡笳大十八拍》，沈遼集：世名沈家聲小胡笳又有契聲一拍，共十九拍，謂之祝家聲。祝氏，不詳何代人。李良輔《廣陵止息譜序》曰：「契者，明會合之至理，殷勤之餘也。」李肇《國史補》曰：「唐有董廷蘭善沈聲，蓋大小胡笳云。」以此校之，觀國謂非文姬所作，亦非矣。又按謝希逸《琴論》曰：《平調明君》三十六拍，《胡笳明君》二十六拍，《清調明君》九拍，《蜀調明君》十二拍，《吴調明君》十四拍，《杜瓊明君》二十一拍，凡有七曲，然則《明君》亦有胡笳，但拍數不同耳。庾信詩云：「方調琴上曲，變入胡笳聲。」觀國謂昭君不能製曲，又非也。

（同前）

六八 樂府大家：元人樂府稱馬東籬、鄭德輝、關漢卿、白仁甫為四大家。馬之辭老健而乏滋媚，關之辭激厲而少醞籍，白頗簡淡，所欠者俊語，當以鄭為第一。鄭德輝雜劇，《太和正音譜》所載總十八本，然入絃索者，惟《搊梅香》、《倩女離魂》、《王粲登樓》三本，今教坊所唱率多時曲，此等雜劇古詞皆不傳習，三本中獨《搊梅香》頭一齣《點絳唇》尚有人會唱，至第二齣「驚飛幽鳥」與《倩女離魂》內「人去陽臺」、《王粲登樓》內「塵滿征衣，人久不聞」，不知絃索中有此曲矣。（同前）

六九 《行香子》：「水竹之居，吾愛吾廬，石鄰鄰、粒砌堦除。軒窓隨意，小巧規模。也清幽，也瀟灑，也寬舒。　嬾散無拘，此樂何如。撫欄杆、臨水觀魚，風花雪月，贏得工夫。炷些香，說些話，讀些書。」又：「短短橫牆，矮矮疎窓，忔憎兒、小小池塘。高低疊嶂，绿水邊傍。有些風，有些月，有些凉。　日用家常，竹几藤牀。據眼前、水色山光，客來無酒，清話何妨。細烹茶，熱烘盞，淺澆湯。」又：「閬苑瀛洲，金谷瓊樓，算不如、茅屋清幽。埜花繡地，莫比風流。也宜春，也宜夏，也宜秋。　酒熟堪篘，客至須留。更無榮、無辱無憂，退閑一步，着甚來由。倦時眠，渴時飲，醉時謳。」又：「凈掃塵埃，惜取蒼苔，任門前、紅葉鋪堦。也堪圖畫，還也奇哉。數株松，數株竹，數株梅。　花木栽培，取次教開。明朝事、天自有安排，知他富貴，是幾時來。且優游，且隨分，且寬懷。」（同前）

七〇 高則誠：高則誠《人別後》合《二郎神》、《集賢賓》、《黄鶯兒》、《猫兒墜》，凡四曲，後人攙入者，便自玉石，惟黄清甫以余言為然。　至謂祝京兆「玉盤金餅」此賦體耳，則余不敢是之也。（同前）

七一 唐伯虎：元人詠柳如「窺青眼」，足為柳傳態，宜稱絶響。至「方洗馬」詠草尚復足觀，乃顧狀元詠梅，便遠不及，真一蟹不如一蟹，余獨喜唐伯虎《黄鶯兒》云：「細雨濕薔薇，畫梁間，燕子飛。離愁是海深無底，天涯馬蹄。燈前翠眉，馬前芳草，燈前淚，夢魂迷。雲山滿目，不辨路東西。」頗類禪家轉語。（同前）

七二 雙字令：戲以曲名作《雙字令》云：「《珍珠簾》底《瑞雲濃》，排着兩行，齊齊整整。《傳言女》《青玉案》頭，《寶鼎現》擺開幾對，婷婷嫋嫋。《侍香童》《喬合笙》《大迓鼓》，下下高高。那一椿非《聲聲慢》《青衲襖》。《紅繡鞋》來來往往，無一個不《步步嬌》。《剔銀燈》中，明晃晃的是《枕屏兒》《繡帶兒》，陣陣光風遍地錦。銷金帳裏，喜孜孜的是《水仙子》《醉娘子》，雙雙清夢《鎖寒窗》。」觀者都烘堂大笑。（同前）

七三 《欝輪袍》：《王摩詰欝輪袍》自是一種舊案，近日大老公子發解被彈，乃作劇，為之湔洗，其云：「忌我的船頭波浪拍天來，愛我的空中樓閣隨人起。」又云：「消不得大功勞，纏帶這黑貂蟬。真賢才，纔穿這白鷺絲。」蓋不獨鮮嘲，兼有隱諷。至謂前身維摩，後身韓維，談禪便着相，打諢却本事。（同前）

七四 巨源詞讖：李端碩（當作願）宫保，文和長子，治園池，迎賓客，不替父風。每休沐，必置酒高會，延侍從館閣，率以為例。至夜各寢閣，什物供帳皆不移而具。元豐中，會佳客，坐中忽召學士，將鎖院，孫巨源適當制，頗怏怏，不欲去。李餙（當作飭）侍妾取羅巾求長短句，巨源援筆欲書，從者告以將掩禁門矣，草草作數語云：「城頭尚有三聲鼓，何須抵死催人去。上馬去匆匆，琵琶曲未終。回頭腸斷處，那更廉纖雨。謾道玉為堂，玉堂今夜長。」李邦直在坐，頗以卒章非佳語。巨源自是得疾，於玉堂後六日卒。（同前書卷一百二「文史門·讖迷類一」）

七五 賀、黄詩讖：秦觀，字少游，號太虚，淮之高郵人，與蘇、黄齊名。嘗於夢中作《好事近》一詞云：「山露雨添花，花動一山春色。行到小溪深處，有黄鸝千百。　飛雲當面化龍蛇，夭矯掛晴碧。醉卧古藤陰下，杳不知南北。」其後以事謫藤州，竟死於藤，此詞，其讖乎？　少游同時有賀鑄，字方回，嘗作《青玉案》詞悼之云：「凌波不過横塘路，但目送，芳塵去。錦瑟年華誰與度，月樓花院，綺窗珠户，惟有春和（當作知）處。　碧雲冉冉蘅臯暮，彩筆空題斷腸句。試問閑愁知幾許，一川煙草，滿城風絮，梅子黄時雨。」山谷有詩云：「少游醉卧古藤下，誰與愁眉唱一杯。解道江南斷腸句，秖今惟有賀方回。」秦詞世人少知，予嘗親見其墨蹟，後有近代劉菊莊題云：「名並蘇黄學更優，一詞遺墨至今留。無人唤醒藤州夢，淮水淮山總是愁。」亦不勝其感慨，因憶賀、黄二作，並書之以見。少游固竟没於貶所，而山谷厄於城樓之死，尤艱哉！　嗚呼！　詠詩之日，孰知又為少游之後者耶？（同前）

七六　《西江月》詞：程學士敏政裒緝《宋遺民録》一書，末卷辯宋瀛國公之事，亦既明矣，惜所引陶九成《輟耕録》《西江月》詞尚未解明，其詞云：「九九乾坤已定，清明節後開花。米田天下亂如麻，直待龍蛇繼馬。　依舊中華福地，古月一陣還家。當初指望甕生涯，死在西江月下。」陶以為真武之降筆，程以為劉秉忠作，此姑置之。其初二句乃言元世祖滅宋，德祐封為瀛國公，時順帝至正十五年，我太祖三月起兵河陽，正當九九八十一年之數，是知乾坤已定九九，而三月乃清明時也，「米田」言番人也，「直待龍蛇繼馬」，是太祖至正甲辰建國即位，乙巳伐元都，至丙午元亡，豈非龍蛇繼馬耶？「古月一陣還家」，乃言胡人皆去北矣；「當初指望甕生涯」，程註云：元主皆娶甕吉剌氏為后，而此云指望甕生涯，蓋陰寓順帝非甕吉刺氏所出之意也。予考之，元惟七主娶甕吉刺氏，餘皆他姓。「死在西江月下」，言順帝北殂於應昌，猝取西江寺梁為棺之驗耳。（同前）

七七　院本：文至院本説書，其變極矣。然非絶世軼材，自不妄作。如宗秀（二字疑為「元季」）羅貫中、國初葛可久，皆有志圖王者，乃遇真主，而葛寄神醫工，羅傳神稗史。今讀羅《水滸傳》從空中放出許多罡煞，又從夢裡收拾一場怪誕，其與王實甫《西廂記》始以蒲東遘會，終以草橋揚靈，是二夢語殆同機局，總之，惟虚故活耳。第入《調笑》，輒緊處着慢，多多愈善，纔徵籌，絶處逢生，種種易窮，豈直不堪？犄角中原，較是更輸扶餘一着。而志西湖者遂曰羅後三世患瘂，謂其導人以賊云。噫！無人非賊，惟賊有人，吾儒中顧安得有是賊子哉？此《水滸》之所為作也。（同前書卷一百三「文史門·雜書類二」）

七八　紅葉題詩：唐小説記紅葉事凡四：一、《本事詩》：顧况在洛，乘間與一二詩友遊苑中流水上，得大梧葉，題詩云：「一入深宫裏，年年不見春。聊題一片葉，寄與有情人。」况明日於上流亦題云：「愁見鶯啼柳絮飛，上陽宫女斷腸時。君恩不禁東流水，葉上題詩寄與誰？」後十餘日，有客來苑中，又於葉上得詩，以示况，曰：「一葉題詩出禁城，誰人酧和獨含情。自嗟不及波中葉，蕩漾乘春取次行。」又明皇代，以楊妃、虢國寵盛，宫娥皆衰悴，不願備掖庭，嘗書落葉，隨御溝水流出，云：「舊寵悲秋扇，新恩寄早春。聊題一片葉，將寄接流人。」顧况聞而和之，既達聖聰，遣出禁内人不少，或有五使之號，况所和即前四句也。其二、《雲溪友議》：盧渥舍人應舉之歲，偶臨御溝，見紅葉上詩云：「流水何太急，深宫盡日閒。殷勤謝紅葉，好去到人間。」其三、《北夢瑣言》：進士李茵嘗遊苑中，見紅葉自御溝流出，上有題詩，與盧詩同。其四、《玉溪編事》：侯繼圖秋日於大慈寺倚闌樓上，忽見木葉飄墜，上有詩曰：「拭翠斂愁蛾，為鬱心中事。搦筆下庭除，書作相思字。此字不書名，此字不書紙。書向秋葉上，願逐秋風起。天下有情人，能解相思死。」予意前三則本只一事，而傳記者各異耳。劉釜（當作斧）《青瑣》中有《流紅記》最為鄙妄，蓋竊取前説而易其人為于祐云。本朝詞人罕用此事，惟周清真樂府兩用之，《玩（當作掃）花遊》云：「信流去，想一葉怨題，今到何處？」又《六醜》詠落花云：「飄落處，莫隨潮汐，恐斷紅，上有相思字，（脱『何由』二字）見得？」脱胎換骨之妙極矣。清真名邦彦，字美成，徽宗時為待制，提舉大晟樂府。（同前書卷一百五「文史門·事考類下」）

七九　措大：金元曲子多用措大，按《太平廣記》：成都多丐者，逢人即希一文云：「失墜文書，求官不遂。」人皆哀之，後得錢數千萬，莫有知者。成都人槩呼求事官人為乞措大。又載：唐蕭穎士晚行，遇一婦人，疑是野狐，唾叱之，奔至主人店。所見婦人從門來，其店叟曰：「何為衝夜？」曰：「被一害風措大呼兒作野狐，合被唾殺。」則措大語自唐有矣。（同前）

八〇　凝音佞：《詩》：「膚如凝脂。」凝音佞，唐詩：「日照凝紅香。」白樂天詩：「落絮無風凝不飛。」又：「舞繁紅袖凝，歌切翠眉愁。」又：「舞急紅腰凝，歌遲翠黛低。」徐幹臣詞：「重省別時，淚漬羅巾猶凝。」張子野詞：「蓮臺香燭殘痕凝。」高賓王詞：「想蕁汀，水雲愁凝。閑蕙帳，猿鶴悲吟。」柳耆卿詞：「愛把歌喉當筵逞，遏天邊、亂雲愁凝。」今多作平音，失之，音律亦不恊。（同前書卷一百十四

「詩話門·詩話總論」）

八一　關山一點：杜詩「關山同一點」，「點」字絶妙，東坡亦極愛之，作《洞仙歌》云「一點明月窺人」，用其語也；《赤壁賦》云「山高月小」，用此意也。今書坊本改「點」作「照」，語意索然。且「關山同一照」，小兒亦能之，何必杜公也？幸《草堂詩餘》註可證。（同前）

八二　蕃馬胡兒：宋柳如京《塞上》詩：「鳴骹直上一千丈，天静無風聲正乾。碧眼胡兒三百騎，盡提金勒向雲看。」其詩宋人盛稱之，好事者多圖於屏障，今猶有其稿本。○唐人好畫蕃馬於屏，《花間》詞云「細草平沙，蕃馬小屏風」是也。又曲名《伊州》、《梁州》、《凉州》，其後卒有禄山吐蕃之變。宋人愛圖鳴骹胡兒，卒有金、元之禍。元人曲有《入破》、《急煞》之名，未幾而亂。（同前）

八三　卵色天：唐詩：「殘霞蹙水魚鱗浪，薄日烘雲卵色天。」東坡詩：「笑把鴟夷一樽酒，相逢卵色五湖天。」正用其語。《花間》詞：「一方卵色楚南天。」註以卵為泖，非也，注東坡詩者亦改「卵色」為「柳色」，王龜齡亦不及此邪。（同前）

八四　詩用熨字：《説文》：熨，持火申繒也。一曰火斗，柳文所謂「鈷鉧」也。古音欝，今轉音暈。杜工部詩：「美人細意熨貼平。」白樂天詩：「金斗熨波刀剪文。」温庭筠詩：「緑波如熨割愁腸。」陸魯望詩：「波平熨不如。」又：「天如重熨皺。」王君玉詞：「金斗熨秋江。」晁次膺詞：「去日玉刀封斷恨，見時金斗熨愁眉。」（同前）

八五　用靺鞨事：靺鞨，國名，古肅慎地也。其地産寶石，大如巨栗，中國謂之靺鞨。文與可《朱櫻歌》曰：「金衣珍禽弄深樾，禁籞朱櫻斑若纈。上幸離宮促薦新，藤藍寶籠貂璫發。凝霞作丸珠尚軟，沾露成津蜜初割。君王午坐鼓《猗蘭》，翡翠一盤紅靺鞨。」葛魯卿《西江月》詞云：「靺鞨斜紅帯柳，琉璃漲緑平橋。人間花月見新妖，不數江南蘇小。　恨寄飛花簌簌，情隨流水迢迢。鯤魚風送木蘭橈，廻棹荒鷄報曉。」二公詩詞皆用靺鞨事，人罕知者，故特疏之。（同前）

八六　欸乃詞：柳子厚《漁翁》詩「欸乃一聲山水緑」，欸音阿乃音靄。唐人（脱「劉」字）言史《瀟湘》詩：「夷女採山蕉，緝莎浸江水。野花滿髻粧，閒歌歌欸乃。欸乃知從何處生，當時泣舜斷腸聲。」言史之詩則又以「欸乃」為泣舜之餘聲，夷女皆能之，不必為漁父櫂船相應之聲也。二字音雖同而字則異。元結樂府《欸乃曲》曰：「誰能歌欸乃，欸乃感人情。不恨湘波深，不怨湘水清。所嗟豈敢道，空羡江月明。昔聞扣斷舟，引釣歌此聲。始歌悲風起，歌竟愁雲生。遺曲今何在，逸為漁父行。」次山又有《欸乃歌》五章，章四句，其中一章曰：「千里楓林煙雨深，無朝無暮有猿吟。停橈靜聽曲中意，好是雲山韶濩音。」審其末章，亦有泣舜之意也。（同前）

八七　鶴南飛：元符三年十二月十九日，東坡生日，置酒赤壁磯下，踞高峰，俯鵲巢，酒酣，笛聲起於江上，客有郭、尤二生頗知音，謂坡曰：「笛聲有新意，非俗工也。」使人問之，則進士李委聞公生日，作南曲曰《鶴南飛》以獻。呼之使前，則青巾紫裘，腰笛而已。既奏新曲，又快作數聲，嘹然有穿雲裂石之聲，坐客皆引滿醉倒。委袖出嘉紙一幅，曰：「吾無求於公，得一絶句足矣。」坡笑而從之，詩云：「山頭孤鶴向南飛，載我南遊對九疑（當作嶷）。下里（一作界）何人也吹笛，可憐時復犯龜茲。」

（同前書卷一百十五「詩話門・詩話類」）

八八　詩媒：「白藕作花風已秋，不堪殘睡更回頭。晚雲帶雨歸飛急，去作西窗一夜愁。」此趙德麟細君王氏所作也。德麟既鰥居，因見此篇，送與之為親，予以為乃二十八字媒也。德麟名令時，東坡作《秋陽賦》云：「越王之孫，有賢公子，宅於不毛之里，而詠無言之詩。」蓋「時」字也。坡云：「且教人別處使不得。」苕溪漁隱曰：德麟小詞有「臉薄難藏淚，眉長易覺愁」之句，又（當作人）多稱之，乃全用《香奩集》「桃花臉薄難藏淚，柳葉眉長易覺愁」。（同前）

八九　張三影：張先，字子野，吴興人也。《高亝詩話》以其詩有「浮萍斷處見山影」、「雲破月來花弄影」、「隔牆送過鞦韆影」，人目為張三影。《後山詩話》又改後一影謂「簾幕捲花影」、「墮絮輕無影」，人皆不知，蓋因客謂子野曰：「人皆謂公張三中，蓋能道『心中事』、『眼中景』、『意中人』也。」公曰：「我張三影也。」遂舉後山者言之，但原詞尚多數字，因詞也。後高亝謂前「三影」亦佳，遂著之，二者較之，似不如公自舉者。又見《石林詩話》云：子野能文章樂府，至老不衰，居錢塘，年八十餘，猶蓄聲妓。東坡有聞其買妾時八十五詩以戲之：「錦里先生自笑狂，莫欺九十鬢眉蒼。詩人老去鶯鶯在，公子歸來燕燕忙。柱下相君猶有齒，江南刺史已無腸。平生謬作安昌客，略遣彭宣到後堂。」全篇用張姓故事，乃戲言耳。若歐陽公《誌墓》之子野，乃博州人，偶然同時同名同字，故《誌》所言迥與「三影」為人不同。前乃天聖八年進士，後乃天聖三年進士。（同前）

九〇　詠菊：陳無已《九日》詩：「人事自生今日異，寒花祇作去年香。」鄭谷《十日菊》詩：「自緣今日人心别，未必秋香一夜衰。」陳詩於菊無誇，而鄭詩無貶。人之視菊，直繫其時焉耳。當其時，則重之，而非為其有所加，過其時則否，而非為其有所損也。噫！亦可歎耳。東坡小詞：「萬事到頭都是夢，休休，明日黄花蝶也愁。」達者處世，盍於是求之？其心休休，何愁之有？（同前）

九一　林和靖梅詩：林和靖《梅》詩：「疎影横斜水清淺，暗香浮動月黄昏。」《葦航紀談》云：「黄昏」以對「清淺」，乃兩字，非一字也。「月黄昏」謂夜深香動，月為之黄而昏，非謂人定時也。坡詩：「只恐夜深花睡去，高燒銀燭照紅粧。」宋人梔子花詞「惱人惟是夜深時」，亦是此理。予嘗有詩云：「曉屏殘夢暖香中，花氣熏人怯曉風。」亦與此意同。徐覺民云：曾見唐人江為詩有「竹影横斜水清淺，桂香浮動月黄昏」，不知和靖意見偶到，抑亦愛其句，取以詠梅。但謂「日斜」為「黄昏」，非是。梅花盛開，其香發於四鼓後，月色皆當午時，黄更昏正此時，已五鼓矣。非獨此花為然，應有香之花皆然，蓋晝午後陰氣用事，而花斂豔藏香，午夜後陽氣用事，而花敷蕊散香耳，以此知黄昏乃夜深也。（同前）

九二　《楊柳枝》：《楊柳枝》，即古折楊柳義也，本歌亡隋之曲，故陳子昂有詩云：「萬里長江一帶開，岸邊楊柳幾千栽。錦帆未落干戈起，惆悵龍舟去不回。」劉禹錫曰：「楊子江頭煙景迷，隋家宫樹拂金隄。嵯峨猶有當時色，半蘸波中水鳥栖。」又韓琮云：「昌樂隋堤事已空，萬條猶舞舊東風。」晉和凝云「萬枝枯槁怨亡隋，似弔吴臺各自垂」是也。白居易有愛妓樊素善歌，小蠻善舞，故當時詩曰：「櫻桃樊素口，楊柳小蠻腰。」年既高邁，小蠻方豐豔，乃作《楊柳枝》詞以托意，曰：「一樹春風萬萬枝，嫩於金色軟於絲。永豐西角荒園裏，盡日無人屬阿誰。」及宣宗朝國樂唱是辭，帝問誰製，永豐在何處，左右具以對。時永豐坊西南角園中有垂柳一株，柔條極茂，因命取二枝植中，居易感上知名，且好尚風雅，又作一章云：「一樹飄殘委泥土，雙枝榮耀植天庭。定知玄象今春後，柳宿光中添兩星。」故後盧貞等和其題曰：「一樹依依在永豐，兩枝飛去杳無蹤。玉皇曾採人間曲，應逐歌聲入九重。」劉禹錫曰：「塞北梅花羌笛吹，淮南桂樹小山詞。請君莫奏南朝曲，聽唱新翻《楊柳枝》。」此自是為白氏《楊柳枝》而作也，今人渾為一題，莫知其故，而六朝樂府收之，亦不辨也，不然樂府之前已有其詩，可知矣。及唐，詠此題極多，偶爾□□因録出其一韻者，置之於左，庶可以見先賢用□之工拙也。劉禹錫詩云：「花萼樓前初折時，美人樓上鬬腰枝。如今拋擲長街裏，露葉如啼欲恨誰。」「城外西風吹酒旗，行人揮袂日西時。長安陌上無窮樹，惟有垂楊管別離。」白居易曰：「紅板橋邊青酒旗，館娃宮暖日斜時。可憐雨歇東風定，萬樹千條各自垂。」韓琮曰：「枝鬬纖腰葉鬬眉，春來無處不成絲。霸（當作灞）陵原是（當作上）多離別，少有長條拂地垂。」温庭筠曰：「陌上河邊千萬枝，怕寒愁雨盡低垂。黄金穟短人多折，已恨東風不展眉。」楊巨源曰：「江邊楊柳緑煙絲，立馬煩君折一枝。惟有東風最相惜，慇懃更向手中吹。」然當時傳誦，惟劉、白為最。而晚唐薛能又謂劉、白之句雖有才思，似太拘僻，且宮商不高，遂作十九首以壓之，今亦舉一韻者二首以見工拙：「潭上江邊嫋嫋垂，日高風静絮相隨。青樓一樹無人見，正是女郎眠覺時。」又曰：「劉白蘇臺總近時，當時章句是誰推。纖腰舞盡春楊柳，未有儂家一首詩。」其妄自尊大如此，以今較之，豈能追劉、白醖籍之萬一耶？

又古有《折楊柳行》，可謂甚古，謝靈運□一作之餘，不多見也。復有月節《折楊柳》，雖是□□□似近於唐人意矣。（同前書卷一百十六「詩話門·詩話類」）

九三 《陽關三疊》：舊傳《陽關三疊》，今歌者每句再疊而已，若通一首又再疊，皆非是。每句三唱以應三疊，則叢然無復節奏。有文勛者，得古本《陽關》，每句皆再唱，而第一句不疊，乃知唐本三疊如此。樂天詩云：「相逢且莫推辭醉，聽唱《陽關》第四聲。」指「勸君更盡一杯酒」一句，若一句再疊，則此句當為第五聲，今為第四，則第一句不疊，審矣。（同前）

九四 《烏夜啼》：宋臨川王義慶所造，時轉江州刺史，聞命而哭，文帝怪之，召還家，大懼，妓妾夜聞烏啼，叩坌閣云：「明日應有赦。」及改為南州，因此歌，詞云：「籠窓窓不開，夜夜憶郎來。」今所傳，非義慶本旨。詞曰：「歌舞諸少年，娉婷無種則。菖蒲花可憐，聞名不相識。」（同前書卷一百十七「詩話門·詩話類」）

九五 詩妙在一字：老杜詩「花蕊上蜂鬚」，妙在「上」字；李白詩「清水出芙蓉」，妙在「出」字；韋蘇州詩「微雨暗深更」，妙在「暗」字；歐陽永叔詞「緑楊樓外出秋千」，妙在「出」字。（同前）

九六 太白《清平調》：開元中，禁中初重木芍藥，即今牡丹也。《開元天寶花木記》云：禁中呼木芍藥為牡丹花。得四本：紅、紫、淺（脱「紅」字）、通白者，上因移植於興慶池東沉香亭前，會花方繁開，上乘照夜白，太真妃以步輦從詔。特選梨園弟子中尤者，得樂十六部，李龜年以歌擅一時之名，手捧檀板，押衆樂前，將歌之，上曰：「賞名花，對妃子，焉用舊樂詞為？」遂命龜年持金花牋宣賜李白立進

《清平調辭》三章，白欣承旨，猶苦宿醉未解，因援筆賦辭曰「雲想衣裳花想容」云云，龜年遽以辭進，上命梨園弟子約略調撫絲竹，遂促龜年以歌，太真妃持玻璃七寶盃，酌凉州蒲桃酒，笑領歌意甚厚。上因調玉笛以倚曲，每曲遍將換，則遲其聲以媚之。太真飲罷，斂繡巾重拜上。龜年常語於五王，獨憶以歌得自勝者無出於此，抑亦一時之極致耳，上自是顧李翰林尤異於他學士。會高力士終以脱靴為深恥，異日，太真妃重吟前詞，力士戲曰：「臣意妃子怨李白深入骨髓，何乃拳拳如是？」太真因驚曰：「何翰林學士能辱人如斯？」力士曰：「以飛燕指妃子，是賤之甚矣。」太真頗深然之。上嘗三欲命李白官，卒為宫中所捍而止。（同前）

九七　劉賓客《柳枝詞》：黄山谷跋劉賓客《柳枝詞》云：「劉賓客《柳枝詞》雖乏曹、劉、陸機、左思之豪壯，自為齊、梁樂府之將領也。」又云：「劉夢得《竹枝》九首，蓋詩人中工道人意中事者，使白居易、張籍為之，未必能也。」（同前書卷一百十八「詩話門·詩話類」）

九八　詩法源流：《詩法源流》云：「唐人以詩為詩，宋人以文為詩。唐詩主於達情，故於三百篇為近；宋詩專主議論，故於三百篇為遠。」《詩注》又謂陳後山評人有云：「蘇明允不能詩，歐陽永叔不能賦，曾子固短於韻語，黄魯直短於散語，蘇子瞻詞如詩，秦少游詩如詞。」後山評之當矣，然後山亦有短處，殊不自知。正如杜與李太白：「何時一尊酒，重與細論文。」則譏其欠細密也；李與子美：「借問緣何太瘦生，總為從前作詩苦。」則譏其太沉着也。（同前）

九九　南詞難拘字韻：樂府古體起自上古，韻既不拘，文或多寡，而其來歷又有樂府詩章等書可考也。南詞似多起於唐，如《千秋歲》、《荔枝香》，因貴妃誕日，長生殿奏新曲二闋，未有名，適南方進荔枝，遂以二詞名之。《念奴嬌》，名娼也，故《連昌宮詞》有「力士傳呼覓念奴，念奴潛伴諸郎宿」。《阿濫堆》，禽名也，聲最美。玄宗一取其聲，一取其名，各以製曲。《菩薩蠻》，大中初女蠻入貢，瓔珞被體，號菩薩蠻，遂製此也。《春光好》，因羯鼓催花，花開而製，惜未通知其祖於唐者。蓋明皇知音律之故，而後知音之臣因各祖之，故《花間集》名為填詞之祖，而所集者自温飛卿而下十八人耳。宋陸放翁又云：「晚唐詩格卑陋，而長短句獨精巧，後世莫及。」正指此也。又如《隨筆》之辯《伊》、《涼州》曲皆出於唐，亦其一證。然照字依韻，名曰填詞，今一詞之名雖同，而文有多寡，韻有平仄不同者，不可辯明，正無樂府詩章之書證之耳。如康伯可之作《應天長·詠閨情》云：「管絃喧繡陌，燈火照，香塵（脱「舊」字）。腸斷蕭娘愁歸路，綏彫轡，獨自歸來，憑欄情緒。楚岫在何處，香夢悠悠，花月更誰主。惆悵後期，空有鱗鴻寄紈素。枕前淚，窓外雨，翠慕冷，夜凉虛度。未應信，此度相思，寸腸千縷。」又曰「管絃繡陌，燈火畫橋，塵香舊時歸路。腸斷蕭娘，舊日風簾映朱户。鶯能舞，花解語，念後約頓成輕負。緩彫轡，獨自歸來，憑欄情緒。楚岫在何處」同前云云，然後篇比前多二十字矣。葉少蘊之作《念奴嬌·詠中秋》云：「洞庭回首，江海平生，漂流容易，歎佳期難到。縹緲高城風露爽，獨倚危闌傾倒。醉酌青（當作清）樽，嫦娥應笑，猶似向來好。廣寒宫殿，為余聊借蓬島。」又曰：「洞庭波冷，望冰輪初轉，滄海沉沉。萬頃孤光雲陣捲，長笛吹破層陰。洶湧三江，銀濤無際，遥帶五湖深。酒闌歌罷，至今鼉怒龍吟。」又：「回首江海平生，漂流容易散，佳會難尋。縹緲高城風露爽，獨倚危檻重（脱『臨』字）。醉倒清樽，嫦娥應笑，猶有向來心。廣寒宫殿，為余聊借瓊林。」既换韻，又换字矣。此皆不知孰是原本，孰乃北（當作非）調，豈非無祖詞以證之耶？至於《憶秦娥》，諸人所作皆仄韻者，而孫夫人又有平韻者。《水龍吟》本是首句六字，第二句七字也，如秦少游贈妓云：「小樓連苑横空，下窺繡轂雕鞍驟。」陳同甫春恨云：「鬧花深處層樓，畫簾半捲東風軟。」蘇東坡詠笛云：「楚山脩竹如雲，異材秀出千林表。」而陸放翁春遊（當脱『摩訶池』三字）：「摩訶池上追遊路，紅緑參差春晚。」則首句乃七字，第二句反六字矣。《柳梢青》初起三句皆四字也，皆用平韻，如秦少游春景云：「岸草平沙，吴王故苑，柳裊煙斜。雨後寒輕，風前香軟，春在梨花。行人一棹天涯，酒醒處、殘陽亂鴉。門外鞦韆，牆頭紅粉，深院誰家。」周美成佳人云：「有個人人，海棠標韻，飛燕輕盈。酒暈潮紅，羞蛾凝緑，一笑生春。為伊入恨熏心，更説甚、巫山楚雲。斗帳香銷，紗窓月冷，着意温存。」而李易安春晚有云：「子規啼血，可憐又是，春歸時節。滿院東風，海棠鋪繡，梨花飛雪。丁香露泣殘枝，梢未比、愁腸寸結。自是休文，多情多感，不干風月。」此乃首句四字，第二第三總成八字，又是仄韻也。至於瞿宗吉之辨《漁家傲》本頭句第二字皆仄聲起，而楊復初、凌雲漢乃用平聲起見《樂府遺音》，似此不一。若以周德清謂句字可以增損者論，又非其名，此或南詞北曲之不同也。以予論之，南詞但要音律和諧，或平或仄俱可也。二句合作一句，一句分成二句者，則句法雖不同，字數不差，妙在歌者上下縱横所協耳。頭句不拘，正如律詩之起亦然，但多少數字，似不可也，況至於多少二三十字者哉？若歐陽公春暮《摸魚兒》：「捲繡簾，梧桐秋院落，一霎雨添新緑。對小池閑立，殘粧淺，向晚來紋如縠。凝遠月，恨人去寂寂，鳳枕孤難宿。倚欄不足，看燕拂風簷，蝶翻草露，兩兩長相逐。雙眉促，可惜年華婉娩，西風初弄庭菊。况伊家年少，多情未已難拘束。那看（當作堪）更趁良景，追尋甚處垂楊拍。佳期過盡，但不説歸來，多應忘了，雲屏去時祝。」此則前拍第二句第三句多一字，後拍第五句又少一字，而「那堪更」，（脱「更」字）字當是韻，「佳期過盡」，「盡」字是韻，今皆無之，恐决不可，不入選者，或是也。故少藴之《念奴嬌》或可。而康之《應天長》原註十九句，則前闋决非矣。歐之《應天長》又少似康，不知何也？（同前書卷一百十九「詩話門·詩餘類」）

一〇〇　小詞：《筆談》曰：古詩皆詠之，然後以聲依之詠以成曲，謂之協律。詩外有和聲，所謂曲也。唐人乃以詞填入曲中，不復用和聲，此格雖云自王涯始，然正（當作貞）元、元和之間為之者已多，有在涯前者。又小曲有「咸陽沽酒寶釵空」之句，云李白作，《花間集》乃云張泌所為，莫知孰是？楊繪《本事曲子》云：近世謂小詞起於温飛卿，然王建有《宫中三臺》、《宫中調笑》，樂天有《謝秋娘》，一云《望江南》。又曰近傳一闋云李白製，即今《菩薩蠻》，其詞非白不能及此，信其自白始也。按劉斧《青瑣集》，隋《海山記》中有《望江南》調，即煬帝世已有其事矣。（同前）

一〇一　漁父詞：張文懿家有《春江釣叟圖》，上有李煜《漁父詞》二首：其一曰：「浪花有意千重雪，桃李無言一隊春。一壺酒，一竿鱗，世上如儂有幾人？」其二曰：「一棹春風一葉舟，一綸蠒縷一輕鈎。花滿渚，酒滿甌，萬頃波中得自由。」（同前）

一〇二　後主長短句：蔡絛（當作絛）《西清詩話》載：南唐後主圍城中作長短句，未就而城破：「櫻桃落盡春歸去，蝶翻金粉雙飛。子規啼月小樓西，曲瓊金箔，惆悵卷金泥。門巷寂寥人去後，望殘煙草低迷。」藝祖云：「李煜若以作詩工夫治國事，豈為吾虜也？」又一詞云：「簾外雨潺潺，春意將闌，羅衾不耐五更寒。夢裡不知身是客，一餉貪歡。獨自暮（一作莫）憑闌，無限關山，別時容易見時難。流水落花春去也，天上人間。」含思悽惋，未幾下世。徽宗亦工長短句，方北狩，在房中猶作小詞云：「孟婆孟婆，你做些方便，吹箇船兒倒轉。」後在汴州有二絶云：「國破山河在，人非殿宇空。中興何日是，搔首賦《車攻》。」「國破山河在，宮庭荆棘春。衣冠今左衽，忍作北朝臣。」又云：「投老汗北城，西風又是秋。中原心耿耿，南國淚悠悠。嘗膽思賢佐，顒情憶舊遊。故宮禾黍徧，行役閔宗周。」又云：「杳杳神京路八千，宗祊隔越幾經年。衰殘病渴那能久，茹苦窮荒敢怨天。」又《清明日作》云：「茸母初生忍禁煙此地寒食茸母生，無家對景倍凄然。帝城春色誰為主，遥指鄉關涕淚連（當作漣）。」以上詩並見《天會録》。又《嘗膽録》云：「道君喜為篇章，北狩以來，傷時感事，形於歌詠者凡百餘首。以二逆告變，並棄炎火，所傳於灰燼之餘者，僅此數篇而已。」或謂徽宗乃南唐後主後身，豈其然乎？（同前）

一〇三　後主曲：「三十餘年家國，數千里地山河，幾曾慣干戈。一旦歸為臣虜，沈腰潘鬢消磨。最是蒼惶辭廟日，教坊猶奏别離歌，揮淚對宮娥。」後主既為樊若水所賣，舉國與人，故當慟哭於九廟之外，謝其民而後行，顧乃揮淚宮娥，聽教坊離曲，何耶？（同前）

一〇四　《西江月》：《東皐雜録》云：世傳温公有《西江月》一詞，今復得《錦堂春》云：「紅日遲遲，虛廊轉影，槐陰迤邐西斜。彩筆工夫，難狀晚景煙霞。蝶尚不知春去，謾遶幽砌尋花。桃李二字當作『奈』狂風過後，縱有殘紅，飛向誰家。始知青鬢無價，歎飄蓬宦路，荏苒年華。今日笙歌叢裡，特地咨嗟。席上青衫濕透，撫弄舊琵琶。怎不教人易老，多少離愁，散在天涯。」（同前）

一〇五 《點絳唇》：韓魏公晚年鎮北都，一日病起，作《點絳唇》小辭云：「病起懨懨，晏堂花樹添憔悴。亂紅飄砌，滴盡胭脂淚。惆悵前春，誰向花前醉。愁無際，武陵回睇，人遠波空翠。」司馬溫公嘗作小《阮郎歸》詞（當作「《阮郎歸》小詞」）：「漁舟容易入春山，仙家日日閑。綺窗紗院映朱顏，相逢醉夢間。松露冷，梅（當作海）波皺，匆匆整棹還。落花寂寂水潺潺，重尋此路難。」又曹脩古立朝，號剛方蹇諤，嘗見池上有所似者，亦作小詩寓意，曰：「荷葉罩芙蓉，深青映嫩紅。佳人南陌上，翠蓋立春風。」（同前）

一〇六 《西江月》：楊湜《詞話》載《西江月》云：「寶髻菘菘梳就，鉛華淡淡妝成。輕煙翠霧罩娉婷，飛絮遊絲未定。相見爭如不見，有情還似無情。笙歌散後酒初醒，深院月明人靜。」（同前）

一〇七 《剔銀燈》：范文正公與歐陽文忠公席上分題作《剔銀燈》，皆寓勸世之意，文正云：「昨夜因看蜀志，笑曹操孫權劉備。用盡機謀，徒勞心力，只得三分天地。屈指細尋思，爭如共劉伶一醉。人世都無百歲，少癡騃、老成尫悴。即有中間，些子年少，忍把浮名牽繫。一品與千金，問白髮、如何回避。」（同前）

一〇八 《瑞鷓鴣》《小秦王》：《瑞鷓鴣》尤（當作猶）依字易歌，若《小秦王》，必須雜以虛聲，乃可歌耳。其詞云：「碧山影裏小紅旗，儂是江南踏浪兒。拍手欲嘲山簡醉，齊聲争唱浪婆詞。西興度（當作渡）口帆初落，漁浦山頭日未欹。儂送潮回歌底曲，樽前還唱使君詩。」此《瑞鷓鴣》也。「濟南春好雪初晴，行到龍山馬足輕。使君莫忘霅溪女，時作《陽關》腸斷聲。」此《小秦王》也，皆東坡所作。（同前）

一〇九　《南歌子》：朝雲者，東坡侍妾也。嘗令就秦少游乞詞，少游作《南柯子》贈之云：「靄靄迷春態，英英媚曉光。不應容易下巫陽，衹恐翰林前世是襄王。　暫為清歌駐，還因暮雨忙。瞥然歸去斷人腸，空使蘭臺公子賦高唐。」（同前）

一一〇　《西江月》：東坡在黄州，中秋夜，對月獨酌，作《西江月》詞曰：「世事一場春夢，人生幾度秋凉。夜來風葉已鳴廊，看取眉頭鬢上。　酒賤常愁客少，月明多被雲妨。中秋誰與共孤光，把盞凄然北望。」（同前）

一一一　《水調歌》：蘇東坡被謫，時值丙辰中秋，翫月，作《水調歌》，都下傳唱，内侍録呈，神宗讀至「猶恐瓊樓玉宇，高處不勝寒」，上因嘆曰：「蘇軾終是愛君。」遂得量移汝州。嘗□唐、宋時臣下詩歌往往得達帝所而蒙賞鑒，太和之氣象，亦可徵也。（同前）

一一二　東坡長短句：東坡攜妓謁大通禪師，大通愠色，坡作長短句曰：「師唱誰家曲，宗風有阿誰。借君拍板與門搥，我也逢場作戲莫相疑。　溪女方偷眼，山僧已皺眉。莫嫌彌勒下生遲，不見老婆三五少年時。」僧仲殊和曰：「解舞清平曲，而今説向誰。紅爐片雪上鉗搥，打就金毛獅子也

堪疑。已信身如夢，何須眼似眉。蟠桃已是結花遲，不向風前一笑待何時。」（同前）

一一三　東坡在玉堂，有幕士善謳，因問：「我詞比柳詞何如？」對曰：「柳郎中詞，只好十七八女孩兒執紅牙拍版（當作板，下同）唱『楊柳外，曉風殘月』；學士詞，須關西大漢執鐵版唱『大江東去』。」公為之絶倒。（同前）

一一四　《減字木蘭花》：東坡在汝陽（一作陰），初春，庭梅盛開，月色鮮霽，夫人曰：「春月勝如秋月，秋月令人慘悽，春月令人和悦。」坡笑曰：「子誠知言。」即召客飲，作《減字木蘭花》云：「春庭月午，摇落春醪光欲舞。步轉廻廊，半落梅花婉娩香。　輕風薄霧，都是少年行樂處。不似秋光，只與離人照斷腸。」（同前）

一一五　單于問家世詩詞：東坡《送子由奉使契丹》末句云：「單于若問君家世，莫道中朝第一人。」用唐李揆事也。紹興中，曹勛功顯使金國，好事者戲作小詞，其後闋曰：「單于若問君家世，説與教知，便是《紅窓迴》底兒。」謂功顯之父元寵昔以此曲著名也。後大璫張去為之子安世，以閤門宣贊為副使，或改其語曰：「説與教知，便是中朝一漢兒。」蓋京師人謂内侍養子不閹者為漢兒也。最後知閤門事孟思恭亦使北，或又改曰：「便是鹽商孟客兒。」謂思恭之父為販鹺巨賈也。（同前）

一一六　《望江南》：舊傳一士在官，愛唱《望江南》詞，而為官所責者，不得其姓名。今知為王齊叟字彦齡，元祐樞密彦霖之弟也，任俠有聲。初官太原，作此詞數十曲嘲郡縣同僚，遂併及府帥，帥怒甚，因群吏入謁，面數折之云：「君恃爾兄，謂吾不能治爾邪？」彦齡斂板頓首謝，且請其過，帥告之，復趍進，微聲吟曰：「居下位，只恐被人讒。昨日但吟《青玉案》，幾時曾唱《望江南》。」下句不屬，回顧，適見兵官，乃曰：「請問馬都監。」帥不覺失笑，衆亦匿笑而退。今世所傳別素質一闋云「此事憑誰知證，有樓前明月，窗外花影」，即其意也。娶舒氏女，亦工篇翰。翁出武列，事之素不謹，常醉酒嫚罵，翁不能堪，舒取女歸，竟至離絶。而夫婦之好元無乖張，女在父家，一日，行池上，懷其夫，作《點絳唇》曲云：「獨自臨流，興來時把欄杆憑。舊愁新恨，耗却來時興。鷺散魚潛，煙斂風初定。波心静，照人如鏡，少個年時影。」後更適它族，彦齡終浮沉不顯。（同前）

一一七　《清平樂》六詞：劉原甫於《清平樂》作詞詠木犀，其後陳去非、蘇養直、向伯恭、朱希真、韓叔夏亦續賦一闋，王晦叔并紀於《碧雞漫志》。原甫云：「小山叢桂，最有人留意。拂葉攀花無限思，雨濕濃香滿袂。　別來過了秋光，翠簾昨夜新霜。多少月宫閑地，嫦娥借與微芳。」去非云：「黄衫相倚，翠帽層層底。八月江南風日美，弄影山腰水尾。　楚人未識孤山，《離騷》遺恨千年。無住庵中新事，一枝唤起幽禪。」養直云：「斷崖流水，香度青林底。光配騷人蘭與芷，不數春風桃李。　淮南叢桂小山，詩翁合得躋攀。舟到十洲三島，心遊萬壑千巖。」伯恭云：「吴頭楚尾，踏破芒鞋底。萬壑千巖秋色裏，不奈惱人風味。　如今老我鄉（當作薌）林。世間百不關心。獨喜愛香韓壽，能來同醉花陰。」希真云：「人間花少，菊小芙蓉老。冷淡仙人偏得道，買定西風一笑。　前身元是江梅，黄姑點破冰肌。即有暗香猶在，飽參清似南枝。」叔夏云：「秋光如水，釀作鵝黄蟻。散入千巖佳樹裏，惟許鹿門人醉。　輕羅重上風簾，不禁月冷霜寒。步障沉深歸去，依然愁滿江

山。」晦叔同謂（當作「謂同」）一花一曲，賦者六人，必有第其高下者，予以為皆佳句云。（同前）

一一八　紫姑《白苧》：《白苧詞》傳者至少，其正宮一闋，世以為紫姑神所作也。方寫至「追昔，燕然畫角，寶輪珊瑚。是時丞相，虛作銀城換得。」或問出何書史，答曰：「天上文字，汝那得知？」末句云：「東君暗遣花神，先到南國。昨夜江梅，漏泄春消息。」殊為騷雅。蜀人郝宗文以春初邀請，既降，自稱蓬萊仙人玉英，書《浪淘沙》詞云：「塞上早春時，煖律猶微。柳舒金線拂回堤。料得江鄉應更好，開盡梅溪。　晝漏漸遲遲，愁損仙肌，幾回無語斂雙眉。憑徧闌干十二曲，日下樓西。」亦冲澹有思致。（同前）

一一九　周美成楚雲詞：周美成頃在姑蘇，與營妓岳七楚雲者追遊甚久，後從京師歸，過蘇，首訪之，則已從人數年矣。明日，飲於太守蔡巒子高坐上，因見其妹，作《點絳唇》詞寄之云：「遼鶴西歸，故人多少傷心事。短書不寄，魚浪空千里。　憑杖桃根，説與相思意。（脫『愁』字）何際，別時衣袂，猶有東風淚。」楚雲讀之，為之累日感泣。（同前）

一二〇　惠柔侍兒：何文縝丞相初登科，在館閣，飲於宗戚一貴人家，侍兒惠柔者，麗黠人也，慕公風標，密解手帕子為贈，且約牡丹開時再集。何亦甚關抱，既歸，賦《虞美人》一曲，隱其小名，以寓惓惓結戀之意。云：「分香帕子揉藍膩，欲去殷勤惠。重來直到牡丹時，即恐花枝知後故開遲。　別來目盡閑桃李，日日欄杆倚。催花無計問東風，夢作一雙蝴蝶繞芳叢。」何自書此詞示蜀人趙詠道，言其本末如此。（同前）

一二一　莫少虛詞：舊時《水調歌》一曲，其首章云：「瑶草一何碧，春入武陵溪。溪上桃花無數，花上有黄鸝。」以為黄公魯直所作。蜀人石耆翁言，此莫將少虛壯氣（一作年）詞也，能道其詳。少虛又有《浣溪沙》一闋云：「寶釧緗裙上玉梯，雲重應恨翠樓低，愁同芳草兩萋萋。」一詞云：「歸夢悠揚見未真，繡衣恰有暗香薰，五更分得楚臺春。」皆造語工新，但晚歲心醉富貴，不復事文筆。令人鮮有知其少作者。右十一事皆見王晦叔《頤堂集》（同前）

一二二　蔡元長詞：予舊讀《説郛》中蔡元長臨卒前一日之詞曰：「八十一年住世，四千里外無家。如今流落向天涯，夢回玉殿，幾度宣麻。即因貪寵戀榮華，便有如今事也。」意無此調，亦不成話，況蔡死時止年八十，此必惡之者託名為之也。後見《宣和遺事》載京之事，亦有此詞，乃《西江月》也，較之小説者反是，後月餘而京卒，亦可謂讖也。遺事詞曰：「八十衰年初謝，三千里外無家。孤行骨肉各天涯，遥望神京泣下。　金殿五曾拜相，玉堂十度宣麻。追思往昔謾繁華，到此番成夢話。」（同前）

一二三　張安國詞：張安國在建康留守席上賦一篇云：「長淮望斷，關塞莽然平。征塵暗，朔風勁，悄邊聲，黯銷凝。追想當年事，殆天數，非人力，洙泗上，絃歌地，亦羶腥。隔水旃鄉，落日牛羊下，區脱縱横。看名王宵獵，騎火一川明。笳鼓悲鳴，遣人驚。　念腰間箭（當作箭），匣中劍，空埃蠹，竟何成。時易失，心徒壯，歲將零。渺神京，干羽方懷遠，静烽燧，且休兵。冠蓋使，紛馳騖，若為情。聞道中原遺老，長南望、翠葆霓旌。遣行人到此，終憤氣填膺，有淚如傾。」歌闋，魏公為罷席而入。

（同前）

一二四　《上林春慢》：都下元宵，觀遊之盛，前人或於歌詞中道之。而故族大家、宗藩戚里宴賞往來，車馬駢闐，晝夜不止。每出，必窮日力盡，夜漏乃始還家，往往不及小憩，雖含酲溢疲思，亦不暇寐，皆相呼相挐，並臂連襟，又催速客已在門矣。又婦女首飾至此一新，髻鬟篸插，如蚔蛾、蜂、蟬、蜨、雪柳、玉梅、燈毬，裊裊滿街。鰲山燈架及有門簷内外，又挂紅燈如晝，騷人詞客未有及之者。晁叔用作《上林春慢》云：「帽着宫花，衣惹御香，鳳輦晚來初過。鶴降詔飛，龍擎燭戲，端門銀花燈火。滿城車馬，對明月，有誰閒坐？任狂遊，更許傍禁街，不扃金鎖。玉樓人，暗中擲果。珍簾下，笑着春衫裊娜。素娥遶釵，輕蟬撲鬢，垂垂柳絲海棠（一作「梅朵」）。夜闌飲散，但贏得、翠翹雙嚲。醉歸來，又重向，曉窗梳裹。」（同前）

一二五　劉過詞：劉過，字改之，自號龍州。能詩詞。流落江湖，酒酣耳熱，出語豪縱，自謂晉、宋間人物。其詩篇警策者已載《江湖集》，尤好作《沁園春》，上稼軒詞已見岳侍郎珂《桯史》，最為辛所喜。今又得數篇，其一：黄（脱尚字）書子由帥蜀，中閣乃胡給事晉臣之女，過雪堂，行書《赤壁賦》於壁間，改之從後題一闋，其詞云：「按轡徐驅，兒童聚觀，神仙畫圖。正芹塘雨過，泥香路軟，金蓮自拆，小小籃輿。傍柳題詩，穿花覓句，嗅蘂攀條得自如。經行處，有蒼松夾道，不用傳呼。　清泉怪石盤紆。信風景、江淮各異，遥想東坡賦就，紗籠素壁，西山句好，簾捲晴珠。白玉堂深，黄金印大，無此文君載後車。揮毫處，看淋灕雪壁，真草行書。」後黄知其劉所作，厚有饋貺。壽皇鋭意親征，大閱禁旅，軍容肅甚。郭杲為殿巖，從駕還内，都人昉見一時之盛，改之以詞與郭云：「玉帶猩袍，遥望翠華，馬去如龍。擁千官鱗集，貂蟬争出，貔貅不斷，萬騎雲從。細柳營開，團花袍窄，又指汾陽郭令公。山西將，算韜鈐有種，五世元戎。　旌旗蔽滿寒空。無（當作魚）陣整，從容虎帳中。想刀明似雪，縱橫脱稍，箭飛如雨，霹靂鳴弓。威撼邊城，氣吞胡虜，慘澹塵沙吹北風。中興事，看君王神武，駕馭英雄。」郭餽劉亦踰數十萬錢。又送孫季和云：「問信竹湖孫自號，竹如之何，如何不歸。道吴山越水，無非佳處，來無定止，去亦何為。莫是秋來，未能忘耳，心與孤雲相伴飛。　關情處，向南山寄傲，北澗題詩。　人生了事成癡。算世上、終無真是非。看雲臺突兀，無君子者，雪堂零落，有美人兮。疎雨梧桐，微雲河漢，鍾鼎山林無限悲。陽山縣，問昌黎負汝，汝負昌黎。」又嘗於友人張正子處見改之親筆詞一卷，云：「壬子秋，予求牒四明，嘗賦《賀新郎》與一老娼，至今天下與禁中皆歌之，江西人以為鄧南秀詞，非也。」「老去相如倦，向文君説似，而今如何消遣。衣袂京塵曾染處，空有香紅尚軟。料彼此、衷銷腸斷。一枕新凉眠客舍，聽梧桐、疎雨秋風戰。燈暈冷，記重見。　樓低不放珠簾捲。晚粧殘、翠蛾狼藉，淚痕留臉。人道愁來須殢酒，無奈愁多酒淺。但託意、焦桐紈扇。莫鼓琵琶江上曲，怕荻花、楓葉俱凄怨。雲萬疊，寸心亂。」（同前）

一二六《沁園春》：理宗朝，嘗欲舉推排田畝之令，廷紳有言而未行。至賈似道當國，卒行之。有人作詩曰：「三分天下二分亡，猶把山河寸寸量。縱使一坵添一畝，也應不似舊封疆。」又有作《沁園春》詞云：「道過江南，泥墻粉壁，右具在前。述（脱『某州』二字）某縣，某鄉某里，住何人地，佃某人田。氣象蕭條，生靈憔悴，經略從來未必然。惟何甚，為官為己，不把人憐。 思量幾許山川，况土地分張又百年。正西蜀巉巖，雲迷鳥道，兩淮清野，日警狼煙。宰相弄權，姦人罔上，誰念干戈未息肩。掌大地，何須經理，萬取千焉。」（同前）

一二七　《憶秦娥》詞：太學服膺亝上舍鄭生，秀州人，其妻寄以《憶秦娥》云：「花深深，一勾羅襪行花陰。行花陰，閒將梅帶，試結同心。 耳邊消息空沉沉，畫眉樓上愁登臨。愁登臨，海棠開後，望到如今。」此詞為同舍見之，傳播，酒樓妓館皆歌之，以為歐陽永叔詞，非也。（同前）

一二八　《鷓鴣天》詞：婺州劉鼎臣因參告，臨行，求綆子於妻，妻併作此調，名《鷓鴣天》云：「金屋無人夜剪繒，寶釵番過齒痕輕。臨行執手殷勤送，襯取蕭郎兩鬢青。 聽祝付，好看承，千金不抵此時情。明年宴罷瓊林晚，酒面微紅相映明。」（同前）

一二九　《一剪梅》詞：易祓，字彥章，潭州人。以優校為前廊，久不歸，其妻作《一剪梅》詞寄之云：「染淚修書寄彥章，貪做前廊，忘却回廊。功名成遂不還鄉，石做心腸，鐵做心腸。 紅日三竿懶畫裝（當作粧），虛度韶光，瘦損容光。不知何日得成雙，羞對鴛鴦，懶對鴛鴦。」（同前）

一三〇　再娶詞：三山蕭軫登第，榜下娶再婚之婦，同舍張任國作《柳梢青》詞戲之曰：「掛起招牌，一聲喝彩，舊店新開。 熟事孩兒，家懷老子，畢竟招財。 當初舍下安排，又不是豪門買獃。 自古人言，正身替代，見任添差。」（同前）

一三一　《好事近》：嘉王榜王昂作狀元，始婚禮夕，婦家立需催妝詞，昂走筆賦《好事近》云：「喜氣

擁門闌光動，綺羅香陌。行到紫薇花下，悟此身非客。　不須朱粉污天真，嫌怕太紅白。留取黛眉淺處，章臺春色。」（同前）

一三二　妓送太守詞：嘉定間，平江妓送太守詞云：「春色元無主，荷東君、着意看承，等閑分付。多少無情風浪，又那更、蝶欺蜂妬。筭來燕雀，眼前無數。縱使簾櫳能愛護，到如今、已是成遲暮。芳草碧，遮歸路。　看看做到難言處。怕仙郎、輕轉旌旗，易歌襦袴。月滿西樓絃索静，雲蔽崑城閬府。便恁地、一帆輕舉。獨倚闌干愁拍碎，慘玉容、淚眼如紅兩。去與住，兩難訴。」或云是蒲江盧申之作。（同前）

一三三　《木蘭花慢》：陳石泉自北行，有北人陳參政者餞之《木蘭花慢》云：「北人未老，依舊著南冠。正雪暗鎛沱，雲迷芒碭，夢落邯鄲。朝念鄉心，日行萬里，幸此身生入玉門關。多少秦煙隴霧，西湖洗净征衫。　燕山，望不見吴山，回首不堪難。慨故宫離黍，故家喬木，那忍重看。鈞天紫薇何處，問瑶池、八駿幾時還。誰在天津橋上，杜鵑聲裏闌干。」（同前）

一三四　文及翁詞：蜀人文及翁登第後，期集遊西湖，一同年戲之曰：「西蜀有此景否？」及翁即席賦《賀新郎》云：「一勺西湖水，渡江來、百年歌舞，百年酣醉。回首洛陽花世界，煙渺黍離之地。更不復、新亭墮淚。簇蕊紅妝摇畫舫，中流擊楫何人是，千古恨，幾時洗。　予生自負澄清志，更有誰、磻溪未遇，傅巖未起。國事如今誰倚仗，衣帶一江而已。便都道、江神堪恃。借問孤山林處士，但掉頭笑指梅花蕊。天下事，可知矣。」（同前）

一三五　《昭君怨》：建康歸正官王和尚，濟南人，能誦完顔亮小詞。其詠雪《昭君怨》曰：「昨日樵村漁浦，今日瓊州小渚。山色捲簾看，老峰巒。　錦帳美女貪睡，不覺天花剪水。驚問是楊花，是蘆花。」其中秋不見月《鵲橋仙》曰：「持盃不飲，停歌不發，坐待蟾宫出現。片雲何處忽飛來，做許大、通天障礙。　愁眉怒目，星移斗轉，懊惱劍鋒不快。一揮揮斷此陰霾，此夜看、姮娥體態。」讀其後篇，凶威可掬也。（同前）

一三六　《水調歌頭》：田世輔為金州都統制，荆南人劉之翰者，待峽州遠安主簿闕，作《水調歌頭》詞獻之，曰：「凉露洗金井，一葉下梧桐。謫仙浪游何事，華髮作詩翁。烏帽蕭蕭一副，坐對清泉白石，翹首撫長松。獨鶴歸來晚，聲在碧宵（當作霄）中。　神仙宅，留玉節，駐金狨。黔南一道，十萬貔虎控雕弓。笑折碧荷倒影，自唱采芝新曲，詞句滿秋風。劍佩八千歲，長入大明宫。」田覽之大喜，致書約來金城，欲厚加資給，之翰遽亡。明年，田閲武，見之翰立道左泣曰：「人鬼殊途，公能恤吾家，亦足表踐言之義。」忽不見，田大驚異，送千緡與其孤。（同前）

一三七　《菩薩蠻》：有《菩薩蠻》詠蘇堤芙蓉：「紅雲半壓秋波急，艷粧泣露嬌啼色。佳夢入仙城，風流石曼卿。　宫袍呼醉醒，休捲西風景。明月粉香殘，六橋煙水寒。」世謂高季迪之詞也，不知季迪乃是《行香子》，其詞云：「如此紅粧，不見春光，向菊前蓮後纔芳。雁來時節，寒沁羅裳，正一番風，一番雨，一番霜。　蘭舟不採，寂寞横塘，强相依、暮柳成行。湘江路遠，吴苑池荒，奈月朦朧，人杳杳，水茫茫。」以優劣論之，前則不如後也。昨偶得雜録一册，前詞乃宋人高竹屋者也，豈非因姓同而訛之耶？季迪名啓，姑蘇人，國初編修《元史》，擢户部侍郎，與楊奏（當作基）、張羽、徐賁為吴下詩宗。竹屋名觀國，字賓王，有《竹屋詞》一卷行世。（同前）

一三八 《喜遷鶯》：夏文莊公初授館職，時方早秋，上在拱宸殿按舞，命中使索新詞，公立進《喜遷鶯》曰：「霞散綺，月沉鈎，簾捲未央樓。夜凉河漢截天流，宫闕鎖新秋。瑶堦犯英宗諱（筆者按：即「曙」字），金莖露，鳳髓香和雲霧收。三千珠翠擁宸遊，水殿按《梁州》。」（同前）

一三九 曹東畎詞：曹東畎赴省試，陸行辛苦，作詞自慰其足云：「春闈期近，望帝鄉迢迢，猶在天際。虧這一雙脚底，一日趕上五六十里地。　要争氣，扶持我去，將得官一歸。那時賞爾，穿對朝靴，安排爾在轎兒裏。更選箇、弓樣鞋兒，夜間伴爾。」（同前）

一四〇 《清江引》：高郵王西樓名磐，字鴻漸，善詞章，能畫，風韻之士。一日，製《清江引》小詞，詠睡鞋：「嬌紅軟鞋三寸整，不着地，偏乾净。燈前换晚粧，被底勾春興。玉人兒、幾番輕撥醒。」膾炙人口，皆稱為「被底勾春興王先生」。又為友人畫菊扇，復系一詩云：「萬草凋零萬木僵，籓籬内外藉輝光。請看獵獵霜風裏，一點秋金百鍊鋼。」詩亦有氣。（同前）

一四一 聶大年詞：成化間，仁和教諭聶大年以詩書名世，人來乞書，多以東坡《行香子》、馬晉《滿庭芳》應之，二詞一言不必深求問學，一言仕宦亦勞，皆不如隱逸之樂也。後聶召至京，修文而死，貧不能斂，似若預為己言者。然二詞亦果痛快，今録之藁。《行香子》云：「清夜無塵，月色如銀，酒斟時須滿十分。浮名浮利，休苦勞神。歎隙中駒，石中火，夢中身。　雖抱文章，開口誰親，且陶陶樂盡天真。不如歸去，做個閑人。對一張琴，一壺酒，一溪雲。」《滿庭芳》云：「雪漬疎髯，霜侵衰鬢，去年猶勝今年。一回老矣，堪歎又堪憐。思昔青春美景，除非是、月下花前。誰知道，金章紫綬，多少事憂煎。　侵晨，騎馬出，風初暴横，雨又凄然。想山翁野叟，正爾高眠。更有紅塵赤日，也不到、松下林邊。如何好，吴松江上，閑了釣魚船。」馬晉字孟昭，仕國初，吴下人也。（同前）

一四二　《黄鶯兒》：弇州先生《藝苑卮言》以雨中遣懷《黄鶯兒》前一首為升庵夫人所作，後三首為升庵作，今查原本四詞，皆出升庵手：「積雨釀輕寒，看繁花樹樹殘，泥塗滿眼登臨倦。雲山幾盤，江流幾灣，天涯極目空腸斷。寄書難，無情征鴈，飛不到滇南。」「夜雨滴空堦，傍愁人枕畔來，鄉心一片無聊賴。淚眸懶揩，狂歌懶裁，沈郎多病寬腰帶。望琴臺，迢迢天外，懷抱幾時開。」「霽雨帶殘虹，映斜陽一抹紅，樓頭畫角收《三弄》。東林晚鐘，南天晚鴻，黄昏新月絃初控。望長空，披襟誰共，萬里楚臺風。」「絲雨濕流光，愛青苔繡粉牆，鴛鴦浦外清波漲。新篁送凉，幽芳弄香，雲廊水榭堪遊賞。倒金觴，形骸放浪，到處是家鄉。」（同前）

一四三　四熱詞：「看亭月影斜，東方亮也，金雞驚散枕邊蝶。長亭十里，《陽關三疊》，相思相見何年月。淚流襟上血，愁穿心上結，鴛鴦被冷雕鞍熱。」「黄昏畫角歇，南樓報也，遲遲更漏初長夜。茅簷滴溜，松梢霽雪，紙窗不定風如射。牆頭月又斜，牀頭燈又滅，紅爐火冷心頭熱。」「青山隱隱遮，行人去也，羊腸鳥道幾回折。鴈聲不到，馬蹄又怯，惱人正是寒冬節。長空孤鳥滅，平湖遠樹接，倚樓煨得闌杆熱。」「闗山望轉賒，程途倦也，愁人莫與愁人說。離鄉背井，瞻天望闕，丹青難把衷腸寫。

炎方風景别，京華書信絶，世情休問凉和熱。」升庵平生博洽，誠近代所罕。其所為詩文，用事大覺餖飣，樂府則如另出一手，足稱絶唱。觀此四詞，可見其一斑矣。四「熱」韻，何其天然穩妙。（同前）

一四四　禪家調：「學道非難，守道為難，結跏趺坐任循環。苦空僧舍，寂寞禪關。對幾重雲，幾重水，幾重山。松嫩堪飡，竹密須删，息塵緣何事相干。心超物外，身處人間。有十分清，十分淡，十分閒。」「不愛驕奢，不喜諠譁，一枝開千葉梅花。東村檀越，西舍人家。但去時齋，樂時講，坐時茶。雪井突加，玉樹槎芽，正宜穿百衲袈裟。樂中乞化，坐演三車。却怕人知，怕人問，怕人誇。」「四序無窮，萬慮皆空，守禪門佛祖家風。香煙吐白，燭影摇紅。對翠梧桐，金菡萏，玉芙蓉。潦倒山翁，少小頑童，天性兒一樣疎慵。偶來城市，却想山中。有數株栢，千竿竹，萬年松。」「無物思量，萬慮皆忘，坐兩班大衆禪牀。粗衣隨體，淡飯充腸。有一函經，一佛像，一爐香。功果非常，功行非常，愛山中白晝偏長。翠苔巖洞，緑水山房。有一天風，一天月，一天凉。」（同前）

一四五　《臨江仙》詞：侯元功蒙，密州人，自少游場屋，年三十有一，始得鄉貢。人以其年長，有輕薄子畫其形於紙鳶上，引線放之，蒙見而大笑，作《臨江仙》詞題其上曰：「未遇行藏誰肯信，如今方表名蹤。無端良匠畫形容，當風輕借力，一舉入高空。才得吹嘘身漸穩，即疑遠赴蟾宮。雨餘時候夕陽紅，幾人平地上，看我碧霄中。」蒙一舉即登第，年五十餘，遂為執政。（同前）

一四六　吴履齋贈妓詞：吴履齋丞相《賀新郎》詞云：「可意人如玉，小簾櫳、輕匀淡抹，道家妝束。長恨春歸無尋處，全在波明黛緑。看冶葉、倡條渾俗。比似江梅清有韻，更臨風、對月斜依竹。看不足，詠不足。曲屏半掩春山蹙，正輕寒、夜永花睡，半欹殘燭。縹緲九霞光裡夢，香在衣裳賸馥。又只恐、銅壺聲促。試問送人歸去後，對一奩花影垂金粟。腸易斷，情難續。」（同前）

一四七　詠妓趨庭：石次仲詠妓趨庭陳狀云：「醉紅宿翠，髻嚲烏雲墜。管是夜來不得睡，那更今朝早起。　春風秋月，滿搦腰肢，堦前小立多時。恰恨一番風雨，想應濕透鞋兒。」（同前）

一四八　士人贈妓詞：有士人訪一妓，在開府侍宴，候之稍久，遂賦一詞寄之云：「春風捏就腰兒細，繫的粉裙兒不起。從來即慣掌中看，怎忍在、燭花影裡。酒紅應是鉛華褪，暗蹙損、眉峰雙翠。夜深鞲站繡鞋兒，靠那個、屏風立地。」詞至為閫中所見，喜其詞語清麗。明日，呼士人來，竟以此妓與之。（同前）

一四九　及第詞：今人唱「五百人中第一仙」，《鷓鴣天》詞第二句便云「花如羅綺柳如綿」，最無意義，當合云：「五百人中第一仙，等閑平步上青天。緑袍乍着君恩重，皇榜初開御墨鮮。　龍作馬，玉為鞭，花如羅綺柳如綿。時人莫訝登科早，自是嫦娥愛少年。」（同前）

一五〇　《憶君王》：謝克家作《憶君王》，其詞甚哀，曰：「依依宮柳拂宮墻，樓殿無人春晝長，燕子歸來依舊忙。　憶君王，獨坐黄昏人斷腸。」（同前）

一五一　《踏莎行》：張仲舉《踏莎行》云：「芳草平沙，斜陽遠樹，無情桃葉江頭渡。醉來扶上木蘭舟，將愁不去將人去。」唐李端詩：「江上晴樓翠靄間，滿闌春水滿窻山。青楓緑草將愁去，遠入吴雲暝不還。」張詞全用李詩語，若不知其出處，亦不見其工緻也。（同前）

一五二　折紅梅詞：吴感，字應之，以文章知名。仕至殿中丞。居水西小市橋，有侍姬曰紅梅，因以名其閣。嘗作《折紅梅》詞曰：「喜輕澌初泮，微和漸入，芳郊時節。憐春消息，夜來陡覺，紅梅數枝爭發。玉溪仙館，不是箇、尋常標格。化工別與，一種風情，似匀點胭脂，染成香雪。　重吟細閲，比繁杏夭桃，品流真別。即愁共、彩雲易散，冷落謝池風月。　憑誰向説，三弄處、龍吟休咽。　大家留取，倚闌杆，問有花堪折，勸君須折。」其詞傳播人口，春日群飲，必使優人歌之。（同前）

一五三　馬光祖判：有士人踰墻偷人室女，事覺，到官，府尹馬光祖面試《踰墻摟處子詩》，士人秉筆云：「花柳平生債，風流一段愁。踰墻乘興下，處子有心摟。謝玉應潛越，韓香許暗偷。有情還愛慾，無語强嬌羞。不負秦樓約，安知漢獄囚。玉顔麗如此，何用讀書求。」光祖判云：「多情多愛，還了平生花柳債。好個檀郎，室女為妻也合當。　傑才高作，聊贈青蚨三百索。　燭影摇紅，配取媒人是馬公。」文士既幸免罪，反因此以得佳偶。（同前書卷一百二十「詩話門·詩話類」）

一五四　徐武功《瑞龍吟》（筆者按：詞牌或作《水龍吟》，下同）：武功伯徐公天順間遭讒，被逐放歸田里，號天全翁。脱去世故，棲心丘壑，其遊靈巖《瑞龍吟》詞云：「佳麗地是吾鄉，曲（當作西）山更比東山好。　有罨畫樓臺，金碧巖扉，彷佛十洲三島。　却也有、風流安石，清真逸少。向西施洞口，望湖亭畔，天光雲影，上下相涵相照。似寶鏡裏，翠娥粧曉。　且登臨，且談笑。眼前事，幾多堪弔。　香逕蹤消，屧廊聲杳，麋鹿還遊未了。也莫管、吴越興亡，為他煩惱。是非顛倒，古與今、一般難料。　笑宦海風波，幾人歸早，得在家中老。　遇酒美花新，歌清舞妙，儘開懷抱。　何須較短量長，此生心、應自有天知道。醉呼童、倦進餘杯，便拚得到三更，乘月廻仙棹。」此詞為人膾炙。公年六十六而卒，墓在吴縣玉遮山，吴文定公以詩弔之，有「衆口是非何日定，老臣功罪有天知」之句。（同前）

一五五 陸楠：長洲陸世明楠，俊材藻思，聲稱籍甚。舉於鄉，赴省試下第，歸過臨清鈔關，司關令納税，陸即書一絶呈主事云：「獻策金門苦未收，歸心日夜水東流。扁舟載得愁千斛，聞説君王不税愁。」主事見詩驚愧，亟迎入款，贈甚厚。金陵一妓能詩，善鼓琴，以月琴自號。世明過其家，口占《點絳唇》贈之，云：「三尺冰絃，夜深彈破青天竅。意中人杳，只有清光到。雲雨無緣，總是相思調。愁懷抱，嫦娥心照，訴與他知道。」妓求室中春聯，即援筆書云：「半窗花影人初起，一曲桐音月正中。」妓讚誦不已，徐言：「『中』字恐不如『高』字。」世明欣然易之。（同前）

一五六 徐髯仙：徐髯仙豪爽跌宕人也。恣遊狹斜，其所填南北詞皆入律。衡山題一畫寄之，後曰：「樂府新傳桃葉渡，彩毫遍寫薛濤箋。老我别來忘不得，令人常想秣陵煙。」蓋亦有所取之也。（同前）

一五七 滑稽：宋咸淳庚午歲，賈平章似道宴馬丞相廷鸞、江丞相萬里，賈舉令曰：「我有一局棋，寄與洞中仙，洞中仙不受，云：『自出洞來無敵手，得饒人處且饒人。』」蓋洞中仙，曲名，後二句古詩也。馬云：「我有一魚竿，寄與漁家傲，漁家傲不受，云：『夜静水寒魚不餌，滿船空載月明歸。』」江云：「我有一犁鋤，寄與使牛子，使牛子不受，云：『且存方寸地，留與子孫耕。』」蓋譏似道也，旋論罷。（同前書卷一百二十七「飲食門·酒類下」）

一五八　五色鹽：鹽有五色：青、黃、赤、白、黑，又有紫鹽，或曰戎鹽，道書所謂「戎鹽壘卵」者是也。按《都監録・鹽池賦》云：「爛然之溪，明晃霞赤。」則是赤鹽者。李太白詩：「客到但知留一醉，盤中秖有水晶鹽。」又東坡：「水晶鹽瀣為誰甜。」《金樓子》曰：「胡中有鹽，瑩如水晶，謂之玉華鹽。」又《南史》：「月氏恒水下有鹽，色正白，朝取暮生，非煮海也。」東坡「紛紛青子落紅鹽」，則恩州有鹽如絳雪，或謂煎染而成者。又琴湖池中有桃花鹽，色如桃花。又有青鹽、螳螂頭鹽，入藥可用也。蔡邕《投羊鉞書》云：「幸得無恙，遂至徙所自城以西，惟有紫鹽也。」《續漢書》：「天竺國出黑鹽，黃鹽，安西城北澗中則有。」鹽之所産及（一作悉）在外夷。惟真青（當作「清真」）詞云「吴鹽勝雪」，今四明諸場多有之，獨此中國産白鹽耳。（同前書卷一百二十九「飲食門・食類下」）

一五九　結帶巾：宣和初，予在上庠，時有旨令士人繫結帶巾，否則以違制論。當時有謡詞云：「頭巾帶，難理會。三千貫償錢，新行條例。不得向後長垂，胡服相類。法甚嚴，人甚畏。硬縫濶大帶，向前面繫。和我太學先輩，被人呼為保義。」保義，宋江字。（同前書卷一百三十「衣服門・冠服類」）

一六〇　偏髾髻：北齊后宫之服制，女官八品，偏髾髻，注云：髾，所交切，髮覆目也。蓋夷中少女之飾，其四垂短髮，僅覆眉目，而頂心長髮繞為卧髻。宋詞所謂「鬟鞞偏荷葉」也，今世猶有之，髾字《玉篇》不收，而獨出此，佛書亦有之，玄應、贊寧不識，而强以為鬘字之省，非也。（同前）

一六一　菩薩鬘：西域諸國婦女編髮垂髻，飾以雜華，如中國塑佛像瓔珞之飾，曰菩薩鬘，曲名取

此。（同前）

一六二　唐有一種色謂之退紅，王建《牡丹》詩云：「粉光深紫膩，肉色退紅嬌。」王貞白《倡樓行》云：「龍腦香調水，教人染退紅。」《花間集》樂府云：「牀上小薰籠，韶州新退紅。」蓋退紅若今之粉紅，而髹器亦有作此色者，今無之矣。紹興末，縑帛有一等似皂而淡者，謂之不皂，亦退紅類耶？（同前）

一六三　梅花紙帳：凡賢人君子養身之要，獨宿為最。牀旁四黑漆柱，各掛以半錫瓶，插梅數枝。後設黑漆板，約二尺，自地及頂，欲靠以靜坐。左右設橫木一，可掛衣。班竹書貯一，藏書三四。掛承白塵一，上作大方木，頂用細白楮衾作帳罩之。前安小踏牀於左，植綠漆小荷葉一。寘香鼎，然紫藤香，中只用單布、楮衾、菊枕、蒲褥，乃相稱「道人還了鴛鴦債，紙帳梅花醉夢間」之意。古語云：「千朝服藥，不如一夜獨宿。」儻未能以此為戒，宜亟移去梅花，毋污之。又云：「菊枕松兒資□體，梅花紙帳保天真。」此一聯可揭於獨寤之左右。（同前）

一六四　箕仙：宋慶子寓永嘉時，適逢七夕，學徒醵飲，有僧法辨善五星，每以八煞為説。酒邊一士致仙扣試事，忽箕動，大書「文章伯降」，宋怪之，漫云：「姑置此，且求一七夕新詞。」即以八煞為韻，意欲困之。忽運箕如飛，大書《鵲橋仙》一闋云：「鸞輿初駕，牛車齊發，隱隱鵲橋咿軋。尤雲殢雨正歡濃，但只怕來朝初八。　霞垂綵幔，月明銀蟎，馥郁香噴金鴨。年年此際一相逢，未審是甚時結煞。」《齊東野語》（同前書卷一百三十三「祠祭門·百神類下」）

一六五　車子釣：張志和《漁父曲》：「車子釣，撅頭船，樂在風波不用仙。」唐譚用之詩云：「碧玉蜉蝣迎客酒，黄金轂轆釣魚車。」又云：「翩翾鸞榼薰晴浦，轂轆魚車響釣船。」是其事也。《宋史》：洞庭湖賊楊么四輪激水船，行如飛，今失其制。（同前書卷一百三十六「器用門」）

一六六　戲具：宋朝王韶開熙河之後，亦以舞迓鼓，使諸羌出觀，遂破鬼章，此兩得以為策也。今元宵舞者，是其遺制，然舞者，乃樂之容，有《大垂手》、《小垂手》，字舞、花舞、馬舞，或象驚鴻，或如飛燕，婆娑舞態也，曼延舞綴也。舞有健舞，舞曲有《緑腰》、《蘇合香》、《屈柘》、《湖（當作胡）渭州》、《團乳泉》、《甘州》等。字舞，以身亞地，布成字也。今慶壽錫燕排作「天下太平」字者是也。花舞者，著緑衣，偃身合成花，即今《柘枝》舞有花心者是也。馬舞者，以攏馬人着彩衫，執鞭於床上，舞蹀蹀，皆應節奏。唐宴吐番蹀馬之戲，皆五色彩絲，金具裝於鞍上，加麟首鳳翅，樂作，馬皆隨音蹀足，宛轉中節，胡人大駭。明皇之舞馬，亦其遺意爾。（同前）

一六七　唱叫小唱，謂執板唱慢曲，曲破，大率重起輕殺。嘌唱，謂上鼓面唱令曲小詞，驅駕虚聲，縱弄宫調，與叫果子，唱耍曲兒為一體。叫聲，自京師起撰，因市井諸色歌吟賣物之聲採合宫調而成也。（同前書卷一百四十二「音樂門·樂律類」）

一六八　唱賺在京師只有纏令、纏達，中興後張五牛大夫遂撰賺，賺者，誤賺之意也。（同前）

一六九　樂府律調：古人所作，有同名而異調者，有異名而同辭者，又有名同而句字可以增損者，莫知謂何。後見元人周德清有《作詞起例》一書，然後知當同當異者自有數調，句字可以增損者亦有數調。惜此書已少，又雜記於衆詞名中，一時檢閲亦難。今特録出，以便觀覽。黄鐘《水仙子》，黄鐘《寨兒令》，越調《寨兒令》，仙吕《端正好》，正宫《端正好》，仙吕《祆神急》，雙調《祆神急》，仙吕《上京馬》，商調《上京馬》，中吕《鬭鵪鶉》，越調《鬭鵪鶉》，中吕《紅芍藥》，南吕《紅芍藥》，中吕《醉春風》，雙調《醉春風》，已上名同而音律不同者。黄鐘計三詞：《紅錦袍》即《紅納襖》、《綵樓春》即《抛毬樂》、《雙鳳翅》即《女冠子》，正宫計四詞：《靈壽杖》即《呆骨朵》、《伴讀書》即《倘秀才》、《黑漆弩》即《學士吟》，《鸚鵡曲》、《六么遍》即《柳梢青》，大石調計四詞：《歸塞北》即《望江南》、《卜金錢》即《初問口》、《催花樂》即《擂鼓休》、《蒙童兒》即《憨郭郎》，小石調計一詞：《青杏兒》即《青杏子》，亦入大石調，仙吕計一詞：《金盞兒》即《醉金錢》，中吕計五詞：《紅繡鞋》即《來履曲》、《喜春來》、《朝天子》即《謁金門》、《蘇武持節》即《山坡羊》、《賣花聲》即《昇平樂》，亦作煞，南吕計六詞：《一枝花》即《占春魁》、《玄鶴鳴》即《哭皇天》、《採茶歌》即《楚江秋》、《草池春》即《鬭蝦蟆》、《閲金經》即《金字經》、《翠盤秋》亦入中吕，即《乾荷葉》，雙調計二十詞：《步步嬌》即《蟠桃曲》、《銀漢浮槎》即《喬木查》、《落梅風》即《壽陽曲》、《鴈兒落》即《平沙落鴈》、《德勝令》即《陣陣贏》，《凱歌回》、《水仙子》即《凌波仙》、《湘妃怨》、《馮夷曲》、《殿前歡》即《小鳳孩兒》，《鳳將雛》、《滴滴金》即《甜水令》、《折桂令》即《秋風第一枝》，《大春引》、《蟾宫曲》、《步蟾宫》、《漢江秋》即《荆襄怨》、《荆山玉》即《側磚兒》、《搗練子》即《前胡搗練》、《沽美酒》即《瓊林宴》、《駙馬還朝》即《相公愛》、《掛玉鈎》即《掛搭沽》、《醉娘子》即《醉也摩挲》、《小拜門》即《不拜門》、《慢金盞》即《金盞兒》、《撥不斷》即《續斷絃》、《也不羅》即《野落索》，越調計四詞：《調笑令》即《含花笑》、《禿斯兒》即《小沙門》、《寨兒令》即《柳營曲》、《三臺印》即《鬼婆子》，急（當作商)調計一詞：《梧葉兒》即《知秋令》，般涉調計三詞：《臉兒紅》即《麻婆子》、《急曲子》即《促拍令》、《耍孩兒》即《魔合羅》，已上名異而詞調同者。正宮計六詞：《端正好》、《貨郎兒》、《煞尾》、《混江龍》、《後庭花》、《青歌兒》，南吕計三詞：《草池春》、《鵪鶉兒》、《黄鐘尾》，雙調計四詞：《新水令》、《折桂令》、《梅花酒》、《尾聲》，已上句字不拘，可以增損者。(同前)

一七〇　樂府沿革：古人初不定聲律，因所感發為歌，而聲律從之，唐、虞三代以來是也，餘波至西漢末始絶。西漢時，今之所謂古樂府者漸興，晉、魏為盛，隋氏取漢以來樂器、歌章、古調，併入隋(當作清)樂，餘波至李唐始絶。(脱「唐」字)中葉雖有古樂府，而播在聲律則尠矣，士大夫作者不過以詩一體自名耳。蓋隋以來，今之所謂曲子者漸興，至唐稍盛，今則繁聲淫奏，殆不可數。古歌變為古樂府，古樂府變今曲子，其本一也。後世風俗蓋不及古，故相懸耳。而士大夫亦不知歌詞之變。(同前書卷一百四十二「音樂門・樂府類上」)

一七一　舊曲：漢時雅、鄭參用，而鄭為多。魏平荆州，獲漢雅樂，古曲音調存者四，曰《鹿鳴》、《騶虞》、《伐檀》、《文王》，而班、佐、延年之徒，以歌聲被寵，復改易音辭，止存《鹿鳴》一曲，晉初亦除之。又漢代短簫鐃歌樂曲，三國時存者，有《朱鷺》、《艾如張》、《上之回》、《戰城南》、《巫山高》、《將進酒》之類，凡二十二曲。魏、吴稱號，始各改其十二曲，晉興，又盡改之，獨《玄雲》、《釣竿》二曲名存而已。漢代鞞舞，三國能存者有《殿前生桂樹》二曲，其辭則亡。漢代胡角，《摩訶兜勒》一曲，張騫得自西域，李延年因之，更造新聲二十八解，魏、晉時亦亡。齊、梁以來，新曲頗衆。隋初，盡歸清樂。至唐武后時，舊曲存者，如《白雲》、《公莫》、《巴渝》、《白苧》、《子夜》、《團扇》、《懊儂》、《石城》、《莫愁》、《楊叛（當作叛）》、《烏夜啼》、《玉樹後庭花》等，止六十三曲，唐中葉聲詞存者，又止三十七，有聲無詞者七，今不復見矣。唐歌曲比前世蓋多，聲行於今、辭見於今者皆十之三四，世代差近爾。（同前）

一七二　涼州：樂府所使（當作傳）大曲，惟《涼州》最先出，《會聚（當作要）》曰：自晉播遷，內地古樂遂分散。苻堅滅涼，始得漢、魏清商之樂，傳於前後二秦。及宋武定關中，收之入於江南。隋平陳，獲之，隋文曰：「此華夏之正聲也。」乃置清商，總謂之清樂。煬帝乃立清樂、西涼等九部，武后朝猶有六十三曲，如《公莫》、《巴渝》、《明君》、《子夜》等皆是也，後遂訛為《梁州》。（同前）

一七三　亡國之音：《後庭花》，亡陳之曲也。《思越人》，亡吳之曲也。《柳枝歌》，亡隋之曲也。（同前）

一七四　《玄怪録》載籧篨三娘唱《阿鵲鹽》曲，又有《突厥鹽》、《黃帝鹽》、《白鴿鹽》、《神雀鹽》、《疎勒鹽》、《滿座鹽》、《歸國鹽》，唐詩「媚賴吳娘唱是鹽」、「更奏新聲刮骨鹽」，謂之鹽者，吟、行、曲、引之類，《樂府解題》謂之杖鼓曲。（同前）

一七五　《烏夜啼》：《烏夜啼》，宋彭城王義康、衡陽王義季，帝因之潯陽，後宥之，使未達，衡陽王家人扣二王所囚院，曰：「昨夜烏夜啼，官當有赦。」少頃使至，故有此曲，亦入琴操。（同前）

一七六　《安公子》：《安公子》，隋大業末，煬帝將幸揚州。樂人王令言以年老不去，其子從駕，方在家，時彈琵琶，令言驚問：「此曲何名？」其子曰：「內裏新番曲子，名《安公子》。」令言流涕悲愴，

曰：「爾不須扈從，大駕必不回。」子問其故，令言曰：「此曲宫聲，往而不返，宫為君，吾是以知之。」（同前）

一七七　《春鶯囀》：《春鶯囀》，高宗曉聲律，晨坐聞鶯聲，命樂工白明達寫之，遂有此曲。（同前）

一七八　歌曲所起《碧鷄漫志》：或問歌曲所起，曰：人生莫不有心，此歌曲所以起也。《舜典》曰：「詩言志，歌永言，聲依永，律和聲。」《詩序》曰：「在心為志，發言為詩。（脱『情』字）動於中，而形於言；言之不足，故嗟歎之；嗟歎之不足，故詠歌之；詠歌之不足，不知手之舞之、足之蹈之。」《樂記》曰：「詩言其志，歌詠其聲，舞動其容，三者本於心，然後樂器從之。」故有心則有詩，有詩則有歌，有歌則有聲律，有聲律則有樂歌。詠言，即詩也，非於詩外求歌也。今先定音節，乃製詞從之，倒置矣。而士大夫又分詩與樂府作兩科，古詩或名樂府，詩之可歌也。故樂府中有歌有謡，有吟有引，有行有曲。今人以古樂府，特指為詩之流，而以詩就音，始名樂府，非古也。舜命夔教胄子詩歌聲律，率有次第。又語禹曰：「予欲聞六律、五聲、八音，在治忽，以出納五言。」其君臣《賡歌》、《九功》、《南風》、《卿雲》之歌，必聲律應。古者采詩，命太師為樂章，祭祀、宴射、鄉飲皆用之。故曰：「正得失，動天地，感鬼神，莫近於詩。先王以是經夫婦，成孝敬，厚人倫，美教化，移風易俗。」詩至於「動天地，感鬼神，移風俗」，何也？正謂播諸樂歌，有此效耳。然中世亦有因管弦金石造歌以被之，若漢文帝使慎夫人鼓琴，自倚其瑟而歌。漢、魏作三調歌辭，終非古法。（同前書卷一百四十三「音樂門·樂府類中」）

一七九 樂工非庸人：子語魯太師樂，知樂深矣。古者歌工、樂工皆非庸人，故摯適齊，干適楚，繚適蔡，缺適秦，方叔入河，武入漢，陽、襄入海，孔子録之。八人中，其一又見於《家語》。孔子學琴於師襄子，襄子曰：「吾雖以擊磬為官，然能於琴。」子貢問師乙：「賜宜何歌？」答曰：「肆直而慈愛者，宜歌商；温良而能斷者，宜歌齊；寬而静、柔而正者，宜歌頌；廣大而舒、疏達而信者，宜歌大雅；恭儉而好禮者，宜歌小雅；正直而静、廉而謙者，宜歌風。」師乙，賤工也，學識乃至此。又曰：「歌者，上如抗，下如墜，曲如折，止如槁木，倨中矩，勾中鉤，纍纍乎端如貫珠。」歌之妙，不越此矣。今有遇釣容班教坊者，問曰：「某宜何歌？」必曰：「汝宜唱田中行、曹元寵小令。」（同前）

一八〇 唐之歌：唐時古意亦未全喪，《竹枝》、《浪淘沙》、《拋毬樂》、《楊柳枝》，乃詩中絶句，而定為歌曲，故李太白《清平調詞》三章皆絶句。元、白諸詩，亦為知音者協律作歌。白樂天守杭，元微之贈云：「休遣玲瓏唱我詩，我詩多是别君辭。」自注云：「樂人高玲瓏能歌余數十詩。」樂天亦醉戲諸妓云：「席上争飛使君酒，歌中多唱舍人詩。」又聞歌妓唱前郡守嚴郎中詩云：「已留舊政布中和，又付新詩與豔歌。」元微之見人詠韓舍人新律詩，戲贈云：「輕新便妓唱，凝妙入僧禪。」沈亞之送人序云：「故友李賀善撰南北朝樂府歌詞，其所賦尤多怨鬱悽豔之巧（當作句），誠足蓋古排今，使為詞者莫得偶矣，惜乎其終亦不被聲弦唱。」然唐史稱李賀樂府數十篇，《雲韶》詩工皆合之弦管。又稱李益詩名與賀相埒，每一篇成，樂工争以賂求取之，被聲歌供奉天子。又稱元微之詩往往播樂府。舊史：武元衡工五言詩，好事者傳之，往往被於管弦。又舊説：開元中，詩人王昌齡、高適、王渙之（當作「之渙」，下同）詣旗亭飲，梨園伶官亦與妓聚燕，三人私約曰：「我輩擅詩名，未定甲乙，試觀諸伶歌詩分優劣。」一伶唱昌齡二絶句，一伶唱適絶句，渙之曰：「任（當作佳）妓所唱，如非我詩，終身不敢與子争衡。不然，子等列拜牀下。」須臾，妓唱渙之詩，渙之揶揄二子，曰：「田舍奴，我豈妄哉！」以此知李唐伶伎取當時名士詩句入歌曲，蓋常事也。蜀王衍召嘉王宗壽飲宣華苑，命宫人李玉簫歌衍所撰宫詞，五代猶有此風，今亡矣。近有取陶淵明《歸去來》、李太白「把酒問月」、李長吉《將進酒》、大蘇公《赤壁前》、《後賦》，協入聲律，此暗合孫吴耳。（同前）

一八一　凉州辨：《凉州》曲，《唐史》及《傳載》稱：天寶樂曲皆以邊地為名，若《凉州》、《伊州》、《甘州》之類，曲遍聲繁，名入破。又詔道調、法曲與胡部新聲合作。明年，安禄山反，凉、伊、甘皆陷。《吐蕃（脱史字）》、《開元傳（脱信字）記》亦云西凉州獻此曲，寧王憲曰：「音始於宫，散於商，成於角、徵、羽。斯曲也，宫離而不屬，商亂而加暴，君卑逼下，臣僭犯上，臣恐一日有播遷之禍。」及安、史亂世，頗思憲審音。而《楊妃外傳》乃謂上皇居南内，與妃侍者紅桃歌妃所製《凉州》詞。《明皇雜録》亦云：「上初自巴蜀回，夜乘月登樓，命妃侍者紅桃歌《凉州》，即妃所製，上親御笛為倚樓曲，曲罷，無不感泣。因廣其曲，傳於人間。」予謂皆非也，《梁（一作凉，下同）州》在天寶時已盛行，上皇巴蜀回居南内，乃謂肅宗那得，始廣此曲。或曰因妃所製詞，而廣其曲者，亦詞也。則流傳者，抑豈加於詞乎？舊史及諸家小説謂妃善歌舞，邃音律，不稱善製詞。今妃《外傳》及《明皇雜録》誇誕無實，獨帝御玉笛為倚樓曲，因廣傳人間，似可信，但非《凉州》耳。《唐史》又云：其聲本宫調，今《凉州》見於世者凡七：宮曲曰黃鍾宮、(脫「道調宮」三字)無射宮、中呂宮、南呂宮、仙呂宮、高宮，不知西涼所獻何宮也。然七曲宮，知其三是唐曲，黃鍾、羽調、高宮者是也。《脞說》云：「西涼州本在正宮，正(當作貞)元初康崑崙翻入琵琶玉宸宮調，初進在玉宸殿，故以名命，合衆樂，即黃鍾也。」予謂黃鍾，即俗呼正宮，崑崙豈能捨正宮外別製黃鍾《梁州》乎？因玉宸殿奏琵琶，就易美名，此樂工誇大之常態，而《脞說》便謂翻入琵琶玉宸宮調，新史雖取其正(當作說)，云康崑崙寓其聲於琵琶，奏於玉宸殿，因號玉宸宮調，合諸樂則用黃鍾宮，得之矣。張祜詩云：「春風南內百花時，道調《梁州》急徧吹。揭手便拈金碗舞，上皇驚笑悖拏兒。」又《幽閒鼓吹》云：「元載子伯和，勢傾中外，福州觀察使寄樂妓數十人，使者半歲不得通，窺伺門下有琵琶康崑崙出入，乃厚遺求通伯和一試，盡付崑崙。段和尚者，自製羽調《涼州》，崑崙求譜，不許，以樂之半為贈，乃傳。」據張祜詩，上皇已有此曲，特《幽閒鼓吹》謂段師自製，未知孰是？白樂天《秋夜聽歌高調〈涼州〉》詩云：「樓上金風聲漸緊，月中銀字韻初調。促張絃柱吹高管，一曲《涼州》入泬寥。」大呂宮，俗呼高宮，其商為高大石，其羽為高般涉，所謂高調，乃高宮也。《史》及《脞說》又云：「《涼州》有大遍。」非也，凡大曲有散序、及(當作靸)、排遍、攧、正攧、入破、虛催、實催、袞拍、遍、歇、殺袞，始成一曲，此謂大遍。而《涼州》排遍，予曾見一本有二十四段，後世就大曲製詞者類從簡省，而管絃家又不肯從首至尾吹彈，甚者，學不能盡。元微之詩云「逡巡大遍《梁州》徹」，又云：「《梁州》大遍最豪嘈。」《史》及《脞說》謂有大遍、小遍，其誤識此乎？（同前）

一八二 伊州調：《伊州》見於世者凡七：商曲大石調、(脫「高大石調」四字)雙調、小石調、歇拍、林鍾商、越調，第不知天寶所製七商中何調耳？王建《宮詞》云：「側商調裏唱《伊州》。」林鍾商，今夷則商也。管色譜以凡字殺，若側商，則借尺字殺。（同前）

一八三 《霓裳羽衣曲》：《霓裳羽衣曲》，説者多異，予斷之曰：西凉創作，明皇潤色，又為易美名。其他飾以神怪者，皆不足信也。《唐史》云：河西節度使楊敬述獻，凡二十（一作「十二」）遍。白樂天《和元微之〈霓裳羽衣曲〉歌》云：「由來能事各有主，楊氏創聲君造譜。」自注云：「開元中，西凉節度使楊敬述進。」又考《唐史·突厥傳》：開元間，凉州都督楊敬述為暾欲谷所敗，白衣檢校凉州事，鄭愚之説是也。劉夢得詩云：「開元天子萬事足，惟惜當年光景促。三鄉陌上望仙山，歸作《霓裳羽衣曲》。仙人從此在瑶池，三清八景相追隨。天上忽乘白雲去，世間忽有秋風詞。」李肱《霓裳羽衣曲》詩云：「開元太平時，萬國賀豐歲。梨園進舊曲，玉座流新製。鳳管迭參差，霞裳競摇曳。」元微之《法曲》詩云：「明皇度曲多新態，宛轉浸淫易沉着。赤白桃李取名花，《霓裳羽衣》號天樂。」而樂天亦云：「法曲法曲歌《霓裳》，政和世理音洋洋，開元之人樂且康。」又知為法曲一數也。夫西凉既獻此曲，而三人者又謂明皇製作，予以是知西凉創作，明皇潤色者也。杜佑《理道要訣》云：「天寶十三載七月，改諸樂名，使輔璆琳宣進，止令於太常寺刊石，内黄鍾《婆羅門》曲改為《霓裳羽衣曲》。」《津陽門詩》注：「葉法善引明皇入月宮，聞樂，歸，描（當作笛）寫其半，會西凉都督楊敬述進《婆羅門》，聲調脗合，遂以月宮中所聞為散序，敬述所進為其脞（當作腔），製《霓裳羽衣》。」月宮事荒誕，惟西凉進《婆羅門曲》，明皇潤色，又為易美名，最明白無疑。《異人録》云：「開元六年，上皇與申天師中秋夜同遊月中，見一大宮府，榜曰：『廣寒清虚之府。』兵衛守門，不得入。天師引上皇躍起煙霧中，下視玉城，仙人、道士乘雲駕鶴，往來其間。素娥十餘人舞笑於廣庭桂樹之下，樂音清麗。上皇歸，編律成音，製《霓裳羽衣曲》。」《逸史》云：「羅公遠中秋侍明皇宮中翫月，以拄杖向空擲之，化為銀橋。與帝昇橋，寒氣侵人，遂至月宮。女仙數百，練素（當作『素練』）霓裳，舞於廣庭。上問曲名，曰《霓裳羽衣》。上記其音，歸，作《霓裳曲》。」《鹿革事類》云：「八月望夜，葉法善與明皇遊月宮，聆月中天樂，問曲名，曰《紫雲回》。默記其聲，歸，傳之，名曰《霓裳羽衣》。」此三家者，大同小異，要皆荒誕，無可稽者。王建詩云：「弟子歌中留一色，聽風聽水作《霓裳》。」歐陽永叔《詩話》以不曉「聽風聽水」為恨，蔡絛（當作條）《詩話》云：出唐人《西域記》，龜兹國王與臣庶知樂者，於大湖間聽風水聲，均節成音，後翻入中國，如《伊州》、《甘州》、《凉州》，皆自龜兹至，此説近之，但不及《霓裳》。按《唐史》及唐人詩集、諸公家小説：楊太真進見之日，奏此曲導之，妃亦善此舞，帝常以趙飛燕身輕，成帝為置七寶避風臺事戲妃曰：「爾則任吹多少？」妃曰：「《霓裳》一曲，足掩前古。」而宫妓佩七寶瓔絡舞此曲，曲終，珠翠可掃。故詩人云：「貴妃宛轉侍君側，體弱不勝珠翠繁。冬雪飄飄錦袍暖，春風蕩蕩《霓裳》翻。」又云：「天（當作朱）閣沉沉夜未央，碧雲仙曲舞《霓裳》。一聲玉笛向空奏，月滿驪山宫漏長。」又云：「《霓裳》一曲千峰上，舞破中原始下來。」又云：「漁陽鼙鼓動地來，驚破《霓裳羽衣曲》。」又云：「世人莫重《霓裳》曲，曾致干戈是此中。」又云：「雲雨馬嵬飛散後，驪山無復舞《霓裳》。」又云：「《霓裳》滿天月，粉骨幾春風。」帝為太上皇就養南宫，遷於西宫，梨園弟子玉琯發音，聞此曲一聲，則天顔不怡，左右歔欷。其後憲宗時，每大宴，間作此舞。文宗時，詔太常卿馮定求開元雅樂，製《雲韶》雅樂及《霓裳羽衣曲》，是時四方大都邑及士大夫家已多按習，而文宗乃令馮定製舞曲者，疑曲存而舞節非舊，故就加整頓焉。按明皇改《婆羅門》為《霓裳羽衣》，屬黄鍾商云，時號越調，即今之越調是也。白樂天《嵩陽觀夜奏〈霓裳〉》詩云：「開元遺曲自凄凉，况近秋天調是商。」又知其為黄鍾商無疑。歐陽永叔云：「人間有《瀛洲（一作府，下同）》、《獻仙音》二曲，此其遺聲。」《瀛洲》屬黄鍾宫，《獻仙音》屬小石調，了不相干，永叔知《霓裳羽衣》為法曲，而《瀛洲》、《獻仙音》為法曲中遺聲，今合兩個宫調作《霓裳羽衣》一曲遺聲，亦太疏矣。樂天《和元微之〈霓裳羽衣曲〉歌》云：「磬簫箏笛遞相横，擊擫吹彈聲迤邐。」注云：「凡法曲之初，衆樂不齊，惟金石絲竹次第發聲，《霓裳》序初亦復如此。」又云：「散序六奏未動衣，陽臺宿雲慵不飛。」注云：「散序六遍不拍，故不舞。中序始有拍，亦名拍序。」又云：「繁音急節十二遍，跳珠撼玉何鏗錚。翔鸞舞了却收翅，唳鶴曲終長引聲。」注：「《霓裳》十二遍而曲終，凡曲將終，皆聲拍促速，惟《霓裳》之末長引一聲。」《筆談》云：「《霓裳》曲凡十二疊，前六疊無拍，至第七疊方謂之疊遍，自此始有拍而舞。」《筆談》，沈存中撰，沈指《霓裳羽衣》為道調法曲，則是未嘗見舊譜，今所云豈亦得之樂（脱天字）乎？世有般涉調《拂霓裳》曲，因石曼卿取作傳播，述開元、天寶舊事。曼卿云：「本是月宫之音，翻作人間之曲。」近夔師（當作帥）曾端伯增損其辭，為勾遣隊口號，亦開、寶遺音，蓋二公不知此曲自屬黄鍾商，而《拂霓裳》則般涉調也。宣和初，普州守山東人王平，詞學華贍，自言得夷則商《霓裳羽衣譜》，取陳鳴(當作鴻)、白樂天《長恨歌傳》，并樂天《寄元微之〈霓裳羽衣曲〉歌》，又雜取唐人小詩、長句及明皇太真事，終以微之《連昌宮詞》，補綴成曲，刻版流傳。曲十一段，起第四遍、第五遍、第六遍、擷、入破、虛催、衮、實(脱「催」字)、衮、歇拍、殺衮，音律節奏與《白紵》歌注大異，則知唐曲，今世決不復見，亦可恨也。(同前)

一八四 《胡渭州》：《胡渭州》，《明皇雜録》云：「開元中，樂工李龜年弟兄三人皆有才學盛名：彭年善舞，鶴年、龜年能歌，製《渭州》曲，特承顧遇。」《唐史·吐蕃傳》亦云：「奏《涼州》、《胡渭》、《録要》雜曲。」今小石調《胡渭州》是也，然世所行《伊州》、《胡渭州》、《六么》，皆非大遍全曲。(同前)

一八五 《六么》：《六么》，亦名《緑腰》，一名《樂世》，一名《録要》。元微之《琵琶歌》云「《録要》散序多攏撚」，又云：「管兒還為彈《録要》，《録要》依舊聲迢迢。」又云：「逡巡彈得《六么》徹，霜刀破竹無殘節。」沈亞之《歌者葉記》云「合韻奏《緑腰》」，又《誌盧金蘭墓》云：「為《緑腰》、《玉樹》之舞。」《吐蕃傳》云：「奏《涼州》、《胡渭》、《録要》雜曲。」段安節《琵琶録》云：「《緑腰》，本《録要》也，樂工進曲，上令録要者。」白樂天《楊柳枝》詞云：「《六么》《水調》家家唱，《白雪》《梅花》處處吹。」又《聽歌》六絶句内《樂世》一遍(當作篇)云：「管急絃繁拍漸稠，《緑腰》宛轉曲終頭。試如《樂世》聲聲樂，老病人軀未免愁。」注云：「《樂世》名《六么》。」王建《宮詞》云：「琵琶先抹《六么》頭。」故知唐人以「么」作「腰」，惟樂天與王建耳。或云此曲拍無過六字者，故曰《六么》。至樂天又獨謂之《樂世》，他書不見也。《青箱雜記》云：「曲有《六么》者，録《霓裳羽衣曲》之要拍。」《霓裳羽衣曲》乃宮調，與此曲了不相關。《琵琶録》又云：「正(當作貞)元中，康崑崙，琵琶第一手，滿市折鬪聲樂，崑崙登東綵樓，彈新翻羽調《録腰》，自謂無敵。曲罷，市西樓上出一女郎，抱樂器云：『我亦彈此曲，兼移在楓香調中。』下撥聲如雷，絶妙入神。崑崙拜請為師，女郎更衣出，乃僧善本，俗姓段。」歐陽永叔云「貪看《六么》《花十八》」，此曲内一疊名《花十八》，前後十八拍，又四花拍，共二十二拍。樂家者流謂花拍，蓋非正也。曲節抑楊可喜，舞亦隨之，而舞築毬《六么》至《花十八》，益奇。(同前)

一八六　《西河長命女》：《西河長命女》，崔元範自越州幕府拜侍御史，李納(當作訥)尚書餞於鑑湖，命盛小叢歌，坐客各賦詩送之，有云：「為公唱作《西河》調，日暮偏傷去住人。」《理道要訣》：「《長命女》在林鍾羽，時號平調，今俗呼高平調也。」《脞説》云：「張紅紅者，大曆初隨父歌丐食，過將軍韋清(一作青，下同)所居，清納為姬。自傳其藝，頴悟絶倫。有樂工取古《西河長命女》加減節奏，頗有新聲。未進閒先歌於清，清令紅紅潛聽，以小豆數合記其拍，詒云：『女弟子久歌，此非新曲也。』隔屏奏之，一聲不失，樂工大驚，請與相見，嘆伏不已。兼云：『有聲不穩，今已正矣。』尋達上聽，召入宜春院，寵澤隆異，宫中號記曲小娘子，尋為才人。」按此曲起開元以前，大曆間樂工加減節奏，紅紅又正一聲而已。《花間集》和凝有《長命女》曲，僞蜀李珣《瓊瑶集》亦有之，句讀各異，然皆今曲，不知孰為古製林鍾羽併大曆加減者。(同前)

一八七　《楊柳枝》：《楊柳枝》，《(脱「鑑戒」二字)録》或曰：「《楊柳枝》歌，云(一作亡)隋之曲也。」前輩詩云：「萬里長江一帶開，岸邊楊柳幾千栽。錦帆未落干戈起，惆悵龍舟去不回。」又云：「樂罷隋堤事已空，萬條猶舞舊春風。」皆指汴梁事。而張祐《折楊柳枝》兩絶句，其一云：「莫折宫前楊柳枝，玄宗曾向笛中吹。傷心日暮煙霞起，無限春愁生翠眉。」則知隋有此曲，傳至開元，《樂府雜録》云白太傅作《楊柳枝》，考樂天晚年與劉夢得唱和此曲，詞云：「古歌舊曲君休聽，聽取新翻《楊柳枝》。」又作《楊柳枝》二十韻，云：「樂童翻怨調，才子與妍詞。」注云：「洛下新聲也。」劉夢得亦云：「請君莫奏前朝曲，聽唱前朝《楊柳枝》。」蓋後來始變新聲，而所謂樂天作《楊柳枝》者，稱其別創詞也。（同前）

一八八 《喝馱子》：《喝馱子》，《洞微志》云：「屯田員外郎馮敢，景德三年為開封府界檢溇户田，宿有胡店曰褭落，忽見三婦人過店前，入西畔古佛堂，敢料其鬼也，攜僕王侃詣之。延坐飲酒，稱二十六舅母者，請王侃歌送酒，三女側聽，十四姨者曰：『何名也？』侃對曰：『《喝馱子》。』十四姨曰：『非也，此曲單州營妓教頭葛大姐所撰新聲，梁祖作四鎮時，駐兵魚臺，值十月二十一日生日，大姨獻之。梁祖令李振塡詞，付後騎唱之，以押馬隊，因謂之葛大姨。及戰，得勝，始流傳河北，軍中競唱，以押馬隊，故訛曰《喝馱子》。』莊皇入洛，亦徵此曲，謂左右曰：『此亦古曲，葛氏但更六七聲耳。』」李珣《瓊瑶集》有《鳳臺曲》，注云：「俗謂之《喝馱子》。」不載何宫。（同前）

一八九 《蘭陵王》：《蘭陵王》，北齊史及《隋唐嘉話》稱齊文襄之子長恭，封蘭陵王，與周師戰，嘗着假面對敵，擊周師金墉城下，勇冠三軍，武士共歌之，曰《蘭陵王入陳曲》。今越調《蘭陵王》凡三段二十四拍，或曰遺聲也。此曲聲犯正宫，（脱「管」字）色用大凡字，故亦名大犯。又有大石調《蘭陵王

慢》，殊非舊曲。（同前）

一九〇《虞美人》：《脞説》稱起於項籍「虞兮」之歌，予謂世以此命名，可也，曲起於當時，非也。曾宣子（當作「子宣」）夫人魏氏作《虞美人草行》，有云：「三軍散盡旌旗倒，玉帳佳人坐中老。香魂夜逐劍光飛，青血化為原上草。芳心寂寞寄寒枝，舊曲聞來似斂眉。」又云：「當時遺事久成空，慷慨尊前為誰舞？」亦有就曲誌其事者，世以為工，其詞云：「帳前草草軍情變，月下旌旗亂。褫衣推枕愴離情，遠風吹下楚歌聲，正三更。　撫騅欲上重相顧，艷態花無主。湖中蓮蕚凛秋霜，九泉歸去是仙鄉，恨茫茫。」黄載萬和追（當作「追和」）之，壓倒前輩矣，其詞云：「世間離恨何時了，不為英雄少。楚歌聲起霸圖休，野葛荒蓁老。　蕪城暮，玉貌知何處。至今芳草解婆娑，只有當時魂魄未消磨。」按《益州草木記》：雅州名山出虞美人草，歌此曲，應拍而舞，他曲則否。《賈氏談録》：褒斜山谷有虞美人草，上如鷄冠大，葉相對，或唱《虞美人》，則兩葉如人拊掌之狀，頗中節拍。《酉陽雜俎》云：「舞草出三雅，獨莖三葉，葉如決明，一葉在莖端，兩葉居莖之半相對，人或近之歌，及抵掌謳曲，葉動如舞。」《益州方物圖贊》改「虞」作「娱」，今世所傳《虞美人》曲，下音俚調，非楚虞姬作，意其草纖柔，為歌氣所動，故其莖至小者，或若動摇美人，以為娱耳。《筆談》云：「高郵桑景舒性知音，舊聞虞美人草，遇人作（當作唱）《虞美人》曲，枝葉皆動，他曲不然，試之，如所傳，詳其曲，皆吴音也。他日取琴試用吴音製一曲，對草鼓之，枝葉皆動，乃目曰《虞美人操》。其聲調與舊曲始末不相近，而草輙應之者，律法同管也。今盛行江湖間，人亦莫知其誰何為吴音。」《東齋記事》云：「虞美

人草，唱他曲亦動，傳者過矣。」（同前）

一九一 《水調歌》：《水調歌》，《理道要訣》所載唐樂曲南吕商，時號《水調》，予數見唐人説《水調》，各有不同，因疑《水調》非曲名，乃俗呼音調之異名矣。按《隋唐嘉話》：煬帝鑿汴河，自製《水調》，只非（一作「即是」）《水調》中製歌也。世以今《水調歌》為煬帝自製，今曲乃中吕調，而唐所謂南吕商，則今俗呼中管林鍾商也。《脞説》云：「《水調歌》，煬帝將幸江都時所製，聲韻悲切，帝喜之。樂工王令言謂其弟子曰：『不返矣，《水調歌》傳但有去聲。』」此説與《安公子》事相類，蓋《水調》中《河傳》也。《明皇雜録》云：「禄山犯順，議欲遷幸，帝置酒樓上，命作樂，有進《水調歌》者，曰：『山川滿目淚沾衣，富貴榮華能幾時。不見只今汾水上，惟有年年秋鴈飛。』上問：『誰為此曲？』曰：『李嶠。』上曰：『真才子。』不終飲而罷。」此《水調》中一句七字曲也。樂天《聽水調》詩云：「五言一遍最殷勤，調少情多似有因。不會當時翻曲意，此聲腸斷為何人？」《脞説》亦云：「《水調》第五遍五言，調聲最愁苦。」此《水調》中一句五字曲，又有多遍，似是大曲也。樂天詩又云：「時唱一聲《新水調》，謾人道是採菱歌。」此《水調》中新腔也。《南唐近事》云：「元宗留心内寵，宴私擊鞠無虚日，常命樂工楊花飛奏《水調》詞進酒，花飛惟唱『南朝天子好風流』一句，如是數回，上悟，覆杯，賜金帛。」此又一句七字。然既曰命奏《水調》詞，則是令楊花飛《水調》中撰詞也。《外史檮杌》云：「王衍泛舟閬中，舟子皆衣錦，偶自製《水調銀漢曲》。」此《水調》中製《銀漢曲》也。今世所唱中吕調歌，乃是以俗呼音調異名者名曲，雖首尾亦各有五言兩句，决非樂天所聞之曲。《河傳》唐詞在者二：其一屬南吕宫，凡前段平韻；其一乃今《怨王孫》曲，屬無射宫。以此知煬帝所製《河傳》不傳已久。然歐陽永叔所集詞内《河傳》附越調，亦《怨王孫》曲，今世《河傳》，乃仙吕調，皆令也。（同前）

一九二　《萬歲樂》：《萬歲樂》，《唐史》云：「明皇分樂為二部，堂下立奏謂之立部伎，堂上坐奏謂之坐部伎。（脱「坐部伎」三字）六曲，而鳥歌《萬歲樂》居其四。鳥歌者，武后作也，有鳥能人言萬歲，因以製樂。」《通典》云：「鳥歌《萬歲樂》，武太后所造，時宫中養鳥，能人言，常稱萬歲，為樂以其之聲。三人緋，大袖，並畫鸜鵒，冠作鳥象。」又云：「今嶺南有鳥似鸜鵒，能言，名吉了。音料。」異哉！武后也。其為昭儀，至篡奪，殺一后一妃，又殺王侯將相、中外士大夫不可勝計，凶忍之極。又殺諸武，僅有免者。又最甚，則親生四子，殺其二，廢徙其一，獨睿宗幾危得脱，視他人性命如糞土。至聞鳥歌萬歲，乃欲集慶厥躬，在衆人則欲速死，在一身則欲長久，世無是理也。按《理道要訣》：唐時太簇商樂曲有《萬歲樂》，或曰即鳥歌《萬歲樂》也。又《唐舊史》：元和八年十月，汴州劉弘撰《聖朝萬歲樂譜》三百首以進，而黄鍾宫亦有《萬歲樂》，不知起前曲或後曲。（同前）

一九三　《夜半樂》：《夜半樂》，《唐史》云：「民間以明皇自潞州還京師，夜半舉兵誅韋皇后，製《夜半樂》、《還京樂》二曲。」《樂府雜録》云：「明皇自潞州入平内難，半夜斬長樂門關，領兵入宫後，撰《夜半樂》曲。」今黄鍾宫有《三臺夜半樂》，中宫，又有慢，有近拍、有序，不知何者為正。（同前）

一九四　《何滿子》：《何滿子》，白樂天詩云：「世傳滿子是人名，臨就刑時曲始成。一曲四詞歌八疊，從頭便是斷腸聲。」自注云：「開元中滄州歌者姓名，臨刑，進此曲以贖死，上竟不免。」元微之《何滿子歌》云：「何滿張歌能宛轉，天寶年中世稱罕。嬰刑繫在囹圄間，不調哀音歌憤懣。梨園弟子奏玄宗，一唱承恩羈網緩。便將何滿為曲名，御府親題樂府纂。」甚矣！帝王不可妄有嗜好也。明皇好音律，而罪人遂欲進曲贖死。然元、白平生交友，聞見率同，獨紀此事少異。《盧氏雜説》云：「甘露事後，文宗便殿觀牡丹，誦舒元輿《牡丹賦》，嘆息泣下。命樂適情，宮人沈翹翹舞《何滿子》詞云『浮雲蔽白日』，上曰：『汝知書耶？』乃賜金臂環。」又薛逢《何滿子》詞云：「繫馬宮槐老，持杯店菊黃。故交今不見，流恨滿川光。」五字四句，樂天所謂一曲四詞，庶幾是也。歌八疊，疑有和聲，如《漁父》、《小秦王》之類。今詞屬雙調，兩段，各六句，內五句各六字，一句七字，五代時尹鶚、李珣亦同此，其他諸公所作，往往只一段，而六句各六字，皆無五字者。句字既異，即知非舊曲。張祜作《孟才人》詩云：「偶因歌態詠嬌嚬，傳唱宮中十二春。却為一聲《何滿子》，下泉須弔孟才人。」其序稱：「武宗疾篤，孟才人以歌笙獲寵者，密侍左右，上目之曰：『吾當不諱，爾何為哉？』指笙囊，泣曰：『請以此就縊。』上憫然。復曰：『妾嘗藝歌，願對上歌一曲以泄憤。』許之，乃歌一聲《何滿子》，氣亟立殞。上令醫候之，曰：『脉尚温，而腸已絶。』上崩，將徙柩，舉之愈重，議者曰：『非俟才人乎？』命其櫬至，乃舉。」僞蜀孫光憲云：「冠劍不隨君去，江河還共恩深。」似為孟才人發。祜又有宮詞云：「故國三千里，深宮二十年。一聲《何滿子》，雙淚落君前。」（同前）

一九五 凌波神：凌波神，《開元天寶遺事》云：「帝在東都，夢一女子，高髻廣裳，拜而言曰：『妾，凌波池中龍女，久護宮苑，陛下知音，乞賜一曲。』為作《凌波曲》奏之，神出波間。」《楊妃外傳》云：

「上夢艷女，梳交心髻，大袖寬衣，曰：『妾是陛下凌波池中龍女，衛宮護駕，實有功。陛下洞曉鈞天之音，乞賜一曲。』夢中為鼓胡琴，作《凌波池（當作曲）》。奏新曲，池中波濤湧起，有神出池心，乃夢中所見女子，因立廟池上，歲祀之。」《明皇雜録》云：「女伶謝阿蠻善舞《凌波曲》，出入宫中及諸姨宅，妃子待之甚厚，賜以金粟粧臂環。」按《理道要訣》：天寶諸樂曲名有《凌波神》二曲：其一在林鍾宫云，時號道調宫，然今之林鍾即時號南吕宫，而道調宫即古之仲吕宫也。其一在南吕商云，時號《水調》，今南宫商則俗呼中管林宫（當作鍾）商也，皆不傳，予問諸樂工，云時號《水調》，今南吕商，舊見《凌波》曲譜，不記何宫調也。世傳用之歌吹，能招來鬼神，因是久廢。豈以龍女見形之故相承，為能招來鬼神乎？（同前）

一九六《荔枝香》：《荔枝香》，《唐史·禮樂志》云：「帝幸驪山，楊貴妃生日，命小部張樂長生殿奏新曲，未有名。會南方進荔枝（按此後脱：『因名曰《荔枝香》。《脞説》云：太真妃好食荔枝』十六字），每歲忠州置急遞上進，五日至都。天寶四年夏，荔枝滋甚，比開籠時，香滿一室，供奉李龜年撰此曲進之，宣賜甚厚。」《楊妃外傳》云：「明皇在驪山，命小部音聲於長生殿奏新曲，未有名，會南海進荔枝，因名《荔枝香》。」三説雖小異，要是明皇時曲，然史及《楊妃外傳》皆謂帝在驪山，故杜牧之《華清》絶句云：「長安回望繡城（當作成）堆，山頂千門次第開。一騎紅塵妃子笑，無人知道荔枝來。」《遯齋閒覽》非之曰：「明皇每歲十月幸驪山，至春乃還，未嘗用六月，詞意雖好，而失事實。」其後歐陽永叔詞亦云：「一從魂散馬嵬間，只有紅塵無驛使。」今歇拍、大石調兩調皆有近拍，不知何者

為本曲。(同前)

一九七《阿濫堆》:《阿濫堆》,《中朝故事》云:「驪山多飛禽,名阿濫堆,明皇御玉笛採其聲,翻為曲子名。左右皆傳唱之,播於遠近,人競以笛效吹。故張祜詩云:『紅樹蕭蕭閣半開,玉皇曾幸此宮來。至今風俗驪山下,村笛猶吹《阿濫堆》。』」賀方回《朝天子》曲云:「待月上、潮平波艷艷,塞管孤吹新《阿濫》。」即謂《阿濫堆》,江湖尚有此聲,予未之聞也。嘗以問老樂工,云屬夾鍾商。按《理道要訣》:天寶諸樂名堆作追(一作塠),屬黄鍾羽夾鍾商,俗呼雙調,而黄鍾羽,則俗呼般涉調。然《理道要訣》稱黄鍾羽時號黄鍾商調,皆不可曉也。(同前)

一九八《念奴嬌》:《念奴嬌》,元微之《連昌宫詞》云:「力士傳呼覓念奴,念奴潛伴諸郎宿。」自注云:「念奴,天寶中名倡,善歌,每歲樓下酺宴,萬衆喧溢,嚴安之、韋黄裳輩辟易不能禁,衆樂為之罷奏。明皇遣高力士大呼樓上曰:『欲遣念奴唱歌,仰二十五郎吹小管,逐看能聽否?』皆悄然奉詔。歲幸温湯,時巡東洛,有司潛遣從行而已。」《天寶遺事》云:「念奴有色善歌,宫妓中第一。帝嘗曰:『此女眼色媚人。』」又云:「念奴每執板當席,聲出朝霞之上。」今大石調《念奴嬌》,世以為天寶間所製曲,予固疑之,然唐中葉漸有今體慢曲子。而近世有填《連昌詞》入此曲者,後復轉此曲入道調宫,又轉入高宫大石調。(同前)

一九九《清平樂》:《清平樂》,《松窗録》云:「開元中,禁中初重木芍藥,得四本:紅、紫、淺紅、通白,繁開,上乘照夜白,太真以步輦從。李龜年手捧檀板押衆樂前,將欲歌之,上曰:『焉用舊詞為？』命龜年宣翰林學士李白立進《清平調》詞三章。上命梨園子弟約格調，撫絲竹，促龜年歌。太真妃笑領歌，意甚厚。」張均（當作君）房《脞説》指此為《清平樂》曲。按明皇宣白進《清平調》辭，乃是令白於《清平調》中製詞，蓋古樂取聲律高下合為三：曰清調、平調、側調，此謂三調。明皇止令就擇上兩調，偶不樂側調故也。況白詞七字絕句，與今曲不類，而《尊前集》亦載此三絕句，止目曰《清平調》。然唐人不深考，妄指此三絕句耳。此曲在越調，至今盛行於世，今又有黄鍾宫、黄鍾商兩音者，歐陽炯稱白有應制《清平樂》四首，往往是也。（同前）

二〇〇《雨淋鈴》：《明皇雜録》及《楊妃外傳》云：「帝幸蜀，初入斜谷，霖雨彌旬，棧道中聞鈴聲，帝方悼念貴妃，採其聲作《雨淋鈴》曲以寄恨。時梨園弟子惟張野狐一人善篳篥，因吹之，遂傳於世。」予攷史及諸家説，明皇自陳倉入散關，出河池，初不由斜谷路。今劍州梓桐縣地名上亭，有古今詩刻，記明皇聞鈴之地，庶幾是也。羅隱詩云：「細雨霏微宿上亭，雨中因感雨淋鈴。貴為天子猶魂斷，窮着荷衣好涕零。劍水多端何處去，巴猿無賴不堪聽。少年辛苦今飄蕩，深媿先生教聚螢。」世傳明皇宿上亭，雨中聞牛鐸聲，悵然而起，問黄幡綽鈴作何語，曰：「謂陛下特郎當。」特郎當，俗稱不整治也。明皇一笑，遂作此曲。《楊妃外傳》又載上皇還京後，復幸華清，從官嬪御多非舊人，於望京樓下命張野狐奏《雨淋鈴》曲，上回顧悽然，自是聖懷耿耿，但吟云：「刻木牽絲老作翁，鷄皮鶴髮與真同。須臾弄罷寂無事，還似人生一夢中。」杜牧之詩云：「行雲不下朝元閣，一曲淋鈴淚數行。」張祜詩云：「雨淋鈴夜却歸秦，猶是張徽一曲新。長説上皇和淚教，月明南内更無人。」張徽，即張野狐也。或謂祜詩言上皇出蜀時曲，與《明皇雜録》、《楊妃外傳》不同。祜意明皇入蜀時作此曲，至雨淋鈴夜却又歸秦，猶是張野狐向來新曲，非異説也。元微之《琵琶歌》云：「淚垂捍撥朱絃濕，冰泉嗚咽鶯聲澁。因兹絃作《雨淋鈴》，風雨蕭條鬼神泣。」今雙調《雨淋鈴慢》頗極哀怨，真本曲遺聲。（同前）

二〇一《春光好》：《春光好》，《羯鼓録》云：「唐明皇尤愛羯鼓玉笛，云八音之領袖。時春雨始晴，景色明麗，帝曰：『對此，豈可不判斷？』命取羯鼓，臨軒縱擊，曲名《春光好》，回頭柳杏皆已微坼，上曰：『此一事，不唤我作天工乎？』」今夾鍾宫《春光好》，唐以來多有此曲，或曰夾鍾宫屬二月之律，明皇依月用律，故能判斷如神。予曰：二月，柳杏坼久矣，此必正月用二月律催之也。《春光好》，近世或易名《愁倚闌》。（同前）

二〇二《菩薩蠻》：《菩薩蠻》，《南部新書》及《杜陽編》云：「大中初，女蠻國入貢，危髻金冠，纓珞被體，號菩薩蠻隊。遂製此曲，當時倡優李可及作菩薩隊舞，文士亦往往聲其詞。」大中，宣宗紀號也。《北夢瑣言》云：「宣宗愛唱《菩薩蠻》，令狐相國假温飛卿新撰密進之，戒以勿泄，而遽言於人，由是疎之。」温詞十四首，載《花間集》，今曲是也。李可及所製蓋止此，則其舞隊不過如近世《傳踏》之數耳。（同前）

二〇三《望江南》：《望江南》，《樂府雜録》云李衛公為亡妓謝秋娘撰，《望江南》亦云《夢江南》。白樂天作《憶江南》三首：第一《江南好》，第二、第三《江南憶》，亦自注云：「此曲亦名《謝秋娘》，每首五句。」予考此曲自唐至今皆南吕宫，字句亦同，止是今曲兩段，蓋近世曲子無單遍者。然衛公為秋娘作此曲，已出兩名，樂天又名以《憶江南》，又名以《謝秋娘》。近世又取樂天首句名以《江南好》。（同前）

二〇四《麥秀兩岐》：《麥秀兩岐》，《文酒清話》云：「唐封舜臣性輕佻，德宗時使湖南，道經金州，守張樂燕之。執盃索《麥秀兩岐》曲，樂工不能。封謂樂工曰：『汝山民，亦合聞大朝音律。』守為杖樂工，復行酒，封又索此曲，樂工前乞侍郎舉一遍，封為唱徹，衆已盡記，於是終席動此曲。封既行，守密寫曲譜，言封燕席事，郵筒中送與潭州牧。封至潭，牧亦張樂燕之，倡優作青樓數婦人，抱男女筐筥，歌《麥秀兩岐》之詞，叙其拾麥勤苦之由。封面如死灰，歸過金州，不復言矣。」世所傳《麥秀兩岐》，今在黄鍾宫，唐《尊前集》載和凝一曲，與今曲不同。（同前）

二〇五《文溆子》：《文溆子》，《盧氏雜記》云：「文宗善吹小管，僧文溆為入内大德，得罪，流之，弟子收拾院中，藏入家具，猶作師講聲，上採其聲製曲，曰《文溆子》。」予考《資治通鑑》：敬宗寶曆二年六月己卯幸福興寺，觀沙門文溆俗講。敬、文相繼，年祀極近，豈有二文溆哉？至所謂俗講，則不可曉。意此僧以俗談侮聖言，誘聚羣小，至使人主臨觀，為一笑之樂，死尚晚也。是黄鍾宫、大石調、林鍾商、歇指調皆有十拍，未知孰是？而溆字，或誤作序者。（同前）

二〇六《後庭花》：《後庭花》，《南史》云：「陳後主每引賓客對張貴妃等游宴，使諸貴人及女學士與狎客共賦新詩相贈答，采其猶麗者，為曲調，其曲有《玉樹後庭花》。」《通典》云：「《玉樹後庭花》、

《堂上黃鸝留》、《金釵兩臂垂》並陳後主造，恒與宫女學士及朝臣相唱和為詩。太樂令何胥採其尤輕艷者為此曲。」予因知後主詩，胥以配聲律，遂取一句為曲名，故前輩詩云：「《玉樹》歌殘王氣終，景陽鐘動戍樓空。」又云：「《後庭花》一曲，幽怨不堪聽。」又云：「萬户千門成野草，只緣一曲《後庭花》。」又云：「綵牋曾襞欺江總，綺閣塵銷玉樹空。」又云：「商女不知亡國恨，隔江猶唱《後庭花》。」又云：「玉樹歌殘海雲黑，庭花忽作青蕪國。」又云：「《後庭》餘唱落船窗。」又云：「《後庭》新聲嘆樵牧。」又云：「不知即入宫前井，猶自聽吹《玉樹花》。」吴蜀雞冠花，有一種小者，高不過五六寸，或紅，或淺紅，或白，或淺白，曰後庭花。又按《國史纂異》：雲陽縣多漢離宫故地，有樹似槐而葉細，土人謂之玉樹。揚雄《甘泉賦》「玉樹青葱」，左思以為假稱珍怪者，寔非也，似之而已。予謂雲陽既有玉樹，即《甘泉賦》中未必假稱，陳後主《玉樹後庭花》，或者疑是兩曲，謂詩家或稱「玉樹」，或稱「後庭花」，少有連稱者。僞蜀時，孫光憲、毛熙震、李珣有《後庭花》曲，皆賦後主故事，不著宫調，兩段各四句，是令也。今曲在，兩段各六句，亦令也。（同前）

二〇七 《鹽角兒》：《鹽角兒》，《嘉祐雜志》云：「梅聖俞説，始教坊家人市鹽，於紙角中得一曲譜，翻之，遂以名。今雙調《鹽角兒令》是也。」歐陽永叔嘗製詞。（同前）

二〇八 《得寶子》：康老，長安富家子，落魄，不事生計，常與國樂遊處。一旦家産蕩盡，偶一老嫗持舊錦褥貨粥（當作鬻），乃以半千獲之。尋有波斯見大驚，謂康曰：「何處得此至寶？是冰蠶絲所織，暑日陳於座，可致一室清涼。」即酬千萬，康得之，還，與國樂追歡，不經年復盡。康卒，樂人嘆之，

遂製此曲，亦名《得至寶》。明皇初納太真，喜謂後宫曰：「得楊氏女，如得至寶。」亦製曲，名《得寶子》。（同前）

二〇九　《傾盃樂》：宣宗喜吹蘆管，自製此曲，有數聲不均，上初捻管，令俳兒辛骨𩨗拍，不中，上瞋目，囑之，骨𩨗憂懼，一日而殞。（同前）

二一〇　《道調子》：懿宗命樂工史敬納吹觱栗（當作篥），初弄道調，上謂是曲乃誤拍之，敬納乃隨拍撰成此曲。（同前）

二一一　三臺：《劉公嘉話録》曰：三臺送酒，蓋因北齊文宣毁銅雀臺，宫人拍促，呼上三臺，因以送酒。《資暇》云：三十拍促，曲名，昔鄴中有三臺，石季倫遊宴之地，近樂工造此曲，促飲也。又一説蔡邕自治書御史累遷尚書，三日之間，周歷三臺，樂府製此曲以悦邕，三説未知孰是？（同前）

二一二　明君曲：謝希逸《琴論》曰：平調《明君》三十六拍，胡笳《明君》二十八拍，清調《明君》十三拍，閒絃《明君》十九拍，蜀調《明君》十二拍，吴調《明君》十四拍，杜瓊《明君》二十一拍。凡有七曲。（同前）

二一三　天寶樂名：杜佑《理道要訣》云：天寶十三載七月，改諸樂名。太簇宫時號娑陀調，太簇商時號大石調，太簇羽時號般涉調，中呂商時號雙調神雀鹽，有此四曲。（同前）

二一四　衡山樂曲：張芸叟《南遷録》云：元豐中，至衡山，謁嶽祠，有樂工六十四人隸祠下，每歲立夏之日致祠，潭州通判與縣官備三獻奏曲侑神，初曰《蘇合香》，次曰《皇（當作黄）帝鹽》，終曰《四朵子》，三曲皆開元中所降，至今不廢。器服、音調與今不同，然其曲甚長，自四更始奏，至旦方罷，祠官頗以為勞，多從殺減。（同前）

二一五　古今樂府：古樂府題目多不可解，余故略存其名，上自唐虞，下逮陳、隋，凡有篇題者悉志之，至唐、宋、元，樂工所歌，亦具録左端，蓋古今樂辭止此矣……隋十三曲：《紀遼東》、《泛龍舟》、《水調河傳》、《春江花月夜》、《浮遊花》、《喜春遊歌》、《錦石擣流黄》、《江都夏》、《東宫春》、《長安秋》、《十索》、《昔昔鹽》、《東征歌》。　唐三百二十七曲：《獻天花》、《和風柳》一作流、《美唐風》、《透壁空》小石、《巫山女》、《度江春》、《衆仙樂》正平、《大定樂》、《龍飛樂》小石、《慶雲樂》，小石，李夫人制。《繞殿樂》、《泛舟樂》、《傾盃樂》、《抛毬樂》、《太平樂》、《長慶樂》、《黄鐘樂》、《清平樂》、《放鷹樂》、《夜半樂》即《還京樂》、《放鶻樂》、《鎮西樂》、《大明樂》、《破陣樂》貞觀制、《金殿樂》、《回波樂》、《賀聖樂》、《天下樂》、《同心樂》、《千秋樂》、《千春樂》、《奉聖樂》、《龜兹樂》、《賀聖朝》、《泛龍舟》、《泛玉池》、《春光好》一名《愁倚闌》、《秋風高》、《迎春花》、《黄驄疊》、《鳳樓春》、《長命女》、《離別難》，即《大郎神》，亦名《切子》，又名《愁廻鶻》。《武媚娘》、《如意娘》武后制、《杜韋娘》、《柳青娘》、《踏謡娘》一作《談容娘》，非。《楊柳枝》、《柳含煙》、《贊楊柳》、《倒垂柳》、《浣溪沙》、《浪淘沙》、《撒金沙》、《紗牕恨》、《金簑嶺》、《隔簾聽》、《恨無媒》、《望梅花》、《望江南》本名《謝秋娘》，一名《夢江南》，又名《江南好》，亦名《憶江南》，李德裕懷白居易作。《好郎君》、《想夫憐》即《相府蓮》、《別趙十》、《憶趙十》、《念家山》、《紅羅襖》、《大面》、《墻頭花》、《摘得新》、《北門西》、《煮羊頭》、《河瀆神》、《二郎神》、《醉鄉遊》、《醉花間》、《燈下見》、《醉思鄉》、《大邊郵》、《太白星》、《剪春羅》、《會佳賓》、《當庭月》、《思帝鄉》正平、《歸國謠》、《戀皇恩》、《皇帝感》、《戀情深》並宮調、《憶漢月》、《憶先王》、《聖無憂》、《定風波》、《木蘭花》、《更漏長》、《菩薩蠻》、《破南蠻》、《八拍蠻》、《芳草洞》、《守陵宮》即《感皇恩》、《臨江仙》、《虞美人》、《映山紅》、《獻忠心》、《卧沙堆》、《怨黄沙》、《遐方怨》、《怨胡天》、《送征衣》、《送行人》、《望梅愁》、《阮郎迷》、《牧羊怨》、《掃市舞》、《鳳歸雲》、《羅裙帶》、《同心結》、《一捻鹽》、《阿也黄》、《劫家難》、《緑頭鴨》、《下水船》、《留客住》、《喜長新》、《羌心怨》、《女王國》、《繞踏歌》、《天外聞》、《賀皇化》、《五雲仙》、《滿堂花》、《南天竺》、《定西番》、《荷葉杯》、《感庭秋》、《月遮樓》、《感恩多》、《長相思》、《西江月》、《拜新月》、《上行杯》、《團亂旋》、《喜春鶯》、《大獻壽》、《鵲踏枝》、《萬年歡》、《曲玉管》、《謁金門》、《巫山一段雲》、《望月婆羅門》、《西河劍器》、《怨陵三臺》、《儒士謁金門》、《武士朝金闕》、《摻土不下》、《麥秀兩岐》、《金雀兒》、《滻水吟》、《玉搔頭》、《鸚鵡杯》、《路逢花》、《初漏滿》、《相見歡》、《蘇幕遮》、《遊春苑》、《訴衷情》、《折紅蓮》、《征步郎》、《洞仙歌》、《喜回鑾》、《漁父引》、《喜秋天》、《胡渭州》李龜年作、《凉州》楊貴妃制、《伊州》商調、《甘州》、《濮陽女》、《静戎煙》、《三臺》、《上韻》、《中韻》、《下韻》、《普恩光》、《戀情歡》、《楊下》、《採桑》、《大酺樂》、《合羅縫》、《蘇合香》、《山鷓鴣》、《七星管》、《朝天》、《木笪》、《看月宮》、《宮人怨》、《歎疆場》、《拂霓裳》、《駐征遊》、《泛濤溪》、《胡相問》、《廣陵散》、《帝歸京》、《喜還京》、《遊春夢》、《柘枝引》、《留諸錯》、《黄羊兒》、《蘭陵王》亦名《大犯》，又有《蘭陵王慢》。《小秦王》、《花正發》、《望遠行》、《思友人》、《唐四姐》、《醉公子》、《南歌子》、《八拍子》、《魚歌子》、《七夕子》、《十拍子》、《措大子》、《風流子》、《吴吟子》、《生查子》、《胡醉子》、《山花子》、《水仙子》即《凌波仙》，又名《馮夷曲》，一名《湘妃怨》，明皇制。《緑鈿子》、《金錢子》、《竹枝子》、《天仙子》、《赤棗子》、《千秋子》、《心事子》、《胡蝶子》、《沙磧子》、《酒泉子》、《迷神子》、《得蓬子》、《剉碓子》、《麻婆子》、《紅娘子》、《甘州子》、《歷刺子》、《鎮西子》、《北庭子》、《采蓮子》、《破陣子》、《劍器子》、《獅子》、《女冠子》、《仙鶴子》、《穆護子》、《贊普子》、《蕃將子》、《回戈子》、《帶竿子》、《摸魚子》、《南鄉子》、《大吕子》、《南浦子》、《撥棹子》、《何滿子》開元滄州歌者作、《曹大子》、《引角子》、《隊踏子》、《水沽子》、《化生子》、《金蛾子》、《捨麥子》、《多利子》、《毗沙子》、《上元子》、《西溪子》、《劍閣子》、《嵇琴子》、《莫壁子》、《胡攢子》、《唧唧子》、《甌花子》、《寒鴈子》、《傀儡子》、《道調子》敬納作、《文淑子》文宗制、《康老子》、《得寶子》、《四會子》、《西國朝天》大曲名、《踏金蓮》、《緑腰》一名《六么遍》，亦名《録要》，又名《急藥》，總名《安世》。《薄媚》、《泛龍舟》、《采桑》、《霓裳》、《伴侣》、《阿濫堆》明皇制、《水調歌》李嶠作、《雨霖鈴》張野狐作、《柘枝》、《胡僧破》、《平翻》、《相馳逼》、《吕太后》、《突厥三臺》、《大寶》、《一斛鹽》、《羊頭神》、《大姊》、《舞大姊》、《念奴嬌》、《千秋歲》、《荔枝香》並明皇制、《急月記》、《斷弓弦》、《碧霄吟》、《穿心蠻》、《羅步底》、《醉渾脱》、《映山鷄》、《晨破》、《舞春風》、《迎春風》、《看江波》、《又中春》、《甌中秋》、《迎仙客》。

宋詞小令凡五十二曲：《搗練子》、《憶王孫》、《如夢令》、《長相思》、《生查子》、《點絳唇》、《浣溪紗》一名《山花子》、《菩薩蠻》一名《重疊金》，又名《子夜歌》，亦與《醉公子》相近。《訴衷情》、《醜奴兒令》一名《羅敷令》，亦名《采桑子》。《卜算子》平韻，即《巫山一段雲》。《好事近》、《憶秦娥》一名《秦樓月》、《謁金門》、《清平樂》、《更漏子》、《阮郎歸》、《畫堂春》、《武陵春》、《青衫濕》、《海棠春》、《浪淘沙》、《錦堂春》、《朝中措》、《眼兒媚》一名《秋波媚》、《賀聖朝》、《柳梢青》、《西江月》、《桃源憶故人》、《探春令》、《少年遊》、《青門引》、《醉花陰》、《南柯子》即《南歌子》、《怨王孫》、《鷓鴣天》、《玉樓春》一名《木蘭花》、《木蘭花令》、《鵲橋仙》、《虞美人》、《南鄉子》、《雨中花》、《醉落魄》、《梅花引》、《踏莎行》、《小重山》一名《小冲山》、《相見歡》一名《秋夜月》，又名《上西樓》。《攤破浣沙溪》、《撼亭月》、《鳳孤飛》、《憶悶令》、《愁倚闌令》。

宋詞中調凡五十有五曲：《一剪梅》、《臨江仙》、《蝶戀花》一名《鳳棲梧》，又名《鵲踏枝》。《唐多令》、《蘇幕遮》、《漁家傲》、《擷芳詞》政和間妓作、《醉春風》、《品令》、《竹香子》、《聲聲令》、《錦纏道》、《風中柳》、《鳳凰閣》、《青玉案》、《天仙子》、《江城子》即《江神子》、《千秋歲》、《風入松》、《隔浦蓮》、《何滿子》、《傳言玉女》、《解蹀躞》、《訴衷情近》、《祝英臺近》、《側犯》、《四園竹》、《武陵春》、《御街行》、《過澗歇》、《陽關引》、《紅林擒近》、《金人捧露盤》、《鬭百花》、《新荷葉》、《瓜茉莉》、《驀山溪》、《千秋歲引》、《早梅芳》、《滿路花》、《蕙蘭芳引》、《華胥引》、《洞仙歌》、《江城梅花引》、《八六子》、《魚遊春水》、《夏雲峰》、《惜雙雙》、《勸金船》、《山亭柳》、《于飛樂》、《好女兒》、《碧牡丹》、《西地錦》。

宋詞長調凡一百有四曲：《東風齊着力》、《法曲獻仙音》、《意難忘》、《塞翁吟》、《滿江紅》、《尾犯》一名《碧芙蓉》、《六么令》、《掃地花》、《天香》、《燕臺春》、《滿庭芳》、《鳳凰臺上憶吹簫》、《水調歌頭》、《燭影搖紅》、《塞垣春》、《倦尋芳》、《黄鶯兒》一名《金衣公子》、《漢宮春》、《聲聲慢》、《醉蓬萊》、《帝臺春》、《八聲甘州》、《夏初臨》、《慶清朝慢》、《玲瓏四犯》、《雙雙燕》、《孤鸞》、《瑣窗寒》、《高陽臺》、《金菊對芙蓉》、《玉蝴蝶》、《渡江雲》、《絳都春》、《念奴嬌》一名《酹江月》，又名《大江東去》，亦名《百字令》，總名《赤壁詞》。《遶佛閣》、《解語花》、《慶春澤》、《萬年歡》、《玉燭新》、《木蘭花慢》、《桂枝香》一名《疎簾淡月》、《憶舊遊》、《水龍吟》、《瑞鶴仙》、《慶春宮》、《拜星月慢》、《石州慢》、《晝錦堂》、《南浦》、《宴清都》、《齊天樂》、《花犯》、《雨霖鈴》、《永遇樂》、《送入我門來》、《歸朝歡》、《花心動》、《瀟湘逢故人慢》、《應天長》、《尉遲杯》、《西河》、《春霽》、《秋霽》、《解連環》、《二郎神》、《望遠行》、《望梅》、《傾盃樂》、《望湘人》、《望海潮》、《夜飛鵲》、《薄倖》、《大聖樂》、《風流子》一名《内家嬌》、《霜葉飛》、《女冠子》、《過秦樓》、《惜餘春慢》、《丹鳳吟》、《沁園春》、《摸魚兒》、《賀新郎》、《金明池》、《白苧》、《十二時》、《蘭陵王》、《瑞龍吟》、《大酺》、《浪淘沙慢》、《玉女摇仙珮》、《多麗》、《六醜》、《寶鼎現》、《三臺》、《哨遍》、《迷仙引》闕詠作、《選冠子》楊太尉作、《青門飲》。（節録自同前書卷一百四十四「音樂門·樂府類下」）

二一六《樂府解題》備矣，凡諸詞曲，未知其始末者具列於後：《沁園春》：《後漢書》：竇憲女弟立為皇后，憲恃宫掖聲勢，遂以賤直請奪沁水公主園。崔湜詩：「沁園東郭外，襄駕一來遊。」李適詩：「歌舞平陽地，園亭沁水林。」李乂詩：「平陽外館有仙家，沁水園中好物華。」吕岩《沁園春》詞。《菊花新》：《齊東野語》：思陵朝，掖庭有菊夫人者，善歌舞，妙音律，為仙韶院之冠，宫中號為菊部頭，因演為曲，名曰《菊花新》，教坊都管王公謹所作也。《金錢花》：《酉陽雜俎》：此花本出外國，梁大同二年進中土，時荆州掾屬雙陸賭金錢，錢盡，以金錢花相足，魚弘謂之花勝得錢。《六州歌頭》：《演繁録》：本朝鼓吹止有四曲：《十二時》、《導引》、《降仙臺》并《六州》為曲，每大禮宿齋，或行幸，遇夜，每更三奏，名為警場。

《黃鶯兒》：《天寶遺事》：明皇每於禁苑中見黃鶯，常呼之為金衣公子。

《喜遷鶯》：《劉賓客佳話》云：今謂進士登第為遷鶯者久矣，《毛詩·伐木篇》：「鳥鳴嚶嚶，遷於喬木。」「嚶其鳴矣，求其友聲。」並無鶯字。頃歲試《早鶯求友》詩，又《鶯出谷》詩，別書固無證據，斯大誤歟。

《梁州序》：《隨筆》：樂府所傳大曲皆出於唐，而以州名者五：《伊》、《涼》、《熙》、《石》、《渭》也。《涼州》今傳為《梁州》，唐人已言誤用，其實從西涼府來也。凡此諸曲，唯《伊》、《涼》最著，唐詩詞稱之極多，「老去將何散旅愁，新教小玉唱《伊州》」、「來守管絃聲款逐，側商調裏唱《伊州》」、「鈿蟬金鴈皆零落，一曲《伊州》淚萬行」、「公子邀歡月滿樓，雙成揭調唱《伊州》」、「賺殺唱歌樓上女，《伊州》誤作《石州》聲」、「胡部笙歌西部頭，梨園弟子和《涼州》」、「唱得《涼州》意外聲，舊人空數米嘉榮」、「《霓裳》奏罷唱《涼州》，紅袖斜翻翠黛愁」、「行人夜上西城宿，聽唱《涼州》雙管逐」、「丞相新裁別離曲，聲聲飛出舊《梁州》」、「春風南内百花時，道調《梁州》急遍吹」、「促張弦柱吹高管，一曲《涼州》入泬寥」、「只愁拍盡《涼州》杖，畫出風雷是撥聲」、「一曲《涼州》今不清，邊風蕭颯動江城」、「滿眼由來是舊人，那堪更奏《涼州》曲」、「昨夜喧傳報國讐，沙州都護破梁州」、「邊將皆承主恩澤，無人解道取涼州」，皆王昌齡、王建、張籍、張祜、劉禹錫、白居易、高駢、溫庭筠諸人詩也。

《滿江紅》：《冥音録》：曲名有《上江虹》，即《滿江紅》。

《紅牕影》，即《紅牕過》。

《玉女行觴》、《神仙留客》，皆煬帝造曲。

《阿那》、《紇那》：李郢《上元》詩曰：「謝公留賞山公喚，知入笙歌《阿那》朋。」劉禹錫夔州詞云：「今朝北客思歸去，回入《紇那》披緑蘿。」皆當時曲名。　調笑挑打：《芥隱子》：白樂天詩：「打嫌調笑易，飲訝卷波遲。」　《鷓鴣天》：唐鄭谷詩：「春遊鷄鹿塞，家在鷓鴣天。」　《聲聲慢》：鈕滔母《箜篌賦》：「哀曼則晨花朝滅。」曼與慢通，如《石州慢》之類。　《如夢令》：《金剛經》：「如夢幻泡影。」《東坡志林》：此曲本唐莊宗製，一名《憶仙姿》，其詞云：「如夢，如夢，和淚出門相送。」　《狀元紅》：《復雅詞》：劉幾在神宗時，與范蜀公重定大樂，洛陽花品曰狀元紅，為一時之冠，樂工花日新能為新聲，汴妓郜懿以色著，秘監致仕劉伯壽尤精音律，熙寧中同幾、花日新就郜懿歡詠，仍填詞以贈之。　《桂枝香》：《摭言》：裴思謙狀元及第，作紅箋名紙十數，詣平康里，因宿千里中，詰旦賦詩曰：「銀缸斜背解鳴璫，小語偷聲賀玉郎。從此不知蘭麝貴，夜來新惹桂枝香。」又袁皓贈妓詩：「得意東歸過岳陽，桂枝香惹蘂珠香。」又岑參詩：「桂折一枝香。」　《二郎神》：《詢蒭録》：二郎神，蜀漢孟彔像，藝祖平蜀，得花蕊夫人奉彔小像於宫中，藝祖怪問，對曰：「此灌口二郎神也。」因名。　《江神子》：《復齋漫録》：施肩吾及第過楊子江詩：「江神也世情，為我風色好。」遂以曲名。　《魚遊春水》：政和中，中貴人使越，得詞於古碑陰，録以進御，命大晟府填腔，因詞中語賜名。　《一封書》：白樂天《寄徐州兄弟》絶句云：「今日因君訪兄弟，數行鄉淚一封書。」　《西江月》：唐李白詩：「只今惟有西江月，曾照吴王宫裏人。」高適詩：「同舟南楚下，望月西江裏。」張祐詩：「西江江上月，遠遠照征衣。」　《玉山頽》：本《世説》稽（當作嵇）康「玉山將頽」語，元凛《九日》詩：「未報亂離今日後，且謀歡洽玉山頽。」又裴翛然詩：「金吾出供問，俱道玉山頽。」又鄭審詩：「何曾斟酌處，不使玉山頽。」《風光好》：戴叔倫詩：「年年日日春光好，今日春光好更新。」《上小樓》：王績詩：「望氣登重閣，占星上小樓。」《義陽子》：《國史補》：駙馬王士平與義陽公主反目，觸死，申叔推為樂曲。《瑤臺第一層》：《後山詩話》：武才人出興慶宮，色最後庭，裕陵得之，會教坊獻新聲，為作此詞。《雙鸂鶒》：《劇談録》：伊闕前臨大溪，每僚佐有入朝者，即水中先有石灘漲出。牛相國為縣尉，一日，忽報灘出，翼日，邑宰與同僚列筵亭上觀之，有老吏曰：「若是西臺灘上，當有雙鸂鶒。」相國舉杯祝曰：「即能有灘，何惜有雙鸂鶒？」宴未終，俄有飛下者，不旬日，拜西臺御史。又杜甫詩：「一雙鸂鶒對沉浮。」《武媚娘》：《樂苑》：永徽末，天下唱《武媚娘》，未幾，立武氏為后。然陳後主已有此歌，蓋羽調曲。《解語花》：《天寶遺事》：帝與妃子共賞太液池千葉蓮，指妃子謂左右曰：「何如此解語花？」《春鶯囀》：《樂苑》：《大春鶯囀》，虞世南、蔡亮作，又有《小春鶯囀》，並羽調曲。《太平樂》：《樂苑》：商調曲，白居易作。《撲燈蛾》：《洞微志》：京邸上元節畢，徹樂，教坊伶人戲為《撲燈蛾》。《浪淘沙》：劉禹錫有《浪淘沙》九首，皆絕句。《入破》：唐曲凡十一疊，前五疊為歌，後六疊為入破。岑參：「歌翻入破如有神。」《晝錦堂》：《項羽傳》：富貴不歸故鄉，如衣綉夜行。歐陽修有《晝錦堂記》。《夏雲峰》：顧愷之詩：「夏雲多奇峰。」《清都宴》：沈約詩：「夜宴清都闕。」《萬年歡》：武平一詩：「願持栢葉酒，朝奏萬年歡。」《霜葉飛》：杜甫詩：「清霜洞庭葉，故欲別時飛。」《玉樓春》：白居易詩：「玉樓宴罷醉和春。」《丁香結》：古詩：「丁香結眼新。」《風流子》：《文選》註：風流，言其風美之聲流於天下，子者，男子通稱。《玉燭新》：《爾雅》：四時調曰玉燭。《華胥引》：《列子》：黄帝晝寢，遊華胥氏之國。《解連環》：南方無窮而有窮，今日適越而昔來，連環可解也。《塞垣春》：《後漢·鮮卑傳》有塞垣語。《蘭陵王》：《朝野僉載》：蘭陵王有巧思，為舞胡子，王意所欲動，則胡子捧杯以揖之，故以名詞。《花心動》：田不伐：「莊語輒不佳。」嘗執一扇，書句其上云：「玉蝴蝶戀花心動。」語人曰：「此聯，三曲名也。」右並陳、隋、唐、宋詞名《傾盃序》序一作樂：宣宗吹蘆管，自制此曲。《拋毬樂》：劉禹錫所作絶句名。《小梁州》：賈逵曰：梁米出於蜀漢，香美逾於諸梁，號曰竹根黄，梁州得名以此。秦地之西、燉煌之間亦産梁米，頗類蜀，故號《小梁州》。《快活三》：魏鶴山詩：「弄成晚歲郎當曲，正是三郎快活時。」小説載明皇自蜀還京，聞駝馬鈴聲，謂黄幡綽曰：「鈴聲頗似人言語。」幡綽曰：「似言三郎郎當，郎當三郎。」明皇愧且笑。《滿庭芳》：柳子厚詩：「滿庭芳草積。」《朝天紫》：陸游《牡丹譜》：蜀牡丹花色正紫，如金紫大夫服色，故名朝天紫，今曲「紫」作「子」，非也。《靈壽杖》：漢平帝賜孔光靈壽杖，杖出靈壽地者佳。《呆骨朵》：關中人謂腹大者為胍肫，音孤都，後訛為骨朵耳，今曲名之。《點絳唇》：江淹《美人春遊》詩：「白雪凝瓊貌，明珠點絳唇。」《油葫蘆》：按《食經》有油葫蘆、醋葫蘆，故名。《八聲甘州》：《青樓集》：李定奴歌喉宛轉，善雜劇，勾闌中曾唱《甘州》，喝采八聲，遂名。《那吒令》：佛氏：有那吒太子，拆骨還父，拆肉還母。《玉番玉樓人》：宋人詩：

「玉樓人醉杏花天。」《醉扶歸》：張演詩：「家家扶得醉人歸。」《寄生草》：《法藏碎金》：嘗見公館壁上題詩云：「猛風拔大樹，其樹根已露。上有寄生草，青青猶未悟。」《鵲踏枝》：曹操詩：「月明星稀，烏鵲南飛。遶樹三匝，無枝可依。」《十二月樂詞》：凡十二首，見《樂府詩集》，又載李賀歌中。《四換頭》：唐《醉公子》詞云：「門外猧兒吠，知是蕭郎至。剗襪下香堦，冤家今夜醉。扶得入羅幃，不肯脱羅衣。醉則從他醉，猶勝獨眠時。」韓子蒼曰：「此八句而四轉換也。」《一枝花》：唐公乘億詩：「翠攢千片葉，金蒴一枝花。」《賀新涼》：《古今詞話》云：蘇子瞻守錢塘，有官妓秀蘭善於應對。湖中有宴，群妓畢至，惟秀蘭不來，子瞻問其故，具以髮結沐浴云，坐中倅屬意於蘭，見其晚來，恚恨末已，子瞻作《賀新涼》以解之，取其沐浴新涼也，後誤為《賀新郎》。《草池春》：謝靈運詩：「池塘生春草。」《新水令》：《猗覺寮雜記》：大曲《新水歌》，一名《新水令》，樂昌公主與徐德言破鏡復合事，為中元日，故名。《本事詩》作上元，非。《沽美酒》：李白《寄王明府》詩：「莫惜連船沽美酒，千金一擲買春芳。」又《廣陵贈別》詩：「玉壺沽美酒，數里送君還。」《青玉案》：張衡《四愁詩》：「何以贈之青玉案。」《風入松》：《琴集》：本晉嵇康所作，釋皎然歌名之。《落梅花》：古笛中有《落梅花》曲，唐郭利正詩：「更逢清管發，處處落梅花。」李白詩：「黄鶴樓中吹玉笛，江城五月落梅花。」《步步嬌》：即潘妃步步生蓮事。《鳳將雛》：古樂府：「鳳凰鳴啾啾，一母將九雛。」故名。《蝶戀花》：梁簡夫詩：「翻堦蛺蝶戀花情。」《竹枝歌》：劉禹錫有《竹枝詞》。《山丹花》：《何仙姑曲》每尾句着「山丹花開也那」。《看花回》：劉禹錫詩：「無人不道看花回。」《酒旗兒》：杜牧詩：「山村水郭酒旗風。」《聖藥王》：佛書：有藥王藥上。《踏莎行》：韓翃詩：「踏莎行草過春溪。」《逍遥樂》：《莊子》有《逍遥篇》。《秦樓月》：李白詞「簫聲咽，秦樓夢斷秦樓月。」《陽關三疊》：王摩詰詩：「勸君更近一杯酒，西出陽關無故人。」後人因歌之，近又歌入《小秦王》，名《陽關引》。《蘭畹集》：載寇萊公此詞，送別曲當為第一。右並元北九宮曲名（同前）

二一七　康崑崙、僧善本：建中有康崑崙稱第一手，始遇長安大旱，詔兩市祈雨，至天門，街市人廣較勝負及鬭聲樂。街東則有康崑崙琵琶最上，必謂街西無敵也，遂請崑崙登綵樓彈一曲新翻羽調《録要》。至街西，豪俠闞樂，東市稍誚之，亦於綵樓上出女郎，抱樂器，先云：「我亦彈是曲，兼移於風香調中。」及下撥，聲如雷，妙絶入神，崑崙驚愕，乃拜為師。女郎遂更衣出見，乃莊嚴寺僧善本俗姓段。翌日，德宗召入内，令教授崑崙，段師奏曰：「且請令彈。」師曰：「本領何雜，兼带邪聲。」崑崙驚曰：「師，神人也。臣少年初學藝時，偶於鄰舍女巫處授一品絃調，後乃屢易數師之藝，今段師精識如此玄妙。」段師奏曰：「且遣崑崙不近樂器十年，忘其本態，然後可教。」詔許之，後果盡段師之藝。（同前書卷一百四十四「音樂門·審音類」）

二一八　寧王知音：西凉州俗好音樂，製新曲《凉州》，開元中，列上獻之，上召諸王於便殿同觀焉，曲江諸王拜賀，蹈舞稱善，獨寧王不拜，上顧問之，寧王進曰：「此曲雖佳，臣有所聞焉，夫音者，始之於宮，散之於商，成之於角、徵、羽，莫不根蔕而襲於宮、商，斯曲也，宮離而少徵，商亂而加暴。宮，君也；商，臣也。宮不勝，則君勢卑；商有餘，則臣事僭；卑則逼（當作畏）下，僭則犯上。發於忽微，形於音聲，播之於詠歌，見之於人事，臣恐一旦有播越之禍，悖逼之患，莫不兆於斯曲也。」上聞之默然。及安、史亂作，華夏鼎沸，始見寧王審音之妙。出《開天傳信記》（同前）

二一九　歌舞曲名：《獻天花》、《和風柳》、《美唐風》、《透碧空》小石、《巫山女》、《度江春》、《衆仙樂》正平、《大定樂》、《龍飛樂》小石、《慶雲樂》李夫人製、《繞殿樂》、《泛舟樂》、《抛毬樂》、《清平樂》大石、《放鷹樂》、《夜半樂》、《破陣樂》貞觀時製、《還京樂》、《天下樂》正平、《同心樂》、《賀聖朝》南吕宫、《奉聖樂》、《千秋樂》、《泛龍舟》、《泛玉池》、《春光好》、《迎春花》、《鳳樓春》、《負陽春》、《帝堂（當作臺）春》、《繞池春》、《滿園春》、《長命女》、《武媚娘》、《柳青娘》、《楊柳枝》、《柳含烟》、《簪楊柳》、《倒垂柳》、《浪淘沙》、《撒金沙》、《紗窓恨》、《金簑嶺》、《隔簾聽》、《望梅花》、《望江南》、《好郎君》、《想夫憐》、《別趙十》、《念家山》、《紅羅襖》、《烏夜啼》、《牆頭花》、《摘得新》、《煮羊頭》、《河瀆神》、《二郎神》、《醉鄉遊》、《醉花間》、《大邊郵》、《太白星》、《剪春羅》、《會佳賓》、《當庭月》、《杜韋娘》、《醉思鄉》、《歸國遥》、《感皇恩》道調宫、《戀皇恩》、《皇帝感》、《浣溪沙》、《恨無媒》、《憶趙十》、《北門西》、《燈下見》、《思帝鄉》正平、《戀情深》、《憶漢月》、《憶先皇》、《聖無憂》、《定風波》、《木蘭花》、《更漏長》、《菩薩蠻》、《破南蠻》、《八拍蠻》、《芳草洞》、《守陵宫》、《臨江仙》、《虞美人》、《映山紅》、《獻忠心》、《卧沙堆》、《怨黄沙》、《遐方怨》、《怨胡人》、《送征衣》、《送行人》、《望梅怨》、《阮郎迷》、《牧羊怨》、《掃市舞》、《鳳歸雲》、《羅裙帶》、《同心結》、《阿也黄》、《却家雞》、《緑頭鴨》、《下水船》、《留客住》、《喜長新》、《羌心怨》、《女王國》、《繚踏歌》、《天外聞》、《五雲仙》、《滿堂紅》、《南天竺》、《定西番》、《荷葉杯》、《月遮樓》、《感恩多》、《長相思》、《西江月》、《拜新月》、《團亂旋》、《喜春鶯》、《大獻壽》、《鵲踏枝》、《萬年歡》、《一捻鹽》、《離别難》、《賀皇化》、《感庭秋》、《上行杯》、《曲玉管》、《傾杯樂》、《謁金門》、《金雀兒》、《淮水吟》、《玉搔頭》、《鸚鵡杯》、《路逢花》、《初漏滿》、《相見歡》、《蘇幕遮》、《遊春苑》、《黄鍾樂》、《訴衷情》、《折紅蓮》、《征步郎》、《洞仙歌》、《太平樂》、《長慶樂》、《喜回鑾》、《漁父引》、《喜秋天》、《大郎神》、《胡渭州》、《夢江南》、《濮陽女》、《静戎煙》、《三臺》、《上韻》、《中韻》、《下韻》、《普恩光》、《戀情歡》、《大酺樂》、《金羅縫》、《蘇合香》、《山鷓鴣》、《七星管》、《醉公子》、《朝天子》、《木笪》、《看月宫》、《宫人怨》、《歎疆場》、《拂霓裳》、《駐征遊》、《泛濤溪》、《胡相問》、《廣陵散》、《帝歸京》、《喜還京》、《遊春夢》、《柘枝引》、《留諸錯》、《如意娘》、《黄羊兒》、《蘭陵王》、《小秦王》、《花王發》、《大明藥(一作樂)》、《望遠行》、《思友人》、《唐四姐》、《放鶻樂》、《鎮西樂》、《金殿樂》、《南歌子》、《八拍子》、《魚歌子》、《七夕子》、《十拍子》、《措大子》、《風流子》、《吴吟子》、《生查子》、《胡醉子》、《山花子》、《緑鈿子》、《金錢子》、《竹枝子》、《天仙子》、《赤棗子》、《千秋子》、《心事子》、《蝴蝶子》、《沙磧子》、《酒泉子》、《甘州子》、《得蓬子》、《剉碓子》、《麻婆子》、《紅娘子》、《破陣子》、《歷剡子》、《鎮西子》、《北庭子》、《采蓮子》、《穆護子》、《劍舉(一作器)子》、《獅子》、《女冠子》、《仙鶴子》、《摸魚子》、《贊普子》、《蕃將子》、《回戈子》、《帶竿子》、《何滿子》、《南鄉子》、《大吕子》、《南浦子》、《撥棹子》、《化生子》、《曹大子》、《引角子》、《隊踏子》、《水沽子》、《上元子》、《金娥子》、《捨麥子》、《多利子》、《毗砂子》、《胡攢子》、《西溪子》、《劍閣子》、《楕琴子》、《莫壁子》、《唧唧子》、《翫花子》、《踏金蓮》、《送神子》、《緑腰》、《凉州》、《薄媚》、《賀聖樂》、《伊州》、《采桑》、《巫山一段雲》、《霓裳》、《樹庭花》、《伴侶》、《雨霖鈴》、《柘枝》、《胡僧破》、《平翻》、《相馳逐》、《吕太后》、《突厥(脱「三」字)臺》、《大寶》、《一斗鹽》、《羊頭神》、《大姊》、《舞大姊》、《急月記》、《斷弓絃》、《碧霄吟》、《穿心蠻》、《羅步匠(一作底)》、《回波樂》、《千春樂》、《龜兹樂》、《醉渾脱》、《映山雞》、《吴破》、《四會子》、《安公子》、《舞春風》、《迎春風》、《看江波》、《寒鴈子》、《又中春》、《翫中秋》、《迎仙客》、《西河獅子》、《西河劍氣》、《怨陵三臺》、《摻工不下》、《麥秀兩岐》、《楊下採桑》、《西國朝天》、《望月波羅門》、《玉樹後庭花》、《儒士謁金門》、《武士朝金闕》。(同前書卷一百四十五「音樂門·樂舞類」)

二二〇　琴：舜作五絃琴，歌南風，思長養之恩也。後增以文武二絃，師曠一曲未終，則大風雨隨之，三年國大旱，甚哉！正聲之作，薄德者不可聽也。其曲不過《廣陵散》、《風入松》、《別鶴怨》十餘弄耳。今好琴者雜以新聲。(同前書卷一百四十五「音樂門·樂器類上」)

二二一　琴：世傳琴曲宫聲十小調，乃隋賀若弼製，最妙：一《不博金》，二《不换玉》，三《泛峽吟》，四《越溪吟》，五《越江吟》，六《孤憤吟》，七《清夜吟》，八《葉下聞蟬》，九《三清》，十亡其名。太宗改《不博金》曰《楚澤涵秋》、《不换玉》曰《塞門積雪》。(同前)

二二二　羯鼓：《羯鼓録》唐南卓刺史：羯鼓出外夷樂，以戎羯之鼓。其音主太簇一均，龜兹部、高昌部、疎勒部、天竺部皆用之。次在都曇鼓、答臘鼓之下，都曇鼓似帶鼓而小，即指答臘鼓也，雞婁鼓之上。鼗如漆桶，山桑木為之，有小牙牀承之，擊用兩杖，其聲焦殺鳴烈，尤宜促曲急破，戰杖連碎之聲，又宜高樓晚景、明月清風，破室透空，特異衆樂。杖用黃櫨木、狗脊、花楸等木，須至乾，（脱「絶」字）濕氣，而復柔膩乾收，發越響亮，取戰褭健舉，棬用剛鐵，當精鍊，棬當至勻，若不勻，應候高下，搊捩不得，即鼓面緩急，若琴徽之等犾病。諸曲調如太簇，曲色但勝《乞婁娑》、《曜日光》等九十二曲名，玄宗所製。其餘徵羽調曲皆與胡部同，故不載。上洞曉音律，由乎天縱，凡是絲管，必造其妙。若制作調曲，皆與胡部，隨意即成，不立章度，取適短長，應指散聲，皆中點拍。至於清濁變轉，律吕呼召，君臣事物迭相制使，雖古之夔、曠不能過也。尤愛羯鼓玉笛，嘗遇二月初吉，柳杏將吐，臨軒縱擊一曲，名《春光好》，柳杏皆已發拆。及製《秋風高》，至秋空逈徹，纖雲不起，則奏之，必遠風方徐來，夜葉下墜。其曲絶妙入神，例皆如此。汝陽王璡，寧王長子也，姿容妍秀，出藩邸，玄宗特鍾愛焉，自傳授之。又以聰悟敏慧，妙達音旨，每隨遊幸，頃刻不捨。常戴砑絹帽抽曲，上自摘紅槿花一朵置於帽上簷處，二物皆極滑，久之方安，遂奏《舞山香》一曲而花不墜落，上大喜，賜璡金器一厨，因誇曰真花奴。（同前書卷一百四十六「音樂門・樂器類下」）

二二三　少游在黃州，飲於海棠橋，橋之南北海棠甚多。有一老書生家海棠叢開，少游醉卧，宿於花下。明日，題其柱曰：「唤起一聲人悄，衾煖羅寒窓曉。瘴雨過，海棠開，春色又添多少。　社瓮釀成微笑，半破癯瓢共舀。漸覺健，急投牀，醉鄉廣大人間小。」東坡甚愛之，恨不得其腔。出《冷齋夜話》（同前書卷一百四十八「花木門・海棠類」）

二二四　虞美人：《益州草木記》：雅州名山縣出虞美人草，如雞冠花，葉皆相對，唱《虞美人》曲，葉皆應拍而舞，他曲則否。《賈氏談録》：褒斜山谷中有。《酉陽雜俎》云：舞草出雅州。（同前書卷一百四十九「花木門·草類」）

二二五　舞馬：世惟知唐玄宗之有舞馬，而不知前已有之，非常馬也。《山海經》述海外大樂之野，夏后啓於此舞九代馬。宋大明五年，河南國進赤龍駒，能拜伏善舞。唐中宗景龍間，文館記有舞馬。又《異物誌》云：大宛馬有解人語、知音律者，觀此，自有一種，其來久矣。讀《唐史》，明皇教舞馬百駟為左右部，因目為某家驕，衣以文繡，絡以金鈴，雜以珠玉，舞曲謂之《傾杯樂》、《昇平樂》，凡十數曲，用樂工姿秀者數十人，衣淡黄衫，文玉帶，立於馬之前後左右，施板床三層，或令壯士舉一榻，樂作而馬舞，床榻如飛，俯仰騰躍，皆合節奏，每千秋節舞於勤政樓下。故張説詩曰：「試聽紫騮歌樂府，何如騏驥舞華陽。」杜詩云：「鬬鶏初賜錦，舞馬使登床。」徐積詩曰：「繡榻盡容騏驥足，錦衣渾蓋渥洼泥。」皆其證也。《樂天雜録》謂舞馬者，乃人舞於床上，非也。（同前書卷一百五十六「禽獸門·獸類」）

二二六　桐花鳳：李賛皇《畫桐花鳳扇賦序》云：成都夾岷江，磯岸多植紫桐，每至春暮，有靈禽五色，小於玄鳥，來集桐花，以飲朝露。有名工繪於素扇，戲作小賦書其上，其略曰：「繢兹鳥於珍箑，動涼風於羅薦。發長袂之清香，掩短歌之孤囀。」今川扇一種，以青紙為地，畫人物花鳥於上，此其遺製。劉績《霏雪録》云：即東坡詞所謂「緑毛么鳳」、俗名倒掛者。唐僧隱巒詩：「五色毛衣比鳳雛，深叢花裡只如無。美人買得偏憐惜，移向金釵重幾銖。」劉言史有《題蜀客楊生江亭》云：「垂絲蜀客涕沾衣，歲盡長沙未得歸。腸斷錦城風日好，可憐桐鳳出花飛。」李之儀有《阮郎歸》一詞詠倒掛云：「朱屬玉羽下蓬來（當作萊），佳時近早梅。探花情味久安排，枝頭開未開。　魂欲斷，恨難裁，香心休見猜。果知何遜是仙才，何妨如夢來。」自注云：此鳥以十二月來，一名收香倒掛，又名探花使。性極馴，好集美人釵上，宴客終日不去，人愛之，無所害，尤為異也。（同前書卷一百五十九「禽獸門・禽類上」）

二二七　《阿濫堆》：張祐詩：「紅樹蕭蕭閣半開，玉皇曾幸此宮來。」至今風俗，驪山下村笛猶吹《阿濫堆》。宋賀方回曲子云：「待月上，潮平坡（當作波）灩，塞管孤吹新《阿濫》。」《中朝故事》云：「驪山多飛鳥，名《阿濫堆》，明皇採其聲為曲子。」又作《鶡爛堆》。（同前）

二二八　海東青：海東青，鶻之俊者，大如鷄，每春初自海入遼，不肯高飛。天鵝至，則帽其首以縱之，盲飛銜天。別養一鳥，名小青兒，大如雀，亦來自海外，與海青同上，俟其飛過天鵝，小青則啣其帽以還。海青乃俯視天鵝，直下爪其兩目而墜。云凡天鵝初至，有一巨者為之首，重二三十斤，捕得此鵝，則其餘無主，盤旋一處不能去。海青旋擒而盡獲之。在胡元，獲頭鵝者有賞。樂府云：「悶煞沒頭鵝。」用此，天鵝即傳記所稱鵠也，黃者千載。（同前）

二二九　曲識：《舜典》曰：「八音克諧，無相奪倫，神人以和。」宣、政間，周美成、柳耆卿輩出，自製樂章，有曰《側犯》、《尾犯》、《花（脱「犯」字）》、《玲瓏四犯》，八音雜律，宮呂奪倫，是不克諧矣。天寶後曲遍繁聲，皆曰入破，破者，破碎之義。明皇幸蜀，宣和之曲皆曰犯，犯者，侵犯之義。二帝北狩，曲中之讖，深可畏哉！（同前書卷一百六十四「徵兆門・符兆類」）

二三〇　燭花詞：紹興十五年八月十五日，予在臨安試詞科第三場畢，出院時尚早，同試者何善伯明、徐搏升甫相率游市，時族叔邦直應賢、鄉人許良佐舜舉省試罷，相與同行，至抱劍街，伯明素與名倡孫小九來往，遂拉訪其家。置酒於小樓，夜月如晝，兩燭結花，粲然若連珠，孫倡固黠慧解事，乃白坐中曰：「今夕桂魄皎潔，燭花呈祥，五君皆較藝蘭省，其為登名高第可證不疑，願各賦一詞紀實，且為它日一段佳話。」遂取吴箋五幅寘於桌上，升甫、應賢、舜舉皆謝不能，伯明俊爽敏捷，即操筆作《浣溪沙》一闋曰：「草草盃盤訪玉人，燈花呈喜坐添春，邀郎覓句要奇新。　黛淺波嬌情脈脈，雲輕柳弱意真真，從今風月屬閒人。」衆傳觀歎賞，獨恨其末句失意。予續成《臨江仙》曰：「綺席留歡歡正洽，高樓佳氣重重。釵頭小篆燭花紅，直須將喜事，來報主人公。　桂月十分秋正半，廣寒宫殿葱葱。姮娥相對曲闌東，雲梯知不遠，平步揖天風。」孫滿酌一觥相勸，曰：「學士必高中，此瑞殆為君設也。」已而予果奏名賜第，餘四人皆不偶。（同前）

二三一　夢遇蘇小：司馬才仲初在洛下，晝寢，夢一美姝牽帷而歌曰：「妾本錢唐江上住，花落花開，不管流年度。燕子銜將春色去，紗窗幾陣黄梅雨。」才仲愛其詞，因詢曲名，云是《黄金縷》，且曰：「後日相見於錢唐江上。」及才仲以東坡先生薦應制舉中等，遂為錢唐幕官。其廨舍後堂，乃蘇小小墓在焉。時秦少章為錢唐尉，為續其詞後云：「斜插犀梳雲半吐，檀板輕敲，唱徹《黄金縷》。夢斷綵雲無覓處，夜凉明月生春浦。」不逾年而才仲得疾，所乘畫水輿艤泊河塘，柁工遽見才仲攜一麗人登舟，即前聲諾，而火起舟尾，狼狽走報，家已慟哭矣。（同前書卷一百六十五「徵兆門・夢徵類」）

二三二《賀唐漁溪新河成暨都臺榮獎詞》并序：伏以河翕千齡，挺元精於間值；波恬萬里，懋底定於無前。永鎮坤垠，弘裨國計。瞻爾鴻猷之孔固，宜斯駿命之方來。恭惟先生：淵源貯養，浩瀚長才。總丹河王屋之醇龢，靈資上徹；探玉牘金繩之秘典，道奥先登。虎帳横經，藹春風於南國；堂林聽政，播化雨於雄州。即所至而威思兼施，隨所施而謳歌並作。彙四海八荒之傾注，遍三駿五丈以霑濡。忠誠貫格於馮夷，寧須沉璧；摹度遠超乎賈讓，奚藉負薪。土鑿崑丘，順金堤而劃派；流分積石，□仙幹以尋源。殺怒浪之奔衝，壯長墉之固護。非夫高標遠覽，詎能劃地開天。影浸乾坤，不獨潤歸九里；聲吞漢瀆，佇看衽奠全曹。褒檄翩馳，旌書幅至。信當紀伐瑱珉，宜竢書勛彞鼎。圻昔叨裔邑，幸接清芬。今守畿方，每厘休問。乃曹人戴德彌深，慨口碑之莫既；顧問吏景行雖久，慚手筆之無從。多士首途，三薰心而命簡；群氓接踵，九頓顙以微言。謂政事必託文章，斯信今而傳後；而父母能知公祖，當因親以及□。揚希聲而耀今編，誰其作者□盛美。以光來牒，非曰能之。猥存毫素之推，敢効窮愁之諉。勉陳里什，用代街談。匪止答博士弟子之勤求，抑且備輶軒使者之采擇。詞曰：「河上仙流，誰道世間稀有。憶當年春風俎豆。而今五馬争馳驟。帝念蒼生，借寇真非偶。　向河陽駐節，舊遊回首。巧侔大禹功旋奏。總秋霖、夏潦何愁。怕除書早下，奪我經綸手。」右調《錦纏道》（《王侍御類稿》卷十五）

二三三　元日用樂音王隊，引隊，大禮樂官二員，冠展角幞頭，紫袍，金帶，執笏。次執戲竹二人，同前服。次樂工八人，冠花幞頭，紫窄衫，銅束帶。龍笛三，杖鼓三，金鞚小鼓一，板一，奏《萬年歡》之曲，從東階陞至御前，以次而西折，繞而南北向立。後隊進止倣此。次二隊婦女十人，冠展角幞頭，紫袍。隨樂聲進至御前，分左右相向立。次婦女一人，冠唐帽，黄袍。進北向立定。樂止，念致語畢，樂作，奏《長春柳》之曲。次三隊，男子三人，戴紅髪，青面具，雜緑衣。次一人，冠唐帽，緑襴袍，角帶。舞蹈而進立于前隊之右。次四隊，男子一人，戴孔雀明王像面具，披金甲，執叉。從者二人。戴毗河神像面具，紅袍，執斧。次五隊，男子五人，冠五梁冠，戴龍王面具，繡氅，執圭。與前隊同進北向立。次六隊，男子五人，為飛天夜叉之像，舞蹈以進。次七隊，樂工八人，冠白玉冠，青面具，錦綉衣。龍笛三，觱栗三，杖鼓二，與前大樂合奏《吉利牙》之曲。次八隊，婦女三十六人，冠翡翠冠，銷金緑衣。執牡丹花舞，唱前曲，與樂聲相和進至御前，北向列，為九重，重四人，曲終，再起，與後隊相和。次九隊，婦女二十人，冠金梳翠花，□緑衣。執花鞚稍子，鼓舞，唱前曲，與前隊相和。次十隊，婦女八人，花髻，服銷金桃紅衣。提日月金鞚稍子，鼓舞，唱前曲。次男子五人，作五方菩薩梵像，摇日月鼓，次一人作樂音王菩薩梵像，執花鞚稍子鼓，齊聲舞前曲一闋。樂止，次婦女三人，歌《新水令》、《沽美酒》、《太平令》之曲，終，念口號，畢，舞唱相和，衆以次而出。（《續文獻通考》卷一百五十五「俗部樂」）

二三四　天壽節，用壽星隊，引隊、禮官、樂工、大樂，冠服並同樂音王隊。次二隊，婦女十人，冠唐巾，服銷金紫衣，銅束帶。次婦女一人，冠平天冠，服繡鶴氅，方心曲領。執圭，以次進至御前，立定，樂止，念致語，畢，樂作，奏《長春柳》之曲。次三隊，男子三人，冠服，舞蹈，並同樂音王隊。次四隊，男子一人，冠金漆弁冠，服緋袍，塗金帶。執笏，從者二人錦帽綉衣，執金字福禄牌。次五隊，男子一人，冠捲雲冠，青面具，綠袍，塗金帶。分執梅竹松椿石同前隊，而進北向立。次六隊，男子五人，為烏鴉之像，作飛舞之態，進立于前隊之左，樂止。次七隊，樂工十有二人，冠雲頭冠，銷金緋袍，白裙。龍笛三，觱栗三，札鼓三，和鼓一，板一，與前大樂合奏《山荆子》帶《祆神急》之曲。次八隊，婦女二十人，冠鳳翅冠，翠花鈿，服寬袖衣，加雲肩霞綬，玉珮。各執寶蓋，舞唱前曲。次九隊，婦女三十人，冠玉女冠，翠花鈿黄銷金寬袖衣，加雲肩霞綬，玉珮。各執椶毛日月扇，舞唱前曲，與前隊相和。次十隊，婦女八人，服雜彩衣，被槲葉。魚鼓簡子。次男子八人，冠束髮冠，金掩心甲，銷金緋袍。執戟，次為龜鶴之像各一。次男子五人，冠黑紗帽服，綉鶴氅，朱履。策龍頭藜杖，舞，唱前曲一闋，樂止。次婦女三人，歌《新水令》、《沽美酒》、《太平令》之曲，終，念口號，畢，舞唱相和，以次而出。（同前）

二三五　朝會用禮樂隊，引隊、禮官、樂工、大樂，冠服並同樂音王隊。次二隊，婦女十人。冠黑□弁冠，服青紫素袍。方心四□白□束帶。執圭。次婦女一人，冠九龍冠，服綉紅袍束玉帶。進至御前，立定，樂止。念致語，畢，樂作，奏《長春柳》之曲。次三隊，男子三人，冠服舞蹈同樂音王隊。次四隊，男子三人，冠捲雲冠，服黄袍塗金帶。執圭。次五隊，男子五人，冠三龍冠，服紅袍。各執劈正金斧，同前隊，而進北向立。次六隊，童子五人，三髻，素衣。各執香花，舞蹈而進，樂止。次七隊，樂工八人，冠束髮，冠服錦衣，白袍。龍笛三，觱栗三，杖鼓二，與前大樂合奏《新水令》、《水仙子》之曲。次八隊，婦女二十人。冠籠巾，服紫袍，金帶。執笏，歌《新水令》之曲，與樂聲相和，進至御前，分為四行，北向立，鞠躬拜興，舞蹈叩頭，山呼就拜，再拜，畢，復趁聲歌《水仙子》之曲一闋，再歌《青山口》之曲，與後隊相和。次九隊，婦女二十人，冠車髻冠，服銷金藍衣雲肩佩綬。執孔雀幢，舞唱，與前隊相和。次八人，冠鳳翅兜牟，披金甲，執戟。次男子一人，冠平天冠，服綉鶴氅。執圭，齊舞唱前曲一闋，樂止。次婦女三人，歌《新水令》、《沽美酒》、《太平令》之曲，終，念口號，畢，舞唱相和，以次而出。（同前）

二三六 說法隊，引禮官、樂工、大樂。冠服並同樂音王隊。次二隊，婦女十人，冠僧伽帽，服紫禪衣皂縧。次婦女一人，服錦袈沙，餘如前。持數珠進到御前，北向立定，樂止，念致語，畢，樂作，奏《長春柳》之曲。次三隊，男子三人，冠服舞蹈，並同樂音王隊。次四隊，男子一人。冠隱士冠，服白紗道袍，皂縧。執麈拂，從者二人。冠黃包巾，服錦綉衣。執令字旗。次五隊，男子五人，冠金冠，披金甲錦袍。執戟同前隊，而進北向立。次六隊，男子五人，為金翅雕之像，舞唱而進，樂止。次七隊，樂工十有六人，冠五福冠，服錦綉衣。龍笛六，觱栗六，杖鼓四，與前大樂合奏《金字西番經》之曲。次八隊，婦女二十人，冠珠子菩薩冠，服銷金黃衣，纓絡珮綬。執金浮屠白傘蓋，舞唱前曲，與樂聲相和，進至御前，分為五重。重四人。曲終，再起，與後隊相和。次九隊，婦女二十人，冠金翠菩薩冠，服銷金紅衣。執寶蓋，舞蹈與前隊相和。次十隊，婦女八人，冠青螺髻冠，服白銷金衣。執金蓮花。次男子八人，披金甲為八金剛像。次一人，為文殊像，執如意；一人為普賢像，執西番蓮花；一人為如來像，齊舞唱前曲一闋。樂止，次婦女三人，歌《新水令》、《沽美酒》、《太平令》之曲，終，念口號，畢，舞唱相和而出。（同前）

二三七　漢樂府絲竹更相和，但有歌曲，清平瑟三調，清商曲，鐃歌，鼓吹曲，司馬相如《鳳求凰》之類，多楚詞體也。自是雖有五言，與三百篇遠矣。魏、晉多為五言，如《明妃曲》之類，間有七言，如《隴上》、《壯士》之類，若「徂風飈起」，蓋山陵之歌，則七言絕句也。唐多用七言律，如《龍池》樂章，王維《渭城》絕句亦有散聲，謂之《陽關三疊》，或更作長短句，如《調笑令》、《菩薩蠻》、《六么》、《河傳》等曲，至宋益盛，《西江月》、《點絳唇》等詩餘，皆可絃歌。金、元又變為北曲，如正宮《端正好》、商調《集賢賓》、南吕《一枝花》、黄鍾《醉花陰》、中吕《粉蝶兒》之類，依腔填調，一定不易，以便快口唱過，亦有曲名雖與宋同而實異者，教坊歌之其□合四等字，與雅樂同，今有南戲，則變極矣。（同前）

二三八　俗樂二十八調，唐人用為大曲，有散序，排遍、八破，殺衮等套數，始成一曲。就本宮調製引、序、慢、令，蓋度曲常態也。八破以曲終繁聲得名，有兆亂之讖。江南李煜有《念家山破》，尤非美也。其歸宿一聲謂之殺，如《伊州》以凡字殺，側商則借尺字殺是也。元樂尾聲多以殺名，如賺煞、十煞之類，多至百餘聲。至正末，賊將殺戮無禁，且興隆笙用九十管，果符歷年。程子謂音義氣理相通者，此也。（同前）

二三九　漢初，《安世》之歌易周《房中》樂，其調皆楚聲，高帝見巴渝舞，曰：「此武王伐紂歌也。」然周之曲調，漢末猶存。晉荀勗始除《鹿鳴》四篇，别製食舉歌，於是周雅盡亡。北魏以來，多用胡樂，至隋，取漢以來樂歌盡入清商，曰此周《房中》遺聲，蓋夷胡部也。漢以俗樂定雅樂，其後漢清商亦亡。房庶曰：古樂與今樂本亦不遠，上古世質器與聲樸，後世變焉，金石，鐘聲也，易之以方響；絲竹，琴簫也，易之以箏；笛笙，匏也，攢之以木；斗塤，土也，變而為甌；柷敔，木也，貫之以板。凡此皆八音之變也。孔子曰：「鄭聲淫。」豈其器之不古若哉？亦疾其聲之變耳。去其沾濃靡曼，而歸之中和雅正，不曰治世之音乎？然則世所謂雅樂未必如古，而教坊所奏，豈盡淫聲哉！庶此言雖非窮本之論，亦頗知變也已。（同前）

二四〇　何氏瑭曰：「詩言志」，今俗樂詞曲各陳其情，乃其遺法也。「歌永言」，今俗樂之唱詞曲，乃其遺法也。當歌之□和以樂器之聲與歌聲清濁高下相應，是謂「聲依永」，俗樂唱曲，應以絲竹，乃其遺法也，此則小成矣。若奏衆音清濁高下難得齊一，須律以齊之。如作黄鍾宮調，則衆音之聲皆用黄鍾為節；太簇商亦然。清濁高下自齊一而不亂，是謂「律和聲」。俗樂以合、四、工、尺等字為板眼，如作工字，則衆音皆以工為節，尺亦然，而從律不亂，乃其遺法也。八音克諧，則樂乃大成矣。（同前）

二四一　太祖洪武初年，以國家創業之初，禮制未備，勑中書省令天下郡縣舉素志高潔，博古通今，練達時宜之士禮送至京，命同凱等更製樂章，上命協音律者歌之，謂侍臣曰：禮以尊敬，樂以宣和，不敬不和，何以為治？元時古樂俱廢，惟淫詞艷曲，更唱迭和，又使胡虜之聲與正音相雜，甚者以古先帝王祀典神祇餙為队舞，諧戲殿廷，殊非所以道中和、崇治體也。今所制樂章頗協音律，有和平廣大之意，自今一切流俗宣澆淫褻之樂，悉屏去之。（同前書卷二百五十七）

二四二　按周、陳以前，雅、鄭淆雜，隋文帝平陳，盡得清商樂，以其源自漢也，謂為九代遺聲，立清商署以肄之。乃分雅、俗二部，雅部如梁之十二雅，用諸郊廟朝廷者是也。俗部十六調，正宮、黃鍾宮、中呂宮、南呂宮，各有商、羽、變宮。至唐增高宮、道調、仙呂，為二十八調，皆從濁至清，下則益濁，上則益清。慢者過節，急者流蕩。其後聲器寖殊，或以倍四為度，復有中管之格，有與律呂同名而聲不近雅者。其宮調乃應夾鍾之律，燕設用之，蔡元定所謂燕樂是也。大抵俗部諸曲悉源於雅樂，後失其傳，而更為妖聲豔詞爾。唐玄宗又立胡部，天寶樂曲皆以邊地名，若《涼州》、《伊州》、《甘州》之類，又詔道調法曲與胡部新聲合作，其調惟以羽為宮，於是漢樂府絶矣。宋、元以來，因金人北曲變為南戲，叫噪哀促，子女複雜，世俗筵宴則用之，而教坊之樂有院本，有雜劇，有爨弄，有女舞，與此正同，淫聲奇技備矣。（同前書卷一百六十）

二四三 《柳耆卿樂府》：柳永著。永，崇安人。景祐中第進士，工詞章，尤善樂府。范鎮嘆曰：仁宗四十年太平，鎮在翰苑，不能由一語咏歌，乃于耆卿見之。（同前書卷一百七十六）

二四四 《九歌譜》：十二月樂辭譜。吾衍著，宋濂氏曰：衍，杭人也。意氣簡傲，不為公侯屈色。通聲音律呂之學，善倣李賀詩，工隸書，尤精於小篆。所著書有《道書授神契》、《說文續解》、《石鼓註》、《楚文音釋》、《閒中編》、《竹素山房詩》，世多傳之。（同前）

二四五 《樂府補題》：仇遠、唐珏等俱有此書。（同前）

二四六 《樂府類編》、《楚漢正聲》，浦陽吴萊著。（同前）

二四七 《西溪樂府》，姚寬著。（同前）

二四八 《雍熙樂府》，楚府刻。（同前）

二四九 《草堂詩餘》，集古名人詞調。（同前）

二五〇 《和稼軒詞》，寧德陳汝玉著。（同前）

二五一 《琵琶記典》：瑞安高明著，因友人有棄妻而婚於貴家者，作此記以感動之。思苦詞工，夜深時，燭焰為之相交。至今猶為詞曲之祖，其餘傳記俱涉淫詞，不載。（同前）

二五二 《如庵小藁》：金完顔璹著。璹本名壽孫，越王永功子。平生詩文甚多，自删其詩，存三百首，樂府百首，號《如庵小藁》（同前書卷一百八十三）

二五三 《詩詞雜著》二十五卷，趙善湘著。（同前）

二五四 《皇明詩抄》、《詩林振秀》、《陶情樂府》、《續陶情樂府》、《選詩外篇》、《月節詞》、《瀑布泉行》、《詞林萬選》、《交遊詩録》、《風雅逸編》、《五言律祖》、《唐絶精選》、《絶句辨體》、《唐音百絶》、《群詩麗句》、《李詩選》、《宛陵六一詩選》、《杜詩選》、《宋詩選》、《元詩選》、《五言三韻詩選》、《五言選》、《升庵長短句》、《升庵詩集》、《蘇黄詩髓》，以上新都人楊慎用修著。（同前）

曹璿詞話

曹璿，號玉齋，江都（今江蘇）人。行蹟不詳。著《瓊花集》五卷，有嘉靖乙未自序，謂揚州瓊花，世傳海内僅一本，花已久枯，而後騷人墨客各據傳聞，或謂即玉蘂，或謂是聚八仙，且云産生的時代也歧出，前人雖有著述辨説，謬説錯雜，有感於此，乃遍考羣籍，增所不備。卷一爲考證、遺事，卷二録詩作，卷三録詩餘，卷四録賦，卷五録記文。此據《别下齋叢書》本録詞話二則。

一 《寶祐維揚志》曰：唐朝唐昌觀有玉蘂花，劉禹錫所謂「玉女來看玉樹花，異香先引七香車」是也。唐内院亦有玉蘂花，李德裕與沈傳師草詔同賞，故德裕詩曰：「玉蘂天中木，金閨昔共窺。」傳師和曰「曾對金鸞直，同依玉樹陰」是也。招隱山亦有玉蘂花，李德裕所謂「吴人初不識，因予嘗賞翫，乃得此名」是也。由是論之，豈一處有哉？其非瓊花，明矣。東坡瑞香詞有「后土祠中玉蘂」之句者，非謂即玉蘂花，謂瓊花如玉蘂之白爾。江少虞《皇朝類苑》曰：孫冕在揚州，使人訪求瓊花，山中甚多，但歲苦樵斧野燒，故木不得大，而花不能茂耳。孫傷之以詩曰：「可憐遐僻地，常化燎原灰。」《紹熙廣陵志》曰：《類苑》此説蓋誤以八仙花為瓊花也。八仙花雖類瓊花，而瓊花之香，如蓮花可愛，雖剪折之，餘韻亦不減，此八仙之所無也。（《瓊花集》卷一「考證」）

二　吕純陽《沁園春》詞云：「琳館清標，瓊台麗質，何年天上飛來。揚州暫倚，后土為深栽。獨立乾坤，一樹春風占，萬朵齊開。天然巧、蘂珠圓簇，玉瓣輕裁。見一花九朵，類玲瓏玉斝，錯落瓊盃。得滿盛香露，洗蕩塵埃。是真元孕育，有仙風道骨，豈是凡胎。問真宰，難留下土，携爾上蓬萊。」按《沁園春》創製於宋王晉卿，洞賓，唐人，安得預為此調？其為後人假託無疑也。（同前）

盛時泰輯詞話

盛時泰，字仲交，號雲浦，江寧（今江蘇）人。嘉靖中貢生，高才博學，有聲文場，而屢失意。所著有《城山堂集》、《蒼潤軒碑跋紀》、《牛首山志》。此據《四庫全書存目叢書補編》影印明萬曆七年刻本《牛首山志》録詞話二則。

一 如愚居士《滿庭芳》：吾乃當途，棄儒奉道，遵行聖誨多年。已踰三紀，截滅六塵緣。因業習、自營度日，未嘗謁見豪賢。般若力，掀翻煩惱，坦蕩獨翛然。來斯十四載，裝鑾佛相，塔宇盡光鮮。造遮暘石道，直至水礴邊。都係束脩已鏹，捨為助道安。碑知慚愧，了無所得，本覺性明圓。（《牛首山志》卷下）

二　都穆《游牛首山記》：金陵多佳山，其可遊者，稱牛首山爲最。山據城之南，初名牛頭，以其雙峰並峙若牛角，然佛氏書所謂江表牛頭是也。晉王丞相導嘗指以語人曰：「此天闕也。」後又名爲天闕山云。丁卯七月二十有三日，吏部主事顧君華玉治具，與予約客，爲中山之遊，時如約者，户部員外郎黄君子和、朱君升之、國學進士陳君魯南，而予兒元翁侍焉。遂共出鳳臺門，南行十五里，至灣塘，其中荷花尚存，下馬玩之。有僧舍，隣于塘，共入啜茗，又南行十里，度嶺，予馬逸，幾墮。又三里，抵山，舍馬而上，升之獨乘魯南騾疾去。予輩徐步尾之，二里達弘覺寺。門内二井，其左曰白龜池，右曰虎爬泉。後僧以其險，更甃爲井，而虎泉尤清洌，寺衆咸汲于是。礩石級，庭中銀杏一株，圍可二人。入方丈，午食。食畢，登浮屠，至其顛，有聯句詩。經修廊東行，緣石魚貫而上，登觀音閣，憑欄曠視，第見浮屠之尖，再上，聞有捨身臺及辟支佛足迹，以峻險，不及觀。下，至兜率巖空洞，下突出，如屋。列席小飲，久之，至文殊洞，升之、魯南潜卧洞中，口烏烏作吟聲，其挽出之。前有屋一楹，衆復聯詩書壁上。既而登山之背，觀蕭昭明飲馬池，徑可丈餘，冬夏不涸。下而西至辟支洞，廣差勝，文殊石浮屠立其前，辟支舍利所藏處也。老僧言少嘗見舍利放光，今數十年矣，浮屠有石刻二：其一宋皇祐二年紀，不著撰人名氏，中戴誌公荅宋明帝語云：「昔辟支佛冬居于此。」其一如愚居士《滿庭芳》詞，字絶類黄太史居士，未詳何人，殆隱逸之儔歟？西下，經禪堂傍室，闔其扉，有竅如錢，日光射浮屠，影倒挂佛案紙上，不可曉也。夜宴方丈，予以倦睡去。衆作詩角險，至鷄號乃罷。二十四日早食，出寺。而南山路斗峻，馬屢乘屢却。時雲霧四興，咫尺莫辨，遥視山足，則日光在田，禾黍映之，繚黄縈碧，如僧伽黎衣。咲語三君，以為不知身之在人間世也。五里至獻花巖，石益奇麗，中虚，可十步，儼若堂宇。相傳唐高僧嬾融嘗坐其中，有百鳥獻花之異，巖因以名山。故有幽棲寺，今已不存。成化間，山東僧道興至其地，堅坐不動，有財者樂為之施，寺由是復興，今名花巖。巖之南曰留雲亭，衆以觸熱，解衣小憩。又南曰芙蓉閣，閣嵌巖石，登其上，群峰攢蹙，悉在目捷，山之最佳處也，衆共飲焉。北下僧廬，其扁曰無邊風月，可坐眺遠。又下有軒，曰無塵，仍飲賦詩。又二里，出山。（同前）

張祿詞話

張祿，字天爵，一字元俸，號友竹山人等，吴江（今江蘇）人。行蹟不詳，嘉靖時在世。編有《詞林摘艷》十卷，此據《續修四庫全書》影印明嘉靖四年刻本録序文一則。

一　《詞林摘艷序》：今之樂猶古之樂，殆體制不同耳。有元及遼、金時，文人才士審音定律，作為詞調。逮我皇明，益盡其美，謂之今樂府。其視古作，雖曰懸絶，然其間有南有北，有長篇小令，皆撫時即事，托物寄興之言。咏歌之餘，可喜可悲，可驚可愕，委曲宛轉，皆能使人興起感發，蓋小技中之長也。然作非一手，集非一帙，或公諸梓行，或秘諸謄寫，好事者欲遍得觀覽，寡矣。正德間，裒而輯之為卷，名之曰《盛世新聲》，固詞拭中之快睹。但其貪收之廣者，或不能擇其精粗；欲成之速者，或不暇考其訛舛，見之者往往病焉。余不揣陋鄙，於暇日，正其魯魚，增以新調，不減於前謂之林，少加於後謂之艷，更名曰《詞林摘艷》，鋟梓以行。四方之人，於風前月下，侑以絲竹，唱咏之餘，或有所考，一覽無餘，豈不便哉？觀者幸憐其用心之勤，恕其狂妄之罪。時嘉靖乙酉仲秋上吉，東吴張禄謹識。（《詞林摘艷》）

于慎思詞話

于慎思（一五三一—一五八八），字無妄，號航隱，又號龎眉生，東阿（今山東）人。于慎行之兄，諸生，富有詩才，尤工古賦。有《龎眉生集》十六卷，此據《四庫全書存目叢書》影印明萬曆二十七年于氏刻本録詞話四則。

一 《奉贈邑侯龍莊李公入覲帳詞并引》：伏以周曆俯頒，乃憲百官之象；漢儀高會，方登四海之圖。矧當上計之期，行受大褒之典。顧輪蹄之戒道，在攀卧以何堪。恭惟臺下：世乘華閥，學擅名儒。一門萬石之家聲，四世五公之譜牒。自勝國荷分茅之重，入本朝傳紱組之芬。顧地胄之特隆，况資才之尤異。俯就公車之召，仰伸禄養之榮。經學淹通，折角久伸於五鹿；宦聲爗茂，升華已兆於三魚。蕞此柯亭，號稱劇縣。仁明所被，小大含熙。製錦棼絲，已見優游之化；烹鮮剖錯，同沾撫字之恩。穀有穗而麥有岐，人安物阜；范則冠而蠶則績，禮布俗成。屬當計吏之辰，蚤辦朝正之駕。第蒼生之借寇，不惟一夕而一朝；諗赤土之存棠，將見勿伐而勿拜。偉兹最績，宜冠專城。生等業愧横經，學慚操縵。雖文史近乎卜祝，老非翰墨之才；方天子建以中和，遠有□鈞之夢。心瞻黄屋，喜聽課倪之勤；文選青錢，聊見贈劉之意。詞曰：「沉醉東風，傾盃序、陽關三疊。更鮑老名傳，堯民歌徹。聲價舊如青玉案，襟懷鎮比梅花雪。惱人心、上京馬去謁金門，生離別。　憶帝京，繁華節。朝天子，冠裳列。奈青山口畔，離亭拍歌。送遠行時竹馬聚，盼歸期候迎仙客。普天樂、攤破喜春來，瑶臺月。」右調《滿江紅》集詞曲名。（《龎眉生集》卷二十二）

二《代賀邑侯郭公河臺褒勞帳詞并引》：伏以列宿垂光，著芳聲於八座；仁風扇靄，妝最績於三齊。惟藩宣廉問之周知，乃撫字賑卹之咸至。譽孚臺省，惠浹黎元。協上下以騰驩，述謳謡而攄快。恭惟門下：噐識英明，性資弘毅。儒林巨棟，翹翹直餘百尋；學海健航，灝灝澄波萬頃。褒衣博帶，夙稱趙國聞人；墨綬銅章，幸覩齊城長吏。職兮民社，宦遊集東夏之衣冠；學有淵源，圖史緒中原之文獻。臺聯棲鳳，應五百之昌期；境接獲麟，近三千之闕里。果見琅琅之璞，不同碌碌之名。惟游澧匱當寧之憂，斯平土係生民之命。水來漂没，忍赤子之為魚；田卒汙萊，嘆蒼生之懸磬。肆大司空之軫念，勤良長吏之教宣。惟賢能夙著於蒞官，而勤勚復徵於見委。廼行褒奬，以示優崇。賛書繼下於二司，薦剡將登於兩院。以星入以星出，百廢俱興；與日作與日息，兆民允殖。高山流水，雅同單父之琴；烈日秋霜，利比豐城之劍。烏常攫食道旁，躬許椽之勤；雉不驚人樹下，識魯恭之異。惟冗靡之盡去，與衡邑以相安。絃誦惟勤多士，佩文翁之教；葵織時去輿人，誦公儀之廉。龍圖之咲，擬河關節不到；使君之清，如水冰蘗常懸。然且平易近人，禦下無勞於束濕；優游敷政，治國每效于烹鮮。理亂絲而懼棼，自妙經綸之緒；張大絃而畏急，咸得宫徵之宜。代郡兒童，馬一至而跨竹相候；耶溪父老，犬不鳴而扶杖來觀。化國之日，舒以長春。融草木君子之心，公而恕信及豚魚。瑞浹農談，麥有岐而穀有穗；禮興士行，蠶則績而范則冠。誠美錦非學製之人，而太牢恥試割之陋者也。某等共百里以臨人，叨隨鶴蓋；奉三尺以從事，久沐鴻私。覩河陽十里之花，一遊一泳；種召伯千年之樹，勿剪勿傷。情見乎辭，歌以為侑。詞曰：「雨潤花封，風馥棠社，晝簾琴韻長清。使君才望，芳譽滿神京。霜刃由來脱頴，等閑間、化洽風成。人都道、兒童竹馬，今為細侯迎。　使君留躅處，名揚汴曲，政著柯亭。更黄章白叟，到處歡聲。絃管正宜新暑，賔僚在、共羡恩榮。行看取，鳳啣丹詔，直下九重城。」右調《滿庭芳》。（同前）

三《壽外叔祖母謝太孺人帳詞并引》：蓋聞朗璞夙宣，聿奠永貞之體；靈源遠濬，有開錫羡之祥。故德珍在物，斯品彙莫之與京；澤覃於人，故繁祉于焉而輳。是以周歌文母，徽音嗣而多福是綏；魯紀敬姜，懿德具而芳聲遠被。茲匪崇嘏，休風古之。遺驗與我，懿君恩姥。壽母太孺人：早自名閥，歸于著姓。結縭執道，操觚傳書。爾其勤業宜家，恤孤字幼。相夫君以緝學，璇璵兢茂；誨嗣息而握槧，蘭芷交輝。雖孟氏母之克閑内訓，曹大家之號為女師，方之未過也。斯以德崇禧厚，天庇人綦。迨乙丑之春，年登八袠矣，曆元再啓，壽履無疆。藉屬離孫，福承王母。暉生寸草，念當日之恩斯；慶祝千齡，副洪名於任只。綵衣在望，春酒載斟。敢陳下里之謡，敬効大年之誦。詞曰：「擎露玻瓈，旋斫銀絲鱠。鋪羅綺，飄蘭蕙。庭前風樹静，檻外笙歌沸。人都道，人間再見瑶池會。莫惜今朝醉，共祝千秋歲。願女史，從今記。霜侵松骨暖，日映萱華晬。海籌添，天邊日似長繩繫。」右調《千秋歲》。（同前）

四　《代賀雲溪高丞獎薦帳詞并引》：僕仕版之畸人也，東西隨牒；閲道路之風霜，南北乘軺。銷簿書之歲月，數周土籥備，諳州縣之煩勞，三剖邑符。習知政俗之美惡，然而委沓之務，必藉贊襄，服政滋多，允賴實尠，洎兹阿邑廼得如雲溪高君者焉。高君：淮海名閥，維揚俊士。傳家儒雅，鏗鏗絃誦之聲；課子詩書，濟濟圖書之盛。筮仕光禄丞，嗣宗任放，欣游步兵之厨；曼倩詼諧，割饗大官之饌。已而羞醪俱舉，委計多贏。資望例遷，出佐邑政。或以刀牘易鵷鴻之地，枳棘乖鸞鳳之棲。君有以自娱，洎如也。既而攝篆四週，服職六載。盜戢民安，政平訟簡。司會計則不玷於官常，勤聽讞則洞悉乎民隱。誠所謂文而無害，嚴而不殘者。於是庶民稱其仁，上官廉得狀。省垣馳檄，部院交旌。兩臺薦剡，今且止矣。目曰最績，皆得上考。佐治之譽，前此罕儷，猗與偉哉。夫仕患拘資，而君以明允愈常格；世難遇合，而君以廉平諧衆論。然則人地心期，施于有政，固若桴鼓矣。不佞琴聲無緒，方垂單父之簾；笛韻長悠，擬截柯亭之竹。欣與賢寮，同貞奇遇。小詞登奏，俚引遂成。詞曰：「十分春色，踏遍香塵陌。松骨槐根，也助我行，春消息。

記得上林拾翠侶，同趁取、禁城寒食。到而今，寂寞花朝，山城倦客。天機錦，時時織。玉漏水，涓涓滴。總憑高瞥見，五雲丹碧。佐治久孚朝野望，承恩肯與塵凡匹。便思量、騎鶴上揚州，認舊游蹤跡。」右調《帝臺春》。（同前）

張瀚詞話

張瀚（一五三一—？），字子文，號元洲，自稱虎林山人，仁和（今浙江杭州）人。嘉靖乙未進士，歷大名知府，累擢右副都御史，巡撫陝西，隆慶初提督兩廣，皆有聲。萬曆初擢吏部尚書。萬曆癸巳年八十三，卒贈太子少保，謚恭懿。所著有《奚囊蠹餘》、《松窗夢語》、《吏部職掌》、《臺省疏稿》、《督撫奏議》。此據《續修四庫全書》影印清抄本《張恭懿松窗夢語》録詞話一則。

一

東坡謂其民老死不識兵革，四時嬉遊，歌舞之聲，至今不衰。大古稱吳歌，所從來久遠，至今遊惰之人樂為優俳。二三十年間，富貴家出金帛制服飾器，具列聲歌鼓吹，招至十餘人為隊，搬演傳奇，好事者競為淫麗之詞，轉相唱和，一郡城之内衣食於此者，不知幾千人矣。人情以放蕩為快，世風以侈靡相高，雖踰制犯禁，不知忌也。余遵祖訓，不敢違。（《張恭懿松窗夢語》卷七「風俗記」）

王錫爵詞話

王錫爵(一五三四—一六一〇),字元馭,號荆石,太倉(今江蘇)人。嘉靖末會試第一,廷試第二,授編修。萬曆初歷詹事,掌翰林院,進禮部右侍郎。累官禮部尚書,兼文淵閣大學士,改吏部尚書,進建極殿。卒贈太保,謚文肅。所著有《王文肅公文草》、《牘草》、《王文肅公奏議》、《暖閣召見紀事》、《春秋日録左氏釋義評苑》等。此據《四庫全書存目叢書》影印明萬曆間王時敏刻本《王文肅公全集》録詞話一則。

一 《李繼泉同年》:日承遠命,郎君持札勸駕。故人情重,能無銜激。今小疏且下,有如賴芘得允。剡溪一棹,不能相忘。記得先年所餉牡丹,有名白舞、青霓、魏紅者,今盡失其種。此時正堪栽接,不識可再求一一貼否？病苦無聊，偶和唐伯虎小詞，奉寄一笑：「愁多病多，早已髩毛皤。恩多寵多，轉入是非窩。洗耳聽漁歌，一一都嘲我。漫天網羅，身被浮名誤，三載沉疴。兒被阿爹誤，只今五表向天呼，決不上長安路，黃粱夢已徂，破衲還堪補，聊就人天小結果。」○「南陌東疇，是兒孫馬牛。楚館秦樓，是歡喜寃讐。萬事揔悠悠，勞生何所求。一簇眉頭，筭前又筭後。三寸舌頭，説姸又説醜。可憐擔盡世間愁，空笑破他人口。蘆花不繫舟，竹葉無憂酒，羲皇一夢君知否？」○「你會使乖，別人也不呆。你要錢財，前生須帶來。我命非我排，自有天公在。時該運該，人來還你債。時衰運衰，你被他人賣。常言作法可消災，怕没福，難擔戴。有酒且開懷，見怪何須怪，一任桑田變滄海。」○「一粒芝蔴，救饑也是他。一片黃瓜，解渴也是他。其餘萬事賒，到了成虛話。纔説西家殺牛與宰馬，又説東家鑽龜更打瓦。你們圖甚王和霸，一任的閒□耍。待乘博望槎，看過天河假，那時碌碌纔干罷。」右詞名《對玉環》。（《王文肅公全集》卷十八）

劉世偉詞話

劉世偉，字宗周，陽信（今屬山東）人。嘉靖中官寧州州同。撰《獻次瑣談》、《過庭詩話》等，《過庭詩話》卷首有嘉靖丁巳閻新恩序，稱世偉之父為寧國君冷庵翁，故名所著詩話曰過庭，其中謂看詩話當以嚴滄浪為準，縱論歷代詩。此據《四庫全書存目叢書》影印明嘉靖刻本録詞話二則。

一

古樂府：「山上復有山，何當大刀頭。」此虎謎之祖，子美「歸心折大刀」，明用此意，元人正宫樂府云：「展開這紙來呵，好着我目邊點水言難盡。拈起筆來呵，好着我門裏挑心寫不成。」庶幾善學此者。（《過庭詩話》卷上）

二　東坡：「漁翁夜傍西岩宿，晚（當作曉）汲清湘燃楚竹。烟消月出不見人，欸乃一聲山水緑。」此柳子厚詩。下仍有二句曰：「回看天際下中流，岩上無心雲相逐。」東坡偶誦而遺之耳。按《古今韻會》：欸乃，棹船相應聲。疑古已有是歌，蓋不可考。元次山有曲曰：「誰能聽欸乃，欸乃感人情。不恨湘波深，不怨湘水清。所嗟豈敢道，空羡江月明。昔聞扣斷舟，引釣歌此聲。始歌悲風起，歌竟愁雲生。遺曲今何在，逸為漁父行。」高似孫復擬為「帝子降兮」一篇，乃得古歌之遺意。元本欸音襖，乃音靄。柳子厚註亦云别本作襖靄。又許氏《説文》原無襖音。《項氏家説》曰：劉蜕文集有《湖中靄迺歌》，又劉言史《瀟湘》詩：「閑歌暖迺深峽裏」，蓋字稍異而事則一也。《中原音韻》仍讀如字，不知次山之前復有何據也？更俟博識。（同前）

趙用賢詞話

趙用賢（一五三五—一五九六），字汝師，號定宇，常熟（今屬江蘇）人。隆慶五年進士，選庶吉士。神宗萬曆時，官檢討，疏論張居正，被罷官。居正歿，起官，終吏部侍郎，謚文毅。性喜書，廣求博訪，精校勘，藏書處為脈望館。著有《松石齋集》、《三吴文獻志》、《趙定宇書目》等。此據書目文獻出版社出版《明代書目題跋叢刊》影印本《趙定宇書目》録所載詞曲集。

一《湖山樂府》一本。《聽雨齋小詞》一本。《石門樂府》一本。《桂州詞》一本。

《五（疑為玉）川詞》一本。《九宫詞譜》六本。《山堂詞稿》四本。《南峰樂府》一本。

《蚓竅清餘》二本。《王舜耕詞》一本。《草堂詩餘續》四本。《王西樓樂府》一本。《絕妙好詞》一本。《唐詞記》五本。《中州樂府》一本。《唐宋詞選》十本。（節録自《趙定宇書目》「小説書」）

二 《蓮詞》二本。《張子野詞》一本。《晁氏琴趣》二本。《樂府遺音》一本。《存齋遺音》二本。《海野老人詞》一本。《碧山樂府》二本。《雲林清賞》一本。《餘清詞集》一本。《柳屯田樂章》十本。《風雅遺音》一本。《立齋詞》一本。《周美成詞》一本，自抄《百家飼（當作詞）》。《樽前集》、《樂府補遺》一本。向豐之、白石、竹屋、履齋等詞一本。《花間集》一本。張元幹、戴復古詞一本。（節録自同前書「詞」）

三 《長短句》一本。《長短句續》一本。《詞品》一本。《詞林萬選》。《滇南月節詞》。《陶情樂府續集》。（節録自同前書「楊升庵書集目録」）

許孚遠詞話

許孚遠（一五三五—一六〇四），字孟中，號敬庵，德清（今浙江）人。從唐一庵學，登嘉靖壬戌進士，授南工部虞衡主事，調南吏部考功。隆慶改元移疾歸，起廣東僉事。萬曆初擢南太僕丞，出爲建昌守。遷陝西提學副使，歷晉右僉都御史，巡撫福建。擢南大理卿，晉南兵部右侍郎，改北兵部左侍郎，稱疾乞歸。卒贈工部尚書，謚恭簡。著有《論語述》、《敬和堂集》。此據上海古籍出版社影印《明詞彙刊》本《升庵長短句》録序文一則。

一　序：新都楊升庵先生名滿天下，不佞孚遠自爲兒童時聞之，則欣欣嚮慕云。已而得睹先生所著《丹鉛輯録》、《譚苑醍醐》、《蓺林伐山》等編，知其博極羣書，精究名理，當代儒者希有也。比歲入關中，友人遺我以先生文集，展閱篇次，庶幾覩其大全。然顛浩瀚，未暇卒業。頃方伯姚公復示以新刻先生長短句，且謂是編出侍御楊公所。侍御公為先生從子，先生手澤所存，不忍一字之遺，而欲廣其傳於後者也。姚公命孚遠曰：「子盍序之？」孚遠竊惟先生學問文章如嶽瀆之高廣，如星斗之燦爛，後世小子曾未窺其涯涘，挹其餘輝，而何敢置一喙於某際？雖然，孟氏不云乎觀水有術，必觀其瀾，日月有明，容光必照，此非獨以喻聖人之道。古今名世述作超前絶後，固各有源本所自來也。先生以相家子廷對擢第一，為館閣之臣，顧無毫髮介其胸次，而抗疏議禮，觸犯忌諱，甘心貶黜，以終其身，此何等人物哉？天生異材，投之閒寂，困之厄窮，達觀造化之理，探索經史之藴。經綸滿腹，無所發洩於致主匡時之略，而僅著為文詞，其縱横變化，窮極綺麗，有以也。然則尚論先生者，當先知其人品與其學術，而後可以讀其文詞。長短句，文之末流也，先生蓋出其餘力為之，而非所以先也。孚遠又竊觀楊文忠勛業之盛，及先生材品之高，而知其世德作求流芳未艾。今侍御公雅意文業，紹文忠父子而昌厥家聲者，豈徒以文詞為訓已哉？敬為序。德清許孚遠撰。（《升庵長短句》）

朱賡詞話

朱賡（一五三五—一六〇八），字少欽，號金庭，山陰（今浙江紹興）人。隆慶戊辰進士，歷官少保兼太子太保、吏部尚書、文華殿大學士，贈太保，加贈太傅，謚文懿。著《朱文懿公文集》十二卷，此據《四庫全書存目叢書》影印明天啓間刻本録詞話一則。

一

《奉壽渠翁呂老先生八袠帳詞》：南斗高懸，閃爍女牛分野；東山大隱，參差姑射神居。簪紳赴越絶者如雲，識闕門之柱史；節鉞指句章而就日，訪河上之仙翁。醽醁春深，引滄溟其盈酌；笙竽晝永，迴鸞鳳以和鳴。三島十洲，王謝堂前不減；四明五泄，終喬洞府非遥。萃竹箭以添籌，海屋紀長生之籍；采芝英而辟穀，塵寰傳却老之方。琪樹扶疎，毓靈根于玄圃；蟠桃灼燿，結異殖于綏山。八公去而不還，謬傳得道；四皓招而可致，寧是幽棲。羨彼木工，騎風雲而上下；聞諸陶正，隨烟氣以飛騰。未有配法象于薇垣，列姓名于玉室。丹顏不改，握太上之真精；紫氣長冲，膺後天之遐算。恭惟閣下：含神發睿，帝所篤生。契化參玄，世為倫表。禹穴衍而秀異，秦望鬱乎靈長。祥有開先，天不愛道。清華歷試，弘文茂著作之聲；特達簡知，執政協平章之望。軒轅六相，力牧位于中台；虞舜九官，后稷居乎右弼。若縱巨壑，魚水得而歡投；乃作甘霖，雲龍從而類應。蓋將齊光輝于日月，樹旋轉于乾坤。而讀禮松廬，返東陵之駕；歸田梓里，頓辤西掖之班，粤在掛冠，年非賜杖。當其拂袖，人盡攀轅。居洛有年，且召還于政府；封留以後，遂絶意于人間。扁舟任其所如，蒲輪却而不御。乘逍遥之極樂，宅泱漭以無營。吐納陰陽，胥生羽翼。徘徊光景，目歷遐荒。方且芬蘭葩以向榮，叢桂枝而挺秀。鳳池毛羽，奕葉繩其有光；麟閣丹青，萬禩垂而不毁。嵯峨壽域，屬申侯降嶽之辰；混瀁仙源，適吕望釣璜之歲。為衆父父，亦兆人人。禮官稽故事以請裁，皇上采曠儀而賜問。詒謀追烈祖，疇多贊理之功；舊德有宗臣，肯靳命寧之典。特洛大吏，親銜天語。起居申命有司，歲置里門騶㢊。上尊法醖，接沆瀣以交馨。文綺奇紈，倚雲霞而映采。斂人間之完福者五，為天下之達尊者三。曠世希聞，輿情溢慶。耆英在座，盡吹簫騎鶴之儔；賓客盈庭，咸負笈登龍之士。矧于吾黨，爰托周親。少而學文，曾誦甘泉麗賦；壯方登仕，幸隨鸞渚後塵。北斗以南，一人争放中嵩之祝；長安之東，萬里阻陪北海之尊。遥歌黄耇之章，更侑霓裳之句，於是申之以詞，詞曰：「望蓬萊縹緲，緑野陰濃，赤松丰表。鏡水丹池，有崑侖青鳥，大藥千秋，仙音九奏，瑞靄祥光繞。試問靈椿，春秋幾度，彭鏗猶小。二十年前，補天浴日，黄閣絲綸，鼎彝金石。記得磻溪，正應飛熊兆。歸去來兮，五朝元老，整頓乾坤了。介福偏饒，皇恩如海，扶桑長曉。」（《朱文懿公文集》卷七）

劉鳳詞話

劉鳳，字子威，長洲（今江蘇蘇州）人。嘉靖甲辰進士，官至河南按察僉事。著古文數十萬言，觀者驚其繁富，憚其奧僻，有《劉子威集》、《續吴先賢贊》、《續吴録》、《吴郡玫》、《劉子襍俎》、《太霞雜俎》、《燕語》等。此據《四庫全書存目叢書》影印明萬曆間刻本《劉子威集》録詞話一則。

一 《詞選序》：樂之不可作久矣，古樂之不可好有由來矣，然一何微哉？非至精不能得其數，非至神不能通其變，何者？其數易知也，其和無所取之，取之，其耳也，不可傳也。自宋胡瑗來，無復、有言律者。往韓宛洛司馬嘗志樂時，亦有喜事，少年欲學之，皆不可嘗。欲授予，予亦謂非所及也。樂府古詩，其漢以來樂乎？被之聲，當必近之。而今亦不可作，降則為詞，為曲，雖愈下，趣然皆樂之遺乎？是由可沿之求律呂也。詞自唐始，元其變也。曲始金大定間，亦至元而變。又分而南北，迄於今。然金之曲，今已不能歌矣。北人不能歌南，南人不能歌北，則雖强之，終亦不可矣，則知師乙所言宜歌商、宜歌齊者，固然哉！風之趣不可返，猶南北之異音不可通也。則古樂，豈所望哉？然詞今亦不能歌，惟曲用焉。則因所習以求聲律不易耶？第所謂九宫十七調，惜知者益寡，雖吴、越之間，夫人而能為曲，然夫人而不昧於所謂宫與調也。往祝允明、唐伯虎、文徵仲諸公皆高才，似通於音，惜不使之典樂，一求胡明仲之遺。逮近者為曲，悵悵乎不能引商流徵，所謂俚工也。若古黄門名倡，丙疆景武，其可望之執翟秉羽者哉？可憫矣！《詞選》者，予門人所葺宋元人作。夫詞發於情，然律之風雅，則罪也。以綢繆婉孌、懷思綿邈、醞藉風流、感結凄怨、艷冶宕逸為工，雖有以激梟撟健、雄舉典雅為者，不皆然也。元人槩名之樂府，非也。樂府，雅也，古也；詞，鄭也，今也，何得同？特就而取裁焉，亦不廢夷昧之意也。（《劉子威集》卷三十七）

陳絳詞話

陳絳，字用揚，號金罍子，上虞(今浙江)人。嘉靖甲辰進士，試樂本令，官至太僕寺卿。所著有《金罍子》、《上虞縣志》、《辨物小志》。《金罍子》四十四卷，是書本名《山堂隨鈔》，陶望齡為删汰之，改題今名，以所居有金罍山。其書上篇二十卷，中篇十二卷，下篇十二卷，大抵倣其鄉人王充《論衡》，博引古事，而加以論斷考證。此據《續修四庫全書》影印明萬曆三十四年陳昱刻本《金罍子》和《學海類編》本《辨物小志》録詞話二則。

一　唐明皇嘗有所教舞象，禄山亂，據咸陽，出舞象，令左右教之拜舞，象皆弩(疑作怒)目不動，禄山怒，盡殺之。昭宗時，嘗養一猴，頗馴，賜以緋衣，號孫供奉，每朝會，皆隨班起居。後朱温篡位，取此猴，令殿下起居，猴望殿上，見全忠，徑趨其所，跳躍奮擲，温令殺之。此象此猴而知逆順，識向背，義哉！又明皇嘗令教舞馬四百蹄，目之為李家驕，其曲謂之《傾杯樂》，奮首鼓尾，無不應節。禄山亂，散落人間，田承嗣得之。一日，軍中大饗，馬聞樂而舞，承嗣以為妖，殺之，馬不知主，輕用其技於賊，竟不免於殺，其視猴與象，雖殺，懸矣。（眉評：舞象馴猿知義。）（《金壘子》卷三十八）

二　作荔枝賦云：「夫其貴可以薦宗廟，珍可以羞王公。亭千里而莫致，門九重兮曷通。山五嶠兮白雲，江千里兮青楓。何斯美之獨遠，嗟爾命之不逢。」居無何，見賞于貴妃紅塵一騎，千里傳送逢矣，如疲人勞師，何毋亦公，是賦為之先容耶？宋康伯可「桂子」「荷花」之句，而其禍致胡馬之飲江，故言不可不慎也。又按《東漢書》南海獻龍眼荔枝，十里一置，五里一候，奔騰阻險，死者繼路。時臨武長唐羌縣接南海，上書言狀，和帝感之，下詔省焉。則荔枝之遭逢已在漢矣。此物之命，乃與民命互相短長，咀人膏以飴口，宜仁者勿為。（《辨物小志》）

余永麟詞話

余永麟，鄞縣（今浙江）人，嘉靖間以舉人署浦城教諭，博學淹通，官至蘇州府通判、松江同知。著有《禮經衍義纂説》、《北窗瑣語》。《北窗瑣語》一卷，此據《四庫全書存目叢書》影印清乾隆間金氏硯雲書屋刻本録詞話一則。

一　宋靈景寺僧了然不遵戒行，常宿娼家李秀奴家，後衣鉢一空，爲秀奴所絶，僧迷戀不已。乘醉直入，擊秀奴斃之。縣官得實，具申司府，時蘇東坡爲郡，勘之，見僧手臂上刺字云：「但願同生極樂國，免教今世苦相思。」東坡撻之，遂成獄，作《踏莎行》以嘲之曰：「這個禿奴，修行忒煞。雲山頂上持齋戒。一從迷戀玉樓春，鶉衣百結渾無奈。　毒手傷人，花容粉碎，空空色色今何在。臂間刺道苦相思，這回還了相思債。」（《北窗瑣語》）

王穉登詞話

王穉登（一五三五—一六一二），字伯穀，一作百穀，號玉遮山人，長洲（今江蘇蘇州）人。太學生，終身布衣。百穀十歲能詩，長益駿發，有盛名。吴自文徵明後，穉登遥接其風，主詞翰之席者三十餘年。編著《吴郡丹青志》、《虎苑》、《吴社編》、《雨航紀》等。《吴社編》一卷，專紀吴中里社風俗之事。此據内閣文庫藏明刊《欣賞編》本録詞話二則。

一

雜劇則《虎牢關》、《曲江池》、《楚霸王》、《單刀會》、《遊赤壁》、《劉知遠》、《水晶會》、《勸農丞》、《採桑娘》、《三顧草廬》、《八仙慶壽》。虎丘赤壁畫小舫，令壯夫羿之舟中，蘇公二客及兩長年並皆孱稚，歌喉清妙，而長年能唱《竹枝》，瓕瓏梟梟，有破煙出峽之聲。（《吴社編》「捨會」）

二樂部則《柘枝鼓》、《得勝樂》、《軍中樂》、《太平樂》、《清平樂》、《單合笙》、《雙合笙》、《歇拍鼓》、《十樣錦》、《海東青》。按樂者錦衣少年，復有垂髫幼稚，金驍長笛，鼓吹競奏，馬上歸風，雲凝霧結，老伶髦工，岐舌歎賞，自謂莫及也。（同前）

吕坤詞話

吕坤（一五三六—一六一八），字叔簡，號新吾，寧陵（今河南）人。萬曆甲戌進士，知襄垣縣，歷吏部郎中，清介自持，門無私謁，累遷右僉都御史，巡撫山西。入爲刑部侍郎，稱疾乞休。坤剛介峭直，留意正學。家居日與後進講習，多所著述，有《去僞齋文集》、《明職》、《閨範》、《吕公實政録》、《安民實務》、《四禮翼》、《四禮疑》、《呻吟語》、《小兒語》等。此據《四庫全書存目叢書》影印清康熙三十三年吕慎多刻本《吕新吾先生去僞齋文集》録詞話一則。

一　《家樂解》：嘉靖丁未秋八月，先慈病目，遂失明。先慈故躁急，張目四望，而一無所見也。乃以頭觸壁，大號哭，不食者三日。長垣唐氏，眼科名家也，迎之，至曰目忌火動而躁若斯，何效之能臻，余莫知所計。乃召瞽婦絃歌以娱之，積五日，稍稍下食，歌者辭窮，則更其人。或令之説書，如前漢、前後齊、七雄三國、盛唐、北宋之類，凡有名絲，無遠近，必致之。如是者歲餘，而母漸平。其日候於側，則王、趙、朱大、張小、張王婦，日不乏人，居吾舍，歲續食，死而葬吾土焉。先君每戒三婆二婦，無令入門，至是亦曲體子婦，情莫之禁也。由是賢孝古人，僕婢女奚亦能始末。先慈没且四十年矣，每生辰佳節，獻以家食，思其所樂，則奏《倚西樓》一闋，絃而不歌，寄余悽愴云。辛未以來，每念先慈失明之苦也，見失目者乞食，則惻然閔之，給食倍於諸丐。童男則為粥舍，養一瞽師，令之説書卦卜。余為輯《子平要語》及《勸世歌》曲，使教習焉。女童則以屬瞽婦，教之弦歌，余為買樂具，待其能自衣食，則就其相宜者，配為夫婦，聽其所之，不至號乞。蓋余參政濟南，曾發此政於郡邑，翕然成風云。或曰四方之婦，不可令入房，聞絃歌之聲，不可聞於閨門，余曰此家閒也，余何敢以為不然。古之君子，非三年之喪，未嘗去樂。又云心中斯須不和不樂，而鄙詐之心入之矣。孔子聞絃歌，而喜武城子游，且以絃歌為學道。至於房中之樂，自古有傳，《關雎》則琴瑟友之，《鷄鳴》則琴瑟在御，禮云樂在閨門之内，父子兄弟同聽之，莫不和親。《女訓》曰：舅姑命之，鼓瑟必正。坐奏曲，小曲五終，大曲三終，尊者之聽未厭，則不敢止。問何曲則起，而對閨閫之問，何嘗以樂為諱哉？自樂教亡，而樂學廢，士君子見琴瑟簫笙，猶僅識其名，問律吕聲音，則懵然莫得其解，寧使優柔平中之德性，壞於無資忿疾暴戾之氣習，炎如烈火而成於樂，一言遂為千年絶響，世俗所傳如秦阮箏琶，流而為倡優之業，務以悦人，雅人莊士更賤之。夫狡童妖女誠不可近，而琴瑟笙簫久失元聲。孟子曰：「今之樂猶古之樂也。」此語非為齊王遷就，真得音忘器之真傳與！何者？心有淫雅，聲無正邪；曲有淫雅，器無正邪。瑟，古也，子路鼓之為殺伐。臣倩以瑟為害義，本古也，相如以之挑文君，桓譚以之奏鄭聲。箏，俗也，雍門周彈之，能使喜者欷歔，戚者舞蹈。琵琶，俗也，康崑崙龢新曲，能祈久旱之雨，段善才《風香調》能回暴雨之晴。彼頃刻一曲，格天動物，豈淫邪之器乎？夫樂主導和，絲竹何嘗有意，聲隨調變邪？正因之移人，使俗樂而奏雅調，自有益於性靈。古樂而播哇聲，亦足惑亂心志，在音不在器，在心不在物也。不然，病者呻吟，豈有曲調？孝子聞之酸心，他人聞之掩耳。草蟲嘤嘤，何所感通？常人聞之若聵，思婦聞之獨憂。故曰凡音之起，由人心生也。余家絶妓女，戒淫辭，而未嘗戒俗樂。其子弟詭雅正而即荒淫，招倡優而歌艷冶，以亂家法者，自當誅心。若不正心，而惟樂之罪，則世之不知樂而流於淫僻者，何可勝道！而亦以之罪樂耶？作《家樂解》。（**《吕新吾先生去僞齋文集》卷八**）

陳文燭詞話

陳文燭，字玉叔，號五嶽山人，沔陽（今湖北）人。嘉靖乙丑進士，授大理評事。出為淮安守，遷四川學使，轉參漕事，官至南京大理卿，致仕歸。建五嶽山房，日率親故飲酒賦詩其中。著有《二酉閣文集》、《詩集》、《續集》、《五嶽山房集》。此據《四庫全書存目叢書》影印明萬曆間刻本《二酉閣續集》録詞話一則。

一

《花草新編序》：此亡友胡汝忠詞選也，命名以花草，蓋本《花間集》、《草堂詩餘》所從出云。夫詞自開元以逮至正，凡諸家所詠歌與翰墨所遺留，大都具備，乃分派而擇之精，會通而收之廣，同宫而不必合，異拍而不必分。因人而重言，取藝而略類，其汝忠所究心者與？拔奇花于玄圃，拾瑶草于藝林，俾修詞者永式焉。汝忠既没，計部丘君抱渭陽之情，深宅相之感，奉使九江，捐俸梓行。遇不佞，語曰：「吾舅氏有屬于先生否乎？」憶守淮安，汝忠罷長興丞，家居在委巷中，與不佞莫逆，時造其廬而訪焉。曾出訂是編，而幸傳于世，汝忠託之不朽矣。汝忠諱承恩，號射陽居士，海内操染家無不知淮有汝忠者，生有異質。甫周歲未行時，從壁間以粉土為畫，無不肖物，而鄰父老命其畫鵝，畫一飛者，鄰父老曰：「鵝安能飛？」汝忠仰天而笑，蓋指天鵝云，鄰父老吐舌異之，謂汝忠幼敏，不師而能也。比長，讀書目數行下，督學使者奇其文，謂汝忠一第如拾芥耳，汝忠工制義，博極群書，寶應有朱凌溪者，弘、德間才子也，有奇子如子价，朱公愛之如子，謂汝忠可盡讀天下書，而以家所藏圖史分其半與之，得與子价並名射湖之上，雙璧競爽也。子价後守九江，汝忠髒骯終身，僅以貢為長興丞。長興有徐子與者，嘉、隆間才子也，一見汝忠，即為投合把臂，論心意在千古，過淮訪之，謂汝忠高士，當懸榻待之，而吾三人談竹素之業，娓娓不厭，夜分乃罷。汝忠舐筆和墨，間作山水人物，觀者以為通神佳手。弱冠以後，絶不落筆，家四壁立。所藏名畫法書頗多，人謂汝忠于王方慶之積書、張弘靖之聚畫，侔諸秘府者，可十一焉。且也平生恬淡自守，廉而不穢。其詩文出入六朝三唐，而詞尤妙絶，江淮寶之。其稿與所藏泯滅殆盡，而家無炊火矣，余于汝忠有人琴俱亡之痛云。幸此編之行而述其大槩，俟續高士傳者采焉。（《二酉閣續集》卷一）

李應陽詞話

李應陽，字希旦，自稱林泉迂叟，侯官（今福建）人。嘉靖壬子舉人，曲陽知縣。性醇朴，不能逢迎，劾歸。著《曉牕集》。此據《四庫全書存目叢書》影印明萬曆四十一年刻配抄本《陳履吉采芝堂文集》録序文一則。

一《懷月子錦囊雜興序》（林泉迂叟李應陽譔）：《錦囊雜興》者，余惟鳳所為詩也。惟鳳生母夢皎月入懷，因别號懷月。年十五，從余講《易》于恒陽，習舉業，吐詞奇壯，議論演迤。性躭經書，剔檠至三四皷。書無難易，輙解前人所未曉。余腹異之，其父文塘公，余同第友也，與余評諸家詩，彼應對甚悉，時已知詩矣。嗣余僑寓南都，彼此遼隔。兹懷月子歸自彭城，余訪之乘鼇樓，論文竟夜，秩秩然如探囊取寳，其視昔所蓄，尤埤萬億。因出所咏詩二卷，請余品題。余觀其辭賦長篇及歌行、古律之類五百餘首，曰：陳生具是其不朽乎？然可傳者不以多而以美也。于是拔其尤者，半皆宏深遍博，真能極騷雅漢、魏之奥，不獨開元、天寳以下之格調也。夫詩本性情，言以宣心，非磊磊醞藉志和音雅者，烏足以知之？惟鳳年弱冠而奇崛如此，是即杜老遊龍門懷李白時也，行將隸高、岑而躋李、杜，未可量也，吾子勉乎哉！吾常悉吾子之文章學術，尤有深於是者，精於世務，嫺於時變，若獲試諸用，必有大過人者，不特發之詩已也。且吾聞之鳳皇麒麟，一出名世，豪曹湛盧，不患不利。以子才學施之科第，特左券耳。昔論歐陽子者曰：大道似韓愈，論事似陸贄，詩賦似李白，三者人所難備，而文忠兼之，故稱一代巨擘。今吾子文章學術、詩詞優優然，有餘力可賈，使自此而詣其極，安知不為今之巨擘乎？世之不知子者，以子為輕世傲物，無志於用世，又以為雜施罔功，豈知子之才？世所不能舍而多能，焉足以病子哉？其所著有《玄冲子語録》二册、《考古異同》四册、《芸窗苦心録》一部，當與此並傳，覽者方知其有特異之才，而量余之非阿所好也。（《陳履吉采芝堂文集》）

王從善詞話

王從善，字承吉，襄陽（今湖北）人。嘉靖癸未進士，除溧水令。時南畿飢，流亡枕藉，即發倉賑之，陞吏部考功郎。著有《鳳林文集》。此據《四庫全書存目叢書》影印明嘉靖四十五年衛東楚刻本《鳳林先生文集》録詞話六則。

一

《送白亞參轉江西帳詞》：恭惟參佐白先生執事：體貌莊嚴，性資明粹。胸中收東海之洪濤，文字奪三吴之秀氣。鄉書早領，空中月桂芬芬；甲榜繼登，殿上宫花簇簇。國儲重計，民部郎曹。水户常經，江州粉署。直道不容別駕，賞盧龍之景；大公稍振貳邦，賦綵蜃之樓。涇隴邊區，萬竈望梅於輸玉；河川巨盗，三年熾焱於滔天。僉臬於秦關，瑞市之恩屢沛。參藩於楚地，探轂之績頻收。是固賢人君子，飽經濟之才；抑亦名山大川，發肺肝之秘。賞功之典未行，簡命之書又下。華材反覆，饒信瘡痍。新府森嚴，洪都尊重。將收塗炭於欠伸之人，寔保國家於康寧之會。某等萍水風波，稔識王比部於座上；柳筵俎豆，共扳李司隸於舟中。情在駿奔，修雷觴而莫遂；意當遠別，覩仙駕之益悲。聊成蕪俚之辭，用表留連之抱。歌聲載發，醉思偕濃。其詞曰：「白鷗江上，試看綵鷁青簾，笙簫滌蕩。峴首高名，鹿門雅調，何處使君赤棒。四年南楚，謳歌一日，西江懷想。且休道，賊請熊蟠，功登新狀。　舊雨桃花浪，不負平生，正是吾儒樣。彭蠡深青，匡廬古秀，又遂昔遊豪放。人間湯火，煎熬腹内，詩書趣向。願使君，再展經綸，台階路膺。」右調《喜遷鶯》。（《鳳林先生文集》卷四）

二　《送周通府致政帳辭》：恭惟某執事：賦性通明，潛心錦繡。鄉圍早擢，殿榜繼登。爰授職於爽鳩，恥近名於乳虎。天子慎刑，屢下欽哉之詔；秋卿重士，每加展也之稱。求其生而不得，固無憾於青魂；直其道而難容，似有蔽於白日。遂輟議環之座，下懷倅郡之符。心計錙銖買竪，至今為屬；斂存遲拙道州，豈是常流？乃復掛冠，飄然遠引。行將抱甕，樂矣漫遊。扁舟浩渺，一輪明月以姑蘇；孤劍奔騰，千尺高風凌華岳。某等官雖□□，義若兄弟。悵顏面之莫留，繫尊罍而致餞。再伸鄙意，繼以悲歌。其詞曰：「龍樓月殿，曾聞桂斫千枝。金隨百鍊，東吳豪傑，中土精英，名姓兒童共羨。倨坐手持，三尺詳聽，心存一念。更可堪、枘鑿頻逢，山南謫宦。國計愁枯斂。荒谷窮簷，別駕春光爛。思蓴高步，垂釣餘風，未許昔人獨占。歸舟琴鶴，争請掛席。鴈凫相戀。人都道、丹籍

題名，世間難管。」右調《喜遷鶯》。（同前）

三《送張撫民陞貴州憲長帳辭》：恭惟憲長某執事：威重如山，學深似海。螢窗篤志，蚤聞丹桂飄香；鴈塔懸聲，喜見金花映色。丰采動朝端，引聖經而議禮；封章投檻下，效良史以為辭。道直左遷於小郡，時明上擢於高臺。漢水澄清，妖狐俯首。楚山競爽，瑞鳳騰軀。兵民沾浩蕩之恩，文武守準繩之教。方春陽之飽挹，忽天詔之下臨。憲府尊嚴，秉神明於中位；情城疎曠，通法律於下方。鑾徼有干將，行見烟嵐之盡掃；窮鄉寡蛇虺，擬聞景慶之頻瞻。某等辱愛殊深，懷箴甚切。慨仙駕之雲移，望使星而日遠。爰成鄙俚之章，用竭涓埃之報。驪歌載發，涕泗盪胸。鵠棹長飛，斗山極目。其詞曰：「秣陵豪俊，普聞金榜題高，玉階登峻。儀曹典重，繡斧森嚴，允合當時公論。揚眉禮樂，恰恰隨手，文章渾渾。人都道，李杜登朝，夔龍入禁。○回首山南郡，黃蓋翩翩，黎庶謳歌盡。峴首同風，隆中並迹，輪外豺狼宵遁。一朝天寵，頻加萬里，南荒獨任。會須看，公輔求賢，朱絲補衮。」右調《喜遷鶯》。（同前）

四《送葉掌教帳辭》：共惟心齋葉執事：西江俊傑，東魯文章。鵬路高騰，丹桂秋香馥馥；饘堂大啓，黃槐曉市彬彬。犯手陶鎔良器，若金泥出鈞冶；放懷歌咏和聲，類絲竹被宫商。六年持鐸，鄴上移風；一日飛章，叙南改轍。某等宦遊共地，交思同情。投分實深，邑乘每勞於斧衮；離筵伊邇，仙槎直入乎斗牛。爰賦狂歌，用申微抱。鯨波此際帶長亭，凉飈暮雨；鳳闕他年求散秩，麗日祥雲。其詞曰：「蚤歲詩書入夢酣，家世舊衣簪。藹藹文聲誰不羡，自登雲、便駕仙驂。絳縠帳前金口，杏花壇上春衫。青衿入彀盡梗楠，嵩華仰高山。一日天庭重點勘，馬頭檄、紫印三鈐。又挾六經秘籍，薰陶海宇西南。」右調《風入松》。（同前）

五　《送彭南峰大參進階帳詞》：恭惟進階嘉議大夫某執事：昂昂氣宇，灑灑胸襟。蚤掇巍科，身歷司馬郎官之署；繼參遐省，治郡諸侯大府之權。挹昆明以洗心，攬點蒼而拭目。華夷共戴，風雨獨奇。一朝興起南山，萬里章投北闕。聖恩珍重，老臣得遂於丘園；金帶光輝，要職愈增於崇峻。固當今獎恬退之典，實自古敦德義之途。榮謝兩疏，高凌二仲。某等忝守官於名士，況結誼於兼金。逢盛事以颺言，式勤燕賀；滌餘芳而載筆，用效嚶鳴。其詞曰：「識破人間名與利，秋風蚤動思蓴意。青山面面黃雲裏，神仙侶，梧桐明月成佳趣。六詔棠陰丰采異，光騰河漢來天使。階崇三品榮嘉議，詩書計，功成白髮唐虞際。」右調《漁家傲》。（同前）

六　《送楊大尹公帳辭》：恭惟執事者；豐城望族，《周易》名儒。早掇巍科，丹桂香中首選；繼登文陛，瓊林宴裏高排。欲觀學道之功，暫授牧民之職。借誰大鼎，烹此小鮮。積弊一新，倒峽波而洗苔蘚；群奸自息，鼓天風以盪毫毛。才如卓魯之能，政有程朱之味。康和黎庶，震動縉紳。寶劍騰輝，瑶琴嗣響。三年嘉績，上最於彤庭；百里春聲，考成於信史。攀轅莫及，截鐙難留。顧茲同宦之情，深蹈踽行之嘆。六曹墮泪，萬姓傷心。稍頌德於篇章，幸伸懷於綵幣。鷁舟輕漾，蕭然行李出裏樊；豸斧高持，展也神仙歸殿閣。壺觴載竭，離思與酒思並濃；風雅初成，天道與人道甚邇。聊歌一闋，用表寸誠。其詞曰：「滿縣桃花千樹柳，武城小試牛刀手。風和日煖十分春，處處桑麻皆畎畞。玉人持墨綬，太平世界仙郎偶。五車書，腹裏文章，金榜韋編舊。　候箭不與閑分剖，廊廟風雲鸞鳳友。數條未許古靈先，四知肯落關西後。功名方黑首，峴山漢水同長久。願借寇，私心未忘，舉頭瞻北斗。」右調《歸朝歡》。（同前）

王世懋詞話

王世懋（一五三六—一五八八），字敬美，號麟洲，太倉（今江蘇）人。世貞弟，與其兄人稱二美。嘉靖己未進士。萬曆辛巳官陝西提學副使，旋以曇陽子事為臺諫所彈，乃移疾，自洛陽東歸，歷官至太常少卿。所著有《王奉常集》、《三郡圖説》、《關洛記游藁》、《名山游記》、《學圃襍疏》、《經子臆解》、《望崖録》、《澹思子》、《讀史訂疑》、《窺天外乘》、《二酉委談》、《藝圃擷餘》等。此據《四庫全書存目叢書》影印明萬曆間刻本《王奉常集》録詞話一則。

一

《白虹集小引》：《白虹集》者，余友人王君世周之作也。蓋余弱冠而游君父子之間，既余成進士，稍有名當世。而君為諸生，復棄去，日淪落不偶。然讀其詩，澹蕩豪逸，無所不有，私嘗愧歎，以為不及也。今人親見世周插眉置頰，揚袂曳裾，不能易衆聽。抵掌策事，鼓唇談道，不能取世資，往往忽而不道。即有道者，一二三知己而外。見謂游士之行卷，未許不朽之盛業也。藉令易名而視，雜置陳編中，不當整節願見耶？於戲！千載而後，捕聲逐景之意日亡，貫日垂天之綵獨在。誦古樂府，扛鼎食牛之氣，臆為横槊之英雄。雜選絶律，飧霞吸露之姿，疑為謫籍之仙子。齊梁小調，廻風豔雪之詞，想為玉臺之麗客。即鴻寶秘於帳中，紙價高於洛下。而今日短衣蹇衛之，世周已寂寞，而不能自知矣。子雲以來，雅有斯恨。今古同視，寧惟世周？今之君子，幸毋生當吾世失之而徒抱異時之歎也。（《王奉常集》卷七）

沈懋孝詞話

沈懋孝（一五三八—？），字幼真，平湖（今浙江）人。嘉靖壬戌進士，隆慶戊辰改庶吉士，授編修。遷南司業，河南巡撫，未任，中蜚語謫歸，時年五十。纂輯甚富，所著有《滴露軒藏稿》、《洛誦編》、《石林蕢草》、《石林蕢草餘編》、《賁園草》、《水雲緒編》、《淇林雅詠》等，合稱《長水先生文抄》。此據《四庫禁燬書叢刊》影印明萬曆間刻本《長水先生文抄》録詞話二則。

一

國初仍宋元之習，一種理學詩全談理道，一種緝類詩全織古今，一種詩餘之詞纖麗太弱。二李先生出而振之，始還古道，變化洗濯，全在後生，若前輩諸老尺開闢堂搆云耳。千古萬古，亦復何盡？心精筆妙，何可得言？（《長水先生文抄》「洛誦編・言詩三十六則」）

二　《覽古樂府》：昔者，《黄竹》、《卿雲》、《衢哥》、《輿頌》，一任天真，了無文致。大雅周頌，莊和弘偉，比于勑天喜起，雅有廟廊之度焉。三百篇雖經删定，而秦焰以來，或多訛舛，壁間之蠹，不審所傳。孔子自稱放鄭聲，釐雅頌止亂之以《關雎》，後人乃云録及濮上桑間以為懲創，則所云惡其亂雅者，當作何解？逸唐棣而收芍藥，將後代新聲艷曲，并謂之懲創耶？此必不然之論也。蓋古人情真，其喜好必淡淡之至，乃更玄。故玄音希眇，即泊然亡味中，意味自以悠長，第里耳淺人不解此妙耳，春雲淡靄，曉月淡光，峨山淡色，湘水淡波，太素之元，至人冥符，以此論詩審音，當亦操其半焉。樂府昉于漢武，自魏、晉前，雅有古人任真之義，儻三代上英韶不可復乎？若以求諸胡笳羯鼓、淫哇詞曲之場，則樂府諸作蒼然各寫其情致，髣髴大雅之遺矣，豈易得也？余友于轂城氏辨樂府之派，以漢魏為正，以唐樂府原只是唐人古詩耳，非真樂府也。余甚賞其高識，嗟乎！漢人哥謡猶被管絃，唐宋内曲，時或採及朝士雅製，至虖今而教坊所肆，禁中所傳，無之不淫豔矣。學士先生即追古樂府，其于朝廟雅音何裨焉？雅詩别自文圃中語，法部别作俚俗淺調，两者了不相關，故論樂於今，為之撫手太息。牙、曠久不作，將此道寂寥千古共盡矣。（同前書「雲緒編」）

三　《竹枝詞引》：楊維楨氏有别業於武林之吴山，余嘗至其處，遺刻尚存，一稱鐵崖主人，一稱鐵篴居士，晚又卜居雲間南郭，今草玄閣巋然在焉。其人高簡，以才自雄。國初曾有弓旌之逮，作《老婦吟》。稱疾不出，亦其志也。所賦《江南竹枝詞》，本性情之正，托貞閨之思，淡焉自哦於松雲竹月間，以砭元末時流淫哇聲色，放浪恣睢之習。蓋吴越湖山千里，頗為之一洗粉黛，而出清華風斯遠□其時高品自虞伯生、楊仲弘、張伯雨諸公而下，屬和者一百四十餘家，士林流布焉。夫江東文物風流，其來自遠，吴趨有行，採菱有曲，飄飄雅致，風動到今，使夫漁歌牧管，巷里之謳、壠壤之謡得以並軌高流，而大弘雅道，其所裨風教，佐金石，喻人而人不知，入人而人自化者，顧宜何如也？因刻而傳之。（同前）

李時漸輯詞話

李時漸，字伯鴻，號磐石，壽光（今山東）人。嘉靖丙辰進士，知台州府，官至陝西按察司副使。知台州時，編《三台文獻録》二十三卷，採台州一郡往哲遺文詩賦，分類選録，自唐迄明嘉靖，凡二百九十六人。此據《四庫全書存目叢書補編》影印明萬曆五年自刻本録詞話一則。

一《曾使君新詞序》（謝伋）：臨海使君南豐曾侯惇，字竑父，以故相孫習知臺閣，工為文辭。年踰三十，當全盛時，官中都，諸公貴人一口稱薦，王邸戚里、名勝豪俠莫不願交，而竑父亦善與人交，笑言靃靡，各適其意，名聲一日滿京師。酒酣耳熱，遺簪墮珥之前，滑稽放肆之詞，播在樂府，下至流傳平康，諸曲皆習歌之，以是樂府尤著，蓋識其小者；輕千金，重然諾，夸承平公子之豪，而見其大者。英妙卓絶，可繼門户鍾鼎之盛，此谹父異時之作也。伋政和末肄業太學，同舍生多能語此。後十四年谹父丞大府，伋丞大宗正，相遇行在所，叙中外契。明年同出尚書省，見其文詞日益多，而樂府傳者少。時中外多故，雖官曹令休反室，無私恩意，皇暇乎朋友燕集之事哉！及十三年歲在丙寅，谹父來守臨海，四方無事，婁豐穰，不鄙夷其民，教以禮樂，老者安而少者懷矣。於是以少日之所自樂，而與斯民共樂之，變歎息愁恨之音為樂職中和之作，合樂府五十一，轉而上聞，則安静平易，無煩苛迫急，辦治於談笑之間，殆將於此乎？致小而行遠，則高下抑揚，曲折變化，人情物態，莫不周知，雖異世識其人矣。既秩滿去郡，門生故吏相與裒次，屬黄巖長刻諸板，將傳之，又屬伋為序。伋應之曰：「曾侯知我不能度曲。嘗觴我，顧其侍兒誦蘇東坡前後《赤壁》二賦，曰：聽此文也，畢之，何敢序侯詞？」則又合詞來，告曰：「是亦侯之心也。」固辭不獲，故序其自所見聞者如上。（《三台文獻録》卷七）

李蓘詞話

李蓘，字子田，號黄谷，内鄉（今河南）人。嘉靖癸丑進士，改庶吉士，歷官提學副使，罷歸。蓘好學，家多藏書，所著有《李子田文集》、《宋藝圃集》、《元藝圃集》、《黄谷譔談》、《丹浦款言》、《於壖注筆》、《檵蔭癠語》等。《黄谷譔談》四卷，雜綴瑣聞，間有考證。此據《四庫全書存目叢書》影印民國十八年陶然齋刻本《黄谷譔談》録詞話十一則。又據民國二十二年陶鳳樓影印明萬曆刊本《花草稡編》録序文一則。

一　虞文靖公《蘇武慢》十二首，本集不載，余得盩屋令鄭達所書石本，悉謄於此。「自咲微生，凡情不斷，輕棄舊磯垂釣。走馬長安，聽鶯上苑，空負洛陽年少。玉殿傳宣，金鑾陪宴，屢草九重丹詔。是何年、夢斷槐根，依舊一蓑江表。　天賜我、萬疊雲屏，五湖烟浪，無限野狷江鳥。平明紫閣，日晏玄洲，晞髮太霞林杪。蒼龍騰海，白鶴銜霄，顛倒一時俱了。望清都、獨步高秋，風露洞天初曉。」其二「掃盡風雲，綽開塵土，落得半丘藏拙。青松為蓋，白石為床，一切物情都歇。幾度蓬萊，布袍長劍，閒對海波澄澈。是誰家、酒熟仙瓢，邀我共看明月。　歸去也、玉宇寥寥，銀河耿耿，鐵笛一聲山裂。三花高擁，九氣彌羅，縹緲太清瑶闕。手把芙蓉，凌空飛去，今夜幾人朝謁。便翻身、北斗為杓，徧散紫甌香雪。」其二「山月來時，海風不動，平地玉樓璚宇。　桂子飄香，露華如水，自按洞簫如縷。杳杳冥冥，泠泠瀝瀝，青鳥解傳芳語。太微中、鸞鶴相求，盡是舊時真侶。　君聽取、列豹重關，皷雷千吏，天界更多官府。石女簪花，木人勸酒，為我此間聊住。高唱微唫，揮毫萬丈，塵世等閒今古。看空山、一色青青，何意斷雲殘雨。」其三「皓月清霜，釣舟如葉，閒渡小溪澄碧。銀漢無聲，玉虹橫野，斗柄正垂天北。半幅烏紗，數根華髮，一綱野鳧飛舄。問回仙、城南老樹，曾見幾何今昔。　西華頂、十丈高花，九天清露，結就翠房瑶席。脱屣非難，凌空何遠，三咽雪融冰液。辟穀神方，飡霞真訣，一去更無消息。咲人間、長住虛空，誰侶一輪紅日。」其四「放櫂滄浪，落霞殘照，聊倚岸迴山轉。乘雁雙鳧，斷蘆漂葦，身在畫圖秋晚。雨送灘聲，風搖燭影，深夜尚披唫卷。　筭離情、何必天涯，咫尺路遥人遠。　空自咲、洛下書生，襄陽耆舊，夢底幾時曾見。老矣浮丘，賦詩明月，千仞碧天長劍。雪霽璚樓，春生瑶席，容我故山高燕。待雞鳴、日出羅浮，飛渡海波清淺。」其五「對酒當歌，無愁可解，是個道人標格。　好風過耳，明月盈懷，清净水聲山色。世上千年，山中七日，隨處慣經為客。盡虛空、北斗南辰，此事有誰消得。曾聽得、碧眼胡僧，布袍滄海，直下釣絲千尺。掣取鯨魚，風雷變化，不是等閒奇特。寒暑相推，乾坤不用，歷刧不為陳迹。可憐生、忘却高年，長伴小兒嬉劇。」其六「憶昔坡仙，夜遊赤壁，孤鶴掠舟西過。英雄消盡，身世茫然，月小水寒星火。何侶漁翁，不知今古，醉眼蘆花燃火。夢相逢、羽服翩翻，未必此時非我。誰解道、歲晚江空，風帆目力，橫槊賦詩江左。清露衣裳，晚風洲渚，多少短歌長些。玉宇高寒，故人何處，杳杳余懷无那。嘆乘桴、滄海彭然，從者未知誰可。」其七「十載燕山，十年江上，慣見半生風雪。對雪無舟，泛舟無雪，不遇並時高潔。斷港殘沙，今茲何夕，一侶剡溪歸越。但掀蓬、數尺梅花，人跡鳥飛俱絶。君不見、五老危巓，浮丘絶頂，咲我半生華髮。返老還童，易粗為妙，空有九還丹訣。霽景浮空，天光眩海，一體本無分別。便堪稱、六一仙公，千古太虛明月。」其八「歸去來兮，昨非今是，惆悵獨悲奚語。迷途未遠，晨景熹微，乃命僕夫先路。風颺舟輕，候門童稚，此日載瞻衡宇。有酒盈樽，三徑雖荒，松菊宛然如故。聊寄傲、與世相違，舊交俱息，更復駕言焉取。琴書情話，尋壑經丘，倦鳥岫雲容與。農人告我，有事西疇，孤棹賦詩春雨。但樂夫、天命何疑，乘化任渠留去。」其九「六十歸來，今過七十，感謝聖恩嘉惠。早眠晏起，渴飲饑飡，自己了無星事。數卷殘書，半枚破硯，聊表秀才而已。道先生、快寫能唫，只是去之遠矣。漫尋思、拄個青藜，靸雙芒屨，走去渡頭觀水。逝者滔滔，來之滾滾，不覺日斜風細。有一漁翁，驀然相喚，你在看它甚底。便扶攜、穿起鮮魚，博得一尊同醉。」其十「一徑通幽，畫屏橫翠，行到白雲深處。世外蟠桃，井邊佳橘，別有種萱瑤圃。檀板輕敲，素琴閑弄，奉獻鳳膏麟脯。舞翩翩、鶴髮飄飄，仍似舊時仙母。君看取、華屋神仙，滿堂金玉，此是蟪蛄朝暮。五色蓬萊，九秋鵰鶚，別有出身之路。酒熟麻姑，雲生巫峽，稽首洞天歸去。任海波、清淺無時，何處綠窓雲户。」其十一「雲淡風輕，傍花隨柳，將謂少年行樂。高閣林間，小車城裏，千古太平西洛。瞻彼泱泱，言思君子，流水儼然如昨。但清游、天際輕陰，未便暮愁離索。長記得、童冠相隨，浴沂歸去，吟咏鳶飛魚躍。逝者如斯，吾衰甚矣，調理自存斟酌。清廟朱絃，舊堂金石，隱几似聞更作。農人三合告我，有事西疇，窈窕掛書牛角。」其十二　又有《無俗念》一首，《文章辨體》有之，故不録。（《黄谷謏談》卷一）

二　《東書堂帖》：宋孝宗賞杏花和張掄《浣溪沙》：「花似醺容上玉肌，方論時事却嬪妃，芳陰人醉漏聲遲。珠箔半鈎風乍暖，雕梁新語燕初飛，斜陽猶送水精巵。」豈非詞體盛行，當時至萬乘亦嫺此耶？（同前）

三　弘治間，錢塘沈行，字履德，有《集古香奩詩》百廿首，亦可稱文園佳戲也。間括其十首於此：「春風淡淡影悠悠，欲綰雲鬟又却休。借問含顰向何事，悔教夫壻覔封侯。」張仲素，温飛卿，周美成，王少伯。「每見花開即苦春，薄羅輕剪越溪紋。畫樓盡日無人到，蟬鬢重梳舊日雲。」土建，羅虬，《草堂》詞，史君實。「海棠時節又清明，紫蝶黄蜂俱有情。試問閑愁知幾許，一江寒漲若為平。」宋賀組，李義山，方回，張秘。「鐘皷無聲夜寂寥，背燈初解綉裙腰。淚痕落枕紅綿冷，縱得春風亦不消。」余廷心，韓

□，《草堂》詞，許渾。「郎上孤舟妾倚樓，感時傷別思悠悠。離心不異西江水，流到瓜州古渡頭。」夏之中，許渾，許渾，白樂天。「日高深院寂無人，花滿簾櫳欲渡春。燕子不知腸欲斷，銜泥雙拂畫梁塵。」李義山，楊凝，張窈窕，僧志璘。「花枝千萬趁春開，短白長紅越女腮。人自多愁春自好，風流何處不歸來。」王周□，李賀，朱淑真，趙德麟。「愁絶龍沙任酒醺，眼前花似夢中春。春風是處傷離思，紫燕雙飛似弄人。」劉著作，杜彦之，王周，楊凝。「風雨經旬怯倚闌，金爐香燼漏聲殘。年來無事邊愁減，强把菱花照素顔。」陸游，王安石，周端臣，鮑溶。「芳草萋萋新燕飛，碧窗斜月靄清輝。深閨乍冷開香篋，迢遞無因寄遠衣。」李文山，《唐音》，裴説，杜牧之。（同前）

四　僧晦庵小詞：「若要足時今足矣，以為未足何時足。」《新唐書》書《魏徵傳》：帝幸洛陽，多所譴責，徵曰：「隋惟責不獻食，供奉不精，而至於亡，今奈何令人悔為不奢？若以為足，今不啻足矣；以為未足萬，此寧有足耶？」詞意取此。（同前書卷三）

五　兩人作事争勝曰厮籠，《琴操》云：「從他楊學士，鼈殺鮑參軍。」楊補之小詞云：「和天也來厮鼈。」作事忽左忽右曰騰倒，《寶貨辨疑》云：「一番騰倒，一番低也。」（同前）

六　錦窠老人序詞曲南北之源，蓋其身有之者，曰：予觀古詩《鹿鳴》等篇，皆古人之佐尊歌曲，但以聲依永，所以無分長短句，皆可以為歌曲。自漢、魏以還，漸以字句長短分而為二，詩自詩，樂府自樂府，其句法尚同而序事體製頗有分别。及李唐猶若此，如白樂天之「永豐西角荒園裏，盡日無人屬阿誰」，樂工歌此曲，宣宗問誰作者，可見當時之詩尚可歌也。其時已有太白《憶秦娥》、《菩薩蠻》等詞，腔調律吕漸違於聲依永之傳。后遂全革古體，專以律吕音調格定聲句之長短緩急，故唐末宋初以來，歌曲則全用詞體，今世呼為南曲是也。自金、元以胡俗行乎中國，董解元、關漢卿輩體南曲而更以北腔，中原盛行之，今呼為北曲者是也。因分而為二，南人歌南曲，北人唱北曲。若其吟咏性情，宣暢湮鬱，與古詩奚異也？或曰今曲，鄭、衛之聲也，何可與古同也？予曰：不然，鄭、衛之聲，乃其立意不正，聲句淫佚，非其體格音響，比之雅、頌，有不同也。今時但見《西廂》、《黑旋風》戲謔之編，遂一概以鄭、衛目之，詎不固哉？（同前）

七 樂家有樂府，有傳奇，有院本，有雜劇，究而言之，有文章者謂之樂府、傳奇，昉於唐、宋之戲文，院本則傳奇易名也，雜劇則合三者而一之耳。趙子昂謂雜劇出乎鴻儒碩士、騷人墨客所作，故知此類非妙於文章，不能為也。（同前）

八 《魏書》：温子昇為中書郎，嘗詣蕭衍客館受國書，自以不修容止，謂人曰：「詩章易作，逋峭難為。」故元人小詞喜用「逋峭」字。（同前）

九 小詞率用「蕭郎」，説者謂指蕭史，然古稱蕭郎者多矣，《新唐書》高祖呼蕭瑀曰蕭郎。蕭嵩為洛陽尉，有夏榮善相，謂陸象先曰：「君不若蕭郎。」則不獨蕭史也。（同前）

一〇 蘇武帛書，本漢人詐為匈奴者，非實事也。然蔡琰《十八拍》云：「當日蘇武單于問，道是賓鴻解傳信。學他刺血寫得書，書上千重萬重恨。髯胡少年能走馬，彎弓射飛無遠近。遂令邊雁轉怕人，絶域何由□（當作達）方寸。」則似武實事矣。琰，漢人，不應遽誤。或當時俗有此傳，琰遂承用耳。唐李涉詩：「漢臣一没丁零塞，牧羊西過陰沙外。朝憑南雁信難回，夜望北辰心獨在。」其意猶琰也。故金元來小詞亦若有本者也。（同前）

一一　俗形容物有相若曰活脱，宋黄叔暘小詞：「禾黍秋風，雞豚曉日，活脱田家趣。」（同前書卷四）

一二　《花草粹編叙》：常見古之執一藝、效一術者，其創始之人殫其聰明智慮，而藝術所就，精美莫逾，遂稱作者之聖。次有相觀起者，亦殫聰明智慮，淫巧變態日新日盛，若鬼工神手不可摹擬，於是稱術者之明，而其道大行於世。及久而傳習者衆，則人狃於恒所見聞，若以為易辨，了不復顓顓措意，率以爛惡相尚，而其法浸衰。又久則法遂蔑，不可追矣。此不獨為藝術者有然，而至為文、為字、為詞賦、為詩與曲，靡不爾爾，兹豈非風會之流而忘於復古之一者大概耶？蓋自詩變而為詩餘，又曰雅調，又曰填詞，又變而為金元之北曲矣。當其變詞也，彼唐末宋初諸公竭其聰明智巧，抵於精美。所謂曹、劉降格為之，未必能勝者，亦誠然矣。北曲起，而詩餘漸不逮前，其在於今則益泯泯也。蓋士大夫既不素嫻絃索，又不概諳腔譜，謾焉隨人後，而造次涂抹，淺易生硬，讀之不可解，筆之冗於簡册，不知迴視，古法猶有毫末存焉。否也，無怪乎其詞湮而書之存者稀也。朗陵陳晦伯博雅操詞，好古興嘆，乃取平生搜羅，合於《花間》、《草堂》一集為十二卷，曰《花草粹編》，使夫好古之士得其書而學焉，則庶乎窺昔人之梱域，拾遺佚於千百而為雅道之一助也。萬曆丁亥三月二十一日順陽李蓘撰。（花草粹編）

《建文遺跡》詞話

《建文遺跡》一卷，又名《建文皇帝事蹟備遺録》，不著撰者名。《四庫全書總目提要》云：前有自序，稱嘉靖辛卯陽月太岳山人書於水竹村居，考《明史·藝文志》、黄虞稷《千頃堂書目》皆不載此書之名，不知其為何人。明人惟張居正號太岳，亦不聞有此書，莫能詳也。録中皆紀建文死事諸臣，殊多傳聞失實。此據《四庫全書存目叢書》影印明抄《國朝典故》本録詞話一則。

一

文皇又以前御史曾鳳韶嘗奉書軍中，辭議激烈。文皇以其有真節，因賜璽書旌之，復以御史召，不赴，尋加吏部侍郎召，又不赴，乃刺血書憤詞於襟，其略曰：「予生居廬陵，忠節之邦，素負骨鯁之强。讀書而登進士第，仕宦而至繡衣郎。慨一死之得宜，可以含笑於地下，而不愧吾天祥。」囑妻李氏、子公望勿易衣，遂自殺，時年二十九，亦死於節。（《建文遺跡》）

錢一本詞話

錢一本（一五三九—一六一〇），字國瑞，武進（今江蘇）人。萬曆癸未進士，除廬陵知縣，官至福建道監察御史，上建儲、論相二疏，語極戇直，斥歸。與顧憲成分主東林講席，學者稱啓新先生。最精《易》學，有《像象管見》、《象鈔》、《範衍》、《四聖一心録》、《黽記》、《遯世編》等。《遯世編》十四卷，紀古來隱逸之士，自唐虞至元，分神隱、真隱、儒隱、節隱、俠隱、哲隱、達隱、高隱、别隱九類。此據《四庫全書存目叢書》影印明萬曆間刻本《遯世編》録詞話四則。

一　張志和：張志和，字子同，婺州金華人。始名龜齡，母夢楓生腹上而産。志和十六擢明經，以策干肅宗，特見賞重，命待詔翰林，授左金吾衞録事參軍，因賜名。後坐事貶南浦尉，會赦還，以親既喪，不復仕。居江湖，自稱煙波釣徒，著《玄真子》，亦以自號。兄鶴齡恐其遁世不還，為築室越州東郭，茨以生草，椽棟不施斤斧，豹席椶屩。每垂釣，不設餌，志不在魚也。縣令使浚渠執畚，無忤色。嘗欲以大布製裘，嫂為躬績織，及成，衣之，雖暑不解。觀察使陳少游往見，為終日留，表其居曰玄真坊。以門隘，為買地，大其閎，號回軒巷。先是門阻流水，無梁，少游為構之，人號大夫橋。帝嘗賜奴婢各一，志和配為夫婦，號漁童樵青。陸羽嘗問孰為往來者，對曰：「太虛為室，明月為燭，與四海諸公共處，未嘗少别，何有往來？」顏真卿為湖州刺史，志和來謁，真卿以舟敝漏請更之，志和曰：「願為浮家泛宅，往來苕霅間。」辯捷類如此。善圖山水，酒酣，或擊鼓吹笛，舐筆輒成，嘗撰《漁歌》，憲宗圖真，求其歌，不能致。李德裕稱志和隱而有名，顯而無事，不窮不達，嚴光之比云。（《遯世編》卷七「達隱」）

二　楊維禎：楊維禎，字廉夫，諸暨人。用《春秋》擢進士第，署天台尹。天台多黠吏，憑陵氣勢，執官中短長，號為八鵰，君廉其姦，中以法，民方稱快。其黨頗結蟠不可解，君卒用是免官。久之，改錢清場鹽司令，丁外内艱。會有詔修遼金宋三史，君作《正統辨》千言，大司徒歐陽文公玄讀之，歎曰：「百年後，公論定於此矣。」將薦之，又有沮之者，尋用常額提舉杭之四務，轉建路總管府推官，陞承務郎。居無何，陞奉訓大夫、江西等處儒學提舉，未上，會四海兵亂，君遂泯迹浙西山水間。及入國朝，天下大定，詔遺逸之士修纂禮樂書，頒示郡國，君被命至京師，僅百日而肺疾作，乃還雲間九山行窩，病且革，移在煩樓中，呼左右，謂曰：「吾欲觀化一巡如何？」乃自起捉筆，撰《歸全堂記》，頃刻而就，擲筆曰：「九華伯潘君招我，我當往，車馬俟吾且久。」遂泊然而逝，似聞數十人從函道登樓，其步履之聲相接，時洪武庚戌五月癸丑也。君風神夷冲，無一芥縈懷。遇天爽氣清時，躡屐登名山，肆情遐眺，或戴華陽巾，披羽衣，泛畫舫於龍潭鳳洲中，横鐵笛吹之。笛聲穿雲而上，望之者疑其為謫仙人。晚年益曠達，築玄圃篷臺於松江之上，無日無賓，亦無日不沈醉。當酒酣耳熱，呼侍兒出歌《白雪》之辭，君自倚鳳琶和之，座客或蹁躚起舞，顧盼生姿，儼然有晉人高風。或頗加誚讓，亟罵曰：「昔張籍見韓退之，退之命二姬合彈箏琶，以為樂爾，謂退之非端人邪？」（同前）

三　張揮：張揮，字仲殊，安州進士。後棄家為僧，住吳山寶月寺。蘇長公在錢塘，無日不遊西湖，嘗攜妓謁大通禪師，大通愠形於色，公乃作《南歌子》一首，令妓歌之，大通亦為解頤，公曰：「我已今日勘破老禪矣。」其詞云：「師唱誰家曲，宗風嗣阿誰。借君拍板與鉗槌，我也逢場作戲莫相疑。　溪女方偷眼，山僧已皺眉。莫嫌彌勒下生遲，不見老婆三五少年。」時仲殊聞而和之，曰：「解舞清平樂，而今説向誰。紅爐片雪上鉗槌，打就金毛獅子也堪疑。　已信身如夢，何知眼共眉。蟠桃因甚結花遲，不向風前一笑待何時。」黄涪翁一見，大賞。（同前書卷十四「別隱」）

四　朱敦儒：朱敦儒，字希真。天資曠達，有神仙風致。自述詞云：「我是清都山水郎，天教分付與疎狂。曾批給月支風券，屢上留雲借月章。　詩萬卷，酒千觴。（脱『幾曾著眼看侯王』一句）玉樓金殿慵歸去，且插梅花醉洛陽。」居東都，嘗有朋儕詣之，聞笛聲自煙波間起，問行者，曰：「此先生吹笛聲也。」其詩曰：「青羅包髻白行纏，不是凡人不是仙。家在洛陽城裏住，卧吹銅笛過伊川。」（同前）

范濂詞話

范濂（一五四〇—？），字叔子，華亭（今上海）人。生於嘉靖庚子，早謝學宫，與世齟齬，遠迹江湖，放情魚鳥，自十齡外，涉世四十餘年。著《雲間據目抄》，凡五卷，紀人物、風俗、祥異、賦税、土木五類，為一郡實録，所載必目所睹，故以據目名篇。此據廣陵古籍刻印社影印《筆記小説大觀》本録詞話二則。

一　陸宗行：陸宗行，字伯與，號家山。公弱冠補博士，即究心濂洛關閩之學，而旁及於内外陰陽、九流諸子百家，冀為通儒已。慕太史氏遨遊四方之志，擊楫渡江，走桑乾太行，歷燕秦晉魏故墟，弔古偉人傑士之墓。欲從武弁中當一面以試其奇，會數奇，敝裘帶索以歸。築室於放鶴灘，雜植名花怪石，箕踞吟嘯其中。所詠有「不覊天地濶，無事日月長」之語。公多巧思，常製一畫舫，外列爻象，內具茶鐺酒竈、六博棋枰之屬，每乘舫探奇，雖窮鄉兒婦，咸嘖嘖，呼為家山先生。公善琴，又工樂府，興至，輒浮白浩歌，幾失天地，自比於嵇中散、桓江州云。晚年，會馮廷尉公季子敏卿舉進士，為兵部郎，即公表弟也。一日，顧謂妻子曰：「天豈真虛生我耶？吾氣尚壯，不忘擊筑探丸之懷，矧有弟在燕中，吾將一往，得盡交天下賢豪長者，而幸於一遇，庶不負此生，其如征橐何？」乃出所幸姬鬻之，策劍趣長安，竟無有知公者，因窮愁旅邸以死。敏卿聊為脱驂，扶櫬歸之，識者扼（當作扼）腕。

（《雲間據目抄》卷一）

二　歌謡詞曲，自古有之，惟吾松近年特甚。凡朋輩諧謔，及府縣士夫舉措，稍有乖張，即綴成歌謡之類，傳播人口，而七字件尤多。至欺誑人處，必曰風雲，而里中惡少燕間，必群唱《銀絞絲》、《乾荷葉》、《打棗竿》，竟不知此風從何而起也。又婦人罵人，必曰：「活邢敖賊犯。」邢敖者，隆慶時華亭越獄盜也，縣令張燭抉其目，暴屍於市，不意竟為潑婦口實。（同前書卷二）

焦竑著輯詞話

焦竑（一五四〇—一六二〇），字弱侯，號漪園，又號澹園，江寧（今江蘇南京）人。學於耿定向、羅汝芳，舉嘉靖鄉試，為舉子，即博極羣書，負重望。萬曆己丑殿試第一，除修撰，充東宫講官。以丁酉主試北闈文體險誕，謫州同知，復削籍歸，益專事著述。編著有《澹園集》、《易筌》、《禹貢解》、《遜國忠臣録》、《經籍志》、《國朝獻徵録》、《筆乘》、《類林》、《玉堂叢語》等書。《玉堂叢語》八卷，有萬曆戊午自序。仿世説之體，採摭明初以來翰林諸臣遺言往行，分條臚載，凡五十有四類。《焦氏筆乘》六卷《續集》八卷，是書多攷證舊聞，亦兼涉名理。《國朝獻徵録》一百二十卷，採明一代名人事蹟，其體例以宗室、戚畹、勲爵、内閣六卿，以下各官分類標目，其無官者則以孝子、義人、儒林、藝苑等目分載，自洪武迄於嘉靖，蒐採極博。《焦氏類選蔓金苕》，自古今書中摘録所謂「清音高韻」之語，集為蔓金苕，多格言訓語，分學術、理化、文章等三十類。本詞話所據諸書有：《續修四庫全書》影印明萬曆四十六年徐象橒曼山館刻本《玉堂叢語》、影印明萬曆三十四年謝與棟刻本《焦氏筆乘》、影印明萬曆三十四年刻本《焦氏澹園集》和影印明萬曆三十九年朱汝鰲刻本《焦氏澹園續集》、影印明萬曆十五年王元貞刻本《焦氏類林》、影印明萬曆四十四年徐象橒曼山館刻本《國朝獻徵録》、影印明曼山館刻楊慎選《絶句衍義》之評語，書目文獻出版社出版《明代書目題跋叢刊》影印本《國史經籍志》，内閣文庫藏明緑葵堂刻本《焦氏類選蔓金苔》，以上共録詞話三十六則。

一　嘉靖初，給事中張翀疏有「喬宇嵬瑣」四字，上令問内閣，不能知也。楊用修取《荀子·非十二子篇》以復，梁文康歎曰：「用修之强記，何必减蘇頌乎？」《荀子》注：喬即譎，詭詐也。宇，訓大，言放蕩恢大也。嵬，《説文》：高，不平也。明興，稱博學饒著述者，無如用修，所撰有《升庵全集》、《升庵詩集》、《升庵玉堂集》、《南中集》、《南中續集》、《南中集抄》、《七十行戍稿》、《升庵長短句》、《長短句續集》、《陶情樂府》、《續陶情樂府》、《洞天玄記》、《月節詞》、《升庵詩話》、《詩話補遺》、《丹鉛録》、《丹鉛總録》、《丹鉛續録》、《丹鉛要録》、《丹鉛餘録》、《丹鉛摘録》、《丹鉛閏録》、《丹鉛别録》、《丹鉛贅録》、《墨池瑣録》、《轉注古音略》、《古音叢目》、《古音獵要》、《古音復字》、《古音駢字》、《古音餘録》、

《古音略例》、《五音拾遺》、《古音附録》、《古文音釋》、《韻林原訓》、《奇字韻》、《雜字韻寶》、《金石古文》、《六書索隱》、《六書練證》、《六書探賾》、《六書統摘要》、《篆韻索隱》、《古篆要略》、《隸駢書品》、《詞品》、《銘心神品》、《書畫神品目》、《書畫名跋》、《箜篌新詠》、《檀弓叢訓》、《墐户録》、《希姓録》、《清暑録》、《瀑布泉行》、《滇程記》、《滇侯記》、《滇載記》、《録異記》、《異魚圖贊》、《夏小正録》、《升庵經説》、《經書指要》、《楊子卮言》、《卮言閏集》、《敝帚病榻手吹》、《晞籛欱筆》、《四詩表證》、《山海經補註》、《水經補註》，所編纂有《蜀藝文志》、《選詩拾遺》、《選詩外編》、《皇明詩抄》、《皇明詩續抄》、《五言律祖》、《李詩選》、《杜詩選》、《宛陵六一詩選》、《五言三韻詩選》、《五言别選》、《六言絶選》、《蘇黄詩髓》、《禪藻集》、《風雅逸編》、《唐音百絶》、《唐絶精選》、《唐絶搜奇》、《唐絶增奇》、《絶句演義》、《絶句辯體》、《宋詩選》、《元詩選》、《千里面談》、《交遊詩録》、《交遊餘録》、《詞林萬選》、《百琲明珠》、《草堂詩餘補遺》、《填詞選格》、《古今詞英》、《填詞玉屑》、《詞選增奇》、《韻藻》、《古諺》、《古雋》、《詩林振秀》、《古今風謡》、《古韻詩略》、《説文先訓》、《文海鈎鼇》、《禪林鈎玄》、《藝林伐山》、《羣書麗句》、《哲匠金桴》、《羣公四六節文》、《赤牘清裁》、《赤牘拾遺》、《謝華啟秀》、《經義模範》、《古文韻語》、《古文韻語别録》、《管子叙録》、《引書晶託》、《逸古編》、《寰中秀句》、《蒼玕紀遊》、《譚苑醍醐》、《素問糾略》、《羣豔傳神》、《唐史要偶語》、《經子難字》、《脉位圖説》、《連夜吟卷》、《各史要語》、《晉史精語》、《莊子闕誤》、《江花品藻》、《羣書瓊敷》、《群公四六叢珠》、《輿地碑目》、《春秋地名考》、《批點瀛奎律髓》、《批點文心雕龍》、《古今柳詩》、《名奏菁英》、《寫韻樓褉録》、《晴雨曆》、《龍宇褉俎》、《韻語陽秋》、《瓊屑》。（《玉堂叢語》卷一「文學」）

二　陶凱以翰林應奉陞禮部尚書，請建奉先殿乾清宮左，上日焚香，朔望薦新，及節序、生辰，祭用常饌，行家人禮。上從之。凱與藁城崔亮相可否，亮亦善論奏，一切禮儀皆其所定製。燕饗九奏樂章，克協音律，有和平廣大之意。元時淫詞豔曲，悉屏去之。（同前書卷三「禮樂」）

三　秦觀《淮海集》四十卷又《後集》六卷《長短句》三卷。《陳師道集》十四卷又《外集》六卷又《究理》一卷、又長短句二卷。吴禮（當為「則禮」）《北湖集》十卷又長短句一卷。毛滂《東堂集》六卷又詩四卷又書簡二卷又樂府二卷。周邦彦《清真集》二十四卷又長短句口卷。朱敦儒一卷又長短句三卷。陳亮《龍川集》四十卷又《外集》四卷。（《國史經籍志》卷五「集類・别集・宋」）

四　張功甫是張循王諸孫，園池聲伎服玩甲天下。嘗於南湖園作駕霄亭，於四古松間以巨鐵絙懸之空半，當風月清夜，與客梯登之，飄摇雲表。王簡卿侍郎嘗赴其牡丹會，云衆賓既集一堂，寂無所有。俄問左右，云：「香發未？」答云：「已發。」命卷簾，則異香自內出，郁然滿座。羣伎以酒肴絲竹次第而至，别有名姬十輩皆衣白，凡首飾衣領皆牡丹，首帶照殿紅，一伎執板奏歌侑觴。歌罷，樂作，乃退。復垂簾，談論自如。良久，香起，卷簾如前，别十姬易服與花而出。大抵簪白花則衣紫，紫花則衣鵝黄，黄花則衣紅，如是十杯，衣與花凡十易。所謳者，皆前輩牡丹名詞。酒竟，歌樂無慮百數十人。列行送客，燭光香霧，歌吹雜作，客皆恍然如仙遊。（《焦氏類林》卷六）

五　周憲王有燉：周憲王恭謹好文辭，兼工書畫，著《誠齋録》、《樂府》、《傳奇》若干卷。又集古名蹟十卷，手自摹臨勒石，名《東書堂集古法帖》，遒麗可觀。所製樂府新聲，大梁人至今歌舞之。正統四年薨，無子。妃鞏氏暨牛、戴、韓、歐、陳、李六夫人同日自經以殉，詔謚妃貞烈、六夫人貞順，附葬。憲園弟有爝，以祥符王進封為簡王。（《國朝獻徵録》卷一）

六　《滕先生克恭傳》（李濂）：汴城東北二十里，蓋有滕學士家，云：余少游鄉校時，時聞長者談説故學士滕先生之文行，心竊嚮往之。求其著述，不可得。邇者獲睹其所著《謙齋稿》，春容雅澹，有足觀者。顧殘闕曼漶，存者十一二，而其所著《春秋要旨》，竟不可見矣，惜哉！先生姓滕氏，諱克恭，字安卿，祥符人，初號耕學，晚歲更號謙齋。父敬甫，教子耕讀，不求聞達，以先生貴贈翰林院經歷。母李氏，生三子：長直卿，善治生，勤力農事；季遜卿，讀書執禮，鄉黨稱善人。先生，其仲子也，性明敏，勤學好問，博通經史，尤精於詩書。登至正壬午進士，始仕為江陵録曹。公廨稍東有曲江亭，遶亭盡植梅，江澄景霽，芬郁可愛。先生簿書之暇，輒杖藜散步，徘徊佇玩，間發為歌詩，以寄一時之興，而時人莫之知也。遷翰林院經歷，累官至集賢院直學士，尋致仕歸。值兵亂，避地錢塘，與鐵崖楊廉夫相友善，先生詩律清婉，南州人士多傳誦之。時中原未靖，欲歸，不可得，而先生懷鄉之心時見諸吟咏。其《寄李提舉》曰：「錢塘經亂後，應是減繁華。遠信秋憑厲（當作鴈），遊魂夜到家。兩江罹殺掠，四海廢桑麻。何日重攜手，春風汴水涯。」《送段大使還汴》曰：「長淮杳杳暮雲横，君到夷門兩月程。北擁關山猶戰騎，東連滄海未梟鯨。千金竊念垂堂訓，一笑誰成搏虎名。我欲買舟從此去，寄書先為問柴荆。」嘗與諸名勝讌集江閣，酒酣，先生口占《念奴嬌》一闋，擊節自歌之，聲振金石，一座盡傾，咸舉觥起曰：「今日滕先生高倡，為江山增槩，願書之閣壁，以垂永久。」先生悵然從之，其辭曰：「百年塵世，歎人生南北，馬牛風逸。客思凄迷重尤過，霜重井梧彫碧。往事難憑，佳辰易失，到處留鴻迹。浩歌聲烈，同誰傾寫心臆。回首淮海煙塵，兵戈阻紀，難寄西飛翼。獨倚夕陽工（當作江）閣遍，衰草斷雲何極。便解征衫，掀髯一笑，花下重酣適。免教人道，西風門掩秋寂。」國初，天其定河南，先生復歸故里。洪武辛亥甲子二科河南鄉試，守臣重先生名，兩聘入貢院，為考試官。壽百餘歲，終於家。子禮宇、叙儀，有隱德，著《宗譜圖說》。（同前書卷一百十五）

七　《鐵笛道人楊維禎自傳》：鐵笛道人者，會稽人。祖關西出也，初號梅花道人，會稽有鐵崖山，其高百丈，上有萼綠梅花數百植，層樓出梅花，積書數萬卷，是道人所居也。泰定間，以《春秋》經學擢進士第，仕赤城令，轉錢清、海鹽，皆不信其素志，輒棄官。將妻子遊天目山，放於宛陵、毘陵。聞雲中、雲間山水最清遠，又自九龍山涉太湖，西泝大小雷之澤，訪縹緲七十二峰，東抵海登小金山，脱烏巾，冠鐵葉冠，服褐毛寬博，手持笛一枝，自稱鐵笛道人。鐵笛得洞庭湖中，冶人緱氏子嘗掘地，得古莫耶，無所用，鎔為鐵葉，筒之長二尺有九寸，竅其九，進於道人，道人吹之，竅皆應律，奇聲絶人世。江上老漁狎道人，時時唱《清欸乃》，道人為作《廻波引》和之，仍自歌曰：「小江秋，大江秋，美人不來生遠愁，吹笛海西流。」又歌曰：「東飛烏，西飛烏，美人手弄雙明珠，九見烏生雛。」城中貴富人聞道人名，多載酒道人所，幸聞笛道人為一弄，畢，便卧，遣客，即客不去，卧吹笛自如也。嘗對客云：「笛有《君山》古弄，海可養蛟龍可呼，非釣天大人不發也。」晚年，同年夫有以遺逸白於上，用玄纁物色道人於五湖之間，道人終不一起。道人性疎豁，與人交無疑二，雖病凶危坐，不披文，則弄札翰，或理音樂。素不善奕畫，謂奕損閒心，畫為人役，見即屏去。至名山川，必登高遐眺，想見古人風節曠邁，非常人所能測也。與永嘉李孝光、茅山張伯雨、錫山倪鎮、昆易顧瑛為詩文友，碧桃叟釋知、臻歸叟釋現、清容叟釋信為方外友。其文有驚世者，有《三史統論》五千言、《太平綱目》二十策、《歷代史鉞》二百卷，詩有《瓊臺曲》、《洞庭褉吟》五十卷，藏於鐵崖山云。贊曰：有美人號冠，鐵葉之卷卷，服兔褐之躚躚。雷浦之濱兮鐵崖之顛，噏陰呼陽兮履坤戴乾。萬竅不作兮全籟於天，其漆園之傲吏兮緱山之遊仙也耶？（同前）

八　《陳山人鶴墓表》（徐渭）：海樵陳山人鶴卒之六年，為嘉靖乙丑，其子廣西都指揮僉事某，將以是年春二月之十日葬山人於某所，與山人配胡安人合。且擬乞銘於湖之茅副使坤，而先以狀屬柳君文，至是，顧以葬事阻湖之行，又以余與柳君先後得友山人雅相，抱筆伸紙以朝夕，庶幾稱知己於山人也，顧且令予表山人墓，而柳君所為狀亦束不使見，且曰：「必按狀而表吾翁若母，安取於知吾翁哉？」噫！都君之志則善矣，乃若天之所以縱山人者，豈惟余不之知，雖山人亦不能自測其然也。然謂余盡不知山人，固不可。山人生而穎悟絕羣，年十餘，已知好古，買奇帙名枯（當作帖），窮晝夜誦覽。十七而始以例襲其祖翁某軍功所得官，官故百户也。山人固不喜握鞭韔弓矢，以自匿其芒角負平生。一旦，鬱鬱得奇疾，更百療莫驗，山人則自學為醫，久之，洞其旨，則自為診藥，凡七年而病愈。愈而棄其故所受官，着山人服，乍出訪故舊，神宇奇秀，余從道上望見之，疑其仙人也。居數年，始得會山人於甥蕭家，酒酣言洽，山人為起舞也，而復坐歌嘯諧謔，一座盡傾。自是數過山人，見山人對客論說，其言一氣萬類，儒行玄釋，凌跨恢弘，既足以撼當世學士。而其所作為古詩文，若騷賦、詞曲、草書、圖畫，能盡效諸名家，既已間出己意，工贍絶倫。其所自娱戲，雖瑣至吴歈越曲，隷草釋梵，巫史祝咒，櫂歌菱唱，輓章釜辭，儺逐、侏儒伶倡，萬舞偶劇，投壺博戲，酒政鬮籌，稗官小説，與一切四方之語言，藥師矇瞍口誦而手奏者，一遇興至，身親為之，靡不窮態極調，於是四方之人日造其庭，盡一時豪賢貴介，若諸家異流，無不向慕，願得山人片墨。……（節録自同前）

九　楚騷，漢賦，晉字，唐詩，宋詞，元曲。代之習尚既專，中有神明者出焉，後有作者，自不敢望。（《焦氏類選蔓金苔》卷三「經典」）

一〇　艷歌婉孌，怨志詄絶。淫辭在曲，正響焉生？然俗聽飛馳，職競新異，雅詠温恭，必欠伸魚睨奇辭切，至則拊髀雀躍，詩聲俱鄭，自此階矣。（同前書卷四「禮樂」）

一一　杜子美《贈花卿》「錦城絲管日紛紛」：花卿，名敬定，丹稜人。本蜀之勇將也，恃功驕恣。杜公此詩譏其僭用天子禮樂也，而含蓄不露，有風人言之無罪，聞之者足以戒之旨。公之絶句有百餘首，此為之冠。〇唐世樂府多取當時名人之詩唱之，而音調名題各異。杜公此詩在樂府為入破第二疊，王維「秦川一半夕陽開」，在樂府名《相府蓮》，訛為《想夫憐》。「秋風明月獨離居」為《伊州歌》，岑參「西去輪臺萬里餘」為《簇拍六州》，盛小叢「鴈門山上鴈初飛」為《突厥三臺》，王昌齡「秦時明月漢時闕」為《蓋羅縱》，張仲素「亭亭孤月照行舟」為《胡渭州》，王之渙「黄河原（當作遠）上白雲間」為《梁州歌》，張祐「十指纖纖似笋紅」為《氐州第一》，苻載「月裏嫦娥不畫眉」為《甘州歌》，無名氏「千年一遇聖明朝」為《水調歌》，「雕弓白羽獵初回」為《水鼓子》，後轉為《漁家傲》云。其餘有詩而無名氏者尚多，不盡書焉。（《絶句衍義》卷一）

一二 岑參《簇拍六州歌頭》「西去輪臺萬里餘」：伊州、渭州、梁州、氐州、甘州、凉州，謂之六州。宋時大喪，以《六州歌頭》引之，本朝用《應天長》。（同前）

一三 盛小叢《突厥三臺》「鴈門山上鴈初飛」：盛小叢，鴈門妓女也。此詩甚佳，樂府歌之。○《三臺》，曲名，自漢有之，而調之長短，隨時變易。韋應物集有《上皇三臺》，元曲有《鬼三臺》，訛為《三臺》云。（同前）

一四 劉禹錫《夔州竹枝詞》「楚水巴山煙雨多」：《阿那》、《紇那》，皆當時曲名。李詩言變梵唄為艷歌，劉詩言翻南調為北調。《阿那》皆叶上聲，《紇那》皆叶平聲，此又隨方言而轉也。（同前）

一五 張説《蘇摩遮》「臘月凝寒積帝臺」：《蘇摩遮》，當時曲名，宋詞作《蘇幕遮》。説詩凡四首，第一首云：「摩遮本出海西胡（當作湖），琉璃寶眼紫鬚鬚。」以此考之，即今之《舞回回》也。（同前）

一六 無名氏《楊柳枝》「萬里長江一帶開」：此誰弔隋煬帝也，俯仰感慨，蓋初唐之詩，後世《柳枝詞》皆祖之。（同前書卷二）

一七 白樂天《暮江吟》「一道殘陽鋪水中」：詩有丰韻，言殘陽鋪水，半江之碧，如瑟瑟之色，半江紅，日所映也，可謂工緻入畫。《琵琶行》云「楓葉荻花秋瑟瑟」句，意亦同。楓葉紅，荻花白，瑟瑟碧，秋點秋色也。○瑟瑟，寶石名，杜詩「雨多往往得瑟瑟」，王周詩：「嘉陵江水色，一帶柔藍碧。天女瑟瑟衣，風梭晚來織。」魯交《野果》詩「碧如瑟瑟紅鞢鞨」，鞢鞨，亦寶石。文與可詞：「鞢鞨斜紅帶柳，琉璃嫩緑平橋。」因解瑟瑟，併及之。（同前）

一八　白樂天《寄明州于駙馬》「平陽音樂隨都尉」：南方歌詞不入管絃，亦無腔調，如今之弋陽腔也。蓋自唐、宋已如此，謬音相傳，不可詰也。東坡《贈王定國歌妓》云：「好把鸞黄記宫樣，莫教絃管作蠻聲。」亦是此意。（同前）

一九　馬端臨論詩序不可廢：桑中《東門之墠》，溱洧《東方之日》、《東門之池》、《東門之揚》、《月出》，序以為刺淫，而朱傳以為淫者所自作。《静女》、《木瓜》、《采葛》、《丘中有麻》、《將仲子》、《遵大路》、《有女同車》、《山有扶蘇》、《籜兮》、《狡童》、《褰裳》、《子之丰》、《風雨子衿》、《揚之水》、《出其東門》、《野有蔓草》，序本别指他事，而朱傳亦以為淫者所自作。夫以淫昏不撿之人，發而為放蕩無耻之詞，而其詩篇之繁多如此。夫子猶存之，則不知其所删何等一篇也。夫子之言曰：「思無邪。」如序者之説，則雖詩詞之邪者，亦必以正視之；如朱子之説，則雖詩詞之正者，亦必以邪視之。且《木瓜》、《遵大路》、《風雨子衿》諸篇，雖或其詞間未莊重，然首尾無一字及婦人，而謂之淫邪，可乎？蓋嘗論之，均一勞苦之詞也，出於序情閔勞者之口，則為正雅；而出於困役傷財者之口，則為變風也。均一淫泆之詞也。出於奔者之口，則可删，而出于刺奔者之口，則可録也。均一愛戴之詞也。出於

愛桓叔、共叔者之口，則可删，而出於刺鄭莊、晉昭者之口，則可録也。(《焦氏筆乘》卷二)

二〇 《霜天曉角》：盛仲交《閱古編》載《霜天曉角》詞二首，不知何人作，語殊警策，可以醒憒憒也。「功名大小，天已安排了。何用百般機巧，榮休喜，辱休惱。 開先謝早，此理人知少。萬事算來由命，聽自然，真箇好。」「榮枯得失，天已安排畢。何用苦勞心力，得一日，過一日。 泰來否極，機巧終何益。萬事付之一笑，前程事，暗如漆。」(同前書卷三)

二一 鱖魚：張志和詩「桃花流水鱖魚肥」，鱖音愧，《爾雅翼》曰：凡牛羊之屬有肚，故能嚼，唯魚不然。鱖獨有肚能嚼，江南名鰂魚。又《水經注》：江水至魚復為巴鄉村，村側有溪，多靈壽木，水中有魚，其頭似羊，豐肉少骨，名水底羊云。(同前)

二二 史癡：金陵史癡翁名忠，字廷直，能詩，又能為新聲樂府。性豪俠不羈，不喜權貴，人有不合，輒引去。或徑以言折之不顧，遇所善，則留連忘懷，無貴賤，皆與款洽。家有樓近冶城，扁曰卧癡，中列圖史、敦彝，位置雅潔，有酒餚，引客笑談，呼盧其中，不醉不已。然翁飲輒醉，醉則按拍，歌新詞，音吐清亮，旁若無人。有姬何名玉仙，號白雲道人，聰慧，解篆書。居常以文字相娱，樂甚適也。有時出遊，輒附舟而行，不告家人所往。女笄當嫁，壻貧不能具禮，翁詭攜觀燈，同妻送至壻家，取笑而别。年踰八十，預命發引，已隨而行，謂之生殯，其達生玩世如此。善作畫，不拘家數，縱意作山水樹石，清潤紛錯，天機渾成，大率以韻勝，得其片紙者，皆藏去，以為寶。余友盛仲交嘗輯翁遺詩同金元玉詩為一帙，題曰江南二隱，惜未能板行耳。(同前書卷四)

二三　水明樓：蜀王衍宫詞曰：「暉暉赫赫浮五雲，宣華池上月華春。月華如水浸宫殿，有酒不醉真癡人。」近世詞曲「月明如水浸樓臺」祖此，然水浸宫殿，雖有形容，而乏蘊藉，入詞曲可，入詩則不可。乃知杜詩「四更山吐月，殘夜水明樓」，真古今絶唱也。（同前書續集卷三）

二四　藏書：五代諸君惟南唐與蜀最嫻文學，宋初取天下，典籍藏之内府，獨二國多善本。以此江南徐鍇字楚金，少精小學，處集賢，朱黄不去手，非暮不出，所讎書尤審諦。所著有《説文解字》。蜀相王鍇名同楚金，字鱣祥，藏書數千卷，一一皆親札，并寫藏經，每趨朝，於白藤擔子内寫書，書法精謹。二人風尚相似如此。李氏二主妙筆札，嗜書畫，有獻者，不惜倍價酬之。宫中所積圖籍不可勝數，尤多鍾、王墨跡。然僅僅作小詞，工墨竹而已。孟氏乃表章五經，纂集《本草》，作《書林韻會》，又非李氏所及。今《韻會舉要》，乃宋人黄公紹撮孟書成之，非其全也。（同前書卷四）

二五　馬中玉：東坡知杭州日，馬中玉成為浙漕。東坡被召赴闕，中玉席間作詞曰：「來時吴會猶殘暑，去日武林春已暮。欲知遺愛感人深，灑淚多於江上雨。　歡情未舉眉先聚，别酒多斟君莫訴。從今甯忽着西湖，擡眼盡成腸斷處。」東坡和之，所謂「明朝歸路下塘西，不見鶯啼花落處」是也，中玉，忠肅亮之子，仲甫猶子。（同前書續卷六）

二六　長短句中《六州歌頭》音節最為悲壯，昨見王潛齋埜詠金陵二闋，讀之亦自爽然：「龍蟠虎踞，今古帝王州。水如淮，山似洛，鳳來遊，五雲浮。宇宙無終極，千載恨，六朝事，同一夢，休更問，莫閒愁。風景悠悠，得似青溪曲，著我扁舟。對殘烟衰草，滿目是清秋，白鷺汀洲夕陽收。　黄旗紫蓋，中興運，鍾王氣，護金甌。駐遊蹕，開行殿，夾朱樓，送華輈。萬里長江險，集鴻鴈，列貔貅。埽關河，清海岱，志應酬。機會何常，鶴唳風聲處，天意人謀。臣今雖老，未遣壯心，休擊楫中流。」（同前書續卷七）

二七 徐鍇久次當遷中書舍人，游簡言當國，每抑之，曰：「以君才地，何止一中書舍人？然伯仲並居清要，恐物忌太盛，不如少遲之。」鍇頗怏怏，簡言徐出伎佐酒，所歌皆鍇詞，鍇大喜，乃起謝曰：「丞相所言，乃鍇意也。」鉉聞之，嘆曰：「弟癡絶，乃為數闋詞換却鳳皇池乎？」陸務觀《南唐書》。（同前）

二八 吳景伯登鳳皇臺《沁園春》詞：「再上高臺，訪謫仙兮，仙何所之。但石城西踞，潮平白鷺，浮圖南峙，雲淡烏衣。鳳鳥不來，長安何處，惟有碧梧三數枝。興亡事，對江山休説，誰是誰非。庭花飄盡胭脂，笄結綺繁華能幾時。問何人重向，新亭揮淚。何人更到，别墅圍碁。笑拍欄干，功名未了，甯肯綠蓑尋釣磯。深深飲，任玉山醉倒，明月扶歸。」（同前）

二九 白鷺亭，東坡嘗題其柱。王勝之龍圖守金陵，一日而移南郡，東坡居士作長短句以贈之：「千古龍蟠並虎踞，從公一弔興亡處。渺渺斜風吹細雨，芳草渡江南，父老留公住。公駕飛車凌彩霧，紅鸞參乘青鸞馭。却訝此洲名白鷺，非吾侣，翩然欲下還飛去。」荆公因作詩：「柱上題名客姓蘇，江山清絶冠吳都。六花飛舞憑闌處，一本天生卧雪圖。」（同前）

三〇 《江表傳》載吳大帝詔曰：「建康宮，乃朕從京來所作將軍府寺耳。材柱率細小，今未復西。

可徙武昌宮，材瓦更繕治之。」有司奏言武昌宮已二十八歲，恐不堪用，宜下所在，更伐木治。帝曰：「大禹以卑宮為美，今軍事未已，所在多賦損農，武昌材自可用也。」潮溝在金陵上元之西，張子野《長相思》詞：「粉豔明，秋水盈，柳樣纖柔花樣輕。笑前雙靨生。　寒江平，江櫓鳴，誰道潮溝非遠行。回頭千里情。」（同前書續集卷八）

三一　杜旗，字伯高，賦石頭城《酹江月》云：「江山如此，是天開萬古，東南王氣。一自髯孫横短策，坐使英雄鵲起。玉樹聲消，金蓮影散，多少傷心事。千年遼鶴，并疑城郭非是。　當日萬騎雲屯，潮生潮落處，石頭孤峙。人笑褚淵今齒冷，只有袁公不死。斜日荒烟，神州何在，欲墮新亭淚。　元龍老矣，世間何限餘子。」（同前）

三二　節使吴琚遊清溪，有詞：「岸柳可藏鴉，路轉溪斜。忘機鷗鷺滿汀沙，咫尺鐘山迷望眼，一片雲遮。　臨水整烏紗，鬢影蒼華。酒闌却念在天涯，幾日不來春便晚，開盡桃花。」（同前）

三三　《送陸都閫帳詞》并序：伏以承顔維舊，並京輦之履絇；受命方新，秉海邦之節鉞。雖甲兵之問，久徹警於九重；而帷幄之籌，自折衝於千里。風行邊瑣，喜動簪紳。恭惟大都閫陸公：材閎天賦，望峻地高。以鵠峙鸞翔之學而錫巍科，固已冠韋布奪標之選；以龍驤虎視之姿而應期運，尤足壯樞機决勝之謀。幾沉三略六韜，望重萬鈞九鼎。方便蕃於寵渥，宜馳騁乎事功。擒巨寇於孟河，勛名早兆；徵漕艘於京國，料理時勤。殲大河之倭奴，弭昌國之鹽盜。既使錢流於地上，復消兵弄於潢中。威嚴素著於真州，號令一新乎禁旅。精明旗幟，手麾玉帳之萬兵；鎮壓江山，身作金城之千里。因北閭無吠犬之警，知在山有猛獸之栖。居中可寢謀於淮南，捍外尚何憂於江左。乃重劉河之託，益隆遊擊之權。豈眷顧周，行見大夫無可使者；遂儀圖宿，望一敵國為之隱然。不妨玉節之遥臨，敬覩金甌之有命。虜在目中久矣，繼今新禦侮之功；吾以馬上治之，會見措攘夷之筴。磔鼠輩而尸諸市，智略縱横；肅佩犢而畀之畊，規模清簡。顧我難借寇之舉，徒臨行贈繞朝之鞭。悵大旆之遄征，秩初延以為餞。珠簾捲暮，繡幄圍春。衰柳垂垂，寄無邊之别恨；長江衮衮，泛不盡之恩波。某等喜交一代之偉人，幸接九河之雄辯。激昂懦氣，俯伏下風。可但曳裾，樂從軍之油幕；曾同執筆，草破賊之檄書。欲寬分袂之懷，敢作攀轅之語。詞曰：「醲酒江干同一笑，幾行旌旆翩翩。將軍幾見一臨邊，琱弓青雀尾，錦帽碧油前。　莫用臨行同惜别，功名不為情牽。欲看戈騎鬱相連，凱歌歸玉帳，重聽聖朝宣。」《臨江仙》（同前書卷十一）

三四　《送大都督侯公總戎兩浙帳詞》并序：伏以詔下法宮，寵分帥閫。地肺帶江山之勝，人方重于中樞；天目崇筦鑰之司，帝又煩於外補。禮隆推轂，情切攀轅。恭惟大總戎侯公閣下：氣槩沈雄，機謀明決。好時經武，實能畫而能兵；營平奏章，幾立功而立論。動伐高于羣辟，聲名動乎一時。始涖吴淞之兵，繼總京營之旅。棨戟迴翔于瘴嶺，風猷彈壓乎狼山。遐邇相安，封疆薦歷。屢臨鉞鎮，借六纛以蕃宣；一踐斗樞，轄五兵於宥密。信臣精卒，允資拱扆之親；虎踞龍蟠，克壯金湯之勢。兵車震疊，草木光華。睠兩浙之要衝，寔一方之鉅鎮。疆連甌越，外如脣齒之相依；地接京畿，内欲腹心之無恙。有嚴有翼，復紀律于舊圖；維屏維藩，峙屯營于東道。悍俗方更而未固，驕兵甫輯而猶疑。非資已試之長，曷飭不虞之備。兵事不由中御，合渤河左海而格師；戎乘以先啓行，徙豹尾鸞旗而建節。千里聽和門之令，十連尊元帥之稱。某等久託門墻，親承謦欬。窮年吹律，已令枯卉之生春；三載播鈞，會使頑金之成器。何依仁之有幸，乃沐德而倏違。聊寄謳吟，用明沾戀。詞曰：「江海渺無際，一舸駕長虹。等閒倚檻舒嘯，輕浪舞迴風。揮手高城四望，雲裏白門烏榜，功業更誰同。疊鼓鬧清曉，千騎引雕弓。　武林外，西湖上，瑞烟濃。平生豪氣飛動，談笑凈胡戎。今日樽前貔虎，欲定天山無處，一箭落高鴻。歸夢未應久，麟閣待非熊。」《水調歌頭》（同前）

三五　《贈大都督王公總戎東粤帳詞》有序：伏以法羽林而置將，久殫出入之勞；佩金印以臨戎，益重邊陲之寄。輟樞機於右府，授節鉞於齋壇。遥知五嶺之兵民，欣頌十連之師帥。恭惟大總戎閣下：果毅不羣，深沉有守。鎮定大事，如周條侯之從容；貫通羣經，如薛仁貴之博洽。早繇雋選，累著膚公。刃遊於批大却之餘，器别於試盤根之日。郾襄寧夏，有謀則告，而有力則陳；兩蜀三苗，無剛不摧，而無堅不破。葅樂平而薙寇，臨卭水以禽生。自北徂南，由巴入楚。馳驅黎莫，賔廿年儋耳黑齒之夷；節制建陵，壯千里金城湯池之勢。況夫刑輕典而安反側，釋降人以靖流離。農無輟耕，市不易肆。舞羽有同乎伯益，活人何減於曹彬。蓋繇其一人，兼數器之長。故常以一身應四方之急。念中外宣勞於數載，乃豐鎬坐鎮於一時。詎期嶺越之陬，更借干城之重。豈羣方庶定，則還者俊以强本朝；南顧未寬，則藉精神而折萬里。知安危注意，莫先帷幄之籌；惟文武憲邦，可繫華夷之望。爰啟千乘，以總萬兵。虎韔鏤膺，正元戎之顯號；神旂豹尾，備大將之多儀。風稜大著於擁旄，眷注益隆於推轂。昔陶侃督軍交廣，啟長沙之封；而方叔執訊蠻荆，振中興之旅。在昔之山川未改，知今之事業方新。某等御一代之偉人，接九河之雄辯。激昂懦氣，俯伏下風。可但曳裾，樂從軍之油幕；願同執筆，草破賊之檄書。冀寬分袂之懷，敢代攀轅之語。詞曰：「隴西辛慶忌，江左管夷吾。英姿偉略曾向，黄石幾傳書。磈礧胸中奇氣，不肯低回京輦，定蜀又平胡。晚學伏波老，嶺表再馳驅。相送處，杯酒盡，暫躊躇。舊時部曲紛紛，岐路擁行車。異日桂山荔浦，佇聽黄麻紫詔，麟閣畫規模。為問羊城勝，留得此翁無。」《水調歌頭》（同前書續集卷七）

三六《書香奩集》：《香奩集》，綺靡而乏風骨，視開元、大曆之風遠矣。昭宗末年，朱温篡形已就，此時韓偓在翰林，蘇檢苦欲推轂入相，偓曰：「公不能有所為，今事勢至此，乃欲以相涴耶？」昭宗累欲相渥，渥辭，而薦趙崇，崔胤怒，使温譖而逐之。昭宗與之别，偓泣曰：「臣得遠貶，及死乃幸，不忍見篡弒之辱也。」其志節如此，韓熙載不欲為江南相，而以聲色自涴。偓之為豔辭，豈其方與？抑賦梅花者與鐵心石腸自不相礙與？世鮮此集，偶得寫本，命侍史録一通，而書此於首，令攬者知其人焉。（同前書卷九）

李光裕輯詞話

李光裕，號贊廷，一作贊延，劍邑人。行蹟不詳。編《積玉全書》，卷端題作「鼎鐫李先生增補四民便用積玉全書」，或作「鼎鐫贊廷李先生增補積玉全書」。又有日本寛文二年刊《增補較正贊延李先生捷用隠魚錦箋》，其中「贊延」即「贊廷」，增補者不詳，前有欣賞齋居士序，按焦竑有欣賞齋，序或為焦氏所作。此據東洋文化研究所藏明崇禎年間潭邑書坊劉興我繡梓刊本《鼎鐫李先生增補四民便用積玉全書》和早稻田大學藏日本寛文二年大和田九龍衛門刻本《增補較正贊延李先生捷用隠魚錦箋》録詞話九則。

一

打雙陸起例歌：《西江月》：「么六把門已定，二四三五成梁。須知用六個煙梁，五六單行為障。擲得么三采出，填垓此處高強。到家先起紗無雙，陸曰全贏取賞。」○凡擲得重色運，俱呼為雙，謂如雙么、雙陸是也。……雙陸格制：雙陸率以六為限，其法左右各二十一路，號曰梁。白黑各十五馬，右前六梁，左後一梁，各布十五馬。右後六梁二馬，左前二梁三馬，白黑相偶。用骰子二。其采行，白馬自右歸左，黑馬自左歸右。或以二骰之數兵行，一馬或行，二馬或移或疊，凡馬單立，則敵馬可擊，兩馬相比為一梁，你馬即不得打，亦不得同途。凡遇打，必候元入局處空位，與采相當始得下。謂如第三梁空，今乃得三采則下。所打者未下，則他馬不得行。至後六梁謂之歸梁，凡疊動已滿，如打得他馬，即併馬於近下五格，只開後一梁為敵人，他右不獲，他馬既盡移歸頭梁之內，每擲，視其采，拈出二馬，數有餘則取，不足則否，采小不取，則併移歸下梁，常須飲兩馬，不可移動，動則頭破。後六梁謂之末梁，馬先出盡為勝，勝而他馬未歸梁，或歸梁，而無一馬出局，則勝雙籌，唯所約無有定數。（節録自《鼎鐫李先生增補四民便用積玉全書》卷七「雙陸規局」）

二　蹴踘家門：夫古曰蹴踘者，儒名也；今曰齊雲者，俗名也。實晉時壯士習運之能，乃皇朝豪傑戲遊之學，士夫稱喜，子弟偏宜，能令剛氣潛消，頓使芳心歡美。雖費衣而違食，最欺村而滅强。身雖肥盈，常習此，氣如飛，乃高者。愛斯，能令社友架上無你衣我衣，囊中無我錢你錢，方可作圓社。如有學者，全在明師指教而踢，不明法者，實千鈞之難。得法者，如反掌之易。凡教徒弟者，有三不可教：一者村俗無常性。二者不聽師教，不達圓精（當作情）。三者人無禮樂，失其信義。此三者，不可教也。一性格温柔，為人常情。二身材雅俊。三達道務，知進退。此三者，可教也。詩：「齊雲家數少人知，奥妙中間實是奇。場中公子須然有，規矩家風識者稀。」　圓社規場：四海齊雲社，當場蹴氣毬。作家偏愛惜，圓社最風流。況有青春年少，同輩朋禱（當作儔），向柳巷花街翫賞，在紅塵紫陌追遊。脱了搊來憑眼活，認真惟有準毬兒。挾住惟口鳴，識踢乃無憂。右踏右花，踢似烏龍擺尾；左側左虛，捻似丹鳳摇頭。下住處全在低美，打著人惟仗誰收。使力藏力，以柔取柔。集閑中名為一絶，决勝負分作三籌。俺也絲鞋羅襪，短襖輕裘。襟沾香汗濕，襪污軟塵浮。背劍仙人時側目，攛梭玉女細凝眸。粉鉗兒前後，仰身身移不動；金剪刀往來，移步步過頭低。況乎奢華治世，豪富皇州。春風宣鼓吹，化日沸歌謳。歡笑對吴姬越女，繁華勝楚館秦樓。湖山風物，花月春秋。四聖當勸（當作觀）柳邊行樂，三天竺松下優游。樂事賞心，難并四美。勝友良朋，無外五侯。心向閑中着，人於悼裏求。踢圓社者，必不是方頭。　《滿庭芳》：「若論風流，無過圓社，拐賺（當作賺，下同）蹬躡搭齊全。門庭富貴，曾到御簾前。灌口二郎為首，趙皇腳下流傳。人都道，齊雲一社，三錦獨争先。　花前，並月下，全身錦繡，偷側雙肩。更高而不遠，一搭打鞦韆。毬落處圓光賺拐，雙佩側躡相連。高人處，翻身結伴，天下總乎（當作呼，又末脱『圓』字）。」《滿庭芳》：「十二香皮，裁成圓錦，莫非少年堪收。緑楊深處，恣意樂追遊。低拂花稍褪下，侵雲漢，月滿當秋。堪觀（脱『處』字），偷頭十字拐，舞袖拂銀鈎。　肩尖並拐搭，五陵公子，恣意忘憂。幾回沉醉，低築傍高樓。雖不遇文章高貴，分左右，曾對王侯。君知否，閑中第一，占斷（當脱『是』字）風流。」（同前「齊雲軌範・毬譜戲覽」）

三　樂正音聲，聲定於律，單出為聲，聲成文為音，比音以為歌曲。被之八音之器而樂之及干戚羽旄，則謂之樂。以陰陽升降之氣數定管為音樂之法，則謂之律。所以然者，蓋天地之間，只是陰陽五行之氣，而天地人物皆由是以生。有氣則有聲，十二律之聲，天地之聲也。其在物，則出於八音之器；其在於人，則出於喉牙齒舌唇。但天地得其氣之全，故其氣之流行於十二辰之間，升降進退，必有嬴縮多寡之數，一定而不可易。物得其氣之偏，故必須制造成器，而後其聲始發。又必以十二條為之數度齊量，而後其聲始正。人雖得氣之全，然囿於風氣，而字音聲氣有不能齊者，亦必以律音聲正之，而後其聲始一，合人與器之聲，均調節奏以成音曲，而後樂始成焉。是樂之為音也，合天地人物而一以貫之也，惟其出於一貫，是以用之於郊廟朝廷，則可以治神人，和上下；用之於修己治人，則可以變化氣質，轉移風俗，以至於鳥獸風氣，而皆可以感召。其為用也，豈細故哉？然自孟子既没以後，其道失傳幾千百餘年矣。有志於斯道者，幸留意焉。《水調歌頭》：「八鑾朝鳳闕，四境絶狼煙。太平無事，超洪聚，笑傲梨園。笛弄崑崙，上品稀動雲陽。竗選畫皷可人憐，亂撒真珠迸點，滴雨聲喧。　韻堪聽，事不俗，駐雲軒。諧音節奏，分明分裏遇神仙。到處朝山拜嶽，長是爭籌賭賽，四海把名傳。幸遇知音一曲，共讚堯天。」詩曰：「皷板清音按樂器，那堪打怕（當作拍）更精神。三條犀架垂絲絡，兩繫仙枝擊月輪。笛韻渾如丹鳳叫，板聲有若凈鞭鳴。幾回月下吹新曲，引得嫦娥側耳聽。」《鷓鴣天》詞：「巧遇縫圓異樣花，輕身健體實堪誇。能令公子精神爽，引動王孫禮義家。　真富貴，逞奢華，一團和氣遍天涯。漢王宋帝皆從習，占斷風流第一家。」（同前「簫笛譜」）

四　拜堂致語：竊以禮重婚姻，實關人倫之大義。當配偶，乃承宗祀之傳，縹緲青烟，輝煌花燭，祖供蘋藻，首嚴見廟之儀，贄備棗榛，聊拜先堂之禮，集珠履玳簪之客，環金釵玉珥之賓。慶賀良宵，觀光盛事，爐薰寶鴨，已拈沉水之香，步擁金蓮，請下寅君之拜。《鷓鴣天》：「婚禮今朝講拜堂，誠心全仗玉爐香。神明上下同昭對，金母木公共降祥。　魚得水，鳳求皇，匆匆喜氣藹蘭房。百年夫婦今宵合，夢葉熊熊（當作『熊羆』）早弄璋。」（同前書卷十三「賀冠小啟・婚禮諸啟」）

五　例分八字《西江月》：「以紀文身合死，準言例免難誅。皆無首從罪非殊，各有彼此同獄。其者變於先意，及為連事後隨。即如恥訟判真偽，若有餘情依律。」（同前書卷十五「律條行移」）

六　端午：香蒲切玉，角黍包金。古詞：「角黍包金，香蒲泛玉。」艾酒奉邀，屈臨少款。惟毋我外，足見石交。朋友相厚，交如金石。　答：辰逢地臘，端午日為地臘。節屆天中。端午日為天中節。　解粽未邀，泛菊辱召。恭承雅意，敢不黽趨。（《增補較正贊延李先生捷用鴈魚錦箋》卷六「請召類」）

七　送瑞香：紅錦薰籠，香雲入夢。蘇東坡瑞香詞：「更看微月轉光輝，歸去香雲入夢中。」（「中」係衍文）可使媿美廬山矣，唐詩：「異根近得廬山頂，孤芳元自洞庭心。」馳獻願留。　答：玉肌丹唇，花香呈瑞。假我餘輝，感謝何極。（同前「請召類・餽受」）

八　寄叙別懷：相逢在芙蓉花發時，芙蓉花謝遽爾。曲唱《陽關》，為伯勞飛燕，送別詩：「骨（當作勸）君更進一杯酒，西出陽關無故人。」伯勞，鳥名，古詞：「伯勞飛燕各西東。」能為情哉！萬種相思，數番好夢，常繞金陵城下，月覓巫山嶺上雲耳。　別後幸卿無恙，試問檻内金錢花含笑未？門外金綿柳學眠未？架上金衣娘鸚䳇也誦經未？儂愛卿，故問及卿所愛者。還掉吳江，冬以為期，更不煩寄隴頭一枝也。古詩：「折梅逢驛使，寄與隴頭人。」袖汗衫一領，見儂綃（當作綢）繆意；金紐扣一對，見儂同心結。物雖輕菲，情則殷殷，幸笑納。（同前書卷七「情書類」）

九 柬情郎：憶妾遇君時，梧桐葉未落。及別，則松柏獨留青矣。數月聚首，一旦分袂，情也何堪？第覺枕上淒風，堦堦苦雨滴滴，盡妾淚也。隔墻花影，古詞云：「隔墻花影動，疑是玉人來。」（筆者按：此為詩句，或有人化用入詞中，俟考。）君亦有戀於妾否？冬月多寒，寶（當作保）重自愛。若問會期，斗柄東指。北斗指東，天下皆春，言春間相會也。（同前）

樊獻科詞話

樊獻科，字文叔，號斗山，縉雲（今浙江）人。嘉靖丁未會魁，授行人，擢御史，巡按福建，爲廣西參政，太僕寺少卿。所著有《旅遊吟稿》、《山居吟稿》。此據《四部叢刊》影印明刊本劉基《太師誠意伯劉文成公集》録序文一則。

一

《刻誠意伯文集引》：誠意伯集舊刻于栝蒼，凡二十卷，首《翊運録》，次《郁離子》，次《覆瓿集》，次《寫情集》，次《春秋明經》，次《犁眉公集》，各就篇名統爲全集。其間製作雜陳，未可類别，兼以歲久，刊板遺落，字多魯魚，讀者難之。獻科爲公鄉人，來按畿南，携是集笥中，嘗置几席，暇即頌讀，誠不識其涯涘。竊謂公勳業垂于史籍，光昭奕，而文章流播縉紳，或未免涣漫。獻科切懼焉，因裒爲一十八卷，少易舊編之次，而公之製作始可類觀，爰付諸梓。若勳業文章之盛，向有確論，獻科何足以知之？嘗記四明楊文懿公有言：漢以降，佐命元勳多崛起草莽兵甲間，諳文墨者殊鮮子房之策，不見辭章玄齡之文，僅見符檄，未見開國之勳而兼傳世之文章如公者，公可謂千古之人豪矣。而世或疑其仕元，或獨稱其觀象者，是猶訾伊尹之五就，知周公止於才藝而已，不已陋乎？嗚呼！是可以知公矣。皇明嘉靖三十五年丙辰正月朔，同郡後學樊獻科拜識于真定冰玉堂。（《太師誠意伯劉文成公集》）

佚名《新鍥翰林校正鼇頭合併古今名家詩學會海大成》詞話

《新鍥翰林校正鼇頭合併古今名家詩學會海大成》，類書，卷端下題「翰林澹園焦竑校，京山本寧李維楨閱，書林陟瞻余應虬訂」，又卷首末有木牌云：「《詩學大成》出翰林焦先生校正，意存精雅，辭削腐陳，字無亥豕之差，韻叶宫商之律，寓內後學誠能揭其旨於條例，盡其變於諸門，則聲即是韻，而李、杜可班矣，詩其可興也哉！　朱太儀白。」此據東洋文化研究所藏明刊本録詞話二十則。

一　銅鉦：坡：樹頭初日掛銅鉦。（《新鍥翰林校正鼇頭合併古今名家詩學會海大成》卷一「天文門・日・事類」）

二　霓裳舞：《逸事》：羅公遠中秋夜侍玄宗翫月，公遠乃取杖向空擲之，化為長橋，其色如銀，請帝登之，至大城闕，公遠曰：「此月宮也。」見仙女素（當為數）百，素練寬衣，舞於廣庭。帝問曰：「此何曲名？」公遠對曰：「此《霓裳羽衣曲》。」（同前「天文門・中秋月・事類」）

三　玉宇寒：東坡中秋歌：都下傳唱，内侍録呈，神宗讀至「瓊樓玉宇，高處不勝寒」，上曰：「蘇軾終是愛君。」量移汝州。（同前）

四　催花：《羯鼓録》：明王遇二月旦，殿前柳杏將吐，嘆曰：「對春景物，可不判斷之乎？」高力士取羯鼓，臨軒擊奏一曲，名《春光好》。因顧柳杏皆發，笑曰：「不喚我作天江（當作公），可乎？」（同前書卷三「時令門・仲春・事類」）

五　攬衣：古詞：「晝日移陰□衣起，春閨睡□□□□。」（筆者按：當作「晝日移陰攬衣起，春閨睡足臨寶鑑。」）（同前「時令門・春晝・事類」）

六　泥拍肚：宋朝重九日雨，康伯可在翰苑，奉勅撰詞，口占《望江南》一闋進：「重陽日，風雨苦淒淒。戲馬臺前泥拍肚，龍山會上水平臍，直浸到東籬。　茱萸潤，黄菊濕滋滋。落帽孟加（當作嘉）尋箬笠，休官陶令覔蓑衣，兩個一身泥。」（同前書卷五「時令門・九日遇雨・事類」）

七　縷金裳：古詞：「江南雪裏花如玉，風流越姊新粧束。　灑灑縷金裳，濃薰百合香。」（同前書卷十

「蠟梅・事類」)

八　要學嫦娥素粧：古詞：「夜深待月上，闌干角，廣寒宮，要與姮娥素粧，一夜相學。」(同前「李花・事類」)

九　幽豔：古詞：「幽豔偏宜春雨細，紅粉闌干，有箇人相似。」(同前「梨花・事類」)

一〇　翠雲裘：張于湖樂府：「臈後梅前別一般，梅花枯淡水仙寒。翠雲裘著紫霞冠。」(同前「瑞香花・事類」)

一一　韻是江梅：古詞：「只疑標韻是江梅，不道薰風庭院雪成堆。」(同前書卷十一「花木門・茉莉花・事類」)

一二　紅龍珠：古詞：「神門半分火棗，龍盤二丈紅珠。」(同前書卷十二「百菓門・柿・事類」)

一三　唐宋製曲：南卓《羯鼓録》唐光(當為玄)宗製《秋風高》一曲，每奏之，則清風徐來，木葉交墜云。(同前書卷十三「木葉・事類」)

一四　桃花流水：張志和：「西塞山前白鷺飛，桃花流水鱖魚肥。青箬笠，緑蓑衣，斜風細雨不須歸。」(同前書卷十七「文學門・漁父・事類」)

一五　娥眉有人妬：辛稼軒詞：「長門事，準擬佳期又誤。蛾眉曾有人妬，千金難買相如賦，脈脈此情誰訴。」(同前書卷十九「人事門・宮怨・事類」)

一六　午夢長：古詞：「竹方牀，鍼綫慵拈午夢長。」(同前「人事門・倦繡・事類」)

一七　綵綫添恨：古詞：「春思厭厭與病兼，女紅何暇着心拈。金鍼未結愁先結，綵綫纔添恨亦添。靈鵲不情非可信，喜蛛無驗竟空占。侍兒莫訝工夫欠，繡就雙鴛恐自嫌。」（同前）

一八　草草：古詞：「聞君適萬里，草草復草草。」（同前書卷二十「祖餞門·送别·事類」）

一九　離歌：古詞：「斟酌唱離歌。」（同前）

二〇　《雨霖鈴》：唐明皇幸蜀，初入邪谷，霖雨彌旬，棧道中聞鈴聲，帝方悼念貴妃，因採其聲為《雨霖鈴》曲以寄情。善能篳篥者使吹之，遂傳於世。（同前書卷二十五「音樂門·篳篥」）

佚名《居家必備》詞話

《居家必備》，輯者不詳。前有瞿佑引言，所輯多為格言訓語。此據東京大學綜合圖書館藏明刊本録詞話三則。

一 須問湯：東坡居士歌嘗云：「三錢生薑乾用。一升棗，乾用，去核。二兩白鹽炒黄一兩草。炙，去皮。丁香木香各半錢，約量陳皮一處搗去白。煎也好，點也好，紅白容顔直到老。」（《居家必備》卷七「飲饌」高濂《湯品》）

二 古樂府：古曰章，今曰解，解有多少，當是先詩而後聲。詩叙事，聲成文，必使志盡於詩，音盡於曲，是以作詩有豐約，制解有多少。又諸曲調解有辭有聲。而大曲又有艷有趣，有亂辭者，其歌詩也，聲者，若《羊吾韋》、《伊那何》之類也。艷在曲之（脱「前」字），趨與亂在曲之後，亦猶吴聲前有和後有送也。（同前書卷九「藝學下」茅一相《詩訣》）

三 紙帳：冬月紙帳或白厚布，或厚絹為之。夏月吴中撬紗為妙，以粗布為帳底，如綴頂式，紉其三面，前餘半幅下垂，上寫梅花，副以布衾蒲枕蒲褥。左設几鼎，燃紫滕香，迺相稱「道人還了鴛鴦債，紙帳梅花醉夢間」之意。（同前書卷十「清課」屠隆《起居器服箋》）

陳第詞話

陳第（一五四一—一六一七），字季立，號一齋，連江（今福建）人。為諸生，少博極羣書，文名甚著。倜儻自負，喜談兵。嘉靖壬戌戚繼光征倭至連，第與定平倭策，都督俞大猷聞其名，召致幕下，聘與俱隨，起家京營，守古北口，歷遊擊將軍，屢有戰功，以忤巡撫吴兑，拂衣歸，時年近五十。絶意仕進，惟以著述自任，所著有《伏羲圖贊》、《毛詩古音考》、《尚書疏衍》、《麟經直指》、《屈宋古音義》，卒年七十七。門人彙集其所著詞賦、漫題、松軒講義、意言、謬言、寄心集、書札燼存、薊門兵事、防海事宜、東番記塞曲、粤草等書、一齋詩集並刻行世。此據《四庫禁燬書叢刊》影印明萬曆間會山樓刻本《一齋集》録詞話二則。又據《知不足齋叢書》本《世善堂藏書目録》録所載詞集。

一　説者謂自五胡亂華，驅中原之人入于江左，而河淮南北間雜夷言，聲音之變，或自此始。然一郡之內，聲有不同，繫乎地者也。百年之中，語有遞轉，繫乎時者也，况有文字而後有音讀。由大小篆而八分，由八分而隸，凡幾變矣，音能不變乎？所貴誦詩讀書，尚論其當世之音而已矣。三百篇，詩之祖，亦韻之祖也，作韻書者宜權輿于此。遡源沿流，部提其字，曰古音，某今音，某則今音行而古音，庶幾不泯矣。自周至後漢，音已轉移，其未變者實多。愚考《説文》訟以公得聲，福以偪得聲，霾以貍，斯以其，脱以兑，節以即，溱臻皆秦，闐填皆真者，讀旅，涘讀矣，滔讀由，玖讀芑，又我讀俄也。故義有俄音而儀議，因之得聲矣。且以莪、娥、蛾、鵞、峨、硪、哦、誐之類例之我，可讀平也，奚疑乎？可讀阿也，故奇有阿音，而猗、錡因之得聲矣。且以何、河、柯、軻、珂、妸、苛、訶之類例之可，可讀平也，亦奚疑乎？凡此皆毛詩音也。徐鉉脩《説文》，槩依孫愐之切韻，是以唐音而反律古矣。厥後諸韻書引古詩如晨星，而於唐、宋名家之辭每數數焉，無亦譜子孫而忘宗祖乎？嗟夫！《説文》之音多與時違，幾為溝中之斷矣。愚獨取之以讀詩，豈偶也哉？豈偶也哉！（《一齋集》附「讀詩拙言」）

二　《答許撫臺》：竊惟陳第，山海編氓也；台臺，有道老先生也。敢以老先生稱而畢其説。第學稼學圃十餘年矣，竟不知理道為何物。臘月望日，周生來召，併賜文集，第不自意垂暮之年，獲聞此至論也。嘗憶少時游江湖間，數奉教於論學諸君子矣。大都比擬愈密而體驗愈疎，解説愈玄而躬行愈薄。竊疑聖門之學不若是判也，且經綸孰非學問，而詞賦總該性靈，廼託言神化者。授之政事，則不達，注意玄脩者矢之。詩詞則鄙俚，毋亦其本原虚耶？不然，何平成天地，乃克勤克儉之人，而明良賡歌，卒為千古絶倡也。今老先生之言曰：孔門誨人，只在文行忠信，禪家之學，亦重戒行威儀。下學上達，不離日用，明心見性，不捨萬緣。諸如論格物論、心性論易，論史論文鑿鑿，皆實際語也，豈非撥雲霧而覩青天者乎？撫閩諸疏，康濟悉備，而計處倭酋一篇，實大伸華夏之氣。其餘詩什皆婉而腴，暢而雅，即文人學士頻年刻鏤，豈能及哉？第竊不自量，謂我朝二百餘年，理學淵粹，功業炳耀，惟王文成。然文成之教主於易簡，故未及百年，弊已若斯。老先生博約之訓，最為精實，不違之論，體貼諄切，故承宋儒之後，不可無文成，承文成之後，不可無老先生之説，綱維道統，豈偶然乎？不幸犬馬之病尚爾牽纏，未能伏謁，然雖病也，自度精神猶可不死，倘未即死，趨領至教，端有日矣。第固至愚極陋，亦何忍竟錯此生乎？敬遣豚兒祖念代為叩謝。祖念頗有志，向未得入門，惟老先生特賜教誨，即教第也。臨楮屏營，伏惟照亮。（《一齋集》「書札燼存」）

三　《松坡集》七卷《樂府》一卷，豫章京鏜。（《世善堂藏書目録》卷下「宋元諸名賢集」）

四　《張子野詞》一卷。　柳三變《樂章集》九卷，耆卿。　《蘇東坡詞》二卷。　《秦淮海詞》一卷，觀。　《黃山谷詞》二卷。　《晁無咎詞》一卷。　《陳後山詞》一卷。　《周美成詞》二卷。　《漱玉集詞》一卷，李易安。　《陸放翁詞》一卷。　《知稼翁詞》一卷，莆田黃公度。　《李氏花萼樓詞》五卷，兄弟五人，廬陵。　《夏桂州詞》一卷，言。（節録自同前書「詞曲」）

五　《樂府雅詞》十四卷，曾慥。　《草堂詩餘》七卷。（節録自同前書「諸家詩文名選」）

屠隆詞話

屠隆（一五四二—一六〇五），字緯真，一字長卿，鄞（今浙江）人。生有異才，落筆數千言立就。舉萬曆丁丑進士，除潁上知縣，調繁青浦，遷禮部主事。罷歸，家貧，賣文為活。編著有《由拳集》、《白榆集》、《采真集》、《南遊集》諸集，以及《鴻苞》、《琴箋》、《考槃餘事》、《遊具雅編》等。《考槃餘事》四卷，雜論文房清玩之事，言書板碑帖，評書畫琴棋，筆硯爐瓶，以至一切器用服御之物。此據内閣文庫藏明刊《欣賞編》本《琴箋》、《寶顔堂秘笈》本《考槃餘事》、《四庫全書存目叢書》影印明萬曆三十八年茅元儀刻本《鴻苞》、《續修四庫全書》影印明萬曆刻本《由拳集》和影印明萬曆十八年吕氏栖真館刻本《栖真館集》以及影印明萬曆龔堯惠刻本《白榆集》録詞話七則。

一　論琴：琴為書室中雅樂，不可一日不對，清音居士談古若無，古琴新者亦須壁懸一牀，無論能操，縱不善操，亦當有琴。淵明云：「但得琴中趣，何勞絃上音。」吾輩業琴不在記博，惟知琴趣，貴得其真。若《亞聖操》、《懷古吟》，志懷賢也；《古交行》、《客窗夜話》，思尚友也；《猗蘭》、《陽春》，鼓之，宣暢布和；《風入松》、《御風行操》，致涼颸解慍；《瀟湘水雲》、《鴈過衡陽》，起我興；《薄秋穹》、《梅花三弄》、《白雪操》，逸我神遊；《玄圃》《樵歌》、《漁歌》，鳴山水之閒心；《谷口引》、《扣角歌》，抱烟霞之雅趣。詞賦若《歸去來》、《赤壁賦》亦可以咏懷寄興，清夜月明，操弄一二，養性修身之道，不外是矣。豈徒以絲桐為悅耳計哉！（《琴箋》）

二　大江東去詞。（《考槃餘事》卷一「宋帖」）

三　帳：冬月紙帳，或白厚布，或厚絹為之。夏月吴中撬紗為妙，以粗布為帳底，如綴頂式，紉其三面，前餘半幅下垂。上寫梅花，副以布衾蔔枕蒲褥，左設几鼎，燃紫藤香，迺相稱「道人還了鴛鴦債，紙帳梅花醉夢間」之意。（同前書卷四）

四　譜曲，以詞曲填入譜也，又名填詞。按歌，按其聲歌也。度曲，審曲之節度也。曲有于闐、龜茲，蠻部曲也。《甘州》、《涼州》、《伊州》，唐人取邊塞製曲也。《大垂手》、《小垂手》，柘枝舞名也。（《鴻苞》卷二十「博蒐下」）

五　《與張肖甫大司馬》：明公居東，脱巾弄兵之徒，隨旂鼓而靡，海外有截天吴恬波，一指薊門，營壘甫定，而疆圉之大捷至矣。提貔貅以拔祈連，斬鯨鯢而封京，視馬上露布，至都門，都人以手加額，動色歡呼，無不取酒北面酹地，而頌明公威德。人歌《破陣》，家製《鐃歌》，書勳奉常，獻俘太廟，何其盛也。然後知干將鏌鋣之鍔，水斷蛟龍；陸剸犀象，霆掣風馳，何往不利？天下士大夫歎明公，以為天威而服，朝廷知人，有神筭，從此以往，邊人父老婦孺有息肩之期矣。羽書駁石，駭電流星，明公當之勞苦萬狀，此何時而猶瞥？念及幺麽書生據鞍削牘，文辭鄭重，情事綿密，豈惟明公多情，篤不忘舊？亦仰見明公戈矛矢石間，神完氣充，意思整暇，此成功之本也。老母入都門，苦寒痰火病發，伏枕月餘，至今尚未離牀第。遠承寒衣之惠，屬某致感激再三，不佞某又蒙惠燕市取酒貲，明公既愛某，而又時時念及小人之母，此其恩不可忘也。欲以其身為侯生劇孟，空有片心，奈此六尺崖略。報謝不盡，《鐃歌》十章奉獻轅門，伏惟裁覽。（《白榆集》卷十二）

六　《贈陳伯符奉詔歸娶錦帳詞》：黄姑織女，銀河渡天上雙星；弄玉簫郎，金屋貯人間二妙。連理瓊枝，倚春風而鬪美；合歡錦帶，指新月以要盟。花生綦履，步揺光暎。流黄風動明璫，文綺香薰積翠。洲渚和聲，度王睢之窈窕；延津寶氣，合龍劍之雌雄。綢繆不解，託雅調於朱絃；宛轉無端，寄柔情於錦瑟。蓋移洞府於塵寰，即神僊不足為樂；而等佳期於天漢，雖日月不足為長。連婚龍女，徒傳柳毅之譚；下嫁文簫，奚取綵鸞之事。恭惟郎君：桂林一枝，崑山片玉。年少登朝，羡芙蓉之出匣；才高作賦，抒錦繡之凌雲。兹者上書以請，暫辭鵷鷺之班；奉詔而歸，永結鸞凰之侶。文就千言，美矣東都之才子。妝成七寶，嫣然南國之佳人。洛濵拾翠，蘭房初照乎夜珠；上國觀花，梓里况榮乎晝錦。絳蠟高然，総妬盈階之月色；紅銷半拂，猶懷滿袖之天香。光華並耀，倚綽約而花垂；律呂相和，吹參差而鳳下。語燕窺簾，青春深而不去；流螢度砌，良夜何其未央。生平之樂事都兼，人世之歡娛不數。縷結同心，日麗屏間之孔雀；蓮開並蒂，影憐池上之鴛央。然且饁冀缺之耕，舉梁鴻之案。此才鮑謝，彼美姬姜。采綠道周，薦蘋宗廟。百年為好，萬口稱賢。於是又重之以詞，其詞曰：「華屋重門敞，正開簾、花近龍笙，金屏月上。羅綺香中雲不散，相暎銀缸綉幌。年少也、風流兩兩。何處天風吹得下，似一雙綵鳳紛來往。明月度，玉簫響。郎君得意辭天仗，乍相逢、新人似玉，明珠入掌。宛轉流蘇誰不羨，萬朵芙蓉羅帳。人却在、瑶池蓬閬。占斷人間歡樂事，只人間何必如天上。對風景，総堪賞。」（《由拳集》卷二十三）

七 《〈章臺柳〉、〈王合記〉叙》：夫機有妙，物有宜，非妙非宜，王無當也。雖有艷婢，以充夫人則羞；雖有莊姬，以習冶態則醜。故里謳不入于郊廟，古樂不列于新聲。傳奇者，古樂府之遺，唐以後有之，而獨元人珍其妙者何？元中原豪傑不樂仕元，而弢其雄心，洸洋自恣於艸澤間，載酒徵歌，彈弦度曲，以其雄儁鶻爽之氣，發而纏綿婉麗之音。故汎賞則盡境，描寫則盡態，體物則盡形，發響則盡節，騁麗則盡藻，諧俗則盡情。故余斷以為元人傳奇，無論才致，即其語語當家，斯亦千秋之絕技乎？其後椎鄙小人好作里音穢語，止以通俗取妍，閭巷悦之，雅士聞而欲嘔。而後海内學士大夫則文剔取周、秦、漢、魏文賦中莊語，悉韵而為詞，譜而為曲，謂之雅音。雅則雅矣，顧其語多癡笨，調非婉揚，靡中管弦，不諧宮羽，當筵發響，使人悶然索然，則安取雅？令豐碩頎長之媪，施粉黛，披裲襠，而揚蛾轉喉，勉為妖麗，夷光在側，能無咍乎？故曰：非妙非宜，工無當也。傳奇之妙，在雅俗並陳，意調雙美，有聲有色，有情有態，歡則豔骨，悲則銷魂。揚則色飛，怖則神奪，極才致，則賞激名流；通俗情，則娱快婦豎，斯其至乎？二百年來，此技蓋吾得之宣城梅生云。梅生禹金，吾友沈君典總丱交，生平所為歌若詩，洋洋大雅，流播震旦，詞擅上將，繁弱先登矣。以其餘力為《章臺柳》新聲，其詞麗而婉，其調響而俊，既不悖於雅音，復不離其本色。洄洑頓挫，凄沉掩抑。叩宫宫應，叩羽羽應，每至情語出于人口，入于人耳，人快欲狂，人悲欲絶，則至矣，無遺憾矣。故余謂傳奇一小技，不足以蓋才士，而非才士不辨，非通才不妙，梅生得之，故足賞也。余頃觀禹金，儻易有英雄器略，與君典埒，降心而為此，季豹所謂有託其然乎？余少頗解此技，嘗思託以稍自見其洸洋，會奪于他冗，今黄冠入道，舍不復為，而禹金業為之，而過于余，余復何措意焉？吾聊以叙之，以銷吾胷臆。（《栖真館集》卷十一）

孫鑛詞話

孫鑛（一五四二——一六一三），字文融，號月峰，餘姚（今浙江）人。萬曆甲戌會試第一，有文名，為考功文選郎，累遷兵部侍郎，總督薊遼軍務，經略朝鮮，官至南京兵部尚書，謚文簡。所著有《月峰居業》、《居業次編》、《孫月峰評經》、《書畫跋跋》、《今文選》、《坡公食飲録》。《書畫跋跋》三卷續三卷，是書名「書畫跋跋」者，王世貞先有書畫跋，鑛又跋其所跋，重文見義。原未刊行，入清，鑛六世孫宗溥、宗濂取世貞諸跋散附於各題之下，其明人書札可與鑛語參證，以及為鑛語所緣起者附載。此據影印文淵閣《四庫全書》本《書畫跋跋》和《四庫禁燬書叢刊》影印明萬曆四十年呂胤筠刻本《月峰先生居業次編》録詞話八則。

一　東坡詞：王氏跋一：坡書此黃州二詞，行模大小絶似《表忠觀碑》，遂無一筆失度，恐好事者若《聖教》之勒石也。內「百年强半，來日苦無多」語，人或憂之，而公歘歷禁從節帥，又十六年而後殁，四百年後乃為唐伯虎作讖，無情之能感有情也如此。謂是詞字如《聖教》勒石，是漢庭老吏筆，伯虎祈夢，衹得中吕《滿庭芳》字耳，然則何不取「百年裏，渾教是醉，三萬六千場」而自認「强半」、「無多」語耶？人自錯反，令夢不錯，大是怪事。（《書畫跋跋》卷二下「碑刻」）

二　山谷書《大江東去》詞：王氏跋一：銅將軍鐵著板唱「大江東去」，固也，然其詞跌宕感慨，有王處仲撾鼓意氣，旁若無人。魯直書莽莽，亦足相發磊塊。時閲之，以當阮公數斗酒。蘇此詞，黃此書，俱非雅品，非當行，而皆磊落自肆，正是一派，真足當阮公數斗酒。余有此舊本，而失却首幅，不知刻石在何所，愧無從覓補。（同前）

三　山谷書東坡《卜算子》帖：王氏跋一：臨江人王説謂坡此詞是為惠州一女子作，意或近之。（同前）

四　《烟江疊嶂圖歌》：王氏跋一：余既已和蘇長公韻，題此卷，後續覽《宣和畫譜》目，有秘藏晉卿《烟江疊嶂圖》，及考《聖朝名畫譜》，則又稱《烟江疊嶂圖》行於世，然則晉卿作此畫有二本，其行世者為王定國畫而長公作歌者也。當宣、政間詔天下斷公文及墨蹟進御之本，豈應復留公歌於後？而畫首乃有秘閣圖印，蓋定國之本僅餘公墨蹟，而畫已失矣。御藏晉卿別本又有《江山平遠》及《千里江山圖》，安知不流落人間、好事者取以配公書為一卷作蓺林奇纛耶？若以為延津之合，則吾未敢，蓋歌詞與畫境小牴牾耳。至於分布搆結、紆徐掩映之狀，妙極工緻，斷非南宋、勝國人所能辨。而蘇長公筆法精純古雅，為平生冠，又不當參置蜉蝣之足也。凡古人所好書詩文皆不止一本，其所喜圖畫亦不止一本，司寇以歌辭與畫境小有牴牾，定為好事者配合，良是，但蘇公歌恐亦未必即係為王定國書者耳。（同前書卷三「畫」）

五 宋名公二十帖：王氏跋一：右宋名公簡札合一卷，翰林學士李宗諤《送從表兄》詩中有云「銅魚四明守」，當是知明州也。……世忠者，韓蘄王也，字良臣，慶陽人，以三鎮節致仕卒。史稱其目不知書，晚歲忽有悟，能作字，工小詞。據《與司農總領》帖，當是太保領元樞時耳，而結法頗遒麗，恐其時尚未入悟，或佐史筆也。……此諸帖大約以人重，非真能書者。蘇、黄、米三家似當別出，不宜雜置此中。韓蘄王晚雖稍有悟，亦豈詎工詞翰？所作小詞及字，恐俱出代筆，惟以其趣味可賞，故人遂許為真耳。汪彦章長於四六，然嘗力詆李伯紀，謂饒志節，或未然。（節録自同前書續卷一「墨蹟」）

六 《損本三君法書》：王氏跋一：前一紙為天全先生《送景寅參政聯句三十韻》，行體遒美，雜有褚、米法，跋尾始自放，天真爛然，而至後一紙《水龍吟慢》，則筋骨姿態，種種横逸，或鋒利若錯刀，或虬健如鐵絲，最合作書也。又范庵先生《錢塘三律》縱筆自喜，神采奕奕射人。此翁極謂人奴書，而亦不免有豫章、吴興意，然至曩時所謂院體，一掃盡之。又西涯先生《楊子》、《洞庭》二律為陸水村公書，未及畢，而以酒至解。是時陸尚為御史，未幾先生大拜，陸遂不敢請，而跋其事。跋今在名賢遺墨中，余後先四得之，合為一卷，以便批覽。蓋天全、西涯二公名位相敵，而范庵以風節翱翔其間，不肯下，一當合也；天全書固有飛動勢，二公尚法，而此特縱，遂皆為生平極意筆，二當合也；為詩三，為詞一，而首皆缺有二字者，有二韻者，有小半闋者，三當合也。夜光之璧不以損而減朗，況余所得皆照乘者哉！因題之曰《損本三君法書》。此三帖正以損本奇，據跋，皆三君得意筆，則尤可賞也。内長沙相二律為陸冢宰書，以酒至暫停，後大拜，陸遂不敢請，其事尤可紀。釋氏謂今時為缺陷世界，昔人云「寧為玉碎，無為瓦全」，兩公相業似之。獨范庵名位稍卑，差得自完，若以墨寶言，則又當武功為首矣。文正好書，此《楊子》、《洞庭》二詩，何少宰謂前無李、杜，或未然，然要是此公精到語。余從兄都督公有此二挂幅，曾稔觀之，詩正與字稱。（同前）

七 國朝名賢遺墨：王氏跋五，一跋云：右有明名賢遺墨第一卷，二十人，故翰林學士承旨太子贊善大夫金華宋文憲公濂《與徐大章書》，修謹甚，筆法尤遒密可愛。……次跋云：第二卷錢文肅公習禮，臨江人，以禮部右侍郎致仕，此蹟一挽章耳。……國子監祭酒冰玉羅公璟以趣朝賜麪小詞寄陸釴太常，筆法頗欲學宋仲温，而未成長。禮部右侍郎方石謝公鐸為人作一詩，不知何題，而頗清雅。卷亦二十人帖如之，而吾郡稍稍有餘者。……司寇所購昭代諸名公遺跡，富矣！顧奈何無許禮侍成名，《卮言》謂其結構踈而醜，是傖中小有意者，或未然。先文恪公極重許書，今存有所書扇一柄，秀勁多姿，頗得右軍法。詩亦流快，有錢、劉遺調，恨不獲質之司寇公。又姚吏侍、洪謨近在檇李，其書逼趙松雪，甚有骨力，何為亦不見録？（節録自同前）

八 后岡與屠田兩書遵教，選入蘇門集，序未佳，茲增選《靖州碑》、《來鴈論》二篇，敬求訂正。《海隅集》，乃即是徐宗伯集，此老昔在京，曾惠一部，為人持去，才非不通達，但其著作與沙老俱係名公餘業，非是當行，似難入選。譬如歌者，尚未按腔，安問工拙？《蘭暉堂集》近曾看一過，苦無可選。田豫陽《炎徼紀聞》甚佳，然亦非文派，可備國史耳。曾見其《文選序》亦可觀，然尚在蘇門序下，全集則未之見也，此外有可入選者，更望指示。諺云：漢文，唐詩，宋表，元詞，豈不然哉？昨偶見李端古別離詩，音調婉切，即二李、何、王諸公，恐不能作，寧可以別長勝則有之。欲求如此之本色，如此之自然，未能也。玄卿謂諸公佳者不能追唐中駟，良非謾語，詩尚如此，況賦哉？偶揭子威集，讀其諸賦，以其似也，則篇篇可選，如求其真也，即一篇無矣。歐、蘇逃之於文，亦不得不爾。若選今賦，或於第二等文集内求擣素枯樹等精工靡麗者，尚幾得之。屈、宋、楊、馬，斷然無也。宋詩亦未易可輕，惟七言律堪嘔噦耳。其古體及五言律，亦間有可觀，意味尚真於今也。（《居業次編》卷三「與余君房論文書」）

鄧楚望詞話

鄧楚望，字震卿，麻城（今湖北）人。嘉靖丙午舉人，嘉靖己未進士，官浙西兵備、分巡道、順德知府、副使。編著《詩城摘錦》，有萬曆丁亥自序。此據内閣文庫藏明萬曆刻本録詞話三則。

一

《捫虱新語》云：詩有格有韻，淵明「悠然見南山」之句，格高也。康樂「池塘生春草」之句，韻勝也。格高似梅花，韻勝似海棠，兼此，孟浩然得之。太史公曰：「《國風》好色而不淫，《小雅》怨誹而不亂。」《左氏傳》曰：「《春秋》之稱，微而顯，志而晦，婉而成章，盡而不汙。」此《詩》與《春秋》紀事之妙也。近世詞人閑情之靡，如伯有所賦趙武所不得聞者，有過之無不及焉，是得為好色而不淫乎？

惟晏叔原云：「落花人獨立，微雨燕雙飛。」可謂好色而不淫矣。唐人《長門怨》云：「珊瑚枕上千行淚，不是思君是恨君。」是得為怨誹而不亂乎？惟劉長卿云：「月來深殿早，春到後宫遲。」可謂怨誹而不亂矣。近世陳克《詠李伯時畫寧王進史圖》云：「汗簡不知天上事，至尊新納壽王妃。」是得為微、為晦、為婉、為不汙穢乎？惟李義山云：「侍宴歸來宫漏永，薛王沉醉壽王醒。」可謂微婉顯晦盡而不汙矣。（《詩城摘錦》卷六「詩法撮略」）

二　唐人小辭，前輩謂觀此可知詩法，詞云：「門外猧兒吠，知是蕭郎至。剗襪下香階，寃家今夜醉。扶得入羅幃，不肯脱羅衣。醉則從他醉，猶勝獨睡時。」或以問子蒼，曰：「只是轉摺多。」蓋八句而四轉摺也。（同前書卷七「詩話撮略」）

三　六言律詩：六言八句，作於唐太宗，其後玄宗又作《小破陣樂》，其散見各家集中，法亦如五七言律詩。六言八句，亦商調曲。（同前書卷八「詩式撮略」）

黄希憲輯詞話

黄希憲，字毅所，一作字伯容，金谿（今江西）人。嘉靖癸丑進士，湖廣按察司副使，福建參政，官至應天巡撫。所著有《閫中初稿》、《效顰初稿》、《入楚入蜀稿》、《續自警編》等。《續自警編》八卷，褋采自宋至明格言善事，分類記載。此據《四庫全書存目叢書》影印明萬曆六年刻本録詞話一則。

一　傅公謀適意詞：宜春傅公謀詞云：「草草三間屋，愛竹旋添栽。碧紗窗户，眼前都是翠雲堆。一月山翁高卧，踏雪水村清冷，木落遠山開。唯有平安竹，留得伴寒梅。家童開門看，有誰來。客來□（當作一）笑，清話煮茗更傳盃。有酒只愁無客，有客又愁無酒，酒熟且徘徊。明日人間事，天自有安排。」（《續自警編》卷十六「論兵・適志類」）

郭子章著輯詞話

郭子章（一五四二—一六一八），字相奎，號青螺，又號蠙衣生，泰和（今屬江西）人。隆慶五年進士，初為建寧府推官，入為南工部主事，出為湖州知府，督學四川，歷浙江參政、山西按察使、晉湖廣右布政、福建左布政，加太子少保兵部尚書。子章天才卓越，於書無所不讀，著述幾於汗牛。有《蠙衣集》、《黔志》、《黔類》、《豫章書》、《豫章詩話》、《吉州人文紀略》等。此據《四庫全書存目叢書》影印明萬曆三十年吴獻台刻本《豫章詩話》、影印明萬曆間刻本《黔類》和影印萬曆間刻本《蠙衣生傳草》、以及《北京圖書館古籍珍本叢刊》影印明刊本《六語》録詞話四十二則。

一　李夢符者嘗遊洪州市，年可二十餘，短小潔白，美秀如玉，放蕩自恣。四旹常插花，徧歷城中酒肆，高歌大醉，好事者多召之與飲，或令為歌詞，應聲為之，初不經心，而各有意趣。鍾傳之鎮洪州也，以其狂妄惑衆將罪之，夢符於獄中獻詩（一作詞）十餘首，其略曰：「插花飲酒無妨事，樵唱漁歌不礙時。」鍾竟不罪。後桂州刺史李瓊遣使至洪州，言夢符乃其弟也，請遣之，鍾令求於市中旅舍，人曰夢符不歸，後不知所終。（吴淑《江淮異人録》《豫章詩話》卷二）

二　晏幾道，字叔原。其詞在諸名勝中獨可追逼《花間》，高處或過之。其人雖縱弛不羈，而不苟求進，尚氣磊落，未可貶也。如「舞低楊柳樓心月，歌罷桃花扇底風」，為世所賞。有《小山集》一卷，山谷序曰：「晏叔原，臨淄公之莫子也。磊隗權奇，疎於顧忌，文章翰墨，自立規摹，常欲軒輊人，而不受世之輕重。諸公雖愛之，而又以小謹望之，遂陸沉於下位。平生潛心六藝，玩思百家，持論甚高，未嘗以治世。余嘗怪而問焉，曰：『我槃跚教窣，猶獲罪於諸公，憤而吐之，是唾人面也。』乃獨嬉弄於樂府之餘，而寓以詩人句法。精壯頓挫，能動搖人心，士大夫傳之，以為有臨淄之風。（同前書卷三）

三　晏元獻公為京兆，辟張子野為通判，新納侍兒，公甚屬意。子野詩詞，公雅重之。每張來，即令侍兒出觴，往往歌子野所為詞。其後王夫人寢不容，公即出之。一日，子野至，公與之飲，子野作《碧牡丹》詞，令營妓歌之，有云「望極藍橋，阻暮雲千里，幾重山，幾重水」之句，公聞之，憮然曰：「人生行樂耳，何自苦如此？」亟命於宅庫支錢若干，復取前所出侍兒，既來，夫人亦無復誰何也。（《道山先

生清話》(同前)

四　晏同叔《寓意》詩:「梨花院落溶溶月,柳絮池塘淡淡風。」假中示判官詩:「無可奈何花落去,似曾相識燕歸來。」集句若「静尋啄木藏身處,閑見遊絲到地時」、「樓臺冷落收燈夜,門巷蕭條掃雪天」、「已定復摇春水色,似紅如白海棠花」之類,皆佳句也。(同前)

五　德安夏竦,字子喬,宋仁宗朝舉制科,有老宦者曰:「賢良他日必大用。」以吴綾手巾乞詩,公題曰:「殿上衮衣明日月,硯中旗影動龍蛇。縱横禮樂三千字,獨對丹墀日未斜。」楊徽之見而嘆曰:「真宰相器也。」初除館職,時早秋,上在拱宸殿按舞,命中使索新詞,公立進《喜遷鶯》云:「霞散綺,月沉鈎,簾捲未央樓。夜凉河漢截天流,宫闕鎖新秋。　瑶堦曙,金莖露,鳳髓香和雲霧。三千珠翠擁宸游,水殿按《梁州》。」上大悦。知南京,二詩寄執政云:「造化平分荷大鈞,腰間新佩玉麒麟。南湖不住栽桃李,擬狎沙禽過十春。」「海鴈橋邊春水深,略無塵土到花陰。忘機不取人知否,自有江鷗信此心。」徙西都,以青雀寄諫院張昪(一作昪)云:「弱羽傷弓尚未完,孤飛誰敢擬鴛鸞。明珠自有千金價,莫與遊人作彈丸。」明尹文和《瑣綴録》云:「夏鄭公在朝,數被御史糾劾,疑承時宰風旨作青雀詩云:『青雀孤飛毛羽單,卑棲豈敢礙鵷鸞。明珠自有千金價,莫為他人作彈丸。』」語微不同。夏初封英公,改鄭公,謚文莊。(同前)

六　豫章李常公擇為六客堂,吴興張子野所賦詞卒章云「也應傍有老人星」,蓋以自謂,是時年八十餘矣。歐陽集有《張子野墓誌》,死於寶元中者,乃博州人,名姓字偶皆同,非吴中之子野也。《古今詩話》云：「客有謂張子野曰：『人皆謂公為張三中，即心中事、眼中淚、意中人也。』公曰：『何不目為張三影。』客不曉，公曰：『雲破月來花弄影』、『嬌柔懶起，簾櫳捲花影』、『柳徑無塵，（脱墮字）飛絮無影』，此余生平所得意也。」又《高齋詩話》云：「子野嘗有詩云『浮雲（一作萍）斷處見山影』，又長短句『雲破月來花弄影』，又云『隔牆送過秋千影』，並膾炙人口，世謂張三影。」苕溪漁隱云：「細味二說，當以《古今詩話》所載三影為勝。」（同前）

七　慶歷中歐陽公謫守滁州，州有琅琊幽谷，山川奇麗，鳴泉飛瀑，聲若環珮，公臨聽忘歸。僧智仙作亭其上，公刻石為記以遺州人。既去十年，太常博士沈遵，好奇之士，聞而往遊，其山水秀絶，以琴寫其聲，為《醉翁吟》，蓋宫聲三疊。後會公河朔，遵援琴作之，公歌以遺遵，并為《醉翁引》以叙其事，然詞不主聲，為知琴者所惜。後三十餘年，公薨，遵亦殁。其後廬山道人崔閑，遵客也，妙於琴理，常恨此曲無詞，乃譜其聲，請於東坡以補其缺，遂為音中絶妙好辭者，争傳其詞，曰：「琅然，清圓，誰彈。向（一作響）空山，無言，惟名（當作有）醉翁知青（一作其）天。明月風露娟娟，人未眠。荷簣過山前，曰有心哉此賢。第二疊泛聲同此。醉翁，笑（當作嘯）詠，聲和流泉。醉翁去後，空有朝吟莫怨。山有時而同（當作童）巔，水有時而回淵，思翁無歲年。翁今飛仙，此意在人間，試聽徽外三兩絃。」方其補詞，閑為絃其聲，東坡以為詞，頃刻而就，無一點竄，遵之子為比丘，號本覺真禪師，東坡居士書以與之云：「二水同器，有不相入。二琴同手，有不相應。沈君信手彈琴而與泉和，居士縱筆作詞而與琴會。此必有真同者矣。」（同前）

八　客有誦「一江春水向東流」之句，荆公云：「未若『細雨夢回雞塞遠，小樓吹徹玉笙寒』，又『細雨濕流光』。」（同前）

九　王荆公初為參政，因讀晏元獻小詞曰：「為宰相而作小詞，可乎？」平甫曰：「彼亦偶然自喜而為耳，其事業豈止如是？」呂吉甫為舘職，亦在坐，曰：「為政必先放鄭聲，况自為之耶？」平甫正色曰：「放鄭聲，不若遠佞人。」呂自是與平甫相失。（同前）

一〇　董鉞，字義夫，自梓漕得罪歸鄱陽，遇東坡於齊安，曰：「吾再娶柳氏，三日而去官，吾固不戚戚而憂，柳氏亦欣然同憂患如處富貴，是難能也。」令家僮歌其所作《滿江紅》，坡次其韻，結句云：「便相將，右手把琴書，雲間宿。」蓋用樂天「左手引妻子，右手把琴書」句也。（同前）

一一　宋自遜，字謙父，南昌人，號壺山。詞筆絶高，嘗作《（脱「驀」字）山溪》自述云：「壺山居士，未老心先懶。愛學道人家，辦竹几、蒲團茗椀。青山可買，小結屋三間。開一徑，俯清溪，修竹栽教滿。　客來便請，隨分家常飯。若肯小留還，更薄酒、三盃兩盞。吟詩度曲，風月任招呼，身外事，不相關，自有天公管。」有詞集名《漁樵笛譜》。（同前）

一二　文章各有體，六一公為一代冠冕，亦以其事事合體。如作詩，即幾及李、杜；碑、銘、記、序，即不减韓退之；作《五代史》，即與司馬子長並駕；作四六，一洗崑體；作奏議，庶幾陸宣公；遊戲小詞，亦無愧唐人《花間集》。蓋得文章之全者。如東坡之文，固不可及；詩如武庫矛戟，已不無利鈍。且未嘗作史。曾子固之古雅，蘇老泉之雄健，固文章之傑，然皆短於詩。山谷詩，騷妙於天下，而散

文頗覺繁碎。《國猷家猷》(同前書卷四)

一三　黄詞云：「斷送一生唯有，破除萬事無過。」蓋韓詩有云「斷送一生唯有酒」、「破除萬事無過酒」，纔去一字，遂為切對，而語益峻。又云：「杯行到手更留殘，不道月明人散。」謂思相離之憂則不得不盡，而俗士改為「留連」，遂使兩句相失，正如論詩云「一方明月可中庭」，「可」不如「滿」也。(同前)

一四　山谷在宜州，其年乙酉，即崇寧四年也。重九日登郡城樓，聽邊人相語，今歲當鏖戰取封侯，因作小詞云：「諸將説封侯，短笛長吹獨倚樓。萬事總成風雨去，休休，戲馬臺南金絡頭。催酒莫遲留，酒似今秋勝去秋。□(當作花)向老人頭上笑，羞羞，人不羞花花自羞。」倚欄高歌，若不能堪者，是月三十日，果不起。《道山清話》(同前)

一五　山谷題玄真子圖詞所謂「人間底是無波處，一日風波十二時」者，固已妙矣。張仲宗詞云：「釣笠披雲青嶂曉，橛頭細雨春江渺。白鳥飛來風滿棹，收綸了，漁童拍手樵青笑。明月太虚同一照，浮家泛宅忘昏曉。醉眼冷看朝市鬧，煙波老，誰能惹得閒煩惱。」語意尤飄逸。仲宗年逾四十即掛冠，後因作詞送胡澹庵貶新州忤秦檜，亦得罪，其標致如此，宜其能道玄真子心事。(同前)

一六　蘇庠，字養直，有詩名，《清江曲》云「長占煙波弄明月」，坡謂置太白集中，誰疑其非？元豐中居廬山，與徐師川同召，庠不起。二公對奕，庠拈一子，笑曰：「今日須還老夫下此一着。」徐有愧色。(同前)

一七 盱江黃人傑，字叔萬，有《可軒曲林》一卷。臨川吳鎰，字仲權，有《敬齋詞》一卷。豫章袁去華，字宣卿，有詞一卷。豐城鄧元，字南秀，有《漫堂詞》一卷。鄱陽王大受，字仲可，有《近情集》一卷。臨江郭應祥，字承禧，有《笑笑詞集》一卷。南城鄧繼祖有《茅齋集》二卷。（同前書卷五）

一八 清江楊无咎，字補之，善畫墨梅，有《逃禪集》一卷。豫章劉德秀，字仲洪，慶元中為簽樞，有《默軒詞》一卷。廬陵楊炎止，字濟翁，有《西樵語業》一卷。廬陵李氏兄弟五人：洪，子大；漳，子清；泳，子永；洤，子召；淛，子秀。皆有官閥，有《花蕁集》五卷。（同前）

一九 南城蔡柟，字堅老，宣和以前人，沒於乾道庚寅。曾公□（一作卷）、呂居仁輩皆與之唱和，有《雲壑隱居集》三卷、《浩歌集》一卷。（同前）

二〇 鄱陽姜夔，字堯章，號白石。蕭東夫識之於年少客游，以其兄之子妻之。石湖范至能尤愛其詩，楊誠齋亦愛之，賞其《歲除舟行》十絕，以為有裁雲縫月之妙思，敲金戛玉之奇聲。夔頗解音律，進《樂書》，免解，不第而卒。詞亦工，有《白石道人集》三卷。○詩云：「夜暗歸雲繞柁牙，江涵星影鴈團沙。行人悵望蘇臺柳，曾與吳王掃落花。」楊誠齋喜誦之，嘗以詩《送〈江東集〉歸誠齋》云：「翰墨場中老斲輪，直能一筆掃千軍。年年花月無虛日，處處江山怕見君。箭在的中非爾力，風行水上自成文。先生只可三千首，回施（當作視）江東日暮雲。」誠齋大稱賞，謂其家嗣伯子曰：「吾與汝弗如姜堯章也。」報之以詩云：「尤蕭范陸四詩翁，此後誰當第一功。新拜南湖為上將，更差白石作先鋒。可憐公等皆癡絕，不見詞人到老窮。謝遺管城儂已晚，酒泉端欲乞疏封。」南湖謂張功父也，堯章自號白石道人，潘德久贈詩云：「世間官職似樗蒲，采到枯松亦大夫。白石道人新拜號，斷無繳駁任稱呼。」姜答云：「南山仙人何所食，夜夜山中煮白石。世人喚作白石仙，一生費齒不費錢。仙人食罷腹便便，七十二峰生肺肝。」時黄巖老亦號白石，亦學詩於千巖，詩亦工，時人號雙白石云。（同前）

二一　辛棄疾幼安晚春詞云：「更能消，幾番風雨，匆匆春又歸去。惜花長恨花開早，何況亂紅無數。春且住，見説道，天涯芳草迷歸路。怨春不語，筭只有殷勤，畫簷蛛網，盡日惹飛絮。長門事，準擬佳期又誤。娥眉曾有人妒，千金縱買相如賦，脉脉此情誰訴。君莫舞，君不見，玉環飛燕皆塵土。閒愁最苦，休去倚危闌。斜陽正在，煙柳斷腸處。」詞意殊怨，聞壽皇見此詞頗不悦，然終不加罪。其題江西造口詞云：「鬱孤臺下清江水，中間多少行人淚。西北是長安，可憐無數山。青山遮不住，畢竟東流去。江晚正愁予，山深聞鷓鴣。」蓋南渡之初，虜人追隆祐太后御舟，至造口，不及而還，幼安自此起興，「聞鷓鴣」之句謂恢復之事行不得也。又寄丘宗卿詞云：「千古江山，（脱『英雄』二字）無覓孫仲謀處。舞榭歌臺，風流總被雨打風吹去。斜陽草樹，尋常巷陌，人道寄奴曾住。想當年，鐵馬（脱『金戈』二字），氣吞萬里如虎。元家子（當作『元嘉』）草草，封狼居胥，贏得倉皇北顧。四十三年，望中燈火，猶記揚州路。可堪回首，佛狸祠下，一片神鴉社鼓。憑誰問，廉頗老矣，尚能飯不？」尤雋壯可喜，幼安官寶謨閣待制。有《稼軒詞》，信州本十二卷，視長沙為多。（同前）

二二　宜春傅公謀詞云：「草草三間屋，愛竹旋添栽。碧紗牕户，眼前都是翠雲堆。一月山翁高卧，踏雪水村清冷，木落遠山開。惟有平安竹，留得伴寒梅。（脱『喚』字）家童，開門看，有誰來。客來一笑清話，煮茗更傳杯。有酒只愁無客，有客又愁無酒，酒熟且徘徊。明日人間事，天自有安排。」此詞清甚，末句尤達，可歌也。許及之為分宜宰，公謀作《賀雨》詩云：「獅子關前半篆煙，一龍飛下卓篙泉。銀河掣電連宵雨，緑野翻雲四月天。便覺春生花一縣，會看秋熟米三錢。何時卓魯登黄閣，都與寰區作有年。」及之擊節。公謀尤工作酸文，嘗作無遮榜語云：「紅旗渡口，凄凉芳草夕陽天；白紙山頭，慘淡落花寒食節。」甚工。（同前）

二三　徐淵子夜泊廬山詞云：「風緊浪花生，蛟吼鼉鳴。家人睡着怕人驚，只有一翁捫虱坐，依約三更。雪又打殘燈，欲暗還明。有誰知我此時情，獨對梅花傾一盞，又詩成。」（同前）

二四　紫芝生李升館於虞邵庵，一日，虞在某學士宴歸，秉燭夜坐，備言終席之歡。郭氏順時秀歌時曲，清新婉麗，中有《秋風第一枝》與俗作不同。此曲惟「博山銅細裊香風」一句兩韻，名曰短柱，作者不易。今所歌者兩字一韻為尤難，殆是絶響。次日早，虞命紙筆，亦寫一曲云：「鑾輿三顧茅廬，漢祚難扶。日暮桑榆，深渡南瀘，長驅西蜀。力拒東吴，美乎周瑜妙術，悲悲（當作夫）關羽（脱『云』字）殂。天數盈虚，造物乘除，問汝何如，早賦歸歟。」（同前）

二五　戴石屏未遇時，流寓江西武寧，武寧富翁以女妻之，留三年。一日，思歸，詢其故，告以曾娶妻。妻白其父，父怒，妻宛曲解之，盡以嫁奩贈之，仍餞以詞，自投江而死。詞云：「惜多才，憐薄命，無計可留汝。揉碎花箋，仍寫哀腸句。道傍楊柳依依，千絲萬縷，抵不住，一分愁緒。捉月人（一作盟）言，不是夢中語。後回君若重來，不相忘處，把杯酒、澆奴墳土。」右歸安縣尹楊景行，字賢可，號吟窗，言此事。失其婦姓名，吳中蔣堂識。蠙衣生曰：楊景行，太和州人，即楊文貞公之祖也，入元循吏傳。（同前）

二六　予邑楊文貞公年幾七十，即作歸田趣四時《滿江紅》詞四首，當時卷首，沈民則學士隸古；先生自序并詞，皆錢塘蔣廷暉書；畫四段，則華亭朱孔易筆也。民則、廷暉書詞，孔易畫，皆是作家。石後壞於牆壓，子叔簡有詩曰：「歸田詞畫富流傳，猶是難兄舊日鐫。愛護無人悲寸毀，近來模本不如前。」公詞今録於此，春牧：「霜鬢蕭蕭，皇恩重、賜歸田里。郊郭（脱『外』字）、草亭四面，青山緑水。好鳥好花春似昔，同時同輩人無幾。一布袍樱帽任逍遥，東風裏。　芳草岸，平如砥。垂楊徑，青（當作清）如洗。散牧處、冉冉晴霞飛綺。江色比於懷抱浄，都無一點閒塵滓。更小兒輩有書聲，清人耳。」夏耘：「詔歸田里，長散誕、天恩深厚。尋早歲、釣遊之處，風煙依舊。萬物方當嘉會日，一年最是清和候。暢幽懷、緩緩步東皋，觀耕耨。　竹色净，槐陰茂。荷鋪翠，葵舒繡。農忙際、兒子大家趨走。頻有鶯聲迎杖履，渾無塵影沾襟袖。望水南雲似玉光浮，籠巖岫。」秋漁：「七十歸來，（脱『西』字）江上、堪遊堪釣。秋水共、長天一色，也堪吟嘯。穩坐木蘭漁艇子，大兒能網中兒棹。小兒自裡（當作理），會爇香爐，（脱『烹』字）茶竈。　萍花渚，雪争耀。楓葉岸，霞相照。山無數、清比方壺員嶠。放蕩不知天地外，瀟閒底用玄真號。聽（脱『數』字）聲長笛白鷗前，江南調。」冬樵：「白首閒居，冬風冷、偏欺衰老。晨光動、瀰漫院落，六花飛繞。坐煖茅柴煨芋栗，老妻孫子團

（一作圞）爐好。更兒曹腰斧析枯薪，歸來早。　階前璐，池邊縞。都總出，天工巧。石山峰亭下（此句當脱一字），盡成瓊島。況是太平豐稔瑞，教兒愛護休輕掃。看園林、一鶴意蕭蕭（一作條），尋瑶草。」（同前書卷六）

二七　嵇康小舞詞：　薛九，江南富家子，得侍宫中。善歌《嵇康》，《嵇康》，江南曲名也。學舞於鍾離氏，建業破，零落於江北。予遇於洛陽福善坊趙春舍，飲甘（當作酣），於是歌《嵇康》，其詞即後主所製焉。嘗感激，坐人皆泣，春舉酒請舞，謝曰：「老矣，腰腕衰硬，無復舊態。」乃强起小舞，終曲而罷。座有王生者，請予為《嵇康》小舞詞，曰：「薛九三十侍中郎，蘭香花態生春堂。龍盤王氣變秋霧，淮聲哭月浮秋霜。宜城酒煙濕羈腹，與君强舞當時曲。《玉樹》遺辭莫重聽，黄塵染鬢無前緑。我聞襄陽白銅鞮，荒情古艷傳幽悲。凄凉不抵亡國恨，座中苦淚飛柔絲。洛陽公子擎銀觴，跪奴和曲生玄光。茂陵旅夢無春草，彤管含羞裁短章。」《錢易集》（《黔類》卷四「閨部」）

二八　中書將軍：　宣宗愛唱《菩薩蠻》詞，令狐相國假温飛卿所撰密進之，戒令勿洩。温遽言於人，由是疎之。温亦有言「中書内坐將軍」，譏相國無學。《北夢瑣言》（同前書卷六「剌部」）

二九　曲子相公：　晉相和凝少年時好為曲子詞，播於汴、洛。泊入相，專託人收拾，焚毁不暇。然相國厚重有德，終為艷詞玷。契丹入夷門，號為曲子相公。《北夢瑣言》（同前）

三〇　劉過：　劉過，字改之，太和人，號龍洲道人。宋南渡後以詩俠名湖海間，陳亮、陸游、辛棄疾，世稱人豪，皆折節與交。周益公欲客之，不就。過喜飲，為文章豪放英特。嘉泰癸亥，在中都，時棄疾帥越，聞其名，遣介招之，過以事，不及行，作書輅者，因傚辛體《沁園春》一詞，其詞曰：「斗酒彘肩，醉渡浙江，豈不快哉。被香山居士，約林和靖，與蘇公等，駕勒無（一作吾）回。坡謂西湖正如西子，濃抹淡粧臨照臺。諸人者，都掉頭不顧，只管傳杯。白云天竺去來，圖畫裏、崢嶸樓觀開。看縱横二澗，東西水遶，西山南北，高下雲堆。逋曰不然，暗香疎影，只可孤山先探梅。蓬萊閣，訪稼軒未晚，且此徘徊。」辛得之，大喜，餽數百千，竟邀之去。館燕彌月，酬倡亹亹，皆似之。逾喜，垂別賙之千緡，曰：「以是為求田資。」過歸，竟蕩於酒不問也。詞語峻拔，如尾腔對偶錯綜，蓋出唐王勃體而又變之。開禧乙丑，過京口，岳珂為饟幕庾吏，時廣漢章以初并之、東陽黄幾叔、幾敷、原王、安世、遇英、伯邁，皆寓是邦，暇日相與蹠奇吊古，多見於詩，遍一郡勝處。過多景樓一篇曰：「金焦兩山相對起，不盡中流大江水。一樓坐斷天中央，收拾淮南數千里。西風把酒閒來遊，木葉漸脱人間秋。關河景物異南北，神京不見雙淚流。君不見王勃詞華能蓋世，當時未遇庸人耳。翩然落托豫章游，滕王閣中悲帝子。又不見李白才思真天人，時人不省為謫仙。一朝放迹金陵去，鳳凰臺上望長安。我今四海游將徧，東歷蘇杭西漢沔。第一江山最上頭，天地無人獨登覽。樓高意遠愁緒多，樓乎樓乎奈爾何。安得李白與王勃，名與此樓長突兀。」以初為之，大書詞翰，俱卓犖。叩閽一書，請光宗過宫，辭意剴切，尤為中外推許。嘗以書干用事者，陳恢復方略，謂中原可一戰而取，不聽，以是落魄，無所遇合。晚年欲航海，抵崑山，友人崑山知縣潘友文留宿焉，尋卒於崑山。過無子，既卒，不能葬。縣主簿趙希懋以友文賻錢三十萬買一地馬鞍山葬之，并立祠東齋側，每歲三月，縣令丞率人士致祭。所著有《龍洲集》若干卷。(《蠙衣生傳草》卷四「二劉傳」)

三一 劉叔儗:劉叔儗,名仙倫,號招山,廬陵人。才豪,甚能詩,往往馳格律外,與劉改之齊名。善漕使張仲隆。淳熙甲辰,岳周伯持節浙東待次。一日,過仲隆,登其家後圃快目樓,有詩楣間曰:「上得張公百尺樓,眼高四海氣横秋。只愁笑語驚閶闔,不怕闌干到斗牛。遠水拍天迷釣艇,西風萬里襲貂裘。眼前不著淮山擬,望到中原天際頭。」周伯讀而壯之,問知為儗。居月餘,儗來謁仲隆,仲隆留之,因置酒北湖,招周伯曰:「詩人在此,亟踐勝約。」既至,一見如舊交,坐中以二詩遺周伯,其一曰:「昔年槌鼓事邊庭,公相身為國重輕。四海幾人思武穆,百年今日見儀刑。筆頭風月三千字,齒頰冰霜十萬兵。天亦知人有遺憾,定應分付與中興。」其二曰:「已買湖山卜奠居,因君又復到康廬。十年到處看詩卷,一日湖邊從使車。南渡忠良知有種,中原消息定闞渠。從今便是門闌客,時出山來探詔除。」詩成,風簷展讀,大喜,遂約之入浙。明年,叔儗過會稽,留連累月,餉之緡錢甚夥。叔儗又有《題岳陽樓》一篇:「八月書空雁字聯,岳陽樓上俯晴川。水聲軒帝鈞天樂,山色玉皇香案煙。大舶駕風來島外,孤雲啣日落唫邊。東南無此登臨地,遣我飄飄意欲僊。」又善樂章,為世膾炙。其賞牡丹《賀新郎》:「誰把天香和曉露,倩東風、特地匀芳臉。」「隔花聽取提壺勸,道此花過了春歸,蝶愁鶯怨。」秋日《念奴嬌》云:「西風何事,為行人、掃蕩煩襟如洗。垂漲蒸斕,都捲盡、一片瀟湘清泚。酒病驚秋,詩愁入鬢,對景人千里。楚宫故事,一時分付流水。江上買取扁舟,排雲湧浪,直過金沙尾。歸去江南,丘壑處、不用重尋月姊。風露杯深,芙蓉裳冷,笑傲煙霞裡。草廬如舊,卧龍知為誰起。」詞俊逸而意優柔，亦柳、辛之流也。叔儗老布衣，詩多逸不傳。蠙衣生曰：予讀岳珂《桯史》云：廬陵在淳熙間有二士，一曰劉改之，一曰劉叔儗，儗詩清警峭拔，足洗腐塵，獨傷筋露骨，大似改之。則叔儗亦吾郡人，而志缺之，今以《桯史》并楊用修《詞品》補傳，《崑山志》流寓亦有改之傳。弘治中崑人沈元中來知予邑，言龍洲祀事至今不泯，李元載稱崑山風俗之厚然哉。岳周伯即珂之兄，俱武穆孫。桯音形。（同前）

三二 俞文豹《清夜録》：宣和七年，預借元宵，時有諺詞云：「太平無事，四邊寧静狼煙眇。國泰民安，謾説堯舜禹湯好。萬民翹望彩都門，龍燈鳳燭相照。只聽得、教坊雜劇歡笑，美人巧。寶籙宫前，呪水書符斷妖。更夢近、竹林深處勝蓬島，笙歌鬧。奈吾皇、不待元宵景色來到。只恐後月，陰晴未保。」淳祐三年，京尹趙節齋與竹預放元宵，十二月十四日諸巷陌橋道皆編竹，為張燈計。臣僚劄子引此詞末二句，為次年五月五日金入寇之讖，十五日早晨，遂盡拆去。（《六語·讖語》卷五）

三三 宣和初，收復燕山，以歸朝金民來居。京師其俗有《臻蓬蓬》歌，每扣鼓，和《臻蓬蓬》歌之音為節，而舞人無不喜聞其聲而效之者，其歌曰：「臻蓬蓬，外頭花花裏頭空。但看明年正二月，滿城不見主人翁。」本虜讖，故京師不禁。然次年正月徽宗南幸，次年二聖北狩。又其伎者以數丈長竿繫椅於杪，伎者坐椅上，少頃，下投於小棘坑中，無偏頗之失。未投時，念詩曰：「百尺竿頭望九州，前人田上後人收。後人收得休歡喜，更有收人在後頭。」此亦虜讖，而兆禍可怪。（同前）

三四 張世南《宦遊紀聞》：程公衡，字子平，沙隨之父。知音律。宣和間，市井競唱韻令，程曰：

「五聲皆往而不返，不祥也。」後二帝播遷。建炎初，唱《柳葉曲》，程又曰：「當有姓劉人作亂。」後數年，僞齊竊據中原。載沙隨家集中。（同前）

三五　明清《揮麈餘話記》：周美成以待制提舉南京鴻慶宫，自杭徙居睦州，夢中作長短句《瑞鶴仙》一闋，既覺，猶能全記，了不詳其所謂。未幾，方臘起，周方還杭州，而道路兵戈已滿，僅得脱死。始入錢塘門，但見杭人蒼黄奔避，如蜂屯蟻沸，視落日半在鼓角樓簷間，即詞中所謂「斜陽映山落，斂餘霞，猶戀孤城欄角」者應矣。美成舊居既不可往，是時無處得食，饑甚，忽稠人有呼「待制何往」者，視之，鄉人侍兒也，且曰：「日昃，必未食，能捨車過酒家乎？」美成從之。驚遽間，連引數杯散去，腹枵頓解，乃詞中所謂「凌波步弱，過短亭、何用素約。有流鶯勸我，重解繡鞍，緩引春酌」之句驗矣。飲罷，覺微醉，徑出城北，江漲橋，諸寺士女已盈，不能駐足。獨一小寺經閣偶無人，遂宿其上，詞中所謂「上馬誰扶，醒（當作醉）眠朱閣」是應矣。既絶江，居揚州，傳聞方賊已盡據二浙，將涉江之淮、泗，因自計方領南京鴻慶宫，有齋廳可居，乃挈家往焉，則詞中所謂「念西園已是，花深無路，東風又惡」之語應矣。至鴻慶，未幾，以疾卒別，「任流光過了，歸來洞天自樂」又應於身後矣。美成平生好作樂府，將死之際，夢中得句，而字字俱應，卒章又應於身後，豈偶然哉？（同前）

三六　《群譚採餘》：秦觀，字少游，號太虛，高郵人。與蘇、黄齊名。嘗於夢中作《好事近》一詞云：「山露（當作路）雨添花，花動一山春色。行到小谿深處，有黄鸝千百。　飛雲當面化龍蛇，天矯掛晴碧。醉卧古藤陰下，杳不知南北。」其後以事謫藤州，竟死於藤。此詞，其讖乎？（同前）

三七 《群譚採餘》：蔡京臨卒前一日詞曰：「八十一年住世，四千里外無家。如今流落向天涯，夢回玉殿，幾度宣麻。只因貪寵戀榮華，便有如今事也。」此調不成話，況京死年八十，此必惡之者托名為之也。後見《宣和遺事》載有此詞，乃《西江月》也。月餘，京卒，可謂讖也。《遺事》詞曰：「八十衰年初謝，三千里外無家。孤行骨肉各天涯，遥望神京泣下。　金殿五曾拜相，玉堂十度宣麻。追思往昔謾繁華，到此番成夢話。」（同前）

三八　陳亞少卿，維揚人，善詩詞，滑稽尤甚。嘗與蔡君謨會于金山僧舍，酒酣，君謨題詩於屏間曰：「陳亞有心終是惡。」亞即索筆對曰：「蔡襄無口便成衰。」聞者絶倒。又自為亞字謎曰：「若教有口便啞，且要無心為惡。　中間全没肚腸，外面任生稜角。」雖一時諧謔之詞，然亦有深意。《青箱雜記》（《六語·諧語》卷六）

三九 《西湖志》：宋時閩人修軫者以太學生登第，榜下取（當作娶）再婚之婦，同舍張任國以《柳梢青》詞戲之曰：「掛起招牌，一聲喝采，舊店新開。熟事孩兒，家懷老子，畢竟招財。　當初合下安排，又不是、豪門買獃。□（當作自）古人言，正身替代，見任添差。」（同前）

四〇 《西湖志》：錢唐道士洪丹谷與一妓通，因娶為室，病且革，顧謂洪曰：「妾死在旦夕，卿須自執薪，還肯作一轉語否？妾，歌兒也，卿能集曲調於妾未死之前，使預聞之，死無憾矣。」洪固滑稽，遂作文曰：「二十年前我共伊，只因彼此太癡迷。　忽因四大相離後，你是何人我是誰。　共惟娘子，秀鍾谷水，聲遏楚雲。《玉交枝》堅《一片心》，《錦纏道》餘二十載，遽成《如夢令》，休憶《少年遊》。《哭相思》，兩手托空；《意難忘》，一筆勾斷。且道如何是一筆勾斷，《孝順歌》終無孝順，《消遥樂》永遂逍遥。」聽畢，一笑而逝。（同前）

四一　《西湖志》：慶元初，京尹趙師睪以西湖為放生池，作亭池上，求國子司業高文虎為記。高故博洽，疾時文浮誕，痛抑之，以此失士子心。會記中有「鳥獸魚鼈，咸若商曆以興」，既已鋟之，石本流傳，殆不可掩。改「商」為「夏」，痕刻猶存。輕薄子作詞以譴之，云：「高文虎，稱伶俐。萬苦千辛，作箇放生亭記。從頭無一句，説著官家，盡把太師歸美。這老子，忒無廉恥，不知潤筆能幾。夏王却作商王，只怕伏生是你。」（同前）

四二　《西湖志》：宋時行都節序皆有休假，惟七夕百司皆入局，不准假。有時相古朴，問堂吏云：「七夕不作假，有何典故？」吏應云：「七夕古今無假。」時相但唯唯，不知其有所侮也，蓋用柳詞七夕《二郎神》云：「須知此景，古今無價。」（同前）

張鼎思輯詞話

張鼎思（一五四三—一六〇三），字睿父，號慎吾，安陽（今河南）人。萬曆丁丑進士，選庶吉士，授吏部給事中，官至江西按察史。編著有《琅邪代醉編》、《瑯琊曼衍》。《琅邪代醉編》四十卷，為自給事中謫滁州驛丞時，雜鈔諸史百家之言而成。有感於歐陽修在滁州時有醉翁亭，適宦其地，以著書代飲酒，故名《代醉編》，此據《四庫全書存目叢書》影印明萬曆二十五年陳性學刻本録詞話二十九則。

一　元夕：《侯鯖録》：京師上元放燈三夕，錢氏納土進錢買兩夜，今十七十八是也。俗傳乾德五年詔謂時和年豐，展十七十八兩夕，非是。然乾德詔王楙，載在《貽謀録》，又非無據。《清夜録》載：宣和七年，預借元宵，時謔詞有「奈吾皇、不待元宵景色來到。只恐後月，陰晴未保」之句。至淳祐三年，京尹趙節齋與竹預放元宵，十三日、十四日，諸巷陌橋道皆編竹，為張燈之計。臣僚劄子引此詞為次年五月五日金入寇之讖，十五日早晨，遂盡拆去，甚為可笑，元宵豈可預借也？但不知至明年正月時，復舉行否？又故事：三元皆張燈，太宗淳化元年詔罷中元、下元，官雖廢之，而民家猶有私自張燈者。王楙云：寶慶中，楙在山陽，中元、下元，酒務張燈賣酒，北方遺俗猶有存者。（《琅邪代醉編》卷二）

二 上巳：周公瑾曰：上巳當作十干之己，蓋古人用日，例以十干，如上辛、上戊之類，無用支者，若首午尾卯，則上旬無巳矣，故王季夷嵎上巳詞云「曲水滿（當作湔）裙三月二」者，其證也。（同前）

三 素雲：李義山《送宮人入道》詩：「九枝燈外朝金殿，三素雲中侍玉樓。」蘇魏公春貼子詞：「萬年枝上看春色，三素雲中望玉宸。」許冲元春貼詞：「三素雲飛依北極，九農星正見南方。」按臨真《入道秘言》曰：立春日，清朝北望，有紫絲白雲者，為三元君，三素，飛雲也。乘八輪之輿，上詣天帝，天子候見，再拜自陳，乞得侍給，輪轂三過，見元君之輩者白日升天。唐試進士，以《立春日望三素雲飛》，出此。（同前）

四 女子雙名：唐文宗御宴，宮妓舞《河滿子》，是沈翹翹。其詞云：「浮雲蔽白日。」文宗曰：「汝知書耶？此是文選第一首，念君臣值姦邪所蔽，正是今日。」乃賜金玉環。遂問其由，翹翹泣曰：「妾本吳元濟女，自因國亡，没入掖庭，易姓沈，配樂籍。本藝方響，乃白玉也。以響□（當作犀）為槌，紫檀為架，制度精妙。□國所出，以賜妾也。」乃奏《梁州》曲，音韻清絶。上喜，謂曰：「卿欲歸宫禁，欲適人。」翹翹不對，上知其意，乃選金吾判官秦誠聘之。出宫之夕，宫人伴送，花燭之盛，皆自天恩。數年之後，誠使日本，久而不歸。翹翹執玉方響登樓，自為一曲，名《憶秦郎》，聲音悽愴，方響應二十八調。《唐宋遺史》(同前書卷八)

五　卷耳：予嘗愛荀子解詩《卷耳》云：「卷耳，易得也；頃筐，易盈也。而不可貳以周行。」深得詩人之心矣。小序以為求賢審官，似戾於荀旨。朱子直以為文王朝會征伐而后妃思之，是也，但「陟彼崔嵬」下三章以為托言。亦有病婦人思夫而却陟岡飲酒，攜僕望砠，雖曰言之，亦傷於大義矣。原詩人之旨，以后妃思文王之行役而云也。陟岡者，文王陟之也；馬玄黄者，文王之馬也；僕痡者，文王之僕也；金罍兕觥者，冀文王酌以消憂也。蓋身在閨門，而思在道途，若後世詩詞所謂「計程應説到梁州」、「計程應説到常山」之意耳。《内苑醍醐》(同前卷十一)

六　徐節婦：宋末，岳州徐君寶妻某氏被虜來杭，居韓蘄王府。自岳至杭數千里，虜巧計欲得之，終不可犯。一日，虜必欲强污之，度不可脱，乃謂曰：「俟我祭亡夫，謝絶之，可事汝。」虜喜而許之。遂嚴粧，焚香祝畢，赴池水死。將死之前，題《滿庭芳》一闋於府壁云：「漢水(當作上)繁華，江南人物，尚遺宣政風流。緑窗朱户，十里爛銀鉤。一旦刀兵齊舉，旌旗擁、百萬貔貅。長驅入，歌臺舞榭，風捲落花愁。　清平三百載，典章文物，掃地俱休。幸此身未北，猶客南州。破鑑徐郎何在？　空惆悵，相見無由。從今後，夢魂千里，夜夜岳陽樓。」後宣伯聚先生言此事，政與清風嶺同，予因論喪亂以來，婦人女子盡節死者不可勝紀，其中縱有文筆者，皆出於倉卒，措詞未能盡善。雖清風嶺一時一事，其詞指亦萬萬不及。《東園客談》（同前書卷十九）

七　纏足：女人纏足，《墨莊漫録》謂起於後唐後主室人窅娘。用脩曰：六朝樂府《雙行纏》，其辭云：「新羅繡行纏，足趺如春妍。他人不言好，獨我知可憐。」其起於六朝乎？張禺山云：《史記》云：「臨淄女子彈絃躧屣。」又云：「摇修袖，躡利履。」意古已有之。再考《襄陽耆舊傳》：「盜發楚王塚，得宫人玉屐。」張平子賦云：「金華之舄，動趾遺光。」又云：「履躡華英。」又云：「羅襪躡蹀而容與。」曹子建賦：「羅襪生塵。」焦仲卿妻詩：「足躡花文履。」繁欽詩：「何以釋憂愁，足下雙遠遊。」梁武《莫愁歌》：「足下絲履五文章。」卞蘭《美人賦》：「金蕖承華足。」陶潛賦：「願在絲而為履，附素足以周旋。」崔豹《古今注》：《晉書》：「履有鳳頭、重臺、分稍之制。」唐詩：「便脱鸞靴出翠帷。」《麗情集》：章仇公鎮成都，有真珠之惑，或上詩云：「神女初離碧玉階，彤雲猶擁牡丹鞋。應知子建憐羅襪，顧步褰衣拾墜釵。」李義山詩：「浣花溪紙桃花色，好好題詩詠玉鈎。」杜牧詩云：「鈿尺裁量減四分，碧琉璃滑裹春雲。五陵年少欺他醉，笑把花前出畫裙。」段成式詩云：「醉袂幾侵魚子纈，鬖纓長戛鳳凰釵。知君欲作閑情賦，應願將身託錦鞋。」《花間集》詞：「慢移弓底繡羅鞋。」則此飾不始於五代也，明矣。陶南村謂唐人題詠略不及之，蓋未之考也。《古今事物考》謂商妲己，狐精也，或曰雉精，猶未變足，以帛裹之，宫中效焉。其説近誕，似未可據。○唐李郢詩：「薄雪□（當作燕）蓊紫燕釵，釵垂簏簌抱香懷。一聲歌罷劉郎醉，脱取明金壓繡鞋。」豈有脚長尺二寸而穿繡鞋者乎？可發

一笑。○「篦簌」，下垂之貌，又作麗㲚，李賀《春坊正字劍子歌》：「挼絲團金懸麗㲚」。（同前）

八 鈿蟬：温庭筠《贈彈箏者》詩云：「天寶年中事玉皇，曾將新曲教寧王。鈿蟬金鴈皆零落，一曲《伊州》淚萬行。」此作感慨妻（當作悽）惋，得詩人之怨也。鈿蟬、金鴈，皆歌妓名，《伊州》、《凉州》，皆開元中新製曲名，故曰新曲。按《開天傳信記》：明皇燕會五王，奏《伊州》等樂，衆皆舞蹈稱善，獨寧王聽之不悦。起曰：「斯曲也，宫離而少徵，商亂而加暴。君勢卑，臣事僭，卑則逼下，僭則犯上，發於忽微，形於聲音，播於歌詠，見於人事，是將有播越之禍、悖逼之患也，國家其不免乎？」上默然。以此觀之，新曲極為寧王所賤，而此乃言以教之，何耶？豈以寧王世稱其妙於音樂，故借言以高其藝也？《夢焦詩話》（同前書卷二十四）

九 琵琶宫聲：樂人王令言妙解音律，大業末，煬帝將幸江都，令言子當從。忽於户外彈胡琵琶，作翻調《安公子》曲，令言時卧室中，聞之，大驚，蹶然而起，急呼其子，曰：「此曲興自早晚。」其子言：「頃來有之。」令言歔欷流涕，謂其子曰：「汝慎無從行，帝必不返。」子問其故，令言曰：「此曲宫聲，往而不返。宫者，君也，吾是以知之。」帝果於江都遇害。（同前）

一〇 廻波：中宗嘗宴侍臣，酒酣後，令各為《廻波詞》，衆皆為佞説之語，時李景伯獨寓規諷，其詞曰：「廻波爾時酒巵，微臣職在箴規。侍飲既過三爵，諠譁竊恐非儀。」中宗不悦，中書令蕭至忠稱之，曰：「此真諫官。」（同前書卷二十六）

一一 歐柳白檜：揚州蜀岡上大明寺平山堂前，歐陽文忠公手植柳一株，謂之歐陽柳，公詞所謂「手種堂前楊柳，别來幾度春風」者。薛嗣昌作守，相對亦種一株，自榜曰薛公柳，人莫不嗤之，嗣昌既去，為人伐之，不度德有如此者。白樂天為郡日，恩信及民，百姓皆愛而思之，常植檜數本於郡圃後，人目為白公檜，以比甘棠。（同前書卷二十八）

一二　王晉卿：王晉卿貶均州，姬侍盡逐，有一歌者號囀春鶯，色藝兩絶，流落不知何許。後内徙，道許昌，小樓聞泣聲，問，乃囀春鶯也，恨不可復得，因賦一聯：「佳人已屬沙吒利，義士今無古押衙。」有為足之云：「幾年流落向天涯，萬里歸來兩鬢華。翠袖香殘空浥淚，青樓雲渺定誰家。回首音塵兩沉絶，春鶯休囀沁園花。」（《西清詩話》）（同前）

一三　妓詩：天台營妓嚴蘂，字幼芳。善琴奕歌舞，間作詩詞，有新語。唐與正守台日，酒邊命賦紅白桃花，即成《如夢令》云：「道是梨花不是，道是杏花不是。白白與紅紅，别是東風情味。曾記，曾記，人在武陵微醉。」與正賞之雙縑。又七夕，郡齋開宴，坐有謝生者，命之賦詞，以己姓為韻，遂成《鵲橋仙》云：「碧梧初出，桂香纔吐，池上水花微謝。穿針人在合歡樓，正月露、玉盤高瀉。蛛忙鵲懶，耕慵織倦，空做古今佳話。人間剛道隔年期，□（當作在）天上、方纔隔夜。」謝為之心醉。其後朱晦庵以使節行部至台，欲摭與正之罪，遂指其嘗與蘂為濫，係獄月餘，雖被箠楚，而一語不及唐。未幾，朱公改除，而岳霖商卿為憲，憐其無辜，命之作詞自陳，即口占《卜筭子》云：「不是愛風塵，似被前緣誤。花落花開自有時，總賴東君主。去也終須去，住也如何住？若得山花插滿頭，莫問奴歸處。」即日判令從良。《夷堅志》亦嘗略載其事。（同前）

一四　好仇：唐人有小詞：「門外猧兒吠，知是蕭郎至。剗襪下香堦，寃家今夜醉。扶得入羅幃，不肯脱羅衣。醉則從他醉，猶勝獨睡時。」今人男女有情者必稱寃家，至於因緣，則每稱惡因緣，陶學士郵亭詞是也。寃家字意，其來亦久，如《關雎》詩：「窈窕淑女，君子好仇。」傳曰：「怨偶曰仇。」君子好匹，而借怨偶為義，意可見已，筆之，以發一笑。（同前）

一五　俞紫芝：俞紫芝，字秀老，揚州人。少有高行，不娶，得浮屠心法，所至翛然，而工於作詩。王荆公居鍾山，秀老數相往來，尤愛重之，每見於詩，所謂「公詩何以解人愁？初日芙渠映碧流。未怕元劉妨獨步，不妨陶謝與同游」者是也。秀老嘗有「夜深童子喚不起，猛虎一聲山月高」之句，尤為荆公所賞，亟和云：「新詩比舊仍增峭，若許追攀莫太高。」秀老卒於元祐初，惜時無發明之者，不得與林和靖一流槩見於隱逸。其弟澹，字清老，亦不娶，滑稽善諧謔，洞曉音律，能歌。荆公亦喜之，晚年作《漁家傲》等樂府數闋，每山行，即使澹歌之。然澹使酒好駡，不若秀老之介静。一日，見公云：「吾欲去為浮屠，但貧，無錢買祠部爾。」公欣然為置祠部，澹約日祝髮，既過期，寂無耗，公問其然，澹徐曰：「吾思僧亦不易為，公所贈祠部，已送酒家償舊債矣。」公為之大笑。《石林詩話》（同前書卷三十）

一六　蔡尋真：陳東靖康中飲於京師酒樓，有倡打坐而歌者，東不之顧，乃去，倚欄而歌《望江南》，音調清越，東不覺傾聽，其詞曰：「闌干曲，紅颺繡簾旌。花嫩不禁纖手捻，被風吹去意還驚，眉黛蹙山青。　鏗鐵板，閒引步虚聲。塵世無人知此曲，却騎黄鶴上瑶京，露冷月華清。」問詞孰為之，曰：「上清蔡真人也。」言訖，得數錢，即下樓去，亟使追之，已失矣。《夷堅志》上清真人，不知何指，《紀遊集》録之，尋真觀曰即蔡尋真也，未知是否？廬山有女真蔡尋真，李騰空，蔡居九疊屏南，李居凌雲峰下，李林甫女，蔡侍郎某女。宋時京師歌者，不招而前，謂之打坐。《廬山志》（同前）

一七　泥犁之獄：《捫虱新話》曰：黄魯直初好作豔歌小詞，道人法秀謂其「以筆墨誨淫，於我法中當墜泥犁之獄」，魯直自是不作。佛書：泥梨耶，無喜樂也。泥梨迦，無去處也。二者皆地獄名，或省耶、迦字，只作泥梨，一作犁。又阿鼻無間也，亦地獄名。《法華經》：「無間地獄，有頂天堂。」（同前卷三十二）

一八　箕仙：宋慶之寓永嘉時，適逢七夕，學徒醵飲，有僧法辨善五星，每以八煞為説，酒邊一士致仙扣試事，忽筯動，大書「文章伯降」，宋怪之，漫云：「姑置此，且求一七夕新詞。」即以八煞為韻，意欲困之，忽運筯如飛，大書《鵲橋仙》一闋云：「鸞輿初駕，牛車齊發，隱隱鵲橋咿軋。尤雲殢雨正歡濃，但只怕、來朝初八。　霞垂綵幔，月明銀蠣，馥郁香噴金鴨。年年此際一相逢，未審是、甚時結煞。」《齊東野語》（同前書卷三十三）

一九　買山：徐淵子詩云：「俸餘擬辦買山錢，却買端州古硯磚。依舊被渠驅使在，買山之事定何年？」劉改之賀徐直院啓云：「以載鶴之舡載書，入覲之清標如此；移買山之錢買硯，平生之雅好可知。」淵子詞清雅，其夜泊廬山詞云：「風緊浪花生，蛟吼鼉鳴，家人睡着怕人驚。只有一翁捫虱坐，依約三更。　雪又打殘燈，欲暗還明。有誰知我此時情，獨對梅花傾一盞，（脱『還』字）又詩成。」

《鶴林玉露》(同前書卷三十四)

二〇　諺語：楊用脩曰：諺語云：「三九二十七，籬頭吹觱栗。」言冬至後寒風吹籬落有聲如觱栗也，合於《莊子》「萬竅怒號」之説，而可以為《豳風》「一之日觱發」之解矣。賈人之鐸，可以諧黃鍾，田夫之諺，而契周公之詩，信乎六律之音出於天籟，五性之文發於天章，有不待思索勉强者，此非自然之詩乎？余嘗戲集諺語為古人詩詞中所引者數條，今附於此：「月如彎弓，少雨多風。月如仰瓦，不求自下。」羅景綸詩用之。「朝霞不出市，暮霞走千里」，范石湖詩用之。「乾星照濕土，來日依舊雨」，玉〔口〕(當為「王建」)詩用之：「照泥星出依然黑，爛漫庭花不肯休。」礮車雲，東坡詩用之：「今日江頭風勢惡，礮車雲起雨欲作。」風花雲起，下散四野，如煙霧也，晁無咎詩用之：「明日揚帆應復駛，蒸雲散亂作風花。」「日没胭脂紅，無雨也有風」，梅聖俞詩用之：「日脚射空金縷直，西望千山萬山赤。　野老先知雨又風，明日望此重雲黑。」「東鬣晴，西鬣雨」，則詩所謂「朝隮於西，崇朝其雨」也。「霜淞打雪淞，貧兒備飯甕」，則東坡詩所謂「敢怨行役勞，助爾歌飯甕」也。「日暈主雨，月暈主風」，則梅聖俞所謂「月暈每多風」。「燈花先作雨(當作喜)，明日掛歸帆」，春湖能幾里也？天河中有黑雲，謂之黑猪渡河，主雨，則蕭冰崖所謂「黑猪渡河天不風，蒼龍銜燭不敢紅」也。「秋甲子雨(此句當作「秋雨甲子」)，禾頭生耳」，則杜工部所謂「禾頭生耳黍穗黑」也。他如「雨灑上元燈，雲掩中秋月」，又「黃梅寒，井底乾」，又云：「河射角，好夜作，犂星没，水生骨。」又云：「春寒四十五，貧兒市上舞。」「貧兒且莫誇，且過桐子花。」又云：「黃梅雨未過，冬青花未破。」「冬青花已開，黃梅再不來。」又云：

「舶艑風雲起，旱魃深歡喜。」又云：「商陸子熟，杜鵑不哭。」皆為唐、宋詩人引用。若陸璣詩疏引諺云：「黄栗留，看我麥。」（二句當作「黄栗留看我，麥黄椹黑否」）又引「蜻蛚鳴，衣裘成。蟋蟀鳴，嬾婦驚」。《夏小正》注引：「天河東西，漿洗寒衣。」《國語》注引古語：「土長冒，橛陳根，可拔耕，者急發。」《四民月令》引農謡：「三月昏，參星夕，杏葉盛，桑葉白。」又云：「杏子開花，可耕白沙。」又：「貸我東牆，償我白粱。」先儒皆以解經，不但詩詞之資而已，詩詢芻蕘，舜察邇言，良有以哉！（同前）

二一　對體：沈佺期《回波詞》云：「姓名雖蒙齒録，袍笏未復（一作賜）牙緋。」子美：「飲子頻通汗，懷君想報珠。」「飲子」、「懷君」，亦「齒録」、「牙緋」之比也。《東坡題跋》（同前書卷三十五）

二二　詩體：詩有一句疊三字者，如吴融《秋樹》詩云「一聲南鴈已先紅，槭槭凄凄葉葉同」是也。有一句連三字者，如劉駕云：「樹樹樹梢啼曉鶯，夜夜夜深聞子規」是也。有兩句連三字者，如白樂天云：「新詩三十軸，軸軸金玉聲」是也。有三聯疊字者，如古詩云：「青青河畔草，鬱鬱園中柳。盈盈樓上女，皎皎當窻牖。娥娥紅粉粧，纖纖出素手」是也。有七聯疊字者，昌黎《南山》詩云「延延離又屬，夬夬叛還遘。喁喁魚闖萍，落落月經宿。誾誾樹牆垣，巘巘架庫廐。參參削劍戟，塽塽（一作煥煥）銜瑩琇。敷敷花披萼，闟闟屋摧霤。悠悠舒而安，兀兀狂以狃。超超出猶奔，蠢蠢駭不懋」是也。近時李易安詞云：「尋尋覓覓，冷冷清清，凄凄慘慘戚戚」，起頭連疊七字，以一婦人，乃能創意出奇如此。（同前）

二三　詩藏藥名：太常少卿陳亞，滑稽之雄也。嘗著藥名詩，若「風月前湖近，軒窗半夏涼」、「棊怕臘寒呵子下，衣嫌春煖縮紗裁」、《贈祈雨僧》云：「無雨若還過半夏，和師噭作葫蘆巴」，嘗曰：「布袍袖裏懷漫刺，到處遷延胡索人。」此句可贈游謁窮措大。亞與章郇公友善，作《生查子》陳情曰：「朝廷數擢賢，旋占凌霄路。自是鬱陶人，險難無移處。也知没藥療孤寒，食蘗何相誤。大幅紙連粘，甘草歸田賦。」嘗作閨情《生查子》三首，曰：「相思意已深，白紙書難足。字字苦參商，故要檀郎讀。分明記得約當歸，遠至櫻桃熟。何事菊花時，猶未回鄉曲。」二曰：「小院雨餘涼，石竹風生砌。罷扇儘從容，半下紗厨睡。起來閑坐此庭中，滴盡真珠淚。為念壻辛勤，去折蟾宮桂。」三曰：「浪蕩去來來，躑躅花頻換。可惜石榴裙，蘭麝香銷半。琵琶閑後理相思，必撥朱絃斷。擬續斷來絃，待這冤家看。」（同前）

二四　博戲：陸儼山曰：古之摴蒱、陸博，今皆不傳。漢、魏所尚彈棊，亦不復見。滕玉霄自叙少時以累棊蠟鳳為戲，不知所謂蠟鳳者又何事耶？黄山谷小詞又有打揭之戲，至謂「小五出來，跋翻和九，若要十一花下死，管十三，不如十二。」似有譜者，雖此無益之事，覽之茫然，殊以博洽為媿。（同前書卷三十六）

二五　《蘇幕遮》：樂府有《蘇幕遮》，乃高昌婦人所帶油帽。高昌，西域國西州也。《傳疑録》（同前）

二六　吹綸：用修謂《漢書》注：齊三服官有吹綸方空之目，吹綸，不知何物。梁費昶詩：「金輝起遥步，紅彩發吹綸。」據詩意，想是婦人所執之物，如煖扇之類。沈約詩：「畫扇迎初暑，紅輪映早寒。」庚肩吾詩：「粉白映輪紅。」元歐陽玄詞：「十月都人供暖箑。」可以互證，梁簡文《柳》詩：「枝間通粉色，葉裡映吹綸。」用修説如此，竊疑費昶詩未見是説所執之物，以紅輪暖箑證吹綸，尤似牽强。按漢章帝建初二年，詔齊相省冰紈，方空縠，吹綸絮。註：紈素也。冰言鮮潔如冰也。《釋名》曰：縠，紗也。方空者，紗薄如空也。或曰：空，孔也，即今之方目紗也。綸如絮而細吹者，言吹噓可成，亦紗也。據此，則吹綸乃三服官所供之紗耳。周公謹曰：紗之至輕者，有所謂輕容。《唐類苑》云：輕容無花，薄紗也。王建《宫詞》：「嫌羅不着愛輕容。」元維（當作微）之有《寄樂天》：「白輕容，樂天製為衣。」而詩中「容」字為人妄改為「庸」，又作庸榕，蓋不知其所出。越州歲貢輕容紗五疋是也。又有所謂方空者，《漢元帝紀》：「罷齊三服官。」註云：春獻冠幘，縱為首服，紈素為冬服，輕綃為夏服，凡三。師古曰：縱與纚同音，山爾反，即今之方目紗也。荆公詩云：「春衫猶未着方空」者是也，輕容，方空，吹綸，三紗名俱美。（同前書卷三十七）

二七　桐花鳳：李賛皇《畫桐花鳳扇賦序》云：成都夾岷江磯岸，多植紫桐，每至春暮，有靈禽五色，小於玄鳥，來集桐花，以飲朝露。有名工繪於素扇，戲作小賦書其上，其略曰：「繢兹鳥於珍箑，動凉風於羅薦。發長袂之清香，掩短歌之孤囀。」今川扇一種，以青紙為地，畫人物花鳥於上，此其遺製。劉績《霏雪録》云：即東坡詞所謂緑毛么鳳，俗名倒掛者。唐僧隱巒詩：「五色毛衣比鳳雛，深叢花裡只如無。美人買得偏憐惜，移向金釵重幾銖。」劉言史有《題蜀客楊生江亭》云：「垂絲蜀客涕沾衣，歲盡長沙未得歸。腸斷錦城風日好，可憐桐為（當作鳥）出花飛。」李之儀有《院（當作阮）郎歸》一詞詠倒掛云：「朱蜃玉羽下蓬來（當作萊），佳時近早梅。探花情味久安排，枝頭開未開。魂欲斷，恨難裁，香心休見猜。果知何遜是仙才，何妨如夢來。」自注云：此鳥以十二月來，一名收香倒掛，又名探花使。性極馴，好集美人釵上，宴客終席不去，人愛之，無所害，尤為異也。（同前書卷三十九）

二八　海東青：海東青，鷹之鷙猛者也。燕子之弱，能剪之，獵者知其事。元歐陽玄詞：「鷹房持獵回車駕，却道海青逢燕怕。」（同前）

二九　瓊花：楊用脩曰：揚州有蕃釐觀，觀中有瓊花，即陳後主所謂《玉樹後庭花》曲云「瓊樹朝（脱一『朝』字）新」也。其花後萎，好奇者云：瓊花，無種過矣。宋傅子容詩云：「比瑒如礬總未嘉，要須博物似張華。因看異代前賢帖，知是唐昌玉蕊花。」注云：唐楊汝士云：唐昌觀玉蕊，以少故貴。王汝玉名為玉蕊，王介甫名為瑒花，取其色白也。山谷名曰山礬，以其可以供染也，即今之梔子花。佛經名簷蔔花，本草名越桃，劉禹錫詩：「玉女來看玉樹花，異香先引七香車。攀枝弄雪頻回首，驚怪人間日易斜。」張籍詩云：「五色雲中紫鳳車，尋仙來到洞仙家。飛輪回首無蹤跡，惟見斑斑滿地花。」王建詩：「一樹瓏璁玉刻成，飄廊點地色輕輕。女冠夜覓香來處，惟見堦前碎月明。」注云：「唐元和中，唐昌觀中玉蕊花盛開，有仙女來遊，取數枝飄然而去。」余謂此説未然，蓋因劉張詩有「玉女雲車，飛輪回首」之句，遂傅會其説。又因仙女取花飄然而去，遂傅會天下無種之説，不知詩人詠物托言也，滇雲處處有之，村姑採插盈路，仙女抑何多乎？（同前卷四十）

梅淳輯詞話

梅淳(一五四三—一六〇六),字凝初,一作字德涵,當塗(今安徽)人。隆慶辛未進士,授縉雲令,以政最入為御史,巡按浙廣。因忤輔臣,出守岳州,遷濟寧道,官至雲南布政使。著有《一鶴文集》,又輯《岳陽紀勝彙編》四卷,録岳陽樓石刻諸詩,此據《四庫全書存目叢書》影印明萬曆十三年張振先刻本《岳陽紀勝彙編》録詞話一則。

一 崔中舉進士,遊岳陽,謁故人李郎中。寓市邸,唱《沁園春》,有補鞋人曰:「此何曲也?」崔曰:「都下新聲也。」其人曰:「吾不解書,子能為我書,吾於此調撰一詞。」崔勉為寫,其意深入至道。因問其姓名,曰:「吾生於江口,今為守谷之客。」崔明日見太守,具言其事,乃令召之。至則閉户,排户，則閴不見人。壁間有詩云：「腹内嬰兒養已成，且居廛市暫娱情。無端措大剛揺舌，却入白雲深處行。」太守曰：「江口、山口，乃二口，吕字；谷者，洞也；客者，賓也。仙之姓名曉然。」恨塵緣魔隔，不遇真仙爾。（《岳陽紀勝彙編》卷四）

黄訓詞話

黄訓，字學古，歙縣（今安徽）人。嘉靖己丑進士，官至副都御史。所著有《名臣經濟録》、《黄潭集》、《讀書一得》等。《讀書一得》四卷，黄氏每讀一書，即摘取其中一兩事論其是非，積久成帙。此據《四庫全書存目叢書》影印明嘉靖四十一年黄子學校刻本《黄潭先生讀書一得》録詞話一則。

一　讀《草堂詩餘》：秦淮海，詩人也，撰《水龍吟》，有「天還知道，和天也瘦」句，變李賀「天若有情天亦老」者也。其辭淫，其情傷，殆亦詩人常態。伊川問之，正色曰：「上穹尊嚴，安得易而侮之？」秦面發赤。予謂伊川此語正則正矣，詩不云乎：「胡然而天也，胡然而帝也。」天也，帝也，比宣姜淫婦人，侮亦甚矣。詩不忌也，伊川不喜其句，不問可也，問而耻之，令人面赤，不已甚乎？左袒蘇黨之攻，有由來矣，此伊川不及明道處也。（《黄潭先生讀書一得》卷二）

宋岳詞話

宋岳，號承山子，餘姚（今浙江）人。嘉靖辛丑進士，歷官大名兵備道、河間知府、比部郎。著《晝永編》，為讀書隨筆，自序（嘉靖壬戌）謂有以省躬則録之，有以保生則録之，有關世教則録之，有裨見聞則録之，日積月累，彙而成編。此據《續修四庫全書》影印明嘉靖四十三年閻永光刻本録詞話一則。

一

太祖開宴賞月，而月為濃雲所掩，因命解學士縉賦詩，解作《風落梅》一闋，其辭曰：「嫦娥面，今夜圓。下雲簾，不著臣見。拚今宵，倚闌不去眠。看誰過，廣寒殿。」上覽之，懽甚，留縉飲，至東方白。（《晝永編》「下集」）

姚舜牧詞話

姚舜牧（一五四三—一六二七），字虞佐，烏程（今浙江）人。萬曆癸酉舉人，歷官新興、廣昌二縣知縣。愛民如子，造士如師，享年八十有五。慕唐一庵、許敬庵之學，自號承庵。探道淵源，屏去訓詁，有《性理指歸》、《書經疑問》、《詩經疑問》、《禮記疑問》、《春秋疑問》、《孝經疑問》、《四書疑問》，又有《承庵文集》、《樂陶吟草》、《來恩堂草》、《孝史警世》、《家訓警俗編》等。此據《四庫禁燬書叢刊》影印明刻本《來恩堂草》録詞話一則。

一　《題花間集》：《花間集》乃大蜀廣政年間衛尉少卿字弘基者所集，載在唐歐陽烱（當作炯）者甚詳，與《草堂詩餘》並傳。顧《草堂詩餘》刻廣而傳之者衆，《花間集》似少有聞也。然讀其詞，率多小令，乃纖纖而刺人骨，翩翩而令人舞，靡靡而使人忘倦，豈聲音之感人自有不可廢者哉？三百變而騷賦，騷賦變而古樂府，古樂府變而辭，辭變而曲，抑時使然也。雖欲使還為古，何可得也？況鄭聲之淫，衛音之蕩，齊音之敖辟驕志，即古亦有不能挽者，奈之何其責於辭？讀其辭以愉快吾心，不溺其辭以持正吾志，斯兩得之矣。《花間》也、《草堂》也，即古三百之遺也。吾老矣，偶覽此帙，而把玩焉，知其亦可傳也，遂書以題其首。（《來恩堂草》卷三）

吴子用輯詞話

吴子用，號雨來。里貫行蹟不詳。編有《新鐫增補較正寅幾熊先生捷用尺牘雙魚》，有陳繼儒序，云雨來吴子用集古今尺牘，分為二編，一以富淺人之貧，一以贈深人之慧。此據早稲田大學藏明刊本録詞話三則。

一　端午：香蒲切玉，角黍包金。古詞：角黍包金，香蒲切玉。艾酒奉邀，屈臨少款。惟毋我外，足見石交。朋友相厚，交如金石。答：辰逢地臘，端午日為地臘。節屆天中。端午日為天中節。解粽未邀，泛蒲辱召。恭承雅意，敢不趋趨。（《新鐫增補較正寅幾熊先生捷用尺牘雙魚》卷六「請召類」）

二　送瑞香：紅錦薰籠，香雲入夢。蘇東坡瑞香詞：更看微月轉光輝，歸去香雲入夢中（「中」字當衍）。可使娩美廬山矣，唐詩：異根近得廬山頂，孤芳元自洞庭心。馳獻願留。答：玉肌丹脣，花香呈瑞。假我餘輝，感謝何極。（同前「餽受·餽受花木」）

三　寄情妓書集曲牌名：《菊花新》處輕别《虞美人》，今已《小桃紅》，無日不《望江南》也。每《憶多嬌》，淚珠兒滚作《江兒水》，不知《好姐姐》，曾為《倘秀才》《意難忘》否？昨《上小樓》，見《鴈兒落》，不見《一封書》，曷勝《節節高》之恨？何日與卿解《香羅帶》，《脱布衫》，從《銷金帳》裏《快活三》一塲，直至《五更轉》乎？儂欲返舟撥棹，待《鵲橋仙》會合之後，更與卿共看《江頭金桂》。情妓復書亦用曲牌名：自《金蕉葉》落後，送郎往《小梁州》，今芍藥花已開矣。妾見《粉蝶兒》繞一《黄鶯兒》關關，安得不《駡玉郎》，不作《思歸引》也。妾近來《繡帶兒》寬褪，《傍粧臺》更《懶畫眉》，《剔銀燈》夜坐，不覺笑相思，安得我郎趂《一江風》，棹《夜行船》歸來，作《調笑令》，而同賞《錦堂月》乎？不然恐憔悴《一枝花》，冷落《三學士》矣，敬復。（同前書卷七「情書類」）

劉元卿詞話

劉元卿（一五四四—一六〇九），字調父，號瀘瀟，安福（今屬江西）人。隆慶四年舉於鄉會試，對策極陳時弊，張居正怒，下所司申飭。既歸，絶意科名，專意求道。後以累薦召爲國子博士，擢禮部主事。尋引疾歸，肆力撰述，著《諸儒學案》、《賢奕編》、《思問編》、《禮律類要》、《大學新編》。《賢奕編》四卷，前有萬曆癸巳自叙，謂性拙，不曉博奕，於飽食之暇，輯古今人言行可爲法戒者，客至，取讀一二品，以代奕棋。此據《寶顔堂秘笈》本録詞話一則。

一

尚書之尚本當作「上」音讀，或曰秦時人臣避「上」字，故作常音，至今因之不改。若二十八宿音秀，則洪景盧以為當如本音，且引《説苑・辨物篇》曰：「天之五星，運氣於五行，所謂宿者，日月五星之所宿也。」按宿之音秀，北音誤之，蓋元詞曲皆入秀字去上韻，至宿州之宿則入徐字，而以近徐州，故别呼為南徐州。北音之謬若此。（《賢奕編》卷四）

陳與郊詞話

陳與郊(一五四四—一六一〇),字廣野,號玉陽仙史,海寧(今浙江)人。萬曆甲戌進士,任順德府推官,遷吏科給事中,官至太常寺少卿。所著有《隅園集》、《黄門集》、《蘋川集》、《檀弓輯註》、《方言類聚》、《廣修辭指南》、《杜律註評》、《文選章句》等。此據《四庫全書存目叢書》影印明萬曆四十五年至天啓元年賜緋堂刻本《蘋川集》録詞話一則。

一 孫世聲:蒙賜《紅蕖記》,不佞向曾有之,而難中被擄,與羣書並失。今頓還舊觀,况兼得德璘原傳，受教不淺淺矣。但以此公之志之趣之才而譜曲，不用曲韻，不案曲名，不查曲宫調，何不屑至此邪？或恐光禄君反唇相切，便多齒頰。不佞亦有詩癡符俚語附塵几席，惟門下一笑而棄之。餘容面謝，不悉。（《蘋川集》卷八）

陳所聞輯詞話

陳所聞，字藎卿，仁和（今浙江杭州）人。嘉靖丙午舉人，知玉山。編有《北宫詞紀》、《南宫詞紀》。此據《續修四庫全書》影印明萬曆刻本《新鐫古今大雅北宫詞紀》録詞話四則。

一　元趙子昂云：成文章曰樂府，有尾聲曰套數，時行小令唤葉兒，如無文飾者謂之俚歌，套數當有樂府氣味，樂府不可似套數，街市小令唱尖倩意。（《新鐫古今大雅北宫詞紀》「古今品詞大旨」）

二　明王元美《藝苑巵言》云：三百篇亡，而後有《離騷》；《離騷》難入樂，而後有古樂府；古樂府不入俗，而後以唐絶句為樂府；絶句少宛轉，而後有詞；詞不快北耳，而後有北曲；北曲不諧南耳，而

後有南曲。(同前)

三　曲者，詞之變。自金、元入中國，所用胡樂嘈雜，凄緊緩急之間，詞不能按，乃更為新聲以媚之，而諸君如貫酸齋、馬東籬、王和卿、關漢卿、張小山、喬夢符、鄭德輝、宫大用輩，咸富有才情，兼善聲律，以故遂擅一代之長。所謂宋詞元曲，殆不虚也。但大江以北漸染胡語，時時採入，而四聲遂闕其一。東南之士未盡顧曲之周郎，逢掖之間，又稀辨撾之王應。稍稍復變新體，號為南曲，高拭則成遂掩前後。大抵北主勁切雄麗，南主清峭柔遠，雖本才情，務諧俚俗，譬之同一師承，而頓漸分教，俱為國臣。而文武異科，今談曲者往往合而舉之，良可笑也矣。(同前)

四　明何元朗云：凡曲，北字多而調促，促處見筋；南字多則調緩，緩處見眼。北則辭情多而聲情少，南則辭情少而聲情多。北力在絃，南力在板。北宜和歌，南宜獨奏。北氣宜粗，南氣宜弱，此論曲三昧語。(同前)

張元諭詞話

張元諭，字伯啟，浦江（今浙江金華）人。廉介方正，嘉靖丁未進士，知桂林府，歷官雲南觀察副使，萬曆間任知府。著有《詹詹集》、《篷底浮談》等，此據《續修四庫全書》影印明隆慶四年董原道刻本《篷底浮談》録詞話一則。

一《葛覃》言「歸寧父母」，其非在父母家明矣。而毛、鄭强為之説。《卷耳》言「嗟我懷人」，是親暱所懷之人明矣，而毛、鄭以為賢人，且以「嗟我懷人」之「我」屬后妃，以「我馬虺隤」之「我」屬使臣，以「我姑酌彼金罍」之「我」屬君，是首尾衡決，自相矛盾也，皆拘於小序之過也。殆朱子所謂委曲遷就，穿鑿而附合之，寧使經之本文繚戾破碎，不成文理，而終不忍明以小序為出於漢儒也。故毛、鄭不敢背小序，後儒不敢背毛、鄭。自漢、唐以來，説詩者不過説毛、鄭而已，朱子始舍小序、毛、鄭而求之遺經，豈非詩之一大幸哉！但欲盡棄小序，則覺大過耳。楊慎譏朱子不從小序為崛强，又謂荀子解《卷耳》詩深得詩人之心，小序以為求賢審官似戾荀旨，朱子直以為文王朝會征伐而后妃思之是也，是又取朱子之不拘小序也，崛强之説，豈嫌其盡棄小序乎？且言「陟彼崔嵬」下三章以為托言，亦有病婦人思夫而却陟岡飲酒、携僕望岨，雖曰言之，亦傷大義、原詩人之旨，以后妃思文王之行役而云也。陟岡者，文王陟之也；馬玄黄者，文王之馬也；僕痡者，文王之僕也；金罍兕觥者，冀文王酌以消憂也。蓋身在閨門，而思在道途，若後世詩詞所謂「計程應説到梁州」之意耳，其説雖奇，然因而反覆玩誦，終非本意。夫朱子以謂美里拘幽之日，則雖親自陟岡飲酒，携僕望岨，亦不為過也。乃曰言之亦傷大義，何哉？雖然，朱子謂學者於詩須先去了小序，只將本文熟讀玩味，仍不可先着諸家註解，則從朱子《集傳》學詩者，亦不可先泥《集傳》，庶為善學朱子者耳。（《篷底浮談》卷十二）

鄧球詞話

鄧球，自號三吾寄漫子，祁陽（今湖南）人。嘉靖乙未進士，官至銅仁府知府。編著有《泳化續編》、《祁陽縣志》、《閒適劇談》等，《閒適劇談》五卷，前四卷題元集、亨集、利集、貞集，後一卷題起元集，蓋取「貞下起元」之義。末載自跋，託言萬曆癸未遇隱君子，悟忘言之意。其書雜論理氣，兼涉三教，設為客問己答。每徵一事，輒連録舊文。此據《四庫全書存目叢書》影印明萬曆鄧雲臺刻本録詞話七則。

一

大周、小周，皆南唐二后也，皆司徒周宗之女，昔云哲婦傾城，其在斯矣。大周小字娥，年十九入宫，采戲棊奕及歌舞俱絶妙。嘗為壽中主前，中主嘆賞，以燒槽琵琶賜之，蓋中主所寶器也。後主嗣位，立為后，寵專房。創為高髻纖裳及首翹鬢朵之粧，人多效之。嘗雪夜酣飲，請起舞，後主曰：「汝能創為新聲，則可。」后郎命牋賜譜，喉無滯音，筆無停思，俄頃譜成，所謂《邀醉舞破》也，又有《恨來遲破》。先是，盛唐時，《霓裳羽衣》最為大曲，亂離之後，絶不復傳，后得殘譜，以琵琶奏之，於是開元、天寶之遺音復傳於世。內史舍人徐鉉聞之于國工曹生，鉉亦知音，問曰：「法曲終則緩，此聲乃反急，何也？」曹生曰：「舊譜實緩，宮中有人易之。」未幾，后卧疾，已革，猶不亂，親取燒槽琵琶及平時約臂玉環為後主別，及沐浴粧澤，自納含玉，遂卒。小周即大周女弟，或謂后寢疾，小周已入宮，后偶褰帳見之，驚問曰：「汝何日來？」小周尚幼，未知避嫌，對曰：「已數日。」后恚怒，至死而不外向。后卒，小周繼立為后，被寵過之。後主嘗於群花間作亭，罩以紅羅，押以玳牙，雕繪華侈，而制極迫小，僅容二人，每與后酣飲其中。及國亡，後主北遷，封后鄭國夫人，例隨命婦入宮朝謁。每入，必留内數日，出對後主輒涕泣罵詈，後主嘗宛轉避之。太平興國三年，後主暴卒，后悲痛不自勝，旬日亦卒。夫以大周才麗動人主，一為色荒，不知大敵之臨境矣。傾城之誡，豈虛語哉？（《閒適劇談》卷一）

二　客問余曰：言之詳者道之漓，何謂乎？然則言非所以明道乎？余徙倚而嘆曰：悲夫！余將偕汝聽於無絃之琴而效于擊壤爾乎？將啜于未釀之粒而醉于玄酒爾乎？悲夫！道失其真久矣。辟之以《易》，宓兮氏仰觀俯察，冥會元化，託之于畫以識之，然有畫無字，明此理而未立其文，分為奇偶，合為八段，且不知夫乾坤、坎離、震兑、離巽之名卦也，文王演之，周、孔繼之以爻以彖，以象以繫辭。君子曰：「《易》道備矣。」奈何聰明巧智之士代出其人，又得《易》以資其玄測，由是有陰陽家說，有星筭家說，有數學家說，有玄經擬家說，有修煉丹家說，種種不啻數家，而說尤神妙，皆自以為得《易》之精藴，是生吉凶休咎之應，是生脩短夭壽之故，是生神仙丹竈之術，世人碌碌，驚而稱之，亦曰：「信得《易》乎？」辟之以《詩》，三代王化大行，民樂其生，效古九歌，溢于野謳，因心為辭，得句成韻，觀風者采焉，上計者貢焉，宗廟朝廷而為樂章者取焉，以類而通之，為賦，為比，為興。君子曰：「詩道著矣。」奈何好奇競巧之徒世有其選，自夫《離騷》之作，猶近大雅，襄而為兩漢之古作，又流而為晉之詩選，又播而為先唐之盛，為晚唐之變，曰正律，曰變律，曰正體，曰變體，曰長短句，刻意驚人，摽立體製，艷麗有餘，雅趣不足。夫仲尼所定三百，將以道性情也，而詩顧若是，不已濫乎？昔有人言曰：「畫前有《易》，删後無《詩》。」其所思遠矣。客曰：「今將看之何？」有一人下席而請曰：竊聞之秦人焚書而書存，漢儒窮經而經絶，果何謂歟？夫曰書存者，蓋謂以其能焚後世之書，而不能焚畫前之《易》之類是也。經絶者，蓋謂以其窮討之傷于太繁，而空然侈為删後之《詩》之類是也。過激之言，亦孟子不如無書之遺意也。客遂與余稱觴而坐，對心而談，宜乎若有得，抑亦藏焉，修焉，息焉，遊焉而已。孔子曰：「予俗無言。」旨哉！其教賜乎？（同前）

三　宋韓忠武王以元樞就第，絶口不言兵，自號清凉居士。時乘小騾，放浪西湖泉石間。一日，至香林閣，值蘇仲虎尚書宴，忠武徑造之，盡醉而歸。明日，手書一詞名《臨江仙》以遺之，詞云：「冬日青山瀟灑静，春來山煖花濃。少年衰老與花同，世間名利客，富貴與貧窮。榮華不是長生藥，清閑不是死門風。勸君識取主人翁，單方只一味，盡在不言中。」蓋忠武雄心甲胄，而晚悟如脱，視老死塵盡者，不侔萬萬也。客曰：汝聞龍舒子示乎，蓋云佛言受即是空，謂受苦受樂及一切受用也。如食列數味，放筯即空。出多騶從，既到即空。終日遊觀，既歸即空。又如為善事即畢，其勤勞即空，而善業具在。為惡事即畢，其快意即空，而惡業具在。若忠武者，豈非達此耶？答曰：儒者甚斥佛談空，竊謂世人不可不造識此空，而遂得所以不空。如忠武以一悟而垂芳百世，何空也？孔子曰：「回也，其庶乎屢空。」一時諸賢皆未有及回者。乃由之治兵，求之足民，赤之禮樂，非不執著、有以為事業也，而夫子所與者，則浴風詠歸之點，蓋點之志能識此空，而遂得所以不空也。使顏子去幹富有事業，自有舜禹有天下而不與的氣象。（同前）

四　犀利見《漢書》：晉灼曰：犀，堅也，非犀獸。閣木為路曰棧漢張良燒絶棧道。歲事，出《漢書》，謂修立祠祀，歲以為常。吉了鳥名也，出廉州，赤白二色，長能言。蘇東坡嘗稱王荆公老狐精。臧榮《晉書》謂郭璞有人見其睡形變鼉，為鼉精，蓋天地間氣化，理或有之。○唱有「雨打梨花深閉門」，出周美成梨花詞云：「妬花風雨，長門深閉。」以梨花三月始開，多風雨也。（同前書卷二）

五　詩人每依景下字眼，如法（當作汪）彦章詩：「垂垂梅子雨，細細麴塵波。」夫天地間豈有梅子雨者？只以梅時多雨，故云。若麴塵，既引《周禮》麴衣注云：黄桑服也，色如麴塵，象桑葉始生，是知麴為草名。又有詞云「垂楊低拂麴塵波」，是知麴塵以楊葉初生而言，猶云柳烟也。「波」對「雨」字，即今謂仕途為風波，亦擬而言之耳，非水面上波也。胡苕溪乃據麴塵波而遂釋之云：「亦可以水言之。」似非。〇《禮》曰：君衣狐白裘。人不曰白狐裘，而曰狐白裘者，蓋天下無粹白狐。而有粹白之裘者，掇之衆白也。故傳曰：良裘非一狐之腋。顔師古曰：狐白謂腋下之皮，其色純白，集以為裘。輕柔難得，故貴。

（同前）

六　萬曆庚辰重陽後，一日，偕邑人盧鹿泉彦遊甘泉寺，見僧舍壁間懸四幅紙，已塵敝幾蠹，惟所書字畫如故。予因以心沐之，冲然一僧家味也。叩其僧所遺，僧對曰：「先祖師正洪題筆也。」嘗聞正洪號大方，在景泰時與邑人甯布政使良最厚，性頴敏，善恢諧，尤工於藍，人多愛而傳之。余嘆曰：不虚哉！余所聞于僧也，以是知大方已通於禪語者，惜其于心印造詣僅若此也。愛其四辭，因歸而述之。其一：「不愛驕奢，不喜諠譁，身穿着百衲袈裟。行中乞化，坐演三車。却怕人知，怕人問，怕人誇。雪竹交加，玉樹槎芽，一枝開五葉梅花。東村檀越，西市恩家，但去時齋，閑時講，坐時茶。」其二：「無物思量，萬慮皆忘，坐西班大衆禪床。麄衣遮體，粥飯充腸。有一函經，一佛像，一爐香。功課尋常，功行非常，愛山中白晝偏長。翠苔巖洞，緑水邊傍，有一天風，一天月，一天凉。」其三：「松嫩堪飡，竹密須删，息塵緣何事相干。心超物外，身處人間。有十分清，十分淡，十分閑。學道非艱，守道多難，結跏趺坐想循環。苦空僧舍，寂寞禪關，對幾層雲，幾層水，幾層山。」其四：「四序無窮，萬劫皆同，守空門佛祖家風。香煙結白，燭影摇紅。對翠梧桐，金菡萏，玉芙蓉。潦倒山翁，少小頑童，天性兒一樣疎慵。偶來塵世，却想山中。有一枝梅，一竿竹，萬年松。」右《行香子》（同前）

七　風花雪月四調贈邑人盧鹿泉納寵：風：「窓外松吟驚枕夢，覺流鶯春動。銀鈎忽聽柔羅響，不信人豪，偏惹東君送。　夜深天籟自中宮，好把滕王頌。細移鴛枕凌嬌鳳，清韻微聞，打破不周洞。」右調《虞美人》　花：「誰裝點上林天巧，取次來蓬島。濃淡襲羅浮，却羨牡丹，容艷知多少。　春來粉蝶踰東墻，桃李深縹緲。重蔭樛木，鹿泉正室蕭氏最賢，故及之。蔓引群芳，上苑真珠小。」右調《醉花陰》　雪：「梨苑飄寒，想不到錦園深處。瑤臺玉樹，笑把梁才注。　白映西窓，瓊滴東床，清香晚住。銀光夜度，夢結桃源路」右調《點風（當作絳）唇》　月：「初漏東簾斜影，一圓粉黛當空。美唐皇傾倒其中，牽惹鸞和鳳。　梅暗猶香韻，花羞不點紅。澄漢無星雲雨通，不與梨花同夢。」右調《西江月》（同前）

敖文楨詞話

敖文楨（一五四五—一六〇二），字嘉猷，號龍華，高安（今江西）人。萬曆五年進士，選庶吉士，授編修，為翰林院檢討，累官禮部侍郎。有《薜荔山房藏稿》十卷，此據《續修四庫全書》影印明萬曆牛應元刻本録詞話一則。

一

《逋廬解》：逋廬居士晚好梅，凡耳目覩記，手持口詠，悉并而寓諸梅。聞有善寫梅者，冒暑走數十里謁而請之。有宋山人訪余，至善詠寫，則與同寢食者數日，必窮其伎而後去。自號曰四休六逸逋廬居士，顔其齋曰逋廬。已又製四休六逸詞、咏梅諸什示余，余為和之。先是屬其説於余，而余未有以應也。久之，客有嘲余曰：「子之習居士故矣，而何説之難也？」余曰：「未得其解。」客曰：「解何難哉！子不知林君復乎？君復隱居西湖，足不入城市者餘二十年，嗜好泊如。獨鍾咏於梅，當時膾炙人口，於是後之好梅者咸託焉。居士嗜其好，即名其名也，子何索之遠乎？」余曰：「子襲其名，未解其義也。」客因以詰余，余曰：「梅以君復名，君復不以梅名。陶之菊、王之竹、周之蓮，直寓焉爾，而非其實也。果如子言，則世之為元亮、為子猷、為茂叔者，盡天下哉！夫逋之義，負也，逃也。負于此，必逃於彼。逃而復焉，此君復之所為名而字也。居士固亦有所逃焉耳。」客咲曰：「異哉！逋逃賤稱，何以目居士而且及古人乎？」余曰：「子豈知逃者哉？古有以身逃者矣，屠羊説，其人也；古有以家逃者矣，顔闔，其人也；古有以國逃者矣，越王子搜，其人也；古有以天下逃者矣，石户之農，其人也。彼不善逃者，畏景而不知處陰，竊鈴而掩耳以馳也，逃何容易言哉！」客曰：「請言居士之逃。」余曰：「居士，其固知逃哉！居士初嘗治博士家業矣，竟之未見其止也。迺有厭心，買山數畝於陽嶺之陽，决渠編籬，蒔花種柏，招邀嘯咏，以遊以嬉，號曰南陽山人。既而去之，以遺其子，而又戒其弗葺也，則舉以授余，余因而疏之、垣之、池之、亭之，日與居士偃息其中，時而奕，時而歌，時而頹然以醉，而翛然以歸。居士不知為余，余亦不知為居士也。居士之為南陽，入而穴土室以居，則曰坐忘窩。出而拊松枝與鳥語相和，則曰巢松子。又自其所居，步澳溪之滸，合一流而匯瀦，波洄瀠洑，折而東之，而漣漪渙漾也，則曰觀瀾子。居士，其逃名乎？其逃實乎？信乎居士之善逃也。」客曰：「乃今聞逃之義，得居士之解矣。然則子之徑而菊，池而蓮，環囿而竹，狂呼而醉，静觀而止也，其亦曷逃乎？」余曰：「壺子之九淵，神逃也。」客恠其語，以告居士，居士輾然曰：「有是哉！其言逃乎？雖然，知我者也。余將與之逃諸廣莫之野，無何有之鄉，渾沌之與游，溟涬之與居，諄芒之與適，烏知所謂大塊之勞我、佚我、休我哉？而余直以彼為善復矣。」余聞之曰：居士其見善者，機乎？彼既其文者也，示之以太沖，則直有逃焉爾。（《薜荔山房藏稿》卷六）

于慎行詞話

于慎行（一五四五—一六〇七），字無垢，東阿（今山東）人。隆慶戊辰進士，官修撰。引疾歸，起爲左諭德，拜禮部尚書，兼東閣大學士，卒謚文定。貫穿百家，學有原委，北人居詞館者推爲冠冕。著《穀城山館文集》、《穀城山館詩集》、《穀山筆麈》、《讀史漫録》等。《穀山筆麈》十八卷，爲其退居穀城山中時所著，分三十五類，所紀多明代典故，亦頗及雜説。此據《續修四庫全書》影印明萬曆于緯刻本録詞話一則。

一　宋元詞曲有出於唐者，如《清平樂》、《水調歌》、《柘枝》、《菩薩蠻》、《八聲甘州》、《楊柳枝詞》是也。朱温歸鎮，昭宗以詩餞之，温進《楊柳枝詞》五首，今雖不傳其詞，彼時曲度多是七言絶也。以全忠之兇悍而能爲歌詩，可與青陵嗣響矣。（《穀山筆麈》卷八）

梁橋詞話

梁橋，字公濟，號冰川子，真定（今河北正定）人。由選貢生授四川布政司經歷。《冰川詩式》十卷，有嘉靖乙巳自序，云冰川子《詩式》，式冰川子詩也。冰川子嗜吟，乃盡取古今諸名家詩法詩話而歷覽之，擬議編摩，纂成此編。分定體、練句、貞韻、審聲、研幾、綜賾六門，雜録舊説，參以臆見。此據《四庫全書存目叢書》影印明隆慶四年朱睦㮮、梁夢龍刻本録詞話二則。

一　詩餘，即香奩、玉臺之體，言閨閣之情，乃艷詞也。作者雖多，要之，貴發乎性情，止乎禮義。今於《草堂詩餘》中録數首，以為法式：《傾盃樂·上元應制》（柳耆卿）：「禁漏花深，繡工日永，蕙風布暖。變韶景，都門十二，元宵三五，銀蟾光滿。連雲複道淩飛觀，聳皇居麗，佳氣瑞煙葱倩(當作蒨)。翠華宵幸，是處層城閬苑。龍鳳燭、交光星漢，對咫尺、鰲山開雉扇。會樂府兩籍神仙，梨園四部絃筦。向曉色、都人未散。盈萬井，山呼鰲抃。願歲歲，天仗裏，常瞻鳳輦。」《喜遷鶯·丞相上壽》(宋康伯[脱「可」字])：「臘殘春早，正簾幙護寒，樓臺清曉。寶運當千，佳辰餘五，嵩嶽誕生元老。帝遣阜安宗社，人仰雍容廊廟。盡總道，是文章孔孟，勳庸周召。師表，方眷遇，雨(當作魚)水君臣，須信從年少。玉帶金魚，朱顔緑鬢，占斷世間榮耀。篆刻鼎彝將遍，整頓乾坤都了。願歲歲，見柳梢青殘(當作淺)，梅英紅小。」《桂枝香·金陵懷古》(王荆公)：「登臨送目，正故國晚秋，天氣初肅。瀟灑澄江似練，翠峰如簇。歸帆去棹殘陽裏，背西風、酒旗斜矗。綵舟雲淡，星河鷺起，畫圖難足。念自昔，豪華競逐。恨(一作嘆)門外樓頭，悲恨相續。千古憑高，對此謾嗟榮辱。六朝舊事隨流水，但寒煙、衰草凝緑。至今商女，時時尚歌，後庭遺曲。」《念奴嬌·赤壁懷古》(蘇子瞻)：「大江東去，浪淘盡、千古風流人物。故壘西邊，人道是、三國周郎赤壁。亂石穿空，驚濤拍岸，捲起千堆雪。江山如畫，一時多少豪傑。遥想公瑾當年，小喬初嫁了，雄姿英發。羽扇綸巾，笑談間，檣艫灰飛煙滅。故國神遊，多情應笑我，早生華髮。人生如夢，一樽還酧(當作酹)江月。」《祝英臺近·春晚》(辛幼安)：「寶釵分，桃葉渡，煙柳暗南浦。怕上層樓，十日九風雨。斷腸點點飛紅，都無人管，倩誰喚、流鶯聲住。鬢邊覷，試把花卜歸期，纔簪又重數。羅帳燈昏，哽咽夢中語。是春帶愁來，春歸何處，又不解、帶將愁去。」《水龍吟·春恨》：「鬧花深處，層樓畫簾半捲。東風軟，春歸翠陌平莎，茸嫩垂楊金淺。遲日催花，淡雲閣雨，輕寒輕暖。恨芳菲世界，遊人未賞，都付與，鶯和燕。寂寞憑高念遠，向南樓，一聲歸鴈。金釵鬬草，青絲勒馬，風流雲散。羅綬分香，翠綃封淚，幾多幽怨。正銷魂，又是疎煙淡月，子規聲斷。」《滿江紅·詠雨》（陳瑩中）：「斗帳高眠，寒窓静、瀟瀟雨意。南樓近，更移三鼓，漏傳一水。點點不離楊柳外，聲聲只在芭蕉裏。也不管、滴破故鄉心，愁人耳。無似有，遊絲細，聚復散，真珠碎。天應分付與別離滋味，破我一床蝴蝶夢，輸他雙枕鴛鴦睡。向此際，別有好思量，人千里。」《望遠行·冬雪》（柳耆卿）：「長空降瑞，寒風剪，淅淅瑶花初下。亂飄僧舍，密灑歌樓迤邐，漸迷鴛瓦。好是漁人，披得一簑歸去，江上晚來堪畫。滿長安，高却旗亭酒價。幽雅，乘興最宜訪戴，泛小棹越溪瀟灑。皓鶴奪鮮，白鷴失素，千里廣鋪寒野。須信幽蘭歌斷，同雲收盡，別有瑶臺瓊榭。放一輪明月，交光清夜。」《水龍吟·詠楊花》（章質夫）：「燕忙鶯懶芳殘，正堤上柳花飄墜。輕飛（脱「亂舞」二字）點畫青林，全無才思。閑趁遊絲，静林（一作臨）深院，日長門閉。傍珠簾散漫，垂垂欲下，依前被，風扶起。蘭帳玉人睡覺，恠春衣雪霑瓊綴。繡床漸滿，香毬無數，纔圓却碎。時見蜂兒，仰粘輕粉，魚吞池水。望章臺路杳，金鞍遊蕩，有盈盈淚。」詩餘和韻：《水龍吟·詠楊花和韻》（蘇軾）：「似花還似非花，也無人惜從教墜。抛家傍路，思量却是，無情有思。縈損柔腸，困酣嬌眼，欲開還閉。夢隨風萬里，尋郎去處，又還被、鶯呼起。不恨此花飛盡，恨西園，落紅難綴。曉來雨過，遺蹤何在，一池萍碎。春色三分，二分塵土，一分流水。細看來不是，楊花點點，是離人淚。」詩餘回文：《菩薩蠻·秋思回文》（丘濬）：「紗窓碧透横斜影，月光寒處空幃冷。香炷細燒檀，沉沉正夜闌。更深方困睡，倦極生愁思。含情感寂寥，何處别魂銷。」《菩薩蠻·賞園花隨句回文》（魏偁）：此體每句隨回，與全篇自尾句回至首句體不同。今録以備。愚意絶句、律詩、古詩亦傚此體為之，但未之前聞，不敢妄擬。「曉園花暖蒸香草，草香蒸暖花園曉。蜂蝶戀嬌紅，紅嬌戀蝶蜂。酒杯歡處有，有處歡杯酒。狂客醉春芳，芳春醉客狂。」（《冰川詩式》卷二「詩餘」）

二　大史公曰：《國風》好色而不淫，《小雅》怨誹而不亂。《左氏傳》曰：《春秋》之稱微而顯，志而晦，婉而成章，盡而不汙，此《詩》與《春秋》記事之妙也。近世詞人閑情之靡，如伯有所賦，趙武所不得聞者，有過之無不及焉。是得為好色而不淫乎？惟晏叔原云：「落花人獨立，微雨燕雙飛。」可謂好色而不淫矣。唐人《長門怨》云：「珊瑚枕上千行淚，不是思君是恨君。」是得為怨誹而不亂乎？惟劉長卿云：「月來深殿早，春到後宫遲。」可謂怨誹而不亂矣。近世陳克《詠李伯時畫寧王進史圖》云：「汗簡不知天上事，至尊新納壽王妃。」是得為微為晦為婉為不汙穢乎？惟李義山云：「侍燕歸來宫漏永，薛王沉醉壽王醒。」可謂微婉顯晦盡而不汙矣。（同前書卷十「學詩要法下」）

侯甸詞話

侯甸，自稱西樵山人，蘇州（今江蘇）人。行蹟不詳。著《西樵野記》十卷，末有侯氏嘉靖庚子所撰後叙，自謂少從侍祝允明、都穆門下，聞其清談怪語，隨筆識之，均為國朝事，凡一百七十七事。又云幽怪之事，使人可驚可異，可懲可勸，有裨風教，故成此編。此據《續修四庫全書》影印明抄本録詞話一則。

一

張明善者，元之遺老，善戲謔，能以詼諧語諷人，聽之，令人絶倒。僞吴張士誠據蘇時，其弟士德攘奪民地，以廣園囿，侈肆宴樂。席間無明善則弗樂，一日，雪大作，士德設宴，張女樂以侑觴，邀明善詠雪，明善走筆題云：「漫天墜，撲地飛，白占許多田地。凍殺無民都是你，早難道、國家祥瑞。」書畢，士德大愧，卒亦莫敢誰何也。（《西樵野記》卷六）

任良幹詞話

任良幹，字直夫，號南嶠，桂林（今廣西）人。嘉靖乙酉舉於鄉，授潛江教諭，嘉靖癸卯知楚雄。《詞林萬選》四卷，舊本題明楊慎編，任氏知楚雄時梓行，並有序。此據全國圖書館文獻縮微復製中心出版《汲古閣宋人詞文及填詞集》影印明末毛氏汲古閣刻《詞苑英華》本《詞林萬選》録序文一則。

一

《詞林萬選序》：古之詩，今之詞也。二《雅》二《頌》，有義理之詞也。填詞小令，無義理之詞也。在古曰詩，在今曰詞，其分以此。故曰：「詩人之賦麗以則，詞人之賦麗以淫。」蓋自漢已然，况唐以降乎？然其比于律吕，叶於樂府，則無古今，一也。雖然，邪正在人，不在世代，於心，不於詩詞。若

《詩》之《溱洧》《桑中》「鶉奔」、「雞鳴」，雖謂之今之淫曲可也。張于湖、李冠之《六州歌頭》、辛稼軒之《永遇樂》、岳忠武之《小重山》，雖謂之古之雅詩可也。填詞之不可廢者以此。升庵太史公家藏有唐宋五百家詞，頗為全備，暇日取其尤綺練者四卷，名曰《詞林萬選》，皆《草堂詩餘》之所未收者也。間出以示走，走驟而閱之，依綠水，泛芙容，不足為其麗也。茹九畹之靈芝，咽三危之瑞露，不足為其甘也。分織女之機絲，秉鮫人之綃杼，不足為其巧也。蓋經流水之聽，受運風之斤者矣。遂假録一本，好事者多快見之，故刻之郡齋，以傳同好云。時嘉靖癸卯季春吉，奉政大夫守楚雄府，桂林任良幹書。（《詞林萬選》）

王文禄詞話

王文禄，字世廉，海鹽（今浙江）人。嘉靖辛卯舉人。少舉鄉薦，屢上春官不第，居身廉峻，未嘗以私干人，遇不平時叱駡，不避權貴。性嗜書，聞人有異書，傾囊購募，得必手校，縹緗萬軸，置之一樓，俄失火，大慟。所著有《藝草》、《邑文獻志》、《衛志》等，輯有《百陵學山》，《百陵學山》一名《邱陵學山》，乃彙刻諸書，以擬宋左圭《百川學海》，其中收有王氏本人著作如《竹下寤言》、《廉矩》、《海沂子》、《文脉》、《詩的》等十八種。《詩的》前有萬曆乙亥王氏自序，云：「詩的者，詩之準也，非中的，則非詩也，而中的者鮮矣，惟律詩尤難中的。」故為表而出之，以便學人心悟。此據影印明刊《百陵學山》本録詞話三則。

一言之精者為文，文之精者為詩。唐朝以詩開科取士，三百餘年，詩之名家斬止數人，惟李、杜為最。科選反遺之詩，殆難知哉！況《三百篇》後，以至於今，詩何多也？非奇妙有關係能興起人決不傳，是以一代不過數人，一人不過數首。李詩予愛《與元丹丘方城寺談玄》曰：「茫茫大夢中，惟我獨先覺。騰轉風火來，假合作容貌。滅除昏疑盡，領略入精要。澄慮觀此身，因得通寂照。朗悟前後際，始知金仙妙。幸逢禪居人，酌玉坐相召。彼我俱若喪，雲山豈殊調。清風生虛空，明月見談笑。怡然青蓮宮，永願恣遊眺。」見性之作也。詩話載李太白騎赤虬行空去，殆仙才乎？成化間，憲副河間張岐江行見樓船上掛一幅，曰「天下詩伯岐口吟」，問之曰：「何人船上稱詩伯，萬斛珠璣借一觀。」船上答曰：「日暮不吟清絶句，恐驚星斗落江寒。」人疑為李太白云。杜詩予愛《玉華宮》詩曰：「溪回松風長，蒼鼠竄古瓦。不知何王殿，遺構絶壁下。陰房鬼火青，壞道哀湍瀉。萬籟真笙竽，秋色正瀟灑。美人為黄土，况乃粉黛假。當時侍金輿，故物獨石馬。憂來藉草坐，浩歌淚盈把。冉冉征途間，誰是長年者。」得漢、魏音調，感慨深矣。韓昌黎《東方半明》詩曰：「東方半明大星没，獨有太白配殘月。嗟爾殘月匆相疑，同光共影須臾期。殘月暉暉太白睒，睒雞三號更五點。」調古而意淵雄渾哉！但「同共光影」可以互移，未善耳。柳柳州《漁翁》詩曰：「漁翁夜傍西巖宿，曉汲清湘然楚竹。煙銷日出不見人，欸乃一聲山水渌。回看天際下中流，巖上無心雲相逐。」氣清而飄逸，殆商調歟？陶靖節自桓公來世為晉臣，故詩年記義熙，有麥秀黍離之嘆，音調法《古詩十九首》，誦之令人起塵外之思，昭明真知言哉！陸象山《語録》曰：「李白、杜甫、陶淵明，皆有志於吾道。」又曰：「人

之文章多似其氣質，杜子美詩乃其氣質如此。」（《詩的》）

二　萬曆乙亥仲秋幾望，卧聞蟲聲，仰見月色，忽憶岳忠武飛《小重山》詞云：「昨夜寒蟲不住鳴，驚回千里夢，已三更。起來獨自繞堦行，人悄悄，簾外月朧月。白首為功名，舊山松竹老，阻歸程。欲將心事付瑶琴，知音少，絃斷有誰聽。」誦其詞，如睹其貌。英雄之言自能動人，信矣！可恨秦檜壞此文武全才也。岳贈方逢辰《登雲新扁記》，在淳祐戊申。又明年庚戌，方登狀元，應其期，岳能知人矣。記中一對云：「日月却從閑裏過，功名不向懶中來。」勉之也。岳《題湖南寺》詩一聯云：「潭水寒生月，松風夜帶秋。」楊升庵稱不讓唐之名家。（同前）

三　楚屈原變騷，宋玉變賦，漢變樂府，如《濁漉》題不可解。唐李白、白居易變今樂府，如《憶秦娥》、《長相思》，宋、元增新題，如《滿江紅》之類。又變為曲，艷麗綺靡，詩餘極矣。今則不能變焉，不過述之而已。夫虞帝不可及矣，屈原，其作者之聖乎？述者其明也，奈多不明者。詩非詩，賦非賦，文非文，妄刻成集，徒以顯爵炫赫，安能美愛斯傳？黄五岳曰：「凡一官有一集，何多乎！誠災木汙紙也。且精神既分於榮富，文章衹作為應酬，無文心，安得垂永？」王生曰：「詩文之妙，非命世之才不能也。惟養浩然之氣，塞乎天地之間，始能驅一世而命之也，若執化工之柄。《陰符》曰：『天地在乎手，宇宙生于心。』悟此者，可與論詩文也。」（同前）

周夢暘詞話

周夢暘（一五四六—？），字啟明，南漳（今湖北）人。萬曆甲戌進士，布政司參政，官至工部都水司郎中。所著《水部備考》、《常談考誤》。此據《四庫全書存目叢書》影印明萬曆三十年刻本《常談考誤》録詞話一則。

一《望江南》：《望江南》，詞名，隋煬帝作，凡八首，詞調新麗，唐以前屬南吕宫，今入大石調，一名《憶江南》，一名《江南好》。《樂府雜録》以為李衛公為亡妓謝秋娘撰，不知是否？而近見有刻《望江南集》於中山者，直以為李衛公著，其中盡言兵法占候，而序之者曰：「不知集名《望江南》者何所指？」嗚呼！詞名且不知，又安望其知兵乎？今世達官，其謬類如此。（《常談考誤》卷四）

馮夢禎詞話

馮夢禎(一五四六—一六〇五),字開之,秀水(今浙江嘉興)人。萬曆丁丑會元,選庶吉士,除編修。左官外謫,量移南司業,累遷南國子監祭酒,劾免,遂不復出。築室孤山之麓,家藏《快雪時晴帖》,名其堂曰快雪。所著有《真實居士集》、《快雪堂集》、《歷代貢舉志》、《快雪堂漫録》、《西湖竹枝詞》等。此據《四庫全書存目叢書》影印明萬曆四十四年黄汝享、朱之蕃等刻本《快雪堂集》録詞話五則。

一 《序田子藝先生〈緺園心調〉》:《緺園心調》者,吾友田子藝先生所著詩餘、南北詞曲也。詞曲本詩餘,詩餘本唐人之詩,唐人之詩本漢、魏古選,漢、魏古選本三百篇,雖曰愈趨愈下,其為宣達性情、古今雅俗，一也，以故勝士名流不惜降格為此。子藝高才不遇，為老廣文，其胸臆納結，未免發之著作，此調，太倉稊米耳。然其胸中一改超然灑落處，挾日月而驅風雷，與紅塵隔絶者，此亦可以窺見一班也。雖然，詞曲亦難言矣。嘗聞本朝王渼陂先生欲填北詞，迎善歌者至家，閉門學唱三年，然後操筆，遂能與金、元人争奇。而高永嘉《琵琶》為世所尸祝，識者猶恨其不諧宮調，蓋詞曲之難如此，而子藝優為之。余不知度曲，興到，以意為之，俗謂之隨心令，以故不敢輕率填詞，子藝之學無所不通，宜筆端遊戲乃爾。余不知詞曲，能知子藝也。子藝索序，遂書此以質之。（《快雪堂集》卷一）

二　《序黛玉軒新刻北雅》：《北雅》者，舊為《太和正音譜》，而吾友張孟奇中翰易以今名而刻之，志悼也。初孟奇假是書于余，曰：「方有剞劂之役，以待校對。」余性多忘，久廼檢付，故不測余本之完缺。已再晤，孟奇曰：「假本後卷尾缺十數紙，與余本同，而余本前卷之缺得以相補。近又得别本補足，稱完璧矣。」已刻成，返借本，并餉新本，余目之稱快。而孟奇曰：「余刻是書，意有所悼，不敢以兒女情悉之長者業，因人以聞，幸卒賁之一言，為此刻前茅。」余唯唯已。孟奇且挂帆北，而後以黛玉軒自撰引至，促余命筆，余始詳其事，尚未詳其人也。孟奇云：「别有傳，恨未見耳。」余故賞孟奇豪，而于此又喜其新作有情癡，北詞大都出金、元名筆，以聲調為主，而詞副之，詞有工拙，而音調無不協。本朝王渼陂初作北詞，舉似善唱者，曰：「詞則佳矣，謂音律何？」於是渼陂習唱三年，遂以填詞顯。今之人如留心音調，此書，其金科玉條也，可易言哉！而以一女子饒為之，不數月而手與器相習，其頴慧有過人者，宜孟奇之鍾情也。嗟乎！佳人才子遇合故難，保終尤難。非天折于生前，則流落于身後，讀杜樊川「黄金散盡」、白香山「春盡絮飛」之句，尤可酸鼻，無論其他。即為燕子樓之眄眄，寧令所天多賦悼亡耳。然則此姬人者，豈可謂不幸哉！敢以廣孟奇，是為序。萬曆壬寅長夏日，屬草于鬱金堂，時凉雨初收，清歌未歇。（同前書卷二）

三　楊公亮見招：不佞四晝夜寒熱不已，今且汪然成瘧，骨岑岑立矣。足下烏得作檄辭，當枚生《七發》耶？人間世嘲謔馬而馬、牛而牛，奚擇？而不佞惡王子年語，思解免耶？詞令小藻，即不妨屬續，况未及此，足下知之。（同前書卷三十三「尺牘」）

四　《答田子藝》：《縵園心調》甚佳，詩餘逼真秦七黄九，南北詞施君美下、高則成上，必傳無疑。雜劇是北調，傳奇之名通南北。《歸去來》以南調稱雜劇，義似未允，不若改稱傳奇為妥。且淵明貧士，中間鋪張，未免有富貴氣，足下或借以自寓可也，試酌之。幼兒辱壓驚詩，讀之，爽氣溢目，足為此兒生色。又承教《紅縷》，係煎餅事，用事切當，但祝意深遠，非所敢當，有感刻而已。寄居長卿書，當覔，便致之。昨略閲《越絶》校本，足下亦未有定論，當為卒業，俟面時商榷。新調一帙，先歸，序文遲數日課上。（《同前書卷三十四「尺牘」）》）

五　《報田子藝》：春來日日欲拉一二三心知，從足下一笑品嵓之下，竟以事奪，僅餘五六日春耳。且欲入山了文責，奈何嗣此又有吴門之行，歸即約足下出唔湖頭，劇談數日，以酬積濶，可也。小詞出自足下，定是當行人語，樂子晉自吴中來已數日，當與渠共讀一過。或有可商處，當拈出奉歸。俚言豈宜弁首？當跋數語，以塞尊意。大哥歸，幸索《越絶》見示，當板行之，使天下知有定本，何快如之。（同前書卷三十五）

孟思詞話

孟思，字叔正，濬縣（今河南）人。明嘉靖乙酉舉人，仕至通判。著《孟龍川文集》二十卷，此據《四庫未收書輯刊》影印明萬曆十七年金繼震刻本録詞話二十二則。

一 《賀魏安峰赴召詞》有引：伏以泰渙賁臨，震升益晉。風摶九萬，直奮翼於天衢；班首三千，方振衣於雲闕。中朝日望，庶寀雷懽。恭惟閣下：日下人豪，斗南名士。操守志存乎冰檗，敏才明鑒於根株。郁郁成篇，美矣兢傳。其句霏霏落屑，時然不厭其言。故德行與政事兼能，乃言語及文章並妙。以畿宰試陳平之宰，用牛刀發庖丁之刀。政績將報于三年，飛譽已騰於四海。八座舉材館之録，九重書殿柱之名。始進交章，皇心簡在；繼閲薦剡，帝曰予聞。千里飛嚴詔之光，百姓來捧檄之慶。通金閨而入瑣闥，一朝瞻衮衣之龍；依日月而會風雲，四海仰朝陽之鳳。民志大畏，會稽惟均。幾年花縣，民則不敢欺，不能欺，不忍欺；此日楓墀，我乃或幾諫，或諷諫，或道諫。為諫官，為宰相，此之謂大丈夫；正朝廷，正萬民，世稱曰真儒者。爰采愛棠之句，而為折柳之詞。詞曰：「自昔英賢，為人臣者，以人事君。看黄閣鸞凰，須掄國瑞，烏臺獬廌，宜選人文。要任一班，清流一等，天下當推第一人。人誰是，有魏徵諫草，魏相條陳。而今後魏振振，也兩褏清風入五雲。趁黄道天開，簪筆執簡，清光日覲，正笏垂紳。造化無功，太平有象，兩手分將天下春。真個是，玉堦鵷鷺，金殿麒麟。」右調《沁園春》。（《孟龍川文集》卷七）

二 《送楊四泉明府赴召詞》有引：名聞楓陛，寵報芝函。萃域中歡，咸天下喜。恭惟閣下：德清而古，氣和以謙。莫夜無四知之金可辭，日昃乏兼蔬之食而飫。三尺漸措，百里升平。用古人心，成今日化思。愛蒙棠蔭，師幸楷模。目送飛鳧，慶際中朝之盛；佇看錫馬，顒瞻直道之行。詞綴《鶯遷》，情伸鵠望。詞曰：「明時多少英雄，四泉才更好。便南國、文宗西江，詩派風流似少。最喜是、月桂浮香，青鸞對舞嫦娥少。趁春風，廣寒庭字飛到。草色宫袍，瓊林初散，便符分廊廟。蹔來與衛水伾山，遺黎城郭康保。車下仁風，人安吏伏，簾垂晝永，柳清花照。筭政聲，即有汗青，前紀休道。」「誰知薦剡，正自交馳，英名分曉。憑誰與争魏，回轅挽車借寇，士類留碑，黎民擁道。但車澹遊塵，采旌縹緲。明時徵入舊龔黄，清朝顯用今周召。聽取紫閣清章，丹墀敷奏，千年從此熙皞。儘教展放經綸，從容率表。花縣愚民，竹馬兒童，郊原環繞。盡祝説，此行也，太平宰輔，緑髩朱顔，

二十四考。」右調《鶯啼序》。（同前）

三 《賀高朗湖明府太僕奬詞》有引：伏以宜民宜人，制邑而德音自貊；之綱之紀，巖廊乃義問宣昭。既著而著則明，有慶而慶以禮。采為製錦，文以成章。名節益升，大觀咸豫。恭惟閣下：坤維發秀，井絡儲精。海宇奇姿，勤自專于高鳳；邦家英偉，年競詫乎徐麟。名始振於華陽，群已空於冀北。律馬以駿，律己以孔，學有真傳；希驥之乘，希人之顏，志不在小。萃四蜀淵雲之學，超三川司馬之才。朝海夕岷，軼騄騮之千里；丁年甲第，榜龍虎之一人。方疾蹄看長安之花，迨燒尾罷曲江之宴。心皎如孤月之朗，量浩乎五湖之寬。東北成始，名燿攀龍。而西南得明，貞利北馬；小屈驥足，來試牛刀。受牛羊而為牧，戚然求芻之心；給驍騎以子民，惕若責駒之意。桑田盛騋牝，心秉塞淵；坰野畜驪黃，思無邪慝。是蓋推撫字之惠，以及於牧民之仁。敏捷有功，而目無全牛；清廉持己，而堂畜齋馬。視民黧黑，如馬玄黃。繭絲乎，保障乎，汗青有耀；野馬也，塵埃也，虛白無心。政體晏嬰，無反魚故齊無反道；事從造父，不窮馬亦舜不窮民。惠及於人，宜百姓以為父；誠獲乎上，諸大夫皆曰賢。善政居多，豈惟典午？守令為最，行且召庚。故邑聞長吏之良，而檄得僕臣之正。頌其平政，樹之風聲。僚宷駿奔，歌工麕至。采綴輿人之頌，詞彰君子之榮。詞曰：「明時人物齊堯舜，正萬載、昇平運。西南萬里又生賢，才更過、淵雲幾品。龍榮黃甲，鳳下赤霄，整爾牛刀製錦。

棠陰驥展稱神駿，九里皇都潤。九卿三事駭青年，乃爾聲名隱隱。午門班笋，庚牌問栢，日與長安皆近。」右調《御街行》。（同前）

四《魏安峰明府獎詞》有引：籍甚政聲，不俟朞月而可；交辟薦剡，倏來兩府之褒。正君子之道方亨，見士民之心胥悦。式彰清德，特奉采旌。恭惟閣下：冰姿外揚，玉懷内潤。聲蜚三晉，蚤聞倚馬之才；書納五車，夙有行厨之譽。乃初開天上之桂籍，便來領河朔之花封。曰清曰慎曰勤，當官斯易；唯達唯果唯藝，從政奚難？故下車八月之間，得上官兩章之薦。政化若水，發擿如神。非但為六郡之標，亦且居皇畿之首。僉曰德舉，公論明揚。人皆仰之，籍已填諸材館；魏大名也，姓必貼于御屏。兹獻瑰詞，載懽瑶席。詞曰：「炎漢宗工，盛唐名閥，兩代元勳。看魏相忠誠，倚天拔地，魏徵直氣，擘霧開雲。一魏名華，兩朝宰相，誰在黎陽獨有恩。文貞好，曾馳軺握節，撫慰斯民。 從來冠蓋紛紛，今分符黎陽又有人。喜當道推轂，古時循吏，專城共仰，今日神君。弊絶風清，聲聞名遠，催入皇家作鳳麟。停停看看，沛為霖雨，天下皆春。」右調《沁園春》。（同前）

五《賀陳一泉廣文獎》有引：伏以治國家曰教與政，實維紀綱；居官守者才而賢，乃宜職分。今鱣堂之教，亦秖以異；而烏臺之政，乃揚其清。寮寀觀升，俊髦隨豫。恭惟閣下：才清學博，性古識高。計稱六出之奇，志眇一室之小。得關西正大之氣，謙尊而光；待河朔精進之人，寬柔以教。法能盡黎水端木之颕悟，兼雍州横渠之勤勞。士氣一新，人文丕變。考德于月旦，亦希聖，亦希賢；較乎文矩，則渾渾以噩噩；師其德容，又模模而範範。循循善誘，姑唯教之；諄諄誨言，與其進也。故藝于霜臺，其文炳，其文蔚。芹泮允師生恩義之譽，栢臺署文章道德之稱。濡翰剡章，監司薦賢而為國；植幖列采，宫寮舉典以旌能。爰揀德美於蕪詞，詠歌歡悰於綺席。詞曰：「關西夫子，便唾手功名，擷拾青紫。小試龍吟，且卧芹池春水。文章華國才伊呂，非尋常、廣文苜蓿，冷官而已。試看一飛，冲天而起。陳仲舉、英名如許，觀黎陽東壁，分野德星又聚。推轂當時，説是公門桃李。山公啓事書，君字豈能滯，青年外史。春雷震，泮池龍去，翻騰霖雨。」右調《桂枝香》。（同前）

六　《賀胡二溪擢禮部主政》：伏以祥開北極，式瞻近日之光；政洽南燕，喜覩飛雲之召。花封遺愛，蘭省新榮。士庶懽同，國家慶渥。恭惟閣下：灌牙鍾秀，軫翼降精。量宇恢恢，吞雲夢者八九；文光燁燁，射牛斗之三千。才德兼全，英游允塞。道夙諳於遊刃，筆早揬乎奇鋒。嫖帥詞壇，掉鞅文囿。匪但魁經于全楚，寔維賢寶于熙朝。有猷有守有為，居官斯易；曰達曰果曰藝，從政奚難？筮仕甌閩，南國之風謡裒然推首；薦歷鄘衛，北方之仕者未能或先。清恐人知，自守胡質之家法；事無不理，世稱伯始之中庸。政事懋哉，胡然天也。故能灑楚溪之清泚，沛滑水之恩波。禮達斯信，戴之如父母；誠精而明，仰之若神君。折折爾，猶猶爾，既濟政事之成；廣廣然，昭昭然，大有聲名之著。是為小試，豈能久淹？時乏寅亮之臣，特有庚牌之召。郎星出室，升賢宰以復星躔；説禮敦詩，用詩魁而主禮政。春曹新承，舜命直哉。惟清頌典，久習漢儀。齊之以禮，進擢天官。人物之府；必自宗伯；禮樂之司，天上文昌。人間清選，簉羽鵷鷺獨秀；容臺接武，夔龍有華瑞錦。大典章，大制度，議論中而天地官；有問學，有文章，考覈詳而上下紀。五禮六樂，黼黻皇猷；十義七情，贊襄治化。順風而聽，指日以期。某等既觀報章，莫留飛舄。繡裳獲之子覯，下情依依；衮衣以我公歸，東人戀戀。采之輿誦，裁為蕪詞。詞曰：「風移南國，有岳翠江澄，水山清徹。淑氣凝祥，地靈炳瑞，楚産元精豪傑。禮樂縱横，謾掃金榜，文名高揭。人道是，好思袍仙籍，桂香新折。超越政行處，春暖花封，皎皎秋空月。捷出南宫，南宫再入，學行文章三絶。清秩妙選人英，玉笋森行前列。鳴珂動，長日覲清光，玉樓金闕。」右調《喜遷鶯》。（同前）

七《賀劉贊府獎》有引：政佐畿封，久著清勤之績；聲蜚輦轂，竟來褒嘉之章。剡下松庭，喜傳花縣。實彰公論，允愜輿情。恭惟閣下：玉德中涵，冰姿外澈。寬和未嘗忤物，平易足以近民。聰聽塏陣而不聾，明徧梟封而匪察。才名籍籍，清譽喧喧。有大助于牛刀，今小淹于馬政。然繁耗闕軍國之彊弱，而養俵係民人之富貧。非有疏通樂易之賢，莫寄牧養攻執之政。三物既重，六屬尤專。今有用蒲鞭之寬，兼過持一錢之寵。趣馬正馬，咸擇其良；牧師圉師，罔敢不善。故有乾之良，而無老瘠；乃皆坎之美，而鮮薄蹄。部之京國，而上不費心；兖之畿甸，而下不勞力。是蓋心之淵塞，必有騋而牝者匹三千；可驗思之無邪，乃見駉而牡老色十六。僕臣胥薦，柱史交章。列郡咸推，百城觀感。今日一同之貳，且聽虵綠之一鳴；它時九達之衢，行看蜚黄之萬里。思幸覲榮獎，尤劇懽忻。敬裁缶音，用侑瑶爵。詞曰：「春秋去幾千年，文公遺下中原地。燕趙南陲，魯齊西畔，夷梁北際。淇衛拖藍，浮伾拱秀，太行疊翠。但靈雨蕭蕭，騋牝名在，不見有，三千騎。只是無人做起，非河山、古今偏異。我有賢丞，能驅善策，三年料理。散在民間，貢將上國，行行隊隊。見芝函飛下，燕山定、催促朝天轡。」右調《水龍吟》。（同前）

八《送張巘山主户部政》：泰渙賁臨，震升益晉。離花封之數雉，隨蘭省而委蛇。昭代有人，劇曹得士。竊惟君子不器，儒者遠材。惟能養之者有其全，故於用之也無不當。邑宰可治賦，方知冉有之藝能；學士試開封，益見東坡之儁偉。矧累朝極盛之治，玆一時經費之繁。東南民力竭矣，而海鰌畫鵲之艱征；西北虜勢騷然，復流馬木牛之宂運。欝欝口謀于國計，切切時患乎軍儲。方難求職會之司，尤重得大農之選。繁劇如木之錯節而難遊刃，正須敏達之才；財賦若賦之脂膏而易污人，必用清吉之士。版曹職重，輿論官榮。恭惟閣下：坤毓西南，夙得直方之體；艮聲東北，早成終始之名。文學有蒼之長，兼善九章之法；循良過堪之政，又生兩穗之禾。畿邑日近于長安，聞九里之潤而陟九扈；粉署雲深于宮闕，明三德之乂而裨三司。百令空群，六屬得儁。幾年而下魚梟之國，一朝而綴鵷鷺之班。人羨其英妙時，世推為通達士。外之而民志畏，不敢欺，不能欺，不忍欺；內之則會稽均，日計足，月計足，歲計足。有司量入，無妄匪頒。惟前者乃先一方，必今之不後四海。有官守者，居此日，業此日之官；君賜受之，寬一分，受一分之賜。縉紳謂與其進也，由是為卿，卿而公；父老曰無以歸兮，孰使吾樂，樂而利。然薦賢為國，乃以人而事君；若理財正辭，又聚衆而守位。豈奪召父，不借寇君。由是觀之，自此升矣。私權輕重，羞稱仲父之伯功；自領度支，佇看梁公之相業。式陳輿誦，寅餞丹僊。詞曰：「坤維神降岷峨，郁生英秀為明瑞。三峽詞源，千軍筆陣，五車書笥。桂子名高，花封綬早，棠陰頌美。羨張家故事，漁陽滑水，惟兩地、禾雙穗。　早有庚召催還，綴鵷行、青雲萬里。粉署薰香，丹墀班笋，紫垣幞被。政事文章，賢勞清慎，軍儲國計。幾何時、緑髩朱顏，殿上聽、尚書履。」右調《水龍吟》。（同前）

九　《賀董右坡薦》有引：雉郊觀政，咸沐鴻休。烏府褒函，賁章蜚譽。郎潛小試，政路大猷。羽箴百辟之鵷鸞，飛入材館；名徹九關之虎豹，直上御屏。憲匪私嘉，士誠公賀。恭惟閣下：河洛嵩高之精氣，江漢星斗之文章。濯洞庭而望八荒，屬之足底；吞雲夢而蟠七澤，盡在腹中。誠不愧擾龍之前，宜其稱董狐之后。圖書之車載者五，匪但晉國之籍文；天人之策對其三，奚止漢儒之氣象？王仲淹稱為顏子，彼或劣焉；諸葛亮目為忠誠，此為優矣。騰蛟起鳳，人虎文龍。三千字而日未斜，鏗鏘禮樂；九萬里而風斯下，變化鵾鵬。為龍為光，公才公望。謂當直鼇禁而簪麟筆，乃復聊雞割以試牛刀。應徽垣二十五星，下郎官而上關天象；分畿甸一同百里，今縣令而古曰諸侯。周人垂父母之章，董氏崇師帥之任。況憑蒼厓而俯清泚，得意于山水之間；首赤縣而瞻紫宸，見日與長安之近。武公風其美矣，季札咏其淵哉。故縣不難於百折灘，而河自可以九里潤。蘊聖賢之實學，兼豪傑之真才。日下無雙，寰中第一。元精貫乎今古，維斗之北，維斗之南；賢勞傳於循良，戴星而出，戴星而入。速矣中牟之化理，拙哉陽子之徵科。璽絲乎，保障乎，媲美晉陽之惠；訟獄者，謳歌者，同聲河朔之謡。所至喧然，邦彦其之子，司直其之子；自此升矣，國人皆曰賢，大夫皆曰賢。今鳳闕方需於馭龍，乃豸史即隨之薦鶚。佇看庚召，恐難廻轍于花封；行綴寅同，共慶聯班于笋立。思等幸同門下，獲在域中。守土地之一廛，類乾坤之赤子。有為王留行者，喜國家賢聖之登庸；無以我公歸兮，洩郊野人民之綣戀。頓忘茅賤，肅玒蕪詞。詞曰：「蟾宮仙桂傳香，飛來小試經綸手。夜雨莎庭，春風桃縣，疎簾清晝。政事龔黃，人才賈董，文章韓柳。薦臯飛，早晚入天衢，佇看鶯、遷北斗。

盛事古今希有，咲萊采、斑衣煞陋。宮花紅艷，玉卮流金，錦袍翻袖。愛日依雲，移忠全孝，棠陰碑口。看他年、領取紫誥泥金，人問榮壽。」右調《水龍吟》。（同前）

一〇《賀胡戇齋京闈高捷詞》有引：育才槐市，大蜚璧水之聲；掄士棘圍，果擢玉京之選。既策名于國彥，亦望重於鄉評。喜此桂花，榮吾桑梓。恭惟閣下：清標令器，瓌瑋奇才。午夜筆花，嘗覺丹衷之夢；三年冰檗，不宦青州之園。氣豪吁五采之雲，難淹劍化；才敏成八叉之賦，當作金聲。故茲中秋，聊觀上國。摛藻若行雲流水，蔚蔚然，洋洋然；叙書于周誥殷盤，渾渾爾，噩噩爾。動朱衣以黄卷，折丹桂於青雲。風雲會子年，八月已騫乎鶚路；姓名登甲第，三春看躍于龍門。觴侑短詞，事傳佳話。詞曰：「喧喧簇簇，報何物書生，青雲生足。秋漢孤飛，大地人人刮目。便是人龍今變化，但胸中、詩書千斛。來吾語汝，黎陽士子，翰林人物。更看取、宮袍賜緑。消幾多咳唾，春風珠玉。禮樂三十獨對，臨軒黄屋。天下胡公今又見，好次第恩波榮沐。春雷乍響，長安花滿，玉驄蹄速。」右調《桂枝香》（同前）

一一《贈董右坡明府考績詞》有引：三年政洽，令豈尋常；千里邦畿，治為第一。瓜期倏爾，望北闕以鳧飛；棠蔭芾然，走下民之齎至。清時慶天朝之峻擢，赤子戀地主之莫留。共聽筆談，同為輿誦。恭惟閣下：當代文英，中州間氣。清高丰韻，温裕襟期。天挺才華摛藻，灑嵩高之雲霧；地隣私淑，學脉遡伊洛之淵源。材如梁棟，而用且達材；器若瑚璉，而尤能不器。寬以居上，玉出韞則栗然；達以臨民，刃發硎而砉若。煦育恒持一德，釜若烹鮮；苞苴盡絶四知，梁無懸鯉。雖徵科不敢不勉，常勞撫字之心；而刑罰有要有倫，實寓教化之意。確乎無諂瀆之志，下順上安；兼之有變通之才，左宜右有。士元驥足，雖百里亦展其才；子敬豹文，即一斑可知其蔚。曠哉赤縣，穆如清風。政以儒成，吏由循軌。三年無二政，肫肫乎愷悌慈祥；百里如一家，惻惻然撫摩鞠育。士庸禮餞，登仙何異于升班；民任情留，去父莫容其借寇。去思何武，亦奚待赫赫聲；當柄盧公，必書為上上考。綴之小韻，維以遂歌。詞曰：「冰玉無痕，領青山花縣，二年自春。無端愁思，依依正在斯民。古來青史，到今朝、幾個良循。誰繼龔黃遺躅，但傳卓魯芳塵。濬政如神，儘教許春温。秋肅盡、都是行仁。問如何考績，績在民心。東風律轉，玉班中、添個賢臣。同佇望、為霖為雨，明時寅亮吾君。」調寄《漢宮春》（同前）

一二《賀牛翁九十一詞》有引：壽星落人間，時瞻南極；神僊行地上，常對西山。雲嶠行春，霞觴醉月。恭惟：氣淳而古，質癯以清。性焉安焉，德不還而厚重；悠也久也，壽彌永而有常。桂秀蘭芬，立階除之孫子；竹苞松茂，交溪澗之友朋。是以軼太古之散人，作有明之逸士。長伏生之一歲，猶自傳經；多太公之十年，且堪垂釣。高矣美矣，為漢詔之尊崇；優哉游哉，類晉賢之放達。引恬引養，而色而康。儒教曰有達尊，齒一德一；佛道為無量壽，三千大千。是致東海之僊，來獻南山之頌。詞曰：「彤雲縹緲，風急長天曉。樹聲寒，雪意好。太行今幾年，萬嶂復千嶠。捲西簾，一朝却恠青山老。青禽王母到，玉爪麻姑咲。桃東瀛，鶴華表。鸞廻舞袖輕，鳳語笙歌鬧。散神僊，壺中一咲乾坤小。」調寄《千秋歲》。（同前）

一三《賀滑尹楊明府遷守金州詞》有引：琴政賁章，咸將觀化。州符晉寵，隨以升階。車節星馳，冠裳雷賀。恭惟閣下：嵩印毓秀，河洛炳靈。才捷而敵王盧，詩豪而倒元白。明時傳道，世方宗洛下龜山；少日窮經，今又見關西夫子。用中州之禮樂，為東郡之絃歌。曰清曰眘曰勤，當官固易；以果以達以藝，從政奚難？何待三年，更將期月。始焉戴星而出，戴星而入，我獨賢勞；終則一介不取，一介不與，人傳苦節。是以啓事薦第一治行，御屏書獨立使君。由是之焉，自此升矣。超階者三級，漢官儀五馬之榮；兼治乎六城，秦地方千里之重。乃眷西顧，將邁前脩。由畿郡而守邊方，才望獨驚乎遠邇；自京華而視蜀漢，功名行著於西南。滑邑清風，猶戀棠陰之父老；函關紫氣，已瞻竹馬之兒童。公不持劉寵之一錢，我敢賀楊家之三喜。詞曰：「政事文章別，筭古今、名士未得，雙全無缺。口耳周程張朱道，誰是當時豪傑。真個是、古人糟粕，付與專城民社寄，守遺經、一任生枝葉。非巧甚，便癡絶。洛陽夫子真奇特，君便有文章性理，功名事業。小試化民民已化，早自蜚聲藉藉。又皁蓋、朱幡超越。共道陽春隨處滿，偏滑臺漢水人人悦。看指日，朝天闕。」右調《賀新郎》（同前）

一四《賀邢明府膺奬詞》有引：伏以政表百城，方勵清平之化；功高五最，競傳褒寵之章。栢府聲騰，棠陰頌滿。恭惟閣下：上苑文英，東州士望。清明志氣，見振古之神君；愷悌心資，得斯民之父母。堂堂德行，踵顒之風；濟濟才華，遇郡之美。民亦未見其喜，未見其愠，于今三年；公惟不偏于寬，不偏于嚴，常如一日。政通人悦，上恬下熙，刑乃不施，課更以最。拔茅舉善，司馬首列於薦章；

綠衣愛賢，虞相必推諸材館。御公山之龍，騰驤遠道；放正平之鶚，佇看翀天。禮以賀行，辭緣情見。詞曰：「古來公輔才賢，故教先試親民起。江左三岑，孫侯三惠，魯公三異。綠野春風，彤庭動業，蒼生霖雨。筭小大規模，卷舒手段，都則是、一般事。別有旌擢政美，簇幢旄、滿庭歌吹。上將推轂，中交山仰，下民雀喜。綠鬢朱顏，丹扉黃閣，英雄得志。看郎星相對，台星光燭，五雲深處。」

右調《水龍吟》。（同前）

一五 《代賀張典史獎》有引：張號雲岫。蒙嘉起部，漸引升階。晉顯鳩工，咸宜燕賀。禮崇優于令甲，光焜耀乎同寅。明庶以功，咸終有慶。竊惟：夷門美士，梁苑名流。德水浴其精神，神岳騰其秀氣。無心澹淡，昭回瑞日之雲；有竅虛明，峻極通天之岫。少為孺子可教，胸襟貯圯下之書；長知儒道為淳，器宇養關中之學。讀書讀律，兼致君堯舜之全；曰規曰隨，得為理蕭曹之易。西山之爽氣，朝拄頰于笏間；南楚之冰壺，清澈骨于幕下。經星列宿，上界足官府之班；衛水伾山，中隱得神仙之吏。名滿青山之縣，芳開淥水之蓮。邑政無雙，才華第一。又多能也，能圓智，亦能方行；何不可乎，可小知，又可大受。疇予奮庸于都水，俞咨汝諧乎司空。在河之涘，在河之湄，日事劬劬；戴星而出，戴星而入，不遑燕燕。量植而巡力，衆遠華元之亟；執樸以行築，更歌子罕之良。約之掾之，廻迅流于北也；合矣完矣，障狂瀾而東之。帝曰汝平水土，惟時懋哉；人言民其魚鼈，吾知免矣。盧龍作嵎，盧溝作帶，奠一統之基於萬年；長隄如雲，長橋如虹，來庶貢之朝于四海。是雖為平成之襄贊，蓋不負指使之將明。是之謂奇才，是之謂偉績。丕視功載，寔選爾勞。惟淑賢必樹以旌，斯才能亦秪以異。天臺書最，名高五雉之工；憲府推雄，剡上一鶚之薦。予叨寅協，子久辛勤。功著而勞者勞之，人歌而和斯和矣。試令駒唱，預賀鶯遷。詞曰：「真才全少，惟伊洛秋成，夷梁春藻。桃縣青山，棠陰淥野，我也芙蓉麗沼。時稱幹用獨精，人道才情兼妙。聲蜚起，果都水知名，司空有召。　華表，看萬里輪蹄，穩穩長安道。堤柳連雲，長虹卧水，千載玉京環抱。臺省弓旌，聯轍最上，古靈前草。君看取，職榮才稱，誰言官小。」右調《喜遷鶯》（同前）

一六《賀田少尹奬》有引：學優而仕仕而學，松庭著綽綽之才；予不不（衍一「不」字）負丞丞負予，栢臺書上上之考。合乎輿論，達之人心。萬口咸宜，百城作表。恭惟：坤維碩德，井絡高儒。瑩然無滓之心，確乎有用之學。其為人也，有猷有為有守；於從政乎，曰清曰慎曰勤。識遠而通，氣正以敏。聊試鵬摶之翼，小屈驥足之才。述六職以輔治，綽有餘能；佐一同而馭民，稱為敏手。有許丞之廉，而聰其耳；得田郎之貌，而古其心。豈無所用心哉？最宜白公之帖；以為能勝任也，允稱藍田之文。無推挽以為後先，有名實而加上下。協恭贊治，固非裴雨張晴；執簡馭繁，不廢哦松對竹。持此一節，比及三年。赤心大畏乎黔黎，烏府屢嘉其清白。褎然為屬城之首，屬之子乎；突然居佐貳之先，無出右者。章飛薦剡，喜動縉紳。有識盡歡，不謀同慶。棠陰簇簇，盡集白叟黃童；花縣紛紛，競請華旌采筆。詞歌金縷，聲徹玉京。詞曰：「世事堪饒舌，徧邦畿、千里多少，周行班列。無論征科民刻骨，滿眼錢神金穴。最恨是、千人一轍，獨有田君特異樣，對松筠皎皎全名節。清秋水，明秋月。　烏臺却也能旌別，舉河朔、燕南趙北，署君超絕。才不負丞丞自好，從此聲華烈烈。更聽

取、黎陽人説，田鳳堂堂，田况燭，田王孫問學，傳心訣。循吏傳，名高揭。」右調《賀新郎》。（同前）

一七 《賀徐少尹奬》有引：花城佐政，允邁夷倫。栢府旌章，遂推賢首。君子以為是，全八郡二尹之三科；國人皆曰賢，合百里四民而一口。禮為異等，賀匪常榮。恭惟：通敏碩才，宏深器宇。挺然正大之氣，確乎篤實之資。内之不茹柔而吐剛，所立卓爾；外則涖以莊而動禮，望之儼然。臨民存君子之心，行事得大人之體。攝尹感弟兄之訟，以厚彛倫；緝盜辨母子之寃，而伸國法。政多寬而少猛，心内恕以外平。今世既希，古人僅有。是蓋張廷尉之流亞，固為徐司刑之抗行。庶民之口如碑，監司之心若水。政聲由下而達上，形則著，著則明；旌剡自北以來南，實而美，美而大。考其三最，兼能四善之長；惟兹一人，可為百城之表。既舉賢名，而達銓宰。尤敦殊禮，以勵羣司。允見才也之優為，匪但丞哉之不負。録袖中於材館，予曰望之；來天上之芝函，自此升矣。禮因義起，歌以永言。詞曰：「此公名重山東，魚冢丹楓，嶧嶺孤桐。春濛濛、心空琴用，霜冷赤衷。且容身美丞同。閑庭日永，哦松樹，影重重。心境融融，譽處聲隆，皓月清風。」右調《天香第一枝》。（同前）

一八 《送某公赴召詞》有引：函芝焜燿，賁膺豸繡之光；栢府森嚴，肅沛龍章之寵。燦微垣二十五位，移近法星；首花縣千百一人，端居柱史。才德並茂，名位攸宜。正氣允伸，士情愜望。恭惟閣下：器涵玉粹，文韻金鏘。直方大之渾全，智仁勇之兼備。能以古學之真慤，而發年富之精明。是以握虎豹，捕虮虵，采筆蚤登于甲第；接夔龍，綴鵷鷺，洪名大著於丁年。日下英英，斗南籍籍。文章實妙天下，有大作未之或先。剖斷出自胸中，雖老吏莫出其右。赤幾鳳峙，寰宇蜚聲。庚檄賜環，寅屬簪筆。紅雲捧日，班銕面于彤庭；白簡飛霜，侍玉皇之香案。仁人榮貴，君子道行。外之郎潛，沛然一同之雨露；內而朝長，凜乎百辟之風霜。某等幸爾同官為僚，守此緝職曰簿。受累年之教，偶值龍騰；諧百姓之心，不勝雀忭。爰邀邑士，同詠賀詞。詞曰：「棠陰曉月，正麥氣風清，采旗紛列。父老來前，兒童擁后，争向使君留別。説赴九重，丹詔夾路，雙旍高揭。直送上、五雲深處，玉樓金闕。英傑，人盡看，驄馬繡衣，鷺旗唯遺轍。夏日嚴霜，春風甘雨，隨手經綸施設。捧簡威稜雄峻，簪筆班聯清節。際盛世，進泰階平正，從容調燮。」右調《喜遷鶯》。（同前）

一九 《賀李公誥封刑部郎中詞》有引：伏以龍光煥發，錫釘職於小秋；鵬錦鼎新，被袍鞓于大老。舉百代尊親之典，形四海教子之風。橋梓沐榮，枌榆動色。恭惟閣下：世推潛德，家累陰功。守高尚之風，無惡扵志；安耕讀之業，若將終身。然淵蓄者流長，而本厚者蔭大。甘山澤之癯久矣，近詩書之脉發焉。孔氏鯉庭，乃不聞乎異教；竇家井竈，唯有得于義方。故乃翁值靈椿未老之身，而令子有丹桂少年之折。亟擢司寇之屬，超遷憲部之郎。遺直有聲，至仁不殺。僉謂制也，惟榮親所以榮臣；帝曰俞哉，非此父不生此子。賁之綸命，隨以服章。錦寫宮華，匣開泥紫。朱顏素髮，喜看花下之白鷳；烏帽緋袍，穩稱腰間之銀鈒。一斟一酌爾，共覩恩榮；五服五章哉，永惟安吉。某等職維允武，慚臭味之既同；覩此右文，愧揄揚之莫盡。敬括蕪句，用攡綺筵。詞曰：「世道有神仙，瀛洲蓬島。就裹荒唐盡縹緲。如今有個，地上神仙更好。青山杯酒裡，乾坤小。　天上君恩，庭前子孝，南極郎星照天表。桂枝蘭牙，不比尋常草草。若個神仙，人間少。」調寄《感皇恩》。（同前）

二〇《賀郭生入學詞》有引：采筆如椽，小試烏臺之藝；綺文似錦，初為魯泮之遊。價已重于儒林，名始占于桂籍。友朋增氣，親黨知榮。茲惟足下：俊逸凌雲，清標貫日。蘊藉見圭璋之器，咳唾成珠玉之詞。學飛如北海之鵾鵬，志則高矣美矣；潛伏若南山之虎豹，文即蔚然炳然。聳壑昂霄，尤宜於早發；宏材偉器，無俟乎晚成。聊爾較藝於霜臺，裒然翱翔于璜水。漱六藝之芳潤，其多能哉；腹五經之指南，雖小重也。文章煥星斗，瞻之在前；詞句挾風霜，出乎其上。有如唐之元振，早陳寶劍之英豪；即看漢之林宗，共羡折巾之風韻。依素王，精素業，可謂仁乎；折丹桂，對丹墀，屬之子矣。斯皆已分内事，故能取天下名。今日青青子衿，蔚為黌宮之彥；他時赫赫師尹，允宜邦國之光。某等喜同敬業而樂羣，共得論學而取友。中年考校，由小成而期之大成；連步騰騫，自鄉士而登之進士。預為鶚冲之賀，先陳蚊韻之詞。詞曰：「人間一喜，是材館英賢，儒林士子。雅雅魚魚萬卷，絃歌經史。三年已具經綸志，筆倒詞源流水。丹桂飄香，黃槐期促，青雲萬里。　要發軔，須從此始。趁鯤化鵬摶，西風掀舉。不比尋常温飽，平生而已。古來多少名臣傳，盡皇家蒼生霖雨。毫紙雲烟，翰林風月，公門桃李。」調寄《桂枝香》。（同前）

二一《送董右坡明府入覲詞》有引：伏以離青山之縣，愛日晶熒；望紫極之班，卿雲翔舞。行無一鶴，不論清獻之裝；飛有雙鳧，共仰上方之履。士民燕賀，朝寧蜚聲。恭惟閣下：河洛炳靈，釣臺毓秀。允矣明時之生傑，寔維嵩岳之降神。才名溢九州，采筆蚤受；詞源倒三峽，丹桂高攀。世爭傳南山養豹之文，名不愧中州豢龍之裔。甫對天人之三策，暫牧畿甸之一同。郎位列星，師尹惟日。非久淹于驥足，聊小試乎牛刀。用道化以覺民風，推儒術而飭政事。人情帖爾，英譽靄然。乾泰賁需，震升益晉。風搏九萬，直奮翼於天衢；玉立三千，方振衣于雲闕。通金閨而入瑣闥，一朝瞻袞衣之龍；依日月而會風雲，四海覩朝陽之鳳。書三異之縣令，帝曰予聞；旌獨立之使君，皇心簡在。自此升矣，舍我誰其？某師得君子人與，事其大夫賢者。鄙生多幸，得與漢制之計偕；循吏有光，嘉樂宋賢之轉對。敬將魯酒，暫別諱荆。著韻唱詩，莫並東坡之句；回文襲武，敢依朱子之詞。侑以蕪章，肅兹静聽。詞曰：「喜雲風動飛鳧履，履鳧飛動風雲喜。官好羡朝天，天朝羡好官。雨霖行望寧，寧望行霖雨。名姓上屏楓，楓屏上姓名。」調寄《菩薩蠻》。（同前）

二二　《賀周玉山置第宅詞》有引：伏以五福崇富，青史謂之素封；九職論財，彤管標乎華屋。賓來珠履，酒泛瑶觴。業廣鴻基，人傳燕賀。恭惟閣下：心資雄毅，器體魁梧。外果敢而内文明，入柔嘉而出武略。命奇而不偶，如漢之將；家居亦為政，維周之楨。爾乃斂平吴之霸才，為居陶之雄富。國筴衢處，命癸度以論權衡；立功成名，走夷吾而興地利。以地則甚近也，繼吾濬端木豐財；於道將無同乎，合我衛子荆居室。是以如京如坻，乃積乃倉。就晏子之囂塵，謀景公之爽塏。館築清麗，咲孫歷之無家；宅建康莊，善淳于之大屋。夜識金銀氣，豈有貪心；春風花草香，自成高興。更有文字五百卷，垂裕後昆；今得廣厦千萬間，大恢前烈。能宅爾宅，已能生宅俊之才；常居廣居，必常享居安之福。我敢學張老善禱善頌，以詠君斯干爰處爰居。詞曰：「伯仁藻思，公瑾雄機。弓刀千騎紫羅衣，都收在袖裏。堂中椿老八千歲，月中桂子森森。立階前玉樹，又孫枝、似人間有幾。」

右調《宴華胥》。（同前）

熊過詞話

熊過，字叔仁，號南沙，富順（今四川）人。嘉靖己丑進士，選庶吉士，官至禮部郎中。所著有《熊南沙文集》、《周易象旨决録》、《春秋明志録》等。此據《四庫全書存目叢書》影印明泰昌元年熊胤衡刻本《南沙先生文集》録詞話四則。

一　《與譚僉憲論文書》：大觀察浙少眉先生門下：野寺枉駕，飲餞，言惟庸瑣，無可筭録。誠不自意，得藉光寵。念之隱隱，大漸而已。歸棹吴興，病瘧踰月，幾不能支。羈旅之人，藥裹在床，兼有憂生之感，稍愈，乃取上虞俞氏詩文，式副録在架，欲加裁。品顧，猶有疑，竊僭陳之，恐負門下之托。詩曰：「維此哲人，告之話言。」僕之意指在斯而已。夫文章流别，自古有之。《易大傳》，孔子稱辭，各指其所之。門人述夫子文章，可得而聞，然曰辭達，達也者，達其密藏，表著以示人也。若情真而意到，則發之聲文，必曲而中。故三百篇之旨，足以興觀，大端出于怨女、逐臣、征夫、絶友者，必懇惻而詳□□□簡象。魏之前，奉璋駿奔之際，稱功勤饗□明者。假令委巷之子，操觚杼思為之，必有□遺巧强而陳雅頌之中，不堪位置矣。何則？緣情摭實，古人之所不可望而及也，故古之學者，莫先於理情。天下之動，至紊雜而御之，常以至約之情也。今科為之條，勤勤然，視耳提之教有加焉。曰贈別者，必如是以達于辭，征者曰：必如是以達于辭。諷諫者，榮遇者，以至于和者，挽者，登臨者，必如是以達于辭，不如是，不得謂之合作。雖其分置依倣之選，然不揣其本而齊其末，遂與昭明之旨大別。乃是無懽悰，使之笑，鮮戚，况迫之哭泣，無從也，庸得近乎？又其泛引之辭，雖不出見主名，而僕常間從它所，頗窺見其半。擇焉不精，更僕難數，至若論詩體色目，比積頗增，然自歌行吟曲稍釋其意，求名以義，强生分別，正猶昧風雅頌聲以義論詩，常為鄭樵所切病也。至風倡歎謳，凡二十七則，都無解剥，摽其沿起，但曰宜何如云耳。則雖欲强分，亦不能矣。又雜組、廻文、離令、逮（當作建）除，體裁雖非爾雅，然逮今多者以千數，少亦不下百十，奈何遺而不録。乃知李叔《類格》、惠公《禁臠》，逮于樂天《金針》、醇甫《玉屑》，俞氏尚未庸心也。五七言、古近之論，及所引《目天禁語》，雖本前人，頗傷刻畫，殆于鑿混沌而振之者，不若高氏《品彙》舉其一隅，反有雋永之味耳。古樂府則不以鼓吹、横吹、相和、清商、舞曲、琴曲、雜曲隸之，乃復出歌、曲、啼、樂、弄、舞、操、吟、引、篇、行、謳之類，雖云六義之餘，然于名義正不當別出矣。至于以舞名篇，尤為可訾。鄭樵有言，別聲之餘，有舞古者，絲竹與歌相合，故有譜無辭。夫歌即辭也，安得獨有稱譜哉？按《晉書·樂志》：巴渝舞曲有《矛渝》、《弩渝》、《安臺》、《行辭》歌曲四篇，故《宋書·樂志》亦曰《渝兒舞》四篇，是未嘗以舞獨命篇。詩三百十一篇，今亡六篇，以《儀禮》考之，則笙有聲，乃可云無辭而已。舞以容其周旋之節，若無辭，安用著之篇備一體，豈不違古義哉？是則漁仲亦不能無失也。近樂府四章，論藻麗則不及《花間》，入歌、務頭，固亦有慚《中原音韻》矣。彼上睎彦和《文心》，下方昌國《藝録》，俱未能得門而入，何況乃進步于百尺之竿乎？文式亦多名言，顧決擇之間無能改于其舊，辟諸異學，則旁門外道，交午於前，而正路蓁蕪，帝省其山，能勿拔其柞棫乎？至於第六袠中以為難辭，宜言詰屈聱牙，使人難解，異哉！斯言必如中夏蒙士無譯鞮而解大梵隱語矣。文惡睹是？且安用之？亦何益于成敗之故哉？又所言簡書往復，弟子入則孝、出則弟，行有餘力，則其因心之孝弟，當如内則少儀曲禮耳。達之辭令，入事父兄，出事長上，不失倫矣。何至如兔園傳師，一一須弟子於滿室，奚足與于宏議博論哉？過于俞氏，不能執鞭，但觀其鋪張之意，以為碎鎖古于辭學，欲自得，故左右逢原。今俞氏燕石明珠，殆于眩瞀，其睎古今修文，相傳有語，見與師齊，乃減半得矣。何况發言盈庭而中無定主，奚翅減半得哉？詩云：「我思古人，俾無訧兮。」人情不大相遠，而必引古昔程先民者，定情復性，古今不異也。如僕意者，伸希元之旨，以仲尼之門語文説詩者，附麗著之，因游、夏之學以求孔氏在斯之意為一編，此令學徒窮按其原本也。續取左氏、辭令、博物，以及觀詩之徒，并信史、文苑之所叙贊，因列其人名為一編。源流相接，此令學徒知文學藝之分，以觀古今道術離合之變，而治亂係之矣，豈徒文哉？次取儒者子雲、仲淹及濂洛諸公之論一編以輔之，此令學徒知所決擇。然後自《典論》以下備列談藝品藻之語，至唐為一編，宋元及耳目所聞見有紀者為一編，以見文人語文時代不同，其趨亦異。然後倣虞摯《流別》之意，博求精擇，區而分之，各為條貫，稍什其所起，科著其善者，使自求之。昔退之《進學》，必稱《易》奇《詩》正，下逮《莊》、《騷》，其後作者轉而師其旨，明此義，非僕所創始也。往聞上世以道治文出于中，戰國、秦無可語，漢、唐不知以道為治，見于文者，恣其私情，極所到為雄長耳。類次者，不能歸一，義理愈治道愈遠。僕嘗以斯言為然，顧今方卧疾，不欲動火。且四十膂力，方有柳州年長病作之嘆，加之書佐解散，門雀可羅，焚桂炊珠，以竢解去。今欲窮極群言，折衷百世，使令供億，便須俛首，功難卒就。異時山林為家，就弟子或能成之，當以呈，寄子鎮處本。今以奉還，付託不效。奈何！奈何！過恐懼。頓首，頓首。（《南沙先生文集》卷四）

二《宋中丞凱旋帳詞》：伏以緯除舊布新之彗，陽曆中天；當脩文偃武之時，陰符孕他。八白九紫，輔弼消諸兀之虞；三宮五戎，徒旅占太一之盛。秋陰屬道，官日懷安。恭惟：銀臺舊列，玉帳新威。文章虎變奎曜，爰降其神；武曲龍韜璜書，況當其域。嗟夜郎之不若，勤天子之深憂。剖竹徵兵，用共武服。出師專閫，乃試師干。戈分日影，師律肅以無譁；劍應星文，震疊偉其有相。龍頸天竈，知地險之有宜；國印唐符，喜廟謀之得筭。綸巾羽扇，鋒蝟斧螗。等恭從敵愾，遂見戎休。戰功曰多，豈云一夕之澤；含情以合，無寧加具之私。遂用作歌，告于有衆：「銀鏑臨風薤葉飛，金蓮籌筆夜蛩知。攬裘寒角吹初日，緩帶新度檢握奇。餘勇賈，凱歌齊。石林迴暑障烟希。且須朱

白描麟閣，猶待夔龍集鳳池。」右調《鷓鴣天》。（同前書卷八）

三　《壽中巖李先生樂府有序》：予為儷語壽中巖李先生，自嘉靖丙戌始也。其後丁未、戊申、乙卯，凡三矢辭焉，在丁未者曰玉局詠，嘻！予亦多言乎哉？於是庚申先生壽七十一，其親黨姜生、曹生復為請，嘻！又多乎哉！顧己丑春薦於春官者凡三人，行人徐君子恭與焉，今獨吾與先生在也。當是時，吾黨之同朝者，僉事何先生、知府周先生、少傅甘先生、侍郎駱先生，今惟吾與先生在也。昔道園虞先生兩壽其鄉人尹氏而不厭，若幸託詞於壽域者，彼其情豈若吾與先生哉？作近樂府一章，以道調《蘇武漫（當作慢，下同）》按之，可歌。又道園先生和馮尊師填詞之體也，先搆為腔，則以詞填之，不復可增損。今詞作擊白陟看，皆為平讀，屋去讀，亦中州派入音云耳。然歌之太直，殆如琴去泛音，無以畢曲也。堪詞之後，更為新聲，如古樂府趨艷之遺，韻急而節繁，情見乎詞，蓋烈士悲秋，其諸消息盈虛之際，陶潛有言，聊復得此生耳。嗟夫！人固各有所感矣哉！角郭舊在入部，舉其一隅，凡他聲不圓者亦從例恊律，派而隸之，不獨入聲也。道園先生老而目眚，予未衰而先見侵，予文不建，若人固也，於詞學義何有哉！獨予與中巖先生情好姻舊，非若尹氏與公者，則亦不得退脱於荒落也。豈但藉公以解嘲哉？先生之客燕人郭生善諧謔，言內貴人會歌闋，則解散，以錦重重為節，故取為亂章平引，其聲以胥之，冠以名，曰合曲《蘇武漫》，謝郭君使憖聽吾詞，今之錦重重是，客無庸歸也。因以獻笑於先生，蓋亦所謂愛之無已乎？「符月呈鈎，流螢逐火，恰逢物候迎秋。對酒當歌，逢場作戲，蒼胡乾闥齊謳。擊壤閑身，懸車遺老，塵網等閑能轂。空斷送、白日黃鷄，消除翠璧丹丘。曾記得、柱下猶龍，殿中如虎，九關烈豹番休。天上青童，匣中黃老，年來叢桂堪留。陟岵瞻雲，傳觴戲彩，邀歡鼓缶相求。且休論、刧石銖衣，先看海屋牙籌。重剖繫不住，烏飛兔走。尋不到馬渤牛溲，學不得龍驤虎驟，筭不定蛙角蠅頭。有味清時，無能白首。庭中種槐，門前栽柳。英雄伎倆，待一筆與都勾。坐獵尉遲盃，起把郭郎袖。且謀一甌滿浮，則便是堂開錦晝。却問郭郎知否，可復道、錦重重花滿樓。」（同前）

四 《賀戴守帳詞》：周禮司儀傳摯，嚴九命之等；豳風稱兕躋堂，當十月之交。茲惟歲問之常，兄在附庸之國；及此滁埸之候，寔當降嶽之辰。六同慶衍，罔不率俾。庶尹允諧，矧咸奔走。恭惟某官：圭章重器，龍象異材。巨海精靈，會八閩之灝氣；曲臺典禮，紹二□之儒林。曹滕鄒魯，龍田早見於文明；公直忠清，華胄遠宗于先烈。明光起草，寵三命以為榮；益部占星，把一麾而出守。大邦有控民，皆託於二天，遠郡無師鄉，亦興於三物。畢辜受紀，初度重逢。中和樂職，四子講而難明；小大從公，三頌繼而有作。尊開緣蟻，色分荔子之鄉；醆舉朱提，光映壺公之舍。填詞隸諸樂府，登歌徹于賓筵。「茅屋秋風，問民力、西南幾回消歇。欲分憂、漢吏稱良，會須有，真豪傑。歷井捫參，度奎聯璧，正懸弧時節。斟酌元精，斗柄倒垂天北。杜若洲橫，烽候靜西樓，長嘯談風月。但青史芳名，博得丹丘真訣。刧石鐵衣，桑田滄海，笑等閑奇特。更堪論壽域，重開壽臻平格。」右調《無俗念》。（同前）

孔天胤詞話

孔天胤，清避雍正諱，作孔天孕，或孔天允，字汝錫，號文谷，又號管涔山人，汾陽（今山西）人。嘉靖壬辰賜榜眼及第，例官翰林，以宗親外補陝西按察司僉事，提督學政。以布政司參議提督浙江學政，歷陝西按察使、右布政使，遷河南左布政使，謝政歸。好讀書，晚年寄興山水園林間。所著有《孔文谷文集》、《續集》、《詩集》、《文谷漁嬉稿》、《汾州志》、《霞海篇》等。此據《四庫全書存目叢書》影印明隆慶五年刻萬曆增刻本《孔文谷集》録詞話六則。

一《苑洛先生文集序》：大司馬韓公《苑洛先生文集》二十二卷，其一卷、二卷為叙，三卷為記，四卷、五卷、六卷為誌銘，七卷為表，八卷為列傳，九卷為策問，十卷為五言，十一卷為七言及聯句，十二卷為填詞，十三、十四、十五、十六、十七卷為奏議，十八、十九、二十、二十一、二十二卷為語録。巡撫大中丞樵村賈公取付省中刻之，以表憲一方，若曰文獻為可傳耳，於是外史胤推叙其略。昔孔子學夏商之禮，歎文獻之不足徵。至於周禮，則曰學之，用之，從之焉，是有周之文獻昭然可攷而據也。然文托獻，獻紀文，苟非其人，道不虚行矣。苑洛先生，當代之儒賢也，蚤植學於庭闈，崛蜚英於館閣。敭歷恭踐，保釐弼承，議制叙物，聰明純固。所謂亨於天人，嫺於大體，位著之表儀，典刑之舊德，故其為文，類非丹臒□藻之事，蓋帝王統治之猷，聖賢傳心之學，人物之汙隆，風俗之上下，性情之所感，宣聞見之所著録。其辭不一，其陳理析義卓然一出於正，其揚教樹聲翕然一矢乎聖代之彜，即大夫攷政事，士攷學聞，鄉國之人攷孝友，睦婣之俗，雖不必別求載籍，其經法攸寓，可按集而省焉。然則謂公為當代之文獻，不亦信乎？故刻斯集也，允矣，其禹表憲也。（《孔文谷集》卷四）

二《大竹文集序》：御史大夫行庵陳公寄其先公《大竹文集》四編，余讀之卒業，其疏議則忠讜切直，疏通知遠之敷也；其文則典雅温厚，修辭立誠之彰也；其書啓則情文悃款，仁義之言藹如也；其詩詞則才章巨麗，性情之理昭如也；其史論則本隱以之顯，撥亂世反之正，《春秋》之旨微矣；其遺攷一編，則載廟堂清議之所歸，縉紳頌誄之所萃焉。野史氏竊謂鴻哲之生，朝野皆述，於是叙焉曰：夫觀象緯之精芒而知天之積也，察草木之華實而知地之凝也，睹文章之璀燦，不知其人之存，可乎？天之積也清淳，故其縣著如彼，其盛也；歎地之凝也和厚，故其發生如彼，其備也。人之存也，剛健中正而文明斯必然矣。先民之言曰：文自西京以前為三代之遺，詩自删後則稱無，豈文絶於歷代而詩斷於三百？蓋亦有為乎其言之也。夫經生曲學，牽拘於章句，詞人小技，雕飾乎斧藻。奇詭華抗，大而無稽，其於道也遠矣。是故有為乎其言之也，以余睹大竹翁之作，不有以見三代之緒論乎？不有以見三百篇之遺響乎？夫象緯華實，天下所共見也。觀天地者，但謂某象某緯曰天乎？某華某實曰地乎？非所以覽於形色之外也。大竹翁稟海岳之純靈，粹惟皇之衷懿，修孔孟之正學，志伊周之遐軌。是其存也，時其所發，特其正感之應，旁通之情，亦猶象緯華實為天地之散殊焉耳。《易》曰：「君子黄中通理，正位居體，美在其中而暢於四支，發於事業，美之至也。」夫豈有意於其美哉？子貢曰：「文武之道未墜，在人賢者，識其大者。」翁力扶世道，夷險不渝，往往多畏天悲人之詞，其所識豈小小哉？余少聽舊登州守嚴老談東海巨公大竹翁之賢，及與行庵公並命分陝，竊見身翁之度，聲翁之律，為翁展經綸之藴，竟黼黻之章，猶河漢而無極也。夫漢帝訪茂陵之書，妻將札應。唐宗求右丞之撰，弟以編呈。豈若翁肇嗣隆將以家乘之藏，登之國史，忠貞衣烈，表之彝常云。（同前書卷八）

三《汾亭别意引》：此送四明吕山人别也，山人徂秋，看余自上郚來館，留桐竹山房過臘。明年庚午正月廿後别去，臨别作此圖賦詩送之，計山人倏然玄遠，遊戲紙墨，十旬之内，賦詩滿百篇，調中原音韻詞近三十首，又著《同時布衣録》一編，陳義甚高也。余蕭索寡會，及會山人，復有大佳。致戀款語，依依清言，穆穆綢繆，烟霞芝桂之表，抑何忍遂至分析耶？然聚散，萍蘋也，古今人共歎，不得不爾。惟水則如人意，逝者如斯而未嘗往也。余贈詩託意明月，山人留别指横汾，良有以哉！汾亭者，王文子所謂汾上亭也。此地有子夏退老之石室，段干木、田子方之遺閭焉。千載之後，又見吕山人經行桐竹山房，我之郊居也。圖有所詠，皆載之，貴乎得意以忘言，不可誦言而忘味云。（同前書卷十三）

四 恭惟某：一華攄靈，三秦挺秀。儒林發藻，藝苑馳聲。爰有質而有文，彬彬君子；斯以引而以翼，藹藹吉人。賢路早登，一舉而青雲可致；禮闈遲偶，十上而白璧難酬。乃小試乎道端，遂高騰於物表。分麾大府，争傳别駕。得王祥主管三農，共説理財是劉晏。并州客舍，凛清節以明霜；代郡鴈門，翫白羽之飛月。悉心計以裨國計，殫人謨而叶廟謨。塞上防秋，當甲兵之要害；軍中乏食，得錢穀之轉輸。草結闟門，處處皆封狐口；燈鬧刁斗，人人總據敖倉。遂使萬里長城，不作籌沙之唱；更令千尋高闕，無為庚癸之呼。肆彼醜之不求，恃吾師之有待。幕府上于襄之績，美其賦優；元戎成薄伐之功，歸其食足。雙旌五馬，既德懋而懋官；綵幣白金，又功懋而懋賞。褒書載下，慶禮攸行。冠裳萃僚宷之懽，在郡在邑在庠序；玉帛展人文之賁，曰王曰侯曰縉紳。伐鼓摐金，仁義之賢聲遠振；彈絲吹竹，中和之雅韻弘敷。環橋門而聽觀，舉手加額；躋公堂而稱頌，衆口一詞。予兹藐焉，退不謂矣。緇衣適館，願言欽鄭武之賢；旨酒在堂，入飲愧澹臺之善。即群公之授簡，希小技以填詞。（同前書卷十四「四六語」）

五 伏以寶婺呈輝，銀漢表金華之象；靈萱著采，璿堂垂玉藻之文。有母氏之攸同，斯人生之可賀。恭惟奉國太淑人鄭：厚坤之柔，完於初賦；貞巽之順，禀於夙成。笄選良姻，望美姬姜之緒；韶徽淑質，鍾奇嬀汭之英。奠宗宮而蘋藻芬芳，主中饋而脩瀡潔白。篤生後嗣，芝蘭森玉樹之行；恭體先君，冰雪凜金天之操。功弘婦則，德建母儀。公叔文伯之家，世奉賢媛；思齊太任之室，時承淑女。禄位名壽，天錫善以無疆；德言容功，人致揺而有本。惟隆慶二載之大蠟，乃慈闈八袠之祥辰。鳳子龍孫，競將赤芾而作斑衣之舞；鶴笙鼉鼓，争向瓊筵而呈寶鼎之歌。緬西母之降瑶池，崑華皆蒙其瑞；及元君之開紫府，衡湘並衍其休。矧今日之嘉光，實百年之盛景。聿來稱賀，侑以雅詞。

（同前）

六　伏以賢有必旌，薦剡榮於華衮；喜無不慶，承筐侑厥腆儀。乃俎豆之嘉光，實衣冠之盛事。恭惟宫教吕磻溪先生：儲靈太華，早蜚三輔之英；淪粹洪河，濬發五陵之秀。琢玉而成寶器，如珪如璋；雕龍以應文心，為黼為黻。脩孔門德行之科，希蹤冉閔；纂漢室文章之選，比跡班楊。白玉京中，奮雲藻而躡群龍之會；黄金臺上，展電足而空萬馬之群。振策有待於臨軒，振武尚期乎延閣。偶想操鉛之効，遂分剖竹之符。裁潘岳之花榮，旭點青春秀色；製尹何之錦彩，霞生白地□□。學道愛人，春誦徧武城之室；親賢友善，虞絃□□父之堂。無何陸起龍蛇，綢疎麟鳳。博士返青氈之座，郎官移紫炁之躔。法鼓鞺鞳以迎桴，洪鐘鏗鐄而應扣。談經談治，胡安定之在蘇湖；言誠言明，程伯子之居伊洛。典豫章之試，大攬鴻材；探禹穴之奇，覃研奥簡。旋推王相，遂補儒臣。讀墳典以論思，秩秩倚相之語；指金玉而獻納，愔愔旂招之詩。宋玉陳楚國之風，情同吹萬；司馬賦梁園之雪，義已析微。德重位輕，柳下不卑其小；道存身詘，梅生以下為高。名無翼而長飛，見獎埋輪之使；春有脚而自至，承嘘吹律之人。臺廵秩主薦揚，當仄陋明揚之日；省署司存拔擢，正幽沉顯擢之時。太階占六符，見少微之有躍，都講進三鱣，知伯起之就升。旌禮旅於堂，賀賔填於户。車如流水，馬似浮雲。花幣熒煌，同成喜氣。絲簧匝沓，總是歡聲。穆生執爵之餘，雅歌投壺之後。其詞曰：「翩翩王舄雙鳬墜，下碧殿，鳴蒼珮。平臺文雅像瀛洲，又似小山叢桂。何人能到，除惟是、仙吏有分清如水。　等閑掣斷紅塵騎，思往事，堪垂淚。如今消得許多閑，却是虚舟無繫。烏臺有意，還來相薦，一疏聞丹陛。」右調《御街行》。（同前）

李維楨詞話

李維楨（一五四七—一六二六），字本寧，京山（今湖北）人。博聞強記，文章閎肆，有才氣。隆慶戊辰進士，選庶吉士，授編修，督學陝西。天啟初以布政司家居，召爲禮部右侍郎，晉尚書，乞歸。著有《四遊集》、《大泌山人全集》、《史通評釋》。此據《四庫全書存目叢書》影印明萬曆三十九年刻配抄本《大泌山房集》録詞話八則。

一 《四留堂稿序》：梁昭明序《文選》曰：衆制鋒起，源流間出，蓋言文也。其選詩自甲至庚，自補亡至雜擬，二十有三類，不過四五言兩體耳。惟樂府雜歌稍有七言雜言，今詩之體什倍昭明時，而文之途轍益繁。自非博學長才，孰能兼之？明興，嶺南孫仲衍諸君子爲文苑先驅，其後作者輩出，余交遊所及，見黎秘書、歐水部兩先生，皆博學長才，兼親衆美，使人心服，不敢藿立。頃得盧少從民部《四留堂稿》，抑何其廣大悉備也。稿有賦，有古樂府，有四五言古詩，有七言長篇，有五七言律、長律、絶句，間有六言，又有迴文，有集句，而填詞附焉。有序，有記，有傳，有論、説、箴、讚、頌、狀、銘、表、誄、引、跋，而四六、啓附焉。有尚論全編，自唐虞三代以迄本朝，上下凡千年，微顯闡幽，字兖句鉞，雖良史莫之能易矣。徐偉長曰：「聽黄鐘之聲，然後知擊缶之細；視衮龍之文，然後知被褐之陋。大樂之成，非取乎一音；嘉膳之和，非取乎一味。」蓋言學之貴于博也。學博矣，如才不足，拾糟粕而遺精華，工形似而少變化，詳小物而闇大致，故偏至者不能具體，具體者不能詣極。民部閎覽，彊記本之以經，輔之以子，緯之以史，輔之以集，取瑜略瑕，得神遺象，會諸家而成一家，凡文所宜，有種種具足，非其學足以蓄之，其才足以運之，烏覩此乎？登第三十年，浮沉下僚，甫陟曹郎，自署其堂四留以見志，守雌守黑，為谿為谷，道術趨操，有超於埃壒，情累之表筆墨蹊徑之外者，河汾氏所謂君子其文深以典，約以則者乎？後有昭明，舍此安選？夫榮樂止於其身，年壽有時而盡，未若文章之無窮。曹子桓，人主也，且豔慕不已，民部與秘書、水部鼎立為三，擅人間不朽盛事，禄位浮雲，又何足道？今後進少年寡學無才，嘐嘐以文自命，而銓衡要路，鄙薄文士，不得與諸賢同升。余請以民部一雪之。（《大泌山房集》卷十三）

二 《游太初樂府序》：古詩皆樂也，古樂皆詩也，離詩而稱樂府，自漢始，至唐而詩諸體分，樂府居一焉。至宋、元以詩餘詞曲為樂府，而詩亡矣。余嘗取漢樂府準三百篇，郊祀，頌之遺也；鐃歌鼓吹，雅之遺也；琴曲雜詩，風之遺也。又取漢、魏、六朝、唐人詩準樂府，其中三言、四言、五言、六言、七言、雜言、絶句，易見者無論，若齊、梁人《折楊柳》、《梅花落》，非五言律乎？虞世南《從軍行》、耿湋《出塞曲》，非五言排律乎？沈佺期「盧家少婦」，王摩詰「居延城外」，非七言律乎？《瓠子》、《柏梁》、《孔雀》、《木蘭詩》，非五七言長篇乎？蓋樂府備古今詩體如此。漢去古近，樂府多於古詩，六朝十之四，盛唐十之二，中晚以降百不得一，誠難之耳。而好事者往往為擬樂府，用力勤而失之彌遠，何以故？王僧虔云：詩有豐約，解有多少，諸曲調解有辭有聲，而大曲有豔有趨有亂，今所傳多不可解，迫詰屈曲，或謂缺文斷簡，或謂曲調遺聲，或謂兼正辭填調，大小混録，取其訛誤，以為規萬，其不能合，宜矣。即不然者，面目雖似，神情中乖，安足貴哉？閩人游太初自為諸生，及仕，為蜀理官，入為廷評。居京師，為比部郎，使越，出秉憲嶺南，參知藩政，守郢中，積三十年之功，為古樂府不規規。法其調，襲其意，而調與意時與古相得。國事民情有所感慨，形諸咏嘆，率自創體裁，不復倣效，悲壯激烈，渾樸真致，若蔡離為張衡後身，才貌相似，不但馬融之虎賁郎有典刑矣。余亟善元微之持論，樂府沿襲古題，唱和重複，文有短長，義咸贅賸，不如取古題名刺美見事，猶有詩人引古以諷之義。近代惟杜甫《悲陳陶》、《哀江頭》、《兵馬》、《麗人》諸歌行即事名篇，無有倚傍，友人白樂天輩謂是為當。少陵而後能為古樂府者莫如嘉、隆之季，歷下下雉，且不免後生彈射，獨太倉樂府變，有少陵卓絶之識，他所擬總之類，虎頭傳神手，太初與元美生同時而不及從游，假令元美遇之，必心服口贊矣。其詩諸體俱有至境，而勤思樂府三十年不休。夫三十年攻樂府，則其於詩諸體何難？宜

詩名之奕奕也。（同前書卷二十）

三《霍郡丞遺詩序》：高皇帝一戎衣有天下，諸功臣大將為王公侯伯，其次為衛所萬夫長、千夫長、百夫長，後世疇爵禄而餘子支屬隸尺籍伍，符食屯田田皆令自擇美好者，一切收事，無所與當。是時武臣權力出縉紳上，天下習用武之利，鶩戰攻欲啜汁者衆。其視文墨事，所謂幾落老奴，度内不過尚書都令史而已。洪、宣以還，投戈講藝，右文左武，介冑之裔習舉子業，取科第，博功名。然古文辭猶沿晚宋、勝國風，久之文學斌斌稍進。又醞釀百年，而力追古始矣。霍郡丞鯤化者自太原右衛官族登進士，博物洽聞，尤諳聲律之學，於詩法唐人，而詩餘法元人，所為小令，至今留絃索歌板中。宦秦，與胡承之鴻臚、康德涵太史相友善。亡何，得罪某御史罷。承之發憤，作罵猫文刺御史。家貧，不能行其草，漸以失亡。而孫百夫長承祖從其姻昵韓仲統得所搜葺若干篇傳之，蓋千百十一耳。世宗稽古考文，制禮作樂，何、李輩期應紹，至究宣大雅，方内宗鄉，郡丞生其時，實為晉前茅嚆矢。施及孫子，方奔奏鞭弭櫜鞬不暇，而孳孳王父遺言，奉若垂弓和矢、宗器國寶，其志韙哉！昔周以征誅代商，象成之樂，總干山立，發揚蹈厲，有餘勁焉。其後歌雍詠勺，雅言矢文，頌言求懿，成五色，從八風，貞百度，天地為昭，陰陽相得，是以卜年卜世，綿過其曆。郡丞得是編而稱之，貽其孫，不蔑棄，則國家文治翔洽之一徵已。夫晉中葉，謀帥必曰悦禮樂，敦詩書，遵用周道，而國祚亦與周相終始，是編故敦悦之緒餘也。其於虜出入我軍，失利諷勸諸將，情見乎辭，十居三四，無亦不忘故業，有龍泉大阿知己之感耶？唐楊炯《從軍行》「寧為百夫長，勝作一書生」，承祖繹思是編，勿若藏珠者空飾其

櫝可矣。(同前書卷二十一)

四《賀李觀察》：伏以彤幨南御，天廻郢里之春；絳節西廵，人近長安之日。禮成燕喜，樂動驪歌。恭惟某官：京輦名家，毘陵世胄。德輝鳳覽，傾四海以登龍；文采鴻敷，出萬言於倚馬。臺千金而得駿，函一劍以流虹。科第蜚英，勳名沛艾。輶軒奉使，來原隰之皇華；晝省為郎，富明光之奏草。納言璇陛，表望銀臺。達虞帝之四聰，佇司喉舌；試蕭公于三輔，暫託股肱。薇省分符，班穹外服。荆方賜履，地控上游。煦育群黎，澄清一路。吏人糜沸，無擾烹鮮。簿牒絲紛，靡停解刃。場登禾黍，不聞田正催呼；野薙雚苻，自任丹師容與。陽春白雪，頌聲半雜歌聲；漢水方城，王氣并為和氣。皇仁無外，寧私桑梓之邦；帝顧維西，載授鎬豐之宅。關門令尹，指真氣以趨迎；嶽頂仙人，捧靈花而展候。五陵冠蓋，氣奪霜威。四塞河山，雄增石畫。今日推恩湯沐，波及秦川；它年遺愛棠陰，春同楚甸。王風首善，二南已和新詩；卿月高懸，九列尋還舊物。某等叨陪下陳，未効前籌。馬渤牛溲，幸入刀圭之録；竹頭木屑，慚收斤斧之場。惟獲上，斯可治。民論知己，何殊生我；一天永賴，豈惟村號。莫愁兩地俄分，載見碑名墮淚。攀轅借寇，如失瞻依。服袞歸周，願留信宿。郵亭贈別，雖無仁者之言；祖帳駢闐，試聽輿人之誦。詞曰：「牙幢梟梟清風起，吹向函關紫。何日重來，恩深漢水，恩深漢水。楚人莫妬秦人喜，君家臺閣裏。看取它年，四海蒼生，一般赤子。」右調《賀聖朝》。(同前書一百二十四)

五《南曲全譜題辭》：自樂府詩餘遞變而為雜劇，為戲文，而南北體遂分。北多絃唱，詞不甚繁。

南曲則所謂絲不如竹，竹不如肉；所謂其聲嘽以緩，和以柔；所謂吴音妖浮者，套齣累數十，須盡日申旦方竟。後進好事，競為新奇，有借有犯，而糅雜乖越多矣。沈光禄伯英輯陳、白兩家九宫十三調譜，以南人度曲小令合者為《南曲全譜》，而永新龍太學仲房稍補綴而版行之，以視余，余於此殊未通曉。昔宋武帝不解音樂，殷仲文言屢聽自然解，曰正以解則好之，故不習。余每持此論自恕，獨異夫大江以西儒者薄視藝文，况《花間》、《草堂》出雕蟲小技之下，豈所屑意？惟永叔、介甫、魯直諸君子饒為之，故不妨作名臣。仲房少年復精此，其風致超越，可為江國吐氣矣。余又觀陶九成論南人不唱，北人不歌，歌有格調節奏，一曲中各有聲，一聲有四節，一句有聲韻，一曲有數調，與夫三過變，伴唱聲添字諸病，一串驪珠，殺唱劊子之説。是時南曲未大行，皆專為北聲而發，以北度南，亦當如是，似有出於譜外者。而應律吕分六宫十一調，共十七宫調，與今譜不盡同，未審何如。夫不知聲，不可與言音，不知而妄談，第為大方家供譁噱耳。（同前書卷一百二十七）

六　《題孫郡伯壽詞》：郡伯孫公天韻浚明，風猶膚碩。干將鋭敏，四顧可解全牛；吴練景光，一洗而空凡馬。赤縣雙鳧仙令，金陵五雉望郎。魚佩麟符，奉中朝之妙簡；隼旟熊軾，典南國之專城。委佗燕寢清香，擁護龍潛舊邸。枌榆里社，念父老而借才賢；弓劍橋陵，肅祠官而羞禋祀。警蹕不違咫尺，威儀迥邁尋常。屬有椓人，敢為屠伯。椎埋掩搏，攘奪矯虔。鼠牙雀角鈎連，衣冠澌盡；鳥跡獸蹄充斥，鍾簴震驚。誅求即澤涸山童，奔播則村虚道殣。閔閔望公如歲，孚在先庚；熙熙與物借春，視真由己。豺狼斂跡，鴻鴈還居。託萬間廣厦帡幪，轉一氣洪鈞橐籥。七年病，三年艾，俄頃同功；百畝田，五畝桑，荒凉改色。遂蕃棠蔭，爰届瓜期。飲沐嚼蘗彌堅，求牧與芻無倦。胥保惠，胥教誨，户奏絃歌；孰主張，孰綱維，野閶桴鼓。日月出矣，時雨降矣，植郢樹以廻枯；江漢濯之，秋陽暴之，驅楚氛其若掃。起家二千石，不負君恩；連檣十萬艘，悉安旅次。粤孤矢懸門之初度，正坻京積廩之甫登。敷皇極錫庶民，疇庸箕範；受介福于王母，占叶晉康。睠三朝萬壽之辰，總八月半秋之候。篤生名世，誕應昌時。坤載物而承天下裳元吉，鼎以木而巽火上鉉方虚。鐘鼓管籥之音，聞將喜告；筐篚玄黄之贄，紹以見休。綴鳩杖而放生，匪報也，永好也；舉兕觥而稱壽，儀圖之，莫助之。豈發徵期會使然，非内交要譽而至。某濫竽國史，義倣采風。列籍廛珉，情歡就日。善頌善禱，愧取笑于大方；以雅山南，幸與聞乎高詠。彙而成帙，述其所繇。榮名與金石相宣，遐齡共乾坤不朽。（同前書卷一百二十八）

七《書沈青霞先生〈黄龍曲〉卷後》：宋岳武穆以身死國，忠魂義氣與日月争光，而其賦詠亦非文墨士所及。世但傳其《滿江紅》詞、《送張公北伐詩》耳。讀趙與時《賓退録》得一絶云：「雄氣堂堂貫斗牛，誓將直節報君仇。斬除元惡還車駕，不問登壇萬户侯。」慷慨悲壯，具見英雄之槩。青霞沈先生忠諫遘禍與武穆同，其為《黄龍曲》六首，又與武穆七絶體同意同調同。按曲中語，先生殆武穆後身耶？天於國家，必有與立忠義是已。武穆以鋒鏑死，先生以筆舌死，其歸一耳。是詩也，與公魂氣長存宇宙間，使懦夫有立志，彼雕蟲小技，沾沾自侈不朽者，寧無顙泚乎？（同前書卷一百三十）

八《漁父辭引》：郝公琰工詩而貧，操舴艋游江湖間十年，與漁父狎，為《漁父詞》示余。其於家，則張融陸處無屋、舟居無水；其於魚，則王弘之釣亦不得，得亦不賣；其於興寄，則張志和烟波釣徒、陸龜蒙江湖散人詞之聲音調格相出入矣。余家三澨水畔，漁釣固其本業，為世餌所中，三仕三已。今老病，免青蒻緑蓑，返其初服，將從江上丈人遊。顧不如公琰習於水也。請為先導，而余擊榜鼓枻和之。（同前書卷一百三十一）

陳禹謨詞話

陳禹謨（一五四八—一六一八），字錫玄，常熟（今江蘇）人。萬曆辛卯舉人，歷官貴州參議，官至四川按察司僉事。所著有《經籍異同》、《經言枝指》、《談經苑》、《類字判草》、《説麈》、《説儲》、《駢志》、《廣滑稽》等。《説儲》八卷二集八卷，為其劄記，皆偶拈一二古事，綴以論説，多闡揚佛教。《駢志》二十卷，取古事之相類者比而録之，對偶標題，而各注其所出於條下。其中嗜博愛奇，務盈卷帙。此據《四庫全書存目叢書》影印明萬曆三十七年徐騰芳刻本《説儲》和影印文淵閣《四庫全書》本《駢志》録詞話五則。

一

陶穀郵亭詞，為善謀者所挾歸朝，竟坐抵罪。而御史何郯被命，伺察文潞公于成都。公時帥成都，有飛語至朝廷。潞公幕客張俞者往迎郯，携營妓王宫花舞以佐酒，郯醉，亦贈之詩，詩曰：「按徹《梁州》更《六么》，西臺御史惜妖嬈。從今改作王宫柳，舞盡春風萬萬條。」至成都，此妓出迎，郯遂不復措手，歸。二事酷類，大都佳冶窈窕，尤易羶悦，自非以理御情，鮮不反為之制者。一為慾制，人亦不難制之矣，故曰慾則不剛。（《説儲》卷四）

二　張騫本傳止曰漢使窮河源而已，未嘗及乘槎事。惟梁宗懔作《荆楚歲時記》乃言武帝使張騫使大夏，尋河源，乘槎，見所謂織女牽牛，不知懔何據也？杜少陵詩亦有「乘槎消息近，無處問張騫」句，豈本《歲時記》乎？又明皇游月宫一事，所出數處。《異聞録》云：「開元中，明皇與申天師、洪都客夜游月中，見所謂廣寒清虚之府，歸製《霓裳羽衣曲》。」《唐逸史》以為羅公遠，有擲杖化銀橋一事。《集異記》以為葉法善，有過潞州城奏玉笛、投金錢事。《幽怪録》則以為廣陵，非潞州。大抵世之好異者，多見有非常可喜之説，即不必傳之信史，競侈為美談，如前二事不少矣。揔之，繆悠無當，不足信也。（同前書卷六）

三　草有虞美人者，舊傳以為聞《虞美人》曲則枝葉皆動。高郵人桑景舒宋人善音律，試之，果然。及詳其曲聲，皆吴音也。他日用吴音製琹一曲，對草鼓之，枝葉亦動，遂名之曰《虞美人操》。夫草，無情者也，而歌能動之，則仰秣于牙絃，出聽于巴瑟者，又無論已。（同前書卷八）

四　《舊唐書》：高宗子八人，武后所出者，自為行第。長曰孝敬皇帝，監國仁明，為后所忌而鴆之；次曰雍王賢，為太子；次曰中宗；次曰睿宗。及孝敬遇害，諸弟嘗所不安，晨夕懷懼，雖父母之前無由敢言。太子賢乃作《黄臺瓜》詞令樂人歌之，欲微悟上意，歌曰：「種瓜黄臺下，瓜熟子離離。一摘使瓜好，再摘令瓜稀。三摘尚猶可，四摘抱蔓歸。」后默然，太子竟亦流竄於黔州。（《駢志》卷一「劉章取喻于立苗，雍王示諷于種瓜」）

五《青瑣記》：明皇時，有獻牡丹者，謂之楊家紅，乃楊勉家花也。命力士將花上貴妃，妃方對粧，妃用手拈花，時匀面，脂在手，即印於花上。帝見之，問其故，妃以狀對。上詔於僊春舘栽，來歲花開，上有手印紅迹，帝賞花，驚異其事，乃名為一捻紅，後樂府中有《一捻紅》曲。（同前書卷十二「花印紅迹，壺即紅色」）

蘇志皐詞話

蘇志皐，字德明，別號寒邨，固安（今河北）人。嘉靖壬辰進士，除瀏陽知縣，徙進賢，徵授刑部主事。歷郎中，出為僉事，遷副使，升布政使，以僉都御史撫遼東，遷右副都御史。有《寒邨集》、《枹罕集》、《益智録兵類》等。此據《四庫全書存目叢書》影印明嘉靖三十六年許應元刻隆慶增修本《寒邨集》録詞話二則。

一 《跋館人塗壁後》：嘉靖庚戌冬，予為整飭山西鴈門等關兵備副使，適□偶于忻州南郵亭中邂逅一故人，因書《長相思》一闋于壁。次年辛亥春，予陞陝西左參政之任，館人惡其污壁也，以堊塗其上。越二年癸丑夏，予復陞山西按察使，館人懼甚，自以己意模寫字上，風神氣骨十失八九，亦可笑也。予今又陞遼東巡撫都御史，將之任矣，安知館人不復以堊塗其上邪？於戲！屈伸幻化，天壤且然，而况于此乎？不足較也。（《寒邨集》卷四）

二《駁謝疊山》：唐劉禹錫《楊柳枝》詞云：「煬帝行宫汴水濵，數枝殘柳不勝春。晚來風起花如雪，飛入宫墻不見人。」宋謝枋得解曰：「煬帝荒淫不君，國亡身喪，行宫外，殘柳數株，枝條柔弱，如不勝春風之摇蕩，柳花如雪，飛入宫牆，似若羞見時人者。隋之臣子仕唐，曾不曰國亡主滅，分任其咎，陽陽然無羞惡心，觀柳花，亦可愧矣。」予按疊山此解，足以示戒後世忘君事讎者，竊恐夢得末句之意不如是之委曲也。若謂向煬帝遊幸時，柳花飛入宫墻，即見嬪嬙駢集，今國亡宫廢，柳花尚爾飛入宫牆，秖見荒苔斷莽，無復人跡，亦可悲也，然此亦足為後世荒淫者之戒。（同前）

李培詞話

李培，字培之，號雲麓，嘉興（今浙江）人。諸生，嘉靖甲子未冠，補博士弟子員，坎壈制科。知海昌、新登，為虔州令，致政歸。所著有《水西集》、《北游草》。此據《四庫未收書輯刊》影印明天啟元年刻本《水西全集》録詞話一則。

一

《送金餘山入覲帳詞并序》：伏以玉露澄江，花縣燦甘棠之色；朔風披棟，天潢垂列宿之文。仰瞻肆覲之期，共矢萬年之祝。瑞藹鬱葱于北極，人文丕著于中邦。敬送行旌，薄陳祖道。恭惟即大諫餘翁金老先生：蘇門毓秀，吴會鍾靈。才名振千古之高，賦成倚馬；文學擅三奇之秀，譽屬屠龍。苹鹿蛩鳴，磐鴻繼漸。發牛刀于筮服，小試經綸；淹鸞翮以卑棲，大施霖雨。撫青衿以青眼，宏敷有樂之仁；推赤子以赤心，廣布保釐之德。求賢若渴，重葑菲于金章；斷獄如流，飛風霜于墨版。庇一邑于瑞日祥雲之下，撫羣生于冰壺碧玉之天。阡陌上已蔭青桑，隨車膏澤；囹圄中頗滋碧草，有脚陽春。吏畏蕭霜，民歌襦袴。化理甫行三載，已徵召杜休風；勛猷可卜他年，詎止龔黄遺績。兹值朝天之日，正濃借寇之情。卧轍攀轅，空勤父老；感星入夢，已動君王。龍光啓簡眷于重瞳，柱石紀勳華于彝鼎。自今超軼，奚啻增秩而賜金；行且受成，應即留朝而戛玉。大沛甘霖之澤，庇覆諸方；丕揚舟楫之謨，股肱魏闕。「曉行阡陌，見花似河陽，柳如彭澤。緑野農桑，青牛村户，彷彿山陰政蹟。未誇事有相安，更喜文風彬郁。人都道，聖世休光，賢侯膏液。　　體職治無雙，聲兼召杜，海宇生春。冰玉頌、嘉禾瑞應。正是循良化日，天衢上、一點星明，應漸入、中台垣掖。發清光，照耀五雲端，早膺三錫。」右調《喜遷鶯》。（《水西全集》卷九）

劉乾詞話

劉乾，字仲坤，號易庵，保定（今河北）人，一作唐縣（今湖北）人。好讀古書，喜談兵事。登嘉靖戊戌進士，授知縣，改教授，官國子監丞。所著有《易庵初藁》、《灘上集》、《鷄土集》等。此據《四庫全書存目叢書》影印明嘉靖刻萬曆間二十八年劉鶴冲重修本《鷄土集》録詞話二則。

一

《送保定閻太府陞浙江兵憲詞並引》代作：榮捧天書，新政貴先聲於江表；夙馳星駕，餞筵愧後至於雲中。惜趙璧之去秦，痛燕民之失牧。轅留短草，淚灑凄烟。鯤鵬南溟，搏扶摇而上矣；鳳凰千仞，覽德輝而下之。彼也草木之知名，兹焉山川之改色。恭惟閻公：德宇粹明，性情真率。才猷華國，獨扛百斛之龍文；風采動人，高舉一科之麟角。諸老未能害者，天子居器之。試封五馬於金臺，待詔六鰲於翰苑。民歌五袴，麥秀兩岐。接武於韋平，策勳於召杜。下官胡某：未諧星鳳之占，曾任馬牛之走。承宣拙製，雖已得百姓之虛傳；冰蘖微操，不敢負明公之鈞詔。躬逢今日之遷，薄誦清風之句：「懷卷古春，拜分雲袂。五馬渡江而逝，行看野水。誦橫舟，信知道，國朝名瑞。平烟衰草，落照離盃。民心與溪山共醉。憑誰大作去思碑，幸有甘棠，父老説起。」（《雞土集》卷四）

二《賀胡長官小詞有引》代作：一守苦心佳政，動黎民之喜色；半朞成治芳名，下臺憲之褒書。雨露盎於花封，風雲壯乎鳧舄。恐未來於瓜戍，即有詔於芝函。恭惟胡公：學優製錦，道裕鳴絃。惟踐履之既深，宜政績之益著。居然養浩，平分風月之雙清；行矣奏功，入侍雲霄之絶境。騰踏收功於不日，清脩得志於妙年。豈惟循吏之稱，追踪史傳；自是郎官之宰，上應列星。漢等小者，勉於扶持。大抵愧於裨補，性愚辭直，才鈍心勞。同舟而無異心，庶幾可濟；會績而借餘燭，更賴分光。正圖素志之酬，乃遇紫封之寵。微誠溢口，短曲成文。「花封春雨盎，烏臺翰語多奇。想陌上兒童，尊前父老，口口能碑，古人一琴一鶴，甚和他、琴鶴也無之句。苦竹聲、晝静公性愛竹，而此土無竹，客有惠數本者，喜，而趙之日今我其間。政閑，花影春遲。　與君萍水共天涯，微禄慰名。時記取茅屋窮民。蓿盤僚佐，都借春輝。退食疏魚，太薄不成私。苦心自有天知。早晚清風挾去，五雲高種仙枝。」（同前）

周益祥詞話

周益祥(一五四九—一六〇九),字履吉,號懷月,改號心陽生,侯官(今福建)人。貢生。博涉墳典,專治麟經,曾遊國學,擢科命舛。所著有《潛頴録》、《鹿草集》、《摭星錦囊》、《采芝堂集》等集。《采芝堂集》中「木鉞」一卷雜記時事,意取警世。此據《四庫全書存目叢書》影印明萬曆四十一年刻配抄本《陳履吉采芝堂文集》録詞話一則。

一施白目能造六成中金如純色,日造三五百金。門趾相錯,二十年間,兄弟興生累鉅萬,遂賣其術,大買田宅、奴婢,姻婭仕貴,而舉趾甚高。嘗曰:「買魚得鱮,不如噉茹。買妾不足,不如獨宿。」又曰:「妾不衣帛,如屋無瓦;屋不雕繪,如婦麻袴,脂肪塵釜,必致歐歈。」于是廣覔妖姬艷婦,為奇錦，罽珠璣，冰紈霧縠，雜珮夠玹。大搆亭榭橋樓於後圃，有《合樹橋》曲一闋，自鳴其豫，曲曰：「蒲桃錦褥，天鵞絨被，瑪瑙枕篏的是火齊。玳瑁紫檀牙床，散花綾帳玉流蘇，睡的是嬌娥半晌。百丈緑楊烟鎖，一天紅雨鶯啼。玉簫聲落畫樓西，盻不盡夕陽遠水，芳草長堤。且滿酌玻璨，細舞璇璣。任他烏兔如梭轉，金風玉露，透不得蘭所香閨，身閒長醉太平時。歡歌知夜永，静暸覺春奇。」今漳泉人傾南鑽，歲獲不貲，奢侈無度，皆祖是術云。（《陳履吉采芝堂文集》卷十三）